离月上雪 著

**RIDING
THE WAVE**

浙江文艺出版社
Zhejiang Literature & Art Publishing House

图书在版编目（CIP）数据

风口. 上 / 离月上雪著. -- 杭州 ：浙江文艺出版
社，2025. 4. -- ISBN 978-7-5339-7912-6

Ⅰ. I247.5

中国国家版本馆CIP数据核字第20258KR607号

图书策划　柳明晔
责任编辑　徐　旼
营销编辑　宋佳音
封面设计　仙境 **WONDERLAND** Book design
版式设计　徐然然
责任印制　吴春娟

风口·上
离月上雪 著

出版　浙江文艺出版社
地址　杭州市环城北路177号
邮编　310003
电话　0571-85176953（总编办）
　　　0571-85152727（市场部）
制版　浙江新华图文制作有限公司
印刷　浙江新华数码印务有限公司
开本　710毫米×1000毫米　1/16
字数　431千字
印张　24.25
插页　1
版次　2025年4月第1版
印次　2025年4月第1次印刷
书号　ISBN 978-7-5339-7912-6
定价　59.80元

目录

第①章 / 初到雁子谷 001

第②章 / 第一道难题 020

第③章 / 好货源难寻 037

第④章 / 贪婪的速度 057

第⑤章 / 直播初接触 076

第⑥章 / 土狼云夏白 092

第⑦章 / 准备遇见他 111

第⑧章 / 真的是亲爹 131

第⑨章 / 作要趁年轻 150

第⑩章 / 甜蜜区理论 170

第⑪章 / 山穷水也尽 191

第⑫章 / 国货要崛起 210

第⑬章 ／ 大概的轮廓　223

第⑭章 ／ 相煎何太急　242

第⑮章 ／ 思想同质化　256

第⑯章 ／ 格局很重要　273

第⑰章 ／ 思维的层次　289

第⑱章 ／ 信贷的价值　304

第⑲章 ／ 还不了解她　318

第⑳章 ／ 到底谁复杂　332

第㉑章 ／ 若青山白水　351

第㉒章 ／ 路径的依赖　368

第①章
初到雁子谷

2019年，青阳市经城区，雁子谷。

"停！"副驾驶位上的杜晶失声尖叫，银色保时捷帕拉梅拉车头差点撞到横跑过马路的一个小男孩。

"吓死个人！"关莎全身血管好似炸了开来，方向盘都被她抓湿了，"你一惊一乍的，我怎么开车?!"

"都撞人了还不让我叫?"杜晶扯着嗓子。

"这不没撞上吗?"关莎幽怨地看了一眼小男孩跑远的背影，那背影消失在一家小型菜市场拥挤的人群中。她努了努嘴："放心吧，就我们这龟速，撞上了也伤不着他一根毛！"

"你说这儿的人怎么都不看车地乱跑！"杜晶一脸无奈地将胳膊搭在车窗上，周边不少路人都在对这辆跑车行注目礼。

这条路名叫雁子南路，地处青阳市经城区新改造的一个城中村。

青阳，残酷的城市，无数朝气蓬勃的灵魂在这座城里飞扬出了秃顶与小肚腩。

梦以泪养，路靠血拼，稍一松懈，就跟不上青阳这座城市新陈代谢的速度。

经城区坐落于青阳市高新科技开发区，林立的写字楼与地铁站前拥挤的人群是标配，而雁子谷是经城区最后一个尚未重建完成的城中村。

雁子南路本是双行道，但两旁停满了破旧单车、摩托和货车，外加路边悠闲抽烟的大爷、百无聊赖的大妈以及追逐打闹的孩子，路显得格外拥挤，近乎变成了单行道，好些人更是直接在大路上走，无视来往车辆。

保时捷帕拉梅拉继续向前慢慢挪着，车左边是刚达到入住标准的新式小区。小区在一个小山头上，一共11栋楼，每栋都是42层。借助地势，这些新建的钢筋水泥楼房给人一种高耸入云的错觉。车右边是脏乱差的菜市场和一排排二十世纪八九十年代的农民房，屋顶破败，墙漆斑驳。

关莎左看新砖白墙，右看红泥破瓦，不禁感叹一句："这条路简直了，青阳居然还有这种地方，穿越剧都没这么形象。"

"可不，左右两边至少相差三十年。"杜晶附和，"别告诉我你这次体验生活要住右边的农民房。"

关莎翻了个白眼，打了左转向灯："我是创业，不是自虐！"

此时杜晶看到了新式小区的停车场入口，入口不大，上方宋体蓝字写着"雁子谷停车场"。

"你这次准备'浪'多长时间？"杜晶问关莎。

"谁'浪'了？我这是有组织有纪律有计划的创业。"

"九死一生说的就是创业，不管你计划多完美，市场都可以把你打成残废。所以你得有个时间规划，比如打算撑多久，撑不下去就回家。"

"没这个规划，不可能回去！"关莎开窗取了卡，慢慢将车开下一个很陡的斜坡，但斜坡下面的亮度让她不打远光灯都看不到路。

"停车场照明怎么暗成这样？省电吗？"杜晶嘟囔着，"这种地方不撞车才怪。"

关莎找着车位，没注意听杜晶的乌鸦嘴在说什么。她刚才虽然表面上自信得一塌糊涂，但启动资金只有20万，烧光了就得回家认尿。

为了证明自己翅膀硬朗，关莎把所有信用卡放在家里的餐桌上，拖着行李箱，打了个出租车就离开了她从小生长的三云市。

在青阳这种高消费大都市，20万元能撑多久，关莎自己都不知道，但她明白，这次一定不能输。

因为生长环境富足，故关莎对于金钱看得特别淡，她渴望独立，渴望自由，渴望被承认，渴望做出成绩后父亲诧异的眼神。每每看到父亲自吹自擂、君临天下的样子，关莎就想干出点名堂挫挫他老人家的傲气！

杜晶此时瞧见停车场每个车位都划得非常狭小，如果关莎开的是家用SUV，停进去时必须把后视镜折叠起来才不至于擦到旁边的车。

杜晶感叹："哎……关老爷你折腾啥，这破地方……"

关莎一边寻找着车位一边道："我爸那妖孽，你就看吧，看我未来怎么一步一步成为青阳首富，把他的产业全收了！"

杜晶闻言错愕，而后啧啧称赞："自己单干的不少，扬言把父母收了的没几个。"

车库里停着的车都很便宜，连奥迪A4这种比较常见的都没几辆。杜晶开始警惕起来："你这车停这种地方，不会被偷吧？"

关莎不耐烦："现在连个停的地方都没有，别人怎么偷？！"她一层又一层往下转，开至最底层足足转了两圈，依然没觅到一个空位。

杜晶见状，扑哧笑了："连停车场都知道这不是你该来的地方。"

"大不了停路边。"关莎咬着牙将车子往上开，继续绕圈找车位。

"我看还是开回去吧，上面路边那种样子，这车就算不被偷也肯定被划。要我说，你当初就应该借辆破点的车！"杜晶刚说到这里，有个手机落在了她大腿上，关莎抛的。

"蒋一帆的车库！"关莎说。

杜晶眉头扭作一团，揉了揉腿，拿起手机低头一看，照片里的确是一个停满豪车的私家车库。

"我去，蒋一帆平时也太低调了！"杜晶难以置信。

"现在知道了吧！"关莎拍了拍保时捷方向盘，"这已经是一帆哥最破的车了，整个青阳我只跟他熟，不跟他借跟谁借？何况他都能去投行吃那么多年的苦，我怎么就不能自己干？"

"你也可以去投行啊，让他带你。"

"得了吧，投行还不是给别人打工的？就我爸那爱管闲事的性子，我要给别人打工，一辈子就是个顺风顺水令人生厌的富二代，拿着'卵巢彩票'，过着全无价值的生活，最后肯定变成一个连我自己都鄙视的老太太。"

杜晶望着窗外撇了撇嘴："我看这车库里所有车的主人都巴不得变成这样。"

"谁爱变谁变，反正我是不……"

砰！关莎话还没说完，就感到车子震颤了一下，伴随着右后方沉闷的撞击声。她猛一扭头，看到一辆白色奥迪的屁股正"吻"着自己保时捷的后座车门。

一个圆脸小伙慌忙从驾驶座上下来，看清自己撞上的车后，吓傻了，伫立在原地，呆若木鸡。小伙胖胖的，衬衫西裤，戴着斯文的眼镜，脸上还有些若隐若现的青春痘印迹。

关莎和杜晶同时下了车，见后座车门凹下去不少，正要找小伙理论，就听见一个女人的声音从不远处的电梯口传来："怎么回事？！"

女人一头短发，三十多岁的年纪，颧骨很高，利落的灰色职业装，沉着脸快步走了过来。

那小伙一脸窘相："马，马总，对不起……"

"在停车场你都能撞?!"短发女人难以置信。

杜晶仔细看了看凹痕，摇着头推理："肯定是踩油门了，倒车出库还踩油门……"

眼前这情况关莎也看明白了，员工开领导的车，结果撞了自己的保时捷……她咬了咬牙，心想：奶奶的，老娘闯荡江湖第一天就遇到这种破事！她绷着脸，直接绕过浑身微颤的小伙，一步步走向青筋暴出的短发女人……

金权投资集团投资经理马钰站在办公桌前，面色严肃地听任天行汇报着研究成果。

"马总，共享充电宝刚出来的时候，一小时只收1元，现在每半小时就要1.5元或者2元，电影院要2.5元，有的景区涨到了4元甚至10元。"

"每半小时10元?"

"是的。"

"你自己实地看过吗?"

马钰这句质问让任天行心里一紧。他确实没实地看过，刚才张口就来的那些数据，不过是他在网上收集资料得来的。

"你自己用过共享充电宝吗?"马钰提高了音量。她的嗓音只要稍一洪亮，就显得格外有压迫力。

"用……用过。"

"在哪儿用的?"

"在……"任天行低眉努力回忆。

"还用想?"马钰皱起眉头，"你做这块研究多少日子了，自己在哪儿用过还记不起来?"

"不是的马总，太久之前了，我……"

"这有关系吗?"马钰一副恨铁不成钢的模样，"你既然做这块研究，这几天就应该专门出去用几次，至少去看看现在的价格跟你在网上查的一不一样！机场、车站不方便去，咖啡馆、网咖和饭店也不方便吗? 实在不行，理发店也可以啊！我昨天去理发的时候还特意用过。我来告诉你，一小时2元，也就是半小时1元，根本没你查的那么贵！"

任天行不说话了。共享充电宝行业是他作为实习投资助理的第四个研究专题，当然，之前听他汇报的投资经理已经离职，而马钰，是从总部调来没多久的业务骨干，整个金权投资集团在青阳的分公司，目前也就是马钰的项目组还缺人。

分公司的人对马钰并不熟悉，只是听说她在总部干得不错，拿过几次明星员工，至于为何突然被调来，无人知晓，正如没人知道马钰在自己的办公室为何总是站着，好似坐下对她而言是一种惩罚。

马钰是什么人对任天行而言不重要，重要的是这一批实习生里的最后一个投资助理名额在她的项目组。

告别实习生身份，正式成为投资助理，是任天行在青阳打拼的第一阶段目标。

投资助理是高校毕业生进入投资公司后的一个初级职位，他们会参与到投资项目的各个方面做一些辅助性事务，包括行业调查和财务分析等，直白点说就是包揽所有苦活累活的打杂工。

任天行以为只要网上找到的资料够多，写出来的行研报告页数够厚，就能从领导那里讨一个"严谨努力"的印象，继而拿到公司最后一个正式留用资格。但任天行错了，整个汇报工作开始没到两分钟，他就从领导脸上看到了不满甚至厌恶。

马钰那一身灰色职业装让她的脸色更加苍白，任天行手心冒出了丝丝细汗。早上他脑袋发蒙地撞了领导的车，赔的还是保时捷跑车的后座车门，领导明年的车险保费肯定大幅增加。

马钰前不久在雁子谷购入了一套新房，单价8万元一平方米，任天行则暂时租了雁子谷旁边的农民房，相隔一条街，单间，没厨房，除了厕所就是床。

农民房没电梯，东南边的光照全被雁子谷那几栋四十多层的新楼遮挡，任天行的那个小单间，除了勉强享受下每日的西晒，用暗无天日来形容也不为过。

任天行今早去给马钰送一份签字文件，马钰签完后见上班顺路，就问任天行是否会开车，会就一起去，她正好要在车上开一个电话会议。

任天行确实在大学时考了驾照，但一直没太多机会开车，因为他根本没有车。但若在领导面前承认自己车技生疏，他又担心这会给自己的入职考核减分，所以只能硬着头皮接过了车钥匙。

他和马钰本是一起出的停车场电梯口，但马钰临时接了个电话，就让他先去把车开过来，怎料没过两分钟就出了撞车之事。他倒车时不可原谅地错踩油门，确实也因为心事重重，毕竟昨夜在他那满是蟑螂的农民房里，发生了一场积蓄已久的激烈争吵。

此刻任天行觉得有些委屈，并非每个投资助理写行研报告时都会亲自调查市场，他揣摩着，马钰这样刁难自己，是否不完全因为工作，是否她还在记恨早上自己撞了她的车？但自己一路上百般说明会出钱赔偿，是她不同意……

难道她只是嘴上说不用，其实心里就是要求你必须赔，你不赔她就生气，一直生气？想到这里，任天行低声试探一句："马总，回头修车费出来了，我还是还给您吧……"

马钰好似没听清："你说什么？"

"我说……修车费我还是还给您，或者您明年的保费高出的部分我来出。现在可能钱不够，但我一定会努力赚的。"

"任天行！你脑子还真跟你名字一样，想往哪儿走就往哪儿走，绕来绕去又绕回去了，我现在在说你研究报告的事！"马钰用力敲了敲桌子，"能不能给我专注点？你是不是认准了公司这最后一个留用名额非你不可？"

"没有没有……"任天行赶忙摆手。

他可真不敢这么想，自从来到青阳读书，他才知道自己这小县城出来的"鸡头"在外面其实连个"鸡爪子"都算不上。

对比社会，以前象牙塔里的竞争不过是排名榜比比前后，图书馆抢抢座位……而在金权投资集团这样行业顶尖的投资公司，一流名校毕业生数不胜数，而且这几个月被录用的实习生，如果是纯应届毕业生，哪个不是自己带着项目来的？

想来金权打杂干苦力，也要有家底。他任天行的家底是什么？青阳大学学士学位证书和硕士学位证书，银行卡里的几千块钱，此外……没了。

正因求职简历上写不出任何可以让公司有机会捞钱的投资项目，他必须努力，没命地努力。为了做好这份研究报告，他连续熬了好几个晚上，连报告里的每张图表都是重新绘制的，数据也都多渠道比对过。

"既然你也认为入职不是板上钉钉的事，就更应该认真对待工作！"马钰强调，"如果每个投资助理都跟你一样，云研究，云写报告，不走访不调查不观察生活，那最后得出的结论可信度有多少？"

"那个单价数据，其实我是很多个信息渠道仔细比对过，没有矛盾才……"

"多渠道比对过？"马钰眯起眼睛，"哪几个渠道？是不是用某券商研究报告比对某财经网新闻，再去看看某公众号文章，发现数据一致？"

"对对！"任天行很激动，心想领导终于理解自己了。要知道，数据比对工作也是很花时间的，并非自己工作不用心。

"对什么对！"马钰将手里的研究报告甩到桌上，"难道研究报告不能抄新闻的，公众号文章不能抄研究报告的？他们互相抄来抄去，数据能不一致吗？"

"啊？"任天行诧异万分。

马钰再次质问："你告诉我，目前做共享充电宝的公司有单独上市的吗？"

"没……没有……"

"那不就是了！它们都很小，所以你以为这些什么券商研究员写一篇文章值几个钱？公众号博主又有多少是自己花时间跑市场的？我们跟他们一样吗？我们是要几百几千万甚至几个亿这么投出去的！半小时到底是要1元还是1.5元，对企业预计收入造成的误差有多大你知不知道？这会不会影响市场规模的想象空间，会不会影响目前的估值，你考虑过吗？！"

任天行被喷哑了，呆呆地站在原地。就在马钰说这句话前，他确实以为1.5元和1元的差别只有0.5元。

不知为何，任天行觉得自己离入住雁子谷这个理想又远了一点。

金权集团员工新一批的人才安居房就在雁子谷——任天行住的农民房的对街，只要跨过雁子南路这一条街，生活幸福指数就可以前进30年。

对任天行而言，只要拿到投资助理这个职位，他就可以用市场价40%的廉价租金入住雁子谷，享受山坡上新式小区光照充足的电梯房，那里一定不漏水，没蟑螂，房门也不会违规开在长满霉菌的承重墙上。

"我受够了！"任天行的女朋友莫茹昨晚哭着大闹，"你看这墙！我同事都说我身上有霉味！还有这门，正对着楼梯口，左右两边都跟我们没关系。我们这是什么门？是人家原来放灭火器的门！每次叫外卖，别人什么时候敲过我们的门？不是敲左边就是敲右边，邻居都投诉过很多回了！而且拿外卖的时候我得弯腰出去，你知道人家外卖小哥看我弯腰出去，脸上是什么表情吗？！"

"你可以让他把外卖放门口，等他走了再出去……"任天行无奈地说了一句。

"这是放门口就能解决的事吗？"莫茹指着违规凿开的门直跺脚，"你究竟知不知道我想说什么！"她声音很尖锐，仿佛可以刺破任天行的耳膜。

最后，任天行用自己一定可以入职金权，两人一定可以搬进雁子谷作为不分手的条件，暂时安抚住了莫茹。

他六年的爱情记忆全都关于这个女人，再加上没有好的家庭背景，工作也还没找到，一穷二白，能有个愿意跟自己谈婚论嫁的女朋友已经实属万幸。何况莫茹还挺漂亮，任天行的本能反应就是竭尽全力维护住两人的感情。

从研二就搬离宿舍出来实习，在农民房隔间苟活了两年多的任天行自己确实也有点受够了，他要维护住的，还有他在外闯荡的决心。

"马总我知道了，我会改正的！"任天行站得笔直，"我今天就去跑市场，把各个应用场景的价格都记录一遍。"

"不用了。"马钰拿起桌上那份研究报告，啪的一声打在任天行胸前，淡淡道，"明天不用来了。"

"难道研究报告不能抄新闻的，公众号文章不能抄研究报告的？他们互相抄来抄去，数据能不一致吗？"

回家的路上，马钰那极具穿透力的声音又回荡在任天行耳边。马钰暗沉的目光与眼角的细纹，无一不体现着她的工作经验与社会阅历。

多渠道数据比对是行业研究员的基本素养，但具备这一基本素养的任天行却被马钰批评得体无完肤。一句"明天不用来了"，让任天行脑子蒙得发白。

从地铁站到任天行租的农民房，徒步需要15分钟，任天行脚底的地面由地铁站出入口的干燥明净，逐渐变得潮湿肮脏。进入雁子南路后，他不得不时刻注意路面是否有积水、口香糖、烟头以及菜叶之类的东西。

农民房街边的商铺里外都挤满了人，任天行因低头走路太久，脖子有些酸胀，他抬起手揉了揉肩颈，无意间看到不远处有一个男人在偷番茄。那男人将一个番茄放入塑料袋的同时，手心里的另一个番茄顺带滑进了他的挎包里，那个挎包鼓鼓的，不知已经被他塞了多少偷来的东西。

商店结账处排了长长的队伍，工作人员有的整理着水果，有的给别人称着肉，收银员更是被队伍挡着，根本没往男人这边看。

光凭男人这娴熟偷窃的动作，任天行就断定他一定是惯犯，本想指着男人大喊"抓小偷"，甚至想亲自将男人制伏，把他挎包里的赃物都抖出来给众人看看……但任天行的脚步不但没停，反而加快了，好似逃离这个是非之地才可以让他舒口气。

任天行觉得这偷窃男八成有苦衷，说不定他家里有瘫痪的妻子、年幼的孩子、卧病在床的老人，抑或他失业了，短期内找不到新工作……当然，那偷窃男也有可能自己日子过得还行，但就是喜欢偷，顺手牵羊这种行为可以增加他购物的乐趣。他正经购物，但也认真偷窃；排队付钱，也不忘顺手牵羊。这样的人，在雁子南路北边的这条街上，任天行相信绝对不止一个。

讽刺的是，那堆西红柿并不新鲜，任天行路过时还被迫闻到了一股微微发咸的酸味。这样的酸味，在雁子南路南边的新式小区雁子谷楼下就闻不到，南边的商店干净整洁，物价高昂。

任天行曾经去对街买过水果，那天是莫茹的生日。

店里最便宜的水果27元一斤，也有番茄卖，不过是红得发亮的小番茄，每一颗都像有人特别打了层蜡，鲜红光亮。当然，在那里，它也不叫番茄，叫圣女果。

青阳虽是大都市，竞争激烈，但谋一份工作对硕士毕业的任天行而言其实算不上难事，只不过他并不想找一份寻常的工作。

任天行认为的寻常工作，是指平台不够大，收入天花板不够高，入职一年就能看到未来三十年自己最高收入大概是多少，还不能给他带来高端人脉的工作。这样的工作他不是不能做，但如果做了，他在青阳注定一辈子都要很辛苦地活着，比如，住在现在的农民房里。

当下社会，居民收入增长速度永远比不过资本增值速度，想要越活越轻松，不做资本的奴隶，就必须快速致富，让资本服务自己，这个道理，金融专业毕业的任天行又岂会不知？

别看一个小小的投资经理助理辛苦无比，地位还低，但都是暂时的。若他以后成了金权的投资总监甚至合伙人，一个成功的投资项目就可以让他年入千万元，萧杰就是最典型的范例。

投资英才萧杰可是金权投资集团的合伙人，年纪轻轻就登上了新财富500富人榜，任天行崇拜他，把他作为榜样督促自身。

从研二到现在，任天行也去过不少公司实习，比来比去，金权投资集团是他的首选。他希望自己可以成为金权的第二个萧杰，即便不能成为萧杰，在金权这样的顶尖投资公司里工作，想必也能接触到各种各样的企业家和投资家，快速提升自己人脉圈的档次。

此时的任天行暗暗咬牙发誓，这一切不能成为空想，否则他怕自己会向舒服与平庸的人生妥协，甚至慢慢变成那个偷番茄的男人。

事实上，撇开道德，任天行的情况或许还比不上那个番茄扒手，至少人家还会去买菜，这间接证明他家大概率不缺厨房，而任天行租的那个小隔间连个炒锅都放不下。

在青阳，没条件自己做饭的年轻人不在少数，他们都靠着楼下便利店和外卖APP（应用程序）首页的每日特价单（双人套餐）活着，任天行就是他们中的一员。每天路过雁子南路的任天行，不知道自己身上是否已经带有咸咸的酸臭味，但莫茹身上的霉味，他的确已经闻不出来了。

必须改变，任天行对自己说。

马钰让自己明天不用去，就真的不去吗？但如果去，究竟怎样才能扭转马钰对自己的印象，让她改主意留下自己呢？

农民房一梯两户，爬上五楼后，任天行手里那锈迹斑斑的钥匙没插进左边的门，也没插进右边的门。

嘎吱一声，正对着楼梯口的第三个门开了，门又矮又窄，是整栋楼最滑稽的存在，任天行必须弯腰钻进去，说难听点，跟狗洞也没太大区别。

莫茹说得没错，这个门的位置原来根本就是放楼道灭火器的。

门这么开的原因也简单，房东认为隔间如此设计才能保护隐私，让这套房的其他两间房以及大厅更好地租出去。

任天行一进门，就撞见莫茹正坐在床边看着自己。

莫茹长相清丽，小巧的鼻子翘翘的，从小到大虽没当过班花，但论长相也未掉出过班级前五，配任天行更是绰绰有余。

任天行未料到女友会这么快回来，脸部表情立刻由凝重变得轻松。

"怎么说？"莫茹问。她想知道的自然是任天行是否已经获得了最后一个留用资格。

"没定呢，说还要观察一段时间。"任天行将沾湿的鞋立在门边，发现鞋底又粘了烂菜叶，"你今天怎么回来得这么早？"

"想休息，太累。"莫茹叹了口气，随即眼神中露出了一种渴求，"我们回辽昌行吗？辽昌也有很多机会的。"

辽昌是莫茹的老家，二线城市。

任天行没说话，只是默默将鞋底的烂菜叶清理干净。

莫茹站起身，朝任天行走近两步："辽昌不差的，好歹也是省会，而且离你老家那么近，坐高铁40分钟。你说你从青阳坐高铁回家，怎么也得十几个小时吧？"

任天行依旧没说话，走进厕所洗手。厕所里没镜子，他自己都看不到自己脸上此刻是什么表情。

莫茹脸色沉了下去，站在厕所门口，声音变得强硬起来："我们在这里读书加实习算起来都多少年了？每条地铁线路的站名我差不多都能背了。青阳就这个样，如果我们留在这里，多久才能买得起一个带厨房的房子？就算将来有了买房的钱，也肯定没有煮饭的时间，这样的生活不是我想要的！"

"但你之前不是这么说的，你说你喜欢青阳，你说这里经常有演唱会，有国际芭蕾舞团和世界级的钢琴表演，有灯光秀，你说……"

"那是以前！"莫茹打断了任天行，"现在我发现那些跟我都没什么关系！而现在什么跟我有关系？"莫茹说着一脚踩开了旁边的垃圾桶，任天行看到里面有好多蟑螂尸体。随后莫茹哼的一声收起脚，冷冷道："我知道你没办法入职的，你领导让你明天别去了。"

任天行闻言一惊，莫茹怎么会知道？不过他又一想，跟自己一批的实习生里好像有同校的同学，马钰那个大嗓门，办公室外有人听到也正常。

任天行明白莫茹的不满很大程度来自目前的居住环境，于是道："这样，我们再忍一阵，合约到了我们就搬去对面，无非就是租金贵一点，你再给我点时间……"

"贵一点？那里要6000元一个月，是贵一点吗？我俩现在谁都没找到满意的工作，你不想干你不想干的工作，我也是，如果一直这样，租金怎么付？就算付得起，我俩还吃不吃饭了？"

"别担心，实在不行我向我爸妈先借一点，他们还是有些积蓄的。"

"任天行！你是铁了心要待在青阳对吧？"莫茹吼了起来，"我俩要是租6000元一个月的房子，多久才能凑够买房的首付款？这不是三五年就能解决的！"

莫茹其实没错，对街雁子谷小区还没全部封顶的时候，6万元一平方米，才过了几个月，就8万元一平方米了，房价这样的增长速度，又岂是一般工薪阶层的收入可以追上的？年薪百万的人在青阳是不少，但他们都很忙，就跟莫茹说的一样，买得起带厨房的房子也无福消受，除非他们有个在家带孩子的另一半，或者跟他们一起生活的父母。

"我可以吃苦，但我也不想一辈子吃苦。"莫茹说着说着眼睛就红了，"省钱买房住这种地方，我可以忍，我也忍了两年多了，为了你我当然还可以再忍三五年，但是我觉得买房这事三五年都没个谱。辽昌的房价现在才1.3万元一平方米，雁子谷呢？这还是城中村，一梯十几户，跟筒子楼一样。你那个领导，什么马总，年薪百万不也只能买这样的房子吗？"

任天行双手紧握着洗手池两侧，没接话。

莫茹抽了抽鼻子："青阳这种地方，月入几千的'打工平民'是没厨房所以吃外卖，年薪百万的'打工皇帝'是供着一个空厨房继续吃外卖，我真的不想老是吃外卖，我现在提到外卖就恶心！"

咚咚咚！莫茹的抱怨被一阵敲门声打断了，只不过响的是邻居家的门。

"莫小姐，您的外卖到了！"一个女人的声音传来。

"放门口就好！"莫茹对着门提高嗓门喊。

那外卖员正要放下，邻居家的门吱呀一声便开了，一个男人的声音传来："我也点了外卖。"

这个男人的声音很陌生，莫茹和任天行都知道肯定是又换邻居了。

"是我的！"莫茹再次喊道，但依然没去开门。

外卖员再次核对了订单信息，朝男人抱歉地说："下单的是莫小姐。"

男人嘻嘻一笑："我表妹姓莫，她叫的外卖。来来，我看看手机号……"男人一把抢过外卖员手里的塑料袋，上面钉着一张长条形订单。

任天行听到这儿，心里咯噔一下：搞不好又来一个蹭外卖的。这种事他们以前也遇到过，经城区一顿双人套餐均价三四十块钱，不能这样不明不白就被人蹭了。但他也知道莫茹再也拉不下面子钻"狗洞"，于是主动上前开了门。

"周一，老样子。"莫茹在后面叮嘱道。

邻居男人见任天行出来了，赶忙将外卖袋掩在身后，强调一句："上面是我的手机号。"

说完，他正想回身关门，未料一只胳膊被任天行拽住了："你点的是什么？"

"什么什么？"男人假装糊涂。

"我问你点的是什么套餐？"任天行重复。

"我点啥关你什么事，干吗要告诉你？"

任天行目光变得冰冷："鱼香茄子和番茄豆腐对吗？手机尾号4357。"

"是又怎么样？！"男人没好气，想甩开任天行的手，但怎料任天行抓得很死，根本甩不开。

只见任天行转而面向外卖员道："这是我和我女友的外卖，如果你能查到下单账号的历史记录，就会看到每周一我们都点同样的套餐。你也可以当场拨一下订单上的电话，听听是我们的手机响，还是他的手机响。"

邻居男人听到这儿，心里立刻怂了，不过手还是紧抓着外卖袋，颇有些垂死也要再挣扎一下的味道。

也怪他文化程度低，本身脑子也笨，本想蹭一份外卖，未料这"狗洞"里的邻居小伙如此难缠。

"不好意思啊大哥，是我敲错了您的门，让您误会了，是我不对，我跟您赔不是。"外卖员说着居然给那个男人来了个90度鞠躬。这突然的道歉行为，不但令邻居男人吃了一惊，也让任天行把目光聚焦在她身上。

面对无理的"劫持者"，她居然主动站出来背锅给人家台阶下，这是怎样的素养？任天行注意到她黄色的头盔下是被雨水打湿的黑色短发和白皙脸庞，娃娃脸，珍珠眼，由于嘴角上方法令纹的存在，看上去已不再年轻。

"大哥，您看这外卖……"外卖员莞尔一笑。

"无理"男人貌似被这种谦卑的态度和微萌的笑容酥到了，清咳一声后假装埋怨："你说你没事敲啥门，看这事闹得，主要是吧……我表妹手机尾号跟这个也差不多，我没记那么清……"他边说边把外卖塞回给外卖员，看都没看任天行一眼就赶紧砰的一声关上了门。

任天行没再说话，只是接过外卖的同时朝那外卖员点头表示感谢。

"不好意思，外面突然下雨，袋子有点湿，祝您用餐愉快！"外卖员说完匆匆下了楼，留下一长串湿漉漉的脚印。

任天行关上门，跟莫茹一起坐在床边端着饭盒吃饭。他们没有椅子，因为房间被行李箱和杂物堆得根本放不下椅子。

任天行想到刚才莫茹不肯去拿外卖的样子，想到自己这个隔间旁住的大多是蹭别人外卖的邻居，他的心也软了。

实在不行，就跟莫茹一起离开青阳吧？任天行这么对自己说。但不知为何，此时那个外卖员的样子突然浮现在他的脑海里。

那个女人应该三十好几了，这样的年纪，在雨天给别人爬楼送外卖，全身都湿透了，还要无端受刁蛮顾客的气，她容易吗？

任天行低头看看手里热乎的饭，心想自己好歹饭点还可以吃到别人送到门口的外卖，但她呢？她是不是每天都只能在路上咬几口包子凑合呢？

所以说，没有人是容易的，只不过有些人放弃得很轻易，有些人却还在坚持。

那个外卖员如此活着也没离开青阳，任天行嘲笑自己有什么资格打退堂鼓，自己还年轻啊，未来还有无限可能。

想到这里，任天行快速将手里的饭扒干净，伴随着咚的一声，一次性筷子被他扔进了垃圾桶。

"我晚上要加一阵子班，你先睡。"任天行说着穿上了外套。

"领导都叫你别去了还加什么班……"莫茹冷笑，她也不吃了，将外卖盒塞进塑料袋，直接扔在地上。

任天行叹了口气："我们好好沟通行吗？我一直都知道你想要什么，你想自己在家做健康餐，上午健身，饭后散步，最好还能养一只狗……"

"有什么错吗？"莫茹打断道，"你不觉得这才是生活吗？"

任天行咬了咬嘴唇："是，没错，这才是生活，等我赚够了钱，你可以辞职在家过这样的生活。"

"别说这些远的了！"莫茹直截了当，"要不这样，各退一步。我们去杭州，也算准一线城市了，你要的大平台那里不缺，房价比这儿每平方米便宜好几万元，很多大型科技公司都准备去那里开分公司，未来那边房价会大涨。"

任天行听到这里手微微握起。为什么莫茹开口闭口都是房子，白天黑夜自己听到的全是房价？

因为跟任天行在一起太久，莫茹直接看穿了他："你还是不愿意对不对？你以为我在意的是房子吗？我在意的是家！我们的家！我在意的是我们的生活！你觉得我害怕压力是吗？害怕压力我根本就不会妥协去准一线城市！我干吗不提议去你老家那个小县城？那里更没压力！"

瞧见任天行此时跟一个木头一样伫立在门前，眼睛也不看自己，莫茹更来气，因为当任天行没被说服的时候，他就是这个样子。莫茹没想到任天行连去准一线城市这个提议也不同意。

任天行一句话也没说就关上了房门，他关门时没有用力，因为不想让莫茹觉得他也在生气。

大概他跟所有毕业不久的男生一样，面对心爱的女孩子，会气自己太过年轻。

两手空空是永远无法说服别人的，因为当下他连自己都说服不了。

他才25岁，确实还有无限可能，但他也不敢打包票他就是金权第二个萧杰。很可能他跟大多数青阳打工人一样，为了赚取金钱而牺牲自由，最后自由被剥夺了几十年，金钱可悲地也没剩多少。

依照莫茹的观点，他更有可能的是每年涨一次工资，可以给自己和家人多买几套衣服，多吃几顿大餐，甚至出去旅旅游，但依然改变不了买不起房的现状，更不要提青阳十几万元到三十几万元一平方米的学区房了。

任天行背上电脑包，撑起伞，毅然决然地走进雨中。

这雨一阵一阵的，路上的人几乎都被淋湿了，至少他们的鞋子都是湿的，连雁子谷小区楼下那条干净街道上的行人也不例外。

任天行忽然移开伞，仰起头，让雨打在脸上，对着雨水感叹："你看，你就很公平，在你面前，谁都一样。"

"不是谁都一样的！"同一时间，雁子谷小区3栋42层一个出租屋内，关莎将刚签下的租约放进床头柜，打开窗深吸了一口雨中的空气，"楼下那些人，我告诉你，99%都很平庸。"

杜晶出于好奇，探头往窗下一望，两腿立刻发软，赶忙转回身倒吸一口气："妈呀，太高了！"

"确实。"关莎双手插在胸前，"这小区楼盘的开发商肯定赚翻了，拆农民的楼绝对不超过五层，很多还都是一层，然后在同样的土地面积上直接建了四十多层，一买一卖，几辈子都吃不完。"

"拆迁户也赚翻了。"杜晶感叹，"早几年我妈真应该多买几套村里的房子。"

关莎白了杜晶一眼："你以为这些农民傻啊，都知道要拆迁，不会卖的。"

"真不知道那些拆二代拿这么多钱都干些什么……"

"还能干什么，肯定买理财产品吃利息，然后由于生活太无聊，开出租车或者冒雨送外卖呢！"

杜晶哈哈一笑，没再接着这个话题往下说。她在房子里又转了一圈，感叹道："家具家电咱今天算是全整齐了，之前简直可以用家徒四壁来形容。"

"这房子还没人住过呢，我算是便宜租新房了。"

"可这天花板也太低了！"杜晶说着自己试着往上跳，看看能否用手够到天花板，她试了几次，每次都差一点，样子有些滑稽。

关莎依旧看着窗外的景色，就听杜晶问："你为什么一定要创业啊？直接找一个你爸魔爪伸不到的地方工作不就行了？"说着从后面开玩笑似的抱住关莎，"我们家上个月在韩国开了几家分店，要不要去？"

关莎一把推开杜晶："要我给你打工，想都不要想！我很贵的！"

杜晶撇了撇嘴："但你又没创过业，连这种烂小区的停车场你都没进过，一帆哥也算是倒了八辈子血霉替你买单。"

"又不用他出钱，那个马钰都说了走她的保险。"

杜晶耸耸肩："算了不说了。不过我预言一下，就你这抓瞎似的乱搞，等20万元用完了，保准你回家面对你爸的时候，脸比你现在直接从这儿跳下去还要难看。"

"先生，您是要用充电宝吗？"火锅店的收银员朝任天行问道。

"是的。"任天行礼貌地回答，就要去扫机器上的二维码。

"先生您别急，消费500元以上，这个免费给您用！"收银员说着从柜台下面拿出一个银白色的充电宝，上面没有二维码，一看就不用花钱。

任天行想着这些商家真邪恶，表面上为共享充电宝公司提供消费场景，抽取提成，但背地里却以"免费充电"为优惠政策让客户多花钱，损害共享充电宝公司的利益。他朝收银员礼貌地摇头笑笑，租了一个充电宝，找了一个靠窗的位置坐下，正想记录单价信息，就被一个服务生打断："先生，您要点些什么？"说着将一个iPad（平板电脑）直接放到了任天行面前。

任天行视线确实落在了iPad屏幕上，服务生本以为眼前这客人肯定会从第一页的锅底、牛羊肉开始点，没想到任天行先是沉默片刻，然后手指快速滑动着屏幕，直滑至最后一页才停下来。

服务生算是看出来了，这客人十有八九是来蹭桌子办公的，他肩膀上背着黑书包，不出意外里面装着电脑。

"您需要来杯什么喝的呢？"服务生指着最后一页的饮料清单，很识趣地问道，心想你来蹭桌子，好歹点杯喝的吧？

任天行目光扫了饮料类价目表一眼，没说话，手指又一页一页地往回滑，滑回第一页，皱起眉头淡淡道："我没看到特别想吃的。这样吧，等我女朋友来了，让她点，我女朋友等下就来。"说完，他将iPad推到一边，开始琢磨充电宝的事。

"行，那我先给您上茶水。"

"嗯。"任天行随口应道。服务生刚想转身，谁知又突然被叫住："那个……不用了，我不渴，茶水什么的等我女朋友来了一起上。"

"好。"服务生无奈地道。

等服务生转身了，任天行紧张的神经才终于松弛了一些。他刚才不是没看到iPad里的茶位费，4元一个人。他觉得自己只是来调查下市场，犯不着花这个冤枉钱。

任天行将充电宝的时间单价记录好后，起身正要走，无意间瞥见对桌一个男人正看着自己，双方目光相接时，他很自然地看向了对面的朋友。

那男人看着30来岁，鼻梁高挺，穿着深蓝色上衣，一脸英气。任天行觉得有些眼熟，但一时半会儿又想不起来在哪里见过，本打算仔细回忆回忆，但他知道此地不宜久留，于是起身飞速奔向前台，把共享充电宝插回充电桩，人就跑得没影了，留下不远处一直留意他的服务生独自凌乱。

从火锅店出来后，任天行又接连跑了一些别的餐馆，还去了几家理发店、商场、电影院甚至美甲店。当然，他也不是每次都可以那么顺利地要到充电宝，比如他在进入一家洗脚城的时候，由于一副狼狈模样外加没花钱消费，被店员客气地请了出去。

忙碌的时间总是过得飞快，转眼就到了晚上11点，大部分娱乐场所逐渐歇业，只有咖啡厅里依然坐满了人。这回，任天行没消费就拿到了共享充电宝，因为店里客人的行为几乎没人管。任天行拍下了他今晚最后一张单价照片，而后打开电脑开始整理数据，完善他之前做的那份研究报告。

时钟嘀嗒嘀嗒在走，当任天行做完了工作，抬头扭动脖子解乏时，竟又看到了之前那个出现在火锅店里的男人！一样的穿着，一样的角度，一样的眼神……

咖啡厅里此时剩下的人并不多，男人这回眼神没有闪躲，而是直直地与任天行对视，同时嘴角扬起一抹意味深长的笑容。只不过这笑容只出现了片刻，就被他手里的咖啡杯挡住了。

任天行手心有些发麻，无数个问题从他脑中飞过：这个男人究竟是谁？为什么同一晚连续两次盯着我？他认识我吗？他是在跟踪我吗？他为什么会这么眼熟？我究竟在哪里见过他？或者他长得像我认识的谁？他刚才那种笑容是什么意思？这次他眼神干吗不躲？他究竟想干什么？

任天行确实天生有些脸盲，大学同学的长相都没记全，更何况其他人。

看那男人的年纪，任天行判断肯定不是自己的同学，应该是学长之类的，但任天行不记得自己认识这样的学长。

经过一番地毯式记忆搜索，任天行放弃了，他觉得可能是那个男人像自己从小到大见过的某个人。毕竟中国有十四亿人，要找两个长得相像的人还不容易吗？光是娱乐圈明星都一抓一大把。

任天行用裤腿擦了擦手心里的汗，把电脑和资料一股脑塞进书包，还了充电宝后，直接推门快步离开了咖啡厅。他边小跑边警惕地回头看，男人并没有追出来，随着距离越拉越远，他才稍稍舒了一口气。

任天行明白问题的关键不是那男人像谁，而是那男人为什么会连续出现，是有意为之还是纯属偶然？

任天行用手捶了捶脑门，一下子清醒不少。眼下对他来说最重要的是赶紧回去睡觉，让身体充分休息，明天早点到公司，把研究工作再好好跟马钰汇报一次，争取改变马钰对他的看法，重新争取留用机会。

等他回到家，莫茹已经睡着了。他像做贼似的关上门，小心翼翼打开衣柜，抽出毛巾，将湿漉漉的身子擦了一遍。确切地说，不是"擦"，而是"捏"，因为"捏"这个动作声音更小，即通过按压毛巾吸干皮肤上的汗水。

任天行没洗澡吹头，甚至没敢刷牙，蹑手蹑脚地躺上了床。

好在今晚没怎么喝水，任天行认为自己的"三急"憋到明天应该没有问题，解手时就算莫茹不会醒，但冲水的时候就不一定了。

听着身旁莫茹稳定的鼻息，任天行忍不住转头看了看她沉睡的侧脸，她的鼻尖在月光下显得更翘了。他喜欢莫茹可爱的翘鼻子。

这个女朋友其实挺好，把六年的大好青春都给了自己，最重要的是，她未来的规划里有自己，这样就够了不是吗？

但这么长时间，莫茹从来都是自己先睡，没有等过晚归的任天行哪怕一次。如果任天行把睡着的莫茹吵醒了，平常还算通情达理的莫茹就会发一整晚脾气，在那1.35米宽的床上翻来翻去，附带各种牢骚，搞得两人第二天都只能挂着黑眼圈上班。偏偏任天行这两年多的实习生活经常加班晚归，所以他平均一周就洗两次澡，还练出了憋尿睡觉的功夫，连洗漱用品都特意放了一套在公司。

青阳靠海，空气潮湿，尤其是春夏季节，任天行离开办公大楼出去吃餐饭，来回路上都感觉全身的汗液像焦糖一样粘在皮肤上，难受至极。

想要舒坦点，一是吹空调，二是洗澡。正因如此，大晚上在公司蹭空调的同事不少，跑去隔壁健身房蹭浴室的同事也不少，但每天还要在公司先刷牙再下班的，只有任天行一个。

"不是吧天行，刷牙这点水你也省？"

同事们如此调侃，任天行也只能尴尬承认："高速 Wi-Fi、打印机还有纯净水都蹭了，再蹭点自来水有什么关系？"

那些人听罢笑得更欢了，任天行也跟着他们一起笑。他挺满意自己这样的回答，因为比起家里有一个连自己刷牙都有意见的女朋友，还是承认自己薅公司羊毛薅到变态比较不伤面子。

任天行不怪莫茹，都是因为隔间太小，厕所就在床旁边，如果自己跟莫茹住的是雁子谷两室一厅的房子，厕所在卧室外，自己先关上卧室门，再关上厕所门，洗澡的声音不就小多了吗？

所以女朋友可不可爱，归根结底取决于自己有没有钱，钱在这个时候的任天行看来，绝对是终结情侣矛盾的利器。他做梦都想变成有钱人，只不过他今天早上撞了一辆保时捷，中午在办公室被领导训斥，晚上又淋雨跑了一晚上市场，确实累坏了。定好明天的闹钟后，他把被子往上拉了拉就沉沉睡去，连梦都没力气做。

月光下，任天行领口变形的褶皱清晰可见。

第②章

第一道难题

第二日，任天行照常出现在金权大厦，他的实习生工卡并没失效。

办公室里不少同事瞅见路过的任天行，眼神都有些诧异，毕竟任天行可是那个被马钰扫地出门的实习生。

他是回来拿东西的吗？他回来是销工卡的吧？他怎么还有脸回来？他现在回来也没用了吧？难不成还死赖着不走了？

不同人脑子里闪过的是不同的疑问，但大家都很忙，这些疑问不过也就占用了他们大脑不到五秒的运转时间。每天拿着商业计划书来金权求融资的初创公司就有十几二十几家，因此金权的员工每天都在疯狂学习新知识、了解新行业，疯狂做研究，一心想的就是努力努力再努力，帮助领导挖到个好项目，第一时间抢到最便宜的股权，根本没闲情逸致管八卦新闻。

任天行将昨晚写好的研究报告打印出来，用订书机工整地订好，忐忑地走到马钰办公室门口，刚想深呼吸平复下情绪，便听到门里传来的讨论声。

"共享充电宝2015年时注册企业就有350多家，但2016年光景不好，一些公司资产负债率都超300%了。"说话的是一个年轻男人，任天行对这个声音很耳熟，推断应该是与自己同一批的某个实习生。

"接着说。"马钰开了口。

"撑过2016年的公司，在2017年都发展得还行，几家头部公司拿到的融资数额都挺大的，40天的时间里，共享充电宝行业就获得了11笔融资，有35家机构入局，融资金额约12亿元，这个数字差不多是2015年共享单车刚出现时获得融资额的5倍。"男人话音很是自信。

"还会横向比较，不错嘛。"马钰赞许的声音传来，"融资额是共享单车的5倍，说明了什么？"

"其实也说明不了什么。"那个男人回答，"大部分的共享单车如今都成了无人回收的废铁，而共享充电宝我认为是一种伪需求，成爆款项目的可能性不大，这些需要扫码付钱的充电宝，几年之后或许就成了一块块污染环境的废电池。"

听到这里的任天行，瞬间回忆起离雁子谷不远的一块暂时废弃的工地，那里堆满了红黄蓝绿各色废弃的共享单车，人走过去贴近了看，那高度目测都有三层楼高，他和莫茹还曾在那个"单车山"前照了一张相。

"这样的山还真少见。"莫茹看着当时的场景感叹道。

"这不是山，这是坟场，单车坟场。"任天行说。

"为什么你觉得共享充电宝是个伪需求？"此时办公室里马钰的提问把任天行的思绪拉回了现实。

"因为这个行业目前还没有企业找到靠谱的盈利模式，而且使用场景也比较难维护，比如刚谈好合作的饭店今年开张，明年就可能倒闭，新开的店如果是面包店，客户基本不在店内用餐，也就用不上共享充电宝；另外就是产品使用体验不好，比如我之前用过几次不同品牌的，个人感觉充电速度都太慢了，而且价格相对来说也不太划算；再加上现在各种手机厂商都在提高续航能力，长期来看，对共享充电宝行业也是冲击。"

任天行在门外仔细听着，此时他的肩膀被一个已经入职的同事拍了一下。

"找马总？"那同事轻声问道。

任天行点了点头，注意到那同事手里拿着文件，以为他也来找马钰，于是连忙让出了门口的位置，连声道："我不急我不急。"

那同事好似刚准备跟任天行说什么，门突然就被马钰打开了。

看到门外站着的任天行，马钰诧异万分，不过面上没表现出来。

门外的同事给马钰递了资料后，顺带提了一嘴："萧总说这周末聚聚，两个部门一起。"

任天行一听"萧"这个姓，脖子都长出一节：萧总？该不会是自己崇拜的那个萧杰吧？萧杰不是在金权投资集团总部工作吗，怎么会突然来青阳分公司？

说来惭愧，任天行虽奉萧杰为神灵，但他连人家长什么样都记不清，只是以前在创业大会的一则电视新闻里瞅过一眼。当时的萧杰西装革履，正在给台下的百来名年轻创业者进行演讲。

听属下说萧总想让两个部门聚聚，马钰淡淡回应："好，知道了。"

任天行想着眼前同事提到的这位"萧总"很可能不是金权的投资大咖萧杰，但除了萧杰，他也没听说金权还有哪位领导姓萧……

"想什么呢？"马钰不太耐烦的话音打断了任天行的思绪。

"啊……没……"任天行一脸忐忑，"马，马总，我昨天跑了20多家门店，这是新完善的研究报告，市场实地调研的单价都在里面了。"说着双手递上了自己的研究报告。

"彩印……你还真替公司省钱啊……"马钰瞧了瞧研究报告的封面，似笑非笑地来了这么一句。封面上是一堆五颜六色的共享充电宝产品图。

马钰麻利的翻页声有些刺耳，她的目光最后停留在单价数据那一页。

任天行为自己的彩色研究报告脸红，加上昨天的事情，鼓起勇气道了歉："马总，之前是我没有沉下心来做研究，对不起，以后我一定认真跑市场，扎实做报告，坚决不拖团队后腿。"他声音很低，头也埋得越来越低。

"真的跑了一整晚？"马钰挑了挑细长的眉毛，"这确定不是你自己去网上东拼西凑得来的数据？"

面对马钰的质疑，任天行虽然内心不太舒服，但还是谦卑地答道："回马总，这确实是实地走访的数据，里面每家店的名字我电脑里都有记录，今天下班您若有时间，我带您去看看，里面充电宝的价格……"

"行了行了，我相信你。"马钰把研究报告一把合上，任天行见状一阵暗喜：这关应该算过了，眼前这女领导昨天对自己不过就是放放狠话，并不是真赶自己走人，留用还是有希望的。况且自己如此迅速地调整工作状态，如此诚恳而卑微地认错，态度上肯定合格，只要不是朽木，都应该得到一条生路。

任天行正想说些什么表示感谢，就听马钰开了口："数据是真的也没用，理发店你只跑了两家，还都在经城区，就算这两家都是1.5元每小时，你也不能直接推断全中国的理发店都是这个价格。市场规模如果都是照你这么估算，那我们金权没人需要加班了，大家躺着赚钱不就好了？"

马钰的音量并不小，公共区域不少同事往这边偷瞄，虽然没有人窃窃私语，但任天行仍旧感到无地自容，他有些结巴地辩解道："马总，这是大致估……估算。"

马钰听后脸更黑了："任天行，市场数据不是一个晚上就能跑出来的，估算也不是这么估的，样本太少，估算出来误差有多大你不知道吗？以前在学校学过概率论没？你这跟拍脑袋给我填一个数有什么区别?！"

马钰说到这里，转身示意那个还站在她办公室里面的男人把桌上的一份研究报告拿给任天行。报告是黑白打印的，封面字体工整，没有花里胡哨的图片。

任天行对这个男人还是有印象的，实习生培训的时候见过，只是不记得他的名字，听说好像是金权某个领导的亲戚，但具体是哪位领导就不得而知了。

任天行刚翻开报告，就听到马钰语重心长地道："你好好看看，看看人家是怎么跑市场怎么做研究的。人家报告里一线、二线、三线城市不同应用场景的价格对比都有，还有目前市场上几家龙头公司的调价趋势表。"

翻着报告的任天行此时已经傻掉了，他想的不是那位同事有多厉害，而是这样的报告自己一个人根本不可能完成，如果跑这么多城市，那么交通、住宿、吃饭的费用谁出？金权的实习生只要出了青阳就算出差，而只有正式员工的出差费用才可以报销，实习生这么做研究不是倒贴钱给公司打工吗？

"这份报告你拿回去吧。"马钰放缓了语气，随即指了指那个年轻男人，"我的项目组最后一个名额给他了，你要真想进来，以后还有机会的。"马钰说着转身正想走，胳膊却突然被任天行一把抓住。

任天行此刻感觉天都塌了，他抓住眼前的女领导跟抓住他最后的机会一样，是一种求生本能，但大庭广众之下公然这样与异性有肢体接触实属不妥，所以任天行才刚抓住马钰的手臂又赶忙放了开来。

"马总，我还年轻，我会很努力学的，求求您给我一次机会，就一次。"

任天行确实想要一次机会，因为以前的他就是坐在办公室里帮同事查各种资料，没谁真的让他出去跑门店，遇到马钰这样要求的投资经理，至少在任天行的实习生涯里还是头一回。职场上能力强的人应该是一步步被培养出来的，不能谁一犯错就被判死刑，这不公平。

马钰神色冰冷："当时这么多实习生要做这个研究，你让我给你一次机会，我给了，你也用掉了，所以……"马钰说到这里顿了顿，才又轻描淡写道，"没了。"

"没了?！你的计划就是卖口红，然后没了?！"一辆蓝色电动出租车后座上，杜晶难以置信地瞪着关莎。

"成为青阳首富，收了我爸，口红就够了！"关莎推杜晶下了车，所到之处是青阳某化妆品批发市场，"改变命运的机会往往只有一次！"

来时的出租车司机把空车标识立起，绝尘而去。

杜晶没好气："可你就20万，怎么改变命运啊？现在随便一个小企业创业，启动资金都得100万，保险点你至少得再跟你爸要个三五百万，不然多少机会都是白搭！"

关莎满脸不爽："哎呀姑奶奶你就放心好吧，我都做过市场调研了，20万绝对够！我保证不出一年就可以连本带利还给我爸！"她说着开始推杜晶的后背，逼着杜晶往批发市场走，"关老爷我今天就是带你来验证一下，20万可以干多大的事！"

"哎哟我自己走，你别老推！"杜晶叫嚷着。

她们面前这个化妆品批发市场是青阳开业时间最长的，如今也算一个美妆直播基地，简称美播城，里面有大大小小的美妆店，各类美妆产品应有尽有。只不过这里的商家卖的价格全都不是零售价，而是批发价。当然，你进店买的量也必须大一些才行，至少你得假装自己是个来拿货的零售店小老板，而不是纯逛街的游客。

美播城房子老旧，类似十几年前旧城区的购物商城，外围车辆停得横七竖八，每家商店都立着五颜六色的牌子或横幅搞促销活动。

"真乱！"杜晶用两个字总结了她踏进美播城的直观感受，"好在我们打车来的，不然一帆哥的车又要危险了。"

"车在修呢，只能打车来。哎呀，别老叽叽歪歪，快走快走！"关莎不耐烦。

"我对化妆品没兴趣，要不是你之前老卖关子，都不说到底要干吗，我也不会跟着来，真是好奇害死猫……"

见杜晶持续抱怨，关莎道："我们的重点不是化妆品，我们的重点是赚钱，你不要跟我说你对赚钱也没兴趣！"

两人拉扯着走进一家化妆品店，关莎刚拿起一支口红，热情的店员就凑了上来："我们家口红品质很好的，叶桃渡的产品都找我们家做代工。"

叶桃渡，中国近几年新崛起的国产美妆高端品牌，亮点是契合亚洲人群面部特征，精设计且易上手。

"拿一支我试试。"关莎朝店员说。

店员迅速选了一支口红递给关莎："这是我们本季度的爆款，非常水润，非常仙。"

关莎先是在手背上试了试色，然后才上嘴。当红偏橘还带着点闪粉的颜色出现在关莎嘴唇上时，店员有些看呆了，关莎那两瓣薄唇在白嫩皮肤的衬托下，如雪中绽放的红莲。

眼前的年轻女人在店员看来，眼睛虽似九尾银狐的双眼，眸光却清澈透亮，不带一丝妖媚；浓密柔润的长鬘发散在她青绿的绸缎连衣裙上，宛若幽潭中倾泻而下的一帘瀑布。化妆镜前柔美的灯光洒向关莎精致的侧脸，任何摄影师见了都会忍不住按下快门。

关莎从小到大都是证件照杀手，是校花，但又不是一般的校花，因为她的长相和气质倘若放到100位校花中去比，也依然是佼佼者。

关莎的美规格太高，是艳压群芳的，是遭人嫉妒的。

美，原本应该是上天的恩赐，但可悲的是，当一个人某方面的优势太过突出，突出到与这个人身上其他方面的特质不成比例时，就会影响其整体发展。

比如一个木桶，如果构成木桶的其中一根木板稍微有些长，无伤大雅，它还是桶，还能用来装水，人们提着它走路也还算方便。但如果这个木桶中的长木板比其他木板高出整整10米，外形上就很怪异了，若非实在没其他工具，应该不会有人想用这样的桶提水。如此一来，这个怪异的木桶想要恢复自身在人们心中的使用价值是很困难的，且如果真的有这样的木桶存在，大家的目光都会聚焦在它那根高出10米的木板上，而忽略其他特质。

关莎就类似这样一个怪异的木桶，从小到大跟她同窗过的同学，多年之后对关莎的记忆点，永远都不会是真诚善良、触觉敏锐、情感丰富或坚忍独立这些品质。当然，对此关莎也已经习惯了。

关莎的出众外貌并没给她带来过真正的爱情，甚至可以说没给她带来过任何好运。不过现在她已经过了为这些事烦恼的年龄，老天既然送了自己这身皮囊，那就好生养着，泰然处之，为此她不介意每天出门化化妆，让自己的美再极致一点。

口红涂完后的关莎抿了抿嘴，正仔细瞧着化妆镜里口红的成色与质感，旁边的店员就忍不住说："橘色配闪粉，今年绝对爆一年，您要是满意，直接拿一些去您直播间吧，肯定好卖。"

直播间？这店员居然以为关莎是某直播带货网红跑来这里挑货的……杜晶赶紧把头扭向一边，不让人看到她因为憋笑而扭曲的面容。

"我想做自己的口红品牌，无添加剂的那种，蜂蜡、色粉和橄榄油用我指定的，你们可以做吗？"关莎倒是淡然自若。

"当然没问题啊，我们有自己的工厂，光工程师就有10个，可以跟您一起开发新的配方。"

"成本是多少？"关莎问。

"膏体成本一般不超过4元，如果您要的量大，我们也能把成本做到3元以下。"

杜晶听完很是诧异："膏体？就是红色这坨吗？才3元？"她说着指了指关莎手上拿着的那支口红，"那包装呢？多少钱？"

店员从专柜里又拿出了一支很漂亮的深蓝色外包装口红："包装的话我们做工不输国际大牌的，比如你们看这个直管，看起来很高级，我们可以做到8元左右甚至更低，加上膏体，总成本10元以下。"

杜晶一边拧手里的矿泉水瓶盖一边问："如果成本只有10元，那零售价应该卖得很便宜吧？也就是说这种口红属于低端货吧？"说完她仰头开始喝起水来。

店员听到杜晶这个判断觉得有些好笑，立刻看出了眼前这两个女人是门外汉，不过还是耐心解释道："零售价你们想卖多少就可以卖多少，只要能卖出去，价格自己定。市面上那些口红，无论是50元以内的低端货，还是100元至200元的中端品牌、250元至300元的高端品牌，甚至400元以上的超级大牌，成本都可以做到10元以内。"

噗——店员才刚说完，她的左肩连带脖子就全被杜晶喷湿了。

店员报出的成本价和行业利润率让杜晶猝不及防，她原来想着做一支口红应该要不了多少钱，但也没想过居然这么便宜。10元成本的口红，随便一批发，如果转手就可以卖110元，那岂不是闭着眼财富就翻了10倍？

杜晶慌乱地用纸巾帮店员擦完脖子上的水，瞧见关莎十分镇定的样子，刚想说什么，胳膊就被关莎抓住了。

"谢谢啊，我们再看看别家。"关莎说着把杜晶拖出了店。

待二人离那家店铺有相当一段距离后，杜晶才忘我感叹："你是不是早就知道做口红利润率这么高？我终于知道你为什么说20万元够用，还打包票一年之内就可以还你爸钱了。20万元可以进2万支刚才那样的口红，然后零售标价每支110元，毛利率约90%，20万元可不就瞬间变成200万元了？"

毛利率是用营业收入与营业成本之差除以营业收入后得到的百分比，这个基本概念杜晶还是有的。

"然后呢？"关莎问。

杜晶眨巴了下眼睛："然后你就再用200万元进货，卖完就有2000万元了！"

"再然后呢？"关莎突然饶有兴趣地瞧着杜晶。

"什么再然后？再然后就是重复啊，不断进货，不断卖货……"

"嗯，然后你就看着我关莎的资产从2000万元再翻他个100倍，变成20亿元，然后就是2000亿元，20万亿元，最后什么贝索斯、比尔·盖茨和巴菲特都给我一边去，我关莎才是世界首富……"

杜晶刚要附和称是，但想想又觉得哪里不对，一时语塞没接上话。

关莎用力推了推杜晶的脑门："我的杜大小姐，赚钱要真那么容易，这个批发市场早就人满为患了，人人都来抢口红，怎么会像现在这样一家店也没几个人逛？"

"这……"杜晶环顾四周，发现整层楼着实冷清。

关莎接着分析："而且你想想，如果每倒一次货都能赚10倍，那为什么当下还有人去搞互联网，去造车，去做人工智能？所有人都来卖口红不就完了？"

杜晶听罢忍不住偷偷朝来时那家店的方向望了望，低声道："所以你的意思是……刚才那个店员骗人？口红的成本不可能这么低？"

关莎摇摇头："她没骗人，成本确实可以做到这么低，但是你看……"关莎将手背递给杜晶，她的手背上还有一道刚才试口红的红印，"这都不防汗。而且我感觉无论是皮肤还是嘴唇，涂了这玩意儿都黏死了！"

便宜没好货，这是关莎的初始观点。口红出厂成本低廉，也是她之前在网上做功课后的心理预期，但刚才的经历确实让她有些失望。她是要做自己的口红品牌的，甚至是中国口红第一品牌，所以货必须是好货，好货才能万古长青，若都如皮肤上这种试用品一样劣质，再便宜她也不要。

"一家店说明不了问题，我们多看几家。"关莎说完拉着杜晶挨家挨户地看货。

店老板A说："三支口红配一支睫毛膏，一套59元，小姑娘你有兴趣吗？零售的话你卖200多元都是可以的。"

店老板B说："是的呀，拿货成本10元可以卖198元，4元也可以卖198元。"

店老板C说："3元成本的口红我们都能做，我们店货的品质你可以在业内问问，都是没的说的。而且现在消费者要的就是物美，质量好，你高价卖没问题的。"

还有的店老板不仅推销口红，还拿出了店里很多其他美妆产品向关莎介绍："我们这儿眼影刷是竹鼠毛的，出厂价145元，零售价都是几百元一套的，您多拿几套吧，很多辽东网红来我们这儿拿货的。"

关莎和杜晶看来看去，不是口红太黏，就是眼影粉末颗粒感太重，要不就是那刷子用起来跟牙刷没区别。万般无奈地走出最后一家店，两人无意中看到店旁还贴有大幅海报招聘网红主播，海报标语写着："主播招聘，实现财富人生，欢迎您的加入，一起创造更多精彩，团队微信……"

一旁的杜晶忍不住爆出一句："什么批发市场，看上去大多数货都挺垃圾的……"

关莎满脸疑云愁雾。这批发市场虽然各色牌子都有，杂牌货的成本和售价没有固定比例，知名国际大牌的价格也都是专柜的4至5折，看似极具诱惑力，但货源的真假就很难鉴定了，想在这里找到靠谱的合作伙伴如同大海捞针。

关莎虽然没任何工作经验，但以前在父亲的劝说下，好歹本科毕业后也去美国读了个MSIA（Master of Industrial Administration，工业管理硕士）。MSIA的课程其实与MBA差不多，只不过选修课偏工业生产，更注重供应链管理。

关莎的父亲当时是这么忽悠关莎的："这个项目才一年，多适合你们女孩子！供应链管理很重要，你看看乔布斯，他去世后为什么苹果公司依旧能牢牢守住霸主地位？就因为新任CEO库克是顶级的供应链管理大师。"

也怪关莎当时急于证明自己，想早点在社会上出人头地，想着一年就一年，妥妥的也是个硕士学位，混一混应该很容易，同学也应该都是混混的，就同意了父亲的提议。未承想在美国攻读这个专业的人大部分都是全球大型公司的中层干部，一个来混的都没有。

作为别人眼里的"家族企业接班人"，全班年龄最小的关莎学习非常努力，她也必须努力，因为那些俄罗斯、印度、西班牙教授的浓重口音实在非常妨碍她理解课堂内容。且教授布置的阅读量巨大，学期考核分布在每一次课堂表现里，关莎要是不努力，都根本没法在课堂上发言，连及格都不可能，更不要说在一年之内毕业了。

尽管关莎努力，但作业她还是不太会做。MSIA的各科作业与在实体企业搞项目一样，都以小组为单位，那些大型国际公司的中层干部哪个不是拼杀疆场的战马，做起作业来基本就没关莎什么事了，有好几次小组会都没开，大神们就把作业漂亮地交上去了。

关莎最记得中级企业会计这门课，组里一个高级项目经理居然拿着他的电吉他来开小组会，并告诉大家无须讨论作业，安静听他弹吉他唱歌就好，因为他一个人已经把作业全写完发教授邮箱了，保证全部正确。

各路大神的大腿又粗又壮，关莎就这样死死抱着勉强毕了业。可常言道，出来混总是要还的，学校里省下的劲儿，来到社会自然加倍奉还，艰辛程度甚至会呈指数级增长。

关莎大概没想到，在 MSIA 这个项目里，做作业就是抢锻炼能力的机会，机会都被那些混江湖的"豺狼虎豹"抢了，她一个"小白兔"还有什么能力可言？

不过好歹也经过一番高等教育的熏陶，混商场的基本概念关莎还是有的。她明白，从古至今要建立伟大的公司，产品线各个环节都必须能打，从工厂、渠道到销售，任何一环拳头不够硬都会降低客户体验。但如今她找不到优质的货源，无法辨别经销商的靠谱程度，这成了她徒手创业的第一道难题。

此刻的关莎虽然没有刚下出租车时的意气风发，但也并未心灰意冷："既然都不靠谱，我们就绕过这些批发商，直接找工厂！"

"啊？"对关莎的这句话，杜晶一时间没反应过来，就被拽进了附近的一家叉烧店吃午饭。

关莎的理念也简单，既然看了一圈都不满意，那就干脆砍掉批发这个环节，绕过这些只会忽悠人的批发店老板，从源头入手，亲力亲为，直接跟靠谱的工厂合作，制作靠谱的货，然后自己再想办法销售。

杜晶本想说什么，但看到香气扑鼻的叉烧就忘记在第一时间发出质疑了，而是拼命往嘴里塞肉，直到碗里还剩最后一口饭，她才有一口气问关莎："你有认识的工厂？"

"没有。"关莎腮帮子也鼓鼓的，神态自若。

"那怎么搞？"

关莎听后把手机甩到杜晶腿上："你刚刚狼吞虎咽的时候我都查好了。"

"老天，你以后能不能好好给！"杜晶不满地揉了揉腿，"你这手机重死了，又是 PLUS 又是金属手机壳，甩在腿上很痛好吧！"

关莎根本没管杜晶的抱怨，认真道："化妆品工厂区就在附近，打车过去 10 分钟。"

"我说腿很痛！"杜晶重复。

"到了那里以后我们一家一家谈。"关莎依旧屏蔽了杜晶的抱怨。

杜晶没好气地吞下最后一口饭："一家一家谈，说得容易。你人生地不熟，看上去就一丫头片子，确定人家会跟你谈？到时候大门都进不去……"

关莎收回手机，扫了店老板的二维码付款，淡定道："他们不跟我谈，难道还不愿意跟钱谈？"说完把还没来得及擦嘴的杜晶一把扯了起来，"走！"

"走不了啦！腿痛！"

"下顿给你一斤叉烧！把腿吃粗点就行了！走！"

一辆蓝色电动出租车停在了青阳发兴市场边上，关莎和杜晶相继下了车。

虽然发兴市场名义上也是搞批发的，但批发商少，工厂多，没有统一的卖场，就几条巷子供买家自己转悠，道路坑坑洼洼，房屋也异常老旧，且没一栋楼超过四层。

瞧着这城乡接合部的风貌，杜晶一声叹息："真是一个地方比一个地方破……"

"能挖到金子的地方你管它破不破。"关莎边说边放大手机地图查看详细信息。

为了验证同样的商品在不同市场里批发价的一致性，关莎和杜晶再次打探了几家批发店，了解到的行情跟先前一样，品质平平的口红利润惊人。

两人兜兜转转，除了批发店、路边摊和网红招聘广告外，确实也看到了不少工厂的直营门店，在门店里可以咨询该工厂的产品生产流程和出厂价。

"口红膏体成本我们做的是4元到5元的，但品质绝对是一等一的。"一家工厂直营门店里的胖大姐朝关莎和杜晶拍胸脯道，"你可以拿个样板给我们，我们给你调，颜色肯定调得一模一样！"

胖大姐说着拿出一支货架上的口红递给关莎，让她试试，关莎照常在手上涂了涂，发现这回不是特别黏了，口红整体的延展性比批发市场里的好了些。

看着眼前的大美人似乎对自家产品还算满意，胖大姐趁势道："我们家口红质量绝对没的说，叶桃渡听过吧？国产美妆第一品牌，找我们做代工不是一次两次了。"

"怎么你们这儿都帮叶桃渡代工？"杜晶打趣一句，毕竟先前去的几家批发店都提到了有能力帮叶桃渡代工的事。

"因为人家是第一品牌啊，要货量大，一家代工厂做不了那么多，所以多分几家！"胖大姐话音有些激动，"代工厂有固定的也有临时的，我们家可是固定的，常年合作，叶桃渡跟别家都是一年一签，跟我们可是三年一签。"

关莎闻了闻手上的口红，那气味透着一股微微的百合清香，这使她多了些兴致。

"请问方便参观下你们的工厂吗？"关莎问。

胖大姐有些迟疑，神色中带着些许试探："如果我们合适，你打算拿多少货？"

关莎猜到了对方的小心思，果然还是看钱。她一脸认真道："如果质量没问题，达到我的所有要求，第一次我先拿3万元的货试试水。你们单支成本，膏体和包装就算加一起要10元，3万元也可以买3000支了，我直播间卖完了再找你们加量。"

杜晶听到关莎这句话眼睛瞪得老大：乖乖，这姐妹逛到现在居然直接演起了直播间的带货主播，不笑场，不错词，微表情管理到位，乍一看很是那么回事。

听见关莎给出的数字是3000支，胖大姐脸上谈不上特别喜悦，但也没面露难色，点点头说："行，那我带你们去见老板，跟我来。"

胖大姐说完麻溜地关上店铺门，带着关莎和杜晶往巷子深处走去，一路走一路继续夸耀着自家厂的生产工艺，同时怂恿关莎："小姑娘，你要做自己的美妆品牌别光做口红啊，我们厂气垫、眼影、睫毛膏都做得杠杠的，绝对好价好货。"

关莎只是笑笑没接话。对于创业之路，她知道一开始必须专注。化妆品市场竞争异常激烈，各路品牌鱼龙混杂，作为新进者，如果不能在某个细分领域取得优势，让消费者有记忆点，最后大概率会一事无成。何况关莎手头的启动资金相当有限，摊子也无法铺太开。

没走几步路，三人就来到了一家工厂门口。工厂由三栋两层楼高的蓝白色建筑组成，外墙的瓷砖旧得发黄，一排排空调排风扇的声音很吵，顿时将胖大姐的声音盖住大半。

工厂大门上贴着大红色的招聘启事，关莎忍不住凑上前去看了一眼。

招聘岗位：
包装工、罐装工（月薪3600元至4500元，包吃包住）；
压粉工（月薪4100元至5000元，包吃包住）；
跟单员（待遇面谈，包吃包住）。
应聘者男女不限，需要懂Excel（工作表）、Word（文档）的基本操作，有化妆品跟单经验者优先。
本公司以计件为主，试用期一星期，压一个月工资，每个月的最后一天发放工资，春节假期来回车费补贴！满一年有工龄奖100元，封顶600元，全勤奖100元，房补（外住）补贴100元，特殊岗位补贴100元至300元，一个月休息4天。

这是关莎第一次亲眼看到工厂的招聘启事，吸引她眼球的除了工种外，还有四位数的月薪和三位数的奖励。

一个月只能休息4天，而且必须保证每天都不迟到早退才能拿全勤奖，全勤奖还只有100元……100元在青阳能干什么？如果是经城区，100元大概能吃4顿快餐，还不能是特别高档的快餐店；如果去网红奶茶店，也就够3杯标配奶茶，诸如奶盖、波霸、椰果或红豆之类的小料是别想多加了，毕竟关莎昨天跟杜晶随便点了两杯奶茶，啥都没加，到店自取，小票上的金额都高达74元。

关莎的启动资金若要一个平均月薪4000元的工厂员工来凑，不买衣服不交网费不看电影不喝奶茶也要凑4年多。

想到这里，关莎心里一紧，感觉肩膀上的担子更重了。自己如果不能有效利用这20万元，如何面对手中生来就有的"卵巢彩票"？

其实但凡有点理想的人，拿着这样的"彩票"，压力绝不比父亲那一辈的"创一代"小。当今社会人口更多，竞争更激烈，任何一个行当只要稍微能赚点钱，就会突然间几万人甚至几百万人蜂拥而入地跟你分一杯羹，直到最后大家都勉强不被饿死。

带着这样的心事，关莎走进了工厂一楼的大门。大门里是十几个方形卡座，每个卡座上都有老款的台式电脑，电脑前坐着的人都穿着白衬衫。

"这些是跟单员。"胖大姐说着，带关莎和杜晶走进离卡座不远的一个大房间，房间里全是产品展示架，架子上摆满了各式化妆品。当然，口红是最多的，据关莎目测，少说也有四五百种。

"这是样品间。"胖大姐说完，招呼关莎和杜晶在沙发上等待，自己上楼去叫老板了。关莎和杜晶都很好奇化妆品工厂的老板是一个怎样的人，长得如何、谈吐如何、好不好沟通、愿不愿意跟新人合作？

等了大约5分钟，百无聊赖的杜晶好奇心作祟想拿货架上的口红，手刚伸出一半就被关莎用力拍了一下。

"干吗?!"杜晶痛得收回了手。

"别人不在，不要乱动。"关莎说。

杜晶眉头扭作一团："我就看看嘛！何况样品不就是给别人看的？"

"老板，就是她们。"此时胖大姐的声音从两人身后传来，两人随即转身，看到胖大姐旁边站着一个头发茂密的中年男人，小眼睛眯成了一条缝。

中年男人瞅见眼前两个小姑娘，一个长鬈发，美得惊世骇俗，另一个短发、运动装，还嚼着口香糖，气质飒爽，直接判定长头发的是主播，短头发的是她助理。

走访了这么多家店，关莎也很老到了，跟老板寒暄一阵就直奔主题："如果我要求的是这样的品质，你们成本多少？"她把手机递到老板面前，上面是某国际大牌的产品图。

"这个原版管要6块钱左右。"小眼睛老板点燃了一支烟。

"到底是左还是右?"

关莎想着自己都给出了具体的对标产品,还细致到色号,老板应该能给出一个精确的成本。

老板一秒就看出了关莎的心思,将烟头在烟灰缸里点了点,优哉游哉答道:"同样的口红,不同地方做,成本当然不一样。还有材料,口红成本最主要取决于包材的价格。包材嘛,价格一块多的有,几毛钱的也有;管子五六块钱的有,铝管就只要三四块钱,看上去都给你刷成一样的颜色,成本却不一样。所以确定口红的准确价格,我们得先确定包材的价格。"

老板就是老板,思维还是比较清晰的,于是关莎继续问道:"原料和包材这些,目前都是国产的吗?"

老板摇了摇头:"有国产的也有进口的。你看像彩妆,色粉我们一般用的都是进口的太阳色粉,至于口红嘛,其实那膏体主要成分就是蜡,你如果要求我们用好一点的蜡,我们就用好一点的,具体看你的要求是什么。不过像你这样做电商的,现在价格定低点好卖,不然也没竞争力不是?你看人家顶流主播倪蝶的直播间,国际大牌哪个不是全网最低价?你要跟人家争价格怎么办?就得从原材料入手。"

关莎听罢,心想:好家伙,生意还没怎么谈呢,这老板表面上说得头头是道,细细一分析,其实就是劝现在的新人尽可能压缩原材料的成本,以次充好,去抗衡顶流直播间里全网最低价的正版国际大牌。

老板一开始还收敛些,但见关莎不太认同他的观点,就开始摆出一副长辈教育晚辈的架势:"小姑娘,现在这个市场玩的就是低价,尤其是你们网络直播。"他说着顺带瞟了瞟杜晶,"我们的眼影在直播间就卖39块钱,同样的货人家卖多少?卖78块钱!但是我们就只卖39块钱,而且质量肯定比人家好!"

杜晶本以为关莎会与老板深聊下去,至少去看看生产车间之类的,未料关莎跟老板客气道谢后就说下次有机会再合作,手也没同人家握就大步流星地走出了样品间。杜晶对此莫名其妙,追着关莎一路小跑出了门,凑近关莎耳旁小声问:"怎么不合作了?"

关莎依旧步履匆匆,走到离厂区两三百米的位置才停了下来,面色严肃:"那种理念的老板就算产品再好我都不想合作。他说的低价抢市场,是纯靠压缩原材料成本达到的，这种做法赚点小钱或许可以，但做知名品牌绝对不行。便宜没好货你不知道吗？压缩成本的口红质量能好才怪！"

杜晶还是不太理解："他们家口红质量你不也试过吗，再差也比批发市场里的货好呀！"

"膏体质量是好了一点，但包装管拿着就没分量，看上去也不是特别高大上。我刚才给老板看对标的那款，他第一反应就是在外观一样的情况下，从材料上动手脚。我很讨厌这样的反应，尤其是第一反应，有这样的第一反应说明那老板的歪心思已经根深蒂固了。"

听到这里杜晶明白了，关莎跟那个小眼睛老板属于典型的道不同不相为谋。

其实大家都是在社会上混口饭吃，那老板在杜晶看来也没啥错，代工厂主动为客户节省成本无可厚非，但正好撞上了关莎这种理想型完美主义者，老板的行内经验不仅换不来赞赏，还碰了一鼻子灰。

杜晶想着，或许那个老板和以后的关莎各自秉承自己的理念都能赚到钱，但若此时硬把两个人捆在一起做生意，肯定憋屈。

"我们要不先回去，下次再来吧？"杜晶劝道。

"开什么玩笑？！"关莎说，"来回车费都贵死！走，我们去下一家工厂。"

关莎接着又按老套路，先拜访工厂的直营门店，再由店员领着去工厂跟老板详谈。

老板A的手指一边在黑屏的手机屏幕上敲啊敲，一边说："工厂利润？工厂哪有利润可言？我们出厂价3元，人家批发商3.2元拿走。说白了，现在这个社会，竞争来竞争去，工厂原来有的一点油水都被榨干了。"

老板B很豪放："品牌？我们不做专门的品牌，我们只做网红款和爆款，哪款口红今年卖得好，我们都可以做出来。"

关莎听到这里彻底无语了，眼前这个老板B还不如她第一个见到的小眼睛老板，好歹那个老板想的只是压缩利润，老板B走的直接就是仿冒路线，不管什么牌子，谁火就仿谁，捞到钱就行。

面对老板C，关莎问："对于口红，你们现在有自己的配方师吗？"

"当然。"老板C回答，"我们厂搞配方搞技术的可都是韩国人，而且对标国际大牌，你们小女生喜欢的大牌我们都可以做出来，一模一样。口红成本看包装，我们成本1元到8元的都有，你们要哪个档次的？"

听到这里，关莎心里都凉了一截：又是一个搞仿制品的违规工厂。她带着杜晶悻悻离开后，不觉感叹："怎么这里的人都关心大牌，关心爆款，还很得意自己能仿某个爆款仿得很像，怎么会有工厂以这个为荣？"

"这有什么难理解的。"杜晶不以为然，"你以为给你一支口红，要你做得一模一样是件容易的事吗？里面的配方要不断调的，能做得像就很不简单了。你看那些仿造古代字画的，能仿得八分像，本身都可以成为艺术大家。"

关莎闻言瞪着杜晶："你居然还帮他们说话？这是违法的！"

"我就事论事，"杜晶耸耸肩，"仿造确实也要一定的技术含量。不过这些老板个个都把牛吹上了天，还对标大牌，他们所谓的那些大牌同款口红我试了下，根本涂不开，而且太香了，不知道放了多少香精！"

"所以啊……"

"所以什么，我看接下来的工厂也都差不多，不跟这些老板合作，你关老爷的创业大概率就会夭折。"

关莎刚要反驳杜晶，脸上和脖颈的皮肤就被零星下落的水滴打湿了。她下意识抬起头，眼珠子不偏不倚被从天而降的水滴击中。

"不会下雨了吧？"一旁的杜晶遭遇也差不多，死命揉了揉眼睛，"刚才还大太阳，现在就下雨？这地方工厂那么多，废气也多，可别是酸雨啊！"

"都进眼睛了，你少乌鸦嘴！昨天就是你说撞车才撞上的！"关莎没好气。

"这都能怪我？明明是那胖小子不会开车好吧！"杜晶指的自然是任天行。

"你乌鸦嘴不说，他就不会那么刚刚好在我开过去的时候倒车！"

两人正开启互怼模式，周围雨水落下的声音就从滴滴答答变成了噼里啪啦。

由于不能贸然冲进别的厂区，关莎和杜晶只能往批发店多的地方一路狂奔。当她们最终冲到一家门店的屋檐下时，已经被淋成落汤鸡，杜晶蓬松有型的短发此刻紧贴着头皮，飒爽英姿荡然无存，好像有人拿着一大桶水直接往她头上泼过一样。

关莎看着杜晶这时的尿样忍不住笑起来，杜晶也一脸嫌弃："笑什么？你自己先照照镜子！"

关莎依旧在笑。她知道杜晶这个嫌弃样是装的，毕竟自己的状态绝对不会跟杜晶一样狼狈。

"谁让你死也要跟我来创业的？"她按着肚子忍住笑意。

"你以为我想啊？我不来你一个人敢去雁子谷那种地方？我不来你现在还一个

人在出租屋里搬家具呢！我不来说不准你早被刚才那一大堆男老板关进小黑屋了！"

看着杜晶一边抖头上的水一边拧着衣角，关莎说不出话了。

眼前这个短发女生身高一米七八，眉目俊朗，只要发型吹得潇洒，还是帅得一塌糊涂的。

杜晶在关莎眼里很独特，但不在她中性的外表，也不在她有些愣头青的性格，而在关莎认为她与自己的友谊是真实的。关莎相信，哪怕所有人都把自己当作舆论攻击的对象，杜晶也会毫不犹豫地站出来保护自己。

关莎都忘了她是什么时候认识的杜晶，好像是小学，好像是幼儿园，总之好像从她记事起，每一个画面都有杜晶的影子。

"我们都这个样子了，等下就算雨停了也没法跟人谈生意。回家吧，别感冒了！"杜晶又显露出打退堂鼓的意思，关莎刚才内心滋生的一丝温情被瞬间浇冷。

哎，杜晶啊杜晶，怎么这么多年了还是扶不起的阿斗！为什么这个扶不起的阿斗自己偏偏就缺不了……

关莎整理着头发："我们淋成这样还去找工厂，人家才更容易被诚意打动。"

她刚说到这里，店里一个研究这两个人半天的中年女人就走过来问："你们是要找工厂拿货吗？"

关莎和杜晶齐刷刷回头，见眼前的女人40多岁的年纪，妆容精致，指甲也修得一丝不苟。

"对，您是……"

"我是凤年厂的厂长，今天过来看看门店的。"中年女人向关莎伸出了手。

没等杜晶反应过来，关莎就激动地握住了女厂长的手，开门见山："您好，我们想找靠谱的口红代工厂做自己的口红品牌。"

杜晶见状，全身跟泄了气的皮球似的：关莎今天为了省点来回的出租车费，真是没完没了了！不过面前的中年女人气质和谈吐似乎与之前见过的所有男老板都不同，会不会她就是关莎希望寻觅的那种注重品质、正经经营的合作对象呢？

关莎与中年女厂长详聊一番才知道，女厂长所在的凤年厂是很多知名国际大牌的指定代工厂，而且只做高端品牌。

"我们的生意是细水长流型的，三无产品就算出了爆款也是昙花一现，不长久。"

女厂长这句话直击关莎心脏，她全然忘了自己湿透的身子，自然也无暇顾及同样是落汤鸡的杜晶，打了鸡血似的就要跟女厂长去她的工厂参观。

外面依旧下着倾盆大雨，好在店铺里还有几把旧伞，三人缩着身子慢慢挪到厂区，也就湿了鞋子而已。

凤年厂的外墙是朱红色的，四层楼高，围成了一个正方形。

厂区有自己的大堂，大堂内圆形吊顶中央挂着豪华的水晶灯，四周均是透明落地窗，前台梳着跟空姐一样的发型，妆容大方得体。

"我们去年的一个爆款卖了几百万支。"女厂长边说边带着关莎和杜晶往厂长办公室走，"我们这周边工厂的工艺水平其实都差不多，他们说的韩国配方师技术也还好，不能算是最高标准，而且这里的一些工厂的确在仿大牌，其中有的大牌产品还是我们厂做的。所以说白了，他们就是在仿我们，我们卖的哪个款爆了，他们就琢磨着弄出一个山寨版来，用我们业内好听点的话说就是平价代替版。但是他们仿得也不是百分之百一样，相似度大概可以做到九成吧。"

女厂长说到这里，推开了厂长办公室的门。

关莎眼前一亮，办公室的面积约一个教室大小，内置巨型办公桌、名家字画、红木沙发、高档泡茶台与若干雕工精美的产品展示柜。

办公室的空调风力特足，让浑身是水的杜晶一进来就直打哆嗦，喷嚏一个接着一个。女厂长赶忙从柜子里拿出了两件干净的睡衣套装递给关莎和杜晶："不介意的话你们先穿我的衣服，别着凉了，应该够大，我让人把你们的衣服拿去烘干。"

关莎觉得这样太麻烦人家，刚要婉拒，就见杜晶上前一把抓过衣服，毫不客气地来了一句："谢啦！"

关莎无奈，只好也跟着换了衣服。

当女厂长的助理进屋将热茶泡好，再把关莎和杜晶的衣服一并收走后，杜晶就忍不住问："老板您还自备睡衣啊，而且工厂怎么还有烘干机……"

女厂长笑了："平时赶工的时候，我都是跟工人们一起睡在厂里的，有时候衣服来不及晒，就买了烘干机。"此时她看到自己的睡裤穿在杜晶身上直接成了七分裤，忍不住感叹，"姑娘你这身高可以当T台模特了。"

杜晶挠了挠脑袋，下意识低头往自己胸部扫了一眼，很是不好意思："我太像'飞机场'了，当不了模特。"

"怎么会，那些维密模特很多也都不是那么丰满，当代审美趋势不一样了。"

杜晶听后尴尬一笑，心想：老娘自己说自己平可以，你还重复这个结论是几个意思？

"您家工厂做工这么好，怎么不做自己的品牌？"关莎这么问，既是把话题拉回正轨，又帮杜晶解了围。

女厂长给关莎和杜晶都倒上了茶，感叹一句："做品牌不是那么容易的，产品质量好只是一部分，营销能力也要上去，我们厂的弱点就是营销。我们的配方师都是做了十几年甚至二十几年的行业精英，但我们的营销能力没叶桃渡厉害。"

"您口红的色粉是进口的吗？"杜晶此时为了不让自己沦为一个穿着睡衣的摆设，也有模有样地问道。

"都是进口的。"女厂长说。

"为什么不用国产的？"杜晶问。

"色粉国产的很少，几乎没有。"

"啊？色粉这种东西不应该很容易生产吗，为什么还依赖进口？"

"因为色粉的提炼是有污染的，我们国家对这方面管得比较严。"

关莎想到了另一个问题："针对口红，市场上卖的那些说能保护嘴唇的唇膜，还有往里面加玻尿酸的，实际效果如何？"

"这些只不过是一种概念，永葆青春的概念。"女厂长由衷地回答，"唇膜如果论修复功能，也就是让嘴唇滋润一点，你多喝水效果也差不多，就是个产品卖点，就好比洗面奶里说有什么自然提取物之类的，都是卖点罢了。质量好的口红确实有些淡化唇纹和提亮唇色的功效，但若对外宣称通过口红可以多么显年轻，多么返老还童，就是夸大宣传了。"

"那质量不好的口红除了涂不开，太黏，还有什么别的缺点？"关莎虚心请教，既然要做这行，方方面面都得了解细致了才行。

"这些都是表面的缺点。"女厂长回答，"质量不过关的口红真正的缺点是让你皮肤本来的颜色变得更暗，也就是说色素会沉淀下来。"

杜晶立刻插话："那照您说的，我要是涂了劣质口红，嘴唇就会越来越黑？"

"是的。"女厂长笑道，"这就是我为什么说三无产品走不长远。做生意，千万不要把消费者当傻子，他们或许傻一时，但绝不会傻一辈子。"

"看来还是得买大牌……"杜晶感叹。

关莎接着这句话问道："那您觉得那些国际大牌口红最牛的地方究竟在哪里？"

"香味。"女厂长想也没想就脱口而出，"每种口红的香味在国外都是有专利的，也最难模仿。当然了，如果只看原材料成本，不看运营成本，就算是高端口红，香味再奇特也不会超过10元一支。我们厂出去的口红都不会超过10元，就看你怎么运营了。"

至此，关莎终于从行内人的话里验证了她之前的预料，真正用心做自己的品牌，除了必须拿到靠谱的货，关键还要懂运营。但现在说运营还太早，拿到好货才是关键，眼前这个中年女人和她的工厂门面目前看着都十分靠谱，但厂区的生产线还有产品质量是不是真的靠谱就不得而知了。

"方便看看您的车间吗？"关莎问。

"当然可以。现在就可以看，要去吗？"女厂长说着起了身，关莎正想随之站起，不料杜晶道："就这样？确定？"她扯了扯自己的睡衣衣领。作为外来客，穿睡衣参观工厂，那画面不要太滑稽。

"这有什么关系！"关莎说。

"都是自己人，不怕的。"女厂长笑笑。

随后杜晶极不情愿地被关莎一路拖向工厂车间。她倒不是怕，只是觉得脸丢到了家，尤其是这女厂长的睡衣也没有很厚，而自己和关莎的内衣以及原先的衣服都拿去烘干了。

关莎根本没空注意这些，她此时只有对口红生产车间真实样子的好奇。

随着朱漆木门被打开，车间场景一览无余，里面全是女工，杜晶挡在胸前的手臂总算是放下了。

女工们的神情与其说是严肃，倒不如说是麻木，没人因为大门的突然打开而抬起头，好似她们已经习惯了领导的这种突击检查。

女工们都穿着统一的粉色工作服，就连头上戴着的帽子和口罩都是粉色的。不过滑稽的是，那些帽子形同虚设，好些女工头发的二分之一都露在了外面。

这些女工大概8到10个人为一组，围在一张张长方形桌子旁边。桌子上散乱地放着塑料盘和不锈钢碗，碗里是已经调好的口红底料，女工们就把这些底料填充到模具里，一套模具可以同时做10多支口红，每个长方形桌上摆放着上百支已经做好的成型口红。关莎和杜晶参观一圈下来，感觉整个生产流程非常简单，大家都井然有序地做着自己手上的活儿，一丝不苟。

女厂长还顺手从桌上拿了一些口红给关莎当场试用，不得不说，膏体质量确实不错，就连香味也是关莎曾经熟悉的某大牌的味道。

货确实是好货，工厂也是好工厂，不过此时关莎心中不禁萌生出一个疑问：既然这家厂全都是给国际大牌做代工，又为什么要花时间接待自己呢？真正的大牌代工厂不应该单子都做不过来才对吗？自己可是一个没渠道没资源也没品牌的"三无"创业者，眼前的女厂长如此热情，会不会有什么猫腻？

不过她并没有将心中的疑虑向女厂长挑明，而是要求见一下那些传说中的韩国配方师。女厂长倒也不推辞，领着二人在厂区里七拐八拐，最终来到了一个写着"实验室"门牌的地方。这个实验室的装修跟普通居民住宅无异，里面没什么精密的仪器，红、粉、橘和紫色的各种瓶瓶罐罐摆了一桌又一桌。

房间不大，几个穿着防护服的男人在里面工作着，清一色的高鼻子、单眼皮，气质确实有点韩国人的味道。

"阿尼哈塞哟（你好）！"杜晶这时跑上前跟人家热情地打招呼。

男人们均停下手头的工作，抬眼看着眼前这两个陌生的姑娘。

一个40来岁的中年男人朝杜晶点了点头，用中文说道："你们好！"

但还没等男人们将目光移到特定的部位，杜晶就立刻意识到自己此时还穿着睡衣，且完全没胸罩护体，于是下意识捂住了胸部并连连后退，反倒是关莎无动于衷，大方走上前跟人家一一握手。女厂长倒也眼疾手快，从门边的柜子里扯出两件宽大厚重的实验衣让杜晶和关莎套上。

"我厂里还有事，你们俩在这里随便看，有问题就问张主任。"女厂长指了指中年男人，"他虽然是韩国人，但中文说得比我都好。"

套好衣服的关莎连连点头。女厂长跟屋里的韩国人打了招呼，关门前不忘嘱咐一句："看完你们回我办公室就行。"

"好的好的，您快去忙吧。"关莎和杜晶齐声道。

女厂长走后，关莎的目光就落在了实验室里的各种器皿上。每个器皿都被贴了标签，有些标签上写着"原料留样"，有些标签上写着"半成品留样"。

房间墙上被钉了好几排木架，每个架子上都排列着各种颜色的样料杯，但98%都是红色。深红、大红、浅红、粉红、橙红、橘红、淡红、紫红、玫红、牡丹红、樱桃红……五花八门的红色让杜晶看花了眼。

"你们是老板的亲戚啊？"那个张主任开了口，话音居然带有浓浓的东北腔。

"我们不是老板的亲戚，是来参观工厂的，以后说不定有机会可以合作，不过……您真是韩国人？"关莎十分疑惑。

对方听后，立刻爆出了一连串关莎和杜晶都听不懂的韩语，待他说完，关莎猛地眨巴了几下眼睛，完全没反应过来。只见那张主任笑了："我老家是东北的，父亲是辽昌人，母亲是韩国人，所以我汉语韩语都会说。"

关莎琢磨着刚才那一长串韩语估计就是这个意思，不过人家到底是不是韩国人不重要，口红工艺好不好才是关键。于是关莎仔仔细细地试用实验室里的样品口红，大体都满意后，开口问了许多问题。杜晶则是毫不拿自己当外人，对架子上的瓶瓶罐罐东拿拿，西看看。

"对，单单这间房就可以把口红生产出来。我们膏体配比调好了，放到模具里冷藏5分钟就可以出小货口红，测试通过了，就可以把配方拿去工厂做大货。"

"一种口红大概有多少种成分配比？"关莎问。

"带上色粉的话，20种左右。"张主任回答，"制作口红主要就几个工具，先称样，称完就溶。"他指着一个有刻度的透明容器，"主要是溶我们口红里的三大原料，油脂、蜡和色粉。油脂跟蜡融合之后，我们把色粉用碾磨机去磨，然后把它们都搅在一起，全部搅匀后用模具灌出来。当料底搅得比较稀，流动性比较好的时候就可以灌了，你们看，这样灌……"

张主任边说边演示如何将调好的膏体原料灌入口红专用模具，灌好后，又把整个模具放入冰箱下层。在5分钟的冷冻时间里，关莎又把之前问几个老板的问题重问了一遍，比如色粉是不是都依靠进口之类的。

"色粉都是进口的。"张主任说，"但其他大部分基础原料，比如滑石粉，都是国产的。当然了，一些铝、氧化钡和硅粉之类也是进口的。"

张主任还透露，早几年韩国的化妆品有80%从中国进口，而中国不少工厂也会专门聘请韩国的专家，或者直接买他们的技术，国产第一美妆品牌叶桃渡去年甚至与韩商合资开了公司。

"你们业内怎么评价所谓国产第一的叶桃渡？"关莎饶有兴趣地问。

"他们家东西……还行……"张主任这个"还行"说得很是勉强，好似憋了半天坏话，最终出于良心还是忍着没说一样。

关莎不禁有些想笑："什么叫还行？"

"还行就是……还行……"张主任重复，"你不能说他家东西是仿冒的或者是假货，工艺生产就是国内平均水平，但跟国际大牌比还是有距离的，不过差距也不是很大，价格嘛也比较亲民，总之还算良心产品吧。"

"我听说他们营销很厉害。"关莎说。

"叶桃渡的运营是不错，至少比我们好。"张主任回答。

金权大厦总裁办公室内。

"是的，叶桃渡今年没赚到钱，还亏了。"马钰汇报道。

她面前这位总部空降而来的领导其实年纪比她还小一岁，此人剑眉星目，棱角分明，但眼神中透着与他这个年纪极不相符的深邃与从容。他的职位高出马钰不止一级，他是金权的合伙人之一。合伙人是一家风险投资公司的最高权力职位，主要负责寻找及评估项目，做出投资决定，代表风险投资基金在被投资公司的董事会中占据席位，并参与被投资公司的日常管理。

在金权投资集团，马钰不过是青阳分公司的一个小小投资经理，手下也就管着五六号人，而这个男人作为金权的合伙人，此次出任的可是青阳分公司的总裁。

他，就是萧杰。

我们不得不承认，这个世界上有一种人，他们从小到大都很成功。作为工薪阶层的后代，他们虽没拿到关莎那样的"卵巢彩票"，但凭着出众的才华和异于常人的努力，一路过关斩将，年少成名，十七八岁时更是通过高考扭转乾坤，并从此走上了别人眼中的开挂人生。萧杰，就是此类人物的典型代表。

萧杰本科考入清华大学，硕士就读于耶鲁大学，先后在高盛集团和德意志银行工作过，负责中国区的投资银行业务，前后跟数家大型上市公司的高管团队成员都混成了好兄弟。有了这样的朋友圈，萧杰也就不难被金权投资集团的创始人看中，加入了职业投资人行列，帮助更多的中国创业公司走向成功，走向世界。

金权创始人毫无疑问是个伯乐，他发现了萧杰。而萧杰也是伯乐，他在极度容易让人看花眼的创业公司里挑中了不少好马、狠马与千里马。短短六年，萧杰给公司投委会推荐的创业公司已有五家成功上市，四家成了国内行业第一品牌，其余一半的公司年平均利润增速均超过了40%，为金权带来了滚滚财源。

拥有萧杰这般业绩的投资人，放眼整个中国的风投市场都数不出几个，所以萧杰的升迁之路也就顺理成章地被按下了加速按钮，仿佛一转眼的工夫，他就站在了金权投资集团的权力之巅。只不过，权力之巅的大风大浪不是谁都扛得住的，手下得力时或许可以高枕无忧，手下若捅了大娄子，那就得不辞辛苦不顾颜面地给他们擦屁股，豁出性命也要力挽狂澜。

青阳分公司的人都明白，这次被总部调来的新任总裁必须拯救"宏丰景顺1号"这只烂基金。该基金目前所投资的创业企业大面积亏损甚至倒闭，连一向经营稳妥的国产美妆第一品牌叶桃渡今年都亏了1000多万元。而今距离该基金的兑付期还剩不到两年，如果不赶快利用剩余资金投中好公司，或者拯救目前在投的亏损企业，作为基金管理人的金权团队就无法向背后的基金投资人交代了。

"萧总，我查了下，国外一家同类型的公司，去年的销售额是2000多亿元，净利润大概是300多亿元。咱们国家同行老二，那个娜娜，也有4亿多元的净利润。这样的行情下叶桃渡居然没赚到钱，实在不应该，叶桃渡本来发展前景是很好的，之前估值都有70多亿元。"

萧杰的手指在手提电脑上轻轻点了一下，而后一脸严肃地盯着屏幕。在他眼里，全年销售额大概35亿元的叶桃渡近两年的运营费用实在太高了！

"我们在叶桃渡董事会有席位吧？"萧杰淡淡地问道。

"有，两个。"马钰回答。

萧杰将目光从屏幕上移开，很镇定地看着马钰："现在就通知叶桃渡，召集人员开一场临时董事会，提出议案把他们现在这个运营总监换了。"

凤年厂的实验室里，关莎和杜晶发现有些样品口红上雕刻着各种图案与花纹。

张主任介绍，雕花口红对原料损耗比较大，成本在四五块钱。

"你觉得他们家口红如何？"走出实验室后，杜晶小声问关莎。

"确实是国际大牌的品质。"关莎不得不承认，"至少我涂上去没发现出汗。而且你注意看刚才那些样品膏体的表面没？基本都很平滑细腻，没有气孔，味道闻着也挺好，没有油臭味……"

两人说着走到了厂区一条走廊的尽头，本打算转弯下楼，就听见楼下一个有些耳熟的声音传来。

"你跟我说你59块钱卖得便宜，这玩意儿我给你才多少钱？别人都是5块钱，我拼了老命4块钱给你做出来，你想要的那些大牌品质，哪个我这儿没有？"

关莎和杜晶闻声从窗口往下望，瞧见楼下骂骂咧咧的正是她们来这儿时第一个见的那个头发浓密的小眼睛老板，也就是教唆关莎压低原材料成本，很不受关莎待见的那个。两个厂区虽然大门对着不同的路，但后院竟是紧挨着的，关莎和杜晶之前都没发现。小眼睛老板此时所站的位置是自家工厂后院，只见他手里正拿着一个约有两台手机大小的四色眼影，站在他面前的是一个背着黑色挎包的年轻人。

"4块钱，连盒子给你做出来，想想我容易吗？你看看我有多少工人要养？"小眼睛老板继续咆哮道，"不是我说，你们做品牌的利润空间也太恐怖了。你们全国老二，定位本来就属于大众消费品。不说你们，就算第一的叶桃渡也就这档次。这个植物系列，我是不是给你照着人家叶桃渡的做的？人家品质都没我们好，不信你现在去买一个叶桃渡四色眼影当场比比。"

小眼睛老板面前的年轻人长得五大三粗，皮肤更是油亮的古铜色，但此刻却在矮他一个头的老板面前连连赔笑："你们品质好那是肯定的，大家有目共睹嘛！别生气别生气，有钱大家一起赚，您说是不是？"

"一起赚？赚什么？暴利又不在我们，'暴利'这个词与我们工厂一点不相干！"

"哎呀瞧您说得，我们哪次合作金额没超一个亿？这么大的单……"

"这么大的单你们爱找谁找谁，反正我是不干了……"小眼睛老板说着就想走，被年轻人强行拉住后直接甩开，"没得谈，你们把价格压得那么死，付款方式还是'5-4-1'，我总共就赚你们'1'，到时候交货了你们随便挑挑毛病不付尾款，我连'1'都没有我还赚个啥？"

关莎和杜晶正听得津津有味，但楼下那五大三粗的年轻人此时居然有意无意地环顾四周，顺带抬头往上看，吓得她俩赶忙缩回脑袋蹲下了身子。

"怎么，害怕别人听到啊？"小眼睛老板话音很是轻蔑，"你们做生意的方式这一片谁不知道？上次你们另一个业务员托我找面膜，三毛钱一片还嫌贵，贵了怎么办？我朋友只能充水做两毛八的。还有这次口红也一样，压到我两块五一支，我还赚个毛线？"

小眼睛老板的声音越来越远，似乎是被那个年轻男人连拉带拽地拖进了厂里，当然也有可能是他自己主动走进去的，总而言之，这句话之后，关莎和杜晶再也听不清后面发生的争执了。

"全国第二，谁啊？"杜晶问关莎。

"应该是娜娜。"关莎说着掏出手机就开始查起这家叫娜娜的美妆品牌来。

"人家一次性1亿元的单，你呢？才3万元……"杜晶说到这里都觉得之前那个小眼睛老板还愿意跟关莎苦口婆心完全就是奇迹。

关莎倒没注意这些，手机信息显示娜娜是一个严选平价好物、创造品质生活的国产美妆品牌，去年该品牌的净利润超过了排行全国第一的叶桃渡。

关莎正看着，突然被杜晶强行拖了起来，原因是她们两个蹲在窗台边上的样子很像贼，加上实验衣下面还是松垮的睡裤，如此画风很自然地引来了清洁大妈的驻足凝视。清洁大妈什么话都没说，脸上跟那些女工一样，没有任何表情，就这么看着两个狼狈的小姑娘一溜烟跑没了影。

"哦，娜娜啊。他们家的特点就是便宜，要货便宜，可以说便宜到极致，怎么便宜怎么来。"在凤年厂女厂长的办公室里，关莎和杜晶终于换回了自己的衣服。

"我听说他家面膜拿货三毛钱一片还嫌高，压到了两毛八。"杜晶强调。

"是的。"女厂长点点头，"货拿过来他们反手就可以卖四五十元。"

"两毛八拿货，卖四五十元？"杜晶难以置信，直到看到关莎递过来的网上商城娜娜品牌的面膜零售价，才终于接受了这个现实。

"那这个品牌质量如何？"关莎问。

"跟娜娜就别谈质量了，便宜就好，哪个厂给的价格最便宜就选哪个厂的货，跟他们合作的厂基本没法赚钱。之前娜娜也来找过我，我没接单。他们派过来的采购员和测评员都挺业余的，看货好不好就闻闻味道，味道好了，测评就过了大半。"

"啊？要求这么低的吗？"关莎和杜晶听得一愣一愣的。

女厂长点点头，将杯中茶一饮而尽："品牌商就是这样，谈不上有多行家，但就是自己赚得盆满钵满，然后把我们工厂的价格往死里压。"

杜晶歪着脑袋："那这对你们来说不会很难受吗？"

"我们不难受，我们习惯了。"女厂长说。

"难受得习惯了吗？"杜晶笑着调侃一句，女厂长嘴角微微勾起，没有继续接话。

一旁的关莎认为自己对这家厂的考核到这一步也差不多了，正琢磨怎么开口谈合作的事情，先前的疑虑又猛然蹿上心头：该女厂长为何对自己这种无名之辈如此费时费力地招待？工厂也给看，就连藏有配方的实验室都让进，还允许自己与争分夺秒赶工的韩国配方师聊那么久，各种成品、半成品随便试用，可以说诚意绝对一百分。究竟是为什么呢？

如果说全国排行第二的品牌商娜娜都曾被眼前的女厂长拒之门外，那自己又有什么筹码让人家与自己合作呢？难不成她以为自己可以像娜娜一样拿出1亿元的采购单？开什么玩笑，自己只有20万元不说，也不可能第一次就掏出全部家当，3万元足够了，毕竟好货到手后，重头戏是运营，是构建销售渠道，把货一件一件地卖出去，消费者买了用了满意了，才能慢慢树立品牌形象，而如今渠道八字还没一撇，她不可能赌大的。

就在关莎犹豫之时，女厂长倒先开了口："关小姐，你想做自己的品牌，我支持你。"

"谢谢。"关莎本能地回应。

"我也想做。"女厂长接着说，"所以我们可以合作。"

关莎愣了一下："您是说，咱们共同运营一个品牌？"

"是的。"女厂长点了点头，"你有做个人品牌的理想，而我有好货，我们合作，岂不是双赢？"

眼前的女厂长明显早已不甘只为他人作嫁衣，代工这活儿又辛苦又没钱，她图谋已久，也想成为品牌方，谋取一回暴利。但是，关莎怎么也想不通，女厂长自己有生产实力，想要运营她自己的品牌，为何不高薪挖几个有资源的销售经理，或者撒钱狂打广告？抑或直接跟国际大牌，哪怕是娜娜或者叶桃渡这样成熟的国产品牌方合作，付钱参股进去不就行了？

总之，无论以上哪条路，都比选择乳臭未干的小年轻靠谱一百倍。要知道，目前的关莎除了空泛的理想和给别人塞牙缝都不够的20万元现金之外，一无所有。

"一直做代工，就始终受制于人，不是长久之计。"女厂长说，"做自己品牌的想法我很早之前就有了，但之前现金流不是特别宽裕，在行业内也没站稳脚跟，就一直没付诸行动……直到上个月，我成立了自己的运营公司。"

俗话说得好，要想成功早，就得站在巨人的肩膀上。关莎想着眼前的女厂长已经深耕化妆品行业多年，跟她混难道不比自己单干强？何况人家有钱有好货还有一个现成的公司，和她一起做品牌就好比自己在MSIA的小组作业中抱大神大腿一样。于是关莎二话没说就立刻答应了，直到她看到了女厂长注册的那家运营公司的名字：仙灵网红文化有限公司。

同样看到这个名字的杜晶差点没把喝下去的茶给喷出来，网红文化？

"是专门打造网红主播的吗？"杜晶问。

"对。"女厂长说，"现在直播带货很火，网络销售可以跳过所有中间商。我们想着靠自己的主播带自己品牌的货，关小姐就是非常好的主播人选。"

此话一出，关莎如五雷轰顶。被轰过之后，女厂长在她眼里不再是大方得体、斯文端庄的商场女精英，而是猥琐狡诈、贪婪无耻的江湖"老狐狸"。女厂长之前如此热情地让关莎了解自家产品，不过是为了在主播和产品间建立一种信任和认同感，让关莎以后可以为凤年厂更好地做线上推销，她看中了关莎这副皮囊。

关莎想着关老爷我努力个10年，以后可妥妥是富霸一方的成功女企业家，怎么可能给你打工！但她终究还是强压住心里的熊熊怒火，没用武力解决问题。

这边关莎的20万元创业基金还没怎么开始花，创业梦想似乎就已经夭折。另一边，坐在金权大厦办公室角落里死皮赖脸没去人事部销工卡的任天行同样面临着事业的困境。他怎么也没想到，入职金权青阳分公司的最后一个名额才过了一个晚上就被某个所谓领导的亲戚给占了，那他岂不是白淋了一晚上的大雨，白跑了那么多家门店？城市之大，举目无亲，任天行开始自怜自悲起来。

鼠标标识持续闪烁在《共享充电宝行业分析报告》的界面上，任天行先前之所以没选择黑白打印，不过是出于对领导的一种尊重。

不是领导的亲戚，也没项目资源，他就连打个彩色封面都会被上级诟病。

也就在这时，任天行才意识到自己先前太过天真，或许马钰早就定好了人选，所以无论他多努力，都不可能PK过别人。

难道就这样放弃，去人事部销掉工卡走人？眼下看来只能这样了……但是，凭什么啊？！只要有钱有时间，那些市场数据他一样可以跑出来，所以这次事件归根结底不是他的能力问题。既然不是能力问题，就不能憋屈地被这种不公平的社会规则打败！更何况，那抢位置的哥们儿汇总了这么翔实的市场数据，但得出的结论他觉得根本站不住脚！

当时那哥们儿在马钰办公室断言，共享充电宝企业就算获得了共享单车5倍的融资，也没发展前途。他认为这个行业缺乏靠谱的盈利模式、使用场景难以维护、充电速度慢、价格高，还有一大堆提高续航能力的手机厂商作为相爱相杀的竞争者。这些都是客观存在的事实没错，也是目前共享充电宝公司所普遍面临的问题，但如今哪个行业没点问题？就连坐拥中国互联网半壁江山的"鹅厂"每天的日子都过得不舒坦，左有阿里死咬不放，右有头条巧夺流量，往前处处得符合国家政策，往后一堆迅速崛起的软件公司虎视眈眈，所面临的问题比共享充电宝公司多多了，难道这就说明"鹅厂"没有发展前途？结论明显是错误的。

这么一想，任天行立刻觉得那领导的亲戚业务能力十分有限，他那几十页的报告也不知道是不是花钱买的。于是，任天性站起身，拿着电脑和研究报告义愤填膺地走向总裁办公室，目光坚定。他心想：如若水平一样，别人有资源，别人入职，哥就忍了，既然那人没哥有水平，就别怪哥豁出性命强取豪夺！

青阳分公司新任总裁已经到位，这是全公司上下都传开的事，作为实习生的任天行虽然不知道对方是谁，但听闻此人姓萧，搞不好就是萧杰，萧杰这么牛的人，怎能不慧眼识英才？何况对方即便不是萧杰，能坐上总裁之位也应该有不错的处世之道，不会错过一个好员工。

不管怎样，任天行都要去最大的领导面前露露脸。金权这种令人唏嘘的职场现状让他已经不再相信那些投资经理、高级分析师、投资总监甚至公司副总裁了，说不定他们其中一个就是那抢位哥们儿的亲戚本尊。

和关莎一样，目前就是个"三无产品"的任天行决定砍掉所有"中间商"，直接从最源头争取合作机会。

来到总裁办公室门口，任天行鼓起勇气敲了敲门。是生是死，在此一搏。

不一会儿门便开了，任天行本以为等待他的应该是总裁慈眉善目的脸，谁知居然是面色严肃的冤家马钰。马钰瞅见任天行不仅没走，还闯来了总裁办公室，明显相当讶异。

"萧总，您从事风险投资行业多年，您觉得风险投资中的'风险'二字应该怎么理解？"一个发音标准的女声从马钰身后传来。

任天行闻言立刻先伸长脖子往里头瞧了瞧，只见一个体态略微臃肿的中年女人正用话筒对着坐在总裁办公桌前的男人，旁边还站着摄像师。

不用多问，这是采访，而采访的对象似乎是任天行崇拜了多年的萧杰。

"风险，意味着我们大部分的投资都会失败。"萧杰很沉稳地回答。

任天行喜出望外。这位总裁样貌正好与他之前在新闻里见过的萧杰非常相似，一样的姓氏，差不多的年纪，又在这个职位，不用多说，他肯定就是萧杰！而也就在这时，任天行顿时回忆起昨晚他在火锅店和咖啡厅都遇到过的那个总是盯着他看的男人，妥妥的正是萧杰！

终于对上号了！任天行激动万分。此乃上天显灵，金权青阳分公司的最高领导直接看到了自己努力的样子，还看到了不止一次！这不是被从天而降的馅饼砸中又是什么？马钰那个任人唯亲的小人输定了！

马钰眉头微皱，朝任天行走近一步，压低声音道："你来这里干什么？"

任天行没有马上接话，而是快速扫了一眼屋内。宽敞的总裁办公室里还站了不少人，有投资经理，也有分析师。

任天行脸上自然不会表露出任何对马钰不满的情绪，他毕恭毕敬地请求马钰留他下来旁听。结果马钰一口回绝，刚要关上门，门缝就被任天行用左手的五根手指强行抵住了。

"别关紧门行吗，马总？我发誓不进去，就在这儿听。我底子差，学习一下，拜托了！"任天行说着给马钰来了个90度鞠躬，与此同时，他的左手依旧没放开。

马钰虽然极不情愿，但之前的教训告诉她，眼前这个小子的脸皮不是一般的厚，自己撵了两次都撵不走，当下他又如何肯把手放开？

在金权，马钰好歹是个小领导，不可能当众与实习生发生肢体冲突，何况办公室里还有电视台的记者和摄像师。

"只能在这里听。"马钰的音量虽然接近唇语，但口气不容商议，于是任天行终于可以通过一丝门缝旁听这次的大咖专访。

"投资得有自己的信仰，并且将这种信仰坚定不移地坚持下去。"萧杰的声音不大，任天行竖起耳朵用力听才勉强能听清。刚才他跟马钰周旋，没听到女记者问了什么，但赶上了萧杰这句回答，任天行认为自己这趟着实是来对了。

"投资得有自己的信仰。"

说得多好啊，他任天行之所以用比羽绒服还厚的脸皮死抓金权这个大平台不放，就是因为他也有崇高的信仰。他希望有朝一日自己可以成为中国最顶尖的投资人，帮助需要资金的实体企业脱离困境，发展壮大，称霸全国甚至走向世界。

"那您的投资信仰是什么？"女记者问萧杰。

"寻找并铸就伟大的公司。"萧杰简明扼要。

"但伟大的公司少之又少，而且往往需要长时间积累，这会不会影响您作为风投机构基金管理人的短期业绩呢？因为我们知道金权的钱也不是自有的，而是来自各路投资人，每只创业基金都有规定的投资期限，国内这种期限我听说一般也就3至6年，期限到后，金权就要将钱还给幕后的投资人……"

此时问话的女记者短而卷的咖啡色头发在任天行的眼睛里散发着油亮的光，她的声音任天行越听越耳熟，似乎不是来自省、市、区的电视台，主要自己很少看电视，难道……这是中央媒体的采访？

"您说的确实是一般情况，我也有过几家公司一投七八年的，而且目前还在投，但不是所有伟大的企业都需要长期积累。"萧杰说，"尤其是现代社会，节奏很快，有些企业从最开始的一个想法就很伟大了。比如，他们有的让我们上午买的东西下午到，有的让我们可以用拼单的方式以团购价买到自己想要的东西，都是伟大的想法，这些想法可以直击当下消费者的需求痛点，只要运营得当，三五年就可以上市。"

"但发现这样的企业很难吧？而从您的过往经历来看，似乎您总能找到这些企业，而且找得比其他风投机构都快，早早地就进去占位了，是有什么独门诀窍吗？"

萧杰笑笑："没什么诀窍，就是好奇罢了。"

"好奇？"女记者和摄像师都有些疑惑，同样疑惑的还有门外的任天行。

"是的，做我们这行，接触到的大多都是初创公司，而这些初创公司有一个特点，就是业务模式非常新，不少还尚未被主流社会认知或者接受，所以我们没什么现成资料可以参考，只能是出于好奇心自己搞研究，就像路过一个没人去过的山洞，会想进去看看里面有什么一样。"

"说到好奇，我们摄像师也跟拍您小半年了。"女记者说着转头看了一眼摄像师，随即转回来笑道，"我们发现您行程特别满，全国甚至全世界到处飞，参加各种创业大会、投资人大会以及新产品展会等等，所以我们也很好奇，您是如何协调自己的日常工作与研究时间的呢？"

女记者这个问题可算问出了任天行心里所想。他自己做一份共享充电宝相关的研究报告都要两个星期，加班加点地分析数据，连跑市场的工夫都没有，萧杰这个大忙人是如何做到对他所投资的各行各业都了如指掌的呢?

"我没法平衡，我们每个人的精力都是有限的。"萧杰说，"即便我只睡4个小时，不吃不喝，一天上限也就20个小时用来学习，但这对于我们这行来说远远不够。更何况读的书越多，我就越发现自己的知识盲点遍地都是，就算我读一辈子书，也不可能扫清自身所有的知识盲点。所以我从不认为投资是个人的事情，连续投资成功的企业也不是凭谁的一己之力就可以做到的。过去出的一些成绩是因为我们金权有一批非常聪明又非常好学的人，他们态度勤奋，学习速度也很快。"

"这就是你们只招超一流名校毕业生的原因吗?"女记者笑问。

"其他学校的毕业生我们也招，不过少一些，主要还是常春藤和清北复交的，因为这些人的学习能力不仅强，而且快，快对我们而言很重要。"

"那肯定，好的企业晚进去一周，1亿元估值说不定就变成3亿元了。"女记者为了让气氛轻松一些，主动开起了夸张的玩笑。

萧杰倒也没否认，还很配合："您说得对，所以我们得快。"

"但如果每个项目都要快，天天争分夺秒，这样的生活您不觉得累吗? 您有想休息的时候吗?"

"当然有，不过我其实挺喜欢这样的工作节奏，整个团队一起学习，一起研究，一起争吵，一起决策，很有意思。"

"一起争吵?"女记者以为自己听错了。

"对，会吵架很关键。"萧杰强调，"我还有同事曾经在投委会上摔过几次杯子和鼠标，但大家都能理解，他也一路升职加薪。金权其实需要这样激烈的思想碰撞，因为干风投就注定了生存得靠决策，而好的决策往往都是在争执中诞生的。"

任天行刚听萧杰说到这里，右肩就被什么人碰了一下。他这种偷听行为本身就不光彩，心虚得一哆嗦，身子本能地往前倾，恰巧把虚掩着的门给撞开了。这一撞声响挺大，总裁办公室里所有人的目光都齐刷刷看过来，其中包括黑着脸的马钰、没搞清状况的女记者以及总裁萧杰。

尴尬万分的任天行红了脸，庆幸自己好在没跟跄摔倒，而刚才那个拍他肩膀的女人此时从他身边飘逸而过，朝萧杰报告道："萧总，叶桃渡的总经理和运营总监来了，在楼下会客室。"

"好。"萧杰简短地答了一句，目光转而看向了女记者，没说可以继续，也没说要结束。女记者见状倒非常识趣地起了身，朝萧杰感谢几句便开始收拾东西。而萧杰也立刻脱下西装外套，不知从哪儿抽来一件上衣，直接进了总裁办公室的内置卫生间。办公室里的其他人也迅速撤离，做自己的事去了。

任天行怕马钰找自己麻烦，假装跑开，但趁人都走了又火速折返，撞见女记者和摄像师随身物品都没收拾完毕，萧杰就换装出来了，他身上穿的正是任天行那晚见到的深蓝色上衣，连裤子都换成了牛仔裤。

"您怎么换下了西装？"女记者忍不住问。

萧杰边往门外快步走边笑答："我不习惯穿西装，下次跟我助理约就行。"

这句话说完，他人已经在门外了，目光根本没去看傻站着且存在感十分突兀的任天行。任天行赶紧追了上去，这时他隐约听到屋里的摄像大哥低声抱怨："就45分钟的访谈，还拆成那么多次……"

萧杰一进会客室，就瞧见叶桃渡的总经理和运营总监正一脸严肃地等着他，桌上的茶，人家没动过，分明是来讨说法的。

叶桃渡的总经理姓方，戴着白色的运动帽，帽檐下是一副大框眼镜，一身肥膘："您是萧总对吧？节约时间，我有话直说。"他指着旁边竹竿身材的运营总监，"我们李总不能走，李总不单单是我们叶桃渡的运营总监，也是公司创始人之一。其他问题我们都可以谈，至于换人的临时董事会，我看就别开了吧。"

萧杰闻言只是笑笑，示意二位少安毋躁。

当三人都坐下后，萧杰也直入主题："你们最大的对手就是全国第二的娜娜，当然，若按去年的业绩，人家已经是第一了。为什么？因为他们会攻占市场。他们新换的运营总监我恰巧认识，你们也应该不陌生，这个人是出了名的土狼一匹，而李总是规规矩矩、品德高尚的白马，白马打土狼，您能不吃亏吗？"

萧杰作为金权投资集团青阳分公司的总裁，上任后的首要任务就是扭转"宏丰景顺1号"基金的亏损现状，该基金前五大权重股之一叶桃渡的经营情况自然成了他关心的重点。按理说，萧杰不应该不知晓叶桃渡的运营总监是其创始人之一，若事先知晓，他自然不会提出让一家公司创始人离开的昏头建议。

客观原因是，委派萧杰来担任青阳分公司总裁是金权投资集团总部的临时决定。眼下萧杰才刚上任两天，没有足够的时间查看分公司投资企业的详细内部资料，何况这个叶桃渡运营总监李总的名字也根本不在工商登记资料的股东名册上。

换言之，若单从市场公开信息查询，李姓运营总监压根不是叶桃渡的创始人，毕竟哪有公司创始人自己不当股东的？不当股东哪儿来的股份分红？如何通过资本增值提高自身身价？又怎么才能享有参与公司终极决策的权利？

但如果这位李总确实是叶桃渡的创始人之一，其名字又没出现在股东名册上，原因只有一种：他所持有的股份被其他人代持了。

一般而言，股权代持是比较隐蔽的权益处置方式，又被称为委托持股、隐名投资或假名出资，总之就是明面上的股份持有者与实际的股份持有者不是同一个人。股权代持基本不会公开对外披露，只有投资人委派的尽职调查小组和相关资本中介有权利知道。所以，最应该了解并向萧杰汇报这一情况的正是"宏丰景顺1号"基金原先的管理团队。只可惜，这支队伍的全体成员在萧杰到任前就已不复存在了。

"宏丰景顺1号"基金的主要负责人是青阳分公司前任副总裁刘成楠与投资总监王潮。刘成楠从事风险投资行业18年，曾多次获得中国十大私募股权投资家、中国最佳本土PE（Private Equity，私募股权投资）管理人、中国最佳私募股权投资人物Top 10以及年度中国PE创新人物等称号，是投资界名副其实的顶级大佬，最令人佩服的是，她还是个女人。

刘成楠不仅会看项目，还特别会用女人的第六感来看人，尤其是跟她同一类型的人，她手下的投资总监王潮就是她一眼相中并一手提拔的。

王潮当时的风头可不比萧杰差，此人投资风格犀利无比，挑中的多家消费与科技类公司最后都成了龙头企业，被誉为金权投资集团的投资鬼才。曾有知名财经专刊这样评价："南有王潮，北有萧杰，金权稳矣。"如果王潮当时没有犯错，他马上就会晋升为跟萧杰一样的金权投资集团合伙人。

回想当年，家境贫苦的王潮还曾经跟公司同事开玩笑说他平生最讨厌的就是有钱人，而当他坐拥千万资产，变成了他自己曾经最讨厌的那种人后，就开始与副总裁刘成楠里应外合地玩起了高智商犯罪：内幕交易、市场操纵，甚至为了封人之口触犯了刑法……最后王潮被抓，刘成楠在警方的围堵下自杀于家中。

树倒猢狲散，在这之后，曾与其二人共事过的青阳分公司投资副总监、分析师和投资经理们纷纷跳槽，有些甚至还以留学为由逃到了海外。至此，原本在集团中全国业绩排名第二的青阳分公司部门职能不全，新进项目匮乏，管理基金亏损，资金链吃紧，外加上下人心涣散，早已乱成了一锅粥。

所谓家丑不可外扬，刘成楠与王潮相继出事后，金权高层将青阳分公司原总裁撤职查办，花大价钱把社会舆论压到了最低，同时人事上提高了薪酬待遇，稳住了一些中层员工，勉强营造出一个表面上还算祥和的景象。所以，当任天行走进金权大厦时，看到的便是办公室工作氛围浓郁，平台机会似乎挺多，同事们非常优秀，中央空调、Wi-Fi和厕所保洁都很令人满意。

当然，任天行自然也听说过先前分公司有高层领导出了事，但这并不影响金权这个国内顶尖的投资公司在他心中的地位。违法乱纪嘛，哪个机构都有，常在河边走，总有人湿鞋，最后没逃过疏而不漏的法网就好。坏人污点是多，但自己的理想还是很纯真的。

任天行此时就很纯真地以为，萧杰如此年轻就可以当上分公司总裁，是因为金权投资集团里比他更优秀的人已经没有了。

当一个人太过年轻，便不知道每当上天在赏赐你令人称羡的命运时都标好了价格。以萧杰的年龄和资历，一线城市分公司总裁之位是不会这么快轮到他的，但他还是得到了皇冠，因为除了他，上面再没人愿意接这样一个烫手山芋。

万事开头难，萧杰一发现叶桃渡经营亏损最直接的原因，就想从源头拔除隐患，怎料该隐患手持"创始人"这把尚方宝剑，根本拔不掉。

对面沙发上一身肥膘的方总对于萧杰什么"白马打土狼"的言论嗤之以鼻，耐着性子跟萧杰说："萧总，我们李总是国际大集团出来的人，深耕这行十多年了，懂得什么是运营，更知道怎样的运营才是适合公司的，目前运营费用是高了点，但我们总营收也上去了啊！"

萧杰总算明白了，怪不得这个李总需要让别人给他代持股份，肯定是他们在创立叶桃渡的时候，人还在外企工作，不方便出面持股。他总不能让公司知道旗下有在职员工成立了自己的公司，妄图搞出一个自己的品牌来跟公司竞争吧？

"你们打算什么时候还原代持？"萧杰直接这么问道，似乎故意岔开方总的话题。还原代持，是指把明面上的股份还给实际出资人。

"券商说上市前再还原都可以，现在公司事情太多，就没顾得上。"一直沉默的李总终于开了口，他的声音较为低沉，语速也慢，看上去是一个能听进别人意见，留时间给自己思考再作答的人。

于是萧杰身子微微转向他，语重心长道："李总，我知道您是行家，我们金权也投资了很多消费品公司，这些公司的销售渠道大多是生产厂商、总代理、区域代理然后到零售商这样的传统方式，你们叶桃渡也是这样，这是主流没错，但渠道比较长，渠道维护成本也很高，已经渐渐不适用于目前的化妆品营销趋势了。"

一旁的方总一听萧杰这话，脸就更沉了。他其实很不喜欢投资机构里的这些人，在他看来，这些人都是仗着有钱，出资了就塞自己人进公司董事会扰乱公司经营，本身没干过彩妆，不是行家，还要摆出一副无所不知的态势，若非当初公司成立不久需要大量的钱，他老方可是一万个不愿意与投资人打交道的。

于是，还没等李总开口，方总就插话道："萧总，您作为投资人是偶尔干这件事，而我们是天天干这件事，您说谁更了解情况？国内彩妆行业两个渠道，线下和线上，我们都在走。线上我们有头部明星代言，倪蝶我们也签约了；线下经销是主流，人家国外大牌哪个不是这么运营的？"

很明显，管运营的李总没有方总能说话，尽管他可能更容易被说服，但只要有方总在，萧杰基本上不能与之直接沟通。

既然软柿子捏不到，就只能啃硬骨头。方总说的也没错，关于化妆品，投资人是偶尔干这件事，企业管理人是天天干这件事，谁是真行家不言而喻。

作为投资人，理论上投资了就要完全相信企业，不应该过多干预。但是，如果天天干这件事的人都没有偶尔干这件事的人判断得正确呢？还不干预吗？眼看着市场份额都被老二抢了，公司都开始亏钱了，作为投资人还袖手旁观？

"方总，是这样的……"萧杰心平气和，"你们的营销费用可以高，也可以亏钱，但成本砸出去后，获得的回报应该是营收增加的同时，市场份额也进一步增加，也就是所谓的烧钱抢占市场。但现在的情况是，你们钱烧了，市场份额还被比你们钱烧得少的娜娜弯道超了车，就说明咱们公司目前的营销模式是存在一定问题的，您说是不？"

萧杰说到这里，方总语塞了。其实他自己也知道公司出了问题，但目前的模式确实都是各大海外经典品牌的运营模式，他简直是完美复制，而且这种复制并没过时，人家国际大牌至今走的也是这条路，但人家的营收和净利润就没下降，市场份额也没被抢，怎么到自己就不行了呢？

"我们会回去好好讨论，想出解决办法，但是人，是不可以换的。"方总尽管心虚，但为了保护自己从小拜把子，好到穿一条裤子都可以的兄弟，他看上去还是很自信。

萧杰听后微微一笑："您看这样可以吗，我呢，给您找一个人，您让他当营销总监，至于李总，可以只当公司董事，或者董事兼副总经理，分管运营部，那个人还是归您管。"

"这……"李总觉得自己听明白了，但又好似没听明白。

萧杰的意思是让他放出运营总监的位置，然后再借董事和副总的头衔管着新来的运营总监，如果新运营总监不顺自己的意思，自己还是可以朝他说"不"，如此一来，不就没变吗？运营部还是自己说了算，那招新人还有什么意义？

他想到这里刚要开口问萧杰，萧杰就直接说道："您给他一年时间让他放手干，一年之内叶桃渡回不到市场第一，他走人，我们金权也全体退出董事会，以后不再以任何理由干预企业经营，并给你们追加投资。"

一个新人，一年时间就可以出成绩？方总根本不相信，不过他还是好奇地问了一句："那新来的这位是？"

"是只狮子，雄狮，专克土狼。"萧杰说着将杯中茶一饮而尽。

贪婪的速度

金权会客室的隔音效果格外好，门外等了半晌的任天行愣是啥也没听到。由于会客室外是大型公共办公区，往来人员较多，故任天行也不可能跟壁虎一样地扒墙偷听。

叶桃渡这个国产美妆品牌任天行之前没听过，所以他对萧杰这次与叶桃渡高管的会谈内容也没多大兴趣，此时他正来回踱着步，低眉筹划着等下如何与萧杰攀谈，如何达到入职金权的目的。

正当任天行在心里演练着措辞，之前那个拍他肩膀，害他当众出丑的女文员又来了，手上拿着一个透明茶壶。见她看自己的目光有些异样，任天行赶忙解释："我找萧总有点事，但不急，等他先开完会再说。"

女文员点了点头，端着茶壶开门走了进去。

门一开，任天行便听到了如下对话：

"不行，他一个新员工，不能比老员工工资高，不然老员工心里会有想法。"

"方总我向您保证，2万块钱的员工比1万块钱的员工好用不止一倍。"

一听是萧杰的声音，任天行立刻竖起耳朵。

"你让他先干一年，干出成绩了，我们再考虑要不要涨工资，超出老员工的薪酬也总得有个理由不是？何况你说的这人营销背景虽然不错，但毕竟之前是搞电商的，没做过彩妆……"

"方总，没有我说的月薪加提成，这个人可能挖不过来。您看要不这样，您就按贵公司的正常工资标准给他开月薪，不够的部分我们金权来出，一年之后您再看他值不值这个价。"

任天行听得刚进入状态，女文员就出来了，吓得他赶紧后退两步，毕竟风投机构的会谈内容不是可以随便听的。

女文员见状把门关上，瞪了任天行一眼，示意他赶紧离开。

任天行磨磨蹭蹭地往外走，等女文员的身影消失不见，又赶紧回到门前蹲守，直到会客室的门再次被打开。

一肥一瘦两个中年男人先出来，随后是萧杰。萧杰脸上挂着礼貌的微笑，直到他看到门外站直了身子的任天行，笑容才逐渐消失。

萧杰并未与任天行搭话，他恭敬地把叶桃渡的两位领导送进电梯后，回头一看，面前又站着任天行，小伙子一脸紧张，但眼睛里露出了期待的光亮。

任天行上前一步，激动道："萧总您好！我是实习生，我叫任天行，非常希望有机会可以向您学习。我最近研究的是共享充电宝行业，不知道您有没有时间，我想和您阐述下我对这个行业的看法……"

这样的开场白并不是任天行事先设想好的，他由于太过紧张，已经忘了最开始的那个有助于循序渐进而又不失礼貌的开场白。

要人家堂堂总裁听你一个实习生阐述行业看法，凭啥？人家很闲吗？

萧杰上下打量了一下任天行，见小伙子身子圆滚滚的，皮带都扣到了最松的一格，气质憨厚，于是问道："你哪个组的？"

"目前是马钰，马总那个组的。"

"那你向马总汇报就行了。"萧杰说着按了向上的电梯按钮。

"不是的萧总……我跟马总汇报过，现在情况有些复杂，马总觉得我报告没写好，不同意我入职，所以我……"任天行没继续往下说，而是抬头偷偷观察萧杰的脸色。只不过萧杰没什么特别的表情，一直保持着沉默，似乎在等任天行自己把情况说得再详细一些。于是任天行心一横，就把之前的遭遇跟萧杰一股脑全说了，内容当然涉及他是如何熬夜加班赶报告，又是如何挨家挨户淋雨跑市场的，其中他还特别提及了火锅店和咖啡厅，希望萧杰可以回忆当时二人相遇的情景。当然，他也没有漏掉希望自己可以入职金权，但最后一个名额被马钰给了另一名实习生，而那名实习生的研究结论站不住脚的情况。

任天行就这么噼里啪啦地说着，完全一副豁出去的样子，电梯也很配合，居然等任天行差不多说完才叮咚一声开了门，从门里出来的人无一不说着"萧总好"。

待二人终于进入电梯后，任天行迫不及待地继续道："萧总，每个行业都有自己特有的问题，共享充电宝是提价了，但对于在外急于充电的用户而言，一小时的费用从1元变到2元其实没有实质影响，因为这在某种意义上来说已经变成刚需了。经我研究发现，共享充电宝用户群体其实有'伪知觉'的特征，在该领域从来就没有用户不能接受涨价这个说法，手机没电了，充电价格涨到2元、3元甚至5元，用户都是没有知觉的，这些涨价的公司营收不但没有因为涨价而萎缩，反而成倍增加了。我查到去年我国共享充电宝用户规模超过了3亿人，虽然目前还没有直接上市的公司，但有美股上市公司的子公司是搞这个的。去年他们营收超过60亿元，营业利润也有3500万元。而且现在马上进入5G时代了，更快的网络速度意味着人们在手机上冲浪的时间会更长，耗电量也就更大！萧总，这是一个巨大的市场，而且有可持续性，马总要的那个实习生得出的结论我是持质疑态度的！"

任天行说到此处整个人激情澎湃，根本没注意到电梯门已经打开，且门外正站着马钰和那个抢他饭碗的哥们儿。

任天行吓傻了，从对面两人脸下拉的长度来看，自己前面说的一长串分析他们有没有听到已经不重要了，因为最后一句一定是听到了。

萧杰看到马钰，挤出一个如释重负的笑容，指了指任天行："你们组的。"说完便径直出了电梯，再无他话。

你们组的？任天行蒙了。萧大神这句话是什么意思？刚才自己的分析他是同意还是不同意？是决定为自己出头还是准备撒手不管？

没等任天行思考清楚，马钰怒不可遏地来了一句："你跟我过来！还有你！一起！"这是指她身后的实习生。

于是，5分钟后，萧杰办公桌上就被马钰啪地甩下了两份研究报告和两份简历，一份属于任天行，另一份属于一旁的实习生。萧杰还没拿起来看，任天行就瞄到了竞争对手的简历：张羽辰，本科、硕士均毕业于北京大学光华管理学院，已通过CPA全科考试与CFA（Chartered Financial Analyst，特许金融分析师）三级考试，拥有毕马威会计师事务所一年实习经验与明和证券投资银行两年实习经验。

任天行呆若木鸡。这个叫张羽辰的不仅毕业院校顶级，在手资格证有含金量，就连曾经实习的公司都是业内排行前五的大公司。反观自己，学校是211大学中排倒数的，资格证科目没考全，实习经历也都是一些中小企业……任天行此时羞愧得想抓起桌上那份属于他的简历直接破窗跳下去。

"去过投行？"萧杰拿过张羽辰的简历问道。

"对，听说有投行的实习经验再来干投资，基础会好些。"张羽辰十分谦虚。

萧杰点了点头，翻起了张羽辰那份数据无比翔实的研究报告，看了一会儿后，他问道："这报告是你自己写的吗？"

"是的。"张羽辰回答。

"你亲自跑了这么多城市？"萧杰目光紧紧盯着他。

"是的，我之前写报告的时候觉得数据不太够，就请了假，一周来两天，周三到周日开始去全国各地跑市场。"说完他掏出手机，打开某订票APP的出行记录，递到萧杰面前，"这是底稿，相册里也有我当时拍的照片，您可以从照片里看到拍摄时间和拍摄地点。"

张羽辰这一招对任天行绝对是一万点暴击，之前他还以为人家应该是仗着家里有钱买的报告，没承想别人的数据真是一步一个脚印跑出来的。

"您要不再看看任天行的资料。"一旁的马钰催促萧杰道，语气轻蔑。

萧杰没有去看张羽辰的手机，也没有拿起任天行的简历和报告，只是瞥了瞥到尘埃里的任天行一眼，淡淡地朝马钰说了一句："这两个人，你自己定吧。"说完示意自己要开始忙了，让众人出去。

刚刚关上总裁办公室的门，马钰还没等任天行开口，就冷冷地甩出一句："滚！"

"这个社会太难预测了，我现在唯一能够确定的事情就是我妈如果离开卧室去厨房，我们家狗一定会跟着她。"任天行跟一个高中同学用微信吐槽道。

被马钰三度扫地出门的任天行感觉整个青阳不再是五彩斑斓的繁华都市，甚至比不过老家县城那单调至极又寒冷刺骨的白山黑水。

或许莫茹的观点没错，华丽的灯光秀、从不停歇的歌剧院、富丽堂皇的全球奢侈品门店、高端大气的喷泉会所……这些与他任天行又有什么关系呢？他虽然住在青阳，但从未属于青阳。马钰都无情地说出了"滚"，他还能怎样？

任天行垂头丧气地回到雁子谷后没立刻回家，因为他不知道怎样面对莫茹。

昏昏沉沉地游荡到对街，路过干净明亮的卖圣女果的水果店，任天行看都没往里面看一眼，因为他知道自己买不起。

新式小区楼下一处小亭子没人，任天行如行尸走肉般挪了过去，一屁股坐下来后重重叹了口气。

由于该新式小区有一半的房子均被政府规划为人才安居房，故在任天行面前进进出出的行人看着都挺年轻。他们耳朵里几乎都戴着耳机，步履匆匆，手机紧紧地抓在手中，好似放下一会儿就会错过客户的重要电话或是领导布置工作的短信。

这些年轻人还有一个共同点，就是身材都比任天行瘦，瘦在此刻的任天行看来，就代表新陈代谢速率高，代表这些人做事速度快。

快，似乎是真正拥有青阳这座城市的先决条件。可究竟要多快呢？任天行脑海里没有一个清晰的概念，直到他想起了萧杰走路的速度，那速度，任天行跑步都很难追上。

是不是必须要有这样的速度才能成为萧杰？是不是正因为有这样的速度，萧杰才能先于其他投资人发现优质的企业，以最便宜的价格在最早期入股，从而享受最丰厚的投资回报？而自己跟不上这速度，是不是就注定了只能跟莫茹一起撤退？青阳，就这样放弃了吗？金权投资集团，就这样放弃了吗？

放弃前者，任天行只是纠结；而放弃后者，他是一万个不甘心。

任天行第一次听到"金权"这两个字，是在他读大二的时候，当时他偶然在网上看到了在青阳举办的全国互联网大会。

这些年随着中国经济的腾飞，各大互联网巨头纷纷崛起，不约而同都成立了自己的投融资部，不遗余力地与风险投资公司抢夺新生的优秀公司股权。

众所周知，即便一家公司再优秀，也不可能胜任所有业务，故对于市场新冒出的潜力公司，消除竞争，形成战略同盟，最好的方式就是——买它！让它帮我方赚钱的同时，巩固并扩大我方的商业版图。

那次互联网大会，就有一家互联网巨头的代表在演讲时说："我们投资部的人已经很努力了，都是行业精英，更有在投行、律所和会计师事务所工作很多年的专业人士，但每次我们看上一家公司，就会发现金权已经在投资了。"

所谓先到者吃肉，后到者喝汤，金权每次都能吃肉，这能力不可小觑。于是，一脸青春痘的任天行就对"金权"这家公司产生了巨大的好奇心。

资料显示，金权投资控股股份有限公司是一家私募股权投资与管理机构，属于综合性金融与投资集团——金权投资集团旗下控股公司。金权投资在亚洲、北美洲和欧洲等地设有上百家分支机构，获评清科"中国最佳PE机构"和"中国最佳中资PE投资机构"。金权投资目前管理多只人民币基金、美元基金和外币基金，其核心业务包括参股投资、控股投资、可转债和固定收益投资三大板块，在消费、互联网、医药、金融、服务、旅游、文化、物流、农业、化工、能源以及矿业等多个细分行业领域组建有专业投资团队，并完成了对大量项目的成功投资。

至此以后，金权便成了任天行的终极目标。因为怕被梦想平台拒之门外，任天行面试了无数小公司，为的就是积累面试经验。之前他实习的单位是国内一些会计师事务所以及中小券商，虽远没张羽辰的实习公司高大上，但工作内容与风险投资关联度很大，因此任天行最终拿到了金权投资集团青阳分公司的实习资格。

可眼下他感觉万分难受，明明都一脚踏进了梦想的大门，又被人踹了出来，而且还是连环踹！但无论是简历还是研究报告，他确实都被那个叫张羽辰的狠狠打击了，此时喊冤还会有人听吗？

"啊——"也不知为何，任天行居然真的放声叫了出来，这一声叫喊又响又长，引来了无数路人的目光。但叫完后，任天行的胸中似乎还是憋着一团气，闷得他面目扭曲。

"啊——"于是他又喊了一声，这一声一直喊到完全没气了才停下来。

当任天行声音消失的时候，面前看好戏的行人都被定格了，其中有两个女人任天行还认识。这两个女人一个长手长腿短头发，一个丰胸细腰长头发，一短一长，一帅一美，靓丽得就跟当时任天行在车库里看到的那辆保时捷跑车一样。

杜晶伫立在原地，眨巴着眼，用胳膊捅了捅关莎："亭子里那疯子不就是撞我们车的胖小子吗？"

关莎自然听到了任天行杀猪般的叫声，但她现在烦心事一堆，根本不想去管这种闲事，拉着杜晶就往家走，反正赔自己修车钱的人又不是他。

"你说那个叫什么马钰的是不是逼着这胖小子还钱，他还不起才叫的？"杜晶边走边不停往任天行那边看。

"你对别人的事倒是上心，我的事呢？"关莎一阵埋怨。

"你说那个女厂长还真是挺过分的哈，先给你希望，大大方方带你看工厂，一口一个合作、搞品牌，结果就是个简单的雇佣关系。这就好比什么？好比先把你恭恭敬敬八抬大轿抬上山崖，给足面子，而后再突然一脚踹你下去……"杜晶啧啧感叹，"这么想来，这个女人还不如一开始那个压成本的小眼睛老板。"

杜晶说完，拿出手机开始点外卖，顺便问关莎："猪脚饭可以吗？"陪关莎奔波了一整天，她实在太饿了。

"都行。"关莎没什么心情吃饭，打开电脑开始做产品PPT（演示文稿）。

杜晶凑上去，细细看了一阵，惊呼："姑奶奶，有你的啊！这么详细的方案！"

电脑屏幕上的无添加剂口红产品介绍全面，制作精美，杜晶不自觉地读了起来："天然蜂蜜、橄榄油……"

"什么天然蜂蜜，是天然蜂蜡，看清楚！"关莎打断了杜晶。

"有什么区别，不都差不多吗？"

"差别大了！"关莎提高了音量。

蜂蜡是工蜂腹部四对蜡腺分泌出来的蜡，而蜂蜜是蜜蜂从开花植物的花中采花蜜后在蜂巢中酿制的。简而言之，蜂蜡来自动物体，蜂蜜来自植物体；蜂蜡是用来做蜂巢的，而蜂蜜是用来吃的。两者只差一个字，但成分和用途大相径庭。

"懒得和你解释。"关莎继续专心做着她的PPT，页面上显示她的这款口红是橄榄油、天然蜂蜡和马卡龙植物色粉的完美融合。

离家闯荡江湖前，关莎确实做足了功课，至少她是这么认为的。

在查阅了很多资料后，关莎了解到橄榄油中有天然植物油脂，可以深度滋润嘴唇、修护细纹；而蜂蜡不但能使嘴唇有光泽，还是天然防腐剂；色粉若来自纯天然食物，那么做出来的口红，孕妇都可以放心使用。

除此之外，关莎还自学了高级绘图软件，她绘制出来的样品图让杜晶眼前一亮，那口红的颜色有点类似玫红，但比玫红更透、更粉。

"这颜色是……"

"果冻色！草莓味的噢！"关莎很是自豪，"连品牌名我都想好了，就叫莎皇，霸气吧？"

杜晶叹了口气："我说你怎么想法这么多，搞个口红捣鼓出多少名堂……我对未来都没什么想法……"

"真的吗？好可怕。"关莎说。

"这有啥可怕的？"手机铃声响起，杜晶起身去拿外卖，"别改了，先吃饭。"

此时的关莎内心很是矛盾，凤年厂这种国际大牌指定代工厂的确不可能接她3万元的订单，要跟人家合作，只能先当带货主播，可她的志向一直就是当有思想、有抱负、造福社会且振兴中华的企业家，没必要走弯路。

要不……找回周边的其他厂？关莎想到这里又否定了这个想法。其他厂要不以次充好，要不就执着于市场上已有的热销爆款。前者关莎不想与之合作，后者人家没意愿跟关莎合作，原因也简单，关莎手上没什么现成的爆款。

问题还是那个问题，关莎找不到靠谱的代工厂，就不可能将她PPT中设想的产品变成真真实实的好货，好货都没有，还谈什么光明远大的未来？

"砍掉所有经销商?"金权投资集团青阳分公司总裁萧杰此时正坐在家里舒适的靠椅上，对公司的实习生任天行此前向上天发出的"灵魂拷问"一无所知。他眼前是一片华灯初上的青阳湾夜景，瑰丽无比。大气明亮的落地窗隔音效果奇好，外界一切躁动与喧嚣都无法打扰屋里的安详与静谧。

　　"是的，我了解后发现，化妆品这个行业假货很多，工厂出货质量参差不齐，一个品牌做响了，上端容易造假货，就连下端的经销商都很可能为了冲销量，窜货甚至恶性竞价。如果公司对经销商的管理不到位，很容易影响品牌形象。上端别人造假我们很难改变，但下端还是可以变变的。"

　　与萧杰电话沟通的人正是萧杰介绍到叶桃渡的新任运营总监胡海。

　　胡海是一个奇人，他大学学的专业是计算机，所以刚出社会时很自然地先当起了勤勤恳恳的码农，因为代码写得出色，很快成了项目经理。几个项目过后，公司大老板发现胡海不仅是个牛气的程序员，管理方面也颇有才华，原来纪律有些松散的员工硬是被胡海带成了一支能打持久仗的军队。大老板慧眼识珠，一路提拔他，最后年纪轻轻就让他坐上了总经理的位置。

　　胡海吸收知识的速度非常快，能力也随着实操机会的增多而越变越强，不久之后，当时的公司已无法撑起他的野心，于是他跳了槽。

　　胡海至今一共跳了四家公司，有意思的是，每次胡海选择的下家都不是可以"安享晚年"的成熟大公司，而是那些刚刚创业，遇到困境或者濒临破产的小企业，似乎只有这样的浑水才能让他实现靠一己之力扭转乾坤的英雄梦。

　　市场经济的竞争体制下，权力有多大，责任就有多大；业绩有多大，所得到的回报自然就有多大。胡海凭借着他那如救世主般的功绩，获得了一笔又一笔丰厚的奖金和股权，短短七年就已经可以把房子买在经城区最贵的青阳湾了，小区名字是"盛世豪庭"。恰巧，萧杰也住在盛世豪庭，只不过这房子不是他买的，而是金权为青阳分公司总裁租的，家具齐全，拎包入住。

　　胡海提出的问题，萧杰也理解，经销商其实就是卖货的，他们不参与生产也不参与品牌经营，最关心的是自己的利润，货能卖出去，自己能赚钱就行，至于产品质量和品牌知名度，不是他们最在意的。因此，很多经销商对产品的忠诚度偏低，经营过程中难免容易背离品牌方产品发售的初衷。

　　胡海接着说："叶桃渡花在不必要经营渠道里的钱太多了，产出效益不明显。

尤其是他们北方的渠道铺得很乱，效率低下，好几条渠道都没经过深度调研，总经理一拍脑袋就合作了，还有一些经销商自己乱定价，所以我决定全砍了。广告营销方式也要大改，原先他们只靠一个社交平台、两个大主播与双十一的促销活动，这是绝对没办法充分利用当下的互联网效应的。"

"行啊，你是运营总监，你觉得怎么对就怎么来，放手干，我给你顶着。"萧杰说着灌下了一大口无糖可乐，"不过这回职位有点委屈兄弟你了。"

电话那头的胡海笑了："那些都是虚的，不碍手脚就行。不过方总他们跟我说，您把我形容成狮子，这回针对叶桃渡，我不当狮子了，我得当回专业化定制的秃鹰，给对手看看什么叫秃鹰式打法！"

"秃鹰式打法？"萧杰好奇起来。

"是的，到时你就看到了，我老胡首创。"

"哈哈，打完之后市场份额可以拉开娜娜至少30%吗？"萧杰笑问。

"应该没问题，行业老大必须如此才稳。"胡海说，"不过我丑话说在前头，改革不是立竿见影的，一年之后，甚至三年之后，叶桃渡的利润可能都不会太好看。"

萧杰闻言也笑了："没问题，胡总做事一向靠谱。你也了解我，我们金权要的从来都不是一家仅仅只能赚钱的公司，而是一家伟大的公司。"

"得了吧，我知道你们要什么，你们要四年内上市。"

"这个嘛，呵呵，不冲突。"萧杰放下了可乐罐，"我们得承认，一般能这么快上市的公司，都有伟大的基因。"

胡海听后大笑萧杰狡辩，两人就叶桃渡经营上细枝末节的问题再讨论了一会儿就差不多聊完了，放下电话前，萧杰故作随意地问道："要不要来一局？"他指的自然是打游戏，绝大多数的男人都爱打游戏，尤其是压力大的男人，萧杰也不例外。

一般人很难想象，萧杰认识胡海的方式并非通过生意场，而是游戏场。当初萧杰才刚注册一个游戏账号没多久，勉强用熟了一些英雄，心怀忐忑地开始打起了能够评定等级的排位赛，谁知道第一场就被一个暴砍敌方英雄的队友惊艳到了。明明这个队友等级跟自己一样，都是菜鸟，偏偏可以一场三杀、四杀甚至五杀敌人，推塔一流，取人头一流，以至于不少比赛都是打到一半，对方就直接认输了。

靠着大树好乘凉，萧杰立即加了这个队友为游戏好友，跟着他一起打比赛，没过多久就被一路带着打到了最高段位，在此过程中，该队友从来没嫌弃过萧杰拙劣的技巧与不成熟的战术。但也就在萧杰的功力通过不断的训练变得炉火纯青之后，这个队友突然就不跟他玩了。

是的，这个喜欢选猪队友自虐的奇葩就是胡海，他年轻的时候曾经被邀请进国家队，但他拒绝了，因为他并没有打算将一个虚拟的网络游戏变为自己建功立业的唯一战场。那个菜鸟号不过是大神胡海新注册的小号，因为原先的账号给他匹配的都是大神级队友。

"跟你玩没意思。"果不其然，胡海对萧杰甩下这句话后就挂断了电话。

萧杰放心了，胡海还是那个胡海，不管他现在是不是家有两个孩子的中年男人，他的内心依旧是个喜欢力挽狂澜，迷恋承担拯救全团核心角色的雄心少年。

叶桃渡现在就是一条鲨鱼苗，如何将其变成真正的利齿鲨，就靠胡海了。

萧杰刚想到这里，手机再次响了起来，是盛世豪庭门卫室来电。每当有访客，保安都会来电确认，只是萧杰想不出这个时间点会有谁来找他。新客户约见面均通过公司秘书，老客户会直接打电话，如果是下属，工作上的事情一律都在办公室解决，谁会主动找到自己家里来？

萧杰按下接听键，保安的声音传来："萧先生您好，有一位任天行先生说有急事找您，请问您是否认识？"

萧杰愣住了。在他看来，这个小伙子已经可以用"阴魂不散"来形容了。

任天行是如何知道萧杰住在盛世豪庭的呢？这还要说回那个屡次跟他打照面的女文员。他在发出那声震耳欲聋的咆哮之后又火速赶回金权，发现萧杰不在，就找到了女文员。当然，说送材料或者找领导有事不一定能顺利要到地址，必须是十万火急之事，于是任天行举起了自己的手机，振振有词："萧总不小心拿错了我的手机，我必须赶紧换回来！耽误我的事不要紧，耽误了公司的事，问题可就大了！"

女文员看任天行那一脸焦急的模样不像在说谎，都忘了打个电话确认一下任天行这部所谓拿错的手机是否会响。再加上萧杰并不是多奢侈的人，他跟任天行正好用着同款智能手机，这点任天行一早就观察到了，毕竟粉丝对偶像的穿搭还是较为敏感的。于是，任天行再次获得了与萧杰对话的机会，可惜却被保安拦下了。

"萧总，我知道可能您现在看到我就觉得烦，突然来拜访您确实唐突了。"任天行生怕萧杰拒绝见面，一把抢过保安手中的听筒，在萧杰回答前先开了口，"从履历上看，我各方面都不如张羽辰，对此我不找借口。他比我优秀，他的研究报告数据也比我翔实，在报告上所花的时间也比我多很多，他跑了这么多城市，而我只跑了周边一点地方，所以马总选他进项目组无可厚非。"

任天行这回是有策略的，他把萧杰可能对自己说的话先说了一遍，充分自我否定，让萧杰明白他不是没有自知之明的人，从而暂时堵住萧杰的嘴。

"但是萧总，我想跟您说的是，我现在没张羽辰优秀，不是因为我不够努力，实在是因为我的起点太低了。我家原先是农村的，从县城到村里连条像样的路都没有，更别说老师和五花八门的课外辅导班了。老师用的粉笔经常不够，我们的笔记本都是上一届用剩的，我是快读完小学时全家才搬到县里的。我们县的教育资源相当匮乏，可以说是我们那个省最匮乏的，天气极端寒冷，又是贫困县，城里都没老师愿意来，所以哪怕我当时考上了县里最好的中学，并拼了命成为全校第一，也就只能考一个普通的211大学……"

萧杰没有打断任天行，他自己虽然在一个并不富裕的工薪家庭中长大，但至少也生活在二线城市，读的中学虽不是国内最好的，但也是全国百强，有不少特级教师。对于任天行所说的贫困县情况，萧杰听过，但没有切身感受过。

任天行继续道："我之前在投行实习，没人教我做研究，我每天的工作就是帮正式员工收集尽调底稿，在会计师事务所实习也都是在财务部翻各种凭证。来到金权是我第一次在风投公司实习，马总来之前，负责带我的投资经理因为要离职了，不太管我们，所以我不知道实习生得全国各地跑市场才能写报告，如果我知道，而且必须这样，我跑断腿都可以。"

任天行说到这里感觉眼眶热热的："萧总，我想说的是，张羽辰这样的名校毕业生确实学习速度快，领悟能力强，甚至社会资源、家庭背景都比我好，但这不代表我任天行就一定不能在风险投资行业出类拔萃，何况直到现在我都不认为他的结论是正确的。您也说，投资行业赚钱主要靠决策，但工作中正确的决策并不一定都是学习成绩最好的人做出来的。我承认我的专业证书没他多，但这不代表我将来不会有那些证书，也不代表我的学习速度就一定比他慢，有时候只是因为没有好的老师教我正确的方法。您可能不相信，我至今用到的很多学习方法都是我自己悟出来的，这样确实太慢了，我自己都承认，但如果工作中您愿意给我明确的要求、教我有效的研究方法，我一定会让您刮目相看的，我希望萧总可以给我们这样低起点的人一个机会，让我们用时间证明自己，我可以的！真的！"

萧杰听到这里没有马上接话，眼前的小伙子所表现出来的激进如同芒刺，与他圆润的五官与肉乎乎的身体形成了鲜明的对比。

不说萧杰，就连任天行自己都觉得他对于入职金权这件事太过执拗了。

任天行原先的性格并非如此，在父母面前他是懂事听话的乖儿子，在莫茹面前他是战战兢兢的男友，在马钰面前他是恭恭敬敬的下属，最后就算马钰朝他喊出了那声"滚"，他表面上流露出来的情绪也是平和的，还说了一句"谢谢马总"才转身离开。但就是任天行这样一个好沟通好说话好相处的人，如今居然变成了一张就认死理的狗皮膏药。

此处不留爷，自有留爷处，何必放下所有自尊在一棵树上反复吊死？任兄我雁子谷一声吼，然后跟喜笑颜开的莫茹一起离开青阳也没啥，得之我幸，失之我命，一切不过"人生"二字罢了。

但任天行没有这么做，他冲回了金权大厦找萧杰，找不到就找来了盛世豪庭，他想着萧杰即使不在家也总会回来，堵门准没错。

说实话，现在任天行自己都不认识这样的自己了。

"对于低起点的人，我们是应该给机会。"萧杰终于开了口，任天行的目光随即亮了起来。

"但你想过没有，如果我单独给你开了口子，要如何向其他那些被刷掉的，同样低起点的实习生交代？"

萧杰这句话跟缝衣线一样把任天行的嘴巴缝死了。如何交代？确实没法交代。如果金权是一个顶级赛马场，他任天行目前也确实不是一匹顶级赛马。

"事实上我们给过你机会。据我所知，马总只把共享充电宝的行业研究给了你和张羽辰，而原先跟你同批的实习生，因为没人带，没事做，走了不少。"

萧杰说得在理，单就这点而言，任天行确实已经被眷顾了。

"机会不是靠别人施舍的，而是靠自己争取的。"萧杰继续道，"来金权实习，进了马钰的组，这些机会都是你自己争取的，但你没有用好。关于共享充电宝，你的结论就算是对的，若没有实际的市场数据支撑，不过就是辩论赛一般的正反辩论罢了，不能用来直接做投资决策。"

萧杰一语道破问题本质，这种"温和的责备"让任天行无言以对。

完了，这回彻底要卷铺盖走人了，再留下来不仅是丢脸，人都丢没了。

"你进来吧，把电话给保安，我跟他说。"

萧杰这时突然出乎意料地来了这么一句，任天行都觉得是自己听错了。

"日理万机"的萧杰原本不会有时间请一个实习生来家里闲聊，但任天行就是赶巧，刚好赶上萧杰新上任，在青阳的工作都没展开，主要人脉也不在此地，时间还算宽裕。当然，最主要的是，任天行勾起了萧杰的好奇心。零距离接触一个从贫困县出来的孩子，对萧杰而言是第一次，多聊聊说不定还能改变自己看世界的方式。

盛世豪庭的天花板比任天行的农民房整整高出了一倍，屋子通透明亮，任天行抬头一看，原来是客厅吊顶里装着十几个高档圆形牛眼灯，灯光如一朵朵灿烂的金花。任天行的行走姿势拘谨得不太自然，在沙发上入座后，萧杰递给了他一罐无糖可乐，随即解释一句："将就下，家里没别的了。"

任天行赶紧接过可乐，满心忐忑，不知道萧杰为什么会同意见自己。

萧杰自己喝了一口可乐，轻晃着罐子朝任天行问道："你刚才说的话里有一句我是认同的，你知道是哪一句吗？"

"希望萧总可以给我们这样低起点的人一个机会，是这句吗？"

任天行试探道，见萧杰摇摇头，他绞尽脑汁换了一句："那是……教我有效的研究方法，我一定会让您刮目相看的？"

萧杰再次摇摇头，认真道："你说工作中正确的决策并不一定都是学习成绩最好的人做出来的。"

任天行恍然大悟，原来他刚才一激动，还说过如此充满真理的话！

接下来，萧杰说的话让任天行更感动了："我们公司实习生出差不能报销，所以即便你知道要全国跑市场才能让马总满意，你家里的经济状况也不允许，更何况，并不是所有的研究都需要实地跑这么多地方的，抓有代表性的研究就可以了。"

萧杰说到这里示意任天行别光傻听着，喝点东西。

大概是与偶像如此近距离地接触，还在这样安静的私密空间里，任天行全身一直处于紧绷状态，由于手指僵硬，他费了好大劲才成功地将可乐环拉开。

"你得锻炼了，否则我们这行你干不长。"

萧杰此话一出，任天行先是愣了一下，随即精神大振：总裁这是啥意思？不锻炼干不长风投？他的意思是自己现在可以入职干风投了?！想到这里，任天行可乐也不喝了，直接起身给萧杰一鞠躬："谢谢萧总！谢谢萧总！"

萧杰莫名其妙："谢我做什么，我没说要让你入职。"

"呃……"弯着腰的任天行差点石化。

"这么多同类公司，你去别家试试也是一样的。"萧杰说。

"不一样！"任天行赶忙反驳，"我只想要最好的，除了金权，其他都是将就！"

"都是将就？"萧杰饶有兴趣起来，"那你跟我说说，除了平台、薪资这些因素，你为什么一定要进金权？"

"因为我喜欢金权的工作内容，我想跟您一样，寻找并铸就伟大的公司，这样的工作很有意义，而且身边的同事都是一批可以让我学习的人。"

任天行对自己这样的回答非常满意，既夸了领导，又夸了金权的选人标准，同时还给予工作本身最高的赞誉。可惜，萧杰听后只是尴笑了一下："铸就伟大的公司，全国各地的投资机构那么多，不一定只有金权才能实现你的理想，何况优秀的人其实各行各业都有……"

"但是我不想去全国各地，我就想留在青阳，就想留在一线城市。"

"一线城市也不止青阳一个吧？"萧杰挑了挑眉。

"我大学没在其他一线城市读，户口太难落了，青阳是最好扎根的。"

"那为什么一定要在一线城市扎根？就算不回你们老家的县城，你们省的其他二线城市不也挺好吗？对你来说会轻松一些。"

任天行拼命摇着头："我起点低就注定了我不能轻松。萧总，在一线城市扎根的人，全国其他城市都可以去，但反过来就很难了，要付出比较大的代价。我这辈子不出来，我的下一辈、下下一辈总有人会不甘寂寞出来闯荡，我不希望我的后辈们来大城市追寻梦想的时候跟我一样，住在一个连衣服都要挂在床头的农民房里。我现在租的房子，床的正上方就是一根焊接在两面墙之间的大铁棍，上面挂满了我跟我女朋友的衣服，非常重，铁棍也已经很弯了，特别是中间，有时候我做梦都会梦到那根铁棍砸下来把我的脑袋砸破，我不希望我的孩子吃跟我一样的苦。"

或许贫困县落后的教育资源确实拉低了任天行的起跑线，或许他那个不甘落后的灵魂已被束缚太久。这种极其强烈、没有任何商量余地的执着信念是连萧杰都没有的。萧杰之所以留在大城市，不过是因为大城市才有匹配他能力的工作平台，但若让萧杰为了留在大城市而忍受没衣柜的房子，随时担心头上挂衣服的铁棍砸下来要了自己的命，或者为一份理想工作卑躬屈膝地上门求人，他是做不到的。

萧杰相信刚才任天行的一番话绝对发自肺腑，作为被生长环境影响奔跑速度的一代人，任天行自然不想他的后代也深受其害。

可能有人会说，任天行的孩子们不一定像他，不一定就想出来受虐。不是所有人都适合一线城市的你追我赶与昼夜不分，有人喜欢小地方安逸闲散的日子，有人觉得有烟火气息的厨房才是生活。但这些人不知道，任天行的儿辈孙辈往下还有人，只要同辈人中有一个人出来了，就足以在其他同辈心中造成一片骚动。这个人或许是兄弟姐妹，或许是同学邻居，或许是聊天网友甚至游戏战友，这个人最后去了一线城市，辉煌了，成功了，视野开阔了，个人层次提高了，就会自动激发其他同乡对于外面世界的憧憬与渴望。

得不到的永远都最美，最美的可以不要，但若我们心中尚存一丝不甘，待年迈体衰之时，就只能独自品尝一种滋味，这种滋味叫后悔。这么说来，任天行要的其实不多，他只不过希望人生无悔罢了，为此他愿意忍受窘迫不安的生存条件，愿意承担失去女友的风险，甚至宁可放弃以往他最在意的尊严和脸面。

直到现在，任天行站在萧杰面前依旧躬着身子。萧杰示意并强迫任天行坐回沙发上，随后问："之前时间太短了，再跟我说说你对于共享充电宝行业的研究吧。"

其实，萧杰并非真想知道答案。当下的共享充电宝行业涌现了大批公司，竞争激烈，部分企业已经实现盈利，早过了风险投资家们的嗅觉灵敏期。换而言之，呈现给萧杰的关于共享充电宝行业最具价值的分析，应该是两三年前甚至四五年前，那时候进去抢蛋糕，才能抢到最大最甜的。萧杰这么问只不过是想好好了解下任天行的研究水平罢了。

任天行也不糊涂，立刻意识到领导这是在给自己表现的机会，只见他身子嗖地坐直，正经汇报道："萧总，我之所以觉得共享充电宝这个行业前景不错，是基于我对市场现有公司的研究。从公开数据看，一家共享充电宝公司从创立到实现盈利需要花两至三年的时间，但其实回本周期并不需要这么长。比如酒店、网吧、机场、高铁站、KTV这类高人流量场所，如果商家不要分成，一个月就可以回本。当然，按照商家目前抽取的利润，平均下来是三至六个月回本。其他普通一些的场景比如理发店、便利店和小型商超等，回本速度就相对慢一些，但只要代理商能把机器顺利铺出去，八至十个月回本也是没问题的。

"业内一些领先的公司报表处于盈亏平衡状态，只不过是他们把钱投到了研发和扩大产能上，如果不做这些，早就全面盈利了。既然能盈利，公司就可以不再依靠资本输血，可以产生留存利润，有了留存利润，才有钱搞更大的事。"

任天行还表示，目前大家对共享充电宝的担忧主要集中在电池部分，但短期之内，电池技术没有出现明显突破的迹象。消费者对于手机的要求越来越严格，既不想要重的，又想持久续航，尤其是5G时代到来以后，耗电量反而越来越大。诺基亚当时能做到超长待机15天，是因为它不在5G时代，人们当时也从不用诺基亚看视频。基于此，任天行给出了他发现的一个重要结论："消费者对于电池容量的需求，其实是先于技术更新的，且从电池发明至今，这种技术赶不上需求的现象一直存在，并且以后也将一直存在。"

不得不说，任天行的这个结论还是让萧杰眼前一亮的。

世界上第一块电池的发明时间是1800年，距今已有200多年。这200多年来电池技术提高了上万倍，但是人类对于电池的需求满足了吗？没有，远远没有！

任天行其实无意中道出了一个没有人可以反驳的真理：这个世界上没有任何一种科技的更新迭代速度能够赶上人性的贪婪。

该条真理若反映在电池产业上，就是生产商做到了80分，消费者就要100分；生产商做到了100分，消费者的需求便已经上升至120分了。而共享充电宝行业是干吗的？它恰恰就是来弥补生产商这永远追不上的20分。所以，我们能说共享充电宝行业没有前景没有未来吗？

也就在这一刻，萧杰对眼前这个胖胖的小伙子开始另眼相看了。

任天行之前说的那些关于共享充电宝的市场现状和数据，萧杰其实早就听腻了，唯独最后这个结论，全网知识库绝无仅有，乃是他任天行的独家知识产权。

任天行今晚的表现改变了萧杰原先对于风投人才的看法。做出正确的判断确实不一定必须出身顶尖名校，也不一定要有一堆扎实的数据支撑，甚至不一定得全国各地跑市场，只要这个人肯独立思考，愿意拉长时间的维度看事情，并且有人性的通透领悟力，他就能成为出色的风险投资人。

当然，单就这一个案例也不能说明任天行就是干投资的好料子，毕竟没人打包票他这个判断不是瞎猫撞到死耗子撞出来的。

就在这时，任天行看到萧杰突然朝自己微微一笑，随后喝完了他罐里的所有可乐，说："你是有一定的行业分析能力的，无师自通到这个地步，还可以。"

任天行没敢接话，他眼睛睁得大大的，不敢相信自己的业务能力居然被萧大神肯定了！那么接下来总裁会让自己入职吗？

"你平常化妆吗？看直播吗？"萧杰突然来了这么一句。

"啊?!"任天行没反应过来。他不懂萧杰想问什么，萧杰究竟是希望自己化妆还是不化妆，看直播还是不看直播？这个问题会不会跟入职有关系？如果自己给出否定答案，在领导眼里究竟是加分还是减分？

也怪任天行实在太看重入职金权这件事，致使他对于萧杰的问题杂念横生，如履薄冰。

"这个问题这么难回答吗?"萧杰问。

"呃……那个,如果工作要求,我妆可以化,直播也可以看。"任天行尴尬得有些脸红。

萧杰听罢哭笑不得:"所以你平常应该不化妆也不看直播是吧,你就回答我是或者不是。"

任天行见萧杰脸色严肃了些,不自觉咽了口唾沫,低声说了一句:"是。"

"那你本身应该也不喜欢化妆品和直播吧?就回答喜欢或者不喜欢。"

"不喜欢。"

领导要求都这么明确了,任天行哪敢不从,乖乖招了。作为一个钢铁直男,他会喜欢这些玩意儿才怪。化妆品,费钱;直播,费时间。这两个行业能发展起来,任天行觉得就是世界第九大奇迹。

不知怎的,萧杰似乎对任天行的回答还算满意,他说:"如果我要你去研究化妆品和最近很火的直播行业呢?"

"可以啊!"任天行想都没想就跳了起来。

"你先不要着急回答。"萧杰把他按了回去,"我只是给了你研究课题,因为我们有一家客户是做这个的,叫叶桃渡,他们网络营销就有直播渠道。"

随即,萧杰给任天行抛出了一系列问题:

第一,为什么今年叶桃渡全国销量输给了国产美妆业排名第二的娜娜?

第二,外界看来发展得如火如荼的直播行业,背后的运行规律是什么?

第三,美妆行业与直播行业未来发展前景是怎样的?是否值得风险投资机构重点关注?

第四,针对叶桃渡目前的营销困境,如何解决?

最后一个问题,其实是萧杰交给大牛胡海解决的,但他也把同样的问题抛给了没有任何大公司工作经验与创业经验的任天行。

"你研究完给我一份报告,分析分析这些问题,时间长短自己定。"

任天行刚想说什么,萧杰就示意他先别说话:"你有权拒绝,因为即使你做好了报告,我也不承诺你可以入职,不会支付你薪水,更不会给你派人,一切靠你自己。你回去仔细思考思考,即使是这样,你还愿不愿意做。"

直到此时,萧杰在任天行心中的形象便不再是古希腊战神阿瑞斯帅气的样貌,而变成了披着文雅温和无公害外皮的万恶资本家。

萧杰的恶很高级，他不费一兵一卒以及一毛钱，甚至没像常规老板那样给任天行画入职涨薪的大饼，就彻底剥削了他这个还没开始奋斗就有小肚腩的年轻人。他让任天行无偿做的还是任天行最不喜欢的美妆和直播行业研究。

不喜欢就可以不做吗？当然可以，但任天行还是接受了萧杰给的任务。因为任天行觉得他这一生不喜欢但又不得不接受的东西已经多不胜数，比如他的出身，他那些水平庸凡的老师，他从小到大诸多不学无术的同学，他大学闲散的学习氛围，他租的充满霉味的农民房，以及他实习时不得不翻花眼的会计凭证……如果他连自己最理想的公司与最敬仰的前辈给的表现机会都不抓住，他预感往后在他的人生里，不喜欢的事情只会越来越多。

在回家的地铁上，任天行反复回忆自己偷听到的萧杰的采访内容。萧杰当时对记者说，干投资若想干好没啥诀窍，就是好奇罢了。

任天行不喜欢直播，但是别人喜欢，而且喜欢的人还多到让直播行业直接飙升至一个千亿元级别的市场。最近大火的主播有倪蝶和云夏白，销售业绩逆天到让所有人目瞪口呆，以至于不少影视明星、主持人甚至大牛企业家都纷纷加盟，各种神级数据让人看得眼花缭乱。

在这两年经济低迷的情况下，单场直播破亿元的销售额依旧坚挺而浮夸，引来各路资本、商家以及希望成为顶级带货网红的青年纷纷入场。任天行想着自己作为未来中国最牛的投资人，难道就不应该对此好奇一下？

直播行业究竟为什么这么赚钱？这个行业里的所有玩家当下又是如何赚钱的？电商直播究竟还能火多久？电商直播会如何影响当代商家的营销格局？

直播行业如此，美妆行业亦然。任天行断定，萧杰故意挑这两个行业肯定是在鞭策和培养自己，否则他干吗先问自己喜不喜欢？自己如果想把投资干得跟萧杰一样出色，确实不应该把个人喜好带入工作当中。

想到这里，任天行咬牙立誓：从此没有哥不喜欢的，只有哥不懂的，不懂的哥就要好奇，好奇才是一切学习与研究的心理基础，有了这样的基础，才有可能成为顶级投资人……可是哥确实不懂美妆啊！

之前的共享充电宝，怎么说任天行也用过，可对于美妆，他的认知为零。他本来想第二天问问莫茹，但又想到莫茹平时其实也不怎么打扮，估计能说上来的东西不多。何况她要是知道了这事，肯定会觉得不过是萧杰为了打发自己而给出的缓兵之计，自然也不愿多说。

那就从零开始！萧总不是提到了什么叶桃渡、什么娜娜吗？国产美妆的两大巨头究竟是怎么起家的，又是怎么变成今天你压我、明天我压你的局面的，都等着哥来好奇吧！

任天行突然意识到，萧杰其实已经给他上了一课。如果自己真的自掏腰包费时费力地给萧大神交一份研究报告，于情于理他都应该对自己指点一二，说不定这一指点，就会点石成金！

第⑤章
直播初接触

"莎皇是吧？你找我们还真找对了，你这种新品牌最适合直播。"青阳某直播基地里，一家公司的业务经理朝关莎认真道，"我们有很多主播，最红的倪蝶你肯定听过，去年双十一'直播销售大战'当晚，她直播间的观看人数有2500多万，一直都在巅峰主播榜上的。"

该业务经理说起倪蝶的眼神好不自豪，腰杆子都挺直了许多。

"那就倪蝶吧，我要最好的。"关莎不假思索。她什么都要最好的，口红蜂蜡要最好的，天然色粉要最好的，外包装管也要最好的，品牌推销员自然也得是业内顶尖的。

该美妆基地由好几栋新建的大楼组成，这些大楼外墙均为可透视落地窗，路边行人能清晰地看到每层楼大致摆放的东西。大楼一层是接待区，二层是女装区，三层是化妆品区，四层是童装区，五层是生活用品区。关莎和杜晶全部参观完才发现，五层生活用品区中有个很小的角落摆放的是男装，还是混合年龄的男装，由此可见男性群体在消费行业里的地位之低下。

关莎为何会跑来直播基地？这就要说回她做PPT的那天。她想着，自己的产品这么好，不能就此放弃，于是第二天又去了不同的工厂区和批发市场探访，终于争取到了一家比较靠谱的代工厂。这家工厂虽然比不上先前女厂长的设备好，但老板一身正气，说从不做外国人的赚钱工具，接的都是国产品牌的订单。

关莎发现这家工厂的女工干活挺细致，一丝不苟，她们的帽子也戴得很严实，遮住了所有头发，工厂实验室空间也比女厂长的大很多。

"你们可能不相信，我们厂会跟品牌方一起研发新品，研发费用可以说是同类厂中最高的。"那位老板说。

或许是因为女工的帽子，或许是因为实验室的设施，又或许就是因为老板最后这句话，关莎决定立即与这家厂合作，首批订单为3万元人民币。

果不其然，之后该工厂出的样品关莎很满意，完全符合她对于口红特点的所有要求，外包装管关莎要高档的，故口红的总成本是10元一支。

接下来，关莎得赶紧思考如何给自己的纯天然无添加剂果冻色口红打广告，以及如何建立靠谱的销售渠道。目前直播带货是趋势，她自然得来了解了解。

既然倪蝶本身聚焦的就是美妆行业，直播间观众全是自己的目标客户，且主播本身就是经过市场验证的金牌推销员，那还犹豫什么？

关莎看准倪蝶，也认同倪蝶公司这个业务经理的看法：直播推销的确很适合消费者原先没见过的、全新的品牌产品。在直播间，用户大多是怀着娱乐的心态看主播推销，听主播闲聊，没有节省时间精力的意识。因此，新品牌可以在直播间得到充分展示，大大削减了用户接收商品信息的阻力。

业务经理告诉关莎，很多新品的品牌方都是把他们的直播间作为前期销售的突破口，先将产品的知名度提高，货卖一部分出去，再配合其他的宣传渠道。

"你的货要先给倪蝶看过，她带货都是自己亲自挑的，她觉得你可以才真的能上。"业务经理说，"常规看货时间是每天下午3点开始，你最好提前两小时到，不然排队排不上。另外，你的货量太少了，到时候如果卖得多，你来不及备货导致延迟发货是要赔钱的。"

关莎心想，这个主播试都没试，万一自己把家底掏空了，最后卖不出去，不就彻底没周转余地了？于是她笑眯眯地开口："我目前只有这么多，您看要不这样，你们这次定量卖，消费者抢完就完了。"

业务经理听罢眼神略微轻蔑了些："这样你很亏的，因为不是什么产品都可以被倪蝶播报，坑位费一个产品60万元，你就卖这么点，本都回不了。"

60万元坑位费？听到这个数字，关莎和杜晶都石化了。

所谓坑位费，是直播行业的一个惯用语，指主播在镜头前给消费者介绍一个产品的时间段。时间段有长有短，主要取决于主播的人气、心情、习惯以及商品属性。坑位费对于品牌方来说是一笔纯花销，即便主播没卖出去任何产品，品牌方也必须支付。

关莎应该为此苦恼吗？不，她连苦恼的资格都没有，因为她口袋里所剩的钱远没有60万元，想买倪蝶的入场券，除非破例再筹一笔钱，但这就违背了她原先承诺的用20万元干掉老爹的豪言壮语。

想到这里，关莎沉着脸，拉着杜晶转身走了。

杜晶莫名其妙："走什么啊？不要倪蝶了？"

"钱不够。"关莎小声说了一句。

杜晶立刻甩开关莎："哎呀，这算什么事，我借你不就行了！"

"不要，说了靠自己就是靠自己。"关莎很倔强。

"你有病吧！"杜晶大喊一句。也就在这时，关莎猛地拉了下她的衣角，指着前方不远处让她快看。

杜晶一扭头，很是惊讶，一个胖乎乎的男人已经快走到她们面前了。

"撞车男？鬼叫男！怎么哪儿哪儿都有你啊？！"杜晶对任天行大声质问。

直播基地中大家想象的美女主播占比其实非常低，更多的是像任天行这样外形普通的幕后团队成员，这些人负责选品、议价、技术、仓储和售后服务等等。今年火爆全国的倪蝶，镜头前可能只有她和助理两个人，但幕后团队总人数早已超过了300人。因此任天行走进这栋大楼丝毫不引人注意，他背着铆钉已经有些脱落的黑色双肩包，开始了新一天的研究，谁知没过多久就碰见了自己"肇事"的"苦主"。

"你们是搞直播的？"任天行开口问道，语气带着些吃惊。

"你才是搞直播的！"杜晶没好气，"我们是来挑合适的主播合作的。"

任天行见杜晶态度不太友好，尴尬地说了一句："哦，那我先走了。"他自始至终都没敢瞧关莎。

"等一下……"关莎在任天行刚与她擦肩而过时叫住了他，"你老板马钰不是金权的吗，你不应该跟她一样是做投资的吗，怎么会来直播基地？"

"我们最近在研究直播电商行业，来实地了解情况。"任天行当然没提自己压根不是金权正式员工的事，他很自然地这么回答，眼睛依旧没敢直视关莎。

"那太好了！"关莎来了精神，心想这种大柿子必须捡现成的，"我也准备研究电商直播，你的研究报告可以给我看下吗？保证不外传。"

"呃……"任天行抓抓后脑，"可我还没开始写，还在跑市场阶段。"

关莎听后虽然有些失望，不过还是继续道："那你在这里有认识的人吗？"

"没……没有。"任天行终于鼓起勇气抬头看了关莎一眼。人家一直跟你说话，你一眼都不看对方，实在不礼貌。

"那你准备怎么搞研究？"关莎问。

"呃……就是到处看看，了解了解这里的经营状况。"任天行说，"前几天简单了解了一下美妆行业，发现跟直播行业关系密切，就想着来看看。"

"你搞直播行业的研究免不了要了解主播吧？我们准备去跟一些主播谈合作，你有没有兴趣一起？"关莎问。她当然不是菩萨心泛滥，之所以愿意带着任天行，是因为她觉得任天行是潜在的合作伙伴，自己今天带他跑一跑市场，明天问他要一份研究报告肯定不是难事，有来有往嘛！

"你还要跑什么主播？"一旁的杜晶问。

"就是其他主播啊，那些小一点的，名声没倪蝶响的。"

"干什么，不就60万元吗？我都说我……"

"不止60万元！"关莎打断了杜晶，"没听那个业务经理说备货得备多点吗？备多点，总成本估计又多好几万元，这赌注太大了！"

"那就再加20万元，也就80万元，80万元跟60万元也没什么区别！"

关莎和杜晶争论着，任天行觉得自己跟她们完全不是一个世界的人。

什么叫"不就60万元吗"？什么叫"80万元跟60万元也没什么区别"？差的这20万元都是青阳很多打工人一年的年薪了好吗？！

任天行虽然对杜晶和关莎这样的有钱人不太有好感，但谁让人家愿意带自己跑市场呢？于是最后，任天行就像个小助理一样屁颠屁颠地跟在关莎和杜晶身后，一个一个直播间谈合作。

倪蝶这样的头部主播关莎请不起，但其他中小主播价格肯定不会这么高。

杜晶对关莎的行为很是费解。不要最好的？这根本不是她认识的关莎。

杜晶认识的关莎，喝咖啡只要印尼鲁瓦克咖啡豆，养的狗狗必须是纯种且拿过AKC（American Kennel Club，美国养犬俱乐部）世界冠军，看的电影、电视剧得豆瓣评分超过9.0，就连她那个随意挑的前男友都是专业课第一外加学生会主席……

放弃倪蝶，关莎确实已经不是原来的自己了。在走访化妆品工厂的时候，关莎看到了招聘启事上的工人工资，看到了对她而言非常微薄的薪水、整天要戴着头套口罩的工作环境，以及不停重复的枯燥动作。这些人勤勤恳恳工作四年才能凑足她一开始就拥有的20万元，她还有什么理由要求更多呢？其实从工厂走出来的那一刻起她就在试图改变自己，因为她悟出了一个道理：如果一个人坐拥的资源足够充裕，就算最后取得了成功，也不足以说明这个人足够有水平。

关莎想成为厉害的人，所以她不希望自己仗还没打就扩充资源，这里的资源，当然包括杜晶。只不过，不扩充资源的境遇是万分难测的，比如此时关莎等人遇到的这个长相丑陋，长发及腰还染成了明黄色的男主播。

"你要卖口红，那些美女帅哥主播观众早就看腻了，记不住的。我多有特色，瞧我这张大饼脸，小眼睛，涂上你的口红如果都好看，观众肯定买账。而且你看我这头发……"男主播唰地把他及腰的黄色长发拨到胸前，"直播嘛，观众点进来看，要的就是记忆点。你们看，当下哪个男主播是长头发，还这么长？除了我没别人了，这就是记忆点！"

杜晶听后满脸嫌弃。其他不说，光是男主播那染了多次的干枯黄发，她看一眼就不想再瞅第二眼，于是把头撇向别处。

关莎倒是很认真地问："您坑位费要多少？之前卖口红最多一次卖过多少支？"

"866支！"男主播脱口而出，"吉利吧？我已经直播两年了，有自己固定的粉丝群，跟那些萌新主播不一样，人家收你900元坑位费一支都不一定卖得出去，我最差单场也可以给你卖个一百多支。你新品嘛，最关键就是要打知名度，这一百来个用户买了如果觉得好，推荐给周边的人，一传十，十传百，你货好还怕没市场？"

"所以您坑位费要多少？"关莎再次问道。

男主播露出了尴尬而不失礼貌的微笑，用手比画了一个数字9。

"900元？"关莎猜，见男主播摇摇头，她再猜，"9000元？"

男主播干脆收起了手，严肃道："9万元。我已经是腰部主播了，只要平台肯把资源向我倾斜点，我就是头部主播。给你这价格绝对不亏，到时我成头部了，9万元给你再播一次。"

"谢谢您，打扰了。"关莎直接起身快速走了。杜晶大松一口气，赶紧也追了出去。没等男主播反应过来，任天行也麻溜地消失了。

三人刚出来没走几步，就被一个扎着丸子头，背着一卷紫色瑜伽垫的高个子运动型女人叫住了。那女人大概二十八九岁的年纪，皮肤稍黑，下巴很尖，脸上的笑容既热情又亲切。

"你们是要找主播合作吗？"她开门见山。

关莎道："对，你是？"

"我看你仨都穿运动装，是要推销运动品牌吗？我就是专门做运动系列产品直播的。"

"哦，我们不是。"关莎没打算跟不对口的主播废话，就想往前走，但被任天行叫住了，任天行表示他想多跟这个运动产品主播聊几句。

关莎的目的是找适合推广她口红的主播，但任天行不是，他得深入了解整个直播行业的现状，因此他不能错过任何一个无须主动搭讪就能打开话匣的机会。

"不排除我们以后会做运动装的可能性，有机会说不定我们可以合作。"任天行装得很像那么回事，"你做直播多少年了？"

"其实才半年，我目前还是一个萌新主播。"女主播很诚实地答道，"但我的粉丝数每天都涨好几百。倪蝶做了短短两年半就到头部了，我也可以的。而且我聚焦的是运动用品和运动装，这个品类的头部主播目前几乎没有，我是有先发优势的。"

"你们是每天都得播吗？

"什么时候播？一次播多久？

"你有自己的团队吗？

"怎么收费？"

在随后的五六分钟里，任天行诸如此类的问题一个接着一个，不过这些问题也让关莎和杜晶大致了解了直播行业的现状：不管你是谁，只要有直播账号就可以往外播，行业进入门槛基本为零，如果你有自己的特色与独门技艺，说不定你就是下一个超级网红。

那个女主播告诉任天行，她的直播时间是早上6点至9点，因为爱运动的人通常都在这时起床。她就直播做瑜伽，做各种瘦身操，一边运动一边推销产品。

"晚上8点那都是头部主播的天下，论抢流量，我们这些萌新是抢不过的。我目前还没有团队，就我一个人，去厂家选品试用都是我，所以我经常背着瑜伽垫到处跑市场，看到好货我有时就直接在工厂或者批发市场开播……

"是的，一天都不敢断播，今天断播了，客户找不到你就进别人的直播间了。别说我了，连倪蝶都不敢断播，她有一次发着高烧依旧播了四个小时。我上个月也是，坚持练了三个小时。"

女主播不知道的是，她这样的描述无形中让关莎加深了对倪蝶的印象。

已经是流量顶端了还这么拼，倪蝶究竟是一个怎样的女人？

关莎对倪蝶产生了更多好奇之感，不过对于眼前这个背着瑜伽垫自己闯未来的女人，关莎还是抱有极大的敬意的，所以她没有打断任天行的"访问"。最后，三人象征性地留了这个女主播的联系方式，便继续在直播基地里寻觅合适的主播。

大半天了解下来，关莎也看清了大体状况：直播这个行业百花齐放，看似可以名利双收，但真正能爬到金字塔顶端受万人敬仰的头部主播是凤毛麟角。

头部主播之下是数以千计的腰部主播，这些主播可以获得平台的一些政策扶持。腰部主播再往下是几万、几十万甚至几百万人的全职或兼职萌新主播，这些主播口干舌燥地讲三四个小时，观看人数可能也就几人或者几十人，但他们每天依旧得按时开播，因为干直播这行，坚持大概率出不了头，但不坚持一定出不了头。

寻寻觅觅一圈下来，关莎都没找到特别满意的，不是主播个人特点不符合产品定位，就是太过萌新没有流量，直到她遇上了一对有自己团队和工作室的双胞胎姐妹花。她们的长相是可爱型的，年龄在24岁左右，直播间销售的产品均为女性用品，包括衣服、包包、鞋子、美妆以及家居用品等等。

从直播间观看人数和带货量来看，姐妹花属于"小头部"主播。这个档次的主播没有倪蝶那样的知名度和顶级流量，但比腰部主播的各项数据好不少，有自己的特色和固定粉丝群，团队搭建得相对来说也比较完善，虽不及倪蝶那超300人的团队，但姐妹花身后这十来个人也算各尽其职。

关莎左看看右看看，越看越觉得这对姐妹花顺眼，鼻子圆润，眼睛圆润，脸型也圆润，配上自己的果冻色口红，在镜头前可爱至极！最关键的是，她们的嗓音在关莎听来不是太哑，不像一个人平常多说了些话嗓音疲惫的那种状态。

姐妹花合作意愿也挺不错的，还亲自带关莎参观了她们的直播间，面积大概有80平方米。

"我们已经做了三年了，差不多是搞直播最早的那批人。"姐妹花中的姐姐说，"刚开始的时候我们就是用手机在自己家里录，后面带货的品种越来越多，房间都被改成了样品仓库，然后沙发、衣柜和餐桌都放不下，二手转卖了，在大厅里腾出一个地方做直播。"

"我记得当时走进我们家得跳来跳去，满地都是货。"妹妹附和。

"那你们现在在这个'小头部'位置上，会有危机感吗？"一旁沉默了好一会儿的任天行突然这么问。

姐妹花听后都笑了，姐姐回答道："当然会有危机感，每天都有，每天都担心自己的客户跑到别人的直播间去了。"

"这种危机感不仅我们有，倪蝶那样的主播也一样会有。"妹妹说，"搞直播嘛，谁都不敢断，但好货也不是天天有，所以每天下直播找新货都头疼死了。"

任天行见姐妹花这么好沟通，于是又开启了提问连珠炮模式。

一旁的关莎没插话。她在犹豫，因为这对姐妹花的坑位费是10万元，即便关莎以用后续合作为由砍价到8万元，也差不多是她裤兜里余额的一半了。如果一半身家都给了姐妹花，那这次合作只许成功，不许失败。

于是，关莎的内心陷入了一种常人买房子都会经历的尴尬，贵的买不起，便宜的看不上，反复在高不成低不就的状态里自我挣扎，最后还是拉下脸面，借遍了各路亲戚朋友，买了自己扒光皮才能买到的最好的房子。

本来关莎找中小主播就是为了此次创业万无一失，追求一个字：稳。可现实情况是，其他主播关莎都不是特别心仪，而与这对她唯一看上的姐妹花合作，创业也不一定稳。关莎咬了咬嘴唇，心想既然得赌一把大的，那干吗不再去看看倪蝶？多加的几十万元大不了我关莎不白拿，借还不行吗？

事实证明，一个成年人的心性想在短时间内改变是非常困难的。

关莎没有立即与姐妹花签合同，而是拉着杜晶和任天行回到了倪蝶的直播间。此时已经是晚上8点10分，倪蝶刚刚开播不久，杜晶和任天行的肚子都饿得咕咕叫，但关莎管不了这么多，她真的很想看看60万元坑位费的主播与9万元、9000元甚至900元的主播究竟有什么区别。她也想知道究竟怎样的主播才可以在这个全民直播的时代站上流量金字塔顶端。

直播间里人满为患，倪蝶在上百号人的围观下推销着她手里的产品。她穿着一件率性的白色西服，头发修得齐至耳根，打破了关莎对于头部女主播全是长发仙女的固有印象。

衡量一个人的五官是否出众的标准，就是把这个人想象成另一种性别，看是否依旧可以让人怦然心动。倪蝶的外貌正是将女性的五官安在了男性的俊朗里，帅气中带着几分阴柔的美，似青天白日下的一朵清新娇美的牡丹花。

倪蝶真够特别，又美又帅的，这才是主播该有的记忆点啊！关莎看倪蝶第一眼时，内心便如此感叹。

倪蝶是全品类主播，关莎他们等了好一会儿才等来了口红试色环节。品牌方享誉国际，关莎本以为倪蝶会尽力为品牌推销，谁知只要颜色不合适，她吐槽起来也是毫不留情面："我告诉你们，我个人是不会买这个色号的。虽说质地不错，确实挺滋润的，但没有特色，我看不出它的风格在哪里。"

助理善意提醒："咱们推荐还是要考虑下品牌，选品不能光靠主播的个人喜好，有时候你不喜欢，别人说不定喜欢啊。"

倪蝶对此嗤之以鼻："我给大家推荐的产品肯定是我个人喜欢的，不然大家看我干吗？让我不以自己的喜好推销产品，我做不到，你行你上。"

关莎开始觉得有点意思了，业内顶流居然是这样卖货的，难道这种反其道而行之的风格才是推销的真谛？

接下来倪蝶又上嘴试了另外几种颜色，都不太满意，嫌弃之情溢于言表。

"这个颜色……好看是好看啦，但过于深了，显老气，像是从你妈妈包里偷来的。

"这个颜色倒是很时尚，但问题也在这里，太时尚了！不适合上班、上学涂。

"这些颜色设计得只会让我觉得你们不是品牌方的目标客户，他们根本不想做中国人的生意……"

倪蝶的吐槽一句接着一句，助理一直试图力挽狂澜，但收效甚微。关莎打开手机看了眼实时评论，发现全都在为倪蝶拍手叫好。

就这一会儿的工夫，倪蝶又试了一支。突然，她拿下化妆镜，把嘴唇凑到镜头前，来回变换角度的同时认真道："大家看这一支！我从没见过这么干净的橘红色，非常适合我们亚洲人，无论什么场合都能给你加分，提升你的整体气质！"

说话间，她低头看了眼口红底部，报出了色号，而后又开始继续试其他的颜色，可惜其他的依旧十分鸡肋。就在这时，周围有人惊呼："断货了！"

关莎等人的注意力被吸引过去，发现工作人员一边翻着手机查询各大网站和经销商渠道，一边互通信息，最终得出的结论是：五分钟不到，那一款口红全网断货。

关莎和杜晶面面相觑，就连一旁的任天行嘴巴都张成了O形：一个主播说几句话，就可以让一款产品全网断货？这是什么样的带货能力！

尽管刚才倪蝶把品牌方骂到尘埃里，但光凭这推荐的一支就能让品牌方大赚特赚。关莎想到之前业务经理说的话，如果自己备货不足就上倪蝶的直播间，真的会很亏。

整场直播看下来，关莎发现倪蝶做口红试色不仅会分析口红的质地，遇到同质化的色号还会货比三家，这是实打实在为粉丝考虑，专业度显露无遗。她立刻上网查了倪蝶更详细的资料，才知道原来倪蝶初中毕业就出来打工了，从口红工厂的一名普通女工做到品牌专柜的推销员，再到直播带货顶流，一路走来，倪蝶用了整整十年。十年的积累和沉淀，让倪蝶对目前市场上主流的上万支口红了如指掌，所以她的评价中肯、理解准确、推荐专业。

毫无疑问，关莎心里的合作对象，除了倪蝶，再无他人。

当晚关莎一直等到倪蝶下播，因为听说倪蝶会额外在午夜12点至凌晨2点跟各大商家开选品会。所谓选品会，就是商家把自己的产品拿到倪蝶面前，给她介绍，让她挑选，看哪些她愿意在直播间宣传。当然，这些商家的产品之前已经由倪蝶团队的产品经理筛选过了。

选品会的队伍长到比任天行大学食堂开饭还夸张，大概只有直播电商时代才能在午夜时分看到如此盛况。

由于上午跟倪蝶的产品经理打过照面验过货，关莎也获得了排队的资格。但她没想到的是，这个队一排就是三个小时，直到凌晨3点，疲乏至极的三人才总算面对面跟倪蝶说上话。

关莎还算幸运，由于她口红质量确实很好，倪蝶居然愿意上嘴试色，这让关莎大喜过望。谁知倪蝶才涂了一下，嘴唇都没涂满，就皱起眉头说："你这个口红的截面太斜了，我一涂嘴唇就割到这个边缘……"她给关莎看了看口红管边缘，"你膏体做得这么软，别人肯定只敢转出一点来涂，转多了膏体一长截露在外面很容易断，但转少了又割下嘴唇，使用体验很不好。还有，你这个果冻色太水润了。"

"水润点没问题吧？"关莎不解。

"是没问题，但这种调色会让这支口红显得廉价。换句话说，你这样的水润果冻色口红我可以在市面上找出一堆替代品，而且价格都不会超过38元。"

"可是……"关莎刚想说啥，倪蝶就不耐烦了："别可是了！你把颜色和口红截面改完再说！下一个！"

至此，关莎对自己创业憧憬的火苗几乎被彻底浇灭了。她自以为独家首创的口红完美无瑕，结果被倪蝶挑出了一堆毛病，而且还是消费者使用体验差与市场替代品泛滥这样的致命缺点。

这些问题原来与关莎合作的代工厂自然不会提出来，因为代工厂只需要赚生产的钱，无须关注也没能力做好后续的产品营销。如果他们做得好，知道如何给品牌方提针对性意见，那他们就不会做了这么多年还仅仅只是一家代工厂了。

言辞犀利的倪蝶给关莎一记重锤的同时，也让任天行留下了深刻的印象。

"这些黑管白管都是淘汰的颜色，要多难看有多难看，麻烦你们不要再被那些KOL和KOC种草了好不好？要理智！"

这是当晚倪蝶表达最多的观点，她嘴里的什么"种草""KOL"和"KOC"，任天行听得一头雾水。在他看来，倪蝶推荐的什么裸粉色口红就算涂到莫茹的嘴上，莫茹也不会突然显得多温柔，他甚至根本不会察觉莫茹涂了口红……

等听说倪蝶推荐的口红全网断货时，任天行不得不承认之前他看过的一个结论：在消费市场里，按购买力从高到低排序，依次是女人、小孩、老人、宠物和男人。女人最前，男人垫底，连宠物都不如。故类似化妆品、护肤品、衣服、包包、鞋子、生活用品甚至人造偶像、综艺以及电视剧等产品，都要尽量让目标客户对准女性群体，远离任天行这样的男青年。倪蝶今晚的表现，只会让任天行觉得这个女主播有点意思，对口红的理解也应该比较专业，但他绝不会花钱去买。他甚至无法领略倪蝶认为的有风格的口红和没风格的口红，差异点究竟在哪里。

都说女人比男人难取悦，殊不知最难取悦的就是男人。男人认为花500块钱买一支原料成本只需10块钱的口红根本就是交智商税，尤其是像任天行这样生活在一、二线城市的受过高等教育的男青年，他们对于智商税的敏感程度绝不亚于女性对自己年龄的敏感程度。

智商税针对的就是高毛利产品，比如几毛钱成本的面膜卖到几十上百块钱，中间95%的利润都给了销售渠道而不是产品本身，这在任天行这种直男的消费心理中是十万个不可饶恕的。反观以男性为主要用户的电子类产品，毛利率是公认的低。厂家生产出一台价格上万元的游戏机，各路渠道每人能挣个几百元就不错了，毛利率不到10%，所以电子产品的钱远没有化妆品的钱容易赚。

任天行对炫丽的广告图、前后对比效果图以及品牌形象等空洞概念充满了警惕，他似乎天生就对高毛利产品免疫，就算遇到自己喜欢的电子产品，一时冲动消费买回了家，短时间内也不可能重复购买。于是，任天行断定倪蝶直播间的主要受众群体肯定不是自己这样的男青年，男人们喜欢的电子产品应该也不是直播带货的主打产品，直播带货反而非常适合叶桃渡这类化妆品公司。

任天行当然没有忘记萧杰让他研究国产第一美妆品牌叶桃渡，只不过当他和关莎等人走出直播基地时已是凌晨3点半，他的眼睛都快睁不开了。

地铁和公交车早已停运，周围的商铺只有烧烤摊还开着，那些排队等主播团队下班的出租车司机都在自己的车边吃着烤肉串，带着浓香蜂蜜味的烤鸡翅成功捕获了任天行的注意力。他咽了一口口水就朝烧烤摊扑了过去，谁知刚问好老板价钱，烤炉上现成的几串鸡翅就已经被倪蝶团队的几个大块头兄弟拿在手上了。

"不用找了。"领头的对老板说完就跑去抢出租车了，大概是网络延迟，那几个哥们儿都跑远了，任天行才听到老板的手机响起收款提示音：微信收款，65元。

几串鸡翅肯定不超过60元，老板听到收款数额后心花怒放，对任天行自然也没任何愧疚："兄弟，嘿！别介意！现烤更好吃！"

老板说着就弯腰想从下面的架子上取生鸡翅，怎料鸡翅没了，其他肉也没了。老板相当尴尬："还剩玉米和韭菜，要不来几串？"

任天行很憋屈，虽然点头同意了，但烤架上那些黄黄绿绿的东西根本不是他的首选。不过更悲催的还在后面，吃完烤韭菜、烤玉米的任天行回头一看，关莎不见了，杜晶也不见了，就连原先那一长串等人的出租车也全都没了踪影。

"没车了？"任天行惊愕。

"出租车要靠抢噢，我还以为你有车嘞！这儿离市区远，难打车，你叫车过来吧。"烧烤摊老板一边收摊一边好心提醒。

任天行从裤袋里掏出了手机，打开打车软件。叫车一分钟，无车接单；叫车两分钟，无车接单……

"小伙子你要加钱的，说了离市区远，至少加20块钱！"烧烤摊老板说完就骑着他的三轮车颠颠簸簸地走了。

任天行执拗地没听烧烤摊老板的话，硬是不加钱，结果还真就没打到车。

这个城市怎么什么都要拼速度，写报告要拼速度，大半夜吃个烤鸡翅要拼速度，就连打出租车都要拼速度！带着满口韭菜味的任天行暗暗发誓，萧杰这次给的任务，自己完成速度一定要快！领导没规定时间，不代表领导真的对时间没有要求，萧杰连走路都快成那样，可能允许自己慢悠悠地搞研究吗？

任天行想快，关莎也想，她比任何人都想尝到创业成功的滋味，比任何人都想赶紧把手里的口红变现，快速回笼资金，但现在她那些打着天然蜂蜡与天然色粉口号的无添加剂口红，连大货都还没出就似乎连她自己都开始看不起了。

直播渠道受阻，传统广告渠道或许还有可为？只不过这又涉及无数细分问题，比如使用怎样的广告渠道才能贴近目标产品的客户群？广告费用一般是多少？自己的创业资金能不能支撑这样的费用？广告语应该怎么定？

带着这些问题，关莎拿着口红样品上门咨询了多家广告公司，怎料她是兴高采烈地去，面如死灰地回来。雁子谷小区各处角落对现在的关莎而言完全变了样，那些平常被她忽视的广告版面此刻都异常醒目。小区大门虽是黑铁门，但铁门中间挂着长方形的某洗发水海报，通行门中间立着某手机的灯箱广告。

"就这破灯箱，居然10天要5600元。"关莎皱眉抱怨，她平常虽然从门禁通道进进出出，但基本不去看什么灯箱。

"你就知足吧！"杜晶说，"那好歹是必经出入口，咱们小区又这么多人，这个价格很良心了。那个快递柜才坑，他们不说我都不知道柜子上面还能打广告，平常拿快递都只看自己的箱子，鬼知道所有柜门图案拼起来居然是个广告……"

两人说着走到楼栋电梯间，四个电梯并排，每两个电梯中间设置有一个灯箱，电梯门上贴着整幅海报，门打开后，海报也就一分为二；关莎和杜晶进了电梯，不出意外，三面墙上全是海报，按钮上方有一块小屏幕。

以上提及的所有地方，专供广告商使用。关莎咨询过价格，雁子谷小区的电梯内视频广告，50元一小时；电梯内海报框架媒体广告，1188元包月。

杜晶按下顶层按钮，就听关莎说道："我觉得在门上贴整幅海报最不值，万一别人扫上面二维码的时候门开了呢？难道不进电梯等门合上接着扫？"

杜晶点点头："确实很鸡肋……不过快递柜反正我是不会看的，一个广告印在那么大个柜子上，除非远观，否则很难注意到。取快递时哪个不是低头看手机取件码的，谁会特意站远了看柜子上的广告？"

"看是有人看，比如下班回来随意扫一眼的那些人，但这样的人肯定不多，效率太低。"关莎说。

杜晶的脚掌有节奏地拍打着电梯地板，这时电梯里那个小屏幕上播放着某烧鹅店的外卖广告，吸引了她的注意。视频里的烧鹅做得让人垂涎欲滴，还号称有粤府大厨亲自掌勺，第二只半价，20分钟内送货上门。

"我看就这视频广告靠点谱，至少有声音有图像，很难不去注意。"杜晶说。

"所以贵啊，一小时就要50元！"关莎抬头看着视频里的烧鹅广告哀叹，"我一天放20小时就1000元了，一个月差不多要3万元，还只能放在这一个电梯里，咱们雁子谷有30多个电梯，如果广告全打上去，光咱这小区一个月就得90万元。"

"90万元就90万元，打上去再说啊！"杜晶豪爽地说了一句。

关莎气不打一处来："你脑子健忘啊？我的启动资金只有……"

"所以我早说了你只有20万元不够啊！"杜晶直接下了结论。她说到这里，电梯刚好到了，关莎一把将她推了出去。由于毫无防备，杜晶差点摔倒，最后还是关莎敏捷地扯住了她的衣服。

杜晶朝关莎吼道："我说你别老对我进行肉体摧残行吗？我这么大个儿整天被你推来搡去，扭到脚怎么办？走不了路谁陪你跑市场？！"

关莎却好似没听到杜晶说的话一样，一边往家走一边思考：这些社区里的广告版面看似存在感很强，哪儿哪儿都是，但广告效应肯定不明显。

首先，经常进出社区公共场所的人基本就不看那些烦人的海报和灯箱。其次，即便他们看，大多数人也不是自己的目标客户。

整个雁子谷小区里一半的住户是原来雁子谷的村民，这些村民大多上了年纪，根本不会对纯天然果冻口红感兴趣；另一半虽然住着靠人才安居房落脚的年轻人，但其中也有差不多一半是男人，大概整个小区就三四百个女人。这三四百个女人看到广告后都会买一支自己的口红吗？显然不会。她们中能有10%会买就已经是奇迹了。为这三四十个人一个月花90万元打广告？除非自己的脑子被驴踢了。

如果社区广告行不通，那其他方式呢？

广告公司的接待员先前确实给关莎推荐了无数种广告投放方式："你们可以选大巴、公交车身广告，是流动风景线，很适合品牌定制哦！"

"多少钱？"关莎问。

"公交一条线路，全天是1万元。"

"所以30天就是30万元。"

"是的。"

呵呵，关莎心里冷笑一声，姑奶奶我……钱不够！

还没等她继续问，接待员就热情地介绍起了其他方式："你们也可以选公交站的候车灯箱广告，就是平时我们去车站等车看到的那种巨幅海报，在灯箱里晚上亮灯的，地铁也可以；还有就是出租车顶灯背面的LED数码信息屏也可以；现在我们跟全国大型商超卖场都有合作，一天是1.8万元；快捷酒店客房内的电视媒体效果也很好，价格是20万元。"

"等等，别说太贵的，太贵的我们投不起，小本生意。"关莎终于忍不住打断。

"哦，好！"接待员有些不好意思，"那全国商场服务机器人上面的互动数码屏呢？可以联播哦，11.5万元……"

一旁的杜晶忍俊不禁。关莎在20万元这个价格开口打断，那无脑接待员还真就以为10万元以上的广告价格都有戏。

"有没有再便宜点的？"关莎问。

接待员刚要开口，关莎立刻补充："你就直接说有没有10元以下的。"

"10元以内吗？有的，2元以内的都有。"接待员脸上没有流露出一丝丝鄙夷的表情，他仍旧热情，或许这种热情是假装的，但人家好歹还在装，"咱们航空机场登机牌背面的广告，1元一张。"

"登机牌？"关莎眨巴了下眼睛。

"对，还有更便宜的。航空公司给您的登机牌封套，就是装您登机牌的那个信封，印上去，五毛钱一封。"

关莎立刻排除这个选项。五毛钱虽然便宜，但自己从未关注过登机牌信封上印了什么，何况现在登机牌除非纸质邮寄，不然哪用得着信封？

排除了登机牌信封，关莎再评估印在登机牌上的广告。国内一辆正常客机可以容纳200至300人，但这些乘客有百分之几是自家口红的目标客户？何况谁会去注意登机牌上的广告？大家看登机牌一般就只看登机口和座位。再加上如今纸质登机牌越来越少，很多机场都已经开始使用电子机票刷手机进入了，电子机票上没法印广告，而使用电子机票的人大多是关莎想吸引的年轻受众。

瞧见关莎对这些不是太感兴趣，接待员接下来介绍的越来越离谱，什么幼儿园门口滚动信息灯箱广告，什么地铁车厢手拉杆上面的袖珍广告，甚至还提及了乡镇农村刷墙广告……最后，任凭接待员使出浑身解数，说得口干舌燥，关莎仍旧一分钱也没掏。两人离开时，杜晶转头看了那接待员一眼，小伙子的微笑异常官方，但眼里的怨恨之意已经无法被他的职业素养掩盖了。

实在不是关莎不想掏钱，几十万元她掏不起，几万元的广告费还是没问题的，但上述这些方式她觉得都不适合自己的产品，花出去的钱一定是打水漂。

本来听任天行说最早叶桃渡就是这么推广的，她还想有样学样，殊不知人家有大明星当代言人，在各大购物中心都有自己的专柜，还有倪蝶这样的头部主播与资本贴钱参加双十一狂欢，而自己呢？

这个时候的关莎才开始慢慢承认她实在是太年少轻狂了，带着20万元就妄想着自力更生混社会，妄想靠口红的绝对暴利迅速把启动资金从几十万元滚成几百万元。创业如果都这么容易，那就不会被人形容成九死一生了。

钱不够怎么办？广告不打了？产品不卖了？回家去跟老爸认怂？

杜晶瞧见关莎满脸丧气样，便搂着她脖子轻松地说了一句："我看你直接把这些样品发朋友圈得了，免费推广，说不定你一发就有一堆人来支持，3000支口红卖光还不是分分钟的事？听说一帆哥结婚了，你让他先买个999支送老婆！"

关莎白了杜晶一眼："我干吗不让一帆哥把保时捷卖了，送钱给我创业？"

"我看可以啊！他也不差这台车。"杜晶赶紧附和。

"可以你个大头虾！我真是……"

第⑥章
土狼云夏白

雁子谷附近一家咖啡馆门口，眼尖的任天行发现某个垃圾桶上放着一个咖啡杯。他快步走过去，四下扫了一眼，确认没人注意自己，于是10秒之后，那个咖啡杯就已经同任天行一起出现在咖啡店某角落的桌子上了。这个角落前台店员不太容易看到，咖啡杯里还剩五分之一已经冷掉的咖啡，但任天行并不介意，因为桌上只要有这个杯子，他就可以堂而皇之地蹭桌子蹭Wi-Fi了。

自做美妆和直播行业研究以来，他就一直在以这样的方式轮着薅雁子谷周边咖啡馆的羊毛。本来他习惯性地去了金权大厦，谁知根本刷不了工卡进入，想必是马钰跟人力资源部通过气了，而他租住的农民房本身也没有Wi-Fi，就算搬来的一些邻居装了Wi-Fi，任天行用万能密码蹭也蹭得很不舒坦。毕竟经济状况好的人不会成为任天行的邻居，他们的Wi-Fi网速连加载个有图片的网页都费劲。

"饿不死，富不起，说的就是我。"

任天行瞅着自己的微信朋友圈签名皱了下眉头，而后把签名删掉了。

"金权，我不仅会成为你的员工，总有一天还会成为你的掌舵者！"任天行这么给自己打着气，他眼里依然只有金权投资集团。

凌晨鸡翅被抢与加钱叫车的遭遇让他此刻如打了鸡血般地搞研究，争分夺秒。

生活从来都不平等，他有多努力，最终才能有多特殊。

倪蝶说的那些术语他都记在了手机里，他必须努力将其全部弄懂，因为若他想深入了解一个行业，就必须首先了解行内人常用的口头术语。

任天行噼里啪啦地往搜索引擎里打着关键词，弹出来的解释很多，他花了点时间做了一个总结：

KOL属于营销学的一个概念，全名是Key Opinion Leader，直译过来就是关键意见领袖，指那些拥有比较准确的产品信息，且被相关群体所接受或信任，并对该群体的购买行为有较大影响力的人。

简而言之，KOL就是在自己的领域里有影响力的人，俗称大咖、大佬和大V。这些人往往对自己做的事情有极大的兴趣和极高的天赋，且具备非常专业的知识，能够持续对外输出稳定而有质量的内容。

比如在美妆领域，尤其针对口红产品，倪蝶毫无疑问就是一个巨大的KOL。她专业、有公信力、热爱自己所做的事情，并且能够每日直播对外输出她对于口红的独特看法，这所有的一切造就了倪蝶在口红营销圈里的非凡影响力。

KOL这个词后来在日常生活中被广泛应用，比如公众号大V、短视频达人、私家美妆博主、游戏解说或者明星艺人等，只要这个人能在某方面对一大群人有所影响，就会被人称为KOL。

这些KOL因为做的内容有大量的人关注，追随者众多，因此他们自然而然就会被各路商家盯上，随后粉丝们便会发现自己关注的大V发布的内容不再纯粹，而是植入了各类广告，有些KOL到最后干脆内容也不做了，直接赤裸裸地推销产品。

任天行总结到这里，算是彻底弄懂了什么是KOL，然后他发现，只要理解了KOL，KOC这个概念也就不难了。

KOC全称为Key Opinion Consumer，即关键意见消费者。"消费者"三个字尤其重要，因为它强调了KOC本身就是产品购买者，是商家的目标客户本身。

KOC的公众影响力虽然没有KOL强，但他们能影响自己的家人、朋友以及特定范围内的社交圈子，让圈里的人因为他们的推荐而产生消费行为。

比如班里总是考第一的那位同学有一天突然给大家推荐他自己经常用的学习方法书籍，其他同学就会跟风购买。拿第一名的同学就是KOC，他本身也买了那些书，觉得好所以推荐给其他人。

由于KOC本身就是消费者，不属于专业的销售人员，所以他们的分享内容更多来自亲身体验。如果他们想推销口红，就真的会自己跑到专柜里一支一支试，把喜欢的色号直接买回家，然后在家里给粉丝们做视频谈体验。

由于这些KOC推荐的东西都是自掏腰包买来的，故他们的视频内容往往更受人信任。他们更注重和粉丝的互动，其观点和感想也离粉丝最近，所以更容易让粉丝因为他们而产生消费行为。

不过话说回来，即便KOC与粉丝之间的信任感更强，但毕竟粉丝少，论及公众影响力，还是远远比不过KOL的。

在直播行业里，如果我们把KOL、KOC以及普通用户看成金字塔结构的话，KOL绝对是处于顶端的头部主播，KOC就是腰部或者一些有一定粉丝基础的萌新主播，普通用户则位于金字塔底部。

关莎作为商家，找倪蝶这样的KOL合作可以打造品牌知名度，迅速出货，引发购买浪潮。但倪蝶不是关莎想合作就可以合作的，目前无论从产品上看还是从资金上看，关莎都达不到要求。

如果不硬攻倪蝶，关莎还有一条路，就是找金字塔中间的KOC合作。这些KOC是从消费者的角度评价产品，本身可以影响一部分人，所以即便产品销量最终比不上KOL，也可以在他们的粉丝中建立品牌印象，这种营销方式，就叫作种草。

"种草"这一词语自PC互联网阶段便开始流行于各类美妆论坛与社区，直到移动互联网时代又大量扩散到微博、微信等社交媒体平台，泛指"把一样事物推荐给另一个人，让另一个人喜欢这样事物"的过程，即"安利""推荐"之意。

总结到这里，任天行终于能看懂昨晚倪蝶直播间里那一堆堆的网友评论了。他将理论与实践结合，又打开了一些主播的直播间，一边注意主播的用词，一边看评论区的发言，有些直播内容任天行看着实在无聊，就在评论区里手动输入："看了半天，我都没被种草。"

当他这句评论短暂地出现在直播间留言板上时，任天行觉得特别有成就感，因为他离直播行业中的这些活跃群体又近了一步。

正当任天行沉浸在自己的研究成果里时，手机突然响了起来，来电提示：关莎。——这就要说回那晚了，关莎居然主动和他互留电话，原因自然是为了方便以后"白嫖"他的美妆和直播行业研究报告。

"你在哪儿呢？赶紧过来救火！"电话里关莎喊道。

"啊?!"任天行没反应过来。

"雁子谷3栋42楼3428！快！"关莎说完，啪的一声挂断了电话。

"您看这房子也不是我一个人的，是我和我老公的，我们还有两个孩子，他们都想把这房子租给长租公寓，我一个人也拦不住不是？"

关莎面前是一个皮肤如黑炭的矮大姐，大姐头发花白，身高大概只有一米四五，骨瘦如柴。

"但之前您都承诺租我一年了！"关莎对突如其来的变故不知所措，她那近3000支口红还没找到销路，如今连歇脚的小地方都要没了。

一旁的杜晶看不下去，直接质问老大姐："我们才刚搬进来几天您算算！家具不说，热水器、空调和电视机全是我们新装的，您这儿原来什么都没有，跟个毛坯房差不多，都不能住人！"

"这些你们可以拆走的，全部都可以拆走。"

老大姐这么说，关莎和杜晶肺都要气炸了，但她们还没来得及爆发，老大姐就让了步："要不这样，我除了退你们押金，这个月的房租我也不要了，行吗？"

老大姐这提议还算对得起关莎，免掉的房租相当于赔她的拆装费了，但关键在于雁子谷的房租涨价了，同样面积的房子月租金已经从6000元上调至6800元。

由于青阳市政府持续推出人才引进的优待政策，找工作的大学生如潮水般从全国各地拥入青阳，再加上国外毕业的海归纷至沓来，青阳房源需求瞬间大于供给，因此房租均价上涨了。雁子谷这一新式小区的房租涨势更为明显，因为政府把将近一半的房源划分给青阳各大知名企业做人才安居房，导致面向公开市场的房源变得更少，租金涨幅也就更大。如今一个月花6000元，关莎只能租到西北朝向且低楼层的户型，面积也比她现在住的小了三分之一。

对关莎而言，其实面积和户型都可以变，但唯独顶楼的位置她不愿舍弃。像雁子谷这样人口密集的小区，不住在顶楼，她会觉得非常难受。光照不足还是其次，主要是中低层居民在上下班高峰期连挤进电梯都十分困难。小区的电梯系统算法是一律先往顶层接人，中间楼层的住户若想顺利进入电梯，除非上层没有人按下按钮。

关莎没立即回答老大姐，她掏出手机查了一下目前雁子谷待租的十几套房，别说顶楼了，连20楼以上的都没有。

"租给我与租给长租公寓有什么区别？为什么要换？"关莎问得很直接。

老大姐露出了一个善意的微笑："他们说可以租至少三五年。我也是图个稳定嘛，小姑娘你这么漂亮，不可能住那么长时间的，没过两年你就会嫁人搬出去了。"

关莎闻言一脸无语，心想这老大姐是什么逻辑，女人漂亮就一定会早嫁人？明显是借口。想到这里，关莎的嘴角瞬间咧得跟老大姐一样官方："阿姨呀，我现在男朋友都没一个，嫁不了人！何况我也没工夫谈恋爱，都在忙工作呢，以后就算有对象了，拍拖也得两三年吧？总之租您这儿三五年一点问题都没有！要不这样，我们现在就延长合同期限，如果我违约，我会赔您违约金的。"

老大姐听后摆了摆手："别说那么绝对，你跟我女儿差不多大，我太了解你们这些年轻人了，只要看对眼，说不定下个月就结婚了。总之你肯定住不了那么长时间，而且长租公寓那边还有些别的优惠。"

"哪些优惠？"关莎不依不饶。

"他们统一装修，统一配家电啊，还统一……"

"我也都给您配齐了啊！"关莎立即强调，随后敞开门指着屋里的内墙，"您看，我还给您的房子贴了这么好看的墙纸！浅蓝色的，又干净又可以保护墙体，您以后的租客不论男女都可以住啊！"

关莎说到这里直接进屋拍了拍她精选的电视机和餐桌："这些家电家具，包括冰箱、热水器、床和衣柜，我走的时候都不要，全送给您好不好？"

关莎如此慷慨，是因为她觉得等自己搬走的时候，早应该创业成功了，那时手里肯定银子一大把，哪儿还在乎这些家具？

老大姐听罢依旧直摇头："我不要这些啦，小姑娘你自己留着吧，你也不容易不是……我说了我就图个省事。你看啊小姑娘，我如果租给你，你有什么事还来找我，比如下水道漏水啦，房子这样那样的问题啦，水电费啦，等等的，都很麻烦。长租公寓有专门的管家，他们会帮我打理你们这些租客的各种问题，我租给他们就什么都不用管，每个月收租金就好，我想清闲点，小姑娘你理解一下。"

关莎听后一怔，原来这才是问题的关键所在——长租公寓有管家！

不过雁子谷这样的新式小区，三五年内就出什么下水道问题几乎不可能，家电又都是自己买的，坏了自己找人修不就完了？想到这里，关莎赶紧抬起头拍胸脯保证："阿姨呀，这个您放心，房子有问题我发誓自己解决，水电费我也自己交，您每个月什么都不用管，收房租就好了。"

关莎本以为自己让步到这儿已经足够了，若换了其他租客，怎么可能帮房东兜这些底，房子有问题肯定是房东负责。怎料老大姐听罢依旧不为所动："不了不了，谢谢你了小姑娘，你人很好，但家里人我也说不过，这房子确实不是我一个人说了算，他们已经跟长租公寓签合约了，你还是搬出去吧，周围几栋还是有不少空房的，你换一换吧，我给你三天时间够了吧？实在不行给你一周。"

老大姐说到这里转身就想走，完全没有继续与关莎商量的意思，结果她的手臂就被关莎牢牢拽住了。关莎顺便命令杜晶："去把租房合同找来！我床头柜里！"

当杜晶找来合同，关莎让杜晶翻到最后一页，厉声对老大姐说："白纸黑字写的一年期限，我们又没欠您钱，凭什么赶我们走?!"

老大姐想甩开关莎的手，但是没成功："我不是说了退押金，房租也不要了吗?"

"这上面写了，如果谁违约，要给三个月的房租做违约金！"关莎强调，"押金退回来本来就是应该的！除了押金和这个月房租，还要再退我们一万二！"

"凭什么啊！"老大姐叫道，她想挣脱关莎，但她那小身板哪是关莎的对手，挣扎的样子很像一只小麻雀在老鹰爪子下扭来扭去。

关莎见这老大姐不听话，直接一把将她按在走廊的矮墙上，跟警察制伏歹徒的动作一样，老大姐眼珠子底下就是高达42层楼的"深渊"。

"凭什么? 就凭您没通知我们就私下与什么长租公寓签合同，您这合同是无效的，我们旧合同的权利义务都没解除呢！要不多赔一万二，要不给老娘滚蛋！"说完，关莎把老大姐拽回来朝电梯的方向推了过去，老大姐跟跄两步，险些跌倒。

关莎本来是恭敬的、有礼貌的，甚至是谦让的，但当她听到对方根本不是来商量事情的，而是先违约再赶人时，就彻底怒了！对什么样的人就得用什么样的方式，想在社会中独立生存，就不能当个软柿子让别人随便捏！

关莎以为把那个房东大姐吓回去问题就解决了，就可以安心研究怎么卖口红了，可惜她错了。真实的生活往往不会让一个人专心只做一件事，当你追求梦想时，生活就开始犯贱，时不时打你一拳，踹你一脚，甚至给你一刀。

关莎忘了，老大姐不仅是房东，还是雁子谷的原住民。村民们有一个优良传统，那就是一家有难，十八家支援。

15分钟之后，老大姐再次出现，这次她的身后是一大帮热血、愤慨还带着"家伙"的村民，关莎一看，全都是五六十岁的狰狞老汉。

欺负我们没人是吧！关莎第一反应居然是有样学样，对方叫人她也要叫，于是她立刻给她能想到的男人打电话，住得最近的当然就是任天行。只不过，在通知完任天行后，关莎才突然意识到，整个青阳她认识的男性同胞居然只有两个，一个是最近才混了个脸熟的任天行，另一个便是自幼相识的蒋一帆。

不巧的是，蒋一帆并不在青阳，只能线上支援。听完关莎有些激动的描述，他梳理出了重点："房子你承诺可以长租，自己配齐了家电，也答应负责所有维修，理论上跟长租公寓给的条件是一样的，但她还是不租给你，对吗?"

"对！怎么说都不租，就说让我搬走，因为他们已经跟那边签合同了！"关莎一脸焦急，"我这房子才住进来没几天，搬家太麻烦了。而且我资金有限你也懂，这个小区其他的房子已经没有20层以上的了，我都不想住！"

"你先别急。"蒋一帆说，"要不考虑换个小区呢？"

"我不想！"关莎抱怨，"我就想住经城区，青阳其他区都好旧。而且雁子谷这个地铁站是一个大站，好几条线，去哪里都方便，周围配套也很齐全！"

"如果一定要继续住，就得满足对方的条件。"蒋一帆说。

"我都满足了啊，还要我怎么让步啊?!"

不管关莎怎么大嚷，蒋一帆的声音依旧平静："应该还没有完全满足，你仔细想想，你都做出了这么多牺牲，但对方还是坚持不租给你，而且一点商量余地都没有，很可能是长租公寓给了他们别的好处。"

"什么好处？"关莎问。

"比如……月租金。"蒋一帆说，"你不如问问长租公寓给他们多少月租金。"

关莎放下电话就开始逼问老大姐，老大姐刚开始还不想说，但关莎承诺只要她说，自己就无条件搬走。老大姐也不想真的跟人动手，就道出了8500元这个数字。

关莎这回傻眼了，她原来以为长租公寓最多也就给个7000元或者7500元，8500元是完全没逻辑的价格，市面上也没这样的价格，长租公寓以这样的价格把房子租下来，哪里租得出去？何况他们还要统一装修，统一聘请管家和维修团队，难道长租公寓不赚钱了？

毫无疑问，关莎不相信这个数字，直到老大姐给她看手机里的合同扫描版，她才不得不接受现实："他们凭什么给8500元的房租啊？"

老大姐笑得有些鄙夷："人家说的就是这个价，不信你自己打电话问，蛋蛋公寓。"

"行，你们等一下。"关莎跟众人说了一句就跑回房间关上房门，随即又打电话给蒋一帆汇报最新进展。在关莎眼里，蒋一帆这个大哥哥虽然文绉绉的，就算真人来到现场也不可能凭借拳脚功夫对抗那些老汉，但这个男人的智商无敌高，除了体育之外，其他能力也强得可怕。

关莎虽然比蒋一帆小几岁，但他们从小学到高中念的一直都是同一个学校，"蒋一帆"这三个字对全校师生而言都如雷贯耳。他常年霸占着年级第一，包揽各项数理类学科竞赛全国一等奖，最后进了国家队，拿了国际竞赛金牌，毕业后在投资银行工作，而后还进了金权投资集团。

关莎听说蒋一帆没多久就把金权副总裁级别的害群之马连带下属全部赶下台了，这样有能力的男人来解决自己这点破事肯定绰绰有余。

关莎屏息等待着蒋一帆的回答，怎料电话突然被挂断了，关莎再打过去，提示对方的手机已关机。

该死，蒋一帆手机不会没电了吧？！

关莎急得如热锅上的蚂蚁时，任天行到了。他看到了走廊上一脸志在必得的房东大姐和已经开始松懈的老汉，却唯独不见喊自己来的关莎，只能憨憨地对杜晶道："叫我来干吗？好像没我什么事啊。"

"过来！"杜晶把任天行拉到一边，跟他把大致情况说了一遍。

"长租公寓？"任天行满脸疑惑。他知道这个叫蛋蛋的长租公寓，今年青阳不少地铁站走道里的灯箱都是他们公司的广告，听说特别方便，找房有统一的渠道，统一的装修风格，房子有问题，公司还有专人处理。

长租公寓毕竟是公司运营，房源的详细状况全部对外公开，解决了租客与个人房东信息不对称的问题，同时也避免了私人纠纷之类的麻烦事。

"这位阿姨……"任天行对老大姐客气道，"您要小心您手上这合同，可能有诈。您想想看，长租公寓以8500元的价格从您这儿租过来，他们还要装修，日常运营也需要钱，租给外人怎么也得9000元吧？这个价格很难对外租的。"

"就是啊，隔壁这个户型月租金现在也就6800元！"杜晶赶忙附和。

"他们租不租得出去是他们的事，我就收我的8500元，白纸黑字的合同，不可能抵赖！"老大姐信心满满，"而且我们这儿又不是只有我一个人租给他们，大家都租了，对吧？"老大姐说着朝身后众人吆喝道。

"对啊，我们都租了！"老汉们嚷嚷着，"难道一家公司同时骗我们所有人不成？"

"小兄弟，你劝劝你朋友，租个房子嘛，至于吗？"

"就是！我上次还看那女孩开豪车呢，换个房有什么嘛！"

"要不这样，小兄弟，你让她一个月给9000块钱，这样我们就算了，还是继续租给她。"

任天行还没说什么，3428的房门就被关莎一把打开了，因为她听到了"9000"这个荒唐的数字。

"你们想干吗，敲诈吗？怎么不去抢啊！"关莎气得直瞪眼。主要是蒋一帆电话一直关机，让她只能自己出来面对眼前一团糟的局面，这给她的情绪火上浇油。

"你才去抢呢！这点钱还计较，我看你那车就是抢来的！"

"就是啊，你那跑车怎么也得100多万元！"

"文化人怎么没个文化人的样子！"

村民们你一言我一语，此时站在最前面的老汉喊道："你再不讲理，我们就不客气了！"说着他手一挥，让众人扛起"家伙"就想往前冲。这些"家伙"甚是滑稽，有擀面杖，有扫帚，有水管，甚至还有单薄的塑料衣架。

任天行知道他们这是装样子，主要目的就是吓走关莎，但关莎不但没躲，反而还主动大步往前迎了上去："有本事来啊！砍死我啊！"她下巴抬得老高，一副伸长了脖子给人砍的姿态。

随后，戏剧性的一幕出现了。关莎越是不要命地往前走，那帮凶神恶煞的老汉就越是往后退，没人敢真跟一个小姑娘动手。老大姐见状很来气，刚想说些什么煽动煽动这些尿包村民，视线就被任天行肥嘟嘟的身材挡住了。

"阿姨您看这样行不……"任天行很和气，"您把跟您签合同的蛋蛋公寓联系人电话给我们，我们确认一下，顺带跟他们协商协商，看他们从您这儿租来的房子能不能继续租给我朋友。毕竟他们到头来也是要找租客的对吧？如果他们愿意，我朋友不用搬，您也不用多赔几个月房租。"

"那样我房租还真就要9000元了！凭什么呀？！"关莎吼道。

任天行转头示意关莎先别激动，然后朝老大姐露出一个祈求的眼神。

老大姐二话没说就把联系方式给了任天行，任天行拨通电话后，把所有情况与长租公寓负责人陈述了一遍。他确信长租公寓一定会答应关莎继续租这套房子，毕竟长租公寓就是做租客生意的，不可能赶走现成的租客，然后再花钱花时间找新租客。结果不出任天行意料，长租公寓的负责人甚是欢喜，一口就答应继续租给关莎："电器什么的如果关小姐都已经装好了，我们不动就是了，我们也是比较灵活的，等她哪天不租了，我们再按公司要求统一装修。"

既然房子相关的一切都可以维持现状，任天行知道接下来就是房租问题了。

本来关莎直接从老大姐这儿租，没有任何中间商赚差价，现在无缘无故插进来一个长租公寓，关莎的租金价格肯定会提高，至少所有人都是这么认为的。

"是，我们这房是8500元的租金给到房东。"负责人解释道，"公司刚起步，给租客的话我们也不会赚多少，而且您不是说关小姐都是自己装修还自带家电吗，我们一个月多赚个200元而已，8700元您看行不？"

当关莎得知这个价格后，任天行便突然嗷地惨叫了一声，因为他手臂上的肥肉被关莎狠狠地掐了一下。

本来好好的6000元一个月的租金，房东私下违约，没有任何赔偿，之后自己的房租平白无故变成了8700元，换谁谁乐意？关莎想着与其这样，还不如让那个老大姐赔完所有违约金，自己另寻他处算了。

任天行此时意识到问题还是没有解决，他原先之所以这样议，也是基于他对关莎表面上的了解。他跟那帮村民一样，内心都觉得不管关莎嘴上如何喊，都是有经济实力的，开得起保时捷跑车的人，根本不会介意每个月多付几千块钱房租。

正当任天行纠结之时，电话那头长租公寓的负责人突然给了他希望。

"是租金上有困难对吧？"负责人主动问道。

"对！"任天行立刻被唤醒，"我们现在的月租金是6000元，一下子涨到8700元也太贵了，而且周边相同的房子都不到这个价，您说是吧？"

"那您觉得多少合适？"对方问道。

早就凑到任天行身边的关莎从手机扬声器里听到了这个问题，立即抢过电话："我就付6000元，一毛钱都不会多付！本来我先跟他们签的合同，我的合同没过期你们新签根本就是无效的！我……"

"关小姐，您先别激动。"负责人说，"这样，6000元也可以。"

"啊？"关莎以为自己听错了。什么叫"6000元也可以"？这房子不是8500元成本拿的吗，6000元租给自己，他们不就亏了？

"如果您是一个月一个月付，8700元这个价格是根据公司政策，我也没有权力改变，但公司也有一些优惠方案给到像您这样的原租客，就是租金少些，但是付款方式是年付。"

"年付？"关莎有些没反应过来。

"是的，就是房租收您每月6000元，亏的算我们公司的，但您需要一次性交满一年的房租。"

关莎听后掐指一算，6000元一个月，一次性付12个月，总价是7.2万元，如果答应蛋蛋公寓的条件，意味着自己得立刻拿出好几万元才能继续住在这里。

开什么玩笑？！兜里这些钱拿那么多来付租金，业还创不创了？

负责人似乎早就料到了关莎的反应，于是接着说："关小姐，您放心，我知道您可能有难处，所以我们公司跟薇薇贷建立了长期合作关系，您如果近几年在网上有消费记录，他们凭您个人信用就可以贷款给您，也就是说，这一年的房租薇薇贷先帮您付了，您一个月一个月还就可以了，我们公司少收点，薇薇贷的利息从我们这儿出，您还是每个月6000元房租不变。"

听到这里关莎明白了，也惊呆了：这蛋蛋公寓的服务也太贴心了，什么都为顾客考虑好了。但是，他们为什么要这么做呢？这么做他们仍旧是亏本的啊！

"公司刚起步，我们也是想留住租客，彼此建立信任，就像您以前见过的那些刚开张的饭店，给予顾客的优惠力度也是很大的，有些甚至整桌免费，这您可以理解吧？"

负责人给出的这个回答让关莎放心了，逻辑上说得通。生意刚开始的时候，很多创始人想的都不是赚钱，而是怎么开拓客户，留住客户。

6000元一个月的房租，蛋蛋公寓也就答应关莎只签一年，一年后还是不是这个价就不一定了，关莎认为大概率是要上涨的，毕竟长租公寓也不可能一直这么亏钱。

稳一年是一年吧，关莎这么想着，一年后还住不住这里，其实连她自己都不确定。创业之路如此艰难，分分钟都可能卷铺盖走人，明年的事明年再说，更何况原先关莎跟老大姐签的合同也只有一年，一年后就算长租公寓不涨价，老大姐这边也会涨价。

"行，那就按你说的办吧，约个时间把合同重新签一下。"关莎深思熟虑后给出了答复。

一场原本因房东私下违约而引发的冲突事件，暂时就以这样的方式平息了，关莎还从房东大姐那里要回了房租和押金。通过这件事，关莎和杜晶对任天行的看法立体了些：原来这胖子并不是一个只会踩油门倒车，以及在小区楼下嘶吼扰民的愣头青，关键时刻他也是能拉出来镇镇场子的。

任天行给出的解决方案与蒋一帆事后来电告诉关莎的解决方案差不多，即让关莎当着房东的面与长租公寓三方协商出一个大家都能接受的方式。

"没事了一帆哥，多亏了你们公司的任天行，事情解决了。"关莎朝蒋一帆道。

"任天行？"蒋一帆语气有些疑惑。

"对啊，你不认识吗？任天行，他领导就是撞了你车的马钰。"

"最近离职的和新调来的同事有点多，我又一直都在外地出差……"蒋一帆有些不好意思，"总之你没事就行，这次实在抱歉，我手机有时会出故障，电量还剩20%左右时偶尔会黑屏，充电和重启时间也比较长，耽误你事了，再次抱歉。"

蒋一帆还是跟关莎以往印象里的一样，无论何时，无论对谁，都谨慎有礼。

"为什么不换手机呢？"关莎问，"我看好像还是2015年的款，至于吗？别告诉我现在你也出来创业了，然后穷到跟我一样没钱换手机。"

电话那头的蒋一帆只是笑笑，没做任何解释："我发给你新号码吧，不过这个老号码我也会一直用，就是手机比较旧。"

关莎大概永远不会知道，蒋一帆的这台旧手机对他而言有着怎样的意义。那是他过往的情敌用来监视他的工具，也是他最好的战友，他的救命恩人与他共同抗敌时依赖的武器，所以只要这台手机还能正常开机，蒋一帆都会一直将其带在身上，号码不变，时刻提醒自己，如今他身上的所有光环，不仅仅属于他一个人。

正当关莎准备挂断电话时，杜晶把手机抢了去。杜晶也跟蒋一帆同校，蒋一帆这个成绩卓绝的高年级学长永远可以让杜晶的崇拜之情如滚滚长江水。

关莎没工夫去听杜晶与蒋一帆寒暄什么，她得抓紧干正事了。自己就算按照倪蝶的要求改良出新款口红，旧的这批也必须想法子卖出去，至少得把成本捞回来。再久一点，工厂仓库就不给存放了。好在自己已经提前在国产非特殊用途化妆品备案信息管理系统里给口红备了案。

说起来，此前自己的判断也许太过草率了，那些传统的广告投放方式只要操作得当，并非完全不可取。如果真要投，可以考虑以下几种方式：

第一种，雁子谷小区门禁通道的灯箱广告。雁子谷楼栋多、楼层高，人流量相比于其他老式小区大不少。而且听对方的口气，应该是能讲价的，可以试着谈到10天5000元，大不了包月嘛。

第二种，电梯内视频广告。这种广告50元一小时，无法像灯箱广告一样讲价，所以需要做到精准投放，比如工作日的早上7点半至9点半、下午6点至7点这两个上下班高峰期。同时还要兼顾入住率，只在入住率高的几栋楼进行投放。

第三种，公交车外车厢巨幅海报广告。这种要选就选穿越青阳所有主干道的1路车，不过费用太高，只能投一天看一天。

第四种，大型商超卖场广告。口红属于日常消费品，商超这种大消费场景也可以尝试一下，只是价格比公交车广告还贵，每天要1.8万元。

销售渠道可以借助微信小程序试运营，这样启动成本最低，能砍掉给所有经销店和零售店的利润分成，有利于快速回本。

直播渠道这边也不应该彻底放弃，倪蝶这样的头部主播她暂时争取不到，中小主播她想合作的少之又少，似乎只有那对双胞胎姐妹可以……要不找回她们？

不知为何，此时"娜娜"两个字突然出现在关莎的脑海里。任天行告诉她，娜娜这个原本全国第二的品牌不到一年的时间市场占有率就增长了15%，且营销费用控制得挺好，去年整体是盈利的。关莎很想知道，娜娜究竟是如何在低成本的营销模式下扩大其市场占有率的。

正当关莎在网上疯狂地搜索着与娜娜相关的信息时，桌子突然被杜晶猛地一敲，鼠标都弹了起来。"一帆哥居然有孩子了！"杜晶叫道，把手机扔到一边，明显已经跟蒋一帆聊完了。

听到这个消息关莎也挺震惊，之前她跟蒋一帆借车的时候没听蒋一帆提起过，但想来人家都结婚了，有孩子也正常，于是关莎摆正了鼠标的位置，没理杜晶。

杜晶对关莎这样的反应很诧异："我说一帆哥有孩子了你听到没有？"

"我听到了！"关莎开始不耐烦，"我在工作，别吵行不行？"

杜晶拉了把椅子就蹭到关莎身边，开始叽里呱啦说了起来：

"我是替你可惜啊，一帆哥那么温和的性格最适合你了！

"你看你整天这么冲动，一股脑就蹦出来创业，然后又闯进各种工厂。就刚才，要不是任天行那小子挡着，你还真敢同那帮村民正面杠！

"我说你也赌太大了，万一那些村民跟你来真的呢？那我岂不是连着一起遭殃？到时候我们俩说不定被绑起来暴打一顿！"

对于杜晶这类自我推测型的废话，关莎早已免疫了，她什么都听不见，眼里只有关于娜娜的一切。

原来，娜娜去年年初花大价钱买了一家公司专门负责其产品的营销与推广。这家公司的老板不是别人，正是当红主播云夏白。

云夏白在各大直播平台的总粉丝数高达3800万，随便一两句话的介绍就可以让一件商品卖出去数十万单。去年双十一，云夏白更是创下了单品1600万单的平台最高销售纪录，是国内名副其实的顶流KOL。

关莎才刚回国，对国内一些新冒出的名人很是陌生，云夏白算是其中之一。之前也不太看直播的关莎今天才知道云夏白这个名字，正如她才认识倪蝶一样。

关莎不禁问出了一个问题：同样身处金字塔顶端，云夏白与倪蝶在销售技巧上究竟有什么不同？为什么云夏白作为直播带货主播，可以拥有当红明星才能拥有的粉丝数？云夏白究竟是一个怎样的人，有什么吸粉的独特魅力？

带着这些疑问，关莎打开了云夏白的直播回放。画面中的云夏白穿着一件亮黄色衬衫，眼睛狭长而有神，五官还算立体，但普通话发音并不太标准，儿化音特别重。只听他对镜头说：“这个套盒儿，我告儿你们，专柜价多少知道吗？800块钱！里面有水儿、洗面奶、精华乳、面膜儿！我告儿你们，这面膜儿我妈自个儿都用！”他说着摸出手机展示照片，“看到没？我妈自个儿都用！”

“这套盒儿我之前也卖过，299块钱对吧？你们买的人就说好不好用？好用的吼一声！我告儿你们，我是去年加入的娜娜，凭良心说，他们……哦，不对，是我们，我们的产品不是所有都好用，这你们也知道，但我云夏白只把真正好用的推给你们！大家看清楚了，这就是咱娜娜的精品，只有精品我云夏白才会让它留下来！我跟老板说，咱不能什么都卖，咱做的是品牌，对吧？我告儿你们，我云夏白要是不把娜娜做成能够服务至少五代人的品牌，我就枉为人！”

不得不说，云夏白这句话说得让一旁心不在焉的杜晶都坐直了，俩眼珠子直勾勾地盯着屏幕，就见云夏白居然还拿出了试纸来测试面膜精华液的pH值，试图向大家证明这款面膜适合所有人群。随后，云夏白郑重其事地道：“我原来卖多少钱？299块钱！今天卖多少钱？169块钱！是的，你们没有听错，就是169块钱！我向所有人发誓我妈在家自个儿用的就是这款，我以后还会给我的孩子用，就是这么自信！好东西要留下来明白不？跟世界名著一样，要留下来！”

说实话，关莎看到这里都没觉得这个云夏白有什么特别的，无非就是一个挺能吆喝，还稍微有些个人特色的男主播罢了。但接下来云夏白行云流水的操作让关莎完全傻掉了。

同样傻掉的还有咖啡馆里的任天行，他此刻也在看云夏白的这场直播回放，电脑旁依旧是那个别人扔掉的咖啡杯，就算刚才被关莎叫去解围，这杯子他也随身带着。任天行越看就越服云夏白：这哪里是推销，哪里是做生意？这男人如果用这种方式抢叶桃渡的市场份额，哪里还像个人？这分明是土狼！彻头彻尾的土狼！

画面里，云夏白又开始吆喝了，这次是让大家告诉他想要的赠品。而后评论区不停出现的面膜、洗发水、沐浴露甚至防晒喷雾等都被他摆到了桌子上。

这回关莎彻底蒙了：云夏白说的这些赠品，到底是根据消费者的不同喜好一样一样分开送，还是只要他们买下那169元的护肤套装，评论里提到的所有物品就都会送？

云夏白很快就解答了关莎的疑问，因为有人提议的口红套组就被他严词拒绝了："我们家口红就没有低于98块钱一支的，这套可是有七支呢，你让我送你700块钱？假酒喝多了吧大妹子！"

"哈哈哈哈哈！"杜晶被逗乐了，心想就算不买东西，每天光是听他说话都很有意思，比电视剧还好看。

关莎的关注点却不在此处。作为创业者，她关心的永远是收益与成本，是产品和营销背后的那些真实数字。她记得当初走访的第一家工厂的小眼睛老板亲口说过，娜娜面膜的拿货价是0.28元一片，云夏白在直播间送一盒十片的成本也不超过3元。但口红不一样，最低价都得2.5元一支，七支成本差不多要18元了，云夏白当然不干。

电脑前的任天行也看出了端倪，他推断沐浴露、洗发水还有防晒喷雾的成本应该跟面膜一样低得可怕，毕竟这些都是云夏白愿意送的东西。当然，就算成本不低，这些也极有可能是娜娜的滞销产品，以赠品的方式甩出，还能清理库存。

这样的捆绑销售类似于商家为了让消费者买一只香喷喷的烤鸡，承诺给予一系列赠品，包括但不限于快坏了的鸡蛋、烂了一些的菜叶、口感不太好的功能饮料，以及没什么人爱买的鸭肝。

但镜头前的云夏白是这样说的："要我们家口红、眼影的这些妹子差不多得了，实在不行再送你们两盒儿面膜儿，新款，专柜价78块钱一盒儿！我们家面膜儿成本可是两块钱一片的，没有几毛钱一片的，大家可要看清楚了！"

"他说谎吧，怎么可能两块钱一片！"杜晶立刻喊道，她好歹跟着关莎跑过工厂，这些还是清楚的，"他现在已经是娜娜的营销总监了，还能这么乱吆喝？难道说公司不让他知道真正的成本？"

"我也不知道。"关莎耸了耸肩，"但他这样的送法，没跑过工厂的人肯定会觉得很划算，毕竟专柜价摆在那里，今天如果不在他直播间抢就亏了。"

而任天行的观后感是：云夏白毫无疑问又是一个极具个人记忆点的KOL，这哥们儿的长相虽然进不了偶像男团，但说话方式和处事风格别具特色，拥有网红所需的必要特质。他又去查了这场直播的数据，发现娜娜花重金让云夏白加盟营销团队确实是个正确的选择。光那套售价169元的护肤套装就卖出了20万套，这销量不知道是多少城市零售店一年销售业绩的总和。云夏白以这种方式卖货，即便不能让娜娜大赚特赚，也可以快速清理库存，提高企业存货周转率，对企业的现金回流起到助力作用。

此时咖啡馆的店员擦桌子路过任天行身边，特意问了一句："先生，您需要再来一杯咖啡吗？"

"不用不用，谢谢。"任天行脱口而出。

"好的。"

店员虽然走了，但柜台里其他的店员时不时还会往任天行这边看，这让做贼心虚的任天行浑身不自在，毕竟他在人家这儿蹭了半天网，不买点东西实在说不过去。时间已到下午两点，任天行还没吃午饭，当然，也没吃早饭。

来到打着明亮白光的糕点柜台前，任天行准备买一个点心充饥，但面前陈列的甜点无论是抹茶面包圈还是香草蛋糕，居然没有一款的价格在23元以下。

任天行犹豫片刻，抬头看了看斜上方价目板上的饮品价格，从咖啡到果汁，也没哪个低于38元。

"就要这个抹茶面包圈吧。"任天行掏出了手机扫码。

他其实是喜欢蛋糕多过面包的，因为蛋糕不用怎么咬就可以直接吞，无须担心卡喉咙或者胃负担过重，节约下的咀嚼时间可以用来工作和学习。但如今，同样的价格，任天行却选了他不怎么喜欢的面包。理由也简单，他认为面包没有蛋糕甜，吃下去就不会觉得特别渴，不渴自然也就不用点其他饮料，可以省钱。

拿着面包坐回座位，任天行总算放下了他那颗小心翼翼的心，根本不在意是否有店员再往他这边瞧了。

重新按下电脑视频播放键，任天行看到云夏白正在煽情：

"你们很多人说我好不容易当上老板就把自个儿卖了，卖给娜娜，卖亏了。但你们不知道，如果只有我一个人，只靠我一个人去跟那帮工厂谈价格有多难。"

关莎原本想把视频关了，听到这句话，她的手指才没有点击鼠标左键。

云夏白呼了一口气，脸正对着镜头："娜娜的老板跟我秉承的理念是一样的，他们工厂生产的产品，价格绝对公道，就算他们找代工，也尽量帮你们谈到了最低价。我觉得我们干这行就应该做这样的事儿，我云夏白就是替你们去谈价格的！"他越说越激动，开始用手指着镜头，"一瓶洗手液两块钱，一袋洗衣球五毛钱，你们都说我抽风了，但我真的抽风了吗？我知道这个价格工厂依然有得赚。咱中国的老百姓买生活用品就得是这个价格，只有我云夏白直播间里的价格才真正是老百姓应该得到的价格!"

任天行此时停止了咀嚼面包圈的动作,关莎也忍不住和杜晶对视了一眼。

老百姓应该得到的价格……不知为何,就刚才那一瞬间,关莎认为屏幕里这个气质有些痞,有些狂,甚至方才还在说谎的男人,似乎也并不是个彻头彻尾的坏蛋。如果他真是把诸多产品压到了出厂最低价,再以比较低的毛利卖给消费者,那确实是为普通老百姓谋到了极大的福利。

无论是倪蝶还是云夏白,说话都是一大段一大段的,像连发子弹一样喷射出来。这些话不仅可以让人冲动剁手,也可以让人听得激情澎湃,热泪盈眶,达到情感认同的境界。

天色已晚,任天行背着书包回家,一路上耳边回荡的全是云夏白对着镜头说的那些话。

"不谦虚地说,我如今拿下了娜娜整个营销供应链。

"说到销售,我谁都不服,就服我自己!我就是一个谁都不服的人,小时候去大城市卖货,被其他摊位的人打断了四根肋骨都不服!

"你们问我现在有3800万粉丝知足吗?实话告儿你们,我不知足。我代表中国老百姓去买货卖货,我的粉丝应该有多少?应该有14亿啊!所以区区3800万我怎么会知足呢?

"我告儿你们,为了你们,我得罪了不少工厂,但我错了吗?咱们老百姓赚点钱容易吗?要点便宜好货怎么了?两块钱一瓶的洗手液不应该吗?

"我脾气就是倔,但我告儿你们,没这倔脾气我走不到今天!我没背景,真没背景,我妈一身病,整天瘫在家里,我爸卖鱼的,我们家包括所有远近亲戚一个高中毕业的都没有。所以我从哪里来?我从山沟沟儿里爬出来的!"

任天行越回忆云夏白的这些话,他的两眼就越发热。他没有即刻回家,而是走进雁子谷小区,乘电梯到了顶楼,没去敲关莎的房门,直接打开安全门走楼梯上了天台,俯瞰整个雁子谷城中村,单车货车、老人孩子、衣服被子与锅碗瓢盆……那些他之前嫌弃的一栋栋老旧的农民房排列整齐的窗户,与窗台上种的蒜苗韭菜,都是老百姓生活最真实的样子,而他任天行也不过就是一名普通老百姓而已。

任天行211大学硕士毕业,如果他想,他以后会在像青阳这样的大城市里有一份稳定的工作,收入也肯定高于全国大部分城市的平均水平,但他觉得自己同样非常需要云夏白直播间里便宜的生活用品。他甚至想，以后莫茹生日是不是可以在云夏白直播间花169元买一套护肤套装，顺带还可以得到洗发水、沐浴露、面膜以及防晒喷雾这样的赠品。

如果这么看，云夏白是一个比倪蝶更厉害的KOL，毕竟他能让任天行这样的男人都动了剁手的念头。

青阳不缺树木，不缺公园，不缺图书馆，不缺各类国际展览，更加不缺赚钱的机会，跟云夏白一样，任天行撞得头破血流都要闯出来，他不是来享受生活的，他是来改变命运的！他原来跟现在直播间里非常爱冲浪的年轻人很像，总是忍不住打字，总是忍不住吐槽，总是忍不住表达自己无处安放的情绪。但好像突然有一天，他就变了，他发现自己明明依然年轻，可已不再是少年。

"说到销售，我谁都不服，就服我自己！"

"我的粉丝应该有多少？应该有14亿啊！"

"我告儿你们，没这倔脾气我走不到今天！"

是什么让云夏白狂成这样？或许就是他一路"厮杀"过来的所有经历，这经历从他初中毕业开始算，也有15年了。这15年来，云夏白从村"厮杀"到镇，从镇"厮杀"到县，从县"厮杀"到三、四线小城市，最后才在青阳买了自己的房子。所以是不是大城市不重要，但"厮杀"本身很重要，只不过青阳这样的大城市更加能够逼人不停奋勇"厮杀"罢了。

任天行回到家，看到莫茹正坐在床上刷手机，头都不抬。

他叫不醒一个装睡的人，他的出现也无法惊扰一个故意无视他的人。

他脱下外套，习惯性检查了下自己的鞋底是否粘着烂菜叶或者口香糖，然后把今天捡来的那个咖啡杯放在桌上。

"你还没吃吧？"他问莫茹。

楼下邻居煮泡面的声音任天行都能清晰听到，但他听不到莫茹的回答，窄小房间里的沉默近乎要溢出去了。

咚咚咚！一阵敲门声打破了尴尬的气氛："莫小姐，您的外卖！"

这个声音任天行有些耳熟，且对方这次居然敲的不是邻居家的门。他将门打开，惊讶地看着门外那张脸。珍珠眼，清晰的法令纹与樱桃小丸子一样的短发。

"是你啊！"任天行笑着接过外卖。

他到现在还依然记得，就是眼前这个女外卖员跟当初那个蹭外卖的无理大哥主动赔礼道歉才平息了一场风波。

"是呀，我家住附近，所以专跑这片，祝您用餐愉快！"外卖员笑着说完就匆匆下了楼，任天行看到她的手里还有其他两份外卖。

"连个外卖员你都能搭讪？"房间里莫茹冷冷道一句。

任天行听后叹了口气，关上门无奈地解释："没有，上次也是她送的。"

莫茹眯起眼睛："你对那些陌生女人的态度比对我都好。"

"这是哪儿的话……"任天行把外卖放在一个小凳子上，开始拆外卖袋，"快吃饭吧，不然凉了。"

"我们去杭州行吗？"莫茹旧事重提。

任天行知道躲得过初一躲不过十五，这个问题他迟早要面对。

莫茹问完后没再说话，安静等着任天行的回答。因为她已经通过朋友得知任天行被金权再次扫地出门，现在根本无处可去。

任天行想了很久，然后干脆把萧杰安排他搞研究的事情说了，当然，他也说了萧杰不给他任何承诺。

"这样，我最后做完这份报告，如果还是没法入职，其他的公司我也不去了，跟你去杭州。"

任天行没想到，自己说完这句话，莫茹就开心到飞起地跑过来亲了他好几口。不仅如此，莫茹还主动倒垃圾，帮任天行洗衣服，连晚上洗澡的时候都在厕所哼着小曲儿，好像她已经认定能离开青阳去杭州一样。

莫茹认为，总裁萧杰要的不过就是个免费劳动力，最后对任天行的报告象征性地指导指导，算是给他个安慰奖，不可能真的录用一个被下属三度扫地出门的人。

莫茹洗完澡出来，看到桌上放着一个咖啡杯，很顺手地拿起来掂量了一下，发现还有重量，说明里面还有咖啡，于是仰起头就要喝，谁知任天行突然大喊："别喝，冷掉了！"

莫茹很是奇怪："冷掉也可以喝啊。"

"那个……这不好喝。"任天行把咖啡杯抢了过来。

莫茹根本没耐心，重重推开任天行的同时迅速夺回咖啡杯，想也没想就往嘴里灌。当液体流进她喉咙的时候，只听任天行绝望地说了一句："那是我在垃圾桶上捡的！"

准备遇见他

"哈哈，还有这种说法？"

关莎对任天行说的关于"种草"的网络衍生用语很感兴趣。

今天他们三人又碰巧在直播基地门口遇到，于是并肩而行。

关莎自然知道"种草"是安利和推销的意思，"被种草"就是被安利和被推销。有"种"就有"拔"，每个人心里都拥有一片绿地，喜欢了就种种草，不喜欢就拔拔草，再正常不过。只不过任天行告诉她的更加全面，更加深刻。

任天行说，原来他也奇怪，为什么好好的购物行为非要跟"草"联系上呢？两者意思相差十万八千里。研究之后他才明白，看似并不严谨的网络用语，有时候比正常词汇更为形象。

我们的生活中不可避免地会看到形形色色的广告，比如在综艺、电影、楼道、地铁、广播、公众号、短视频以及直播等媒介上，到处都有商品或服务激发着我们的购买欲，此乃"天涯何处无芳草，墙里秋千墙外道"。我们好不容易劝说自己千万不能再剁手，结果看到心仪的东西，欲望就跟青草生长的速度一样，给点阳光雨露就嗖地蹿出土壤，好似永远无法彻底消除，此乃"野火烧不尽，春风吹又生"。

"大众的购买欲会随着季节变迁而变换，换季自然心情也换了，想买的东西也换了，这就是'离离原上草，一岁一枯荣'。"任天行说。

"哈哈，你还真用心查啊！"

关莎笑得很灿烂，这笑容像奶油顶部撒上的那层花生碎与焦糖酱，微风拂过，任天行甚至可以闻到丝丝甜味。

"你们聊够没啊？电梯都开老半天了！"一旁的杜晶用手挡着电梯门，表情如一只极度郁闷的长颈鹿。

"再聊我都可以吃一吨草了！"杜晶说完自顾自走出了电梯，懒得再去欣赏关莎和任天行的你说我笑，那感觉别扭得如同喝了一整杯撒满黑胡椒粉的蜂蜜柚子茶。

关莎和杜晶此次来直播基地是为了与双胞胎姐妹谈合作，而任天行自然是继续他的市场调研。今日当他再次踏进这个直播基地，瞅见墙上那些打着KOL字样的带货主播海报时，对其理解的层次已经不一样了。

除了倪蝶和云夏白，任天行所观看的其他大部分直播都比较单调无聊，镜头前坐着的明明是一个大活人，说话却跟机器人一样，一直用一个语调介绍产品卖点，然后上链接让大家剁手。所以任天行认为，直播带货主播与KOL其实还是有些区别的。KOL的本质是内容创作者，能在自身领域制作出有看点的内容，比如影评、穿搭、段子、心灵鸡汤等等；而带货主播的本质就是个推销员，所依靠的更多是对产品的理解和推销技巧，说白了，直播带货就是将原先线下的1对1销售，变成线上的1对N销售。

当任天行和关莎一行人走到双胞胎姐妹的工作室时，两姐妹还没来，接待他们的是一头红发的选品经理。

"上次我们也差不多这个时间来，她们都在啊。"关莎有些疑惑。

选品经理解释道："昨天她们下播太晚了，做叶桃渡的专场，产品有些多。"

关莎眨了眨眼："叶桃渡专场？"

"对，昨天晚上的坑位被叶桃渡买断了，这周的坑位都被叶桃渡买了不少，目前坑位只剩今晚还有一个。"

叶桃渡原先不是只跟倪蝶这样的超级头部主播合作吗，怎么现在也找到双胞胎姐妹了？关莎不禁咬了咬下嘴唇，些许挫败感隐隐袭来。

她原先并不觉得叶桃渡这样的国产品牌有多遥不可及，但如今真要拿自己的产品跟人家正面PK，却无法像人家一样豪气地买断整晚坑位。

"我们的合作是坑位费加佣金模式您应该都懂吧？坑位费还是按您上次谈的8万元，佣金20%。"选品经理说，由于之前他看过关莎的货，故这次就直奔主题了。

"是利润的20%吗？"

选品经理听关莎这么问，神情突然变得有些复杂，似乎觉得关莎也太外行了，于是耐着性子道："不是，是价格的20%，产品价格的20%，这是行业惯例，您问哪家主播都一样。"

关莎不禁与杜晶和任天行都对视了一眼，她从没想过找一个主播带货，给的佣金居然这么高！这不等于吃人吗？

对选品经理说的佣金比例，任天行并不意外。放眼整栋大楼，绝大部分代售货物均为低成本高售价产品，这样的实际调研完全符合他的理论研究。

关莎心想，好险自己卖的是口红，毛利足够高，还有羊毛给这些主播薅。

她的口红定价是128元，因为她觉得自己原料用的都是最好的，本身定位也不是低端品牌，值得这个价。如此一来，她要付给双胞胎姐妹25.6元一支的佣金，再减掉成本，每支口红还能赚92.4元，似乎还不错，毕竟她原来只是想处理掉这批货，回本就行，能赚钱更好。那么目前剩下的问题只有一个：价格高昂的坑位费。于是关莎客客气气地跟选品经理道："是这样的，由于我马上还要备一批新货，现在手头有些紧，所以这个坑位费……可不可以再少一点？"

"不能再少了。"对方一口回绝，"我们家直播间每晚粉丝都有几十万，卖您这3000支口红绝对没问题。您想想，货一卖出去，去掉佣金，回款有多少？"

"呃……"关莎立刻开始心算。

"我给您算吧！"选品经理说着就掏出计算器噼里啪啦地按着，然后递到关莎面前，"去掉佣金您还可以赚超30万元，即使减掉坑位费，也还有22万多元，您再减一减成本，一晚上十几万元总有的吧？您要是选别人，搞不好就卖出去几支！"

"你们真能保证全部卖出去吗？"关莎将信将疑。

"保证。"选品经理的脸上没有一丝波澜。

关莎左思右想了很久。传统媒体那边，能按天投放的公交车身广告和大型商超卖场广告单价很高，是否能产生立竿见影的效果还是未知数；而灯箱广告包月以及电梯视频广告投放工作日的方案又战线过长；如果这四项全投叠buff（增强效果），总额也并不比双胞胎的坑位费少多少。双胞胎的选品经理如此信誓旦旦，自己也是真的等不起……最终，关莎下定决心与双胞胎姐妹签署了合作协议。她安慰自己：还是赌吧，反正也没别的路了。不敢赌，还创什么业？是成是败，全看今晚。

三人刚刚走出双胞胎姐妹的工作室没多久，杜晶就对任天行调侃一句："我说我们都让你白跟那么多趟了，对你写研究报告有帮助吧？"

任天行立即点头如捣蒜："当然有啊！非常感谢！"

"那你是不是应该请我们吃饭啊？"杜晶笑问。

"啊？"

"哎哟，还装傻。"杜晶看着傻愣愣的任天行道，"这样，你请我们吃饭，就让我们关小姐加你微信。"

杜晶说完本以为关莎至少会瞪自己一眼，但没想到关莎此时居然只是静静瞧着任天行的反应，嘴角还挂着一抹微笑。

任天行本想答应，自己虽然穷，但省一点请帮助过自己的人吃饭他还是很乐意的，而且还有杜晶在，三个人一起既不会尴尬，也不会怕人诟病，但加不加微信这个问题却难住了任天行：如果加了，回头莫茹发现了，自己怕是会被直接打死。

"怎么，居然还犹豫?"杜晶挑了挑眉毛，"你是不想加我们关小姐的微信，还是不想请我们吃饭?"

"不是不是……那个，我，呃……"任天行舌头开始打结。

"算了，我们走!"杜晶拉着关莎就想走。

"我有女朋友……"任天行终于憋出了这句话，"吃饭可以，微信就先不加了，回头研究报告写好了，我再发给你们。"

杜晶又好气又好笑："不加微信你怎么发啊? 据我所知，短信发不了报告吧!"

"要不……留个邮箱?"任天行挠了挠后脑。

不得不说，关莎原本对任天行的印象就是没什么印象，现在想不记住这个男人都不可能了。"要不留个邮箱"这六个字，让她事后想一次就笑一次。她那一整天都挺开心的，因为晚上她在双胞胎姐妹的直播间目睹了自己的口红在10分钟内被销售一空的场景。她即刻放出豪言："这该死的社会，关老爷我要正式出道了!"

"对，再做得偏绛红一些。"关莎跟工厂的配方师说。

这是她想出来的新版口红方案，除了按倪蝶的要求改良口红截面的斜度，还要在果冻色中添加一些绛红色，调配出自家品牌独有的颜色，减少替代品竞争，顺带使口红整体质感更高端些。

嘀嘀! 此时她的手机提示音响起，一整个下午，这种声音都在持续，但因为关莎把手机放在实验室门口鞋帽柜的包里，所以一直没听见。直到她觉得今天的工作完成得差不多了，正准备离开时才掏出手机看信息。

九死一生说的就是创业，如果这事业被零打工经验与零创业经验的关莎在这么短时间内就创出来，那社会就太好混了。关莎整个手机桌面都是购物平台的后台提醒，无一例外全是退货单。

电商售货，有一定的退货率关莎认为也正常，她查看了一下，发现退货单总数为86单，这个数字关莎是可以接受的，因为退货率还不到5%。但接下来的每一个小时，关莎都可以收到很多条这样的退货提醒，而且同样的信息发来的速度不仅没有减慢，反而一直在加快。第二天一早，关莎收到的退货单总数已高达400多单了，而到了第三天晚上，关莎和杜晶再看总数，破了1000单。

"卖了3000单，退了1000单？"杜晶有些不敢相信。

"关键还一直在退！怎么能这样啊！"关莎有些急了。

虽然客户退货运费不用关莎出，但工厂帮忙寄出去也是要钱的，这些费用自然都由关莎承担。原本那个选品经理在帮关莎计算收益时就忽略了运费，如果一并算上，关莎的总利润其实也就17万元出头。

"这些人看直播难道还没看清楚吗，为什么退？"杜晶也很是不解。

关莎摇了摇头，咬着嘴唇没说话，手机里的退货提醒仍旧一条接着一条。

杜晶的眉头皱得跟被揉过的报纸一样："明明你口红的优势那双胞胎姐妹都说得那么清楚了，上唇试色效果也很好，而且她们的直播间是不开美颜的，唇色客户应该看得很清楚才对啊！说实话，我觉得看图片了解商品信息没直播间体验感强，一般电商退货率也没这么高吧……"

"别想这些了！"关莎突然站了起来，双手撑着桌子，两眼一直看着手机桌面弹出的退货信息，"关键是现在怎么办？"

"怎么办……"杜晶想了想，灵光一现，"不然把退货渠道关了？"

"那怎么行！"关莎没好气，"口红包装上全印了我品牌的名字，如果不让退货，这牌子不就直接砸了？"

"砸了就再换一个名字呗！"

看杜晶说得如此轻松，关莎恨不得把桌上的燕麦奶茶往她头上倒。这可是自己想了好久才想出来的品牌名字，为此她开了公司注册了商标，还用这个公司名做了产品备案，怎么能说换就换？

"我一定要他们给我个说法！"关莎说完拿起电话就拨给了双胞胎姐妹的业务经理。

"退了多少？1000单？那很正常啊！"电话里对方一副理所当然的口气，"我们这行本来退货率就是30%到50%，不信你去问问别家，就连倪蝶这样的主播去年也有一些单的退货率超过60%。"

关莎闻言愣住了，反应过来后立刻质问道："这么高的退货率，你之前也没跟我说啊!"

"我以为你都知道啊……而且你也没问,你问我肯定说。"

"我……"关莎握紧了拳头,气得都想用牙咬桌子。

手机里的退货提示音依旧每几分钟响一次,时刻提醒关莎什么是"太过年轻"。

任天行此时正在写直播行业的研究报告。这几天他没少往直播基地和各大批发市场跑,只要逮到闲人就开始各种提问各种采访。任天行了解到的是,一些顶流主播和明星收几十万元的坑位费然后带货翻车的不计其数。

比如某著名歌手,坑位费15万元,当晚销售额130万元,退款竟高达125万元,最终真正销售额只有5万元;比如某著名财经作家,收了50万元坑位费,就卖出八罐奶粉,最后还退了四罐;比如某著名影视明星,收20万元坑位费,最后只卖出去六个茶杯,销售额558元。

任天行发现,整个直播带货行业的坑位费定价都没有原则可依。一些早就过气的明星收的费用甚至比当红艺人还高,小众财经作家的坑位费也可以高出国民级演员好几倍。但这些所谓自带流量的名人,其实与中小带货主播一样,销售业绩都很差,且退货率非常高,最后被坑的全是商家。

本来就是个坑,还要让人交钱来踩,怪不得这项费用被称为"坑位费"。任天行想到这里都笑了出来。他桌上的咖啡杯已经被连续用了几天,再用下去,店员的脸就要比那些被坑的商家还黑了。于是,任天行终于在店里买了一杯完完全全属于他自己的咖啡。或许是真实花了钱,任天行觉得这杯咖啡特别浓郁,特别清甜。他将手机连接电脑,在电脑里整理着这几天录下的关键访谈信息。

"我们也要求退坑位费,但是没用啊,当初合同里也确实没说可以退,所以我现在选的都是不要坑位费只收佣金的主播。"

"坑位费算什么,好歹是白纸黑字明面上的,暗地里多少主播刷数据……小伙子你懂吗?"

"刷数据你都不知道啊兄弟?就是刷在线看的人数,刷评论,刷互动。去年我投的一个,显示观看人数300多万,但实际就只有8万多是真人,其他全是机器人!"

"哎呀小哥你新来的吧?直播间各种刷数据都是常态了,谁不刷?如今就是数据时代,你不刷别人刷,你老实是老实了,但永远没有出头之日。"

"刷人头算什么?可耻的是刷单,就是主播喊完话,实际卖出去多少,全他妈是刷的，最后都给你退回来！"

关莎出租屋的窗外晨光熹微，整个青阳便开始被逐渐拥挤的车流与人流唤醒。地铁口那些幸存下来的共享单车"整装待命"，准备迎接今天的第一位客人。

关莎之所以选择青阳，一是出于对陌生地域的好奇，二是因为蒋一帆的微信签名——青阳，让我知道了远方的意义。

蒋一帆家从事钢铁生意，而关莎的父亲开的是建筑公司，一个卖钢筋水泥，一个建造公寓、写字楼，同属一条产业链的上下游，还都在三云市，故两家长辈在生意上往来频繁，关莎也就有幸自幼认识蒋一帆这样的天才少年。

关莎五六岁时曾与父亲一同去蒋一帆家的工厂参观，当时就对坐在生产线边上独自看书的文雅少年印象深刻，那少年的脸白得跟包子一样。

野性子的关莎哪有耐心看什么生产线，她东瞧西看，瞅见其他孩子就主动撩。不一会儿工夫，关莎就在工厂后院招揽了不少小朋友一起追追打打，最后还把蒋一帆也强拖进来，结果蒋一帆每次都气喘吁吁地跑在最后。

但就是这样一个有些书呆子气的男生，总成绩永远可以甩开全校第二名一大截。关莎从小学到高中之所以能保持在班级前十，完全是因为她提前预定了蒋一帆所有的私家笔记。抱大神大腿这个坏习惯，关莎其实从小就养成了。

关莎毕业时，蒋一帆对她说："你如果想来青阳，我当然赞成，青阳比三云更加现代，也更加包容，这里没有天花板，也没有终点线。"

当关莎踏上青阳的土地时，她的宿命就是在无路可走之处杀出一条血路。

这个年岁的关莎，希望的是尽可能远离家乡，远离父母，越远越好，越久越好。而青阳是全国最容易落户的一线城市，"来了，就是青阳人"不仅是一句口号。这两年青阳政府出台了《经济特区人才工作条例》，还相继推出"人才优先发展计划"和"经城英才计划"等一系列国内领先的人才引进政策。

青阳全球招商大会有近300家企业及机构参会，其中包括世界500强企业、中国500强企业、各行各业的上市公司以及新兴独角兽企业等等。众多国际、国内市场主体都看好青阳，正是这座城市的魅力所在。

车开在经城区车水马龙的干净街道上，关莎望着窗外几何线条极为严谨的钢架建筑群，这些大厦兼容了建筑的美学性与功能性，活脱脱把青阳装点成一片秩序井然的钢铁森林。

最终，关莎的口红退单定格在1672单，也就是说，双胞胎姐妹总共帮她卖出了1328支。根据之前的计算，单支口红关莎能赚92.4元，减去坑位费和发货运费，关莎一共到账的纯利润约为3.6万元。可是，退回来的这1672支口红应该怎么处理？难道再花8万元买双胞胎姐妹的坑位？

关莎脑子还没笨到这种地步，她仔细算过，按照目前55%左右的退货率，再做一次类似的直播便会直接亏本，因为总利润还不及坑位费来得多。

任天行告诉关莎，退货率高的问题就算在倪蝶和云夏白这样的大主播的直播间也会发生，30%的退货率是行业平均水平。

"那现在怎么搞？你这批新货出来还找不找倪蝶？"杜晶问。

关莎重重叹了口气："倪蝶的坑位费是60万元，加上佣金和运费，我算了下，要回本的话得备7000支口红，也就是成本再加7万元，这……"

"不多啊，我借你！"杜晶豪爽地说了一句。

"听我说完行吗！"关莎脸拉得老长，"这是在一支口红都不被退货的情况下算出来的，但不被退货根本不可能。重来一次，肯定要考虑最坏的情况。倪蝶之前退货率最高也有60%，如果把这60%的退货率算上，我得备将近1.8万支口红的货，也就是多加18万元的成本。但花出去这18万元，也只能保证我在最坏的情况下回本而已，想要赚钱，就得投更多。"

"那就投呗，你要多少，跟我说个数。"

关莎闻言双手交叉在了胸前，非常嫌弃杜晶那比自己还傻白甜的样子。

"杜大小姐，我知道你有钱。刷你的卡，我们是可以备更多货，但你想过没有，倪蝶可能一晚上卖出去超过1.8万支口红吗？"

"怎么不可能？上次那个不就被她吆喝得全网断货了吗？"

"是，但人家是国际大牌，我们能跟人家比吗？"

"呃……"杜晶似乎才反应过来。

关莎继续道："你没查倪蝶之前的纪录吗？几分钟销售量破万的全是国际大牌，对于国产品牌，倪蝶单场最高纪录也就5000多单。何况咱们还是国产品牌中的小萌新，凭什么可以一晚上卖上万单？"

对于关莎的质疑，杜晶无可反驳。现在这种情况找倪蝶确实很鸡肋，加钱备货卖不掉，不加钱又很可能连本都回不来。

"要不关老爷你自己当主播得了！这样坑位费和佣金都省了，想播多久就播多久，而且你比人家倪蝶漂亮多了！"杜晶突然就理解了凤年厂的那只老狐狸。

关莎翻了她一个白眼，而后道："还是再走走传统广告的路子吧。"

既然已经想过预案，关莎还是决定各种渠道都试试。按照之前的规划，公交车先投一天，花费1万元；商超投两天，关莎报的3万元没谈下来，最终以3.2万元成交；灯箱广告包月可优惠至1.5万元；电梯广告的投放略微复杂，周期为20个工作日，选择入住率排名前四的楼栋电梯，每天投两个时段共三个小时，合计1.2万元。

这又是大几万元花出去，关莎比任何人都关心广告效果。第一天，她心怀忐忑地抓着手机，随时等待微信消息。先在早高峰时进那几栋楼的电梯上上下下，然后就去小区门禁通道口站岗，每两小时溜去商超逛逛，回来专挑1路车的经停站，偷瞄周围的行人有无将视线停在车身广告上。

很可惜，至少关莎自己观察到的，除了电梯里的视频广告有个别人抬头看了一眼外，其他类型的广告模式完全形同虚设。路人们不是在看手机就是在看手机，连周围说着话的熟人都很少抬头看，谁还有工夫关注广告？

只需一天，关莎心中希望的小火苗就已经快要熄灭了。她乘着晚高峰的小区电梯上上下下，思索着接下去的路。

不管一个月后自己的口红能通过这种方式卖出去多少，至少这次经历验证了一个道理：卖口红能不能赚钱，关键看的就是营销能力，不管成本多低，毛利多高，能卖出去才有做品牌方的资格！

这也解释了为何国内这么多工厂明明生产工艺不差，但宁愿一辈子赚辛苦钱也不搞品牌，因为难和容易两条路，他们选择了容易。

归根结底，什么是品牌？品牌不仅是一家公司的形象、经营者的态度，更是好的产品在时间上的积累与空间上的沉淀。不难发现，纵观所有行业，好的产品挺多，但好的品牌就那么几个，因为愿意积累与沉淀的经营者少之又少。

还是回归电商？那是破釜沉舟找倪蝶，还是干脆就像杜晶说的，自己做主播算了？关莎觉得她陷入了迷茫，需要有人来给她指点指点迷津，而这个人，毫无疑问是蒋一帆。毕竟人家以前干的是投资银行，现在又在金权投资集团工作，接触过多少行业，了解过多少公司，朋友圈里又有多少企业创始人和高管，经验不知比自己丰富多少，让人家随便指点一二估计都可以少走很多弯路。最关键的是，蒋一帆是她在青阳唯一的人脉……她当即致电蒋一帆，可惜的是，这位大忙人依旧在出差中。好在蒋一帆说他周末就回，两人可以约在稻香园茶楼见面。

不过让关莎没想到的是，出发前蒋一帆又给她来了个电话，说会多带一个人过来："我想了想，他或许可以帮到你。"

关莎好奇："是谁啊，能让一帆哥你这么信服？"

"我们金权青阳分公司的新任总裁。"

此话一出，握着手机的关莎当场石化。

吃早茶是三云市民的传统，关莎和蒋一帆两家以前经常约在茶楼谈生意。

青阳作为移民城市，没有自己独有的饮食文化，它的饮食特色来自全国各地，这里既有香辣酥麻的四川火锅，也有粗犷原始的陕北肉夹馍，早茶餐馆选择繁多，有高档豪华的粤式酒家，也有充满市井气息的小茶楼。茶楼不仅是个单纯喝茶与享受美食的地方，还是个可以让家人欢聚一堂，巩固和维系亲子之情的好去处。

稻香园是三云的百年老字号品牌，在青阳也有分店。店内的氛围轻松自在，提倡"慢生活"，就连服务生走路的速度都有些慢悠悠的。

从吱呀作响的木制楼梯上到二楼，关莎远远就看到了蒋一帆。虽然已经多年未见，这个男人的脸依旧白得像包子，但身材却好得跟个健身教练一样，完全没了关莎记忆中那种文弱书生气，意外至极。

由于茶楼人不多，蒋一帆也差不多第一时间便看到了关莎和杜晶，随即招了招手。他的旁边坐着一个身穿深蓝色上衣的男人，年纪看上去比蒋一帆大一些，不戴眼镜，气质沉稳。当他的目光与关莎对视时，嘴角微微地上翘了一下。

"萧大哥？"杜晶一眼就认出了萧杰，快步跑了过去，有些不敢相信自己的眼睛。萧杰似乎对杜晶的出现并不意外，随即站了起来，等着杜晶向他奔去。

"萧大哥！"杜晶不过两秒就冲到了餐桌前，仔仔细细瞧着萧杰，满眼是光。

"又高了啊！"萧杰朝杜晶笑道。

杜晶想跟萧杰握手，但又觉得这似乎显得生疏了，于是她的手有些滑稽地无处安放，舌头也不太利索："那个……呃，坐啊，萧大哥，坐！别站着！"

一旁的蒋一帆笑着说："萧总跟我说你家上市的时候是他做的尽调。"

杜晶拉开椅子坐下，故作嗔怪："我还说一帆哥你怎么会平白无故拉个陌生人来！"

"我听说你来青阳了，就不请自来，别介意。"萧杰接了话。

"萧大哥你都是总裁了，我哪敢介意！"杜晶开起了玩笑，脸有些红。

杜晶第一次看到萧杰时还在念高中，当时萧杰在投资银行工作，母亲告诉她：

"这位萧大哥是来让我们家牌子给全中国人民知道的。"

后来杜晶上了大学，偶然一次暑假回家，又在母亲的办公室里撞见了萧杰，那时萧杰已经进入了金权投资集团，职位是投资总监。母亲告诉她："你萧大哥这次来是帮我们的火锅店走出中国，走向世界的。"

杜晶家的杜大娘火锅店，目前金权投资集团占其18%的股权，位列第三大股东，故杜晶对金权并不陌生，对萧杰也不陌生，但是她没想到才三十多岁的萧杰现在竟然已经是总裁级别的人物了。

"一个分公司的总裁而已。"萧杰谦虚地强调。

就在他说这话时，关莎也走到了众人面前，蒋一帆赶忙起身介绍："这是关莎，我的学妹，这是萧……"

"总裁好！"关莎没等蒋一帆说完，直接大方地朝萧杰伸出了手。

萧杰迟疑片刻，随即也微笑着握住了关莎的手，看得杜晶心痒痒。她都没好意思做的事情，被关莎抢去了。

萧杰的手温温热热，手掌大且不粗糙，当他握住关莎手的时候，非常尊重对方地停留了一下才松开，眼神也极为平和。

关莎从萧杰的眼睛里看不到一丝别的男人通常看到她时会有的那种惊艳与留恋。她刚才自然也听到了一些杜晶和萧杰的对话，原先还担心蒋一帆拉一个总裁级别的领导一起吃饭气氛会不会尴尬，整桌人会不会交流不畅……现在她释然了，对面坐着的人不是五六十岁的老头，而且跟杜晶还认识，看上去也很好相处。

"各位来点什么茶？"服务员走过来问道。

萧杰很自然地将目光投向了关莎和杜晶："女士点就好。"

"要不……就普洱茶？"关莎提议。

萧杰点点头："普洱清雅醇厚。"

"老是喝普洱，这次换乌龙吧！"杜晶祈求地看着关莎。

关莎再次看向了萧杰，她没去关注蒋一帆，因为知道蒋一帆这么好说话的人，肯定什么茶都行。

"乌龙茶你可以吗？"萧杰反问关莎。

"我可以……"关莎赶忙回答。不知怎的，当这个叫萧杰的男人淡淡的目光落在她身上时，她的眼神竟然会有些躲闪。

"那就乌龙吧。"萧杰说，"乌龙甘鲜爽口。"

"哈哈，萧大哥最好！"杜晶开心地说了一句。

除了蒋一帆这桌，周围零星坐着的都是年长的老人。他们大多是成双成对的老头老太太，老头看着报纸，老太太刷着手机，时不时小啜一口茶，再夹上一块桌上的点心往嘴里送。所谓茶楼之上闲饮茶，饮的其实就是一种清闲自在。在这里，时间似乎就是拿来消磨的。

此时杜晶开始勾选起了她喜欢的茶点，凤爪、虾饺、排骨、烧卖、牛肉球、鱿鱼丝、陈村粉和鸳鸯青菜，这些是杜晶每次必点的早茶八大件。

"这里除了茶点不错之外，包子和烧腊也很好吃。"蒋一帆提醒杜晶。

"都点都点！反正萧大哥请客！"杜晶说着向萧杰吐了吐舌头。

"对，我请。"萧杰倒也完全不推辞。

"好可惜，现在都是这样点单，没有以前那种推车了。以前的小吃都是推过来的，想要什么直接拿，老远就可以闻到香气，还可以猜推来的是什么。"关莎叹了口气。

"能这样在纸上打钩已经不错了，如果给我一个iPad，让我用iPad点，那更没感觉。"杜晶随口回应。

"要我做茶楼，我肯定得保留推车。"关莎说。

萧杰随即问关莎："我听蒋一帆说你在创业。"

此时杜晶差不多点完了，把点餐单塞给蒋一帆后就开始叽里呱啦地跟萧杰说起关莎是如何拿着20万元闯江湖，如何碰到一堆不靠谱的批发商和工厂，最后又是如何被双胞胎姐妹坑的。

"我就告诉她要自己当主播，省几十万元成本，搞不好还能大红大紫。萧大哥，你说我说得对吗？"

萧杰听罢不慌不忙地放下了茶杯，然后悠悠道一句："不对。"

自己当直播带货主播，关莎原先非常排斥，但当她在双胞胎姐妹的直播间踩坑，在是否与倪蝶合作这个问题上进退两难时，她的内心也不是完全没动摇过。

互联网时代，似乎谁敢曝光自己，谁才有可能获得流量；而谁坐拥流量，谁才能获得话语权与无限商机。

既然启动资金如此有限，是不是就应该不按常规套路出牌，发挥自身优势放手一搏？通过不懈的打拼，倪蝶拥有了自己的公司，自己的工厂，在青阳更是拥有好几套房子；而云夏白的人生轨迹更为励志，从一个小山村的鱼贩之子变成拥有几千万粉丝的头部网红主播，他家山景别墅的价格连关莎的父亲买之前都得犹豫一下。

结果正当关莎心里对带货主播的成见开始被巨大的利益所消磨时，萧杰的一句"不对"又让她警惕起来。

"我给你们举个例子。"萧杰说，"以前美国有一位计算机科学家，叫艾伦·唐尼。他做过一个实验，就是通过调查的方式了解一个学校每个班平均有多少学生。他发现一件很有趣的事情，不同的调查方式得出来的结论不仅不一样，而且差距很大。

"艾伦·唐尼当时调查的这所学校是美国的普渡大学，他去教务处直接要数据，这个数据自然是教务处文员用全校总人数除以总班级数得出来的结果，平均每个班有35人。按理来说这个数字是准确的，但当他在校园里随机采访学生，问他们自己所在的班级一共有多少人时，得出来的结果是平均每个班有90人。你们想想，为什么差异会这么大呢？"

此时服务员开始陆续将茶点摆上桌，但没人动筷子，所有人的注意力都在萧杰身上。萧杰也并没指望关莎或者杜晶能回答，他直接给出了答案："因为在学校随机采访学生算是抽查，采用抽查的方式存在一个问题，就是人数越多的班级，你抽到其学生的概率就越大。换句话说，因为90人的班级里学生多，被你抽到的可能性就比35人的班级大，所以抽查出来的结果往往会比实际结果大很多。"

杜晶听后看看关莎，又看看蒋一帆，不知道萧杰要表达什么。

"一帆啊，你应该也记得这个例子吧？"萧杰问蒋一帆。

蒋一帆点点头。曾经教过萧杰的统计学教授后来跳槽去了蒋一帆的学校，所以在这个教授举办的一个学术活动上，萧杰与蒋一帆便认识了。

蒋一帆对关莎和杜晶解释道："其实这个调查要论述的观点是检查的悖论，也就是平常我们偶然观察到的现象跟这个事情的实质往往差别比较大。"

蒋一帆继而给出了另一个相似的例子："如果我们在监狱里随机抽查犯人，问他们服刑期有多长，很多犯人都会给出一个很大的数字，比如十年、二十年，甚至六七十年。但如果我们去问监狱长要这个监狱所有被关过的犯人的平均服刑年数，监狱长查看所有犯人的历史卷宗后给出的准确数字仅仅只有3.6年。为什么二者的差别又如此之大呢？

"这就是检查的悖论，因为很多服刑期短的犯人可能在我们抽查的时候已经被释放出狱了，所以目前还在监狱里的服刑期长的人占比就变大了。既然占比变大了，我们随机去调查，得出来的结果自然也就偏大。"

"再说得贴近生活一点。"萧杰接过了蒋一帆的话，"平常你们觉得坐飞机的乘客很多，飞机上挺拥挤，你们认为航空公司应该挺赚钱，人那么多，旅行体验这么差，票价应该降一降。但实际上航空公司说不定都在亏本，因为我们更容易坐上那些人多的航班，人多，其包含我们的机会就大，人少的航班我们没什么机会坐上。所以如果我们去航站楼随机调查乘客，可能很多人会说航班很拥挤，但航空公司那边的真实数据有可能是平均每架飞机没几个人，公司如果不维持高票价就会亏本。"

"人少的航班我们没什么机会坐上……"杜晶挠了挠脑袋，不自觉重复着这个论点。萧杰后面的结论她听懂了，中间某些话好像又不是很理解。也怪她从小到大就是个学渣，成绩排名总得从后往前数。

关莎接话道："萧总您是不是想说，我们看主播更容易看到那些拥有很多粉丝、很成功的主播，而那些粉丝人数特别少的、没什么人看的主播，我们看不到，所以我们就会认为当主播好像很容易就可以成功，就可以赚很多钱。"

"对。"萧杰满意地点了点头，杜晶则是趁大家不备夹了一块肠粉，因为她实在太饿了。

"来来，先吃。"蒋一帆赶忙说道。

关莎见大家动起了筷子，自己也象征性地夹了一块排骨，放在碗里来回翻动，没有吃。等萧杰差不多吃完了口中的食物，才开口问道："萧总，我们之前去直播基地的时候就了解此类情况，确实有不计其数的中小主播很难赚钱。不过我觉得吧，现在是互联网时代，尽管竞争多，但只要有真本事，就都有可能成功不是吗？比如很可能明天一个新主播就超过了倪蝶和云夏白。"

萧杰放下了筷子："这在统计学上算是小概率事件，几乎不可能发生。当然了，你如果把时间维度拉得足够长，实验次数足够多，小概率事件肯定会发生，也就是肯定会有人超过倪蝶和云夏白，但恐怕你的启动资金和你创业的时间期限……撑不到那个时候。"

"萧大哥！别这么说，看我们关莎这张脸，说不定刚开播就爆火了，下一个超级主播就是她！"杜晶道。

萧杰笑着抿了口茶，微微摇了摇头。

不得不说，关莎对于萧杰这个摇头的动作很是不满。她可以主观不想做这件事，但若有人否定她的能力，认为她肯定做不好这件事，她便会一百万个不服气。

"萧总，您怎么都不鼓励鼓励后辈，我还没开始呢，您怎么知道我不行？"关莎神色很温柔，但心里恨不得把萧杰吊起来打。

"依照目前的形势，别开始。"萧杰说。

他没用"最好别开始"或者"还是别开始为好"之类的缓冲表达，"别开始"三个字干净利落，带有一种不容置疑的笃定。

"我们金权投了一家公司，关小姐你一定听过，叶桃渡。"萧杰说。

"自然听过，不过萧总您别叫我关小姐行吗？"关莎笑得有些尴尬。

"行，那我叫你关莎，你叫我萧杰，也别用'您'。"

"好……"

关莎本来觉得使用尊称没什么不妥，但好像萧杰不太喜欢，所以他故意用"关小姐"这个称呼回敬自己。

"头部主播倪蝶和之前的云夏白与叶桃渡都有合作关系，当然，云夏白的公司后面与娜娜合并了，所以他与叶桃渡的合作也就终止了。"

萧杰这些日子没少补课，虽然他之前偏爱的投资标的里没有化妆品公司，但既然要解决叶桃渡的麻烦，就不可能不去了解目前大多数美妆公司都在采用的直播电商销售模式。

"长得好看的人可以当主播，性格开朗，喜欢与人聊天的人也可以当主播，主播这个职业给人的幻想空间很大，但是关莎，你得先问问自己能不能吃得了主播的苦。"萧杰说。

"我都敢创业了，哪还怕吃苦？"关莎直视着萧杰的眼睛，"不就一天播四个小时，然后每天不间断，晚上不能睡觉吗？我可以啊！"

"可是……我记得你目前只有一款产品吧？"一旁的蒋一帆提出了自己的疑问，"一款产品每天应该播不了四个小时……"

"呃，那个……"关莎有些发窘，"我也可以先带别人的货，中间穿插自己的产品，等到我哪天红了，再专门做自己的品牌。"

关莎即便内心不太想这么干，但这也确实是一条路，谁让其他主播的坑位费这么"坑"，佣金这么贵！

"你去过杭州九堡吗？"萧杰问关莎，见关莎摇摇头，他微微一笑，"杭州九堡这个地方，主播们每天下播之后都会去那里抢货。我亲眼看到那些主播如果找不到合适的货就会很焦虑，因为找不到货意味着第二天他们没有内容可讲，即便是找到了，好货的货源都是有限的，竞争永远很激烈。

"你如果当了主播，光是货源问题就可以把你搞得焦头烂额，因为你如果想做长久，就得保证你直播间货物的品质，这意味着你得从源头抢过别人。除此之外，你每天还得定时开播，连续讲三四个小时，声音哑了也得继续，以后红了，人气上去了也不能停，这是直播行业里生存的根本。"

声音很可能嘶哑的问题关莎早就预料到了，但萧杰指出的货源问题，她之前确实疏忽了。她以为当主播的难点只在销售，只要把销售做好就能出头，未曾想过采购端的实力也要过硬才能吃这碗饭。

只听萧杰继续道："据我所知，现在每天各大平台的直播有几万场，在这几万场直播的背后，是上千个主播机构与数以万计的个人主播，其中的市场份额有30%是云夏白的，20%是倪蝶的，剩下的50%才是各大中小主播的。"

一旁的杜晶一边啃着凤爪，一边听得津津有味。

她喜欢听萧杰说话，因为萧杰每次说话都很有水平。

很多年前，杜晶就在自家的火锅店听萧杰分析国内饮食行业的竞争格局。行业动态、成本分析、潜在竞争对手的发展以及连锁店扩张速度等内容，萧杰都分析得头头是道，好些观点是连杜晶父母这样的行业深耕者都为之折服的，故从那时起，杜晶就对萧杰有着一种强烈的崇拜感和信任感。而最后事实也证明，萧杰当时的一些研究和建议确实为杜大娘火锅店的跨区域发展提供了坚实的理论支撑。

"你现在入场，是要与上万名个人主播争夺这剩下的50%的市场份额。"萧杰朝关莎认真道，"你也许会说，只要你努力，你坚持，总有一天你会出头，会成为第二个云夏白或者第二个倪蝶，是吧？但我之前也说了，在统计学上这是小概率事件，几乎不可能发生。一个头部带货主播的诞生不是光靠个人努力就可以的，还需要天时、地利与人和。

"比如云夏白和倪蝶，他们其实是赶上了直播带货最早的那班车，是第一批上车的人，他们开始做直播的时候还没什么人知道直播这个渠道可以赚钱，所以他们出发时旁边几乎没什么竞争对手，而你关莎现在的对手成千上万。

"再者，他们其实是跟着平台一起发展，他们所依赖的平台都是现象级的，他们的粉丝暴增，很大程度来自平台自身发展的流量红利。关莎你想想，下一个淘宝、快手和抖音在哪里？一年又可以出几个这样的超级平台？"

萧杰说到这里时，蒋一帆喝了一口茶，杜晶停止了咀嚼凤爪的动作，而关莎手里的筷子啪的一声掉在桌上，又滚到了地上。

下一个淘宝、快手和抖音在哪里？一年又可以出几个这样的超级平台？

萧杰这两个问题相当尖锐，此类国民级爆款APP，别说一年了，就是在整个互联网发展史上都没出现过几次。

关莎没去管掉在地上的筷子，而是紧紧盯着萧杰："所以你是想对我说，如果我最后没成头部KOL，不是因为我不行，也不是因为我不够努力，而是没碰上好时机吗？"

"是，但又不仅仅如此。"萧杰回答。

萧杰刚想再说什么，关莎的手机就响了，来电的是倪蝶团队的业务经理。关莎赶紧示意萧杰稍等，而后接起了电话。

等待蒋一帆归来的日子关莎也没闲着，除了时刻关注口红销量，也尝试着再次联系了倪蝶的团队。其实关于是否要找倪蝶合作，她一直犹豫不决，但当这个电话挂断后，她觉得已经没有犹豫的必要了。

此前无论是通过双胞胎姐妹直播销售，还是依照传统广告渠道自销，口红的售价都是128元。关莎之前对于找倪蝶团队合作所计算出来的所有额外成本，也全是基于128元这个价格得出的。但电话里倪蝶团队的业务经理告诉关莎，口红按照倪蝶要求改良好后，若想在倪蝶的直播间售卖，需要给予客户很多优惠，这些优惠不限于各种赠品，价格不仅必须是全网最低价，还得是未来三年的最低价。

赠品关莎自然给不出，因为她的品牌目前还没有其他产品。至于全网最低价，倪蝶团队给出的报价是48元。

"你这是新产品、新品牌、新公司，消费者接受都需要一个很长的过程，如果你价格不够低，一开始很难卖出去的。"业务经理对关莎说。

听到这里，关莎终于知道云夏白直播间里原本299元的护肤套装结果169元就卖出去，还附赠一堆沐浴露、洗发水、防晒喷雾的模式是怎么来的了。

"可以了，其实如果不是我们帮你看了产品，你这口红30块钱都很难卖出去。"业务经理说。

关莎听后差点没把桌上的瓷碗砸烂！128元一支的口红，只是因为找了倪蝶，价格就平白无故被砍成了48元，这是什么销售模式？这种销售模式跟屠宰商家有什么区别？最关键的是，关莎认为一个自己用心打磨的产品，随随便便就降价超过50%，这只是在卖货，根本不是在做一个品牌！所以她还有跟倪蝶团队合作的必要吗？自然没了！

关莎电话沟通的全过程，萧杰、蒋一帆与杜晶全听见了。

"疯了吧！卖48元我们还找她干吗，我们自己卖不行吗？给她60万元坑位费就为了卖48元？"杜晶义愤填膺，替关莎打抱不平。

"嗯，所以不合作了。"关莎说。

此时服务员把烧腊拼盘端上了桌，蒋一帆顺便让她再拿一双筷子来，然后问关莎："要不来点叉烧？你以前很爱吃的。"

"哎……"关莎叹了口气，心想倪蝶团队这态度，不是逼着自己去当主播自吹自擂吗？这么高的坑位费和佣金提成，如果价格不定高点，压根没法赚钱。

萧杰倒是非常安静地边吃点心边喝茶，他知道此时的关莎需要一个人短暂地静静。在他看来，关莎就是一个急于通过一件事来证明自己能力的富二代，这样的富二代往往天不怕地不怕，有理想有激情，还有失败之后随时都能重新开始的资本，所以他对关莎并不担心，反倒觉得至少关莎的思想是积极向上的，创业的初心也是单纯美好的，她想做出好的产品，她想打造一个能够运营和维系口碑与品牌的好公司，她想的应该不仅仅是赚钱。

"萧总，您刚刚想说什么来着？"关莎突然问道，好似她已经从刚才的打击中抽出身来。

"你忘了……"萧杰笑着提醒。

"啊？"关莎有些犯愣，"我忘了什么？"

"忘了叫我萧杰就好。"萧杰说。

"哦，呵呵，对不起萧总……哦不，萧杰……哎呀，我总觉得你一大领导，我直呼其名不太好。"

"什么时候你们'90后'也这么官僚了？"萧杰笑着放下了茶杯。

关莎赶忙解释："不是不是，我是看一帆哥也叫您萧总啊！"

"不一样，萧总真是我领导。"蒋一帆说。

"那我们现在也不在你们公司啊，而且还不是上班时间！"关莎反驳。

萧杰闻言立刻对蒋一帆语重心长："你给你学妹起了一个很不好的头，得改。"

"我不一样，我是'80后'。"蒋一帆笑着说。

萧杰听罢无奈转过脸，不再去看蒋一帆，而是把话题拉回正轨。

"你之前问我，是不是你超越不了倪蝶和云夏白，只是开始的时间不对，我说什么来着？"萧杰问关莎。

"你说不仅仅如此。"关莎赶忙接话。

"嗯。"萧杰微微点点头，"我之所以这么说，是因为你和杜晶都没发现一个事实。这个事实就是，那些带货主播之所以能成为顶流，除了时机、平台和销售技巧外，还有一个不可或缺的条件，而这个条件，跟个人能力无关。"

关莎和杜晶闻言，脑子里都打了个大大的问号。还需要什么条件？

关莎和杜晶有所不知，这个问题的答案，任天行已经在他那没有衣柜还满是蟑螂的农民房里总结出来了。只见他激动地对莫茹说："我之前不是跟你说直播带货主播跟其他那些内容型KOL不一样吗？"

"嗯。"莫茹此时正站在床上，一件一件地往铁棍上挂刚晒好的衣服。

"现在我又发现了一点不一样！"任天行盘腿坐直了身子，"你看啊，我之前关注的那些游戏解说，不管是自己游戏打得好，还是嘴皮子利索，靠一个人的能力就可以火，还有那些厨师、画家、剪刀手、段子手，归根结底靠做内容变成KOL，战场就是一个人的战场。"

莫茹依旧挂着衣服没去看任天行，也没附和。

"但是直播带货不一样，很不一样。"任天行接着说，"直播带货跟个人能力其实关系不是特别大，或者说，我觉得这直播带货竞争力的核心不在主播个人，而在于一个团队，在于这个团队对他们推荐产品的组合能力。谁更会选货，谁提供的商品更全，更能满足消费者的需要，谁才能够留住粉丝。"

同一时间内，茶楼里的萧杰一脸严肃地说了一番和任天行一样的话，接着又道："所以呢，关莎你如果自己当了主播，很可能每天得耗费大量的精力在找货上。一个新人，没有倪蝶那样的几百人的团队，没有云夏白身后完整的供应链，你怎么超过人家呢？"

见关莎沉默着没说话，萧杰放缓了语气："就算你组建了自己的团队，但你终归是个新人，一步一步往上爬也会非常困难，除了你自己努力，平台也得给你资源才行。你看看云夏白，以前平台给他几千万元补贴搞'6·18'直播。

"这些平台其实都有自己的想法，他们不想依赖单个超级主播，所以他们需要其他人来引流，新增用户，这就是为什么他们去找了明星来参与互动。这些人都自带流量，但又没地方变现。你说你一不是名人，二也不自带流量，人家平台在资源有限的情况下，是扶持你还是扶持刚才我说的那些人呢？"

关莎听罢不自觉握紧了茶杯。萧杰的话像一把把尖刀往她的身体里捅，就跟电话里倪蝶团队的那个业务经理一样……如果说那个业务经理只是让关莎流了些血，萧杰这么一连串的打击，关莎觉得自己已成重伤。

但萧杰似乎并不打算抢救这个眼看就要流血而亡的士兵："你知道倪蝶为什么要求你回去改货，重新生产，最后128元的口红只卖48元吗？因为她不仅要你的货好，还要你价格低。说白了，'低价好货'才是她直播间的核心竞争力。

"倪蝶向你提出的全网最低价，甚至未来三年最低价这种要求，我完全不意外，因为如果她没有这样的议价资本，她的粉丝就留不住，就会跑去别的价格更低的主播的直播间。你不愿意给，自然有其他只想卖货，不想做品牌，或者就想打广告赚吆喝的商家愿意给，所以倪蝶的粉丝永远能在倪蝶的直播间买到同等质量下最便宜的商品。倪蝶赚了，粉丝赚了，商家少赚点利润，但也赚了知名度和市场份额，永远是正向循环。"

"所以我一定是没机会啰？"关莎绝望道。

"也不是完全没有，但我说了，小概率事件。"萧杰认真道，"这个行业的马太效应已经形成了，强者越强，弱者越弱，无论是倪蝶的专业度，还是她那成熟的团队、粉丝对她的信任、商家对她的追逐，或者是平台给她的资源，都足以让她的护城河足够宽、足够深。"

"那萧大哥，你认为接下来这些中小主播会怎么样？"杜晶突然插话道。

萧杰眼神看向杜晶，目光温和："马太效应一旦形成，中小主播会越来越难赚钱，也就是说，被洗出局的人会越来越多，而拥有护城河的倪蝶和云夏白，他们依旧可以继续赚钱，而你……"

萧杰转而看向关莎："你可以重新思考，除了自己当主播，除了卖口红，还有什么是自己真正擅长的，还有什么行业竞争稍微小些，是有机会出头的。"

众人所不知道的是，萧杰这次与蒋一帆一起出现在茶楼，除了见杜晶，巩固杜大娘火锅店这个实力很硬的老客户外，其实还有另一个重要任务要完成，而这个任务，正好与关莎有关。

真的是亲爹

一顿让关莎丧气到极致的早茶吃完后，萧杰有事先离开了。

蒋一帆被关莎和杜晶请到雁子谷的出租屋里"参观"了一圈。

"我就住这种地方，寒酸吧，一帆哥？"关莎一脸委屈。

"可以了，你这好歹是两室一厅，我之前干投行，去大西北搞尽调的时候，睡的是职工宿舍。"蒋一帆笑着说，"职工宿舍那架子床不是双层的，而是三层的，拼接用的铁管很细，摇摇晃晃。而且因为只剩第三层的位置，所以我们投行民工只能睡那儿，每天翻个身都怕把床摇塌了。"

"你那肯定是短期的。"关莎说。

"不算短了，那架子床我也睡了七个月。"

关莎叹了口气："七个月也肯定比我短，我都不知道要在这里住到什么时候。而且我现在觉得一个月6000元的房租好贵，得招室友跟我分摊房租才行……"

"不行！就两间房，你招了室友我睡哪儿？"一旁的杜晶赶忙反对，"我给你交房租还不行吗？"

"不行！"关莎想也没想，"你来帮忙我都没给你发工资，再要你的钱我成什么了我？要薅羊毛也得薅外人的！"

"但我不想跟不认识的人住一起啊！"杜晶满脸忧伤。

"不想的话你就自己再租个房子，或者回你三云老家睡！"关莎不耐烦起来，"话说我关老爷创我自己的业，你老跟着干吗？你毕业证也拿到了，不用回火锅店帮忙吗？"

"才不回去！"杜晶说着扔开了沙发上的抱枕，一屁股坐了下去，"找工作这事我都不急，你急什么？跟着你到处看看我也长见识！"

"对了一帆哥，你的车我还给你。"关莎知道一时半会儿跟她说不明白，就转移了话题。

"不用还，你现在肯定需要用车，我没关系的。"蒋一帆说。

"哎呀，我知道一帆哥你不缺车开，但我已经决定坐公共交通出行了，比油费便宜。"

"啊?!"杜晶吃惊不已。

关莎没去理杜晶，而是执意把车钥匙塞进了蒋一帆手里。

在现在的关莎眼里，无论是雁子谷小区的停车场，还是她目前创业的状态，都容不下一辆豪华跑车。

关莎自己都没有意识到，她之所以这么做还因为一个人，这个人就是萧杰。

萧杰虽然没摆出一副"我看你就是个温室花朵"的面孔，但关莎凭第六感就知道萧杰内心是怎么想自己的，于是她必须拿出行动证明些什么。再说，那辆德国跑车实在太烧油了！

"那这样，如果你要用车，随时跟我说。"蒋一帆也不为难关莎，收起了钥匙。

"我可不挤地铁……我明天直接买辆车去！"杜晶道。

"买车现在需要青阳户口。"蒋一帆提醒一句。

"我……我回三云买，开过来还不行啊！"

"不准买！老实跟我坐地铁！"关莎咆哮，"不低到尘埃里，怎么开出花来？你要是低不下去，就别跟老娘混，去你家各个分店巡视一圈顺带周游世界不香吗？"

此话一出，关莎仿佛都能从杜晶的大脑里看到两个画面：一是杜晶与自己风尘仆仆地挤着地铁，二是杜晶被爸妈训斥，内容包括说她学习差、能力差，永远是个扶不起的阿斗之类的。

果不其然，迅速比较过两个画面后，杜晶突然笑得跟猫儿一样，语气谄媚："那个……地铁就地铁，实在不行，11路公交车也可以，有话好说嘛……"

见杜晶这边搞定了，关莎转而问蒋一帆："对了一帆哥，你们萧总以前就是这样一个人吗?"

蒋一帆闻言有些不解，只听关莎继续道："我不客气地说，你们萧总喜欢打击别人，自以为很牛，一副天生就他对的样子，看了就来气！"

关莎在蒋一帆面前自然不用藏着掖着，直接表达了她对萧杰的不满，颇有一种"我知道你说的都对，但我就是讨厌你"的感觉。

蒋一帆笑了："萧总很厉害的，之前我们在一个活动上认识，后来还机缘巧合地一起参加了世界数学邀请赛的培训。我觉得他比我聪明，我当时做不出来的题目还是他教我的。论能力，萧总也很强，你想想，他这么年轻就能做到合伙人，还被提拔为分公司总裁，整个金权投资集团也挑不出第二个。"

"他也参加了邀请赛培训？那最后怎么是一帆哥你拿了金牌，他没拿啊？"杜晶赶忙问。

"那是因为参赛那天正好撞上了他一个很重要的实习面试，听说拿到这个实习机会，入职概率很大，所以他没来。"

"得了吧！"关莎不以为然，"就算他参加了，金牌肯定还是一帆哥你的！我看他当上总裁根本就是走狗屎运，那么爱显摆。要我说，他那一大通道理一帆哥你也肯定懂，只是你人好，你谦虚，你低调，你要是跟他一样各种出头，各种表现，你也肯定早就是什么合伙人加总裁了！"

"我还真不懂，你们说话的时候我只有听的份。"蒋一帆笑着说，"我之前的项目里没有涉及直播的，所以对这个行业知之甚少，你之前电话里跟我提到这些，我就知道萧总一定能帮到你，因为他最近正好在研究这个，所以我才去问了他是否有空，希望他能一起来。"

"帮到我？他那是帮我？"关莎翻了一个大大的白眼。

"当然是帮你，让你少走弯路。其实我也是才正式入职金权，之前只是挂靠在与金权有稳定合作关系的一家投行里，有时会跟着金权这边的领导看项目。"蒋一帆说完看看手机，"时候不早了，你这边有需要帮忙的随时跟我说。"

关莎随之也看了下时间，才下午1点，什么叫时候不早了？明明很早啊！

关莎其实还有很多困惑想问蒋一帆，但随即反应过来，蒋一帆昨天才出差回来，今天肯定是想趁周末多陪陪老婆孩子。

"你孩子是男孩还是女孩？叫什么名字？"关莎边送蒋一帆出门边问。

"男孩，叫蒋瑜期，小名叫小七。他非常非常可爱，而且很聪明，你有空可以来我家看他。"

"小七……我记住了！"关莎说，"打扰你周末休息了一帆哥，快回去吧！"

关莎把蒋一帆送出门后，回房间整理了下东西，出来时见杜晶已经在沙发上昏睡过去了。也怪她刚才是整桌人里吃得最多的一个，而她只要一吃撑，就很容易睡着。

"你可以重新思考，除了自己当主播，除了卖口红，还有什么是自己真正擅长的，还有什么行业竞争稍微小些，是有机会出头的。"

萧杰的话又回荡在关莎耳边。

原先之所以选择美妆，还细分到了口红，只不过是因为关莎对口红的存在最认可罢了。在关莎看来，一个女人如果化妆，那么口红绝对是整体妆容的点睛之笔，是最不可或缺的一环，她本人对口红也最感兴趣。

只可惜，一件我们喜欢的事情一旦变成了工作，并不得不以此谋生，这件事往往就会越做越焦虑，越做越痛苦，越做越失望。

关莎也体会到了这样的感觉。截至目前，小程序上口红的销量只有可怜的12支，关莎只要早上一醒来，想起还有上千支口红的库存，心情就跟上坟一样。

现实不是电视剧，没有那么多不劳而获的馅饼。

医生的现实不是披着白大褂谈恋爱，而是经历十几年漫长苦读与实习训练；律师的现实不是穿着西装谈恋爱，而是家里一箱一箱的材料与超难通过的司法考试；码农的现实也不是噼里啪啦地敲代码，这个掉头发又伤肾的行业的从业者大部分的时间都在回邮件、看代码、DEBUG（排除故障）和做文档，一周写代码的时间连工作时间的四分之一都不到；商人的现实更不是别墅红酒，而是四处筹钱，各种求资源，产业做大了，还得当跪在数千万消费者膝下的那个人。

关莎坐在她42层出租屋的阳台上，重新审视着眼前的世界。这个世界如此虚幻，虚幻得可以不停承载所有美好的梦想，但又如此真实，真实得可以不断扑灭原本熊熊燃烧的斗志。

究竟应不应该继续呢？

该不该继续，这个问题正困扰着关莎，曾经也困扰着任天行，但现在不了。

任天行虽然出身不好，但以前也从没为一个机会放低姿态到如此地步。不过也正因牺牲太多，沉没成本太大，任天行对于萧杰给的这个机会格外看重。

今日，他孤身一人又跑到了青阳另一个带货主播常去挑货的批发市场搞调研。

批发市场杂乱无章，各类商店产品琳琅满目，大概是任天行到的时候正逢人流高峰，稍窄一些的道路都被挤得水泄不通。

任天行远远看到几家服装店中间搭着一个高台，台子四周围满了人，一个身材苗条的女人正站在台上当着众人的面换衣服，任天行吃惊不已。

"这件米老鼠上衣的材质对标的是迪士尼的，绝对舒服，很适合学生穿，从小学生到大学生的号都有！"另一个解说员站在模特身边用扬声器朝周围人喊着。

女模特朝东、南、西、北四个方向都摆了不同的姿势，然后立刻把衣服脱掉，赶紧换上下一件。

"这件非常修身，尤其是腰。大家看这个Ｖ领设计，罩杯稍微大一些的女人穿起来很性感。"

这回说话的不是解说员了，而是模特本身。她没用扬声器，而是直接扯着嗓子跟台下的人介绍衣服的卖点。

任天行越是走近高台，目光就越是离不开这个模特。倒不是该模特长得有多漂亮，而是她那张脸和她的声音，任天行很熟悉，仿佛他前不久还见过这个人一样。

模特此时又迅速脱掉了Ｖ领上衣，换上了一件黄底上衣，这个颜色配上她的脸，任天行的大脑仿佛被瞬间电击了一下。

"是我敲错了您的门，让您误会了，是我不对，我跟您赔不是。"

"不好意思，外面突然下雨，袋子有点湿，祝您用餐愉快！"

"莫小姐，您的外卖到了！"

任天行用力甩了甩脑袋，挤开了身边的人，凑到台前仔细看台上那人：娃娃脸，珍珠眼……外卖员？怎么会是她？她现在不应该在雁子谷周围送外卖吗，怎么会跑来这么偏僻的批发市场当换衣模特？

"这件很适合拍照，尤其是正面这个太阳图案，非常明媚，非常阳光。与这件上衣配套的还有另一件男装，是情侣套装，很适合情侣户外旅游拍照用。"

外卖员兼模特一边跟众人介绍，一边把目光投向台下的人，其中自然也包括任天行。只可惜她并没有认出任天行，抑或她的眼神只是一种礼仪，实际上她并没有真的在看任何人。

就这样，任天行看着台上这个三十来岁的女人一件又一件地换衣服。

"我听说她的最高纪录是一分钟之内换十件衣服。"周围有人小声议论着。

"任天行。"

正当任天行被这种批发市场独有的产品展示方式迷住时，一个声音叫住了他。他回头一看，来人居然是萧杰！而萧杰的身边站着的人更出乎意料……居然是国内目前的顶流主播，一句话就可以让口红全网断货的倪蝶。

倪蝶今日穿着一套粉色西装，绸缎滑亮。她的双手率性地插在口袋里，但多少遮瑕膏都遮不住的是她略带倦意的黑眼圈。

当倪蝶听萧杰叫住眼前这个胖乎乎的男生时，颇为诧异："萧总，您认识他？"

"萧总好！"任天行立刻站直了身子，而萧杰只是微笑地看着任天行，没立刻接话。

倪蝶随即问道："你们家不是做口红的吗？"

倪蝶之所以这么问，是因为这个批发市场的主打产品均为服装和生活必需品，美妆品类只有零星一两家店铺。

任天行万万没想到倪蝶居然还记得他，那晚他跟在关莎屁股后面排队，可是一句话都没开口说，难道倪蝶拥有传说中过目不忘的记忆力？

"呃……我来搞搞市场调研。"任天行笑得有些尴尬。

"小伙子你在做口红？巧了，我女儿最近也在做口红，这行现在怎么样？好做吗？"

此时开口说话的是萧杰旁边一个大腹便便的中年男人，男人两鬓已经有些白了，抬头纹非常明显，但油光满面，长相很是普通，气质相当接地气，混在这些来批发市场挑货的老板里一点不违和。

任天行看了看中年男人，有些迟疑地没马上接话。只听萧杰道："这是关总，我们的投资人。"

"哦……关总您好。"任天行赶忙说。其实他压根看不出这个中年男人是萧杰的同行者，而对方的问题也让他进退两难。

他若不想让倪蝶起疑心，可以默认自己是口红生产商，随便应付中年男人两句也就过去了，但关键是萧杰就站在他面前，他不否认就等于说谎。但他也不能说自己是在为金权投资集团搞行业研究，因为他一没入职，二也不再是实习生，先前混在商家里跟倪蝶谈生意，搞不好倪蝶会以为他是商业间谍。

正当任天行憋红了脖子，俩眼珠子不知往哪里转的时候，萧杰朝中年男人开了口："关总，他叫任天行，不是做口红生意的，是我让他来这儿搞行业调研。"

"你们金权的？"中年男人顺势就问。

萧杰顿了顿，看着任天行的眼神意味深长，淡淡答道："嗯，我们公司不是投了叶桃渡吗，行业动态得跟进一下……"

中年男人微微点了点头，一旁的倪蝶却立即警惕起来："萧总，你们搞市场调研还藏这么深啊，派研究员混到商家里面调查？无论是直播还是美妆，有什么我不了解的，直接访谈我不就行了？再说我们直播间各种产品的成本价格都是公开的，没什么可藏着掖着……"

萧杰笑了笑，正要说什么，倪蝶就接着抢话："你们的人要混也不混个长期合作的商家，长期合作的对行业情况更清楚，他混个新公司算怎么回事？"

倪蝶说到这里双手交叉在胸前瞪着任天行："我就说你们莎皇公司怎么这么奇怪，我不收一分钱给你们提意见帮你们改货，都准备选名单了，最后说不合作就不合作了。"

"莎皇公司？"中年男人好奇起来，朝倪蝶问道，"名字具体怎么写？"

"他们公司……"倪蝶说着翻起了手机，然后将一张公司备案信息图片递给中年男人看。那中年男人只瞄了一眼便眸光大闪："嘻！你说巧不巧，这就是小女的公司！"他短而粗的手指指着企业法人那一栏，"小女名字就叫关莎，肯定是她！"

此话一出，除了萧杰十分淡定之外，倪蝶和任天行都当场怔住了。

任天行怎么也没想到，自己今天居然可以在杂乱不堪的批发市场遇到萧杰，遇到倪蝶，还能遇到关莎的父亲！不过这位父亲的长相跟关莎比简直差了十万八千里。他单眼皮，小眼睛，大蒜鼻，香肠嘴，去开家长会如果他硬坐在关莎的位置上，估计老师和同学都以为这是关莎的继父。任天行心想，如果关莎的父亲真长这样，那关莎不是整容就是基因突变，不然就是她的母亲美若天仙。

"关总，您女儿怎么来青阳做美妆了？"倪蝶笑得有些僵，任天行明显感觉到她的紧张，她刚才万万不该当着这个中年男人的面批判他女儿的公司。

能让倪蝶紧张的人，莫不是什么大人物？

"哈哈，是我让她出来的。"中年男人摸了摸肚子，"这孩子跟我说就要自己创业，我多开明啊，拦都不拦，还鼓励她去！现在的年轻人，就是日子过得太舒坦，以前我们小时候连鞋都没的穿！所以得放出去才知道社会多难混！"

这个中年男人正是关莎的父亲关鸿伟，关鸿地产集团有限公司董事长。

关鸿地产总部位于三云市，是中国头部城镇住宅开发商之一，运营模式是集中化与标准化，主要业务包含建筑安装、装修、物业管理和物业投资等。近几年，关鸿地产还主动进军金融、酒店及旅游行业，成绩斐然，集团年销售规模超2000亿元，员工近5万人，目前在全国100多个城市拥有地产项目近300个。

关鸿伟作为关鸿地产集团的第二代接班人，管理和统筹能力十分出众，他不仅优化了集团主营的地产业务，还积极开拓新领域，走关莎爷爷没走过的路，将公司经营得蒸蒸日上，其身家自然也水涨船高。

当一个人的钱足够多，他就自然产生了投资的需求，如关鸿伟这样的大老板，根本没工夫一家一家公司地去研究，去投资，所以他就把存款中的一部分交给金权投资集团打理。专业的事情要交给专业的人去做，才能让效率最大化。让萧杰头疼不已但又不得不拯救的"宏丰景顺1号"基金，关鸿伟正是背后的投资人，且所占份额较大。

世界就是如此奇妙，关莎的理想是成立自己的口红品牌，最终把叶桃渡这个国内老大给干掉，但叶桃渡还偏偏不能衰败，否则"宏丰景顺1号"基金大概率无法如期兑付本金和利息，关鸿伟这一大笔钱就可能血本无归。

关莎当然不知道她亲爹是如何分配关家财富的，关鸿伟也自然不把女儿折腾的这点小水花放在心上，他的目的只有一个，给关莎最少的资源，可以的话，再人为增加些阻力，让关莎彻彻底底失败一次。

关鸿伟示意众人继续朝前走，由于批发市场人流过剩，几乎到了摩肩接踵的地步，关鸿伟、萧杰和倪蝶想要三人持续并行几乎是不可能的，于是他们时而分开，时而又凑在一起。

"萧总，您以前的基金怎么没有化妆品公司？"关鸿伟看似随意地问道。

"主要是以前国内化妆品高端市场都是些外国品牌，国产品牌只能在中低端市场抢蛋糕。从投资角度说，小企业投资价值不大，大企业又往往现金流比较好，不差钱，所以我们风投很难介入。"

萧杰说的也是事实，虽然化妆品行业这些年平均增速非常快，但典型的投资案例却屈指可数。于是关鸿伟脸上开始显现愁云，被萧杰自然而然地捕捉到，他连忙补充："不过关总，化妆品国产替代是必然的，以后市场巨大。四十年前咱们中国每年人均花在化妆品上的开销是1元，十年前这个数字变成了180元，而今年已经超过了1800元。"

关鸿伟听后有些吃惊："增速可以啊！"

"嗯，这个市场放弃就可惜了，只不过目前国产美妆品牌整体发展还处于萌芽阶段，叶桃渡这样的公司算是表率，如果运营好了，未来几年肯定是爆发性增长。"

关鸿伟听后表面上点了点头，但心里却仍有疑虑，毕竟叶桃渡如今的营业状况不及预期："说到叶桃渡……萧总，当初你们金权是怎么看上这家公司的？"

听关鸿伟这么问，萧杰摸了摸鼻子。叶桃渡并不是他看上的，这是投资鬼才王潮的手笔。萧杰和王潮虽都属于金权的风险投资人，但连面都没见过两次，而今王潮还在吃着牢饭，萧杰自然不清楚王潮当初重仓叶桃渡的真实想法是什么。

"其实国内各种品牌化妆品成分和性能差别不大，叶桃渡的团队相对来说经验更丰富，它的创始人和高管几乎都从业十年以上，品牌经营和销售策划的能力都比别的品牌强。"

萧杰只能姑且这么回答，毕竟当下来看，叶桃渡的营销模式已经有些过时了。

在新任的营销总监胡海没做出成绩前，萧杰不能在没有事实依据的情况下继续吹嘘叶桃渡，更不能给关鸿伟这样的投资人任何承诺，于是他主动将话题往偏的地方带了带："现在其实各路投资人都对化妆品行业感兴趣了，毕竟之前化妆品走传统零售渠道的时候，大部分资源都被头部大牌占据着，但如今我们购物慢慢从线下转移到了线上，大部分电商渠道的化妆品品牌是由头部公司以外的中小公司控制的，所以这些中小公司的投资价值也就提升了。"

萧杰之所以给关鸿伟抛出这样一个事实，一是为了让关鸿伟了解行业动态，二是间接打消关鸿伟对金权"宏丰景顺1号"基金投资标的的疑虑。

萧杰想传递给关鸿伟的信息，直白点说就是：叶桃渡这家公司，金权投它就是因为它最开始是一群笨鸟中最懂营销的，而且如今不仅金权投资集团，很多其他风险投资公司也都开始关注美妆领域，互联网销售、电商直播，让中小公司都有机会腾飞，这个行业发展潜力巨大，投它的行业老大绝对没错！

"关总，现在年轻人基本都在网上买化妆品了。"倪蝶此时接过了话，"Glossier（格罗斯沃）您听过吧？它的创始人Emily Weiss（埃米莉·韦斯）不久前还说超过70%的年轻人都通过Instagram（照片墙）购买化妆品，现在美国卖化妆品的主要平台也不再是线下零售店，而是YouTube（油管）。"

本来现在应该是倪蝶休息的时间，但今天她没有，而是跑来了这个原本她根本不会来的批发市场。原因也简单，倪蝶在美妆领域做了十年的打工皇帝，想的不仅仅是帮其他商家赚人气，而是成立自己的美妆品牌，干一番大事业。

既然要干大事业，自然就需要钱，很多很多的钱。倪蝶之前赚的是不少，但大头都被平台和她签约的公司拿走了，想建立属于自己的商业帝国，就需要更多的钱。关鸿伟虽然对美妆行业不甚了解，但人家有的是钱，不仅有钱，还有兴趣。于是通过叶桃渡和金权这层关系，倪蝶终于得以和关鸿伟面对面交流，尽管她只睡了三个小时，但此刻依然面容精致地出现在了关鸿伟和萧杰面前。

"倪小姐肯定是行家，你说的我不怀疑。"关鸿伟笑着说，"你直播间有这么多追随者，我看到的时候都很惊讶，不容易啊！"

倪蝶刚想说什么，就被迎面而来的人流挤到了后面，关鸿伟随之转过头，惊讶道："小伙子你还在啊？不搞调研了？"

关鸿伟身后的任天行霎时间脖子就红了："呃，那个，我……"

"跟着吧。"一旁的萧杰开口道，"等下正好也找你有事。"

"好，好……"任天行赶忙点头，心里千恩万谢萧杰又帮自己解围。

批发市场人声鼎沸，叫卖声不绝于耳，刚才关鸿伟和萧杰的对话，紧跟在后面的任天行听得断断续续，但他只要能听到一个字，就会默默记下一个字，毕竟跟前走着的都是在各自领域出类拔萃的人物。任天行希望有一天，他的朋友圈能跟萧杰一样，都是关鸿伟和倪蝶这样具有行业影响力的社会精英。

"哈哈，正好啊小伙子，你不跟上来，我还想向你们萧总要你电话呢！"关鸿伟咧着嘴道。

"啊？"任天行丈二和尚摸不着头脑，不知道关鸿伟这种大佬要自己一个无名小卒的电话做什么。

"你跟小女关莎是朋友吧？"关鸿伟笑得像一只贼贼的招财猫。

"算……算是……"任天行说，"我们住一起。"

"啊？"关鸿伟的笑容瞬间僵住了。

任天行连忙摆手："不是不是，我是说，我们住得很近，都在雁子谷，就是经城区新改造的一个城中村。"

"城中村？那不是很乱吗？"关鸿伟脸上的笑容彻底消失了。

任天行见状，立刻意识到关鸿伟对自己女儿的住处不甚了解，于是赶忙解释："街道乱了点，但治安还是不错的。我住的农民房差了些，但关莎住的是新建的小区，她……"

关鸿伟没等任天行说完就轻哼一声："新建的小区都是筒子楼，一梯十几户吧？没个三十多层不可能吧？里面一大堆村民在收租吧？"

"这……"任天行对此无力反驳。他刚刚偷偷上网搜索了关鸿伟，人家是干吗的？人家就是建商，主业就是建造住宅楼的，买下一个村的地块再盖商品房这种事情，关鸿伟会不了解吗？

"小伙子，你电话号码是多少啊？"没等任天行反应过来，关鸿伟原本那张气鼓鼓的脸又瞬间笑眯眯的，"咱俩保持联系啊，微信也加一个！"

之后，关鸿伟边走边旁敲侧击地向任天行打听关莎的情况。任天行其实也短暂地犹豫过，究竟是否要出卖关莎，毕竟关莎非常不好惹，他怕关莎回头找自己算账。但任天行转而一想，眼前的中年人可是地产界大佬，金权投资集团基金背后的投资人，是倪蝶都要巴结且萧杰都不敢得罪的人，他任天行又怎敢不配合？于是，任天行相当老实地把他知道的一切全盘托出。当然，对自己撞了关莎保时捷的事情守口如瓶，顺带还不忘提一嘴他凭借一己之力平定了一场租房纠纷。

当关鸿伟听到雁子谷一帮村民差点跟关莎动手时，捏了把冷汗："你看看这些村民……"说到这里，他瞬间停住了，赶忙改口，"看看我这女儿！她性格就是这么莽撞！我跟你说啊小伙子，你在金权工作，肯定是明白人，你觉得她卖口红靠谱不？"

"呃……"任天行不能说靠谱，否则关鸿伟肯定不高兴，但也不能说不靠谱，不然就是否定他女儿的眼力和能力。

任天行脑瓜子死命转了转，突然灵光乍现，机智地答道："关总，口红本身毛利率挺高的，做好了肯定是门好生意。"

"她做得好才怪！"关鸿伟哼了哼鼻子，指着倪蝶，"你让关莎看看人家倪小姐，人家做这行做了多少年？你再让她看看叶桃渡，看看娜娜那些高层又做了多少年？她以前压根就没学这个，既没相关经验，脾气还急，咋成气候？我就算她瞎猫撞到死耗子做成了，如果将来遇到的都是倪小姐这种对手，还不被打趴下？！"

"关总您怎么这么说，我自己都还没开始做呢，您女儿比我快。"倪蝶笑道。

关鸿伟正要说什么，只听萧杰突然开了口："实不相瞒，关总，我今早还和您女儿见过一面，蒋一帆也在场。"

"哦？"关鸿伟好奇起来。

"她还考虑自己当主播，宣传自己的品牌。"萧杰说到这里，赶忙示意关鸿伟少安毋躁，"您别急，我呢，已经帮您堵着她这条路了，您女儿很聪明，她知道应该怎么选择。"

是的，先前萧杰与蒋一帆一同出现在茶楼，可不仅仅是见见杜晶这么简单。在杜大娘火锅店第二代继承人面前刷刷脸只是萧杰的其中一个目的，而另一个更重要的目的，便是会会关鸿伟的女儿——关莎。关鸿伟膝下没有儿子，关莎是关鸿伟的独女，在萧杰眼里，关莎很可能是关鸿地产的第三代接班人，早早与接班人搞好关系，对金权投资集团而言有百利而无一害。

自从关莎来了青阳，关鸿伟就没少跟蒋一帆联系，而蒋一帆这个关鸿伟从小看着长大的孩子，从人品道德到做事能力都挺让人放心，所以关鸿伟自然让蒋一帆帮忙盯着关莎。

"一帆啊，你这个当哥哥的有经验，如果见她做太出格的事，得拦一把，知道吗？"这是关鸿伟对蒋一帆的嘱托。

除了蒋一帆，关鸿伟自然也不会放过他在青阳认识的其他人，不管熟不熟，他都打了招呼。之前在金权投资集团举办的好几届投资人大会上，关鸿伟就对萧杰欣赏有加，听说其近段时间调来了青阳，担任的还是金权青阳分公司总裁，更是主动与之联系："哎，对对，小女叫关莎，跟你们公司那个蒋一帆一起长大的。哎哟，她没什么经验，又是一个女孩子，单枪匹马的，你说说，萧总你可得多关照啊！"

萧杰对关鸿伟的嘱托不敢怠慢，立刻向蒋一帆打听了关莎的大致情况。

"如果以后有机会，你觉得合适的时候，可以让我跟她见见面。"萧杰这么跟蒋一帆说。蒋一帆肯定得把新领导的话放在心上，于是就这样，萧杰不算十分突兀地出现在了关莎面前，并几乎一上来就对她做直播带货主播这条路持各种反对意见，甚至最后还建议她换条路走，不要对卖口红产生执念。

萧杰虽然没做过父亲，连婚都没结过，但这并不妨碍他理解关鸿伟对女儿搞这些事情的态度，同时，他也不希望叶桃渡再遇到任何竞争对手。

目前的关莎卖口红就是小打小闹，但萧杰可不确定将来她父亲会不会为其提供取之不尽的资本支持，要灭掉大鱼，得在其还是鱼苗的时候就捏死。

关莎此时正在网上发布招租启事，她以为换一个城市就能逃离父亲的魔爪，殊不知关鸿伟已经开始在青阳织起了一张天网，如今萧杰、蒋一帆、任天行，甚至倪蝶都成了他的眼线。

"为什么直播带货退货率这么高？"稻香园茶楼里，关鸿伟问道。

他原本来这个批发市场考察，看的不是货，而是地。如果他能顺利拿下这块地，他准备把批发市场推平了，建一个集酒店、写字楼、生态公园、购物中心、溜冰场、电影院和超级寓所于一体的多功能、现代化综合性城市空间。

建房子是关鸿伟的主业，但如今他对什么产业都有兴趣，看到所谓的直播带货"投资风口"也会按捺不住好奇心，这也是为何他答应与倪蝶匆匆见上一面。

稻香园里拿点菜单过来的服务员还是早上那个，当她再次看到萧杰时，满脸诧异，萧杰赶忙用眼神示意服务员不要声张。

方才听关鸿伟点名要来这家店，45分钟车程都一定要来，萧杰心想真是有其女必有其父，口味如此一致。

"普洱茶吧！"关鸿伟对服务员说，"萧总来点什么？"

"您点就好，这家店您熟。"萧杰说，眼神尽量避开菜单上那些他才吃过的东西。

任天行也有幸一起用餐，倪蝶就坐在他的旁边，对面是萧杰，斜对面是正点着菜的关鸿伟。

关鸿伟自己勾选了几个茶点，就把点菜单递给了倪蝶。倪蝶并没推辞，确认众人没有忌口之后，利索地在点菜单上勾勾画画。

"为什么直播带货退货率这么高？"

关鸿伟有此番感慨，是因为来时路上萧杰与他说明了关莎首批卖货出现的问题。倪蝶对这样的问题非常敏感，如果回答不好，很可能影响她从关鸿伟手上拿到融资，于是她迅速把点菜单塞给服务员，认真答道："很简单，关莎选的那对双胞胎姐妹在业内是有名的刷子。"

"刷子？"关鸿伟有些没听明白。

"嗯，她们的流量大部分都是刷的。"倪蝶直言不讳，"其实吧，这种模式有些中小主播常用，您可别认为人为刷流量是单向的，其实是双向的。"

关鸿伟正要问什么，只听任天行很自然地接过了话题。要知道，之前他跑了那么多趟直播基地可是收获满满，对倪蝶说的这个所谓"双向刷流量"非常清楚。

"关总，有些主播背后的公司与商家其实是有勾结的。"任天行说，"公司为了把主播卖个高价，需要刷直播间的人流量和互动数什么的，而商家的很多销售员为了达到自己的KPI（Key Performance Indicator，关键绩效指标），好跟老板交差，也需要这些虚假的流量。所以其实就是主播在刷，商家派出去的那些销售员也知道主播在刷，大家都不说，已经形成一条灰色产业链了。"

关鸿伟听后恍然大悟，低眉思考了下，随即抬眼笑着看向倪蝶："倪小姐，你直播间的数据肯定不是刷的吧？"

"自然不是。"倪蝶立刻说道，眼神丝毫没有躲闪，"刷那么大量我得花多少钱？何况关总，其实鉴别一个主播有没有刷数据非常简单，转发率和点赞量您别看，因为这两个指标很好刷。要看得看评论，如果一个主播的直播间下面评论都是那种三言两语的赞美，一个喷子都没有，而且这些好评账号本身没给主播点赞，那么就一定是刷的！"

"原来如此……"关鸿伟若有所思地点点头。

倪蝶补充道："我直播间也曾发生高退货率的情况，那是因为有些商家给我看的样品与他们直接发给消费者的产品不是一个档次的，以次充好，导致消费者实际收到的货跟我直播间展示的不一样，所以才选择退货。为此我还专门成立了验货团队，现在我直播间已经没这个问题了。这么多年下来，我直播间所有商品的平均退货率都在25%以内，比行业平均水平低得多，像双胞胎姐妹退货率这么高的主播，销量肯定是刷的。"

"可不！"任天行立刻接话，"我去直播基地搞调研的时候，还有人拉着我问要不要接私活。"

此话一出，所有人的目光瞬间集中在了任天行身上。任天行快速喝了口茶："我当时就问是啥私活，结果你们猜怎么着，这私活就是让我付钱在直播间买东西，然后退款给我。当然，他们同时也会给我发一个空包裹，只要我确认签收就可以。我当时就立刻反应过来，这么操作肯定就是帮忙刷销量。"

"对，就是这样。"倪蝶附和。

"哎！"关鸿伟叹了口气，"倪小姐啊，小女要是当初选择跟你合作，就不会被那什么刷单的主播坑了。不过你千万别怪她，我嘛，这次就给了她20万元，多一分都不给，她就算想跟你合作也没钱。"

"关总您也是，女儿创业是好事，怎么才给20万元？"萧杰笑着问。

关鸿伟摆了摆手："20万元可以了，我要是给个200万元，她万一成功怎么办！"

起先任天行对关鸿伟的话百思不得其解，哪有做父亲的不希望子女成功的？但他转念一想，猜测关鸿伟这么做应该只是不希望关莎在美妆领域成功罢了。关鸿地产如此庞大的家业若是缺了继承人，或者继承人不务正业，关家损失可就大了。

"关总，不管怎么说，我觉得关莎是一心想把产品做好的，她的口红用的都是最好的材料。"任天行在关鸿伟面前开始赞美起关莎来，还直接下了一个结论，"研究到现在，我认为无论是直播带货还是美妆护肤，能成功全都是因为货好。

"这段时间我看了很多直播，各种质地很一般的产品被主播吹得天花乱坠。比如有个什么'拯救女性大姨妈神器'，主播说它有一种叫EEFIT的技术，可以把高能光打入人体，解决痛经问题。但我上网一查，这个技术含金量非常低，用'光量子'照射一下就能够提高煤炭的热含量似乎有违科学常识。于是我仔细读了关于这项技术的检测报告，两次送检煤炭的组分差别才是造成热含量鉴定结果差别的核心原因，与什么光量子照射没多大关系。其实连专利权人自己都觉得这个专利含金量太低，最后也懒得续缴专利费了，那个所谓的神器其实就是个500多元的暖宝宝。"

"后来呢?"关鸿伟问。

"后来这所谓的神器果然面临各种投诉，有些主播都快被封杀了，所以……"任天行说到这里特意微笑着看了倪蝶一眼，"如果货不好，我想就算倪小姐你口才再好，再有感染力，也不可能成为顶流，但你的直播间好评率一向很高，就证明倪小姐你的选品团队很是认真负责。"

任天行这句话夸得倪蝶内心那叫一个舒坦，倪蝶原先还对这个年纪轻轻的小伙子好感不多，现在真是越看任天行脸上的肥肉就越觉得可爱。她赶紧趁热打铁："是的，我直播间没有假货，因为我知道如果我靠卖假货赚钱赚人气，最后肯定会生于流量、败给信任，失去客户信任，我的职业生涯也就结束了。"

关鸿伟听后连连点头。

一旁沉默了许久的萧杰开口道："关总，像倪小姐这样的头部主播，不仅货好，议价能力还很强，她往往能在商家那里要到最低的折扣，这是中小主播比不了的。"

"对!"任天行附和起萧杰来，"我去直播基地访谈的时候，有些小主播跟我说他们选品都尽量避开倪蝶。如果一个产品在倪蝶直播间播过两次以上，他们就不会再播了，就算播，也要间隔长一些的时间。"

倪蝶闻言笑着瞥了一眼任天行。此时她觉得任天行不仅脸上的肥肉可爱，全身的肥肉也都挺可爱的。

而接下去的话题，任天行就暂时插不上嘴了，因为主要是倪蝶向关鸿伟介绍她自己是如何搞品牌直播运营的。

"我的直播间其实核心优势不在我多能带货，而在我们整个团队的选品能力。一个产品想在我直播间展示得过三关，一是我们招商和质检团队初筛，二是专人进行产品体验及试用，最后由我本人以及我的助理试用，全部通过才能播。

"之前关小姐的口红没那么好用，我就给她提意见，她改完后肯定更好卖。我有这个能力给她提针对性意见，是因为我天天面对消费者。你们想想，我三年来每天跟消费者聊天四小时，我肯定比她，比那些商家更懂消费者。

"有人说我们做直播的KOL不是真正的KOL，我们没内容，但怎么可能没内容呢? 没内容怎么留得住人呢? 同一件产品，品牌方给到我们的卖点是有限的，我们介绍的时候，讲的都是我们自己的使用感受和心得，这其实也是内容，现在社会拼的其实都是内容创作。"

倪蝶还说，现在决定直播间能力上限的其实是供应链。

"我们这行始于带货主播，但最终肯定终于供应链。现在消费者的需求多样化，很多产品都需要反向定制，这对于供应链的要求很高，尤其我们直播间还非常容易产生各种爆款，一下子就几万、几十万的订单，这对工厂生产能力、库存水平还有物流各个环节的要求都非常高。"

倪蝶滔滔不绝地向关鸿伟说明行业状况，颇有一种正在直播的感觉，而这次倪蝶想努力营销的正是她本人以及她身后的这支300多人的团队。

倪蝶的观点有些是任天行之前没有了解到的，有些是与任天行的研究结论截然相反的。比如任天行原先认为直播带货主播不对外输出内容，不属于内容型KOL，但其实一个没有内容的直播间必然留不住观看人数，做不大，更成不了顶流。

倪蝶之后还说了很多，但任天行逐渐关注的不是她说了什么，而是她那因遮瑕膏淡去而越发明显的黑眼圈。近看倪蝶，她的目光尽管明亮，尽管坚毅，但始终藏不住的是那丝因缺乏睡眠而产生的疲态。

不知不觉，时间已经来到了下午5点半，闹钟提醒倪蝶，她必须回工作室开始准备今晚的直播内容了。

倪蝶临走前，萧杰突然笑着问她："你现在多久回一次老家？"

倪蝶一边收着包一边说："我以前还在口红厂的时候，吃不惯食堂的菜，还是挺想家的。后来我妈也劝我，说青阳压力这么大，何必留在这里吃苦？但我每次都说，青阳挺好的，再等等吧，再等等就回去，结果这一等就是十年。"

关鸿伟听后受不了了，立刻提醒倪蝶："我女儿下次要是问你这个问题，你可得撒撒谎。"

"行！"倪蝶飒爽一笑，"我跟她说我一年回一次。"

"不行不行，必须说一年两次，至少两次！"关鸿伟一本正经地强调，众人都笑了。

任天行看着倪蝶远去的背影，知道她等下必须接着工作，晚上8点准时开播，下播后大概率还要跟众商家开选品会，不知什么时候才能睡觉，这个女人身上所有的光环其实都源于她异于常人的努力。想到这里，任天行动力满满。眼下他虽然需要挤着地铁通勤，跟莫茹两人每天也是过得紧巴巴，但他真没觉得生活有多苦，反而感觉向上拼搏的日子又甜又有希望。

倪蝶走后，关鸿伟直言不讳地问萧杰："你觉得倪蝶搞品牌成功率高吗？"

萧杰思考了一下，答道："她专业，也贴近市场，知道消费者要什么，靠自己的粉丝群和影响力卖货是不难的，但是做成品牌，需要时间。"

关鸿伟眉毛动了动："所以你的意思是……可以投？"

萧杰摇摇头："投她，效率太慢了，我有一个更好的想法。"

"哦，什么想法？"关鸿伟好奇起来。

"关总您的资金已经通过我们持有不少叶桃渡的股份了，而叶桃渡现在也已经是行业第一，虽然它近段时间有点困难，但只要我们助力巩固一下，老大的地位还是稳的。"

"那倪蝶就不投了是吧？"关鸿伟问。

任天行听到这里真是为倪蝶捏了把冷汗，刚才她滔滔不绝地讲了两个多小时就是为了从关鸿伟这里拿到融资，现在看来搞不好要打水漂了。

萧杰悠悠喝了口茶："倪蝶的专业度和影响力我们必须利用起来。关总，娜娜不是收了云夏白吗，我们让叶桃渡跟倪蝶合并如何？"

关鸿伟听后眉心微蹙："好是好，但倪蝶愿意吗？她不是一心想着搞自己的品牌吗？"

"这不碍事，叶桃渡旗下也可以有多个子品牌不是吗？"萧杰提点一句，"倪蝶可以做她想做的事，同时她也能为叶桃渡其他产品做好营销，最大限度发挥她带货主播的优势。这么大一个KOL，由台前变为幕后就太可惜了。"

关鸿伟低眉沉思了一会儿，刚想说什么，就听萧杰道："当然，这只是我的想法，双方是否愿意合作还另说。不过如果关总您同意，我们金权可以尽力促成此事。"

"叶桃渡允许倪蝶搞自己的子品牌，把利益分配好就行，我没什么意见。"

听关鸿伟这么说，任天行内心不禁感慨，眼前这两个男人三言两语就把倪蝶的命运安排好了。任天行猜测，刚才提到的叶桃渡旗下的子品牌，应该就类似百盛餐饮集团旗下有肯德基、必胜客、塔可贝尔、艾德熊及海滋客等餐饮品牌，如果是这样，倪蝶应该是愿意的。在任天行眼里，倪蝶最大的竞争对手就是云夏白，毕竟同样作为顶流带货主播，云夏白已经拥有了自己的品牌。加入叶桃渡后，倪蝶干掉云夏白的概率会比她自己单干大很多。

"小伙子，你个人怎么看直播这个行当啊？尤其是那个刷流量的事情。"关鸿伟突然朝任天行发问，脸上的笑容相当和善。

任天行精神一振，知道自己的表现机会来了，于是认真道："我认为刷流量这种事短期内避免不了。互联网时代，表面上的数据可以蒙骗大多数人。"

"那你认为什么时候才没有人会去刷数据呢？"

问这个问题的人不再是关鸿伟，而是萧杰。萧杰锐利的目光让任天行的心脏急速跳动，这个问题他还从来没有考虑过。什么时候大家才可以不刷流量，他怎么知道？估计连鬼都不知道……但任天行告诫自己这个问题不能不回答，更不能答错，这可是萧杰首次直接检查他的"作业"是否做到位的时候，如果出了岔子让领导失望，入职金权的事肯定彻底凉凉了。

任天行背后的冷汗不停往外冒，但他的面部表情还算镇定，眼神在桌面上那已经被吃完的空盘处停留片刻，然后答道："当没人愿意刷数据的时候，就是市场上已经没人在意这些数据的时候。"

萧杰听后脸上没有什么特别的表情，但正是这样的表情，让任天行心里那根弦绷得更紧了，他不知道自己的回答萧杰是满意还是不满意，于是赶忙补充："当然，互联网时代最容易呈现的就是数据，因为数据每天都放在那儿，各种变化，不管真假也都体现在那儿，现在很多人就图省事，不看内容就看数据。一个直播间的数据就好比是一栋房子的外观，有些人一看房子高大，砖墙新，就觉得房子好，也不走进去看一眼房子是不是有漏水、白蚁或者潮湿等问题，所以这些刷数据的短期之内肯定不会消失。"

萧杰听罢依旧没说话，仿佛在等任天行继续往下说。

任天行不禁咬了咬嘴唇，他知道萧杰似乎对他刚才说的并不满意，或者没有完全满意。他在等自己往下说什么呢？任天行立刻将思路回转，自己刚才说的最后一句话是：所以这些刷数据的短期之内肯定不会消失。

但萧杰刚才的问题是：那你认为什么时候才没有人会去刷数据呢？

任天行突然意识到自己刚才噼里啪啦说了一通，压根没有给萧杰下一个确切的结论，短期不会消失，就意味着长时间存在，那到底会持续多长时间？

"所以萧总……"任天行接着往下掰，他也是边说边想，"我觉得不刷数据的时候，就是当整个直播营销行业不再以数据说话，而是以内容产生的价值来说话的时候，那个时候无论是商家还是我们消费者，都完全适应了互联网时代的套路，知道看事物不能只看外表，必须沉下心走进去，也就是……呃……也就是当我们心态不再浮躁的时候！"

人类的心态什么时候才能不浮躁没人知道，但短期内肯定做不到，如果大家都做到了，直播间那些浮夸的数据自然就没有存在的必要了。任天行这番回答没有给出一个具体的时间点，但他给出的结论却是萧杰无法反驳的。

萧杰还没说话，一旁的关鸿伟就啧啧赞叹："小伙子挺不错哈！你跟小女关莎是怎么认识的？"

本来关鸿伟问的问题十分简单，但任天行却再次陷入了挣扎，他总不能说是因为自己开车技术太差，倒车还踩油门，结果撞上了关莎的保时捷，让关鸿伟的女儿陷入危险的境地……如果这么说，那之前自己好不容易给关鸿伟建立起来的好感就荡然无存了。

"车库，在雁子谷的车库认识的。"任天行表情憨厚，"当时关莎在车库四处找车位，我正好准备帮我们项目组的领导倒车出来……"任天行说到这里故意停了一下看着关鸿伟。

"哦，所以她想进你的车位。"关鸿伟说。

任天行赶紧点头："对。"

关莎当时是不是想进马钰的车位任天行不知道，但他认为如果自己那时已经把车倒了出来，有个空车位，关莎不可能不开进去，所以这么解释也没毛病。

但这终究还是省略了中间的过程，任天行为此心怀忐忑：这个过程自己不说真的没有问题吗？马钰认识萧杰，萧杰认识关鸿伟，关莎又是关鸿伟的女儿，自己不说，纸真能包得住火？

第⑨章
作要趁年轻

"你们金权这小伙子真挺好，实诚，这年头实诚的人不多了。"

青阳经城区某高端会所里，关鸿伟一边擦着高尔夫球杆，一边跟萧杰赞许起任天行来。关鸿伟一吃饱就喜欢打高尔夫，还是室内高尔夫，这种几乎没啥运动量还不用漫山遍野开车捡球的活动是关鸿伟的最爱。三人出了茶楼后，任天行便在萧杰的暗示下先行离开了，而关鸿伟则邀请萧杰一同打球。

关鸿伟对任天行如此赞赏，自然是任天行一五一十地把之前他在雁子谷的撞车经过跟关鸿伟全汇报了。任天行不仅承认自己车技生疏，还坦白了当时他之所以硬着头皮接过领导递去的车钥匙，就是怕不敢开车这项弱点会影响他入职金权。

萧杰先前并未听闻此事，不过他深知任天行对这份工作有多看重，故任天行能做出此种举动，萧杰也就不足为怪了。

"直播带货，你怎么看?"关鸿伟突然给萧杰抛出了这个问题。他确实挺想知道萧杰的看法，毕竟之前在茶楼都是倪蝶和任天行在表达观点，真正的投资牛人还没发话呢。

"云夏白和倪蝶这样的头部主播其实早就遇到瓶颈了，他们粉丝增长量已经放缓了。"萧杰说。

"哦，那你觉得应该怎么破局?"关鸿伟问。

"只能是让他们跨平台，也就是出圈，在其他平台上做直播或者短视频吸粉，然后把新引来的流量反哺到原来的直播平台。"

见关鸿伟若有所思地点点头，萧杰继续道："现在的直播带货，其实就是把线下销售和电子商务结合在一起，让倪蝶和云夏白这样的网红代消费者感受产品的功能、味道和质感。"

一听萧杰提到云夏白，关鸿伟就赶忙道："你之前跟我说这个云夏白就是匹土狼，他加入了娜娜，那我们的叶桃渡……"

"这点关总您放心。"萧杰说，"云夏白的打法就是不停搞促销，他个人的影响力确实可以让娜娜的产品销量和市场占有率在短期之内都有所上升，但这种方式不过就是突击战与游击战，短期收割可以，打长线他打不来。据我所知，已经开始有很多工厂不愿意跟娜娜合作了，如果他继续这样运营，供应链迟早出问题。"

关鸿伟闻言点了点头，但神情依然凝重，于是萧杰补充道："娜娜的货跟叶桃渡比不了，质量上就差很多。云夏白确实是以一己之力拉动了娜娜的销售，但他这样的主播其实只是一个产品的展示者和分享者，人们最终认不认可品牌，还是要看产品质量。就比如我们去专柜买货，货才是最重要的，柜哥柜姐不是。"

萧杰虽然表面波澜不惊，但内心有些忐忑。关鸿伟目前还不知道"宏丰景顺1号"基金投资收益出现恶化的情况，其实萧杰从今天见到关鸿伟的第一刻起，就在犹豫到底要不要向其坦白。

萧杰想着，如果不说，将来基金出现本金兑付困难，关鸿伟一定会责怪自己，到时再求他通融可就难了。但如果现在说了，关鸿伟也不一定愿意延长投资期限，甚至很有可能提前赎回基金份额，若是这样，对萧杰的工作无异于雪上加霜。

萧杰揉搓着手指。他陪了关鸿伟一整天，若说他不想达到什么目的是不可能的，但眼下萧杰认为还不是最佳时机，于是他继续波澜不惊地回答着关鸿伟的问题："云夏白把娜娜的大部分销售渠道都砍了，基本以直播为主，尤其是新品，但搞营销如果一直沉迷于直播带货就本末倒置了，最关键的还是要不断优化产品，不断提升品牌自身的美誉度。"

"哎哟，得让小女关莎多多向你学习啊！"关鸿伟感慨，"她不就一心要做品牌吗？你得多指导指导她，我看她现在就想一头扎进直播带货里了！"

"这点关总放心，令千金很看重品牌本身。"萧杰说到这里想到了什么，脸色认真起来，"关总，话说回来，直播带货看上去就一个人在镜头前说话，其实运作模式并不轻松。倪蝶也说了，这行最重要的就是供应链，她不仅团队人数多，还有自己的工厂，如果您想为关鸿地产扩充一些多样化的行业，可能轻运营模式的行业更适合，比如投一些互联网平台型公司。"

不得不说，萧杰这句话算是说到关鸿伟心坎上了。关鸿地产这样的房企追求的发展方向就是轻资产化，如同一个士兵尽可能卸下全身上下不必要的重物，以便轻装上阵，不仅行动灵活，跑得还远。

"听你的！"关鸿伟豪爽地说了一句，"你们金权真是人才济济啊！你就不必说了，就连任天行那小子水平都不俗。"

关鸿伟说起任天行眼里都在放光："你说他不仅实诚，工作也很认真，跑市场还真跑出了不少东西，就刚才吃饭的时候他说的那些，什么倪蝶播了两次的别的主播不敢播，什么时间间隔等等的，不是真去跑了市场又哪里会知道？

"还有你问他那个刷流量的事情，他的观点我觉得很对，内容和质量才是王道，可不就是这样吗？没有内容和质量，光有数据有啥用？不过就是个纸老虎！"

任天行的观点萧杰本身也是赞同的，当整个直播行业不再以数据说话，而是以内容产生的价值来说话的时候，才是行业真正发展成熟的时候，到那个时候，行业肯定已经大洗牌了。

而任天行最后的结论又超出了萧杰的预料："那个时候无论是商家还是我们消费者，都完全适应了互联网时代的套路，知道看事物不能只看外表，必须沉下心走进去，也就是……呃……也就是当我们心态不再浮躁的时候！"

在互联网与大数据时代，不刷数据之时就是人们内心不再浮躁之时，任天行的这个论点无形中将行业研究拉高了一个层次。想到这里，萧杰不禁回忆起任天行当时论述共享充电宝行业时就道出了科技进步永远追不上人性贪婪这个真理。他突然觉得任天行很有意思，这个看上去傻乎乎的小伙子对于人类的心性有着深刻的认知，这种认知似乎是他与生俱来的，而且可以将之不经意地用于行业研究上，这在萧杰看来就是出色的风险投资人的必备技能，即对人性通透的领悟力。

投资就是投人，钱虽然进的是公司，但所有公司都是人开的，了解一家公司就必须了解这家公司的创始人、高管团队及其他人才，还有这家公司的主要客户群体和供应商群体，可以说，投资人对公司的考察没有一项能够离开"人"这个基本单元。所以，一个风险投资人有没有对人性通透的领悟力，直接决定其会不会看人，会不会通过人去看公司的现在与未来，只要人选对了，这项投资基本错不了。

"也难为这小子了，居然到现在还没入职，没入职都给你这样干，现在'90后'谁还乐意这样？你说你也是的……"关鸿伟突然埋怨起萧杰来，"要不给我，我这儿缺人。"

怎么办呢？关莎蹲在雁子谷出租屋客厅的瓷砖地上，愁眉苦脸地看着堆在墙边的上千支口红。工厂已经不再为她提供仓储服务了，这些被退回来的口红连带外包装一起被凌乱地堆在好几个大纸箱里，纸箱垒起的高度比蹲着的关莎还高出不少。

当关莎从任天行处得知双胞胎姐妹是彻头彻尾的刷子时，肺都要气炸了。但她能怎么办？这些口红确确实实被寄出去过，收件人经关莎抽查也是真实存在的，真人真号。当然，这些收件人是不是接了双胞胎姐妹运营公司的私活帮忙刷单就不得而知了。关莎想着，就算自己将此类事件闹到法庭上，胜算有多少先不说，律师费和打官司消耗的时间全是成本，她根本耗不起。

真该死！怎么当初就昏头昏脑地选了这对双胞胎姐妹呢！关莎骂到这里，鼻子一哼，直接把面前最上方未封装的箱子狠狠砸在地上，口红就这样滚了一地。

"怎么了这是？"刚刚洗澡出来的杜晶看到满客厅的口红瞪大了眼珠子。

"你说那双胞胎刷子会倒台吗？"关莎愤愤地问。

杜晶白了关莎一眼，一边跳向沙发一边道："倒嘛一时半会儿肯定是倒不了，她们直播间还是有不少真人粉的，这些真人粉不是也买了你的口红吗，一千多少来着？"

"1328。"关莎说。

"对，好歹人家也帮你卖出去了1328支口红不是？"杜晶一屁股坐在沙发上，"我们之前谈的那什么腰部主播长头发恶心男，他历史最高纪录就几百支。还有我听说倪蝶直播间有时也就这个数，所以双胞胎刷子也的确属于小头部，小头部坑位费就这个价，效果也就这个样……"

"但我很憋屈啊！"关莎说着突然站起来，都有点想哭了。就在这时，她突然两眼一抹黑，什么都看不见了，双腿发软，险些没站稳。

糟了！忘记自己低血糖了！

"啊！"正当"瞎眼"的关莎心慌之时，突然听到了杜晶一声惨叫，而后就是什么东西重重撞击地面的声音。

当关莎眼前的画面重新变得清晰，就见杜晶跌坐在地，面目疼得扭作一团。

"你怎么回事？"关莎膝盖有些微弯地站在原地，丈二和尚摸不着头脑，本来应该摔的不是自己吗？

杜晶边揉屁股边抱怨："我不是怕你低血糖赶着过来扶你……哎呀，都怪你这些破口红！"杜晶一脚踢开了地上那些绊着她的口红，但这一踢，她屁股又连筋带肉地疼到抽搐。

关莎见杜晶捂着屁股，眼睛都差点无法睁开，扑哧一笑，想着上天这回算公平了，眼下这些口红不仅绊住了自己，也绊住了杜晶。

"笑你姥姥啊！"杜晶怨声载道，"这些破玩意儿赶紧扔了别卖了，你也干脆别干这行了，赚点钱麻烦死了！"

"杜姥姥，你以为你们家火锅店赚钱不麻烦啊？那雪花牛肉一块一块地切，为了不让客人排队等得烦，还提供美甲服务，那么多调料盘，什么蒜末，什么辣椒丁，不都是人一刀刀剁出来的啊？谁赚点钱不麻烦？你自己白手起家看看！"

关莎知道杜晶是为自己好，但她就是咽不下这口气。满地的口红，在此时的关莎看来不是口红，而是满地的128元，却也是无法变现的空头支票。

关莎想起当初她跟杜晶走访工厂时小眼睛老板说的话："现在价格做低点好卖，不然你直播竞争力也比不过人家不是？你看人家顶流主播倪蝶的直播间，国际大牌哪个不是全网最低价？你要跟人家争价格怎么办？"

"现在这个市场玩的就是低价。"

关莎想起凤年厂的女厂长谈到国内第二的美妆品牌娜娜时，说："他们家的特点就是便宜，要货便宜，可以说便宜到极致，怎么便宜怎么来。"

"跟娜娜就别谈质量了，便宜就好，哪个厂给的价格最便宜就选哪个厂的货，跟他们合作的厂基本没法赚钱。"

关莎想起了萧杰，想起萧杰用十分认真的口吻对她说："你知道倪蝶为什么要求你回去改货，重新生产，最后128元的口红只卖48元吗？因为她不仅要你的货好，还要你价格低。说白了，'低价好货'才是她直播间的核心竞争力。"

"倪蝶向你提出的全网最低价，甚至未来三年最低价这种要求，我完全不意外，因为如果她没有这样的议价资本，她的粉丝就留不住，就会跑去别的价格更低的主播的直播间。"

几乎所有人都在提醒关莎，想要在美妆和直播行业中生存，仿佛必须满足一个必要条件，这个必要条件就是价格足够低。可该必要条件恰恰不适用于关莎做中高端品牌的理念，所以她也逐渐发现，她一开始就走错了道。

"我在跟你好好说话，还能不能好好说话了？"杜晶坐回了沙发上，一脸没好气，"我是没创过业，但我还不了解你吗？你这事就不靠谱！我就不明白了，你搞点自己擅长的东西不行吗？比如跟房子有关的，瞎折腾化妆品算怎么回事？这行水太深了，不适合我们这种小白玩！"

"你说，我10元成本的口红卖128元是不是真的卖贵了？"

关莎仿佛根本没听到杜晶刚才的一长串抱怨，歪着脑袋思考着。

128元的售价，10元的成本，多出来的118元是什么？

会计学上这部分是毛利润，但毛利润又是什么？毛利润代表了什么？代表产品增值的部分吗？但这增值的部分凭什么值118元？难道是因为品牌溢价？但是一个刚刚诞生的品牌，凭什么10元的成本溢价118元？

也就是到了现在，关莎才开始认真思考起这个问题来。

叮咚！门铃响了起来，关莎和杜晶对视了一眼，不知道谁会大晚上跑来按门铃。

"有人在吗？"一个年轻女人的声音从门外传来。

"你好，我在网上看到3428室招租，所以过来看看。"

门外站着一个三十来岁的女人，穿着宽大的白色上衣和浅蓝色牛仔裤，面庞白皙，娃娃脸，短发，略显疲态的珍珠眼中透着一股与她年龄有些违和的纯真感。

女人见杜晶和关莎一时间都没说话，有些迟疑："方便吗现在？"

"方便方便。"关莎才反应过来，赶忙把杜晶推到一边，给陌生女人让道。

女人进屋后，将卧室、卫生间和厨房都仔仔细细看了个遍，杜晶心想这女人找房子是有多急，居然挑晚上10点看房。

"你这房子挺好的，朝向、室内格局、楼层都不错。"陌生女人转了一圈后说，"而且这些家电好像都是新的。"

"对对，都是新的，才买的，你随便用啊！"关莎异常热情。

女人此时看向卧室里凌乱的床："但你这两个房间好像都住着人……"

"她不算人！"关莎立刻把杜晶扯到自己身边，"她是我朋友，暂住而已。"

杜晶的脸霎时黑了：我不算人？

"她可以跟我睡，我们睡主卧，次卧给你。次卧面积也就只比主卧小一点，而且厨房什么的你随便用，我不煮饭的，都是你的！"关莎补充道。

"房租是你说的2800元对吧？包水电费、网费吗？"女人问。

"包，包，全部包，反正这些你不住进来我也要用。而且这房子我租整套是6000元，你房间小点费用就少点，其他费用包括物业费什么的都我出，另外厨房都是你的！"关莎再次强调。

"好，那如果你没问题，这房子我租了，暂时租一年。"

"好啊！那……"

"等一下……"关莎还没说完，杜晶就插话道，"你是做什么工作的？而且我们好像还不知道你的名字……"

"哦，不好意思都忘了自我介绍，我叫沈俪。"

女人说着从包里掏出两张名片分别递给关莎和杜晶，名片上印着：仙灵网红文化有限公司，网红经纪人，沈俪。

"网红经纪人？"杜晶有些难以置信，毕竟这是她第一次与这种职业的人接触。

沈俪朝她笑笑，掏出自己的身份证给关莎和杜晶看，同时解释："名片上是我现在的公司。经纪人嘛，主要就是在各大自媒体平台上找有潜力的网红谈合作的，我们公司也培养自己的网红。当然，我还做些其他的工作，以后可以和你们慢慢说。我现在的房东把房子收回去了，所以我得尽快搬，不知道你们这边什么时候方便搬进来？"

"随时都方便，不过两个月押金要提前给，还有房租是先付噢！"关莎说。

"房租先付没问题，不过我们说好，只要不是因为我欠房租，这房子一年内不能有任何理由赶我走。"沈俪强调。

"哈哈，你的房东是不是把房子租给了长租公寓？"关莎笑问。

沈俪神色诧异："你怎么知道？"

"你放心吧！"关莎斜靠在墙上，"这房子就是我从长租公寓手上租下来的，他们跟原房东签了三年长约，所以三年之内肯定没人赶我们走。而且同样的房子现在市价已经涨了一两千元了，你也懂，你换这层楼别家，租金不收你个3500元是不可能的。"

"嗯嗯。"沈俪笑着点头，"那我今晚就搬过来可以吗？明天还要上班。"

此话一出，关莎脸上的笑容僵住了。今晚就搬？可是现在都……

关莎掏出手机一看时间，还有一个多小时到午夜12点。

"呃，等一下……"一旁的杜晶刚想插话，就见沈俪赶忙补充一句："如果你们答应我今晚搬，房租就从今天开始算。"

"好！"关莎居然立刻同意了。

于是，在杜晶错愕的眼神下，关莎跑回房间找出了备用钥匙交给沈俪，而后两个女人就开始磋商签署私底下的转租合同与银行转账的事情。

今天还剩不到两小时，沈俪愿意给一整天的房租，关莎账上能快速获得押金加房租一共8400元，关莎不同意都不行，8400元对于现在的她而言是救命钱，毕竟改良后的莎皇口红还等着量产。

暂时告别沈俪后，早已憋坏了的杜晶终于大嚷道："神经病啊！你让她今晚就搬，至于吗?!"

"别说了，赶紧收拾东西！"关莎说着就把刚才推倒的口红全部重新装回箱子里。

杜晶低头看了看手中沈俪的名片，仙灵网红文化有限公司，怎么这名字这么熟？好像在哪里见过……

"在哪里见过呢？"杜晶歪着脑袋回想，终于想起了什么。

"不对！关姥姥！"她大叫，"这公司……不是那女厂长的公司吗？"

"什么?"关莎手上不停。

"女厂长啊！凤年厂啊！你忘了？当初她让咱们参观工厂，最后坑你，让你去给她当网红，就是这家公司！仙灵网红文化有限公司！"杜晶说着将名片递到关莎面前。

直播行业中少不了网红文化公司，这些公司被业内人简称为MCN（Multi-Channel Network）机构。

MCN原先的专业解释是一种多频道网络的产品形态，其将专业产生的内容联合起来，在资本的有力支持下，保障内容的持续输出，从而最终实现商业的稳定变现。但实际操作里，我们可用四个字简单概括MCN机构：资源中介。

此类资源中介的资源包括各种网红KOL、KOC、内容制作团队、平台资源和下游商家等等。有些MCN机构是纯商务型的，签约了某大牌网红之后就负责网红的各种商务活动；有些MCN机构是内容型的，自己有能力孵化KOL，帮助KOL策划和产出内容，从而达到商业变现。

根据沈俪的说法，女厂长创办的仙灵网红文化有限公司应该属于混合型MCN机构，既签约外来主播，又自己孵化主播，有商务对接能力，也有内容生产能力。

虽然关莎想起凤年厂女厂长的嘴脸就一阵反胃，但她不能否认这个女人的工厂出货质量高，拥有多年行业经验、资源以及人脉，成立自己的MCN机构确实不是难事。

"真是冤家路窄……"关莎开始发愁，"自己难道要跟女厂长的人住在同一个屋檐下？"

汪汪！一阵邻居家的犬吠声响起，关莎眯着眼睛打开手机一看，凌晨2点半。

关莎租的这间公寓虽然门窗都是新的，但总归面积不大，家里只要有人走动，脚步声依旧听得清晰。她在床上翻来覆去：姑奶奶，这已经是今夜第几次犬吠了……她无从知晓沈俪原来住哪儿，但一定就在附近，不然沈俪不可能选择"蚂蚁搬家"这种自虐的方式，自己一个人分批分次地拉东西过来，好似永无尽头。

关莎从脚步声判断，沈俪真就只是一个人，难道她一个女人真能在不睡觉和不请外援的情况下通宵达旦地搬东西？

一旁的杜晶倒是完全不受干扰，睡得四仰八叉，时不时还来几下呼噜声。

此时的关莎万分后悔找室友分摊房租，但谁让她火急火燎地与人家签了合同收了钱呢？立即出尔反尔，这大半夜的她也拉不下脸。想到这里，关莎默默叹了口气，关掉手机，拉起被子蒙着头强行睡下了。烦人的是，犬吠声大约每隔几十分钟就会响起，紧接着屋外便传来沉重的脚步声与放东西的声音。

在将近凌晨5点时，关莎终于受不了了，怒气冲冲地打开卧室门去找沈俪理论，结果撞见沈俪一个人扛着两个又大又重的行李箱，大汗淋漓且满脸疲态的样子，因干活撸起袖子，胳膊一览无遗……

关莎愣住了，沈俪那胳膊细得跟筷子一样，眼神更像被生活榨干了所有精气，于是她原本快喷出嘴边的脏话不自觉变成了："要不要帮忙啊？"

"不用不用，你快回去睡觉。"沈俪喘着气把大箱子扛进卧室，将里面的东西一股脑地全倒在地上，然后收拾也不收拾，拉起箱子的拉链就又准备出门。

"还有多少？"关莎忍不住问。

"不多了，再运两次就可以，你快回去睡觉吧！"

就在沈俪说完这句话的30秒之后，雁子谷小区隔壁农民房里任天行的电话便响了起来。

啊？搬家？任天行揉着惺忪的睡眼，一看时间，本能地就想拒绝，但好在他的脑子有一半已经苏醒，开始进行正常的思维运转，并迅速为主人分析出了此次帮忙能够获得的好处。

自从任天行与关鸿伟不期而遇，关莎就不再只是隔壁小区一个有钱又漂亮的小姐姐了，她可是关鸿地产将来最有可能的继承人，是关鸿伟的掌上明珠，是连萧杰都要格外留心照顾的人。任天行想着如果这次关莎无厘头的请求自己答应了，不仅能让对方欠自己人情，还有利于自己及时掌握这位大小姐的第一手资料，此类资料积累得越多，他在关鸿伟那里产生的价值自然也就越大。

任天行不傻，他明白关鸿伟无缘无故加自己微信的真实意图是什么。若想在大佬的朋友圈活得长，就得为对方持续不断地创造价值，而今关莎的一切对关鸿伟来说全是价值，若此类价值任天行创造得足够多，说不定将来还可以转换成一种与关鸿伟交换的筹码。

"我马上来！"他低声说道。

正当他偷偷摸摸穿好衣服鞋子准备出门时，莫茹突然"诈尸"一般地醒来，冷冷地说了一句："去哪儿啊？"

"去……"任天行想撒谎，但他没谎可以撒。

说去公司？自己如今已经被金权扫地出门了，而且现在不仅公司不开门，所有咖啡店、图书馆也不开门，任天行如果告诉莫茹他去加班，鬼都不信。

说去跟朋友聚会？这个时间有没有朋友愿意出来倒是其次，关键是任天行的所有朋友莫茹都认识，她一条微信就可以戳穿自己。

要不然干脆说实话，说去帮关莎搬家？但是天还没亮就去帮隔壁小区的漂亮小姐姐搬家，莫茹肯放行才怪……

"我肚子太饿了，睡不着，想去便利店买点吃的。"任天行说。

莫茹听后目光突然如冰剑一般："你这谎撒得还真是自然，一个女的要你去帮她搬家，当我没听到吗？"

任天行闻言汗毛都夯开了，心想这该死的手机，居然不隔音……

"也不看看现在几点，搬家？你以为人家真叫你去搬家？你倒好，想都不想就答应，我看你俩是提前约好了搞破鞋吧！"

莫茹语气轻蔑，她倒要看看任天行会怎么解释。怎料任天行二话不说就把她拽了起来，强行给她塞衣添裤，于是半小时后，两人就一同出现在了关莎的房门口。

此时天边的第一缕阳光已经探出了地平线，整座城市在雁子谷楼下早餐店的开门声中慢慢复苏。

关莎和沈俪一人推着一个行李箱从电梯里出来，虽然关莎穿着简单的上衣和牛仔裤，但她的九头身比例和曼妙的细腰还是看傻了莫茹。女人的脸是可以动刀子，但身材比例是否符合黄金分割是上天赐予的，莫茹嫉妒不来。

任天行看到关莎，脸色倒是十分淡定，但关莎身后那个短发女人的出现着实让他大吃一惊：一分钟能换十次衣服的批发市场换衣模特？哦，不，是外卖员！那个主动跟农民房蹭外卖大哥道歉的外卖员！她怎么会出现在这里？她是怎么认识关莎的？她们俩干吗要大半夜搬家？一长串问号蹦出了任天行的脑门。

"她叫沈俪，我的新室友。这是任天行，我朋友！"关莎相互介绍着，还不忘调侃任天行，"这就是你传说中的女朋友吧？你说你也真是，苦力活还把女朋友一起拉来，多不好意思！"

还没等莫茹有进一步反应，关莎抢先说道："你男朋友可真是世间少有的好男人，我上次找他要微信他还不肯给，一再强调自己是有女朋友的人。"

莫茹原本预备的一大堆兴师问罪的台词就这样被关莎这句话憋回了肚子里。

"你们好啊！谢谢你们帮忙！"沈俪客气地说了一句。

莫茹没见过沈俪，因为之前沈俪两次给他们家送外卖都是任天行开的门，但当她跟着沈俪和关莎一起搬东西时，偷偷问了任天行一句："沈俪的声音好熟啊，我们是不是在哪里听过？"

任天行怕莫茹又怀疑自己早就勾搭上了这个外卖员，于是想说她听错了，未料莫茹的话被沈俪听了去，于是沈俪大方地道："我给你们家送过两次外卖啊！鱼香茄子！番茄豆腐！"

当杜晶大清早得知沈俪还做送外卖的活儿，直接从床上惊得弹坐而起："什么？她是外卖员？"

"嘘！"关莎一把捂住了杜晶的嘴巴，用眼神示意沈俪就在隔壁。

杜晶掰开关莎的手，用近乎唇语的音量问道："可她不是说她是什么网红经纪人吗？"

"网红经纪人是主业，送外卖是兼职。"关莎说到这里凑近杜晶，"任天行跟我说他在批发市场还撞见沈俪在当什么换衣模特。"

"啊?!"

杜晶这声由于叫得太大，嘴又被关莎死命按住了，于是杜晶干脆直接拉起被子罩在二人头上："什么换衣模特？什么批发市场？你说清楚点！"

"那些零售商不是都会去批发市场挑衣服吗？"关莎在黑漆漆的被子里小声回答道，"但衣服堆在那里零售商看不到上身效果，所以卖得不好，于是批发市场就衍生出了高台模特这种职业。任天行说就是一堆很乱的店中间搭一个台子，然后沈俪就站在台上，一件一件衣服地试，给零售商看效果，还说她一分钟之内可以换十件衣服。"

"十件？真的假的……"杜晶一副不相信的样子。

"谁知道真假。"关莎耸了耸肩。

"我说，她在台上换衣服，是当着所有人的面换吗？"杜晶忍不住问。

"估计是吧，一分钟十件的话肯定只能在原地换……不过如果那样，她里面肯定穿了背心什么的。"

"啧啧啧，她干这么多工作，是不是很缺钱啊？"

杜晶才问到这里，被子就被关莎掀开了："你小声点就行了，闷死了！哎呀，人家的事情我们管不了，今天我要去工厂商量新版口红量产的事，你要不要一起？"

"废话！当然要！"杜晶边开始穿衣服边嘟囔，"我说你这就是作死，跟这种缺钱女人一起住，搞不好她……"

杜晶还没说完，脑袋就被关莎强行按在枕头上："又这么大声！"

杜晶虽然被压得嘴都歪了，但还是强行低声说完了要说的话："搞不好她盗刷你的信用卡……"

其实关莎也觉得自己挺作的，创业这条路似乎并不适合她这样没有任何社会阅历的菜鸟，再作下去，前方的路估计会越走越黑。但关莎还是穿好衣服，收拾完东西，拉着杜晶上了地铁。

谁让她年轻呢？年轻的时候不作，还有什么时候可以作？

当关莎和杜晶从雁子谷地铁站A口下楼梯后，任天行和莫茹也正巧走到距离A口不到20米的地方。

"行行行，你要作就作吧！晚上回来吃什么啊？点份大的一起吃啊？"莫茹眉开眼笑。

"啊？哦，你点。"任天行看着手机头也不抬。

莫茹挽着任天行的手："不行不行，每次都是我点，今晚你点自己想吃的。"

任天行对莫茹又温柔又可人的态度很不适应。当他们帮沈俪搬完家后，莫茹不仅为任天行买早餐，居然还送任天行去坐地铁。任天行心想，大概是因为关莎在莫茹面前替自己说了好话，然后沈俪也澄清说之前除了送外卖之外并不认识自己，所以莫茹的心情才来了个一百八十度转弯。

今天是任天行去金权投资集团见萧杰的日子，这个日子是之前在茶楼里任天行主动提的，目的自然是向萧杰汇报行业研究结论。只不过，他的这一系列动作在莫茹看来就是"作"。

任天行手机里显示的是他研究得出的一些重点结论，此时他正默念着一些数据，生怕自己因为昨晚没睡够而记不清。

"你到底要吃什么？我跟你一样就行。"莫茹雀跃地说了一句。

任天行没有马上回答，此时他正沉浸在自己的世界里。莫茹倒也没生气，嘟着嘴扯了扯任天行的胳膊："我在跟你说话呢！"

"啊？"任天行才反应过来。

"我说我在跟你说话……你晚上想吃什么？以你为准。"

"不要啦，你点就好，我上次点了猪肚，你一口都不吃，还是你点吧。"

"哎呀，你要吃猪肚就点，别老想着我爱吃的。"

"你爱吃的我都爱吃，所以还是你点吧。"

莫茹闻言突然停住脚步，叉着腰朝任天行大嚷："让你点你就点，废什么话！"

任天行咽了一口唾沫，弱弱道一句："哦……麻辣猪肚！"

说完他脖子一缩，钻进了地铁口，朝后摆手："不用送啦！"

莫茹看着任天行远去的背影，原来嗔怪的表情骤然消失，取而代之的是嘴角不自觉扬起的一抹微笑，而后竟还哼起了小曲儿，迈着轻快的步伐回到农民房。

一打开门，莫茹就环顾着"狗洞"里的摆设。

窗和家具？还是擦擦吧，免得房东因为这些小事扣押金。

不经常用到的小东西？扔了，囤着麻烦！

床上挂的几十件衣服？留两三件就行了，其他统统装行李箱里！

"那些主播晚上七八点开播，到凌晨才下播，昼伏夜出，其实赚的都是辛苦钱。"

任天行的声音从萧杰办公室里传来，原本要跟萧杰汇报叶桃渡营销策略进展的马钰闻声不禁停在门外。门虚掩着，马钰新买的高跟鞋距离门边不到10厘米。

"现在的直播行业不再是以前1.0版的秀场打赏模式，而是2.0版的电商带货模式，很多公司，不管是不是这行的，都想进来分一杯羹，竞争非常激烈。"

马钰听里头说话者的声音十分耳熟，又不敢确定，本想凑上前去偷瞄门缝，又觉得似乎有些不妥，于是站在原地没动。

"像罗老师这种自带流量的红人之所以直播效果好，是因为他能给予客户品牌效应的优惠券，也就是说，在罗老师的直播间买东西，不仅便宜，还有品牌保证，都是真货，大家自然就买单，否则不管他口才再好再幽默，都不可能销售额过亿元……哦，对，当然，罗老师的成功也离不开抖音4亿日活跃用户，平台流量是顶流带货主播的必备条件。"

萧杰一直在忙着处理邮件和信息，没有抬头去看任天行，他刚才只是让任天行把自己想汇报的都说出来。

任天行说到这里顿了顿，似乎在等萧杰的进一步指示。

萧杰一边打着字一边问："既然你说到平台流量，那你再说说，除了平台流量，做直播能成功，最主要的三点是什么？"

任天行诧异万分，因为萧杰居然可以一心二用，一边处理公务一边还真在听自己说话。不过萧杰这个问题他之前没专门准备，所以只能边想边答："如果说最重要的三点，我觉得第一是主播个人的粉丝数。无论倪蝶、云夏白还是罗老师这样的红人都自带流量，这些流量其实是私人的，在直播界这种流量被称为私域流量，完完全全属于主播个人，粉丝认的就是他们这个人，其他主播如果想做大，私域流量得积累得足够多才行。"

萧杰依旧噼里啪啦敲击着键盘，没打断任天行，于是任天行继续边思考边道："第二，我觉得……我觉得是团队的选品能力。这点在茶楼的时候倪蝶也提到过，一个直播间里卖的东西只有真正是好用的，精挑细选过的，粉丝才会越来越多，才能真的走得长远。倪蝶他们团队我之前在现场特别访谈过，他们也在根据客户需求不断调整自己的选品范围，不断提升鉴别优劣产品的能力，比如国庆选什么，五一小长假选什么，他们都提前做了充分的功课。"

萧杰的专注点似乎在他的电脑屏幕上，任天行也不指望萧杰能接什么话，于是准备开始说第三点，怎料萧杰突然开口打断："你说的选品太模糊了。你有没有了解过他们选品的一些具体标准？比如什么产品算好，什么产品算差？同等质量的条件下，哪些产品能在直播间播，哪些不可以？"

"是这样的萧总……"任天行那么多次直播基地不是白去的，他自信满满，"大多数选品经理跟我说，直播间有些货几分钟能卖上万单甚至几十万单，但有些货也就只能卖几百单甚至根本卖不动，所以选品不仅要考虑直播间的受众、粉丝画像、产品质量和价格，最关键是看一个产品具不具备成为爆款的潜质。"

"那什么才是成为爆款的潜质？"萧杰终于推开了电脑，正眼看向任天行。

"就是……"任天行抓了抓后脑，"比如明星同款，这是一个卖点；还有他们会去调研市场，看看时下最流行什么，然后去各大线下渠道和线上电商平台比价，尽量做到价格实惠，型号齐全，又是新品，最好还得是大主播没播过的，给这样的产品附加几个大卖点，往往比较容易做成爆款。"

萧杰深思片刻，深知任天行能给出这样的答案确实是认真跑了市场，也认真对待了行业研究这件事，于是道："接着说第三点。"

"第三点，我认为是策划……"

门外的马钰此时终于辨别出屋内人的声音属于任天行，为了确认，马钰还是没忍住走上前从门缝中往里头瞄了瞄，任天行圆滚滚的身材映入了她的瞳仁中，她完全怔住了，不禁将门缝开得大了些再次确认。

"团队可以围绕主播特点和人设去做直播设计，这就是策划，主播卖的货符合主播人设，产品购买力的转化就会比较强；反之，如果策划做不好，再大的KOL也没办法做出亮眼的销量。"

当马钰从萧杰身后书柜的玻璃中清清楚楚地看到任天行那张肉嘟嘟的脸时，气都差点没捋顺，脑中几大片乌鸦飞过。

又是任天行？他怎么还在这里？之前自己不是让这小子滚蛋了吗？他浑身包裹着的难道是万能胶？

任天行接着跟萧杰说了很多关于直播行业的研究发现："直播带货的本质逻辑其实非常简单，就是主播通过镜头把一个产品展示给用户，让用户产生购买的欲望，随即发货后用户签收，形成一个完整的商业闭环。以前直播行业没发展起来是因为基础设施配套不够好，网络不够流畅，线上支付和物流也没跟上，现在不同了，如今淘宝直播日活跃用户增长了50%，带来了超过三倍的交易额。"

"我不要听这些。"萧杰打断他，"我时间有限，多说点你个人的看法，你自己独立的判断，你觉得直播这种商业模式究竟怎样？我还剩10分钟。"

"呃……"任天行咬了咬嘴唇。

萧杰见任天行面露难色，专注力又回到了电脑屏幕上，淡淡道："没想好的话也没关系，今天就先到这里……"

"不是不是！说得出来！说得出来！"任天行冷汗都冒了一身。

"那个，我个人认为，呃……直播带货乍看上去是多方共赢的商业模式，其实不然。主播搞优惠播产品获得粉丝，粉丝在直播间买到便宜好货，商家的货得到宣传和推广，看似没人吃亏，但这些全部是乍看上去的繁荣景象。"

萧杰忙着手头的事，没抬眼看任天行，任天行心里打着鼓：自己究竟要不要继续说呢？正想着，就听萧杰说："我还有9分32秒。"

什么？还搞倒计时?! 任天行立即醒了醒脑子，虽然他深度怀疑萧杰这样一心二用到底能不能听进自己的观点，但人家是总裁，愿意花时间跟一个连实习生都算不上的人谈话已经很给面子了。今日他待在萧杰办公室的总时长已经超过了15分钟，应该知足并充分珍惜，毕竟之前中央台的记者在萧杰面前也就这个待遇。

于是，任天行将脑中的观点如连珠炮一样地轰向萧杰："现在网上天天喊着直播带货量可以破亿，但真正通过直播赚到钱的商家屈指可数。我之前跟关莎跑市场的时候，上去就跟主播谈佣金，根本没人理我们，除非我们是国际大牌，要不然那些主播首先要的就是坑位费。红一点的主播，坑位费从几万元到几十万元不等，卖不卖得出去还不兜底，而且很多主播人气也是刷的，我了解到的价格是让100个假人在直播间待上一小时，费用每人才20元。

"直播行业退货率很高，加上佣金和坑位费，能承受的商家有几个？所以能在直播间存活的商家要不就是那些根本不图收益，只想打广告的国际大牌，要不就是毛利率非常高的化妆品，甚至是品质没保证的三无产品……"

任天行的声音持续从萧杰的办公室里传出来，门外的马钰听得出了神。

"您找萧总有事?"一个女人的声音从马钰身后传来，惊得她差点叫出声，回头一看，是总裁助理。

"对。"马钰笑得有些尴尬，声音也压得很低，"里面有人，我就没进去。没事，我等下再来。"

马钰说完刚转身要走，就听屋内萧杰提高嗓门道："进来吧，马钰！"

马钰闻言瞬间僵住了，但她快速调整，深吸两口气，忐忑地推门进屋，萧杰客气地示意她先坐在沙发上等待。

任天行瞧见马钰来了更加紧张，但萧杰还在催促："继续，还有7分15秒。"

任天行双手微微握拳，心一横，硬着头皮往下说："所以在直播行业混得风生水起的商家要么是不差钱，不看销量，只注重广告效果的品牌方，要么就是无处释放能量的三无厂商，除了这两类，谁会干这种赔本赚吆喝的事情呢？

"这段时间我看了不少直播，发现很多主播为了销量会使用夸张的词语来煽动消费者，比如一款110元左右的面膜被主播说成里面加了一克拉的钻石，这怎么可能呢？而且现在直播行业售后服务能力是个问题，不少直播间是没人管售后的，消费者收到的商品如果不满意，也没地方哭。"

接下来，任天行阐述的观点居然跟萧杰吃早茶时告诉关莎的结论非常类似。任天行说："直播这个行业最大的红利期已经过了。萧总，有一个经济学常识说的是当一个行业的利润高于社会平均利润，就会迅速引入竞争，将这个行业的高利润下拉到平均利润上。直播带货就是个典型的例子，很多人一看到直播赚钱就想来插一脚，于是竞争加剧，行业红利很快就会被拉平，谁也不能随随便便就把钱赚了。

"KOL有大量的粉丝，会吸引更多商家，KOL对商家随之就有了反向挑选和议价的权力，低价好货就这样被倪蝶和云夏白这类KOL筛选了出来。物美价廉，粉丝自然买得多，而且会重复购买或者推荐给别人，于是关注的人越来越多，购买力也就越来越强。一旦这个规模达到了网络效应临界点，那些原本一辈子都不看直播，不知道倪蝶和云夏白的人都知道了他们，名人效应会让他们的护城河越来越深，红利就守住了，而其他那些达不到网络效应临界点的主播只能继续苦苦挣扎，或者干脆转行。"

"所以你不认为直播行业现在是个投资风口对吗？"萧杰突然问。

"呃……"任天行立即意识到，直播行业里的企业和团队究竟值不值得投资、是不是风口，似乎才是萧杰最关心的问题。

问题的答案任天行自然也没准备，但他之前做了如此多的相关工作，形成自己的基本观点还是不难的。他逼着自己尽量不要去看马钰，甚至忘掉马钰就在现场。他将目光固定在萧杰深蓝色上衣的衣领上，定了定神，而后答道："搞直播现在很热门，热门的仿佛就是风口，就跟之前的共享单车一样。但是我认为不是什么风口都一定要抓住，比如像直播带货这样一个愿打一个愿挨的模式，商家亏本，消费者有时候会买到假货，乱抓风口就会让人变得浮躁……"

"那怎么才能不浮躁？"萧杰终于停下了手中的事情，抬头饶有兴致地看着任天行。任天行一脸蒙的样子让他觉得有些好笑，于是补充了一句："你觉得我们作为风险投资人，应该怎么正确看待风口，怎么才能不浮躁？"

任天行眉心蹙了蹙，办公室里的气氛异常安静，只有萧杰放在办公桌上的手机时不时响起几下振动声，但萧杰并未理会。

"或者你认为，面对市场上一个又一个的风口，我们作为风险投资人应该以什么态度应对？"萧杰换了个问法。

"守正出奇。"任天行思索再三后给出了这个答案，他也不知为何自己的脑子里会蹦出这四个字。

"守正出奇"源自《孙子兵法》中的"凡战者，以正合，以奇胜"，意思是恪守正义，出奇制胜。在萧杰的认知里，"守正出奇"中的"正"是指正路、正道，而"奇"则是出人意料，四个字连起来就是"正道而行、守法经营、突破思维、出奇制胜"的意思。用70%的时间去想"正"的事情，用30%的时间研究如何变通，既不墨守成规，又有创新，唯此方可在商战中制胜。

"我认为守正出奇可以以不变应万变。"任天行说，"每年各行各业的变化太快，时不时就来一个所谓的风口，这些风口是不确定的，但是我可以不断提升自己的核心能力，这个是确定的，所以面对风口，我的态度就是守正出奇，在不断培养自己投资水平的基础上等待适合自己的风口，这个风口最好还能契合自己的投资风格，这样才能不浮躁，才能达到出奇制胜的效果。"

任天行没在学校里遇上什么好老师，但学校图书馆的书他可没少读。无论是投资学还是历史学，都没直接告诉任天行应该怎样看待投资风口这个问题，但他却可以将二者结合起来给萧杰一个答案。

"萧总，其实我认为人的一生中不需要太多的风口，一两个足以把人送上天了。就好比倪蝶遇上了直播，云夏白加入了娜娜，而国产第一美妆品牌叶桃渡搭上了国货崛起这趟列车，还有我……"任天行说到这里瞄了一眼马钰，马钰的脸沉得可怕，但任天行不知怎的反而挺起胸膛，面对萧杰放大了音量，"比如您给我一个风口，不多，一个足矣，让我入职金权，我一定会牢牢抓住，一飞冲天！"

任天行敢在马钰面前放大音量为自己的前程争取机会，连他自己都没料到。其实他内心并不叛逆，至少从没想过诸如"你马钰不要我，我就偏要留下来给你看看"之类的。入职金权投资集团对他而言，确实是一个可以改变他人生轨迹的重大风口，故他不会让步，但像点外卖这种事，是点莫茹爱吃的，还是点他自己爱吃的，他从不计较。

"哈哈，你爱吃的麻辣猪肚等下就到！"任天行刚回到家，莫茹就一把抱了上来，任天行顺手抱着莫茹原地转了好几个圈。

莫茹兴奋，任天行也兴奋，尽管在转圈的过程中，莫茹的脚不小心踢翻了垃圾桶，导致两三个蟑螂尸体撒了出来。

"不吃外卖了！我们今天出去吃，君上王府！"任天行说出了雁子谷附近最贵的粤式餐馆。

不知怎的，当莫茹瞅见任天行满脸笑意时，她自己的笑容却逐渐消失了。她让任天行放她下来："君上王府？你疯了吧，我们俩在那里随便吃一顿肯定不下800块钱，难道你……"

"对！哈哈，我明天就可以正式去金权报到了！不是实习生，是正式员工！"任天行说着又把莫茹抱起来转圈，"我们马上就可以搬进隔壁新小区了！"

就在这时，他注意到屋子里的陈设似乎变了样，于是他立即停住，把莫茹放了下来。床上挂着的那根铁杆上的衣服少了一大半，三四个原先堆在床底的行李箱也整齐地排列在床尾，屋里仅有的一个柜子不知去哪儿了，而桌上其他凌乱的小物件全没了踪影。

"柜子呢？"任天行指着床尾说。

"我二手转卖了……"莫茹的语气中有些心虚，但随即正声补充道，"咱们在闲鱼上花70块钱买的，我卖了80块钱。"

任天行没说话，把四周又看了一遍，明白了什么，于是有些失落，挪开箱子坐在床边："你就这么不相信我？你是不是觉得你男人肯定没有进金权的本事？"

"我不是不相信你……"

任天行指了指行李箱："那你这些是什么意思？"

"我什么意思你还不知道吗？"莫茹语气突然变得很冷。

此时的沈俪正三步并作两步地爬楼，朝着任天行家跑，她手里的外卖单上打着"莫小姐"三个字。

对这里沈俪已经很熟悉了，她知道上到四楼就会看到一个开在楼道灭火器处的小门，而小门里住着一对恩爱的情侣，连帮别人搬家都要手拉手一起。

沈俪其实原本住在隔壁农民房的一个小隔间里，拥挤不堪，她也曾对自己的生活有所埋怨，但当她第一次给这对"狗洞小情侣"送外卖后，就觉得生活还是美好的，至少她的小隔间不是开在"狗洞"里。

原来，当你觉得自己活得已经很辛苦时，有比你活得更辛苦的人就在隔壁，但那些人知道如何装点幸福。

当沈俪哼着歌跑跳到三楼时，就听到楼上传来了十分清晰的吵架声，夹杂在吵架声中的是摔东西的声音。沈俪越接近四楼，这样的声音就越大，直到她最终确认，吵架声正属于"狗洞"里的小情侣。

　　沈俪本不应该在这个时候敲门，但她还有下一单要送，而每一单都有严格的时间限制，如果直接放门外，沈俪又怕像上次一样被邻居大哥给蹭了，于是只好硬着头皮喊道："外卖！麻辣猪肚！"

第⑩章
甜蜜区理论

"啊？你没粉丝还能在社交平台上接广告？"关莎和杜晶都同时瞪大眼睛看向沈俪，杜晶嘴里的馄饨汤差点流出来。

今日沈俪起了个大早，下厨做了一锅鲜美的紫菜肉馄饨，弥漫开来的香气直接把关莎和杜晶香醒了。杜晶原本不太喜欢沈俪这样背景复杂的女人，但一碗现煮浓香的馄饨直接把她的偏见扫清了大半，合租看来也不是完全没优点。杜晶刚吃没几口，碗里就被什么人用锅铲加了一个金灿灿的煎鸡蛋，同样的煎鸡蛋关莎碗里也出现了一个，关莎有多久没吃过家里煎的鸡蛋连她自己都记不清了。

自不必说，这个拿着锅铲的人就是沈俪。一顿家常早餐，立刻让原本有些生疏，有些客气，甚至还有些隔阂的三人变成了"万年好室友"，彼此知无不言，言无不尽。沈俪了解了关莎的创业近况，而关莎和杜晶也得知了沈俪更多的兼职。

沈俪的工作热情旺盛到令人发指，她告诉关莎和杜晶她以前做过微商、英语基础翻译以及闲鱼二手产品倒卖的生意。

"三十多岁算什么，人类的极限寿命是150岁，如果不是现在医学太落后，我还是个没发育完的少女呢！"

当关莎和杜晶听闻沈俪现在除了是网红经纪人、批发市场高台模特和外卖员之外，还依靠社交媒体赚钱时，都愣住了。

"能招到广告商的不都是KOL吗，或者至少是个KOC吧？一个路人怎么拉广告？"关莎十分好奇。

沈俪将碗里最后的馄饨汤喝完，擦了擦嘴道："这个时代，全民致富，只要你们多观察生活，多留个心眼，赚钱的机会到处都是！"

关莎和杜晶面面相觑，只见沈俪表情变得稍微认真了些，将自己零粉丝赚钱的经验毫无保留地分享给了面前这两个刚入社会的"小妹妹"。

"我嘛，本来是想去广告公司找份兼职的，广告影响力大，文案做好了，想着后面的活儿应该也挺轻松。谁知道我去面试的时候，他们说所谓的公司文案就是在平台上帮各大商家的品牌方写素人真实用户体验。"沈俪说。

"素人真实用户体验？"关莎好像突然想到了什么，莫不是之前她看到的那种路人化妆品私家使用笔记吧……

"说是真实，其实也不真。"沈俪继续道，"领导让我写产品推荐，那产品连他自己都没用过，甚至见都没见过，几百元一套的产品我也不可能自己掏钱买不是？所以就大概写个评价，反正兼职嘛，有空就写，我蹲厕所都可以写几条！

"我们现在KOL和素人的投放比例是7∶3，KOL是7，素人是3，我说的这个比例是指社交平台的营销预算。"

同一时间，叶桃渡集团总部大厦内，营销总监胡海在众人面前发言。

"很多人都会在社交平台上发图片、文字、视频，短小精练，色彩纷呈，特别适合推广我们美妆类目，所以我们必须充分利用，充分重视起来，像对直播一样重视！之前咱们公司的预算大多投在倪蝶、云夏白这样的KOL身上，策略不完全正确，需要纠正！"

胡海的声音铿锵有力，他面前坐着的人有叶桃渡的各大高管，营销部门全体成员，以及金权投资集团这样的投资方。

萧杰也在场，他自然是金权投资集团的代表。他右边坐着的是一直跟进叶桃渡这家公司的马钰，而他左边坐着的，则是第一次出席此类场合的任天行。

莫茹跟任天行大吵一架后，竟一个人直接上了她提前买好票的那趟高铁，头也不回，任天行原本因为入职金权而飞入云端的心情瞬间被打进了十八层地狱。

梦寐以求的工作是有着落了，可未来的媳妇没了，老天爷可真是不让人两全其美，一点优待都不给。

但正当任天行被压在地狱里喘不过气时，一个电话又将他拉回了人间。

"明天跟我去叶桃渡参加会议，另外，这段时间各组的人员安排还没妥当，你跟我先跑几个项目吧。"萧杰沉稳的声音从电话里传来。

任天行听后激动不已，刚一进金权就能跟着总裁跑项目的有几个人？恐怕除了自己，一个都没有。

放下电话后的任天行拼命往自己的脸上泼凉水，希望这水的温度可以让他的心稍微硬一些。女朋友没了还可以再找，但如果事业没了，女朋友就算留在自己身边也留不长久……任天行虽然不断这么告诫自己，但这么多年的感情要一下子放下，他也是做不到的，何况他心里非常清楚，要在社会上重新追到跟莫茹一样好的姑娘，自己可能多费两倍的人力物力财力都不一定有戏。但如今即便任天行再想挽留莫茹也是无济于事，这个姑娘经过几年大城市的洗礼，终于看清了她要的跟任天行要的不是一种生活。

大丈夫，就一定得心硬，就得认清现实，把握当下。任天行的当下就是，他凭借自己那股不服输的劲儿终于拿到了在好赛道赛跑的入场券，而且领跑的人还是业内大咖。跟着萧杰，任天行不知可以少跑多少弯路，对此他还有什么不满意的呢？

萧杰的背挺得笔直，像在军队里训练过一样，当胡海讲话时，萧杰身子一动不动，双手放在膝盖上，似乎眼睛都没眨一下。

任天行明白萧杰这是专注，他专注地在听胡海说话，专注地在思考着什么。萧杰这样的专注给任天行吃了一颗定心丸，让他明白他没有错，选择青阳，选择金权，选择自己所坚持的，没有错。

台上的胡海身高也就一米七左右，身材干瘦，满脸的皮肤皱得像腐竹，面色蜡黄，这种蜡黄与农民伯伯在地里种菜晒出来的肤色不太一样，是只有没日没夜疯狂加班才能加出来的脸色。

"我们前段时间从粉丝量1万到10万的腰部博主投起，目前正逐步降低粉丝量要求，现在完全向没有任何粉丝的素人投放，从广告投放效果来看，提高素人占比的策略是完全正确的，因为我们要的就是曝光量，投素人性价比更高。"胡海斗志昂扬，边说边示意下属放PPT，PPT里有各类博主的成本效益对比图。

"一个6万粉丝的博主，我们让他播一条广告，价格是4000元左右，但4000元我们可以投多少个素人博主呢？我告诉大家，100个！

"上个月我们就试投了100个素人，获得的曝光量超过10万。这些素人推出的内容更贴近生活，没有那种营销感，不刻意，不做作。

"什么是顶级营销？就是我们明明在营销，但却没人感觉到我们在营销。"

"你们这些所谓的素人博主都是兼职吗？"雁子谷出租屋里，杜晶问沈俪。

沈俪一边麻利地收拾着碗筷一边道："兼职的全职的都有，搞素人笔记的除了我刚才说的广告公司文案岗，我们仙灵也有，现在不少MCN机构里面都有专门负责文案的团队了。"

哗哗的水声从厨房传来，但并没掩盖沈俪的声音："之前老板忙的时候我也帮着面试过几个新人，我这不是干了不少日子，写文案有经验了嘛……"

"那你怎么不直接在仙灵干而是还要去找外面的广告公司？"关莎问。

"干啊！都干！反正都是零碎时间写写，有钱不赚白不赚。"

关莎脱口就想问沈俪要这么多钱干吗，但猛然又觉得这些兼职或许也赚不了多少钱。

"钱才是快乐的源头，没钱的人连悲伤都没人在意！"沈俪说。

"在你们仙灵干全职的，一个月拿多少钱啊？"

"5500元，每人一天写个十来篇，朝九晚五，周末双休。仙灵虽然这方面做得没有专业的广告公司好，但一个月也有800篇左右的笔记出来。"沈俪洗碗说话两不误，一个又一个干净的白瓷碗出现在洗手台上。

"我是兼职，价格没人家全职高，有的人写一篇好的40块钱，我的话一篇10块钱，但不用精雕细琢不是？省时间！你们想想啊，我动动脑子打打字，一天用零散的时间写两篇就20块钱了，我要是自己下厨房，省一点，白面鸡蛋加点青菜，一天的伙食费都够了！"沈俪收拾完厨房解下围裙，满眼都是笑意，"你别说啊关莎，我只看了一家就定了租你这里，就……"

"就因为这厨房是吧？"关莎看穿了沈俪。

"呵呵，是的。"沈俪不禁环顾了下整间屋子，"这里真好啊，我要求不高，就这样的两室一厅就够了，还有这个厨房。"

杜晶伸了一个懒腰："哎哟，买房子那是男人的事，你一个女人担心啥！"

"就算不买房子，我也得趁还挣得动多挣点。"沈俪说，"女人还是要靠自己，爱情这东西太不靠谱，你们也别太信。你看前两天来帮我搬家的那对小情侣，之前还腻腻歪歪呢，昨天就分手了。"

"啊?！"关莎和杜晶都大吃一惊。

关莎想不明白，之前任天行还因为女友而坚决不加陌生女人的微信，给他人帮忙也不忘拉着女友一起，为的就是让女友放心，这样的感情怎么说分就能分？

"嘁！就是这样的感情才注定要分！"关莎把疑问一说，一旁的杜晶马上换了个了然的语气，"什么都拉着女友一起说明什么？说明撞车男那女友控制欲太强，肯定经常翻撞车男手机，所以撞车男才不敢加你微信。而且帮人干点体力活都不得不带上女友，这种关系不分才怪！"

"你别老撞车男撞车男的，人家有名字。"关莎强调。

"你当时车要是开慢一点，他就会直接撞到我副驾驶座上了！"杜晶根本不理会关莎的话，"我看那撞车男得先练好车技再谈恋爱，免得以后不小心把女友带沟里。"

随后，关莎和杜晶继续就任天行分手的问题讨论着，对于其二人的揣测，沈俪一直没太发言，因为她是清晰地听到了莫茹歇斯底里的骂声的。莫茹的骂声里有不满，有埋怨，有不被理解、不被认同以及不被迁就……她的委屈好似决堤的黄河水，翻腾汹涌，但她要求任天行做的，她自己也无法做到。

无论在大城市还是小城市中都存在着这样一类情侣，他们因为相互爱慕而走到一起，他们的生活习惯、言行举止和兴趣爱好都可以因为爱情而不断被磨合，直到他们彼此般配，相处起来也还算舒服，就可以走进婚姻殿堂，也可以相伴一生，但他们之间的爱情还不够深刻，至少没有深刻到一旦一方的理想生活与另一方的人生目标相冲突时，愿意舍弃自己，彼此妥协。

任天行和莫茹就是这样一类情侣。如若他们相遇在高中，一定会在高考之后分道扬镳。我爱你是真，但不及一座城。

现在的任天行其实完全没有调整过来，一切来得太过突然，以至于坐在台下听胡海讲话的他时不时还走神。

任天行应当早就想到结果会是这样。先前莫茹耐着性子的等待只不过是她给予男友表面上的支持，虚伪不堪，因为这种支持建立在男友几乎不可能成功的基础上。等到一切尘埃落定，莫茹抱有的幻想彻底破灭，她心底油然而生的那种莫名的愤怒超越了理智，至少在当时的沈俪听来，莫茹朝任天行骂出的难听话是极不理智的。但沈俪后来又觉得，如果这个姑娘就这么毅然决然地去了杭州，或者回了老家，不再回头，与任天行断得干干净净，又说明她是极其理智的，她很清楚自己一定要什么，并能够为此舍弃什么。

"他俩都没错，只是还没到那种非对方不可的程度罢了。"沈俪最后用这句话结束了出租屋里的相关讨论。

关莎本也不想就这个问题继续深聊，毕竟这是人家的私事，而且还跟自己的创业毫无关系，如何把滞销和新改良的口红顺利卖出去才是头等大事。

按关莎目前的情况，倪蝶这样的头部KOL她是肯定请不起的，别说倪蝶，就连腰部的那些KOC坑位费都超出了预算，所以关莎只能开始挖掘一些廉价种草平台。但如今这样的平台一打开几乎全是叶桃渡铺天盖地的广告，好似只要稍微跟美妆沾边的博主都在推销叶桃渡。

"你还记得之前我们去直播基地拜访的那个黄发男主播吗？"关莎问杜晶。

杜晶一边吃着沈俪削好的苹果一边道："记得啊，怎么了？"

"他上周播了好几天叶桃渡的产品，专场。"

杜晶听到这里好似突然想起了什么，直起身子："前不久我们去找双胞胎刷子谈时间段的时候，好像也说好几天的时间都被叶桃渡买断了。"

"对对！"关莎也记起来了，"叶桃渡以前不这样的，这个国产第一原先找的不都是倪蝶、云夏白这样的头部KOL吗？"

"下面的数据对比更鲜明，可以清晰地告诉我们为什么营销只聚焦头部KOL是不够的。"在叶桃渡集团公司大型会议室里，胡海放出了新的PPT。

PPT里是一个知名博主的发文点赞数据，在他最近的20篇分享笔记中，点赞数平均值为725，数据最好的是一篇1523点赞数的彩妆使用笔记。

"我们品牌方投放也就只能投一篇或者几篇。"胡海说道，"如果运气一般，我们的产品推荐页下面点赞数也就只有几百，曝光量大概在一两万左右。但若是普通素人账号发的内容阅读量在几百到几千不等，哪怕只有十几个赞，也能保证阅读量上千。因此，100个素人博主的阅读量总和大概率是要超过明星博主的。尤其是现在的用户对于广告的识别能力也提升了不少，纯广告笔记已经逐渐在失灵……"

正当胡海慷慨陈词之时，关莎搜到了一些博主发的零粉丝接广告教程。

"素人如何接通告""素人如何拿下品牌""零粉丝攻略"以及"零粉丝如何赚钱"这样的分享比比皆是，让关莎看得瞠目结舌。无论商家卖的是粉饼粉扑还是美瞳面膜，对于分享者的粉丝数全都没有要求，只要有账号就可以。

"你有三种模式可以选。"沈俪好心地凑过来跟关莎说，"第一种是图文，就是品牌方给你发图，文字也写好给你，全部都是现成的，你用你自己的账户直接发就行，只要你有账号就可以赚钱。不过这种收入低，一条几块钱。你们要是想用产品，可以选第二种无费置换。"

"什么是无费置换？"关莎听得云里雾里。

"就是品牌方免费寄他们的产品给你用，但你用了要自己写使用体验笔记。这很划算，可以省很多钱，你不用自己买产品就可以用了，什么面膜啊口红啊，甚至沐浴露、洗发水全有！"

见沈俪一副激动不已的样子，杜晶忍不住往厕所的方向看了看。洗手台上沈俪新放上去的粉色洗手液……沈俪仿佛看穿了杜晶，直接道："没错，我的生活用品几乎全是赠品，哈哈！除了生活用品、彩妆这些，零食我也都是蹭的赠品，他们送我东西，我给他们写使用体验，省钱吧？"

听罢，关莎和杜晶对沈俪过日子的方式佩服得五体投地。她们见过了为了省钱买促销生活用品甚至二手货的女人，却没见过像沈俪这样免费用东西还能赚钱的女人。沈俪身兼数职，各渠道搞钱，日常开销几乎全部免费，开源节流这一优良传统被沈俪玩得跟花式篮球一样酷炫，同时她还能做早餐懂生活，哪个男人娶了沈俪准是捡了个宝。

"那第三种是什么？"关莎接着问。

"第三种就是看图写文。"沈俪说，"商家不把产品寄给你，就给你一张图片，你自己发挥……"

沈俪的座右铭就是：没有 low（低贱）的行业，只有 low 的人。

素人笔记的三种赚钱模式中，沈俪最常用的是第二种无费置换，即收到商家寄来的免费产品，她真正用过后再写使用体验。虽然在使用体验写完并上传后，沈俪无法从商家处直接得到真金白银，但她却收到了商家寄出的产品本身，这对沈俪而言也是一种变相的赚钱方式。再者，她实际用过的产品，写得自然也安心。赚钱过日子还得多赚厚道钱，毕竟厚道钱才赚得舒心，赚得长久。

"那如果你发现收到的产品不好用怎么办？"关莎突然好奇起来。

"如实写。"沈俪认真道，"只不过不好的部分我写得比较委婉。呵呵，你们也懂，虽然我委婉，但明眼人一看就看得出来我是啥意思。这些商家既然愿意免费寄产品给消费者试用，就没有硬性规定必须得把他们夸得天花乱坠，相反，消费者使用过后的真实反馈才是商家看重的，大概他们也想凭借反馈改良产品吧。"

沈俪说着从卧室里拿出了一管护手霜："你们看，这款我用着就不是很喜欢，太油了。我发文的时候如实写了，不适合油性皮肤的人用，但我也会写优点，就是它好闻，香香的，配方也比较天然。"

关莎接过沈俪递过来的护手霜，扭开盖子一闻："还真是，淡淡的桂花味。"

"我闻一下我闻一下！"杜晶说着就把护手霜抢了过去，用鼻子嗅了嗅，"嘿，还真闻不出啥香精味！"

"是吧！"沈俪笑着，"每个产品都有自己的优缺点，素人反馈嘛，自己是什么体验就怎么写，这种最好写，毕竟亲自用过，那种直接给我一张图就让我发文的，说实话，我编十个字都费劲！看来看去，我只能挑图片里吸引我的点随便写写，比如外观包装啊，颜色啊……反正我也不是经常写，更不是全职，再说我的号也没几个粉丝。"

关莎突然觉得沈俪挺有意思的，接杂活时有自己的私心，但也仍旧保留了良知底线与道德标准，不会昧着良心给人当托，也不会完全将这种影响范围不太大的活拒之门外。但在素人博主里，沈俪这样的应该是少数，毕竟她还有其他众多工作要做。但那些成天在家没事干的人呢？或者本就深耕这些平台的职业写手呢？

想到这里，关莎不禁有些心寒。她曾经无比相信的那些看似真诚、发自肺腑的素人分享帖，那些曾经在她心里种下一大片离离草原的激情澎湃的措辞，有多少是发帖者真实体验后的赞美，又有多少是拿人手软后的夸奖？

沈俪工作、兼职和搬家时都是一副拼命三娘的模样，好似全世界的钱都在等着她去赚，但一周总有那么一两天，沈俪会锁起门来好像在跟什么人打电话，打完了关莎还能从她房间里听到隐隐约约的抽泣声。事后，关莎询问沈俪是不是出了什么事，沈俪就跟没事人一样，笑说关莎肯定是听错了。

沈俪的笑容很灿烂，眼神也毫不躲闪，弄得一开始满脸狐疑的关莎都自我批判起来：关奶奶！一定是你创业各种不顺，神经衰弱到连幻觉都出现了，沈俪这么忙的人哪有空哭？被生活榨干，人就没时间悲伤。

自上次沈俪、关莎和杜晶三人一起坐下来吃馄饨到现在，一个多月过去了，关莎的口红事业只能用一败涂地来形容。

关于营销模式，关莎有模有样地学起了那些品牌商搞素人笔记招聘，即自付邮费，将口红寄出去，为的就是让广大路人给出真实反馈，顺便打打广告。

杜晶对此很是反对："万一那些素人写你的产品不好怎么办？"

"那就说明我的产品真的不好，我要的就是真实！那种发一张图片让别人硬夸的做法很恶心。"关莎说，"而且如果我们花大价钱做广告，人家消费者也不一定肯掏钱买我们的产品，与其这样，倒不如我主动牺牲一批货给大家种种草。"

"但人家用的是咱们的新款口红，旧款的你怎么办？倪蝶不是说旧款截面斜，不好用，果冻色红得还廉价吗？"

"所以我打算全扔了。"

"啊？"杜晶瞠目，"全扔？！"

"对。"关莎非常平静，"我后来也想通了，生产出来的东西不一定非得卖掉，不好用的东西硬卖出去，只会砸我的招牌。"

"可是……"

杜晶还没说啥，关莎就黑着脸没好气地打断了："可是什么可是，想想当年海尔集团冰箱质量不过关，负责人都敢直接把次品全部砸坏，这叫什么？这叫做品牌！做品牌就得破釜沉舟！人家冰箱都能砸，我如今扔几支口红算什么？"

那好像不是几支，而是一千多支吧……杜晶心里虽然这么想，但最终也没说出口。她太了解关莎了，关莎自己决定的事，谁都改变不了。

事实上，关莎不到迫不得已也走不出这步，她本想找一些中小博主合作，但这些人主页下的分享帖一篇又一篇的，全是叶桃渡。

"我真是想不通，这叶桃渡占地盘也占得太过分了吧？如今黄土高坡、关中平原和东南西北的大江大河全是他们家的就算了，连个山沟沟都不留给我！"

正当关莎如此抱怨的时候，任天行正与叶桃渡的营销总监胡海吃着饭，吃饭地点：君上王府。确切而言，是萧杰与胡海在君上王府吃着饭，任天行跟班陪同做笔记。胡海蜡黄的皮肤干燥得都起了皮，眼角挂着几道沟壑般的皱纹，但他的精神却十分抖擞，目光明亮有神。

"兄弟，你给我派的这战场好啊，很有搞头！"胡海说着给萧杰斟了一杯酒，语气中带着感激。

"阻力不小吧？"萧杰笑问，"上次会上我听你说要削减头部KOL的预算，方总那脸……"

"没点阻力还叫什么战场？"胡海一口酒下肚。

关于叶桃渡这家国产美妆公司，任天行之前也专门做过功课，叶桃渡旗下产品比较出名的是口红、眼影和睫毛膏。任天行在网上看过不少博主的相关测评，对叶桃渡的评价都不错，称其颜色和质地不输国际大牌，价格却非常亲民，适合18岁至28岁的学生以及刚入职不久的公司白领。

"方总一心要把叶桃渡做成中国的欧莱雅，搞多品牌路线，所以你们推荐过来的倪蝶，他二话不说照单全收。倪蝶要搞自己的品牌随她搞，只要她能拉动整个集团的业绩。"

萧杰点点头："前年方总并购小丸子这种平价护肤品牌，去年又去欧洲买了两个高端美妆公司，如今这高、中、低端市场，叶桃渡算是占全了。"

"嗯，但我同兄弟你说句心里话，我与那方总理念不一样，我就没打算将其做成一家国际知名的化妆品公司。"

任天行听到这里很是不解：不把叶桃渡做成国际知名的化妆品公司还能做成什么？所有的化妆品公司不都将之视为终极目标吗？

"我要把叶桃渡打造成基于大数据分析的互联网公司。"胡海目光坚定。

任天行闻言嘴巴都张成了O形：一家化妆品公司如何变成互联网公司？

萧杰对胡海此番见解并不意外，关于胡海去叶桃渡后大刀阔斧干的那些事他一清二楚，因为方耀文已经跟他发过无数次牢骚了。

"萧总，您推荐来的这个胡总是电商出身，他对怎么做美妆真不在行！"

"萧总，这个胡海原本来我们这儿就是负责营销，营销人就应该干营销事，但他还干预我们人力，直接越过我们人力总监自己招人！"

"一堆新来的小伙子坐在办公室里加班，一加就是一个月，我还能不给人发工资？但胡海招来的都是什么人？什么IT工程师和数据分析师，我敢说这些小伙子的手都没碰过化妆品！"

方耀文诸如此类的抱怨，萧杰好心好气地听着，极力安抚，并拿金权与叶桃渡的后续合作模式以及自己的人格担保，保证胡海一定能带着叶桃渡杀出一条血路。

但话说回来，没人可以预见未来，更没人可以牢牢掌控未来，瞬息万变的市场环境容不得人行差踏错。常胜将军胡海虽过去战功赫赫，不代表他未来就一定没有判断失误的时候，将如此新颖的思维引入传统美妆领域究竟能不能让叶桃渡渡过危机，萧杰自己也没有把握。但萧杰仍旧相信胡海，他相信胡海就算这一步走错了，也有能力及时止损，为叶桃渡未来的营销策略找出新的突破口。

萧杰的背书起到了一定的效果，至少叶桃渡的高层抱怨过后也没真拿胡海怎么样，而这样的抱怨声随着时间的推移也越来越少，可见胡海已经将这些阻挠他的人一个一个摆平了。

"不谦虚地说，我这个做电商的人来搞化妆品是有优势的。"胡海边吃边说，从头到尾没跟萧杰抱怨叶桃渡高层如何不配合工作，"我国大部分的化妆品公司主要做的都是研发和生产，至于产品营销上的一些数据分析工作，他们基本都外包给其他公司。但我们电商恰恰相反，我们电商说白了就是做数据分析的行家，消费者喜欢什么，偏好什么，没人比我们掌握的信息更多，这些信息必须好好利用起来。"

一旁的任天行聚精会神地听着，他很感谢萧杰近段时间经常带着他，让他眼界开阔了不少，不再是坐在办公室里用一台电脑、一部手机搞研究的书呆子。

"我希望我们营销部的IT工程师和数据分析师比例可以占到50%。"胡海边说边给自己灌了一口酒，"50%估计还不够，得70%！别看这些小伙子自己不化妆，但他们的专业可以让我们更了解我们的消费者。"

胡海给出的解释是，工程师和分析师可以对叶桃渡过往的销售数据做系统整理和多维分析，以便让叶桃渡更准确地把握市场趋势和消费者偏好。

"咱们不是找了这么多博主、路人搞使用心得吗？包括开箱测评和教学视频等等，网上那一堆堆的小姐姐不就来买咱们的产品了吗？"

胡海又给萧杰添满了酒，同时也不忘顺带给任天行添上一杯。

"谢谢胡总。"任天行起身连道，让长辈给自己倒酒，他想不紧张都不行。

胡海示意任天行赶紧坐下不要客气，而后接着道："那些小姐姐，不管是通过线上还是线下渠道而来，我们都有资料，将这些信息分析一下，我们很容易知道哪些女性是我们的目标用户。不仅如此，我们的分析师还能知道她们偏爱什么产品，容易被哪类博主吸引，这些大数据会给我们一个很清晰的用户画像，根据这个用户画像，我们可以有针对性地研发和推广新产品。比如现在青阳天气又湿又热，很多带妆上班的女性容易脱妆，她们的留言、网上搜索记录或者跟主播互动时使用较多的词语就是'防脱妆'。叶桃渡可以根据这个消费者偏好去加快推出防脱妆的新粉底或者粉饼，达到精准定制、吃牢目标客户的效果。"

任天行听后感慨万千，眼前这个面色蜡黄的大叔……不是普通人。

正当胡海和萧杰在君上王府优哉游哉吃着饭时，娜娜美妆集团总部的会议室里彻底炸了锅，舆论攻击的首要对象就是前段时间春风得意的网红主播云夏白。

"我们这个季度的市场份额被叶桃渡反超了！"

"之前我都说了不能专搞直播，各大平台要雨露均沾！"

"那些种草平台现在全是叶桃渡的天下，我们怎么办？砸钱抢地盘吗？"

"咱们直播间一直在搞促销，打折打到根本没法赚钱，甚至不少单还在亏钱！"

"供应商这边也吃紧，我们把工厂价格压太低，现在一堆工厂都把我们挂在黑名单上不合作了，听说他们还形成了一个抵制我们娜娜的组织！"

云夏白咬着牙突然间站起来吼道："都别说了！"

此话一出，众高管都闭了嘴。他们刚才那番话虽没指名道姓，但针对的人自然就是营销总监云夏白，因为公司的相关政策都是云夏白来了之后才实施的。

"把产品都集中到我的直播间销售是当初在座的各位共同投票同意的！"云夏白的声音仿佛可以震破玻璃，"我一年下来给公司节约的广告费也有大几百万元，你们怎么不提？我全网平台粉丝几千万，备的货经常都供应不上，你们怎么不提？这种情况如果我们还像叶桃渡一样撒网式地投广告，你们问问工厂吃得消吃不消！"

"缺货还不是因为很多工厂不跟我们续约了……"一个胆大的高管提出了自己的意见，"我之前就反对把工厂利润压到这么低，现在……"

"降低采购价是我一个人决定的吗？"云夏白厉声吼道。

"我没针对谁，云总监你别这么激动。"

"呵，不针对谁？明白人一听就知道你针对谁！"

此时坐在会议桌正中间的娜娜集团总经理一副焦头烂额的状态，眼前这些无谓的争吵他听了就烦。原先他的想法是靠低价占领市场，迅速打垮叶桃渡，待公司坐稳江山后再慢慢提价，恢复供应链的利润空间。但如今，叶桃渡铺天盖地的广告将娜娜打得措手不及，计划全乱了套，一时间大家竟没有足够的钱拿出有力的反击措施。云夏白的确是坐拥千万粉丝的超级头部KOL，他的追随者不仅多，购买力还很强，云夏白的带货水平如果用销售量来衡量，绝对是业界第一。但云夏白就算再火，以一己之力也敌不过整个市场，何况叶桃渡前不久还将倪蝶收入麾下，再加上各种营销渠道齐头并进，娜娜的市场占有率一下子又回到了行业老二。

总经理问："他们叶桃渡是不是新来了一个营销总监？"

"是的。"一个高管说。

"谁？"云夏白迫不及待地质问。

"听说……是胡海。"对方回答。

美妆领域的人或许没太听过胡海，但在电商行业混迹多年的云夏白对胡海这个名字再熟悉不过。当他还是贸易公司一个普通跟单员时，胡海就已经是该公司电商部的营销负责人了。

胡海的才华绝不仅体现在市场营销上，他在组织构架优化、工作流程优化、人员结构优化、仓储物流优化、经销渠道优化、激励措施优化以及店铺运营优化等方面都体现出了高于常人的指挥水准。胡海不但善于对一家公司进行大刀阔斧的改革，还善于鼓舞员工士气和激发员工斗志。曾经被胡海操盘过的公司不叫公司，那是一支军队，一支受过专业训练的正规军。云夏白当年自己当老板后还曾犹豫要不要花重金挖胡海过来，但他的尊严和傲气让他最终否定了这个想法。他不允许在自己的公司里有人能力超越他，从而对他屁股底下那把椅子产生威胁。

"放心吧！叶桃渡这么搞就是短期吃香罢了，长期肯定捞不着好儿！如此兴师动众地打广告，就跟那些百亿补贴一样，不补货就卖不动！都是药不能停模式，这样打不了持久战！"云夏白酸溜溜地说。

一旁一直没发言的财务总监忍不住弱弱地说道："但是叶桃渡如今已经是电商彩妆榜第一名了，这个季度营收比上个季度增长了70%。他们就是打广告，没降价，还不停推新品，新品卖得也很好，价格比旧的产品还贵。"

该财务总监的潜台词是：人家铺天盖地地打广告是花了不少钱，但没有降低公司利润率，即叶桃渡旗下产品的赚钱能力没被影响。反观娜娜，云夏白整天在直播间搞促销，娜娜产品的平均毛利率一降再降，且由于之前云夏白对工厂压价过猛，导致许多工厂停止了与娜娜的合作，产品供应链随即出现了难以挽回的问题。

财务总监这句话毫无疑问是斥责云夏白不应当为了自己的直播间销量好看而伤害供应链，云夏白闻言腮帮子气得鼓鼓的，全场气氛变得异常尴尬。

"萧总，我能理解叶桃渡现在处于烧钱扩张阶段，但这个营销费用占比未免也涨得太快了。"坐在萧杰车上副驾驶位的任天行忍不住表达了自己的担忧，此时他们已经告别了胡海，正准备离开停车场。

"去年这个比例是41%，今年就增加到62%了，高于同行业30%至40%，相当于叶桃渡卖100块钱的口红，有62块钱都要砸在营销上，但反观他们科研费用的占比不到1.5%……"

萧杰嘴角微微上翘，一边转动着方向盘一边问："你想说什么？"

"我想说，刚才胡总提到的什么互联网和大数据是很高端没错，但这家公司也太不注重研发了。说白了，叶桃渡在我看来没啥核心技术。"

"研发水平不高，以后等叶桃渡上市了，是可以让投行写在招股说明书里做风险提示，但是……"萧杰说到这里顿了顿，悠悠道一句，"对于叶桃渡我们还得加大投资。"

"为什么？"任天行很是不解。

"咱们看风险得看整体，多看看叶桃渡现在或者未来的竞争对手，如果同样的风险贯穿于整个行业，那它就不算是风险。"

萧杰将任天行送回雁子谷后，掉头正准备开出城中村，无意间注意到路边蹲着一个穿着浅绿色雪纺长裙的女人。那女人双手环抱着膝盖，头埋得低低的，似乎在哭。萧杰虽没条件近距离看清女人的脸，但他的直觉告诉他，这个女人不是别人，一定是关鸿伟疼到心肝里的掌上明珠——关莎。

　　当关莎听到有人突然叫出自己名字时，身子颤了下。她抬头看到来人竟是萧杰，立刻站起并将身子背了过去，不让哭红的双眼被萧杰看到。

　　怎知就在这时，关莎低血糖的毛病又犯了，她眼前的行人和车辆瞬间淹没在黑暗之中，就连她的双腿都在微微发抖。

　　应对这种情况，关莎已经很老练了，她并没试着用手去抓什么东西，而是习惯性地微弯着膝盖，努力找寻一个不让自己倒下的平衡点。

　　"没事吧？"见关莎状态不妙，萧杰本能地就要去扶，怎知关莎条件反射地大喊一句："不要碰我！"

　　关莎的声音因恐惧而尖锐，周围行人的目光立刻齐刷刷投向萧杰，连手上拿着零食的小孩都停下了脚步。此刻众人眼里的萧杰仿佛变成了一个风度翩翩的流氓，妄图在大庭广众之下猥亵良家少女。

　　独自支撑了一会儿后，关莎稍微缓了过来，眼前的场景也逐渐清晰。

　　路过的人络绎不绝，没人注意她，刚才那因她而定格的画面好似被这座城市固有的快节奏强行按下了重播键。

　　"还不回去？"萧杰的声音从身后传来，他仍旧站在原来的位置上，现在已是晚上9点45分。

　　"要你管啊！你一个金权总裁来我们这种城中村干吗？看笑话吗？"

　　关莎的语气里带着挖苦。她不喜欢萧杰，尤其反感萧杰与自己才见第一面就摆出一副长辈的姿态。

　　萧杰轻咳了两声，纠正关莎道："我不是金权总裁，只是分公司的……"

　　"都一样！"关莎打断道，她依旧背对着萧杰，"你们这些搞投资的自己不创业，只会对人家创业者吹毛求疵！自以为是，啰里八唆，指点江山，我最讨厌的就是你这类人！"

　　萧杰听后一愣，感觉眼前这个无理取闹的女孩跟那日在茶楼里彬彬有礼的女孩完全是两个人。

　　"嗝……"关莎居然在这时很不争气地打了一个饱嗝，若有似无的淡淡酒香从她身上散发出来。也就在此时，萧杰才注意到关莎脚边七零八落地躺着几个空啤酒瓶。萧杰心想这一幕如果被关鸿伟撞见，估计关莎以后都别想在青阳待了。

"是不是产品遇到了问题？"

"管得着吗你？！"关莎的脑袋有些晕晕的，但她依然能准确地听出萧杰的话里带着笑意。她边说边摇摇晃晃地朝小区大门走，一副随时可能摔倒的模样。

萧杰吃一堑长一智，不再试图去扶关莎，索性双手插进了口袋，与关莎保持着适当的距离，提高嗓门道："是资金上遇到困难了吗？"

关莎霎时间停住了脚步，因为萧杰猜对了。她扔掉了所有旧款口红，但新款口红却迟迟打不开销路。相关的网上投放平台几乎被叶桃渡霸屏了，莎皇口红的帖子刚一放上去就迅速被淹没在叶桃渡的营销浪潮之下，根本没法抓住消费者的眼球。

那些用过莎皇口红的素人虽然对这支口红评价不错，却也没多少人真掏钱重复购买。原因是同等质量的口红，那些人更愿意买大牌；而如果是贪便宜，她们会选择十几块钱的变色唇膏，上唇效果跟关莎的口红居然也没差多少。

"我只不过是想靠质量打通市场，慢慢树立自己品牌的形象……但我现在才发现我太天真了，这个行业压根就没人关注质量。"关莎叹息道。

"不是没人关注。"萧杰此时走到了她面前，"是质量跟你一样的口红都已经是大牌了，你怎么竞争呢？"

"哎呀我知道，用不着你重复！"关莎没来由地又生气起来。

"这么听不得别人的意见？"

"我只是不想听你的意见！"关莎抬起头恶狠狠地瞪了萧杰一眼，"看到你我就烦！我告诉你，我忍你很久了！"

萧杰哭笑不得："大小姐，这应该是我们第二次见面吧？上次见面也没超过三个小时……"

"对我来说已经够久了，看到你一分钟我都嫌长！你别挡道，你要么给我解决问题，要么走开！"

萧杰觉得关莎今晚的态度需要管管了，既然关鸿伟让自己好好"照顾"关莎，就不能让她随意撒野，就算是喝了酒也不行。

"化妆品市场没有头部KOL的推荐，新产品很难出头的。"萧杰说，"你越在一些普通平台上投放广告，消费者就越会认为你的莎皇就是杂牌，甚至是三无产品。"

萧杰这么说自然有他的根据。拜任天行所赐，萧杰对于莎皇口红最新的营销策略了如指掌，他早就预料到关莎会创业失败，刚才他的那些询问，不过也就是装装样子罢了。

关莎脸颊红红的，但这种红是醉酒闹的，与害羞毫无关系。她一把扯过萧杰的衣领，命令道："别废话！你借我钱，我再来一次！我找倪蝶！"

萧杰是第一次被人这么揪着衣领，很是不自在："你先松手。"

"不松！你借我钱！你不是风险投资人吗?!"

"钱不是这么借的，你先松手。"

"你不借我就不松！"关莎的手劲使得更大了，她的下巴都快贴上萧杰的胸脯。

萧杰突然眉头一皱，用力推开了关莎："关莎，我当你是朋友，所以我好意给你提个建议，美妆和直播这些你都不需要去尝试了，因为已经晚了，你要做你有天然优势的事情，要学会提升自己做决策的能力。"

萧杰的语气十分严肃，严肃得让关莎顿时感觉眼前站着的人根本不是她什么朋友，而是她的班主任。

"同一条路，不是什么人走都能成功，甚至那些成功的人，你让他们换个时间再走，他们也无法成功。"

"你到底借不借?"关莎执拗道。

萧杰顿了顿，而后目光坚定地回答："不借，也不入股。市场上已经有一个叶桃渡了，而我们金权就是叶桃渡背后最大的投资人。金权有自己的投资原则，这个原则就是：绝不投竞争对手。"

"开什么玩笑？在你眼里我是叶桃渡的竞争对手?"关莎指着自己笑得有些悲凉，"你也太看得起我了！"

萧杰整理了下衣服："那我这么说，我们金权从来不投任何潜在竞争对手，而且如果以后你的公司真的大到可以与叶桃渡竞争，我不排除还会出手打压你。"

"哦？怎么打压我?"关莎好奇起来。

"比如，动用我投资圈的人脉给你弄点黑料，让你在市场上很难融钱，连去银行借都借不到。"

关莎听到这里，酒醒了大半，眨巴着眼睛看着面前人高马大的萧杰，好似看到了万恶资本家最真实的样子。

"你想做一名创业者，但你知道创业者最核心的能力是什么吗？不是你多努力，多有激情，也不是你智商情商有多高，更不是你能不能抗压，这些都是最基本的。创业者最核心的能力是做对决策的能力，只要人生中几个关键的决策做对了，胜过努力无数个日日夜夜。"

萧杰给关莎举了一个例子，即巴菲特的投资观念——"甜蜜区击球"理论。

在股神沃伦·巴菲特的办公室里贴着一张美国棒球击球手的海报，这个击球手名叫泰德·威廉斯，被称为史上最佳击球手。

棒球运动员中有两类击球手，一类是只要投手扔了球他们就打，也不管打不打得中，先挥棒再说；另一类击球手往往是高手，他们只打自己认为大概率能够击中的球，其他时候宁可一动不动。无一例外，世界排名前十的击球手都是第二类人，而泰德就是这类人中的高手。他说："不要每个球都打，而是只打那些处在'甜蜜区'的球。"泰德在脑子里把击打区划分为77个小区域，每个区域只有一个棒球大小，只有当球进入理想区域时才挥棒击打，这样方可保持最高的击打率。否则如果去击打处于边缘位置的球，击打率会非常低。一场比赛中，对于非核心区的球，泰德是绝不挥棒的。这种策略听起来简单，但击球手在实际比赛中却非常难做到，尤其是在决定胜负的关键时刻。场外几万名观众屏息凝神地盯着你，当球飞过来如果你不挥棒，将面对全场嘘声，所以能严格执行这个策略的击球手需要极其强大的定力和异于常人的冷静。

巴菲特把这种策略应用到了投资领域，形成了自己独特的投资哲学：只投资高价值、有护城河的公司，其他的根本不看。

巴菲特在一部关于他的纪录片中说："我能看见1000多家公司，但我没有必要每个都看，甚至看50个都没必要。投资这件事的秘诀就是坐在那儿看着球一次又一次地飞来，等待那个最佳的球出现在你的击球区。人们会让你打呀，别理他们。

"我知道自己的优势和圈子，我就待在这个圈子里，完全不管圈子以外的事。定义你的游戏是什么，有什么优势，非常重要。"

萧杰在最后跟关莎再三强调："我之前就建议过你好好思考一下有什么是你擅长的，有优势的，尽量从自己擅长的入手，为什么？因为在擅长区域内，你做对决策的概率大，成功的机会自然就大。"

关莎听后不得不承认，萧杰这总裁不是随随便便就能当上的，这个男人对于一切事物似乎都看得很透，不论是之前的直播带货还是创业者需要的素质，抑或投资家需要遵循的策略。

按照萧杰的观点，他只看行业中高价值且有行业护城河的公司。在国产美妆领域，目前排名第一的叶桃渡确实已经成了这样的公司，那么萧杰要做的就是不断追投叶桃渡，要钱给钱，要资源给资源，其他同类公司看都没必要看。

当关莎回到家时，看到沈俪的房间又关着门，那种若有似无的抽泣声再次传来，沈俪一定又哭了。但关莎也知道，如果自己第二天追问，沈俪一定会笑着说："怎么可能，你又出现幻觉了吧？"

想到这里，关莎用力甩了甩沉重的脑袋，跌跌撞撞地走进房间，横躺在床上。

杜晶今天回三云市参加祖父的80岁寿宴了，整个房间里除了沉闷的空气就是冰凉的月光。

关莎闭上眼睛陷入了思考：自己一个刚毕业就卖口红创业失败的人究竟擅长什么呢？什么才是自己真正有优势的呢？在千万个创业选择中，究竟哪个行业是自己的"甜蜜区"呢？还有，萧杰究竟为什么这么厉害呢？他怎么总是穿着一件深蓝色的上衣和牛仔裤？他是没其他衣服穿吗？这个叫萧杰的人说起话来句句都对，但怎么就这么招人烦呢？

第二天大清早，关莎被雁子谷城中村小学放的《运动员进行曲》吵醒。这首曲子几乎是所有小学集会必放曲目，几十年未变。曲子节奏明快，曲风雄壮有力，但却成了关莎童年不可磨灭的心理阴影，因为一听到这首歌，就意味着……

"该死的，我是不是又迟到了！"关莎霎时间弹坐而起，背上全是虚汗。

等反应过来，关莎还是坐在床上听了一会儿，因为这首歌某种程度上代表着她无忧无虑的童年，代表着只要不迟到就万事大吉的日子。而现在，关莎虽不再受《运动员进行曲》的约束，却被社会上各种生存法则捆绑着。无奈的是，在成年人的世界里，不是谁都能遇到一个总能给自己作业打分并告诉自己正确答案的老师。

关莎蓬头垢面，如行尸走肉般走进厕所，脑袋昏沉，一边慵懒地刷着牙一边思考人生，想着如今周围还有哪些人和事能够让她回到烂漫的童年时光。

突然间，萧杰那肃穆的面容、笃定的语气与冷静的眼神出现在关莎的脑海里。

"同一条路，不是什么人走都能成功，甚至那些成功的人，你让他们换个时间再走，他们也无法成功。"

萧杰真是一位良师益友，好领导，好前辈，好朋友，能给关莎的作业打分，似乎也能告诉关莎所有事情的正确答案。

刷着牙的关莎不自觉眼角一弯，觉得自己能认识萧杰还挺幸运的，应该偷着乐。等漱完了口，关莎习惯性地将凉水往脸上泼，开始洗脸。

"你一个金权总裁来我们这种城中村干吗?"

"只会对人家创业者吹毛求疵! 自以为是，啰里八唆……"

关莎的双手忽然有些颤抖地停在半空，水龙头里的自来水哗哗地流。

说这些话的人是谁? 完了完了完了! 一件比上学迟到更可怕的事情发生了!

凉水的温度无疑让关莎迅速恢复清醒，她昨晚酒后对萧杰撒的那些泼，有序无序地弹了出来，一个接一个……

"你怎么了?"沈俪的声音从身后传来，打断了关莎的回想。

"完了完了，彻底完了!"关莎急得连拍了好几下洗手池，水依旧没关，"该死! 作孽啊……"

沈俪被关莎这副肠子都悔青的模样搞得丈二和尚摸不着头脑，她也没接着问，只是主动过去把水关了。

"怎么办啊沈俪姐，我得罪大佬了!"关莎紧紧抓着沈俪的胳膊，眼看着就要哭出来。她十分清楚像萧杰这样咖位的资源可遇不可求，自己不用心讨好人家就算了，还拿人家出气，对人家发酒疯，说了一堆极不尊重人的话，这以后自己在青阳的日子还怎么混?

砰! 正当关莎想到这里，厕所里的电热水器突然直接从墙上掉了下来，14升水连带重型储水罐直接砸到地板上，撞击声让上下几层楼的狗同时吠叫不止。

关莎和沈俪吓蒙了，储水罐的纯白色外壳已然裂开，虽然罐子里的水没漏出来，但连接热水器的管道却破裂了。压力极强的水喷涌而出，水花溅得到处都是，还带着白色烟气，霎时间，关莎和沈俪都被喷成了落汤鸡。

这时关莎的脑子不够转了，自己昨天得罪萧杰已经够惨了，今天热水器突然来这么一下算怎么回事? 这热水器自己可才买没多久啊!

"出去出去!"沈俪说着把关莎拽出了洗手间，关上厕所门，立刻联系小区物业，让物业把水闸关了。待里面的水声停止后，关莎才缓过气来，刚想上网查查周围有没有师傅能提供上门服务，便猛然想起这个屋子按道理应该是由长租公寓负责维修的。正当关莎要给长租公寓打电话时，就见沈俪从自己房里拿出了一个工具包，二话不说钻进厕所开始徒手维修起电热水器来。

"沈俪姐，你这是干吗? 长租公寓会来修的。"关莎强调。

"等他们来修都猴年马月了。"沈俪一边工作一边说，"停水有时间限制的，这整层楼就因为我们现在没法用水，物业说如果规定时间内修不好就要等明天，你今晚洗澡没热水受得了吗？"

"呃……但你会修吗？"关莎一副怀疑的样子。

沈俪倒腾手里的活儿，没再回答关莎。

在关莎的认知里，一个女人自己修好热水器几乎是不可能的事，她思考再三，还是给长租公寓打了电话，那边的接线员态度热情，说立刻让管家过来处理。

不过关莎这房子从一开始走的就不是长租公寓的正规程序，比如房中家电属于关莎自购，内部也非长租公寓统一装修，关莎之前也没因房子问题联系过长租公寓，故今日这个管家是长租公寓现场指派的。

沈俪在洗手间里叮叮当当一会儿后，门铃便响了起来。关莎赶紧跑过去开门，门外站着两个男人，一个约30岁，满面笑容，身穿衬衫工作服，自我介绍是长租公寓的管家。另一个男人则皱纹满面，头有些秃，50来岁，背着一个大型工具包，手里还拎着工具箱，关莎一看便知道他是修理师傅。

"您好，关小姐，我是负责您这间房的管家，我姓商。"年轻些的男人说着给关莎恭敬地递上了一张名片，关莎低头一看，名片上的名字是商诺。

见关莎仍旧有些迟疑，商诺笑着重复："我姓商，商鞅变法的商。"他这么说仿佛在提醒关莎，中国不仅有"商"这个姓，而且这个姓氏还出过历史名人。

"呃……商先生您好，我家的热水器今早突然掉下来……"关莎边说边领着商诺往卫生间的方向走。

此时卫生间的门被打开了，里面的沈俪得意地说了一句："搞定了！"

"啊？"关莎难以置信，赶忙跑进卫生间一看，那个热水器竟然被沈俪装了回去。水箱外壳破损的裂痕已用胶布粘好，沈俪打开开关，让关莎用手试试，关莎试过之后惊呆了，因为出的还真是热水！

"不是……这么大一个水箱你怎么举起来装回去的？不重吗？"

沈俪用食指戳了戳关莎脑门："我不会先把水箱里的水放掉吗？"

"但是……但是……"关莎正要说什么，一旁的商诺开了口："要不给你们换个新的吧，这个外箱都裂开了。"

关莎刚想表示同意，沈俪却立刻回绝："不用不用，这个就挺好的，谢谢你们！"

"为什么不换？"关莎很是不解，"你用胶布粘外壳也太随意了吧？而且不好看啊……"

沈俪用眼神示意关莎少说两句，而后硬是客客气气地把商诺他们请走了，门关上后沈俪才回过身来道："长租公寓配的电热水器什么价格，你这个什么价格，他们把你这个换下来反手一卖都可以再买两个新的。"

"啊?!"关莎这回说不出话了，倒是沈俪继续说道："而且只不过就是外壳坏了，内胆没有坏。电热水器最关键就是内胆，我只是先随意修修，你这个肯定都在保修期，赶紧打电话让原厂家过来给咱们换个外壳就行了。"

关莎看着沈俪收拾工具的身影，自叹不如，因为她连内胆是什么都听不懂，不过她推断应该是指电热水器外壳里面那个储水的罐子。

"你怎么什么都懂啊?"她问沈俪。

沈俪嘴角微微上扬："如果你按我的人生轨迹活一次，你也一样懂。"

关莎自然没机会按照沈俪的人生轨迹活一次，但沈俪这个与众不同的女子确实给了关莎很大的鼓励。

女人，只要敢想敢做，是可以身兼数职的同时生活花销几乎不要钱的，是可以深夜独自搬家不嫌累的，是可以不依靠任何人修好一台破裂的电热水器的……女人，只要敢想敢做，没有什么是不可能的。

沈俪匆匆收拾完东西便出了门。她出门时意气风发，而回来的时候却沉默不语，眼睛红红的，关莎问她怎么回事，她也不说，但这次没再否认自己哭过。

而也就在今天，杜晶回来了，她都不想跟长辈一起多住一天。

听闻此事，杜晶低眉沉思了一下："这也不奇怪，女人嘛，哭哭很正常，说不定是被男朋友甩了。"

"可她房间没有一张合照，平常也没听她提起，不像是有男朋友的样子。"关莎说。

杜晶打了个大大的哈欠，劝道："哎呀，你管人家哭什么，她没欠咱们房租就行。那句话怎么说来着? 别把室友当朋友。"

"是别把同事当朋友吧?"关莎纠正。

"都一样。"杜晶仰躺在床上，"这世界上除了我，谁你都别当朋友。"

杜晶这句话让关莎心里不禁涌起了一股暖流，舒服至极。而她不会预料到，后来的她回过头来审视现在的自己，会放声嘲笑此刻的单纯、天真、无知与幼稚。

山穷水也尽

关莎又打开了任天行之前用邮箱发过来的直播行业研究报告，报告里的内容与关莎之前实际跑市场的体验几乎一致："直播间不过就是一个展示低价产品的渠道而已，直播间里主播与主播的竞争从来也不是粉丝数与播放量的竞争，而是价格的竞争。那些因为打出全网最低价而卖成爆款的产品，往往在恢复原价后就卖不动了。很显然，商家如果选择直播带货的方式销售产品，无异于饮鸩止渴。"

任天行的这个结论是否偏激，关莎先不做评价，她清楚的是如果她一开始就将莎皇口红的价格定在30元至45元，肯定可以在直播间里冲一拨销量。如果她不为销量，为的是种草，为的是提升品牌知名度，那么先在各大社交媒体平台做图文和短视频推广，宣传效果肯定比直接找双胞胎刷子姐妹来得更好。叶桃渡当下的营销策略便是通过短时间内密集植入大量广告，迅速在各大平台上引发口碑裂变，将影响范围扩大至全网。

与任天行一样，类似的分析能力关莎是不缺的，但实践下来她却彻底搞砸了，只能一边看任天行的研究报告一边事后诸葛亮。这段时间，她的创业之旅可以总结为：一通操作猛如虎，水平不如二百五。

刚搬进这间出租屋的关莎还曾在窗边俯瞰楼下那些如蝼蚁一般的行人，一脸傲气地跟杜晶说楼下那些人99%都很平庸，而今她自己也不得不接受一个事实，这个事实就是：关鸿地产董事长、华南区工商理事会主席、三云市企业家协会会长关鸿伟的女儿关莎也不过就是一个普通人。

如今事业不顺的人又岂止关莎一个，同样住在雁子谷3栋42楼3428的沈俪感觉天都要塌下来了，因为她所在的仙灵网红文化有限公司破产了！

"破产很正常，工作没了，你再换一个不就是了？"杜晶一边在沙发上剪指甲一边说。

沈俪哭了一晚上，眼睛到现在已经肿得连睁开都有些费力："可我的钱在里面！"

"啊?!"杜晶停下了剪指甲的动作，一脸震惊地看着沈俪，"什么叫你的钱在里面？你不是给'老狐狸'打工的吗？你说的是工资?!"

沈俪低下头，吞吞吐吐："不……不是工资……我……其实我入股了……"

杜晶和给沈俪拿冰袋敷眼睛的关莎同时愣住了。片刻过后，杜晶直接扔掉指甲钳跳了起来："乖乖！藏得很深啊姐姐，居然还是投资人！你这投资人跟我们挤出租屋也太低调了吧?!"

"我哪是什么投资人，我不过是觉得搞MCN或许是个风口，想抓住机会罢了。"沈俪一脸哀怨，一边敷眼睛一边道，"当时老板说他们能做内容，还有这么多工厂进行配套生产，也知道怎么搞流量，我就信了，想着这么大的工厂不可能骗我……"

投资MCN机构是个风口没错，近三年MCN机构数量从一千多家变成三万多家，呈爆发式增长。

"你投了多少？"关莎问。

"大概15万元，这是我大部分积蓄！我以后还想……"沈俪欲言又止。

存点钱备用是常有之事，关莎没问沈俪准备用这些积蓄做什么，只是有些愤慨地说："你怎么能信那只'老狐狸'呢？我承认她家工厂是不错，但搞MCN，她经验也没比我多到哪儿去！"

"'老狐狸'？"沈俪一脸不解。

"对啊，凤年厂的。"紧接着，关莎便将自己当初跑工厂的经历告诉了沈俪，"她就是只'老狐狸'，看着善良，其实精得很，从一开始就算计我。"

"是啊，关莎当时差点中了那'老狐狸'的糖衣炮弹！"杜晶插嘴道。

"去去去！"关莎让杜晶别捣乱，转而又对沈俪说："姐姐你也是老江湖了，怎么说投就真投进去？"

"我……"沈俪咬了咬嘴唇，"我这不是想赌一把吗？你看你一毕业就出来创业了，我这么大年纪，都快40岁的人了，一次都没赌过。"

杜晶本想以一个旁观者的身份好好教育教育沈俪，但听沈俪说到这里，话到嘴边又硬生生咽回去了。她现在哪里还好意思说别人，活这么大，她赌过吗？没有，一次也没有。她虽然人不在三云市，上大学之后也不跟父母同住，但她始终没有飞出父母的保护圈，更避不开杜大娘火锅店所带来的各种光环。她跟国内很多富二代一样，以独闯江湖的名义过着表面上潇洒走天涯的生活，但骨子里仍旧是长辈笼中那只无法抵御风雨的金丝雀。

"我这几个月其实也慢慢发现MCN不好做。"沈俪继续说，"来应聘当主播的不少，但培训过后真正肯耐心做够半年的连5%都不到，至少我们公司的情况是这样，一个个小姑娘小伙子天天想的就是爆红暴富，但是爆红暴富哪有那么容易？这些人根本沉不下心，说实话，他们之中有能力的没几个，都是想得多做得少，恨不得每天躺在床上就把钱给数了！"

沈俪的这笔投资款已经因公司运营不当而赔光了，但好在公司是有限责任制，股东不承担注册资本以外的连带赔偿责任，所以即便公司目前还有些负债未偿清，沈俪也无须对此做额外赔偿。

在青阳赚钱容易，存点钱是真不容易，15万元沈俪存了很多年，如今全亏完了，她后悔得肝都疼。

"这些带货主播的转化率非常低，我们公司招一百个人，最后能上场打仗的主播不到五个。而这五个主播中，愿意做够一年的也就一两个，还不一定做得好，不刷数据的话，直播间也就几百人观看，搞得我们整天都在为招新人头痛！"

听沈俪说到这里，关莎好奇起来："那'老狐狸'是不是真的跟我说的那样，一点也不专业？"

沈俪拼命点了点头："老板对于管理工厂很在行，但这网红文化……怎么说呢，她其实对大家写的文案很少提修改意见，我觉得她自己都不知道哪些好哪些不好，官方平台的人她接触得也不多，给主播的内容大同小异，涨粉很难，我当时真不知道是脑抽了还是咋的，居然这么相信她……"

见沈俪一副又要哭出来的样子，关莎赶忙安慰："没事没事，现在知道也不晚，破财消灾！破财消灾嘛！何况那'老狐狸'的化妆品工厂看着确实靠谱，我当时都差点上了她的贼船。"

"这行做是谁都能做，但真正赚钱的没几个。"沈俪低头揉搓着手指。

"如果你们能签到倪蝶或者云夏白这样的主播，是不是就肯定能赚钱？"一旁的杜晶突然问道。

"那肯定。"沈俪说，"不过也就超级头部可以，就是金字塔尖的那种，如果往下，比如小头部或者腰部主播的公司，赚钱一样很困难，更别提萌新主播了。"

"为什么呀？"关莎坐直了身子，双手托着脸颊。

沈俪给关莎和杜晶算了一笔账。一场直播一般30个坑位，每个坑位按市场价最便宜的算，900元一个，MCN机构所收的坑位费总额是27000元，如果这个MCN机构拥有100个主播，那盈利盘就是270万元。

但为了这270万元，MCN机构需要支付很多费用，比如跟平台和商家拉关系，抢资源，做数据维护，主播的底薪和佣金也需要支付，遇上个赚钱的主播，还要给其配小助理和化妆师，直播设备也要相应升级。

"反正就是赚不了什么钱。"沈俪总结一句，"如果能赚钱，像我们这样的网红文化公司现在就不会倒了一批又一批。"

听到这里的关莎不禁皱起眉来。从她创业至今，如果把所有的事情串联起来，她发现了一个问题："直播带货行业那些半红不红的主播很难赚钱，MCN机构很难赚钱，各路商家几乎也都在赔本赚吆喝，利润被压得很低甚至倒贴钱，那么在整个游戏中，究竟谁赚钱了？"

杜晶和沈俪听到关莎这个问题也愣住了。对啊，谁赚钱了？一个游戏里如果有输家就一定有赢家，不可能所有人都输，如果所有人都输，那这个游戏便会直接被大家抛弃，不可能参与的人还越来越多。

金权投资集团青阳分公司总裁办公室里，萧杰无奈地取消了下午的会议，因为他面前站着的人正是关莎。

"谁赚钱了……你跑来就为了问我这个？"萧杰觉得关莎有些无理取闹，"这种问题不能直接电话沟通吗？"

"可我没有你的电话啊……"

"蒋一帆不是有我电话吗？"

"呃……那个……我……"

关莎其实是想当面跟萧杰赔不是，毕竟她那夜喝了酒说的话很不尊重人，但她支支吾吾半天仍旧没好意思开口，反倒心一横，脚一跺，朝萧杰大声道："哎呀你就先告诉我答案嘛！在这个游戏里，到底谁赚钱了？"

萧杰站起身走到窗前，指着远处的一座山："那个看到了吗？"

"看到什么？"关莎问。

"那座山。"

关莎赶忙走到窗前仔细看了看，山的位置太远，只有一个大致的颜色和轮廓，黄色的土，绿色的草，非常普通。

"怎么了？"关莎不知道萧杰想说什么。

萧杰笑了："云夏白的房子就在那座山上。"

关莎听罢立即反应了过来："我懂了！不对，这个我早就懂了，我当然知道大主播赚钱了，但整个游戏难道只有他这样的人能赚钱吗？那其他人为什么还愿意陪他玩？"

"当然不止他赚钱了，他这种头部主播背后的MCN公司也赚钱了，还有……"

萧杰说到这里主动停了下来，看着关莎的目光很深邃，似乎想从关莎的反应中探寻些什么。关莎被萧杰盯得不自在，眼睛不自觉往其他地方瞟："呃……还有什么？你想说什么？"

"你真不知道吗？"萧杰视线依旧紧盯关莎。

"知道什么？"关莎越来越听不懂了。

萧杰没接话，仿佛在等关莎自己开口。

"不是，你说啊！"关莎急了，"别老说话说一半！我应该知道什么？"

"你们家上周的新闻，关鸿地产。"萧杰说。

当任天行看到某财经公众号分享的文章插图时，差点将咖啡喷到手机屏幕上。

插图一是关鸿伟、倪蝶和萧杰一起逛批发市场的照片。批发市场人山人海，萧杰在中间，关鸿伟走在萧杰左边，而倪蝶则走在萧杰右边。除了倪蝶，萧杰和关鸿伟的神情都较为松弛，三人似乎正就某件事谈论着什么。

从衣着来看，任天行百分之百确定这张照片拍摄于他撞见萧、关、倪三人的那天，毕竟三人在其他时间同一地点都穿同样衣服的概率微乎其微。

任天行仔仔细细用肉眼扫描了照片里的每个细节，没找到自己，却在照片边角处发现了一个站在远方高处的模糊人影。此人身形瘦长，照片采用人像拍摄模式，背景被虚化处理了。虽然任天行看不清楚那人的脸，但他笃定这个"背景人"就是在高台上当换衣模特的沈俪。

同一篇文章里的插图二直接让任天行在整个金权投资集团一炮而红。

照片里，任天行圆滚滚的身子与肉嘟嘟的脸颊赫然出现在倪蝶的旁边与萧杰的对面。拍摄地点是经城区稻香园茶楼，照片里关鸿伟笑着，萧杰手里握着一个茶杯，倪蝶似乎在滔滔不绝地说着话，而任天行，他正张嘴迎接一个令人垂涎欲滴的大烧卖，眼神略显贪婪。在众人看来，照片中任天行的存在极不协调，那些与他同批入职的实习生个个都看红了眼。

"这个任天行是总裁的亲戚吗，怎么能跟总裁一起看项目？"

"我就说马总三次让他走他都可以入职，不是有背景才怪！"

"我还说他靠山是谁，原来是新来的总裁！惹不起惹不起！"

"资源咖不应该低调点吗？好歹也跟萧总保持些距离……"

"任天行现在是哪个项目组的？"

"好像哪个组都不是。"

"为什么？"

"听说是没人愿意带，所以萧总才亲自把他带在身边。"

"为什么没人愿意带？"

"还不是之前跟马总闹的那些事，大家都传他水平不行。"

任天行此刻在天台上一边看新闻一边吃着便利店买的三明治，这些关于他的流言蜚语他自然是听不到的。

在青阳，天台是城市里离天空最近的地方，也是大型写字楼中的白领短暂逃离工作的好去处。一到午休时间或是下午四五点，天台上的打工人便开始多了起来。他们有的三五成群地喝着奶茶聊着天，有的独自站在一个角落里刷手机。

天台上有办公室里听不到的日常八卦与家长里短，还装满了大城市奋斗者的各种心事、压力、理想与秘密。天台墙面上那些被雨水常年腐蚀的印记无意间成了城市打工人芳华流逝的最好证明。任天行是幸运的，他的芳华才刚刚开始，年轻的脸就被无数公众号文章作为插图使用。

《叶桃渡与倪蝶签署战略合作协议》《地产大佬牵手口红一姐》《关鸿地产开疆拓土又一壮举》……这些文章的标题虽形式各样，但传达的核心意思就是：叶桃渡与倪蝶合作了，所以关鸿地产股价会涨！

倪蝶确实与叶桃渡签署了战略合作协议没错，叶桃渡旗下的部分美妆产品会根据倪蝶团队的建议进行有针对性的开发，且叶桃渡产品会增加进入倪蝶直播间的销售频次，倪蝶也将在下半年将团队归入叶桃渡旗下，并成立个人主理的子品牌。

消息一出，关鸿地产的股价便涨停了。更令人瞠目的是，往后的五个交易日，关鸿地产的股价连续拉出了五个涨停板。随后，关鸿地产的高管中有不少人通过集中竞价和大宗交易减持公司股份1300多万股，累计减持金额过亿元。而就在高管减持之后的一天，关鸿地产早盘跌了10%，封死跌停板。

如果任天行没进金权投资集团，他一定会跟大多数公众号博主做出差不多的判断：第一，关鸿地产的一把手关鸿伟与倪蝶一起逛街吃饭，陪同人还是金权投资集团青阳分公司总裁，必定三方有投资事宜需要详谈，合作的概率极大；第二，叶桃渡与倪蝶签署合作协议是确定的事实，而叶桃渡背后的投资人正是金权投资集团，关鸿伟与金权投资集团有常年的固定合作关系，故叶桃渡此次与倪蝶的强强联合，关鸿伟最有可能是受益人之一。

综合以上两点，外界误以为叶桃渡与倪蝶的合作会利好关鸿伟所在的关鸿地产，因此"韭菜"们纷纷买入关鸿地产的股价，希望坐收倪蝶入伙的红利。

但已经对美妆和直播行业深入研究的任天行一眼就看穿了其中破绽。

首先，叶桃渡确实因为倪蝶的加盟而增加了产品销量，但直播带货和网红带货这样的渠道占叶桃渡总营收的比例并不大，叶桃渡更多还是通过电商平台（非直播）、线下直营店以及微信平台销售产品。换而言之，倪蝶的加盟只是让叶桃渡锦上添了一点花罢了。其次，就算叶桃渡的业绩真因倪蝶的加盟而迅速增长，甚至做到了全球第一，都与关鸿地产没有任何关系。关鸿伟根本没用关鸿地产的钱投资金权投资集团的"宏丰景顺1号"基金，他用的是自己口袋里的钱，所以倪蝶与叶桃渡的双赢合并只不过是让关鸿伟的私房钱多了一些，关鸿地产的财务状况以及盈利能力不会因此有任何改善。

看出端倪的人又何止任天行一个，天台上那些金权员工都琢磨出来了，大家对此也是议论纷纷。

"不对吧，倪蝶跟叶桃渡合作与关鸿地产没关系啊！"

"可不，这帮'韭菜'还真是无脑啊！"

"倪蝶就是卖口红厉害点，而且她粉丝都是看直播的多，但直播销售额占叶桃渡的总营收比例根本不大，我记得连2%都不到。"

"外界看不到这些数据，毕竟叶桃渡没上市。但是他们对投资我们基金的是关鸿地产也太自信了，至少那些公众号博主是这么认为的。"

"你还真以为公众号博主都有脑子啊？所以我都跟你说少看公众号！"

"连续五个涨停，这些股东反手就赚一亿多元，美死了！"

"这也就搞一次，你看最后不是跌停了吗？大众又不傻，都反应过来了。"

"但是反应过来也晚了啊，一亿多元已经被人家赚走了，那可是一亿多元啊！

哎，我一辈子都赚不了那么多钱……"

这次关鸿地产股价的大涨让各大高管赚得是盆满钵满，一想到这点关鸿伟就来气，他把手下一个个约进办公室质问，面目严肃，语气冰冷。

高管A："关总，我真不知道那些照片是谁拍的，媒体也联系了，找不到照片的来源。"

"我现在没问你照片的事，我问的是你卖股票的事！怎么，你对公司前景不看好吗？"关鸿伟目光如寒刀。

高管A一脸委屈："哪里哪里！家里急用钱，这不孩子准备出国读书了吗……"

高管B面露惊色："我这才减持了5万股，您看伍总，他减了30万股。"

高管C伍总破罐子破摔："我这也是没办法，国家放开政策，家里添了老二，开支大了。关总您是不知道，本来以为添老二就是多一个人的事，但没承想，我们两口子的父母、育儿嫂等等都住进来后，房子也得换大的。"

"我记得你家房子不小吧？"关鸿伟眯缝着眼道。

"但是房间不够啊，以前就四间房……"伍总假装窘迫地回答着，"而且关总，您自己不也减持了吗……"

"去去去！"关鸿伟说着打发走了这帮高管，关上门时他耳根竟还有些红。

对于此次新闻能起到的作用，关鸿伟一清二楚，拍照者是谁他并不知情，但他知道凭借他的身份，身后尾随的记者大有人在。只不过，当一切按照关鸿伟的预期一步一步地发生之后，他便产生了只许州官放火，不许百姓点灯的矛盾心理：我作为实际控制人减持套现可以，你们这帮兔崽子也跟风接连甩卖公司股票算怎么回事？！

面对这些很早就在关鸿地产帮关家打天下的高管，关鸿伟也不好逼太急。这些打工皇帝的经济状况关鸿伟一清二楚，他们虽不是社会中最富有的那5%，但比上不足比下有余，他们对于关鸿地产盈利发展的预期再清楚不过。关鸿地产要消化五个涨停板的估值得再等至少两三年，这还是在大环境持续利好地产行业的条件下才有可能实现，所以手中持有股票的众高管都希望趁这次新闻红利减持部分股权，落袋为安。

当办公室重新恢复安静后，关鸿伟严峻的面庞立刻放松下来，他咧嘴一笑，揉搓了下双手，拿起手机就给私人助理打了过去。

在直播带货这波浪潮中，各路中小主播只是辛苦地混个温饱，其背后的MCN

机构每天都在应对主播跑路与市场变迁的不确定性，众多商家也经常面临因价格过低而无利可图的局面。在这个游戏中，不断有人退出，有公司倒闭，但也不停有新玩家出现，游戏里仍旧活着的大部分人都只能刚好填饱肚子。关莎原先向萧杰提出的那个问题若再精确一点，便是：游戏中大部分玩家虽然都赚钱了，但赚的都是别人吃剩的残羹冷炙，真正赚大钱的人是谁？

"不是云夏白，不是倪蝶，当然也不是云夏白和倪蝶身后的MCN公司。"萧杰指着远处那座山朝关莎道，"云夏白的那栋房子对于你父亲公司的市值增值而言只是个小头，你们关鸿地产只用了五天时间就把人家云夏白和倪蝶努力十多年才能赚的钱给赚了。"

"对对，就是青阳龙湾二期，顶复，1500平方米的那栋！"同一时间，三云市关鸿地产总部董事长办公室里，关鸿伟浑厚的声音响起。

"关总，这栋目前有别的买家在竞价。"

"加30%，全款！现付！"

"明白了关总，我这就去办！"

关鸿伟愉快地放下了电话，助理办事的靠谱程度他是不怀疑的。

青阳经城区龙湾二期的顶楼复式是复式中的王者，上下四层楼，每层380多平方米，顶层是豪华露天的观景台，可以纵览青阳湾全景。龙湾里住着的人不是商界名流就是大牌明星，关鸿伟对其居住环境还是较为满意的，唯一的瑕疵或许就是网红带货大V云夏白也住在里面，但这并不影响关鸿伟对于龙湾房子的看好。

青阳龙湾目前吸引了多家头部互联网公司总部进驻，预计未来将有两万家企业汇聚，产能输出超千亿元，并形成龙湾传媒港、智慧谷、金融中心以及东南区创新创业产业群。在关鸿伟看来，要不了五年，该房产价格就可以翻两倍。他坚信这个房子关莎肯定满意，无论是自住还是投资，都是非常好的选择。

一想到关莎，关鸿伟哼了哼鼻子：就凭你这个死丫头还想用20万元收购你爸？也不看看自己的绒毛长没长齐，到头来就连住处还不是得靠爸爸想办法？

关鸿伟一边想一边喜滋滋地用牙签剔着牙。他从任天行那里了解到关莎的存款已经山穷水尽了，要不了多久就会乖乖低着头回来求自己。

此时关鸿伟的桌面上是秘书从街边买来的香辣鸭翅、鸭脖、鸡爪和麻辣烫。

关鸿伟家财万贯，但就是改不掉吃路边摊的习惯。对他而言，米其林三星餐厅和家里雇用的私家大厨做出来的东西远不及街坊小巷中的特色小吃来得美味。他的胃离不开这些平凡烟火气，正如他毕生的事业看着高大上，其实不过是用钢筋水泥建造的一间又一间寻常百姓家。

"所以我爸这是内幕交易？"关莎眼神直勾勾盯着萧杰，问得很直接。

萧杰摇了摇头："不算是，因为关鸿地产在涨停之前成交量并没有异动，也就是说，这件事情是个意外，不是人为的。"

"你怎么知道不是人为的？"关莎眼睛都没眨一下。

萧杰笑了："你想想，如果是人为的，你明知道有重大利好，会不会想办法在前期埋伏更多的资金，甚至借钱也要投？五个涨停板可是61%的收益，一周之内61%的收益，是你你会怎么想？你是不是借遍所有亲戚朋友或者找资金公司加杠杆都要投进去？怎么可能维持原有持股比例不变？而且五个涨停还算温和的，不温和的，七个八个十几个的都有，只不过有的是连续涨停，有的是在几个月或者一年之内实现。"

见关莎完全呆住的样子，萧杰内心默默叹了口气。眼前这个小姑娘真就是个应届毕业生罢了，涉世未深的小白兔跑到外面误打误撞还真容易出事情。想到这里，萧杰认为关鸿伟还是很了解他女儿的，如果关莎在青阳没人指点和帮衬，到时候被人吃了都不知道。

"倪蝶和云夏白背后都是有资本的，通俗点讲，就是他们有所谓的'A股朋友圈'，真正从直播带货中赚了大钱的人，就是'A股朋友圈'里的这帮人。"

萧杰的语气很平静，很沉稳，正如他的神态一样。

"云夏白的'A股朋友圈'涉及领域众多，比如农产品加工、休闲饮食、生活用品甚至医药生物，涉及的上市公司有20多家，其中有些公司因为跟云夏白合作，一年下来股价翻了三倍，涨得少的也翻了将近一倍。

"这些公司有的业绩还算平稳，但有的完全就是蹭网红的概念，因为有与倪蝶和云夏白合作的噱头，动态市盈率已经高得有些离谱了，三百多倍的都有，但你要看这些公司的财报，扣非后净利润表现都是亏损的。"

萧杰说的确实也是事实，目前A股有40余家公司均宣称自己和直播带货有关，有些研究机构甚至还绘制了一个网红概念股走势图，即所谓的网红经济指数。被纳入该类指数的公司，实际盈利水平一般，但靠着直播带货或者网红概念，股价一而再再而三地上涨，让大批不明情况的散户都倒在了这些资本方的镰刀之下。

萧杰说："这些公司的惯用伎俩就是先低调买进某公司股票，然后再宣布这家公司与倪蝶或者云夏白这类头部KOL合作，砸钱媒体宣传，拉高股价，等'韭菜'进去后，再高位套现。这些人能赚的钱其实远比倪蝶和云夏白多。"

关莎听后立刻反驳："但是我看了倪蝶的直播，她确实带货能力很强，与她这样的主播合作其实真的有助于拉动公司业绩，那么利好资本市场……我觉得也是自然的，没啥毛病啊……"

萧杰摇了摇头："倪蝶主打的是美妆，美妆成本低，毛利高，商家有得赚也正常，效果立竿见影。但是对与她合作的其他很多非美妆、低毛利产品商家而言，则根本应付不了直播带货产生的相应成本，所以这些商家一般图的也就是个薄利多销，重在去库存，对公司业绩没有明显的拉升作用，尤其是没有办法保证大品牌的利润空间。而我刚才说的那些上市公司，个个都是大品牌，都是行业龙头，但光靠去库存，你觉得是在正向拉升公司业绩吗？"

关莎听萧杰说话都听得出了神，这个男人肚子里是真有墨水，脑子里也是真有思想，怪不得蒋一帆这样的男神提到萧杰都自愧不如，怪不得杜晶时不时就跟自己花痴萧杰的知识水平，怪不得任天行死也要跟着萧杰干。

"那个……"关莎怯生生地问萧杰，"要不萧大侠你给我指条明路？我不干美妆的话，应该干点什么合适？"

"不知道。"面对关莎的疑问，萧杰如是说。

"啊？你不知道？"

关莎本以为只要自己放低姿态来求萧杰指点迷津，萧杰一定会给出一个正确答案，她的第二次创业就按照这个答案实施即可，但萧杰想都不想就直接甩出了"不知道"三个字。

"你未来要怎么走，只有你自己知道。"萧杰对关莎说，"我跟你说过，作为创业者，最核心的能力就是做对决策的能力。哦，不过那晚你喝多了，估计忘了……"

"我没忘！"关莎反驳，不过她话才说出口就立刻后悔了。那晚她如果没忘记萧杰对她说了什么，就自然应该记得她对萧杰说过什么……冲动果然是魔鬼，关莎这下借口都没法找，直接把自己带沟里了。

萧杰倒是没有追究，接着刚才的话："既然没忘，那你应该知道作为创业者，或者说作为一个想创业的人，接下来要干什么，如何干，都需要你自己做出决策，如果连这个都要别人告诉你，我劝这业你还是别创了。"

看到萧杰一副不苟言笑的样子，关莎咬了咬嘴唇："那个……大侠，我那天喝多了，说了什么你别介意，我喝多了就喜欢胡说八道……"

关莎今日犹豫了很久是否要向萧杰道歉，刚才她一直没好意思，或者说没逮到合适的机会，但现在为了一个正确答案，她不得不把旧账偿清，姿态放低。

萧杰听后皱了皱眉："我们说的似乎不是一件事。"

"哎呀萧大侠，我那晚真不是故意的，我向你道歉！"关莎说着居然给萧杰郑重地鞠了一躬，"对不起！你大人有大量，就告诉小女子下次创业应该做什么吧，我不想再走弯路了！"

"咳咳……"萧杰清了清嗓子，"我刚才说的你没听进去吗？"

"听进去了，听进去了！"关莎赶忙抬起身，"你说让我自己做决策，但我这不是才毕业什么都不太会吗……一起吃早茶的时候你说让我思考什么是自己真正擅长的，我后来确实也想了很久，但我真不知道我擅长什么，所以才来请教你，你见过那么多企业，投过这么多公司，从你投资人的视角看，现在搞什么最有前途？"

萧杰走回了自己的位置上，拿起茶杯不慌不忙地喝了一口茶："你也说了，我们这些投资人不懂什么是创业，所以我就不自以为是，啰里八唆，指点江山了。"

萧杰无疑引用了关莎那晚骂他的话来回敬关莎，关莎听后一愣，想着自己不道歉还好，道了歉这萧杰反而故意计较起来。

刚才还假装宽宏大度不计前嫌的样子，多聊几句就开始小肚鸡肠了！老娘给你点阳光是看得起你，稍微灿烂下就行了，别得理不饶人！

关莎此时恨不得冲着萧杰把这些话全骂出来，但她不能。她清楚地记得网络简介里关于萧杰的一切，这个男人登榜无数，外界对他的评价就是：一个很会投资牛人的牛人。而这样的牛人，关莎就算再气也得自己受着。对关莎这类创业者而言，萧杰就是金主的代表，关莎以后创立的公司很大概率需要从萧杰手上融资，若是得罪了萧杰，以后他保不准真会在资本市场上给关莎小鞋穿。

我不生气我不生气我不生气！我得对他笑我得对他笑我得对他笑！关莎反复这样告诫着自己，此刻的神情相当复杂，眉心时而紧蹙时而舒展，紧绷的嘴角忽而默念着什么，忽而又努力上扬，好似得了精神病一样。

"你……没事吧？"萧杰挑了挑眉。

"啊？没事没事……"关莎笑容僵硬。

"你为什么一定要自己创业呢？"萧杰放下了茶杯。

"因为我不想当打工人，打工人就算赚再多钱，也最多只能财务自由，而不能时间自由，可在我看来，时间自由是与财务自由同等重要的事。"关莎说。

萧杰顿了顿，而后道："但并不是每个人都适合创业。"

"我还没有尝试足够多次，你怎么知道我一定不适合创业？"关莎语气中满是不服气，"据我所知，现在国内国外那么多知名企业家，也没几个一开始就能成功。"

萧杰点了点头："是这样没错，但做企业不一定要另起炉灶，你家关鸿地产盘子那么大，难道还不够你施展才华吗？"

关莎闻言拼命摇头："我要是去关鸿地产工作，我连犯错的机会都没有！我跟你打赌我爸什么都会给我张罗好！以前他给我买玩具，什么乐高积木，什么火车轨道，最后都是他帮我搭好的，我搭得慢一点他就不耐烦，就马上自己弄，还不让我插手，最后所有的成品都是他关鸿伟的作品，不是我关莎的！"

关莎内心这些话确实憋很久了，到底有多久了呢？大概二十多年吧。这种不甘与委屈她就只跟杜晶提过，萧杰算是第二个。

回关鸿地产工作，关莎看似是把自己的人生拉入了正轨，但她不愿意，她认为自己还年轻，应该拿出足够多的时间活出一个完整的自己。

关莎的奋斗座右铭就是绝不能回到一个安全的地方过稳定的日子。她记得硅谷创投教父史蒂夫·霍夫曼说过一句话："当你跳到了一个安全的地方，其他人也跳到了这个安全的地方，这种安全就变成了平庸。"

"我觉得人生就像寻宝之旅一样，如果那条路是阳光明媚的康庄大道，一目了然，宝藏早就被人挖光了。"关莎说，"所以我才要去黑暗的地方，趁我现在还有勇气，还有好奇心，我必须尽可能地承担风险，你是投资人你应该很清楚，没胆子承担风险就没资格赚大钱。"

萧杰闻言，身子没动，思绪也没动，目光停留在关莎那仙如山涧白鹤的眉宇之中。关莎目光虽清澈透亮，却深不见底。

走向黑暗之中可能一无所获，却也可能挖到别人都没见过的宝藏，赚得盆满钵满。关莎所表达的萧杰又岂能不理解，在萧杰看来，打工人之所以很难实现真正的财富自由，是因为他们没有承担公司所面临的风险。

这也是为何虽然大多数创业者的工作能力以及后期付出的精力并不比高管和员工们多，但创业者的收入往往是最高的，多出来的这部分收入，不过是市场经济对创业者早期愿意承担风险的一种溢价补偿。

在萧杰看来，关莎哪怕没有足够的经验、敏锐的洞察力和专业的知识，但她才刚毕业，她依旧有很多机会，她的魄力和决心足以让她在未来的挑战中承担风险和压力，同时收获自我突破的快感。

萧杰想着如果这时自己一味地按照关鸿伟的要求劝关莎回关鸿地产工作，未必是一件好事。所有的事情，一旦稳定久了，就不见得稳定了。萧杰若有所思地注视着关莎。眼前的这个女孩如果回关鸿地产工作，并不能保证一生就可以安然无恙；如果她选择自己创业，也不代表这辈子都得颠沛流离。想到这里，萧杰嘴角微微上翘："行，我支持你，你的机会很多，但这些机会里充满了凶险，有的会让你走向失败，最终使你成功的机会少之又少，如果出现了，你必须牢牢抓住。"

关莎听后眼睛一亮："这么说你是答应给我这个机会，教我怎么做了？"

她本以为与萧杰聊到这个份上，萧杰于情于理都会给她一个方向，但萧杰开口说的居然是："我给你提建议可以，但我的建议挺贵的，你拿什么来换？"

关莎差点以为自己听错了，嘴角的神经抽动着，还想挣扎："不……不是，你是前辈啊！前辈帮助后辈不是很正常吗，怎么还需要交换？"

萧杰摇了摇头："即便你是蒋一帆的朋友，我也没什么义务帮你，对吧？社会上没有这样的规矩。"

"但你要我给你什么？总不会要钱吧？我卡里就剩点饭钱了。"

见萧杰只是笑笑没回答，关莎有些急了："说啊！你要跟我换什么？"

"那取决于你有什么，而且只是你有还不行，还得我需要。"

关莎闻言不禁低头打量了下自己，心想这总裁不会是贪图美色之辈，让自己跟他做"那种交易"吧？她警惕地抬头瞟了一眼萧杰，萧杰的目光也正注视着她，毫不避讳。萧杰的眼神如他第一次遇见关莎时那样，眼波如幽绿深潭的水面一样静谧，静得太稳，稳中又透着一种超凡脱俗的高贵气质。这种高贵是庄重的，端正的，儒雅的，甚至还带了些令人捉摸不透的神秘色彩。

仅是一眼，关莎就明白完全是自己想多了，对面站着的这个男人压根对自己没那种意思。

"我知道了！"关莎突然灵光乍现，"我知道你缺什么了！你缺一个好项目！一帆哥以前常跟我说你们风险投资人总在看项目，说好项目总是很缺！这不，我就是好项目啊！"关莎很是自信，"这样，萧大侠你告诉我创业内容，事情我去做，完全不用你操心，做好了给你们金权入股，价格好商量！"

萧杰笑了，他的笑容有些冷，且没有声音。

"好项目确实永远都缺。"萧杰肯定道，"这些项目或许是已经能产生稳定现金流的企业，或许是那些产品刚刚量产，正在探索市场的公司，或者什么都没有，只是创始人有一个好想法。但你关莎连一个好想法都没有，我凭什么入股呢？"

关莎刚想说什么，萧杰丝毫不给机会地继续道："你的公司一没盈利，团队也没组建起来，假如想法是我给你的，钱也是我给你的，似乎我并不需要你。好想法是很珍贵的，与其给你这个应届毕业生，我为何不给我们公司已经投资的那些成功企业家呢？"

关莎哼了哼鼻子："我看你说这么多就是没想法！你根本不知道做什么更有前景，你心里也没答案，所以才在这里各种卖关子！"

"激将法对我不管用。"萧杰双手背在了身后，一脸从容。

关莎涨红了脸，小心思被别人看透的感觉不好受，她觉得自己今天就不该特意跑这趟，好处没捞着，还得看人家脸色。

萧杰对于关莎的态度确实没之前客气，至少他这次解决问题的方法是在为难关莎。一个刚毕业不久的社会小白怎么可能拥有与沙场老将对等的筹码？萧杰很笃定这样的筹码关莎不会有，他对此不抱任何希望，只不过是单纯地想给关莎的创业之路多放几块绊脚石罢了。

为何萧杰一定要这么做？原因还得从他与关鸿伟那次一起打室内高尔夫说起。

关鸿伟重仓持有的金权"宏丰景顺1号"基金很可能面临不能如期兑付本息的问题，萧杰一直都在犹豫是否要将其告知关鸿伟。

若萧杰不说，最后基金出了问题，关鸿伟一定会对金权投资集团的资金管理能力大失所望，但若萧杰说了，保不准关鸿伟会提前赎回基金份额，抽走资金，这无疑会让萧杰所面临的困境雪上加霜。

随着关鸿伟一杆又一杆的好球进洞，萧杰的内心陷入了两难——究竟说不说？

犹豫再三，萧杰最终决定还是实话实说。奇妙的是，让萧杰下定这个决心的人不是关鸿伟，也不是萧杰自己，而是任天行。萧杰想着任天行本可以不告诉关鸿伟他自己车技有多烂，撞到关莎的车有多危险，更不必坦白当天他硬着头皮接过马钰递去的车钥匙是为了入职金权，但任天行一五一十全坦白了。任天行的坦白换来了关鸿伟的高度赞扬，甚至他还想让任天行去关鸿地产工作。很显然，事情本身是否糟糕透顶不是关鸿伟最关心的，他最在意的是一个人是否足够坦诚。

揣摩出关鸿伟偏好的萧杰随即将"宏丰景顺1号"基金目前的困境与关鸿伟大

致说了一遍。关鸿伟听罢脸色自然是不太好看，为此他也更希望倪蝶加入叶桃渡，基金组合里的公司，能救一家是一家。

萧杰原本以为关鸿伟会数落自己，数落金权，但关鸿伟没有，关鸿伟双手挂着高尔夫球杆思忖了很久才道："萧杰啊，不管你们之前人事上发生了什么变化，都过去了。你这人实在，没什么弯弯绕绕，跟你合作我舒坦！"

关鸿伟说到这儿，萧杰算是松了一口气，但他内心真正的目的还没达到。私募基金的投资近况其实无须向背后的LP（Limited Partner，有限合伙人）投资人及时汇报，萧杰在这个时候选择提前告知关鸿伟，除了在对方心中树立一个良好人设，自然还有深层目的。

关鸿伟能把庞大的关鸿地产经营得风生水起，洞察人心的能力自然弱不了，他清楚萧杰选择在这个节点跟他提基金所面临的困境为的是什么。他把球杆放到一边，拍了拍萧杰的背："胡海人我虽然没见过，但他的名号我多少也听过，传言是个狠角色，所以我说了，你们是专业的，不需要我担心。"

"但是……"

萧杰刚要说什么，就见关鸿伟做了一个打住的手势："我知道你想说什么，组合里这么多公司，绝不仅仅是叶桃渡一家，我都明白。我呢……也不给你压力，其他人我管不了，我本人可以延长投资期限。"

萧杰闻言眼睛一亮，关鸿伟这番话着实让他吃了一颗定心丸，延长投资期限就意味着萧杰不必在规定时间内完成本息兑付。

"困难谁都会遇到。"关鸿伟笑着说，"时间越长说不定后面赚得越多。"

萧杰知道关鸿伟这是在让气氛变得轻松，他刚想表示感谢，就见关鸿伟摸了摸下巴，神情变得严肃起来："延长期限可以，这个坎我们一起迈过去，但我也希望你帮我一个忙。"

"哦？"萧杰赶忙问，"帮什么忙您说，只要我能办到，一定竭尽全力。"

关鸿伟随即微微一笑："不用竭尽全力，你不出力就行。"

萧杰没太听明白，刚想问，就听关鸿伟贼笑道："小女关莎要是找你帮忙，你懂的……她们这一代人太顺了，太顺了不是好事。"

萧杰在关莎看来是个软硬不吃的主儿，想要从他身上榨出点有用信息，自己不下血本是不行的。关莎左思右想，如果不依靠父亲关鸿伟，她实在想不出能有什么等价条件与萧杰交换。

"怎么，想不出来？"萧杰饶有兴趣地看着关莎颓丧的样子。

关莎一听萧杰说这话就来气，但她极力压抑着怒火："像你这样职位的人肯定啥也不缺，而且就算我知道你缺什么，我也不一定有……"

萧杰坐直了身子，双手置于桌上，十根手指交叉在一起，看着关莎想发飙却又不敢发飙的样子，有些想笑。

"你笑什么？"关莎瞪着萧杰。

萧杰心颤了一下，但表面依旧平静："我没笑。"

"你想笑但是你忍着！"关莎一语道破。

萧杰这回倒是真笑了出来，只不过他的笑依旧无声。关莎见状也不再掩饰自己的情绪，提高嗓门说了一句："大侠！萧总！我是特别尊重你才来向你请教，我虽然没什么经验，但我的的确确是真心实意想把事情做好。而且说实话我也不觉得我之前那次算失败了，之前最大的问题就是我对口红，对整个美妆行业的启动资金误判了，如果你愿意给我融资，我重来一次，我肯定……"

"我那晚跟你说的话你不是说你记得吗？"萧杰打断了关莎。

"啊？"关莎一下子没反应过来。

萧杰嘴角的弧度消失了："我说过，美妆行业已经有一个叶桃渡了，我们金权从不投竞争对手。"

"呃……我怎么会忘，你还说如果以后我真做到能够抗衡叶桃渡的水平，你还会打压我！"说到这里的关莎，闪烁的眸光似乎瞬间被冰冻住了，因为她突然想到能跟萧杰交换的筹码是什么了！

市场上目前能跟叶桃渡抗衡的公司不就是娜娜吗？娜娜之所以能在低成本的营销模式下迅速扩大市场占有率，很大原因是带货之王云夏白的加入，如果扳倒了云夏白，对娜娜就是一记重拳，结果无疑利好叶桃渡和金权投资集团。想到这里，关莎一边向门口跑一边朝萧杰挥手道别："等着我！这猛料你绝对喜欢！"

萧杰对于关莎这样突然的举动有些莫名其妙，他不知道关莎所谓的猛料是什么，但他也不会因此将自己的心理预期调高。

两天后，关莎再次突兀地出现在了萧杰的办公室。这次，萧杰没有因为她取消任何工作行程，故关莎足足等了萧杰四个小时。随后两人会面，萧杰在关莎的手机里看到了好几段暗访工厂的视频，内容均是关莎询问娜娜产品出厂价格的，有些老板比较警惕，不愿意透露，有些老板早就对娜娜满腹牢骚，所以什么都说了，两毛八一片的面膜、两块五一支的口红是只有娜娜才能压到的价格。

萧杰看完后神色没多大变化："他们家量大，走的也是平民路线，这个价格……"

"这个价格这么看是没毛病。"

关莎紧接着给萧杰播放了一段云夏白的直播内容，画面里云夏白正让大家购买169元的护肤套装，为此他愿意送出很多东西，其中就包括面膜。后来由于消费者开口要的赠品太多，云夏白不耐烦起来："要我们家口红、眼影的这些妹子差不多得了，实在不行再送你们两盒儿面膜儿，新款，专柜价78块钱一盒儿！我们家面膜儿成本可是两块钱一片的，没有几毛钱一片的，大家可要看清楚了！"

视频到这里就结束了，因为已经足够了。云夏白作为娜娜的营销总监、公关代言人、直播大咖和社会名人居然当众说谎，关莎手机里的这些视频如果一起爆料出去，云夏白会有何下场萧杰一清二楚。云夏白倒了，娜娜的公信力也会随之崩塌，因为自从云夏白把娜娜对外销售的窗口都聚焦到他的直播间后，他与娜娜的关系早已不是简单的雇佣，而是一荣俱荣，一损俱损。

"你知道我邮箱吗？"萧杰问关莎。

关莎收回了手机："知道，找一帆哥要了，我邮件其实早就编辑好了，不过……"她说到这里故意停顿片刻，"你说的，等价交换。"

"跑了这么多家工厂，兜里的钱花得差不多了吧？"萧杰笑道。

关莎眯起了眼："这个就不劳您操心了，别想岔开话题。"

"哦，我都忘了你还有杜晶这个好朋友。"萧杰手里转着他随时带在身上的深蓝色金属钢笔。

萧杰独爱深蓝色，他的衣服、裤子、手提包、笔记本封面，以及这支钢笔，都是深蓝色，因为深蓝是大海的颜色。这个颜色提醒着萧杰，待人处世要跟大海一样，要有宽广的心胸与深邃的思想。

关莎提供的这个信息确实是萧杰需要的。如果说让胡海进入叶桃渡是重整与娜娜厮杀的正面战场，那击垮云夏白无疑就是从后方偷袭敌人，前后夹击，顺带拔了对方最锋利的爪牙，娜娜肯定没有还手的余地。没有了娜娜，国产美妆领域叶桃渡从此再无敌手。

说到就要做到，萧杰既然承诺了关莎只要她拿出对等的条件，自己就会给她再次创业指出一条明路。一言既出，驷马难追，哪怕这个结果是关莎的父亲关鸿伟表面上不愿意看到的。为何说是表面上呢？因为萧杰认为关鸿伟嘴上说的跟心里想的可能不是一回事，如果他真希望关莎一直失败，一开始根本没必要给萧杰打电话，让萧杰多关照他这个流浪在外的女儿。所以对于关莎这样的人，自己终究是不能不帮的，只不过帮的分寸感要拿捏得恰到好处，不能让关莎太容易成功，也不能让她毫无方向感地乱撞。

"做地产有关的?"关莎重复着萧杰给她的建议。

"是。"

萧杰的理由是，关莎的家庭从事地产生意，她从小应该对地产行业的运行规律耳濡目染，这个领域她肯定是熟悉的，越熟悉，吃亏的概率也就越小。

对于这个建议，关莎的第一反应就是拒绝。如果她做与地产相关的生意，做小了没意思，做大了不就成了关鸿地产的竞争对手? 关鸿地产未来的掌舵者是谁? 很大概率就是自己。让她建立一个公司，目的是干掉未来的自己，她一定是抽风了。当初她说要拿20万元创业最后收购父亲的公司不过是随便吹的牛，不可能真这么做。况且她很清楚从事地产行业需要的资金量有多大，这游戏不是几万元、几十万元就可以玩的，没个几十亿元、上百亿元，行业门槛都进不去。

关莎一跺脚，冲着萧杰嘟囔："不是，大侠，这块我做不了，我爸……"

"你可以做你爸目前没做的。"萧杰看了一眼手机，一边开始收拾东西一边说，"与地产相关的细分领域众多，你可以挑合适自己的。"

"可是……"

关莎还想说什么，萧杰就已着公文包朝门外走："我晚上还有个饭局，视频发我邮箱，谢谢。"他说完便关上了门，留下关莎在办公室里独自凌乱。

第⑫章

国货要崛起

回去的路上，关莎有些想哭。她想过自己创业很可能会失败，但没料到失败来得如此容易，如此彻底。她发现自己的真实能力远比想象中的差，不仅工作上的事情没干好，就连独立生活能力都差沈俪一大截。她不会做菜，不会做家务，不会修家电，连家里的燃气应该怎么开都不知道，但沈俪就能轻松搞定。沈俪说："女人强大起来，真没男人什么事！"

关莎也想变得强大，可她还有很远的路要走。各行各业，但凡关莎能想到的生意都已经有人做了，而且还被做成了规模，剩给关莎的机会还有什么呢？

关莎十分迷茫，但她不后悔。

青阳这座城市太过残酷，可关莎爱极了这种残酷。

地铁里的关莎背紧贴着门才能勉强站稳，她就这样在车厢最边缘的位置思考着。与任天行一样，车厢里关莎站着的位置，正代表失去父亲臂膀的她在这个社会中所处的位置。

关莎曾经问过任天行为何要来青阳，任天行说："因为这里没人在意我爸是不是李刚，我舅舅是不是局长，这里的人大部分来自五湖四海，都是一无所有的青漂。别看大城市竞争激烈，凭借实力和恒心最终都能留下来，都能有一番作为！"

关莎出了地铁站，一步一步往家走，心想与地产相关的生意究竟有什么可以做呢？迷茫，其实比失败更可怕。正当关莎这么感叹着，她好似就听到了任天行的声音，这个声音是从关莎的出租屋里传来的。

"我觉得问题不能这么看，先不提云夏白每年几百万元几百万元地给社会捐款，他一个山沟沟里出来的小伙子，没资源没背景，一年365天，直播365天，从晚上7点一直播到深夜，打拼十几年才在青阳买了一套好点的房子，这没毛病。"

关莎驻足在门口，她确定说话者是任天行，而任天行好像是在跟别人争论着什么。

"他那房子不是好一点吧？那可是价值上亿。"杜晶纠正道。

"那也是他靠自己的努力赚的。"任天行说。

"我也觉得没毛病。"沈俪此时开了口，"网上那些见不得别人好的喷子大多在生活中都是懦夫，键盘侠都这样。"

"对对！"任天行赶忙附和，"我们老家的村里前两年出了个有钱人，赚了钱后给我们村修桥修路做了很多好事，村民都找他借钱，借了也不还，后来他不借了，村民们就砸他家玻璃，还说他那么有钱怎么不给每家每户买辆车。"

杜晶听蒙了："还真有这样的人啊？"

"这样的人多了去了。"沈俪插话道，"就是见不得别人过得比自己好。我老家在二线城市，也有通过我父母找我借钱的，认为我在青阳肯定赚得多，我一次都没借，因为我知道借了第一次就有第二次，有了第二次就有第三次，借到后面就天经地义了。"

任天行点了点头："要是咱不借，这些人对咱那叫一个恨。忘了是哪本书上写的：'我恨你优越的生活，我把对我自己的恨一并给你，全部用来恨你。'"

杜晶斜眼打量着任天行："哎哟！想不到呆子你还看书啊？"

"瞧你说得，我们小任也是名牌大学毕业的硕士生，肚子里有墨水很正常。"

一听沈俪这句话，杜晶扑哧笑了出来："小任？人家只不过帮你搬了次家就小任了？啊哈哈哈！"

沈俪白了杜晶一眼，此时家里的门被打开了，门外站着一脸郁闷的关莎。

杜晶一看到关莎就蹦跶到她身边："怎么样怎么样？萧大哥怎么说？"

"别提了，白跑一趟……"

关莎把包往沙发上一扔，朝任天行问道："你怎么来了？"

"小任今天搬来我们对门了。"沈俪笑道，"以后大家就是邻居了！"

任天行有些不好意思地站起来："我们金权的人才安居房在雁子谷，安排给我的那间就在对面。"

"噢呵呵，欢迎……"关莎笑容有些僵。

"小任啊，你来我们这儿住可以说是发家致富的第一步。"沈俪的手上正在包着饺子，"听说青阳有很多资产上亿的富豪都是从这些城中村走出去的！"

"那我们就一起致富。"任天行摸摸头，嘿嘿笑着。

就在他的笑声中，关莎关上了房间的门。杜晶很了解关莎，她平常很好说话，可一旦心情不顺，什么人情世故都可以抛到脑后。

房间里的关莎把头蒙到被子里，但她仍旧可以听到屋外沈、杜、任三人断断续续的说话声。关莎知道杜晶会为自己解释一切，她不是不想和任天行多聊两句，但她实在没有心情。她其实挺羡慕任天行的，至少任天行甘于做一个勤勤恳恳的打工人，靠自己的努力一步一步实现梦想，入职金权，从农民房搬来雁子谷的新式小区，都是任天行用他所说的实力和恒心换来的。但自己选的这条创业之路，不是有实力和恒心就可以成功的。

不知躺了多久，关莎的肚子开始咕咕叫。她无奈打开卧室门走了出去，瞧见杜晶正跷着腿在沙发上看电视，嘎嘣嘎嘣地嗑着瓜子。

"桌上！沈俪给你的！"杜晶头也没转。

关莎这才看到餐桌上摆着一碗香喷喷的韭菜饺子，沈俪房间黑着灯开着门，里面没人。

"她又去送外卖了？"关莎拉开椅子坐了下来。

杜晶看了一眼手机，时间显示现在是晚上8点38分。

"她就送到8点半，现在不知道又接着干什么兼职呢！"杜晶说到这里叹了口气，"哎，也不知道她都奔四的人了这么拼命挣钱干吗，又没孩子，一人吃饱全家不饿。而且我听说她家条件也不差，父母都是老师，还是高中老师。"

"高中老师怎么了？"关莎一边吃着饺子一边漫不经心地问。

"高中老师钱多啊！"杜晶坐直了身子，"你忘了我们高中是怎么补课的？那银子，哗哗地往外流！"

只可惜如今的关莎沦落到让一个送外卖和做模特的室友请客吃晚餐，她哪还有心情跟杜晶八卦，于是整间屋子里只剩韩剧男女主角哭得稀里哗啦的声音。

杜晶知道关莎心里不好受，需要一个人静静，也很识趣地没继续跟关莎闲聊。

嘀！此时关莎的手机响了起来，她低头一看，是任天行发来的一封邮件。

任天行跟女友莫茹分手后，到现在居然依旧没加关莎微信，邮件是他俩唯一的联系方式。任天行的邮件内容如下：

　　关莎，如果你有时间，听我给你讲一个故事。

从前有一个女人，大学毕业后做了文秘，后来与恋人分手，离开了自己的国家，在异国他乡当了一名老师。谁知没过多久她的母亲就死了，与此同时，她嫁给了一个游手好闲又自尊心极强的男人。结婚后，女人的丈夫不肯工作，家庭所有开支全靠这个女人赚取。

　　女人与丈夫后来有了一个孩子，孩子六个月大时生了一场重病，让家庭收支入不敷出。这时她丈夫非但没有负起责任，反而责备女人，嫌弃她生了这个孩子，因为孩子，他作为丈夫的生活质量下降了。

　　一天夜里，女人与丈夫发生了矛盾，丈夫把家里能够拿起来的东西都砸向女人，还把女人推到地上。还没等女人站起来，身上就又被很多东西砸中，这些东西有枕头、靠垫，还有床头柜上的台灯。

　　暴怒之后，她丈夫把浑身青紫的女人像扔垃圾一样扔出了门，当时这女人身上只穿着一件单薄的衣服，没有一分钱，也没有身份证明，她在那个国家无处可去。虽然孩子只有六个月大，但女人明白这个丈夫根本无可救药，她必须离开。

　　后来女人回到了自己的国家，短暂地在妹妹家寄宿了一段时间后就申请了政府的救济金。女人用微薄的救济金租了一个非常简陋的毛坯房，并在那里住了很久。

　　这是女人一生里最黑暗的时光，她不知道自己未来的生活应该怎么过，她没有方向，没有斗志，她觉得自己已经掉入了一个黑暗的旋涡，只能随着这个旋涡的巨大吸力不断沉沦。

　　女人把她自己和孩子都关在毛坯房里，每天靠着救济金苟延残喘地活着。直到有一天，女人在镜子里看到了面容枯槁、蓬头垢面的自己，吓了一跳，不敢相信她已经自怨自艾到如此地步。于是女人开始尝试着改变，她找了一份兼职的文秘工作，并努力考取了教师资格证，成了一名法语老师。也正是在这段最艰难的时期里，女人完成了一部史诗级的巨著。

　　后来，女人回忆说："从任何传统的标准来看，在我毕业仅仅七年后的日子里，我的失败达到了史诗般空前的规模，短命的婚姻闪电般地破裂，我又失业，成了一个艰难的单身母亲。除了流浪汉，我是当代英国最穷的人之一，真的一无所有。当年父母和我自己对未来的担忧，现在都变成了现实。按照惯常的标准来看，我也是我所知道的最失败的人。"

再后来，这个女人随着她的书而享誉全球，她就是《哈利·波特》的作者J.K.罗琳。《哈利·波特》系列图书在全球被翻译成65种语言，改编成的各种电影、戏剧相继出现，现在的J.K.罗琳比英国女王还有钱，她再婚之后与家人一起幸福地生活在爱丁堡。

这是一个从空前失败的阶段走向人生巅峰的真实故事。

关莎，我想告诉你，每个优秀的人都有一段"至暗时光"，如果你现在正在经历这样的时光，那你一定要感到万幸，因为这段时光里的每一分每一秒都跟金子一样，弥足珍贵。

这封信用尽了任天行的所有文学细胞，他看的书虽多，但已经很久没正经写过作文了。幸好J.K.罗琳的故事是公开的，任天行只需要用自己的语言将之叙述出来即可，整篇文章并非从0到1的创造，只要结尾升华一下，就是一封不错的激励人心的邮件。

"如果你现在正在经历这样的时光，那你一定要感到万幸，因为这段时光里的每一分每一秒都跟金子一样，弥足珍贵。"

任天行写完后反复检查了三遍，一个字一个字地读，确认没有错别字才最终按下了发送键。

在邮件发送完成的五分钟后，任天行家的门被砰砰砸了两下。

"任天行！你出来！"关莎的声音从门外传来。

紧张至极的任天行打开门后，见关莎没好气道："以后别写鸡汤文，无聊不无聊?！还有，别发邮件了，加个微信会死啊！"

任天行用J.K.罗琳的故事来激励关莎，最终导致对方认为自己被灌了心灵鸡汤，这是任天行的成功，也是他的失败。成功的是任天行要到了关莎的微信，失败的是对方主动提出加微信只不过是嫌邮件联系太过麻烦。任天行加了关莎微信后，想看看她的朋友圈，但里面没有内容，任天行看到的是一条横线，且横线的中间没有字，就连"朋友仅展示最近三天的朋友圈"这类提示都没有。

此类情况无非两种可能。第一种，关莎的朋友圈本来就是空的；第二种，任天行被关莎屏蔽了。任天行躺在床上思来想去，他认为以关莎的性格不可能这么多年来一条朋友圈都不发，她不像是那种耐得住寂寞的人，不发朋友圈对别人而言与深山隐者有何区别？故任天行的推导结果非常残酷：他被关莎屏蔽了。

想到这里，任天行突然自嘲地笑了笑。十年寒窗苦读考来青阳，三度放下尊严入职金权，搬到雁子谷新式小区就住在关莎对面，最终还是进不了人家的朋友圈。

任天行翻了个身，用手臂枕着脑袋。久久，他叹了口气：如果自己是萧杰那样的人物，关莎还会屏蔽自己吗？从萧杰的个人履历来看，他小学是三好标兵，初中、高中是年级第一，大学拿全额奖学金，工作后进入行业内最顶尖的公司，年纪轻轻就成了金权投资集团合伙人，坐上了分公司总裁的位置……

如果用直角坐标系来勾勒萧杰的人生轨迹，那绝对是一次函数$f(x)=ax+b(a>0)$，直线向上，斜率还是个常数，顺得可怕。但在这个世界上，大多数人的个人发展都不是萧杰这样的线性函数，他们的人生轨迹非常类似二级市场的股票走势图，有涨有跌，有起有落，不断震荡，甚至是剧烈下滑后再迅猛增长的华丽曲线。

被金权多次扫地出门的任天行就经历了剧烈下滑的曲线，那是他人生中的"至暗时光"，当时的他也曾感受过无力与绝望，但他的选择是将所有的负面情绪通过大声叫喊发泄出来。任天行最终凭借着自己的努力与意志力走出了属于他的"至暗时光"，他希望关莎也能走出来。

关莎虽然嘴上抱怨任天行给自己发鸡汤文，但她能感受到任天行作为朋友对自己的关心，同时也愿意静下心思考关于"至暗时光"的问题。有绝望，才有希望。

J.K.罗琳说："失败意味着剥离掉那些不必要的东西，我因此不再伪装自己、远离自我，而重新开始把所有精力放在对我最重要的事情上。"

这次的失败无疑让关莎更了解真实的自己，她不仅看清了她目前的能力，还被证明至少直播和美妆这条路她现在走已经太晚了，成功不是不可能，但这又将成为萧杰口中的小概率事件，如果一定让其发生，得重复试验无限多次，很明显关莎没有这样的时间和精力。

排除两个错误选项后，关莎认为自己实在不应该悲观，至少她离正确答案又近了一步。窗外没有月光，夜黑得太纯净，似乎只有这样不含一丝杂质的颜色才能让关莎冷静地反思与彻底地成长。

关莎想起了苹果公司的创始人史蒂夫·乔布斯。他被迫离开苹果11年，那段时光让他有足够的时间冷静思考。乔布斯开始学着站在他人的立场上看待问题，成了拥有全局观的成功企业家，这为他后来回归苹果公司，并最终创造出改变世界的产品奠定了坚实的基础。

用痛苦换来的财富才是通往自我的征途，这比任何资格证书都有用。

现在的关莎终于明白了商品定价不是一拍脑袋的事情，毛利率足够高的产品一定少不了品牌溢价，这就是为何10元成本的口红有些商家定价38元，但一线大牌可以定价538元。

深受消费者认可的品牌就是好的产品在空间和时间上的沉淀。自家口红闯不出自己的生存空间，自然在时间上就没法沉淀，因为她还没开始沉淀，产品就已经滞销了。仔细一想，一个新公司的新产品凭什么10元的成本定价128元呢？

关莎早就应该明白这一点的，或许是因为思想太过简单，又或许是因为她抱有侥幸心理，想通过美妆这一暴利行业山鸡变凤凰，但她所认为的捷径被证明根本不存在。在如今的市场竞争格局下，可以说当"128"这个数字被关莎印在口红价格表上时，她就已经注定失败了。

关莎回头想来，倪蝶团队原先大杀她的价格反而是在帮她。对于新品牌商家而言，薄利多销完成原始的资本积累才是重中之重，关莎完全可以先做低端品牌，等成功了再慢慢往高端路线靠。

与关莎类似的自我反思，对门的任天行也在他的脑海里进行着。萧杰之前对他说："咱们看风险得看整体，多看看叶桃渡现在或者未来的竞争对手，如果同样的风险贯穿于整个行业，那它就不算是风险。"

在任天行看来，即便叶桃渡是国产美妆公司的老大，它的研发支出实在少得可怜，但当任天行把所有美妆国际大牌的财务报表都翻出来看后，发现全球居然没有一家化妆品公司的研发费用超过3.5%，大多落在1%至3%这个区间。

叶桃渡对产品研发的重视程度居然跟其他所有同行差别都不大，市场上的玩家如果都有这个缺陷，那叶桃渡"研发费用占比低"的问题确实不算是一个风险，至少不是风险投资人应该考虑的主要风险。只不过任天行的直男神经让他对没有太过高深的科技含量的化妆品很是看不惯，既然全球的玩家都有这个缺陷，那这也正是叶桃渡的上升空间，叶桃渡完全有能力通过加大研发投入，生产出品质更好以及性价比更高的国产美妆产品。

想到这里，任天行马上打开电脑，穿着大裤衩就给萧杰写邮件。因为这涉及萧杰之前跟他提出的问题：针对叶桃渡目前的营销困境，如何解决？

营销的问题不一定非得从营销层面上解决，或者说在营销方面，任天行觉得胡海已经是顶级大神了，以自己目前的水平，根本没有其他能提供的补充建议。但从长远来看，提高产品的科技含量无疑将长期利好产品销量，且不仅仅是销量，对于消费者口碑的提升也有极大帮助。

任天行没想到的是，他的这条建议最终因为萧杰和胡海的共同努力而被叶桃渡采用，不过采用的领域不是叶桃渡旗下的美妆产品，而是护肤品，胡海还因此特别约见了任天行。

"原来公司在研发上投入得少，也是行业使然。"胡海说，"不同的彩妆品牌其实科技含量的差异很难清晰地传递给消费者，这跟手机、电脑的使用体验完全不一样。比如同样都是国际大牌口红，除了颜色和质地，一般消费者也就会说这支我用得还不错，那支感觉一般……消费者的使用体验虽然有区别，但很模糊，再加上彩妆本来就是破坏皮肤的，与护肤品不一样，这也是为何目前市场上的公司都不太注重研发的原因。"

胡海表示，未来叶桃渡将在生物科技方面加大投入，比如致力于抗衰老成分的研究："我们未来打算将研发比例上调到15%。小伙子你说得对，叶桃渡必须加大这方面的投入，因为我们缺乏一个像兰蔻小黑瓶或者雅诗兰黛小棕瓶这样非常能打的明星产品，有了这样的产品，消费者自然口口相传，营销费用也会大大降低。就像iPhone（苹果手机）的销售员，销售能力几乎不需要，就只剩下教别人怎么用手机的活儿了。"

任天行的表现，萧杰大体是满意的，这个没有部门愿意接纳的小伙子像一个散兵一样跟在自己身边，居然产生了意想不到的效果。

胡海铺天盖地的平民化广告路线打得娜娜鼻青脸肿，外加关莎爆出来的云夏白黑料，这个国内顶级带货之王从此名声扫地，娜娜的品牌信誉也随之彻底被击垮。这其中，究竟是云夏白真不知道娜娜的面膜出厂成本，还是他有心欺骗消费者，就不得而知了，至少他本人通过社交媒体是极力否认他知情的。

胡海对于叶桃渡的重塑也绝不仅仅是广告营销那么简单，他那基于社交平台的大数据分析系统已经搭建好，通过实时观测消费者偏好，指导叶桃渡推出合适的新品，非常对市场胃口。叶桃渡几乎每个季度都会推出新品，而每次推出都跟片片肥肉从天上撒到饥肠辘辘的秃鹰面前一样，精准无比，这使叶桃渡在毛利率稳定的同时，营业收入大幅增长。

胡海的这套"秃鹰式打法"萧杰总算领略到了，漂亮的财务数据自然让萧杰说服了金权的投委会对叶桃渡加大投资，股权的直接融资让叶桃渡无须从银行以高利率继续借钱，于是叶桃渡的负债率逐步递减，最终稳定在15%左右，财务状况非常健康。至于三年后叶桃渡顺利上市、研发基地的建成以及色彩实验室的创立，都是后话了。

萧杰与胡海的交情已经很深，他对于胡海的能力深信不疑，但在挽救叶桃渡这件事上，任天行和关莎所起到的作用也不可小觑。萧杰有种感觉，他跟这两个初出社会的年轻人渊源不浅。

"我2003年来的青阳，外企民企都干过，可以说除了财务部，其他部门都去遍了。"胡海扯着嗓子朝萧杰喊。二人约在青阳手机城对面的一家酒吧里喝酒。

胡海说这些话并非是向萧杰介绍他自己的履历，他的履历萧杰一清二楚，好几杯冰啤下肚后的胡海只是在自我感叹罢了。

胡海这些年的打工薪资从十几年前的月入2100元，到3500元、4500元……直到现在光是底薪就月入10万元。他没有秘诀，只不过是当同事们下班去体验都市生活的时候，他都在加班学习精进自己。

胡海给萧杰倒了一杯酒，拍了拍他的背："兄弟，我一直在想啊，等我们这一代青漂老了，退休了，会变成什么样的人？"

萧杰不客气地把酒干了："谁知道，也许会被'10后''20后'或者'30后'的孩子嫌弃思想老土吧。"

"我觉得不是。"胡海立刻反驳，"只要我们愿意上网，代沟深不到哪儿去，我以后肯定会变成一个很酷的老爷爷！"

"是，你现在就挺酷的。"萧杰说，"这个年纪了还选这样的酒吧。"

"啊？你说什么？"由于实在太吵，萧杰说话又比较斯文，导致胡海没听清。

萧杰提高音量的同时放慢了语速："我说！你现在就很酷！这地方！就是小朋友来的！"

胡海听后笑了："哈哈！我的萧总，你年纪还没我大，怎么这么不适应？我告诉你，这种音乐才能让工作充满激情！你有没有感觉到你心脏跳动感很强！咚咚咚咚！你需要找这种感觉！年纪越大越需要！"

萧杰将酒杯放下，点了点头。职位越高，确实需要的激情就越高，如果连他都没有激情，那整个金权青阳分公司的人还怎么吃饭？

市场变化太快，没有一家公司能够保证永远安全。消费者的需求无时无刻不在变化，就跟青阳这座城市一样。

萧杰记得他高考完曾跟着父母去亲戚家串门，亲戚就住在青阳经城区，那时的经城区遍地都是工厂，这些工厂吸引了大批外来务工者。随着时代和经济的快速发展，很多工厂早已搬迁或者废弃，如今放眼望去，到处都是摩天大楼，同时还能看到不少旧厂房改造而成的工业美术馆、创意园区或者咖啡厅，过往的那些玻璃厂和印染厂如今变成了年轻人放松和追求诗意生活的地方。

萧杰透过酒吧的玻璃看了看对面的手机城，据说那里发生的每一段故事都可以成为传说，不少背着单肩挎包、穿着牛仔裤的年轻人曾经把那里视为梦想圣地。

据不完全统计，从这座手机城里曾走出过50位亿万富翁。然而如今就连这样的梦想圣地有一半的店面都关了，被改成了青阳的科技博物馆。

"我们现在在搞海外官网。"胡海突然把话题说回了叶桃渡，"聚焦东南亚，那边市场巨大，都是亚洲人，对于国产化妆品的认可度比欧美人高，海关总署数据我查了，这几年需求旺盛着呢！"

"行啊，不愧是胡总，每次我要的只是一只猫，而你都可以把它养成老虎。"

胡海知道萧杰这是在恭维自己："兄弟你这么说就太抬举我了，如果它出生在十年前，的确只能当只猫，但现在叶桃渡本来就是只老虎崽子，咱们国家新人口红利、平台红利、基建红利，什么红利都来了，国产美妆再起不来完全没道理！"

"主要还是胡总您能干！"萧杰举起酒杯敬了胡海一杯。

萧杰认可胡海的能力，但同时他也明白叶桃渡的发展壮大无疑是乘上了国货崛起的电梯。

在风险投资圈有一个广为流传的故事，故事里有三个人一起乘上一部电梯，电梯门刚关上，有个人一直在电梯里做俯卧撑，还有个人用自己的脑袋不停撞墙，而剩下的第三个人只是静静地站着，等待电梯自己上到顶层。当电梯到达顶层后，三个人都从电梯里走了出来，外面的人问："你们是怎么到达顶层的？"

做俯卧撑的人说："因为我一直努力在做俯卧撑，所以我到达了顶层。"

用头撞墙的人说："因为我一直努力拿脑袋撞墙，撞得头都破了，所以我到达了顶层。"

而第三个一直站着的人说："我啥也没做，就是站着，我也到了顶层。"

故事里的三个人都在强调自己做的事情，但他们都忽略了一个重点，那便是他们都上了一部电梯。

胡海不是故事中这些愚笨的人，他知道成功不能总归因于个人。所谓乘上风口，猪都能飞，虽然拔得头筹的目前是叶桃渡，但那些跟在它屁股后面的美妆小弟混得也不差，都算是搭上了国货崛起第一班电梯、享受时代红利的人。

国货彩妆其实几十年来一直都有，但为何就在近几年崛起了呢？关于这点，萧杰仔细研究过前同事王潮留下的行业研究报告。

金权投资集团的投资鬼才王潮虽然之前因经济犯罪而入狱，但不得不承认他的眼光还是很有前瞻性的，几年前他就看到了国产美妆市场巨大的发展潜力，让金权投资集团在叶桃渡A轮融资时就进去占了位置。

王潮的行业分析报告给出了三点原因：

其一，新人口红利。

国家统计局的数据显示，1988年后中国迎来了第二波婴儿潮，这波婴儿潮出生的人如今都到了而立之年，这也是为何当下徘徊在30岁左右的人如此之多，《三十而已》这样的电视剧才得以火爆全国。

这群30岁上下的人正处于黄金年龄，是中国社会的中流砥柱，更是互联网的原住民，他们的消费观与"60后""70后"甚至是"85前"的一批人差异都很大。国际大牌对于他们而言并非稀缺产品，以至于他们对于海外产品的新鲜感不强，敏感度也不高，只要价格和品质合适，他们更愿意买新品，其中不少人还非常信任网红博主推荐的产品。这一批消费主力军花钱多是买自己认同的产品，而非完全是别人认同的产品，这些人对于国产品牌的接受度普遍高于父母那一辈。

其二，移动互联网的迅猛发展。

彩妆是非常视觉化的产品，好坏优劣一眼便能看得清楚明白。因此，各大自媒体、短视频平台的崛起就为美妆产品提供了肥沃宽广的生长土壤。图片、短视频和直播让消费者在家里就能看到一个个化妆品最直观的色彩效果。至于护肤品，无数买家的线上体验分享也为广大素人选品提供了强有力的帮助。只要物美价廉和市场认可度高，管他是不是国际大牌，各路人马依旧可以疯狂抢购。叶桃渡的产品单价几乎都在百元以下，这正是年轻一代消费者非常容易"剁手"的价格，叶桃渡的产品定位正好顺应了人口红利。

其三，中国强大的供应链。

国内美妆工艺技术早已十分成熟，全球知名品牌在国内的代工厂不断增多，这些代工厂出厂的产品品控严格，上下游的供应链体系完备，为国货品牌的发展奠定了坚实的基础。可以说，以叶桃渡为代表的这批国产美妆品牌正是我国经济、科技和生产力发展的必然产物，从诞生到发展壮大都顺应了天时、地利与人和。

只要赛道和时间都对，加大马力干到行业前五的公司都能够吃上一桌好菜，但像叶桃渡这样摘得桂冠并保住桂冠的，还需要胡海这类一流的人才。

电商出身的胡海太了解年轻消费者偏好什么，他们偏好新款，什么新鲜事物都想尝试一下。只不过出新款是个试错盲盒，如果公司一味只按自己的猜想上新品，风险很大，因为消费者不一定买账。叶桃渡最近两个季度连续上了近十款新品，出新速度行业第一。这些新品全都是胡海招来的那几十个IT工程师和数据分析师分析出来的，本身就符合消费者偏好。

但光是货好不行，宣传也必须跟上。每当新品上线，胡海就疯狂打广告。沈俪在社交平台上每关注一个新博主，不到一段时间就发现这个博主已经被叶桃渡投放了广告，攻势之猛，连国际大牌都自叹不如。胡海投放的博主不仅是10万粉丝的腰部博主，几千几百甚至零粉丝的素人博主他都不放过，这就会给消费者造成一种好像短时间内所有人都在安利叶桃渡新品的感觉。

胡海这样的秃鹰式流氓打法在营销圈被称为饱和式投放，他是从很多年前的脑白金广告中学会这种营销策略的，当年无论是电视、广播、公共汽车还是各大墙贴广告牌，哪儿哪儿都是脑白金。"今年过节不收礼，收礼只收脑白金"这句广告词，胡海到现在都还记得，有一年他周围不少朋友连这个产品有什么功效都没弄清楚就给爸妈送了两盒。

饱和式投放说的是当你将一个产品的广告投放得足够多时，自然而然就能抓住消费者心智，越早抓住消费者心智就能越快增加市场份额，因为每个人的心智空间是有限的，每天都看到听到你的广告，自然也就没脑容量和耐心去记住其他人的广告。

萧杰对于胡海的猛虎操作敬佩有加，当别的商家都还在各个平台试水投放的时候，胡海直接放手去搏了，这跟他打游戏的风格很像，不管对方是不是高手，胡海都直接追着敌军最强的那个人猛攻。

当竞争对手也想效仿叶桃渡这样的饱和式投放营销策略时，胡海的大数据分析团队已经为新品研究团队提供了完美的数据支持，一次又一次用新产品抢占先机。这样一群本身不买化妆品也不用化妆品的IT工程师和数据分析师正在用互联网思维去挑战传统美妆国际巨头，他们跟胡海有着同样的目标，就是打造属于中国自己的消费品集团，让14亿中国人的日用品不再被宝洁、联合利华、雅诗兰黛这样的海外公司垄断。

"这些小伙子都很用心很努力。"胡海跟萧杰说，"虽说吃不了苦的有几个，来了没两天就离职了，但大多数人都是肯付出的，我都能感受到他们对数据工程这方面的热爱。这条路很苦，但是赛道足够宽足够长，我们得坚持下去，不仅得吃下本就属于我们的国内市场，还要走出国门，走向世界。"

萧杰明白胡海这番话的用意是什么，他希望金权可以站在背后做叶桃渡最坚强的资金后盾，不要在关键时候抽企业的血。

萧杰自己想的又何尝不是这样呢？我国有大量的务工人口与完整的供应链，有完善的基建和全球第一的移动消费互联网应用市场，国产品牌应该有勇气向国际巨头挑战，资本应当给予这样的产业大力支持。萧杰深深地明白，像叶桃渡这样的公司，他必须长期持有，全心帮助。

只不过如果萧杰这么做，投入叶桃渡的资金在短期之内就不能退出，那么"宏丰景顺1号"基金到期无法按时兑付本息的问题就依然不能解决，若要改善基金的收支状况，萧杰得狠心卖掉基金旗下其他公司的股权套现。

投资组合里的公司名录萧杰研究了一遍又一遍，有的早已关门歇业，有的负债累累需要更多的资金注入，有的虽然无须巨额融资但本身已是苟延残喘，唯一剩下五六家跟叶桃渡一样有前景的公司，萧杰又不舍得放手退出……

他的投资宗旨依旧没变，那就是寻找并铸就伟大的公司，只不过现在这道宗旨正在面临现实残酷的挑战。

或许在任天行眼里，萧杰的人生曲线是线性方程，直线向上，但只有萧杰自己知道，他的前方与关莎一样，充满着未知与艰险。

大概的轮廓

"大孬啊！回来啦！"一个长发阿姨屁颠屁颠地给萧杰开了门。

"妈……您怎么在这儿?"

萧杰刚跟胡海在酒吧聚完回到家，看到母亲大人已经"登堂入室"，满脸错愕。

长发阿姨叉起腰，一脸不高兴："我儿子住这儿，这里就是我家，我怎么不能在这儿?!"

阿姨披在脑后的长发被染成了有些俗气的海棠红，收腰碎花裙长至脚踝，手腕上还戴着与一身穿搭极不协调的银灰色iWatch（苹果手表）。

这个阿姨便是萧杰的母亲萧干星。萧干星原来是萧杰父亲的名字，但自从他父亲九年前车祸过世后，萧杰的母亲就把自己的名字改成了丈夫的名字。

"哥!"一个眉目清秀的大男孩此时从厨房里跑了出来，亲昵地叫了萧杰一声。

大男孩叫萧烈，嗓音脆亮，今年刚刚高考完，正准备来青阳读大学。

"什么时候到的?"萧杰进屋放下了包。

"下午!"萧烈开心道，顺带瞟了母亲一眼，"那个……妈没事硬要跟来，然后还抢了你送我的iWatch!"

萧烈要提前过来适应在青阳的生活，这事萧杰是知道的，所以才给他寄了钥匙过去。

"谁抢了？你自己不戴，都放发霉了!"

萧干星说着转向萧杰："你别老给小孬送东西，说过多少次了!"

萧烈似乎并不在意母亲的埋怨，指着厨房对萧杰道："哥，你这家里怎么连围裙都没有，冰箱还都是空的，害得我还得出去买菜。而且你这小区附近还没菜场，我是打车去买的，打车费贵死了!"

"你不会用'生鲜到家'吗？"萧杰说，"网上订，一小时内到货。"

此时他注意到茶几上摆着一堆芝士奶茶和软面包，眉头一皱："妈，奶茶少喝，这东西咖啡因含量超标的。"

萧干星赶忙跑过去护住她的奶茶："这是水果汁，叫芝芝莓莓，没奶也没茶，上面那芝士你尝尝！"她说着把一杯奶茶递到萧杰嘴边，"大孬，我跟你说啊，不要用吸管，就这样举起来喝，一定要让下面那草莓汁透过芝士一起流到你嘴里……"

"不用了……"萧杰本能地撇开头。

每次面对萧干星，萧杰都头大，因为这个女人除了衣服样式还算老成，全身上下没有一点老一辈应该具备的品性。年轻人喜欢什么，她也喜欢什么。奶茶、B站、抖音、桌游、网游、剧本杀甚至真人CS（反恐精英），她一样都不落。《仙剑奇侠传》和《古剑奇谭》这类单机游戏，她可是全部玩通关了的。

当然，萧干星之所以有如此年轻的心态，只因为她是中学老师，让自己彻底融入学生，让那些躁动的青春与不羁的灵魂每天围绕着她。虽年华已逝，但她的内心却在努力追赶时代的脚步。

"小孬啊，你劝劝你哥，让他试试！"萧干星瞪着萧烈，"你哥就是个老顽固，什么都不愿意试！奶茶是，姑娘也是！"

"妈，您扯哪儿去了……"萧杰一边解领带一边拒绝着萧烈递过来的奶茶。

萧干星给两个儿子的小名一个起为大孬，一个起为小孬。"孬"这个字由一个"不"字和一个"好"字组成，加起来就是"不好"，表示懦弱和无能，但是两个"不好"就是"好"，负负得正，这是萧干星的逻辑。

"东西都带齐了吗？"萧杰问萧烈。

"都带了，就等着去学校报到了。不过我现在不想去住宿舍了，哥这里太好了，又大又宽敞，风景还好，离我们学校就几站地铁……"

"那哪儿成！"萧干星立刻给萧烈使眼色，"不方便！"

"没有不方便，你要住就住，宿舍肯定是架子床，不舒服。"萧杰说着就拿上衣服进浴室洗澡了。

卫生间的门刚被萧杰关上，萧烈的后脑勺就挨了母亲一个轻巴掌："你住宿舍去，听到没有？别烦你哥！"

"没有不方便！"萧烈皱着眉头，他怕接下来的话被萧杰听到，凑近萧干星耳边轻声说，"我刚才里里外外都找了，沙发、地毯、床……一根稍微长一点的头发丝儿都没找到……"

"你傻呀！万一那女的本来就是短头发呢？"

"不可能！"萧烈语气笃定，"我哥跟我说过，他喜欢长头发的女生。"

萧干星把萧烈手中的奶茶夺了过来："总之啊总之，指不定什么时候就有，到时别因为你这个兔崽子，不好往家里带！别给我坏你哥的好事，你哥也老大不小了。听到没有？就算是男的也不能这么拖！"

"来来！葱爆牛肉！"萧烈端着一盘色彩纷呈、香气扑鼻的牛肉从厨房快步出来。此时桌上摆满了他的拿手好菜：凉拌酸辣土豆粉、香辣椒盐炸藕片、黄瓜火腿炒鸡蛋以及芝士烤牛奶。

萧烈搓着手坐了下来："牛肉是哥爱吃的，芝士烤牛奶是妈喜欢的……"

萧杰洗澡出来看到满桌的菜皱了皱眉："妈，我刚才跟朋友在外面吃过了。"

"哎呀，吃什么吃过！你工作那么忙，哪里有时间吃！"萧干星拉开椅子扯着萧杰坐下。

"妈，我真的吃过了。"萧杰重复。

萧干星眉头一拧："小孬特意跑来给你做顿饭容易吗？你得领情！"

肚子早已被啤酒塞满的萧杰无奈道："我明天再领情可以吗？肯定都吃完。"

"不可以！你都多久没跟我们一起吃饭了？"

把萧杰硬生生按在椅子上后，萧干星坐了下来，拿起筷子也不管两个儿子，首先给自己夹了一大块芝士烤牛奶。她最近特别爱吃芝士，无论是菜还是奶茶都必须有芝士，好似只有芝士的甜度才能配得上她依旧灿烂的中年时光。

"妈，以后没有小孬了，您自己一个人可以不？"

萧杰本以为母亲住几天就会回家，岂料萧干星道："当然不可以！我都退休了，肯定得跟儿子在一起。"

萧杰闻言心一哆嗦，赶忙四下看了看。果不其然，沙发旁边是三个又大又高的行李箱，刚才他都没注意，母亲这回看来是压根没打算走。

"要不您就搬过来跟我住吧。"萧杰十分艰难地说出了这句充满孝心的话。

"我才不跟你住呢！"萧干星白了萧杰一眼，"你不会做饭也不会做家务，和你住，回头我还得当你的老妈子，喝个奶茶还被你说，多不舒坦！"

萧杰没太听明白："但是小孬他跟我住，您……"

"他不跟你住！他住宿舍！"萧干星说着拼命给萧烈使眼色。

萧烈虽然极不情愿放弃这么好的房子，但妈妈的话他向来都听，于是只好配合地猛点头："是啊哥，我后来想想还是住宿舍吧，不然不容易融入集体。"

"就是就是！"萧干星对萧烈的态度相当满意。

"但小孬那是男生宿舍，您也不可能去跟他住啊。"萧杰不解，"您刚不说……"

"我是说要跟儿子在一起，但没说一定要住在同一屋檐下，都在青阳就可以了。你小姨家拆迁，在雁子谷分了几套房子，都成财主了，我呀，去她那里住！"

"可那里是城中村……"萧杰说。

"城中村怎么了？你小姨发来的照片和视频我都看过了，我觉得很好很现代，楼下还有移动自助图书馆，别提有多方便了！"

"可是……"

"哎呀，别可是啦！你妈我不用你操心，你弟弟的事也不用你操心。大孬，你现在的重中之重就是思量思量你自己，什么时候能……"

萧烈见状赶忙举起奶茶："那个，我们先祝哥哥升职！"

"哦，对对！看我把这事忘了！"萧干星一拍脑门，也举起一杯奶茶，萧杰只得举起萧烈递给他的矿泉水瓶，跟母亲和弟弟都碰了碰。

一大口奶茶下肚，萧干星抹了抹嘴，笑眯眯地看向萧杰："大孬啊，现在是一把手了吧？"

萧杰摇摇头："只是管分公司而已，离一把手还远着呢。"

"可以了。男人嘛，事业过得去就行了，一个劲儿地往高处走也不好，压力太大，还容易出事。你呀，现在应该好好考虑个人问题。"

萧杰闻言差点没把牛肉卡在喉咙里："妈，您不是从来不管这事儿的吗？"

萧干星舒展的神情立刻严肃起来："就因为我不管，你一晃都40岁了！"

"哪有，哥明明连35岁都没到……"一旁的萧烈默默插嘴。

"你别说话！"萧干星瞪了萧烈一眼，"有区别吗？不都是奔四的人吗？我说大孬，你别就只知道埋头工作，有时候多抬头看看，左看看，右看看，到处都看看，说不定有合适的……"

萧杰看着萧干星，微微一笑："妈，您知道您让我最骄傲的事情是什么吗？"

萧干星眨了眨眼："是什么？"

"是我有一个既开明又前卫的妈妈。"萧杰拍了拍萧干星的肩膀，"我妈跟其他那些俗套的家长不一样……"

"行了，打住，你别给我戴高帽！"萧干星用手指着萧杰，似乎是一种警告，"大孬，我告诉你，就因为妈妈前卫，妈妈活得比你年轻，才必须提醒你！现在的女孩子不好找，不管是熟女还是少女，人家喜欢什么？人家现在都喜欢小白脸、小鲜肉，喜欢美少年！你这样的老腊肉只会越来越没市场，懂吗？"

萧杰领会了母亲话意的核心，笑着看向萧烈："如果是这样，那小孬很吃香，您先催他吧！"

"什么话！"萧干星板起脸，"你弟弟现在能赚钱吗？能养家吗？我告诉你，我压根不担心他，从小到大就他最省心，跟我从头到尾都是一条心，可你……"

此时萧杰的手机铃声突然响起："妈，我吃饱了，公司还有个会，我得走了。"

萧杰说完，拎起包和钥匙就往门外走。

"嘿！有那么急吗？这么晚了怎么还有会啊？你要不要打包带点，你……"

砰！萧干星还没说完，大门就被萧杰关上了。

真的有电话催萧杰回公司开会吗？

往常是有，但今晚却是假的。萧杰趁母亲喝奶茶时偷偷设置了闹铃，谁让萧干星"享受"起奶茶来特别费时间呢？若是往嘴里倒快了，果汁穿越芝士奶盖时携带的芝士就少了，销魂之感便荡然无存；若是倒得慢，通常只能喝到满口芝士。是以，怎么举起杯子，杯子举起后用哪种角度将里面的饮品送入口中，都是很有讲究的。任何东西一旦讲究起来，消耗的往往是时间。但恰恰因为这样，萧杰才得以顺利逃脱，此时已经将车子开出小区的他突然感谢起那杯奶茶来。

在外打拼的倪蝶有十年没回家了，其实萧杰也差不多，最近的一次还是五年前回老家出差，顺带到母亲的学校看了一眼，连住都没住。

与母亲相比，萧杰和父亲更亲近，但自从九年前那场车祸把父亲的生命夺走后，萧杰在家便没了可以说得上话的人。

萧烈与萧杰年龄相差十几岁，自然无法体会哥哥的苦恼，而萧干星大概是在孩子堆里待太久的缘故，思想确实足够新潮，但对学校以外世界的残酷竞争认知不足，导致很多时候她跟萧杰想不到一块儿去。

比如工作方面，萧干星主张适度就好，只要是名牌大学毕业的，从万人独木桥上走下来的，还怕什么呢？男人有个稳定且收入不错的工作就可以了，太拼了会影响成家与生娃。萧杰想的却不是这样，他做事情要么不做，要做就要做好，极致地好，正如他之前选择投资的那些公司，如果好得不够极致，他一个铜板都不会考虑扔进去凑数，尽调材料他宁愿扔进碎纸机也不递交公司投委会。

作为投资人，有一年萧杰只投了三家公司，金权投资集团个人的最低投资纪录目前依然由萧杰保持着。他尝过那种手里握着大把人民币却用不出去的压抑，正如看到一个又一个球飞过来时却坚决不挥棒的击球手一样。

钱对投资人而言就是工人，其在活期账户上趴一天，就跟工人一天光坐着聊天不干活一样，每分每秒都是成本。但如果没有足够优质的工程项目，萧杰宁可让他的工人天天停工，工资照付。

与萧杰相比，金权曾经的投资鬼才王潮就显得正常许多。从王潮"宏丰景顺1号"基金的投资标的来看，他各种阶段各种类型的公司都有涉猎，这些公司倒闭的概率跟其他风险投资人一般基金组合里的差不多。若按照正常的规律运行下去，只要基金里的五六家公司成功上市，或者大幅增值进入下一轮融资，其他七八十家公司就算都倒闭了，整个投资组合也不会亏损。

只不过天不遂人愿，王潮和刘成楠的倒台给其所投公司造成了极大的负面影响。市场上其他业内人士因此顾虑重重：一个经济犯罪团伙看上的公司能是什么好公司？"沆瀣一气""近墨者黑""上梁不正下梁歪"这样的古训何其多。于是，银行资金抽水、现有股东退出、融资困难、行业挤兑，什么幺蛾子都来了，致使组合里的大部分公司活得极其艰难。

最糟糕的还不止于此，萧杰刚刚上任时，金权投资集团里这只基金所对应的投后管理团队就完全解散了，导致很多项目跟进停滞，作为投资机构给予企业各方面的资源帮助也随之中断。叶桃渡是萧杰上任后第一个主抓的公司，因此幸免于难。

这个时代，后爹后妈不好当，"宏丰景顺1号"基金毕竟不是萧杰的亲骨肉，管起来费力又不讨好。叶桃渡幸亏有胡海，让萧杰省了不少心，但其他公司呢？

关鸿伟的资金即使愿意延长不赎回，但其他投资人呢？不可能所有投资人都愿意卖萧杰这个面子。再加上有些烂账如果不加紧清算，而是一拖再拖，将来有可能赚，也有可能亏得更多。

萧杰今日不想多听母亲唠叨，一个人开车外出静静也是因为这个原因，他面对的困难就连他自己都还没找到解决办法。他就这样在城市的霓虹灯中穿梭，不知不觉就开到了任天行所住的雁子谷附近。当他意识到时，感慨地一笑，心想大概是平常送这小子回家送太多次了吧。

临近晚上十一点，路上车辆已经不多，道路两旁行人稀少。这个时间的青阳与下午两点时很像，格外清静，忙碌的只有外卖员的身影。

萧杰往窗外看了看，"白鹤书屋"四个大字碰巧映入他的眼帘。

书屋是一个白色大平层，墙外透出的白光十分温柔，书店名所采用的字体空灵飘逸，好似能缓解所有疲惫，帮人找到温暖的时光印记。

萧杰将车停在书屋前空旷的停车场上，这栋占地面积不小的平层建筑以及100个车位的停车场对寸土寸金的青阳而言是十分奢侈的，而这里的老板经营的居然是当下根本不赚钱的图书生意。

白鹤书屋前门的绿地上雕刻着好几只栩栩如生的青天白鹤，白鹤的周边还环绕着美丽的鲜花，芳香四溢。萧杰走进去，看到了若干被书架围起的卡座，室内装潢属于诗意又惬意的古典风，就连背景音乐都是树影婆娑与鸟声鸣鸣的自然乐章。

此时书屋里还有零星几个人，他们有的捧着一卷书，有的饮着一杯茶。毫无疑问，萧杰喜欢这样的氛围，自在惬意，岁月静好。

此时，萧杰注意到书屋边角处有一个饮品站，与古典咖啡屋类似。只是出于好奇，萧杰朝那个饮品站走过去。

一个女人的身影在里面忙碌着，不知是因为女人黑亮秀丽的长直发，还是她身上穿的那条仙气逼人的雪纺连衣裙，抑或是刚才萧干星让萧杰多抬头看看，萧杰的目光真就没离开过那个女人。终于，萧杰走到了饮品站前台，女人也碰巧抬起了头，四目相对的那一刻，萧杰怔住了。

这个女人有着怎样的一张脸？事后回到家躺在床上的萧杰居然回想不起来。他好似永远记住了这个女人，却形容不出她究竟长什么样子，只知道她的眉如笔画，唇如红玉，笑如烛芯，漆黑的夜好似能因她生出一片光明。

当萧杰在白鹤书屋遇见雪纺裙女人时，沈俪正下班走进雁子谷小区。

小区夜间的保安是一个戴着棕框四方眼镜的大哥，有着能进美国百老汇的超凡唱功，他的美声唱法曾引来众多村民驻足欣赏。只不过最近这保安不再随意开嗓了，唯有沈俪路过时，他那高昂激荡的歌声才会响起，陶醉了不少晚上下来遛狗的大爷大妈。

沈俪知道保安对她的心思，她虽然看不上对方，但每次回家依旧礼貌地朝对方微笑。不过今晚不同，正当沈俪路过那保安时，原先一直唱着歌恭迎沈俪进门的保安突然站了起来，从桌子下方抽出一束红玫瑰递到沈俪面前："送给你！"

沈俪吃了一惊，一时间不知道该回答什么。

"那个……我，我喜欢你很久了。"保安虽然极度难为情，但特别直接，表白都不带拐弯的，"我虽然看上去年纪大，但也就36岁。我看你工作挺忙的，我工作强度还行，咱俩谈恋爱肯定特别合适。"

保安这一席话听得沈俪内心一阵好笑，她从没听说谁因为工作时间互补而谈恋爱的。

"谢谢啊，您唱歌特别好听！如果以后还有选秀的话，您一定要去参加！"

这是沈俪给人家的答复，说完便快速离开了那个是非之地，心想以后回小区绝对不能走正门了。

爱情这东西不能强求，这与职业无关。沈俪活到现在早已不指望恋情和婚姻能给她的现状带来多大改善，女人靠自己，累是累点，但是踏实，特别踏实。

"哈哈哈哈哈！你真让他参加选秀啊？"在家看电视的杜晶听到沈俪的描述乐开了花，"我不管啊，你不能伤人家心！那么多个保安，就数他最欢乐了！我特别喜欢听他唱歌，到时候他因为你再也不唱了，咱们小区损失可就大了！"

沈俪白了杜晶一眼，扔下包就准备去洗澡，注意到主卧没人，不禁问道："关莎呢？"

"不知道，说是跟朋友聚聚。"杜晶此时看了眼手机，"奇怪，也应该回来了啊。"

沈俪没再说什么就进浴室洗澡了，杜晶蜷缩在沙发上，百无聊赖地开始刷朋友圈。突然间，她的瞳孔撑大了，因为她在马友1号刚刚发的一张聚餐图片里发现了一个人，这个人有着精致的妆容与醉人的微笑。

"关莎！"杜晶弹跳而起。

所谓"马友"，是杜晶和关莎给他们特定圈子里的人起的名字，圈里人大多是豪门公子小姐，都是三云市少年白马俱乐部的会员。俱乐部平日里除了收取高昂会费，每季度定期举办派对外，主要职能就是教人骑马。

杜晶很排斥骑马这项运动，但她必须去。父母对她说："课你不去上，会费就浪费了！还有，不去怎么融入上流圈子？将来爸妈不在了，我们家这火锅店靠谁？除了靠你自己，就是靠你那些骑马的同学！"

这帮马友的名字杜晶根本不去记，因为大家骑马的时候彼此叫的不是名字，而是自己爱马的编号。杜晶是15号，关莎是18号，而正在发朋友圈的这哥们儿是马友俱乐部少年班的班长，1号。

杜晶看了眼定位，立刻就拿起包冲出了门。

她有些生气，气关莎居然背着她私会马友。两个人都好到这个份儿上了，有什么好藏着掖着的？何况照片里这些人自己都认识，为什么不叫自己一起?!

下了出租车，杜晶顺着马友1号的定位来到了BABY 717酒吧。这是个清吧，坐着不少加班后过来休息聊天的年轻人。

当关莎瞅见怒气冲冲出现在桌边的杜晶时，发现杜晶的脸跟自己面前的橄榄汁一样绿。

"哎哟，15号，你也在青阳啊?"1号班长问道。

杜晶没理他，拉开椅子就在桌边坐了下来，两眼恶狠狠地盯着关莎。

关莎背上凉意飕飕，立刻跟杜晶旁边的马友换了位置，坐下后凑近杜晶耳边，压低声音说："别气别气，回去和你解释。"

"我说18号，那个房产投资群你刚说到一半呢，继续说啊。"此时开口的是5号。

关莎给旁边的果汁店打了个电话："对对，橄榄汁再多加一杯，好好，桌号还是UA3。"

橄榄汁？杜晶眼睛亮了。莫不是关莎要请自己喝火爆全网的橄榄汁？据说那橄榄汁只选用汕头本地珍稀的金玉三捻橄榄，制作十分费时，一杯1000元，一般人一杯下肚，两天不舍得上厕所。

"对对，就是那个，等下送过来。"关莎看穿了杜晶的心思，朝她眨了眨眼，"这回不生气了吧?!"

杜晶心里偷着乐，但没表现出来，不过好歹脸已经不黑了。关莎这才放心地接着杜晶来之前的话题跟众马友说："现在很多人买房太激进，比如五成首付的房子一定要想方设法地做到三成，甚至一些人连首付都拿不出，净盘算着通过什么抵押贷、经营贷和首付贷把首付直接做到一成。前几个月我还认识个哥们儿，手里明明只有50万元，硬是通过借小额贷款公司的高息贷款买下了500万元的房子，后来果真还不上，就出事了。"

"出什么事了?"众人都好奇。

关莎撇了撇嘴："自然是被催债，后面房子也被收走了呗!"

"这种过度负债的确要不得。"1号班长说道，"手里没余粮，股票一跌，房价没涨，就开始担惊受怕，每天别提活得有多煎熬了。市场跌多点就得割肉，哪里干得好投资。"

"可不是？大多数人都没班长您这样的觉悟，他们盲目投资，最后成不了金钱的主人，反而沦为金钱的奴隶，所以……"关莎说着打了一个响指，"买房就是投资，而这项投资金额往往占家庭总收入的比例又很大，需要特别慎重。要做好这项投资，得有顶层逻辑分析能力，我要做的这个房产投资咨询公司就是专门提供这项服务的。"

杜晶眉头拧了起来："房产投资咨询公司？怎么听起来这么像房产中介？"

"不是中介！"关莎强调，"中介是劝你买房子，你不买他们就没钱拿，他们跟你说的每一句话都以你最后买房成交为目的。而我这个咨询公司是帮助客户提升房产投资的知识体系和分析能力的，最后客户买不买房是他们自己的事，我只是教他们变得越来越会买房而已，买刚需房的普通老百姓也同样需要这个能力。或者我这么说，既然都是刚需，为什么不买一套既可以自住，又具备未来升值潜力的房子呢？"

"你是行家，你们关鸿地产就是做这个的，肯定听你的，要多少你说吧！"4号一边吃着烧鸡一边说，他对关莎的创业项目深信不疑，好似只要跟地产沾边的事情，关莎就有绝对优势。

萧杰之前提点关莎，让她第二次创业可以考虑做与地产相关的业务，关莎起初一点头绪都没有，她担心自己无法筹集到庞大的启动资金，还担心自己的创业项目与关鸿地产重合。

房产投资咨询这块业务是关鸿地产目前所没有的，关莎想着未来自己把公司做大了，也不会与关鸿地产形成正面竞争。何况地产行业实体项目耗资巨大，但顾问类的服务最多的就是人力成本。当下社会大家交流基本通过互联网，创建个公众号或投资顾问群，连公司场地租金都可以省一些。

这个创业方向是关莎这几天闭门谢客在家左思右想的结果，点子出来之后她别提有多兴奋了。

从小受家族事业的熏陶，关莎对于目前买房人和租房客的情况确实了解颇深，各路亲戚和父亲的朋友到家里做客时开口闭口问的都是房子的事。大多数人对于买房似懂非懂，欲望大又害怕，往往一个房子买不买，看的不是房子本身，而是看售楼处前排的队有多长。更有甚者，直接听信将房子吹得天花乱坠的房产中介，没买住宅，买了商业公寓，最后一直在血亏，还套不了现。

关莎个人对于这方面的雷区还是比较了解的，但仅靠她一个人远远不够。她需要资金，然后搭建一个由各类专家组成的房产咨询顾问团。在这个团里，有人专门归类国家不停出台的各种经济和房产政策，有人负责法律和税务的知识整理，有人则线下带客户实地走访楼盘。该顾问团给到客户的不是天衣无缝的销售说辞，而是教客户利用现有资讯做出正确买房判断的一套有效方法。

关莎的这个方向在场的马友都表示支持，毕竟现在市场对于房子的需求依旧很旺，而做这块业务的公司几乎没有，于是众人都表示愿意入股。

"这样，大家平均一点，我60%，你们五个每人8%，加起来是40%。"关莎说。

几个人互相对视了一下，纷纷点头。关莎才刚毕业没多久，真要他们出大钱他们也不敢冒险，8%的股权虽然少，但对应的出资额自然也少，当个投资玩玩还是可以的。

"那我呢？"杜晶指了指自己。

关莎刚要说什么，万众期待的橄榄汁外卖到了。虽然是外卖，但跟堂食也差不多，毕竟是从隔壁店直接端过来的。

"你们真幸运，多加的那杯是我们店冰箱里最后一杯了，再加的话就要再等了。"果汁店的店员说。

"为什么要等？"关莎问。

"因为金玉三捻橄榄切肉很费时间，我们把果肉一片片切下来后还要榨成汁，滤掉里面的渣渣，然后再冷藏半小时，整个工序最少也要三小时，很不容易的。"

"再不容易一杯1000元我看也挺容易的。"杜晶一边瞧着橄榄汁的外瓶一边嘲讽道。那瓶子是个玻璃瓶，圆柱形，上面盖着圆形金盖。

等店员走后，杜晶迫不及待地喝了一口，除了口感香甜外，没啥特别的感觉。

"听说这橄榄是从什么百年果树上摘的。"5号说，"市场上一斤800元。"

"这一杯就用一整斤。"1号班长说。

"那合着也不亏，800元物料成本，200元加工费，人家这里店租也不便宜，给1000元就1000元吧，反正班长请客！"9号说。

"那怎么行？聚会是我召集的，自然是我请！"关莎说完就开始掏手机，但她的手机被1号班长直接按在了桌上："哪有让女人请客的道理！"

班长说完，直接扫码付了款。

敲定股权比例后，关莎不想再浪费时间，决定第二天就去注册新公司，于是草草结束了聚会。

　　杜晶出于给关莎留面子，没在聚会上跟她硬杠，直到两人回到了雁子谷小区楼下，杜晶才爆发出来："说吧，你不是要给我个解释吗？"

　　在小区保安低声的、凄婉的失恋美声情歌里，杜晶压抑着怒火。

　　关莎拉着杜晶一边远离保安一边说："我约这个局你也看到了，就是想找他们借钱，没别的。"

　　杜晶一咬牙，甩开关莎的手："你那是找他们借钱？你那是让他们入股！"

　　"对，是，是让他们入股。"关莎承认。

　　"那我呢？！"杜晶指着自己，眼里的血丝在月光和路灯的双重照射下居然格外清晰。

　　"我这不是不想坑你吗……"关莎有些难为情，"这次能不能成我也没底，你看刚才打车费还是你付的，我后面几个月的生活费也得找你借……"

　　"所以我只配借你钱，不配当你的合伙人是吗？"杜晶这回是真生气了，一向大大咧咧不与人计较的她好似突然换了一个人。

　　"你实在要入股的话，要不这样，你先让我做出点成效，如果公司有起色，立马让你入。"

　　"当我傻啊，那样就不是原始股了！"

　　"价格给你是一样的啊，一元一股。"关莎一脸无辜。

　　"你这样给别人能同意啊？我到时候再入算第二轮融资了，公司如果那时候真有了起色，股价不涨怎么服众？"

　　关莎听后满脸窘迫："你先别想以后，别对我那么有信心，能不能有起色都是个问题……"

　　"总之你就是觉得我不配当你的合伙人！"杜晶几乎吼了起来。

　　关莎本想好言好语地继续解释，但话到嘴边她又觉得根本解释不清。

　　杜晶才是那个一直陪在自己身边的好朋友，而另一帮人则是三五年都不见一次的"叫号马友"，通常也就只是在朋友圈点个赞。但即便如此，关莎还是将自己新公司的股权给后者而不给前者，甚至都没通知一声，还是人家自己找上门来的，按常理来说这确实很难说服人。关莎如果继续解释，所有的词句就会显得苍白无力。

　　杜晶本以为关莎此刻应该理屈词穷，拼命跟自己道歉才是，没想到她的语气霎时间来了个180度转弯，情绪变得比杜晶还要激动："不是你不配，而是我不配！"

夜太静，关莎的话让唱着凄婉情歌的保安都不禁噤声。

"你知不知道，就是好朋友才不能谈钱，不能谈生意，不能谈合作！"关莎越说越悲愤，因为她确实是这么想的，"那些人对我来说就是同学！同学不是朋友，你懂吗？如果公司倒了，他们跟我决裂，屏蔽我，拉黑我，我都无所谓！但是你杜晶不行！我……我就你这么一个朋友……"

杜晶看到关莎低头抹着眼泪，也手足无措起来。这算怎么回事？她杜晶才应该是那个求安慰的人，怎么现在好似反过来了？

杜晶叹了口气："关老爷，想当你朋友的一抓一箩筐，都排着队呢！你看今晚那帮人，橄榄汁说请就请，你公司连注册都没注册，人家说投就投！"

"我从来不相信男女之间有什么纯友谊，他们都一定是图点什么，但你不一样！"

"我哪里不一样？万一我也是图你点什么呢？"杜晶的话音开始意味深长起来，连瞳孔的颜色都与夜一样深沉。

关莎听后愣了愣，忽而推开杜晶，并捶了对方一拳："你图我什么？我一个穷光蛋，你图什么？你……"

关莎说到这里，忽然发现地上她跟杜晶的影子中间还有一个人影，吓得扭头一看，居然是一脸无辜的任天行。

面对关莎和杜晶诧异且带着质问的眼神，明明没做错任何事的任天行腿都有些哆嗦："呃……那个……我路过……路过……"

任天行转身刚要走，就听关莎命令了一句："站住！鬼鬼祟祟的！你站这里多久了？"

关莎的声音从任天行的身后飘来，由远及近，说到最后一个字的时候，任天行感觉关莎的嘴唇好似已经贴到他耳边了。他咽了口唾沫，只能说实话："女侠，我只是下来去移动自助图书馆看看……"

关莎眯起眼睛："半夜两点下来看书？鬼才信！"

任天行凌晨两点下楼转悠为的是到移动自助图书馆看看，这个连鬼都不信的事情居然是真的。

正式入职金权投资集团后，任天行只轻松了两周，当时他还觉得每天按时下班，隔三岔五陪萧杰见见客户的日子美得太不现实了。事实证明这确实不是现实，暂时的放松只不过是上刑场前的一顿美餐。

如今的任天行天天加班，"996"只是及格线，在及格线上徘徊的人压根没资格抱怨。对于青阳有志青年而言，"707"才是标配。经城区各大高楼每晚十点以后依旧通透明亮的灯光，以及遍地的奶茶店都很能说明青阳年轻人的加班压力。

奶茶这种具备糖与强咖啡因双重快乐的饮品很自然地就成了金权员工的加班必备品。原先像任天行这样的男生并不是很爱喝奶茶，正如他从小到大都不怎么喜欢吃水果一样，可如今他发现没有奶茶的上班生活特别累。

萧杰让任天行把"宏丰景顺1号"基金里的二十家公司之前的行业分析报告全部更新一遍，工作量巨大，倘若做细致，每家公司所涉及的数据整理工作都至少需要一周，二十家公司就是二十周，但萧杰给任天行的时间只有三周。

最悲催的是，任天行如今还是整个青阳分公司游离出来的人，不属于任何团队。虽然同事们平常见到都会跟他打招呼，客客气气的，但一起下楼吃饭不会叫他，点奶茶外卖时也不会顺带问问他要什么，仿佛从来没有把他当朋友。

任天行当然也想融入集体，他手头上的工作与目前挂职的部门正好是服务公司所有部门的中台——投后管理部。这个部门刚刚被萧杰重塑起来，包含管理运营、IT大数据、法律合规、财务、并购资本、人力资源以及市场品牌等七个团队。

刚毕业的任天行并不挑剔，既然自己属于这个部门，那能进里面任何一个团队都行，有了团队，才有战友，有了战友，自己才像一个正规军。

关于自己的归属，任天行斗胆问了萧杰一次，而萧杰的平淡回答是："会给你安排的，但你必须先把行研弄好。"

于是，任天行只好埋头加班，入职以后如果做不出成绩，他没有任何理由请求萧杰让他加入项目组。

随着研究的深入，任天行也慢慢找出了这二十家公司的相同点。它们虽属不同行业，经营状况不太乐观，但如果想办法拉一把，还有救回来的可能。

本来任天行这些天一直按部就班地做着自己的事，谁承想萧杰今晚突然又发了一家名单之外的公司过来——白鹤股份有限公司。任天行对这家公司的名字有些印象，它也属于"宏丰景顺1号"基金的持仓公司，业务很杂，涉及服装零售、餐饮、KTV、图书出版及零售等。萧杰在备注里特别说明只分析图书与出版即可，下周三给他。

明天就是周一了，三天要交出一份自己并不熟悉的行业研究报告，这种工作量任天行还能说什么，只能赶紧下楼买元之微奶茶。这是青阳比较出名的一个中低端奶茶品牌，主要特色就是便宜且味道还不错，一杯奶茶就算加一些额外的辅料也不会超过15元。

在奶茶店门口，任天行遇到了一批与他同病相怜的人，这些人住着雁子谷麻雀虽小、五脏俱全的人才安居房，靠着奶茶续命加班。

任天行点好单，只能一边用手机查资料一边等。他之所以浪费这些时间，只不过是想节省最近越来越贵的外卖配送费。不少奶茶店三杯才起送，这对像任天行这样深夜加班的独居青年很不友好。

"按照现在的压力，咱'90后'应该活不到2060年。"在奶茶店前排队的人彼此议论着。

"我去年换了三份工作，就是为了不加班，结果发现没有不加班的工作。"

"大哥你是想不加班又舍不得年薪吧？你找那种月薪4000元的，保准不加班。"

"哪里都一样，稳定的不高薪，高薪的不稳定。"

"加班我无所谓，我有所谓的是我的发际线……"

"喝奶茶应该不会让发际线继续后移吧？"

"你查查不就知道了！"

"我看也别查了，混出了名堂，就算秃了又有啥关系？秃头看起来有钱！咱也别抱怨了，拼了还有奔头，不拼是真没出路。"

买奶茶的人很多，任天行等到现在依旧没有被叫号。好巧不巧，他的手机网络信号很不好，查资料进度比较慢，他索性关了手机，安心听周围人把他们内心的抱怨都说出来。

"我也就再干五年，五年后你给我月薪10万元我都不想继续这种加班的日子。"

"想开点，少年，你回老家混日子也是活着，在这里加班也是活着，本质上都是活着。"

"可天天对着电脑写代码，我都快写吐了。"

"你才28岁，我都30岁了。你知不知道，一超过30岁，晚上加班都是消耗身体，一天下来没有哪里是不痛的。"

"我想回去养猪！"

"哈哈哈哈！"

大家都笑了，有意思的是，任天行注意到这些抱怨着加班的人脸上都带着几分笑意。看得出来，他们心里还是有奔头的，只要有奔头，其实再苦再累都能够忍，忍的时候还能笑出来。

任天行自己又何尝不是呢？他一边抱怨着萧杰无情压榨他，一边又十分乐意接这些工作，因为他能感到自己每分每秒都在成长。

终于，奶茶轮到了任天行，他想也没想就插管喝了一大半。但毕竟是晚上十一点以后喝的，与白天来那么一杯的体验完全不同，直接让他到了凌晨两点依旧精神抖擞，无法入睡。他想到了楼下就有移动自助图书馆，刚好自己要研究的又是图书出版行业，就想着下楼转转，说不定会有什么新发现，结果这一转，就看到关莎和杜晶在吵架。

"女侠，你家住42楼，我家也住42楼，我总不可能是听到了你们的声音才鬼鬼祟祟下来的吧？我肯定是有自己的事……"

关莎听任天行这么说，将信将疑："你大白天不借书，晚上借什么？"

"还不是因为萧总让我搞的行研报告……"任天行叹了口气。

"他这么压榨员工吗？"

杜晶不乐意了："人家萧大哥这叫对工作有要求！什么压榨员工……"说着她瞪向任天行："好好干！能跟着萧大哥这样的大咖，算你小子祖坟冒青烟了！"

周一晚，任天行搭地铁来到了青阳市最大最老牌的图书批发市场。

经过马钰之前的严肃批评，任天行深知做行业研究总在电脑前复制粘贴数据远没有实地考察来得牢靠。

虽然萧杰未对任天行上次直播美妆行业领域的研究做过多评价，但通过他让任天行入职金权这一结果，任天行也知道萧杰肯定了他的能力。确切地说，是他上一次的行业研究能力。

过去不能代表未来。上次他之所以可以比较透彻地分析出直播美妆行业的情况，是因为他花了大量时间跑市场与接触行内人。尝到甜头后，这次任天行自然也不会放弃"跑市场"这个费时费力的环节。

青阳图书批发市场由一家家独立的店铺组成，全开在一栋三层老式瓷砖楼内。楼前还保有老城区的风貌，猪蹄、烧鸡和麻辣烫店都循环广播着特价信息，停车场里汽车、摩托车、自行车甚至三轮车都有，停放得乱七八糟。

任天行刚走进一楼大门就瞧见一个红发阿姨用自拍杆举着手机，正对着镜头说话，身后跟着一个穿着浅黄色卫衣的女学生。

"今天带小侄女来批发市场买书，小侄女马上就要中考了，她说要来这里买题，买很多很多的题回去刷！大家看看我的小侄女！"

阿姨说着把镜头给了女学生，女学生脸上没什么特别的表情，但也好似并不排斥阿姨这么拍她。

"现在孩子的学习和考试压力确实大，但我这小侄女很上进，是她自己说要来的。"

阿姨一边这么说一边随着自动扶梯上了二楼，任天行紧跟其后。

二楼全都是教材教辅，任天行看到《5年高考3年模拟》就扑了过去，内心感慨："五三"！我永远的神！

"《考王》！这个名字起得真霸气！"

红发阿姨依旧举着自拍杆，任天行感觉是在直播，但又不完全肯定，也有可能是在录vlog（视频日志），只不过他不敢盯着别人的手机屏幕确认。

阿姨站的位置就在任天行旁边，而那个穿着浅黄色卫衣的女生已经投入到极其严肃的选书环节了。

批发市场里一个个四方台面上不少学习资料垒起来的高度跟这个女生的身高差不多，甚至有些还超过了她，但她不紧不慢，很认真地一本一本选，气定神闲。

"我觉得刷刷题还是有效果的，刷题能够帮助孩子们很好地巩固知识，消化吸收。我经常跟我的学生说，很多知识是你以为你懂了，其实你没懂，不信你就刷刷题，看你错多少。"

阿姨一直对着镜头唠叨，任天行虽然不太喜欢有人在自己旁边拍来拍去，但这个阿姨说的话让他多了几分市场调研的感觉，就也没刻意避开。

整层楼的书从小学一年级到高三的考试辅导题都有，任天行随意翻开了一本《中考满分作文》，但密密麻麻的字让他立刻合上了书。

任天行以前特别希望长大，希望成年，因为成年人的世界里没有高考。

想想那些备战高考的日子，现在加加班又算得了什么呢？即使都很累，都是"707"，但总不至于一次工作没做好，所有人都觉得你这一生就毁了。

"物理！这里是物理区了！"阿姨的声音在不远处又响了起来，"我侄女说她最弱的就是物理，需要补。大家以为现在的孩子会很抵触压力，但至少我侄女没有。你们看她选书刷题有多乐在其中，她说现在刷题已经成了她的日常习惯，一天没刷题就跟没水喝一样难受。"

阿姨说着拿起一本《中考全科满分冲刺》对着镜头："大家看这书的名字，起得我真是太心动了。可惜我的小儿子也上大学了，不然我真想'剁手'！说起来，这个批发市场也是真没变，除了装修新一点，想当年我大儿子的竞赛书我都是特意飞来这里买的呢。那时候没谁在网上买书，现在你们太方便了，想要什么书，一搜就有了……"

"大表哥的竞赛书是哪一种？"一旁一直不说话的黄衣女生突然问道。

阿姨左右看看，瞄到任天行手上拿的书，用手一指："就是那个！"

任天行一脸无辜，迟疑片刻，赶紧把书递给了已经大步走到他面前的女生。

"哥哥，你也是来买题的吗？"

虽然对方只不过是个初中生，但那双眼睛似乎比任天行还成熟。

"哦，是，我来买考研的题。"任天行随意撒了个谎，根本没来得及打草稿。

女生眉头一皱，环顾四周："考研题？但这里是初中区。"

"呃，我……我只是怀旧一下……"任天行心虚得不知眼睛往哪里瞟。

"考研？你是哪个大学的？"阿姨立刻走过来问。

"青大的。"任天行脱口而出，因为这确实是事实。

阿姨听后两眼发亮："小伙子好巧，我的小儿子也要读青大了。你哪个专业？"

"呃……"任天行虽然不太情愿继续回答下去，但没办法，毕竟对方问的问题也没多过分。

"金融的。"任天行老实回答，告诫自己不能再撒谎了，否则肯定会忘记怎么圆。

阿姨一拍大腿："你说巧不巧，我小儿子也要读金融！这下好了，终于在大学里找到人照应他了！"

"不是阿姨，我……我已经毕业了。"

"哎呀，我知道，你都考研了嘛！但认识认识没坏处！同学你叫什么名字？"

任天行看了一眼阿姨的手机摄像头，阿姨意识到了什么，立刻收起自拍杆、关掉手机："不是直播，不是直播！自己录着玩的vlog！"

阿姨说完继续满脸期待地看着任天行，任天行于是非常勉强地报出了自己的名字。反正给个名字也不会少块肉，像这个年纪的女人自己还是能顺着就顺着，惹毛了绝对没好处。但紧接着那阿姨又是要电话又是要微信的，最后还逼问任天行住哪儿。

"嘿！小伙子，有缘人啊！我跟我的小侄女也都住在雁子谷！"

任天行越聊越觉得这阿姨实在难缠，于是找了好些借口才总算摆脱了对方。他躲进图书批发市场的男厕所，刚想缓一缓再去别的楼层调研就看到阿姨用微信发来两张名片让任天行添加。

"我小儿子，萧烈。这是我大儿子，萧杰，他也在青阳工作，金融机构，跟你专业对口，以后你有需要可以找他。"

任天行倒吸一口凉气，只见那微信头像是碧海蓝天上的一只海鸥。他用颤抖的手指将头像点开后，果不其然，呈现在他眼前的是一个布置工作的对话框，最后一句话还是："只分析图书与出版，下周三给我。"

第⑭章
相煎何太急

"大孬啊，妈今天在图书批发市场遇到了一个能照应小孬的学长，叫任天行，也是青大金融系毕业的，正在考研呢，以后要是工作上找到你，记得也照应一下啊，有来有往嘛！"

看到母亲的微信留言，萧杰的眉心紧了一下：任天行正在考研？他随即打开了母亲发来的一段视频，视频里除了母亲的独白与表妹的身影外，还有拿起一本书没看两页又赶紧放回去的任天行。

萧杰嘴角微微上翘。只给这小子三天时间，本以为他会在网上随便查查内容就混过去了，没想到还是去跑市场了……

视频里的任天行让萧杰突然回想起那个下着大雨的夜晚。那晚他刚来青阳，跟旧友在火锅店聚餐，远远就看到一个胖小伙全身湿答答地进来，拿了人家前台的共享充电宝就找位置坐下，什么也没点，那时萧杰就怀疑这小伙子一定是在做与共享充电宝相关的市场调研。

果不其然，同一天晚上咖啡厅的再次偶遇验证了萧杰的想法。在那之后，萧杰对任天行印象很深，以至于接受采访的那天，任天行突然闯入办公室，萧杰一眼就认出了他。

萧杰虽然认出了任天行，但他的眼神却继续维持着一种陌生关系。在一切未熟悉前，萧杰认为自己对所有员工一视同仁更为稳妥。但他没想到的是，这个胖小伙总能给出惊艳的答案，做事扎实，连关鸿伟都想将其纳入麾下。

"关总，我们金权总共也就百把号人，您的关鸿地产可是上万……"

"光有人数有什么用？质量上不去。"关鸿伟叹气，"我公司跑市场的多了去了，跑出结果的有几个？"

萧杰没立刻接话，他思考了一下，朝不远处的球洞挥了一杆："我明天就让人事给任天行办入职手续。"

"哈哈哈哈哈！"关鸿伟指着萧杰一个劲儿地摇头，"你呀！就跟小女关莎脾气一样，给她的玩具没人抢，看都不看一眼，全堆在家里吃灰，一旦她堂妹来了，立刻就霸占着，谁也不给！"

或许在这件事情上，萧杰确实有些孩子气。

有那么几天，萧杰只要脑袋一放空，就会想起那个一身湿的小伙那看着充电宝专注的眼神，想着想着，他居然想起了很多年前的自己。那些年他也是这么一天一天把行业研究报告跑出来的，那时候他年轻，但也很卑微，卑微到他在努力时没有人注意，也没有人觉得这很可贵。

"你有权拒绝，因为即使你做好了报告，我也不承诺你可以入职，不会支付你薪水，更不会给你派人，一切靠你自己。你回去仔细思考思考，即使是这样，你还愿不愿意做。"

萧杰当初之所以这样试探任天行，也是想知道他是否真的喜欢干风险投资。真的喜欢一件事，是会全心专注，享受过程，没有奢望，不求回报的。这么多年一路走来，萧杰不是在加班和出差，就是在去加班和出差的路上，对这行如果没有热爱，根本走不到今天。

大概是时间、心情和眼缘都对了，抑或就因为那个雨夜，萧杰想好好锤炼任天行，他亲自锤炼。

任天行这个人是有天赋的，也有恒心，肯吃苦，差的就是贵人的帮助与那么一点点运气。

此时躲在图书批发市场男厕所的任天行并不知道萧杰的心理活动，他只求萧杰的母亲大人赶紧离开，别再占用自己的调研时间。这个图书批发市场晚上十点半关门，他必须在尽可能短的时间里收集到最多的信息。

大概过了五六分钟，图书批发市场公共厕所的门边上一个脑袋小心翼翼地探出，跟做贼一样。他扫视了一圈，没有发现可疑目标，才松了口气走了出来。

考题区是不能再待了，任天行往楼上走。上了三楼，大多数门店卖的都是少儿绘本、童话故事、数学启蒙、逻辑思维启蒙的书琳琅满目。这里人也挺多，大人都在忙着挑书，只有小孩子追逐打闹的声音不绝于耳。

任天行又往深处的几家店走去，他发现凡是不卖考试工具书和儿童早教类书籍的店都异常冷清，几乎一个人都没有。他看到一个大约60岁的老人守着一家面积挺大的书店，一个人在书堆里看书。

这个老人好不好沟通任天行不确定，但他一定很有时间！于是任天行大大方方地走了过去，老人听见脚步声抬头看了任天行一眼："买书？"

任天行摇了摇头："大爷，我可以采访采访您吗？"

"采访我？为什么？"

任天行于是就把自己做图书和出版行业研究的事情一五一十地告诉了老人，同时还掏出了自己的身份证和工卡，证明自己确实是金权投资集团的员工。

老人看后推了推老花镜，沉默着，没说可以采访，也没说不可以。

任天行见状，随意环顾了一下四周，从离自己最近的书摊上抽出一本老舍的《骆驼祥子》："我就耽误您10分钟，问您几个问题，这本书我买了，可以吗？"

老人迟疑片刻，才摘下老花镜，认认真真地擦了擦镜片，而后小心翼翼地收好："你问吧。"

"这家店是您的吗？您是从什么时候开始在这里卖书的？"

"什么时候……"老人陷入了回忆，"初中毕业，大概15岁……嗯，应该就是15岁，15岁我就在这里了，没读高中。这里开业时是我租的店面，后来我把店面买下来了。"

任天行点了点头，继续问："我看您这个书店比其他同类书店都大，大概有多少本书？"

"两万多本。"老人回答得干脆而简短。

"那现在除了考试类的和少儿绘本，什么书比较好卖呢？"

"工具书。"老人说，"比如医生用的，中医，还有美术这方面的工具书，其他书都卖不太动。"

见任天行很认真地掏出了纸笔做笔记，老人叹了口气陈述："我之前生意挺旺的，出版、批发和零售都做，做了30多年，后来越来越难，就只剩下了零售。"

"那您这里一天可以卖出多少本书？"

"呵，我说出来小伙子你可能不信。"老人自嘲一笑，用手比画了一个零，"一本也没有。当然了，偶尔一天能卖出去七八本，但总的来说现在这家店的收入是平不了我的成本的。我刚才也说了，这店面幸亏是我买下来的，能省不少，还能维持下去。其实就是我自己剥削自己，我在这里看店，没有工资，电费什么的也是自己出，想要过一个不错的晚年生活，不可能了。"

任天行此时结合他之前的研究说道："现在挺多国际知名的连锁书店都关门了，国内一些原本非常火爆的民营书店，在2011年的时候就已经关了，您为什么还开到现在？"

这个问题似乎难住了老人，只见他盯着远方看了很久，好似在认真思索着问题的答案。

"大概是为了有始有终吧。"老人叹了口气，"我这一辈子都在卖书，除了卖书，我什么也不会。"

"您怎么不考虑卖那些赚钱的类别呢？"任天行看到老人这书店里陈列的都是些哲学、历史学之类的深奥书籍，当然也有不少世界名著。

"小伙子，书对你而言是什么我不知道，但对我来说，书是我们人类的精神家园，如果在这个家园里只剩下小孩子的世界和各种考试，那成年人会很寂寞。"老人说，"小伙子你想想，如果你走进这个批发市场，看不到一家像我这样的书店，除了绘本就是考题，你会怎么想？"

任天行无言以对。

"所以……坚持下去，总有生路的。"至此，老人没再往下说，也并没让任天行为那本《骆驼祥子》付钱。

"这书我送你了，小伙子，不差一本书的钱，都是缘分。"

任天行离开时，回头看到老人又戴起了老花镜开始看书，坚持着他所坚持的，只不过在电子商务的社会浪潮下，实体书店老板的那点个人坚持，就跟旧社会的车夫祥子一样，微不足道。

任天行将《骆驼祥子》收进包里，脚步忽轻忽重，好像刚刚才从别人的世界里回到现实，继而产生了一种恍惚与不适。

对于老人所坚持的事情，任天行不能给出任何评价。如果作为一门生意，老者卖那些深奥、能够提高文学素养，但功利性不强的书，无疑很难平本，但作为丰富城市文化空间的一个品类，又是必需的。

自己究竟有多久没来实体书店买书了呢？最近的一次还真是三四年前买考研用书的时候。

各种散文、小说和传记类书籍任天行在大学图书馆都可以借到，哪怕是不爱去图书馆的莫茹，也习惯在网上买书，说网上买书又便宜又方便，傻子才去实体书店买呢！不过毕业后她连买都不买了，直接用听书软件放着听，眼睛都不睁一下，美其名曰：保护视力。

任天行本想采访些路人，问问他们对于目前实体书店的发展怎么看，但有时与其满大街寻生人采访，不如仔细回想自己周围人的行为来得高效快捷。比如大学同学，他们不是在网上买书就是在各大读书APP上订阅电子书，使用Kindle这类专业阅读器的也不在少数。

室友的Kindle任天行也借来用过一次，使用体验不太好，操作界面相比手机简直是灾难，触屏迟钝，翻页费劲。但舍友却说："Kindle轻啊，书价便宜啊！我去旅游，你让我带几百本书，怎么可能？现在一个Kindle就可以。你觉得难用是因为你用得不够多，自己买一个，用多了你就会觉得特别好用！"

又比如金权的同事们，他们跟自己一样，太忙了，几乎没有时间看书，剩下的一些排队吃饭或者蹲厕所的时间，多数人的注意力都被各种短视频和公众号文章占满了。对他们这样工作性质的青年人而言，凑够完整的小时是奢侈中的奢侈，如果用来看闲书而不是用来工作和考证，简直是造孽。

任天行到楼下买了一只三折甩卖的冷烤鸡，店家把烤鸡递给任天行后就收摊关门了。任天行一边津津有味地撕咬着烤鸡，一边试图把刚才这些所有的回想提炼一下，至少提炼成能写进行业研究报告的行文表述。

"颠覆性科技的出现打击了实体书店。"

任天行的脑子里不自觉地出现了这句话，但他觉得似乎又不太圆满，好像跳过了某个过程，于是又咬了一大口烤鸡。烤鸡外身的脆皮因温度的原因已经彻底软了，但任天行并不介意，毕竟打三折嘛！

等一下！我知道了！任天行灵光一闪："应该是颠覆性的科技发展改变了人们的阅读习惯，重新编排了当代人的业余时间，进而影响了实体书的销量。不仅是实体书，报纸杂志的销量都大受影响，毕竟现在有多少人看新闻还买纸质报刊？"

搞研究得做底稿，理论得有实践支撑，这是任天行在投资银行实习时养成的工作习惯。于是他还是搞了个群体采访，只不过不是跑到大街上挨个问，而是采用微信群发的形式。

回复他的人还挺多，任天行打算晚点再看，今晚他得用剩下的时间再多跑两家还没关门的民营书店。其中一家占地面积非常大，足有两层楼，藏书差不多有青阳大学图书馆藏书的一半。

书店提供宽敞明亮的公共阅读区和闲适优雅的沙发讨论区，奈何坐在沙发上的人并没在讨论，而是跷着二郎腿疯狂地自拍与修图，原因是书店装修美观大气，照片背景还可以被各类书籍装点得富有浓厚的文化气息。

另一家民营书店小巧精致，色调以暖黄为主，店里的墙纸颜色类似胡桃木，搭上古朴的桌椅和雕刻精美的油灯，透着满满的中世纪英伦风。这里的顾客确确实实在看书，不过他们桌面上人手一杯咖啡。

在回家的路上，任天行五味杂陈。他去的是书店，但这两家书店与他记忆中的截然不同。他记忆中的书店更像青阳图书批发市场，里面的人只为了看书和买书才出现在那里，但这两家书店感觉一家是网红打卡圣地，一家是咖啡厅。

中国民营书店起步于20世纪80年代，辉煌于90年代。跨入新世纪后，这个行业就进入了长达十年的调整期。终于，在2010年，电商图书网上价格战加剧了民营书店的衰亡，网上的书一家比一家便宜，为了引流并扩大用户群，四折三折的书比比皆是，有些书甚至只要你注册账号就能白送上门。这样的价格战之于实体书店，就像在一个癌症早期病人胸口上连捅三刀致其立刻死亡一样残忍血腥。

随后，实体书店没有任何悬念地掀起了一波令人触目惊心的倒闭潮。北京最著名的人文学术书店，以及号称拥有全国最大连锁渠道的民营连锁书店在两年内相继停业。此外，各大一线城市原先很火的一些书店也没能撑过2011年，这些都标志着实体书店冰河时代正式来临。

这些书店的命运似乎比任天行要悲惨许多，任天行想着自己虽然穷，但也不至于活不下去。如今他到手月薪不到7000元，其中的一半得付房租和水、电、网费，剩下的一半用于吃饭及购买生活用品，每月结余几百元，要是遇上个老同学聚会，或者父母生日买个体面的礼物，这点结余也就荡然无存了。

有句话的确是真理：青阳赚钱青阳花，一分别想带回家。

当任天行拖着疲惫的身子回到雁子谷小区，出了电梯正往自己的出租屋走时，远远就听见从关莎房门里传来的两个女人撕心裂肺的叫骂声。

"我就是想创业啊！我自己是自己的老板，我看谁敢炒了我！我才不要跟你一样，每天忙死忙活地帮别人打工！"

"帮别人打工怎么了？我靠自己的双手挣钱，从不欠债，也不靠家里。正因为这个世界上有无数个像我这样勤勤恳恳的打工人，你们这些创业者才有人帮衬，事业才有可能做起来！"

"那就我走我的阳关道，你过什么桥我也管不着！你没事少烦我！"

"我只是好心提醒你工作经验的重要性。"

"我不需要你的好心！会修电器了不起啊！我学我也会！"

关莎和沈俪正吵到这里，大门就被人敲了好几下。关莎以为是物业，气急败坏地一把将门打开，本想尽快打发了，不料门外站着的人是任天行。

看到任天行关莎更气了："怎么又是你啊！真是阴魂不散，哪里都可以遇到你！滚！"随着砰的一声，任天行忙了一个月未剪的碎发都被突如其来的风吹得竖直，那瞬间乍看上去像触电了一样。

任天行蒙了，不过他还是能闻到关莎那满口的酒气。

正在生着气的沈俪也挺蒙的，她今天按往常时间点回来，看到关莎打了一声招呼，然后就莫名其妙被关莎一顿数落，内容包括沈俪煮饭把厨房弄得太油，洗澡时间太晚以至于吹头发总是吵到别人睡觉，当然还有沈俪的牙刷、牙膏总不放回原位以及晚上睡觉打呼噜，等等。

沈俪起初见关莎喝了酒，整个人也恍恍惚惚的，就没跟她计较，还好心问她是不是最近创业压力太大了，如果压力太大那就别创业了，认真找一份工作，积累工作经验，这也是为以后创业做准备。谁想沈俪的一番好心关莎非但不领情，还口不择言地打击沈俪。

一个人脾气再好也受不了关莎这样没轻没重的谩骂，于是沈俪最后也开始据理力争。她知道如今这个与以往判若两人的关莎肯定是喝醉了，既然喝醉了，那自己骂什么她第二天也不会记得，更不会往心里去，于是就有了任天行出电梯后听到的那一段。

"他是灾星！灾星你懂吗？碰到他我一天好日子都没过上！"关莎指着门外继续朝沈俪抱怨，"车子被撞！业创不成！杜晶又走了！全都是因为他！"

"你小点声！"沈俪提醒，因为她判断任天行还没走。

"我就不要小声！"关莎故意提高音量朝门口的方向继续骂，"你赶紧搬走吧，撞车男！好运都被你撞没了！"

沈俪实在听不下去了，开门朝任天行解释："她喝醉了，你别往心里去，早点回去睡吧。"

"谁喝醉了?!"关莎猛地把沈俪推开,这一推致使沈俪的肩胛骨撞到了墙上。沈俪本身就瘦,这一撞疼得她整个身子都开始抽搐。

这回沈俪是真火了,她握紧拳头:"撒酒疯是吧?信不信我报警?"

"你报啊!警察来了也是抓你!"

"我现在就报!"沈俪被她一激,还真的掏出手机按下了"110"。

关莎见状愣了一下,而后委屈至极:"你欺负我!"

她的身子摇摇晃晃,一个踉跄跌坐在地上,而后竟然跟两三岁走路摔倒的孩子一样哇的一声哭了起来。

"杜晶欺负我,你也欺负我,萧杰欺负我,我妈也欺负我!你们都欺负我!你们怎么这样!我做错了什么?"

关莎的眼泪如断了线的珠子,沈俪见状缓缓放下了手机,长长叹了口气,有些心软了。这个"家"要说今天与以往有什么不同,那便是一直坐在沙发前嗑瓜子看剧的杜晶不见了,连带着一起消失的还有杜晶那堆得到处都是的衣服和鞋子。沈俪不知道杜晶和关莎之间发生了什么,但她能看出杜晶的离开让关莎难过到了极致。

"妈!"此时的关莎突然爬过去抱着沈俪的腿,"我不想跟爸爸!男人都不是好东西,爸爸也不是!你怎么不要我了?妈!呜呜呜呜呜……"

沈俪被关莎这样一叫别扭极了,心想自己就算比关莎大十岁也应该是姐姐辈的,怎么突然就成妈了?

别扭虽别扭,沈俪并没甩开关莎。听起来关莎的父母好像已经离婚了,果然家家有本难念的经,家财万贯的千金大小姐每周开心的时间看起来并不比自己多,烦恼也不比自己少。

关莎就这么死死抓着沈俪的裤腿不放,把沈俪当成妈妈,一直诉说着一切她想说的,直到最后口干得再也说不出一个字,脸上的肌肉也因风干的泪痕而发紧,整间屋子才恢复了安静。

第二天临近中午,关莎才睁开惺忪的睡眼,眼帘下的卧蚕依旧有些红肿。刚要下床,关莎发现杜晶的拖鞋没了,鼻头又是一酸。

关莎知道杜晶要什么,但经过一次彻底的失败后,她早已不像刚搬来雁子谷时那样自信满满。如果一条船是否安全连关莎自己都不能保证,她又怎能带着最好的朋友扬帆远航呢?

在这件事情上,杜晶坚持,关莎也很坚持,各不妥协。于是,杜晶走了。关莎以为杜晶的暂时离开是好事，这意味着她可以得到随意横躺的大床与无比清净的创业环境，未承想最后得到的是前所未有的孤独。

关莎新公司60%的注册资本是跟蒋一帆借的，并非是关莎不把蒋一帆当真正的朋友，而是关莎觉得蒋一帆有自己的赚钱能力，也比杜晶更有独立的判断力。这个钱既然蒋一帆愿意借，他就有承受损失的心理准备。但杜晶的情况则不同，她的钱来自她父母，没有一分属于她自己，即便她自己有准备，她父母也不见得有，关莎不希望因为自己的创业，让杜晶与家里人发生不必要的冲突。

走就走吧，这第二次创业要是成功了，再把杜晶请回来入股就是了，这么多年的感情，她不会真跟自己绝交的。

关莎虽然这么安慰着自己，但昨晚她走出房间看到冷冷清清的客厅时还是非常难受，于是决定下楼买酒，一醉方休。谁知这一买，就出事了。

此时关莎如丧尸般游荡到卫生间，一边用力刷牙一边将脑子放空。但她越是不去想事情，昨晚的画面就越是如倒放的电影一样出现在她的脑海里。

"我才不要跟你一样，每天忙死忙活地帮别人打工！"

"你大半夜做饭真的很油！吹个头发吵死了！牙刷、牙膏总是乱摆乱放！那么有时间送外卖写评论连放个牙膏的时间都没有吗？"

关莎刷牙的动作停住了，任由嘴里的泡泡一连串打落在洗手池里，洗手台上那属于沈俪的牙刷、牙膏被摆放得整整齐齐。

关莎一拍脑门：完了！自己干吗想不开要去喝酒呢？

匆忙漱完口，强烈的忐忑之感油然而生，让她不敢去开卫生间的门。

沈俪出去了吗？还是依旧在家里？关莎努力回想自己走出卧室时的情景。她就记得客厅没人，但是厨房和沈俪的房间里有什么她压根记不起来，她甚至想不起沈俪的房门是开着的还是关上的。

小心翼翼地扭开了把手，关莎慢慢探出脑袋，那样子与昨晚偷溜出图书批发市场男厕所的任天行很像，贼都没有他们二人猥琐。

好在房子不大，关莎根本无须环顾四周就知道沈俪不在家。长舒一口气后，关莎走进厨房，打开冰箱拿牛奶。这时她无意中发现，整个厨房好似都洁白了不少，连往常洗菜池里的污垢都被擦洗干净了，锃亮的不锈钢将午间的阳光反射得格外刺眼。

看到一尘不染的厨房，关莎觉得自己酒后对沈俪的态度确实太过分了。

的确，沈俪经常晚归，晚归后她还要做第二天路上吃的饭。由于时间太赶，她来不及好好擦拭厨房，关莎对此确实有些不太舒服，但并没有上升到无法忍受的程度。厨房干不干净，关莎其实不是特别在意，毕竟她根本不做饭。再说这房子也不是她的，本同为租客，相煎何太急？

关莎喝了两口牛奶就没了胃口，肚子里似乎一直有一团气排不出去，胀得很。

如今事情搞成这样，晚上沈俪回来了，自己应该如何面对她呢？

坐在地铁里的沈俪用手机备忘录打着她一周一更的公众号文章，这个公众号她经营了四年，目前拥有三十多万粉丝，公众号名字叫"美俪人生"。

车厢内放着普通话和英文的广播，提醒乘客们下一站的站名。

这班车一如既往是末班车，车厢无比空旷，好似整节车厢都是私人的，就连这辆造价几千万元的地铁也完全为沈俪一人而开。

"刚开始的我认为她就是个奉行理想主义的富二代，整天妄想可以没有工作经验就创业成功。"

沈俪在手机屏幕上打着这些字，车厢内的提示音好似成了一种若有似无的背景音乐。

"但如今我才明白，她之所以把未来理想化，是因为她当下以及过去的生活并不理想。她告诉我，她的父母在她15岁时离婚了，离婚后母亲便移居国外。父亲虽然没有再婚，但伴侣换了一个又一个，这些女人的学历高到博士、低至中专毕业，身形有胖有瘦，长相也参差不齐。直到她研究生毕业，父亲终于跟她坦诚相对：'我跟你母亲没有共同话题，相比于你母亲，现在我跟一个26岁的姑娘更有共同话题。是的，她就比你大一点，远没有你母亲漂亮。'

"她不记得她是从父亲与她坦白后，还是从父母离婚时就开始不相信婚姻的，她确定的就是她不相信，完全不相信。她跟我说，恋爱可以谈，但婚她是不会结的。

"我本以为原生家庭对她的影响仅限于爱情和婚姻，但当昨天她抱着我哭着说打死都不为别人打工时，我忽然意识到，这个女孩子虽然非常漂亮与富有，但却是个彻头彻尾的可怜人。她的可怜之处在于她对他人没有信任感，对这个社会也没有安全感。

"因为没有安全感，她不会让自己嫁给任何一个男人，也不会去任何一家非她创立的公司工作，如果她这样做了，她的内心就会觉得不安，就不得不时时刻刻小心翼翼，总怕别人甩了自己或者辞退自己。她就跟曾经被主人抛弃过一次的小狗到第二个主人家时的心理状态一样，这个比喻虽然不太恰当，但却足够贴切。

"她是一个桀骜不驯的，希望不受任何人摆布，将命运牢牢掌控在自己手里的新时代女孩。我在她这个年纪时，活得远不如她。"

文章的最后，沈俪依旧用了积极的结尾，呼吁广大女性同胞要相信他人，因为一旦一个人丧失了信任感和安全感，这个人便会活得疲累且孤独。

"如果这样活着，那么她身上的那条浅绿色雪纺裙即便再美再仙，也会透着一股惘然与苍凉。"

正当沈俪写到这里时，在三云的杜晶从家中的衣柜里拿出了沈俪文章里描述的那条浅绿色雪纺裙。裙子是她与关莎逛街时看上的，当时关莎见她驻足，便调侃道："怎么？好看？想让我穿？"

关莎当然不会觉得杜晶喜欢这条裙子，因为杜晶从小到大永远都是衬衣牛仔裤，怎么帅怎么来。

"你喜欢吗？"杜晶故作轻松地问关莎。

"管我喜不喜欢，你喜欢我就穿啊！"关莎说着就走进店里试穿起裙子来。

不得不说，这条裙子确实是关莎所有衣服中最仙气逼人的，当她从试衣间走出来时，店里其他客人的目光都停留在她身上。

浅绿色的裙子随着关莎的步子而飘扬，轻盈如夏日彩蝶，裙边镶着白纱，配上乌黑透亮的长鬈发，似瑞士雪山之间最深的湖水。

杜晶将浅绿色雪纺裙放在床上，又轻轻拉出了衣柜下端的抽屉。在抽屉里的层层衣服之下，杜晶摸索出了一个褐色袋子，袋子里有一层黑色纱网。杜晶将纱网解开，一头柔顺鲜亮的长鬈发便弹落而下。毫无疑问，这是假发。

杜晶坐在床上，反复抚摸着膝盖上的假发，这也是她背着所有人悄悄买的。

纠结再三，终于，杜晶鼓起勇气将假发戴在头上。

杜晶戴假发的动作很娴熟，没两下头发便被她理顺。而后杜晶脱下身上的衬衫与长裤，换上了那条浅绿色雪纺裙。

杜晶本身生得俊朗，轮廓分明，镜子里的她虽然看着别扭，但也就是熟人看着别扭罢了，倘若她从小到大就这样打扮，似乎也不是稀奇之事，说不定还会被经纪公司挖去当T台模特。

但看着镜子里的自己，杜晶却失落至极，脑海里挥之不去的是拥有长鬈发的关莎穿这条裙子的样子，那样子真是"云想衣裳花想容，春风拂槛露华浓"。

而自己呢？顶多就是还可以罢了。

为什么自己的生命中会出现关莎呢？

为什么当关莎收到男生情书的时候，自己收到的居然是女生的情书呢？

为什么每当自己想做一件事的时候，无论这件事是留长发、买裙子、创业抑或是与萧杰握手，最后总是被关莎抢先做了呢？

为什么关莎的新公司一定要跟自己划清界限呢？

为什么从小到大，自己各个方面都不如关莎呢？

这一切究竟该如何改变？

更让杜晶费解的是，她是如此深地嫉妒着关莎，憎恨着关莎，却又比任何人都喜欢黏着关莎，离不开关莎，并维护着关莎。

当沈俪推开家里的门时，便看到一脸媚笑的关莎与她面前那碗飘着销魂香气的螺蛳粉。

"姐姐，回来啦！辛苦啦！来来，我亲自下厨做的！"

关莎硬把沈俪拉到餐桌前坐下，沈俪有些诧异："你怎么知道……"

"哈哈，我翻了你的社交平台，看你分享了好几篇螺蛳粉探店的帖子，就猜到你一定爱吃！"关莎边说边把筷子递给沈俪。

面前的螺蛳粉配有酸笋、木耳、花生、萝卜干以及油炸腐竹等辅料，一闻那香气，便知道这碗粉必定酸辣鲜爽！当然，沈俪不指望关莎会熬螺蛳汤，那猪筒骨配以草果、茴香、陈皮、桂皮、丁香、胡椒、香叶、甘草、沙姜和八角等几十种名贵中药材熬制成的汤，估计关莎即使想学，家里也没相应的厨具。所以很明显，这螺蛳粉不是叫的外卖就是买的速食包。

沈俪为了给关莎面子，同时也是为了化解昨晚两人大吵一架的尴尬，她夹起了一筷子粉。这一夹，沈俪凭多年经验就知道粉根本没熟。

"吃呀！"关莎催促道。

沈俪不好意思点破，于是说："太烫了，我等等再吃。"

"热的才好吃！我跟你一起吃！"关莎边说边从厨房又端出一碗，想也没想就开吃，结果没嚼两口便万分羞涩地把嘴里的粉吐了出来，没好意思抬头看沈俪。

"这个粉要用沸水煮至少10分钟，不像方便面那样泡5分钟就能吃。"沈俪说。

"我就是烧开的水，已经泡了很久了，至少20分钟，我以为……"

沈俪摇了摇头："不是水烧开了倒进去泡，是沸水，水要一直沸，沸着煮。"

"哦……"关莎心想自己居然连个螺蛳粉速食包的使用说明都没仔细看，要说自己不是个生活白痴，那真没人是了。

其实按关莎的厨艺水平，她真不敢说自己是留学生，但谁让她留学期间不是吃外卖就是去朋友家蹭饭，完全没有自制中华美食的动力。

"没事没事！我们先吃这些！"

关莎搓着手又钻进厨房，这回她端出来一堆菜，里面有麻辣鸭掌、香卤牛肚、酸甜猪脚、白切鸡以及香脆肥肠等。

沈俪眼珠子撑得老大，怀疑自己产生了幻觉：连螺蛳粉都煮不熟的关莎，不可能还会做这些吧？她随即站起身伸长脖子往厨房一看，果然，砧板上放着的是一个又一个打开的外卖盒。

关莎戴上手套，把一个硕大的酸甜猪脚放到沈俪碗里，同时用眼神探了探对方，确认沈俪至少表面上看上去心情还不错，于是才吞吞吐吐地说："那个……姐姐，我昨天……呃……我……"

"我知道，你喝多了，创业压力又大，完全可以理解，我喝多了也这样。"

关莎一听沈俪这么说，顿时泪眼汪汪："姐姐，你真是……"她在脑海中死命搜索着夸人的词语，"你就如这碗螺蛳粉一样！辣而不火、麻而不燥、清而不淡、香而不腻……"

沈俪被关莎夸得满脸黑线，刚要说什么，家里的门就被什么人突然打开了。然而最先进屋的不是一个人，而是一个粉红色且贴满了各种流氓兔贴纸的行李箱。

关莎瞬间跳了起来，连她身后的凳子都被掀翻了。果不其然，箱子尾端跟着一只修长的手臂，而后就是一头咖啡色短发的帅气女青年。

沈俪看到杜晶也很诧异，但总体而言还是非常开心的。她一开始并不清楚这是为什么，后来仔细琢磨，发现似乎是因为每当自己晚归时，都可以看到屋里的亮光、电视的声响与一个好似在等自己回家的嗑瓜子室友。

没等沈俪跟杜晶打招呼，关莎就直接扑过去抱住了杜晶："我就知道，我就知道！"

"你知道个屁！我不回来你活得下去？"杜晶瞪着关莎，同时闻到了满屋"香气"，"居然敢背着我吃螺蛳粉！"

"染头发啦？这颜色不错，显得你皮肤更白了。"沈俪笑着说。

杜晶一甩头："是吧！青阳理发店何其多，但没一个有我三云老家的好！"

"就知道你只是回去染头发！"关莎笑嘻嘻地给杜晶台阶下。

杜晶瞅见关莎这副嘴脸就做出一个要抽她的动作："你到时候做起来了，必须一块钱一股给我，敢涨一个铜子儿，咱俩绝交！"

这时已经临近午夜，任天行才从电梯里出来，双肩背着沉重的公文休闲两用包，里面装着电脑以及满满的行研资料。他把一个喝空了的奶茶杯扔进电梯口的垃圾桶，边往家门走边掏钥匙，就听见从关莎的出租屋里传来的阵阵欢声笑语。

"我们那儿冬天配生菜、油麦菜、木耳菜、菜花和豌豆苗，夏天就是空心菜。对了，每家都卖冰豆浆。"这是沈俪的声音。

"哇！这么多吃法啊？"关莎说。

"当然，还很便宜，鸭掌我记得是一块钱一个。除了桌上这些，还有螺蛳蛋、猪尾巴、猪肚、猪小肚、鸡翅膀和油豆腐泡呢！总之选不完……"

"好想去你们老家吃螺蛳粉，感觉是舌尖上的盛筵！哈哈哈哈！"

听到这里的任天行真是丈二和尚摸不着头脑：这俩女人昨天吵得近乎要动刀子，怎么今天就好成这样了？

此时任天行眼里的关莎已经不像先前那样完美无缺，但人非圣人，谁还没个缺点呢？任天行自己缺点就不少，比如他不会每天都洗澡，桌子可以半年都不擦一次，键盘的非常用键都是一层灰，还经常把运动鞋丢到洗衣机里搅。

除去生活中这些不良习惯，任天行认为自己最大的缺陷就是骨子里不太自信，很多时候他都是壮着胆子往前冲，比如之前求萧杰让他入职金权投资集团。但壮着胆子与真有胆子还是有差别的，关莎和沈俪就属于真有胆子的那类人。

当他看到为了创业敢闯敢做的关莎，看到打了鸡血一样研究各种新兼职的沈俪时，他就对自己说："你也一样不会落后的，看看你周围都是什么人……"

只不过，关莎说他就是个灾星这件事，他仍旧很在意。可在意归在意，如果关莎真是喝多了，第二天啥都不记得，他也不会没事找事地主动把账翻出来弄得双方不愉快。明早他还要给萧杰汇报工作，眼下他还有更重要的事：加班！

第⑮章

思想同质化

第二天，任天行来到萧杰办公室的时间是八点半。公司正常是九点上班，但九点之后萧杰不太可能有时间听任天行汇报工作，于是提前三十分钟到公司成了萧杰对任天行的额外要求。

任天行对此原本有些不满，他不满的最大原因是睡不够，工作日熬到凌晨两三点已成家常便饭。但任天行发现他深夜发邮件给萧杰，萧杰不到十分钟就给了他很认真的回复，早上无论他多早到公司，萧杰都已经在办公室等着他了。

一个职级秒杀你的大佬每天睡得比你晚，起得比你早，你还有啥好抱怨的？

只不过，今日当任天行搭乘电梯来到总裁办公室所在的楼层时，远远就听到了一个中年男人急切的哀求声。

"几十家供应商等着我们付钱，别人的资本一直进，不断压价，根本没有利润空间，如果不把别人都挤出去，社区团购我们就真干不下去了，萧总！"

任天行闻声迟疑了一下，而后还是快步朝萧杰的办公室走去，只不过还没走到一半就被人叫住了。

"别进去！"那人的声调是命令。

任天行回头一看，对方是一身职业装的马钰。马钰虽然化了妆，但厚厚的粉底液也遮不住她的疲态与憔悴，似乎她昨晚也熬夜了。

"没看到萧总在会客吗？回去！"马钰沉声说。

"好……"任天行不想与马钰起冲突。对于这个女人，他如今能躲就躲，恭敬且不尴尬地相处是最好的。

就在他往回走的路上，他又听到萧杰办公室里那个中年男人的声音传来："别人都搞什么'一分钱秒杀'活动，这样的活动我们如果也搞，就是血亏……"

虽然任天行很好奇究竟发生了什么，但当他回头看到马钰那张阴森森的脸时，连唾沫都没敢咽就溜回了电梯。

任天行回到工位后也没闲着，争分夺秒地完善手里的研究报告，毕竟时间太短，目前报告还很粗糙。

临近九点，办公室里的人陆续多了起来，实习生群开始有人冒泡了。任天行原先一直沉浸在工作中没看群聊，直到中途去厕所才有空刷聊天记录。

"就是萧总以前投的那家公司，搞社区团购的。"

"你们没看新闻吗？昨天两百多个供应商围着他们公司催货款，卖红薯的大妈和卖西瓜的大爷都有。"

"这得赶紧救吧？那家公司咱们两年前给了两个多亿，不救的话，这两个多亿就打水漂了……"

"社区团购不是大火的方向吗，怎么说垮就垮？"

"我现在突然庆幸自己只是个刚入职的菜鸟了，要真有两个多亿砸我手里，我扛不住……"

这个实习生群是任天行刚到金权时加的，里面的人如今只有一小部分真正入职了，其他的早已各奔东西，于是在群里发表言论自然也就无须万分注意。

任天行查到金权投资集团两年前所投的社区团购公司名为胡氏科技有限公司，属于社区生鲜电商平台，业务逻辑是让周围社区的人以更低的价格团购生鲜产品。商家薄利多销，平台抽提成赚服务费，消费者还能得到便宜好货，本是个多方共赢的生意。

胡氏科技有限公司自成立以来不过两年半，先后获得金权投资集团、明日资本、格子基金等多轮融资，其间与各大水果、蔬菜及生活用品的品牌商合并，在全国多个省份迅速扩张，目前估值达到了十亿美元，跻身行业前三。但原本前途一片光明的胡氏科技，其青阳分公司的办公室昨日下午被大量前来催货款的供应商堵得水泄不通，而公司多数员工已经撤离，维持秩序的员工仅有两人。

如果胡氏科技倒了，金权投资集团投出去的两亿元就会彻底打水漂，此事的第一责任人便是萧杰。

在风险投资行业，投十家公司最终能成一家已经算不错的业绩了，但对于萧杰而言不是。作为金权投资集团最拿得出手的一张王牌，萧杰一年看三五百家公司，最终让他出手投的不会超过五家。

依靠如此严格的筛选与精准的判断力，截至目前还没出现过萧杰所投公司完全垮台的情况，如果胡氏科技破产，萧杰的不败神话也就随之湮灭，这倒是金权内部一些人所乐见的：你萧杰的投资风格就像一只壁虎，为了顶好的公司可以长时间趴着不动，但这有用吗？事实证明，这个世界上不是经过漫长等待的东西就一定是好的，不是你萧杰看上的公司就最终一定能上市的，你萧杰只不过就是一个跟我们一样的普通投资人，你也会失败，会看走眼，会被人骗。

"上来。"

正是萧杰发来的这条信息打断了厕所里的任天行对胡氏科技的搜索。两腿发麻的他一瘸一拐地赶到了总裁办公室，萧杰一见到他，就拿起公文包示意他跟上。任天行也不敢多问，屁颠屁颠地跟在萧杰身后。

二人来到了金权大厦专门的会客室，此时会客室里已经等着一个陌生男人了，西装革履，身材挺胖，站起身跟萧杰握手时，任天行注意到男人的腰上没系皮带。

"你记一下。"萧杰对任天行说，意思自然是让他做会议记录，于是任天行赶忙打开手提电脑预备着。

萧杰跟那个男人简单寒暄时脸上还带着微笑，好像完全没受大清早那件事的影响，而莫名其妙变成会议记录员的任天行此时正在为萧杰很有可能亏掉两个亿的事情而干着急。

上午十点，会议准时开始。大腹便便的中年男人目前在做的业务是低度酒，他滔滔不绝地把酿酒过程介绍了半个小时。

"我们在桂市有自己的工厂，目前已经在四个城市开了十几家铺子，网上也有旗舰店。"中年男人的话音总体上是自信的，但他与萧杰对话时的神态略显新奇，似乎是第一次与投资人接触。

"营业收入大概做到了多少？"萧杰问。

"一个多亿。"老板立即回答，还没等萧杰继续问，他便坐直了身子好奇道，"萧总，您这边会单独投吗？"

任天行心里一阵嘀咕：只报了个营业收入就想让我们投资？这老板是有多不熟悉风投市场……

任天行即便没了解过低度酒行业，但每天进出办公室时也看到过不少同事的桌子上摆着低度酒相关的行研报告或者书籍，目前国内做低度酒品牌的公司多到喜欢微醺感觉的女生都喝不过来。

"是单独投还是找其他投资人一起，得看情况。"萧杰说，"一般而言，如果贵公司融资需求在一个亿以下，那我们金权就单独投；如果是一个亿到三个亿或者更多，我们也会考虑几家一起投。"

对面的中年男人思索片刻，而后问道："那一般是只给一家好呢，还是多引进一些资本好？"

"人少有人少的好处，人多也有人多的好处。"萧杰虽然笑着，但任天行可以感觉出萧杰心底压着一股旁人看不出来的不耐烦，"人少的好处是事儿少，人多的好处是可以绑更多人上船。有些资本实力很强，他们投您不仅仅是给您钱，还会为您注入很多资源，所以一般情况下，您绑越多人上船，您的公司就越安全。"

"哦，是这样啊！"老板恍然大悟地点点头。

"当然了……"萧杰补充一句，"人家给了您钱和资源，对您的诉求也就多，比如这笔钱拿去做了什么，预计达到什么样的效果，他们希望您给出的承诺尽可能准确一些。"

萧杰说到这里就停住了，他这句话如果再接下去，可以说成："您要是达不到业绩承诺，投资人铁定会找您算账！"

对面坐着的老板虽然在资本市场上是小白一个，但本身年纪摆在那儿，再加上他能把公司营业收入做到一个多亿，肯定是个混社会的老江湖，不用萧杰挑明都可以领会其中之意，于是和气地笑了笑，递给萧杰一沓公司资料后就说自己回去考虑考虑。于是萧杰站起身与之握手道别，依旧十分礼貌："行，那融资这块您考虑清楚了我们再联系。"

送走了那个中年老板，萧杰瞄了一眼任天行的电脑："都记了吗？"

"啊？呃……记的都是怎么酿酒的，因为他刚才说的……"

"删了吧，跟我下车库。"萧杰说着就往门外走。

任天行可是领略过萧杰的走路速度的，他啪的一声合上电脑就追了出去。删东西这种事情还是等有空再说吧，不过刚才敲了半小时键盘，所有成果就这么付诸东流，任天行又感觉冤得慌。

电梯里的萧杰似乎察觉出了任天行的心思，简单解释一句："这家我们大概率不会投，因为有比他做得好的上周刚上了投委会，已经通过了。这个会议是先前就约好的，所以没取消。"

"原来如此……对对，我们不投竞争对手。"任天行这回理解了，"那一家公司，您决定投或不投，有没有一个标准？"

"没有，这不属于科学范畴。"萧杰打开车门坐了进去，又好似突然想到了什么，重新下车，弯腰盯着已经上了副驾驶座的任天行，"你不是开车不熟吗？以后都你开。"

"啊？"任天行一听到要开车就忐忑不安，尤其是上次火才刚打着就撞上了关莎的保时捷，这件事让他直到现在都还有心理阴影。但是他就算再忐忑也不能拒绝，只好硬着头皮上了驾驶座。还好萧杰会在旁边提示，这让他的心稳了很多，顺利将车倒出车位，开出车库，直到上路。

金权大厦所在的金融区在非高峰期路况不算拥堵，且市区内限定的车速比较慢，故任天行开得很顺利，目的地是一家他原先有所耳闻的咖啡厅。

当任天行稳稳地把车停在一个路口等红灯时，萧杰开了口："刚才我说看公司的标准不属于科学范畴，是因为你给我任何投资标准，我都可以举出反例。"

任天行没料到萧杰还把他的问题放在心上，又诧异又感动。从入职金权到现在，任天行虽然每天都在做着行业研究，有时晚上也跟萧杰见见客户，但投资的门道他一直忙得没时间请教，所以以刚才才斗胆问了一句。

"那究竟什么样的公司才能吸引到您呢？"任天行看向萧杰。

萧杰的眼神却停在随时可能变绿的红灯上："我不是只看公司的，人很重要，就是那些企业的创始人。我遇到过很多创始人，有的敢打敢拼，有的逻辑性比较强，做事相对保守，还有的是那种天赋型选手。决定投不投一家公司，我看的是这件事和这个人能不能匹配，也就是这件事适不适合这个人去做。"

萧杰给出的道理非常简单，但真的让任天行实际操作，他觉得以他目前的水平还是会抓瞎，短时间内对一家公司的发展前景和其与创始人的匹配程度做出正确的判断，需要非常老辣的眼光和深厚的行业经验。

此时绿灯亮起，任天行一边小心翼翼地开着车，一边用余光偷瞟萧杰的神情："萧总，您在这行做了这么久，有没有觉得特别难的时候？"

也不知道是为了帮萧杰舒缓压力还是别的什么原因，任天行突然这么问。他本以为萧杰会提到胡氏科技，作为一个以专业能力享誉业界的投资人，自己投的公司很有可能破产肯定是最难的时候，但萧杰的回答却出人意料。

"最难的时候……大概是那些创始人看不上钱的时候。"

"啊？"任天行脑子一下没反应过来。

"一个好项目，抢的人肯定多，这时候钱有什么区别？人家企业要谁的钱都一样。"萧杰说，"金权投资集团虽然是大基金，但我们也不是无所不能的。"

任天行本想问下去，但发现他们快到了，只好暂时放弃求教。

这家咖啡厅的名字很有意思，叫山猫咖啡，里里外外人满为患。

山猫的名号任天行之前听说过，是一家网红咖啡厅，店里气氛温馨舒适，随处可见五花八门的书和各种各样的猫。这些猫除了可以呼应咖啡厅的主题外，还可以吸引顾客。

当萧杰和任天行走进去时，老板还没到，接待他们的是一个短发中年女人，自称是店长。

任天行仔细研究了一遍菜单，发现这家店其实主打产品不是咖啡，而是奶茶。

"这是他们地理位置最差的一家店。"萧杰小声道，"还是一样，我问，你记。"

"好！"任天行麻利地打开电脑，开始记录萧杰与店长之间的会谈内容。

二人从这家咖啡厅每日的流水、每月卖出饮品的平均数量、上新的速度一直聊到用户画像。刚开始店长还对答如流，但当萧杰问到他们的毛利时，店长开始结巴："毛利……呃……30%。"

萧杰不太相信："只有30%？一般饮品店的毛利大概在50%至70%这个区间。"

店长揉搓着手指，任天行看得出她有些紧张。

萧杰放缓语气："是这样的，你们一杯咖啡或者奶茶，采购的原料成本，我说的就只是原料成本，占售价的比例是多少？"

"原料成本占售价……大概就是30%。"店长说。

"那你们的毛利就是70%。"萧杰笑了，"毛利就是售价减去原料成本，你原先不知道这样算吗？"

"没有没有，我一下没反应过来……"店长赶忙解释。

"哎呀，萧总！不好意思，来晚了来晚了！"

此时一个头顶扎小辫、留着山羊胡的男人姗姗来迟，正是咖啡厅的创始人，姓董。他的颧骨很高，气质独特，身上还围着一条绿色的围裙。

董总请萧杰和任天行品尝了店里的多款饮品，萧杰提醒道："董总，我们之前说的盲测……"

"没问题，没问题！"董总说着吩咐店长，"去，让他们做100杯我们家的招牌奶茶！"

"已经做好了。"店长说，"别家的100杯奶茶也已经买来了。"

"可以！有效率！摆出去吧，记得拿不同颜色的杯子装！"

十分钟后，热闹非凡的盲测奶茶活动开始了，具体方案是让每个路人分别品尝两杯饮品，留下好喝的那个，最后看哪家留下的杯子更多。

任天行对萧杰这样的市场调研方式瞠目结舌：这也太直接了，如果最后是别家获胜，是不是意味着这家店就可以不用投了？更何况这家店的员工素质有待提高，作为一个店长，连毛利这么简单的概念都搞不清楚。

盲测进行了三十分钟，最后的结果是52：48，山猫略输4分。

"萧总，我们家的奶茶，咖啡味是重一些，但您要知道，那是因为国内喜欢喝咖啡的人相对少，大家喝奶茶，喝的不是奶就是茶，对吧？我这个口味如果开在欧洲或者北美，肯定大受欢迎。我们目前在芝加哥已经开了两家店，生意都很好。"

萧杰拍了拍董总的肩膀，示意他先不要急："你们店不是专业做奶茶的，能跟另外那家差不多打平已经很不错了。其实在我看来，你们跟他们的客户群虽然有重叠，但诉求不同。你们的店面更精致，更有情调，其实你们营销的是一种喝咖啡奶茶的环境，比如你们店里的书和猫。"

"对对……"董总立刻附和，"哎呀，我那个店长刚才肯定是太紧张了，毛利她怎么可能不知道呢！"

"即便不知道也没事。"萧杰笑道，"员工的整体素质即使欠缺，也没影响你们每个月如此好的现金流，说明你们公司还有很大的优化潜力，前途无量。"

任天行不知道萧杰这话是在跟对方客套，还是他真觉得这家咖啡厅有前途。

那个具有艺术家气质的董总又跟萧杰客套了十来分钟就忙店里的生意去了。回去的路上仍旧是任天行开车，他问萧杰："萧总，这家如何？可以投吗？"

"这家要抢，人家不一定愿意。"

"啊？"任天行错愕，"不会吧？那老板态度那么好，我以为……"

"人家只是给面子罢了，他自己也想知道盲测的结果。这个董总我约了三次才约上。"萧杰说，"而且你看我们跟那店长聊了多久他才到？真正求着我们掏钱的人，是一定不会迟到的。"

时间已是正午过后，萧杰的电话和信息不断。

"萧总，我们现在就在辣子快餐店，他们后厨说外人不让进。"

开着车的任天行能大致听到从萧杰手机里传来的外扩音，这个声音居然是马钰的。任天行的手机跟萧杰的是同款，也就在此时，任天行终于知道那天莫茹听到关莎找他给沈俪搬家时的声音有多清晰了。

"看了菜单吗？标准化程度怎么样？"萧杰问。

"看了，他们每家店的菜品不多，SKU都是标准化的，很好复制。"

马钰所说的SKU，全称Stock Keeping Unit，指最小库存单元。对于快餐店而言，SKU就是菜单上的菜品种类，比如这家店有15种菜品可供选择，那么SKU就是15。一般而言，SKU越小的店，可复制程度就越高。

"看快餐店，第一看菜单的标准化程度，第二看品牌知名度。"萧杰对马钰说，"标准化程度你们多跑几家店，每家店都比较一下，看是不是体验基本一致，记录下每个菜品的出餐时间，带几个人不同时间段多去几次，看看平均出餐速度。至于品牌知名度，不能他们说他们是当地第一就相信，做做街访，找离那家店远点的街道问，不同年龄层的路人都要覆盖。"

"好的，萧总，那他们的后厨……"

"后厨是必须进去看的。"萧杰说，"投资人到了都不让进只有两种可能，一种是他们的后厨见不得人，另一种就是管理制度非常严格，这是好的。我给他们老板打个电话，你们看了后厨再走，如果还是不给看，这个项目就不用继续深入了。"

"好的，萧总。"

"店里面什么样还是其次，最重要的是中央厨房，他们所有原料与半成品都是从中央厨房配送的，宰牛的屠宰车间看看是不是全自动化的，计算一下一天可以杀多少头牛，如果多配生产线，那个场地能不能装下。"

"好的，萧总！"

萧杰挂断电话后就给那家快餐店的老板拨了过去，客客气气地让那老板联系店长开放后厨。

马钰所在的城市距离青阳坐高铁约三个小时，看来她是一大早来公司应个卯就奔赴项目现场了。

任天行的肚子饿得咕咕直叫，但萧杰完全没有要吃午饭的意思，他们现在正在返回金权大厦的路上。

萧杰刚挂断电话，微信就弹出了好几条语音信息，他点开后虽然立马就将电话紧贴耳朵，但奈何外扩音依旧如此清晰。

"大孬啊，又在看项目啦？吃午饭没啊？要按时吃饭，项目是看不完的。你们这些投资人就是抓不住重点，什么才是一个男人最好的投资啊？未来的老婆才是最好的投资！"

任天行差点笑出声来，但他强行忍住了，这一忍让他的面目都有些抽搐，嘴唇绷得近乎裂开。为了不让萧杰感到异样，他索性放开嘴用力打了一个喷嚏，而后前后左右地假装张望往来车辆。

这个大妈的声音任天行还记得，前天晚上在青阳图书批发市场碰到过，是萧杰的母亲。任天行没想到萧杰的小名居然不叫小杰、阿杰或者杰杰之类的，而是什么大孬。

萧杰察觉到了任天行的反应，于是萧干星接下去那一长串又一长串的语音他直接不听了，吩咐任天行靠边停车，自己去便利店买了几个水煮玉米和茶叶蛋来。

"你将就一下，回公司再吃。"萧杰将买来的东西放在后座后就又开始发信息，最后索性直接打了电话过去。

"董总，请您相信我们金权肯定是能给您带来资源的，我们可以给您组团队，给您做营销方案，教您怎么打败竞争对手。您看，您让出15%，手里还有85%，公司还是您说了算。到时候我们真的一起把山猫做好了，您这85%都不知道翻多少倍了，一两千万元都是小头。而且如果最终您公司上市，那些券商和机构投资者在判断您公司股票的时候，谁是您的股东，谁给您背书，至关重要。"

原来萧总的聊天对象是山猫咖啡的董总，任天行想着，就听到了电话那头传来的声音："可我们现在不缺团队，也不缺营销方案。"

"那您缺什么？"萧杰问。

对方沉默了片刻，而后道："你认不认识国外咖啡厅那些好的店面设计师？"

萧杰顿了顿："认识，不过很久没联系了，我争取重新联系上，这两天给您推过去。"

董总明显没料到萧杰还有这样的资源，语气瞬间变得不一样了："行行！那太好了！你们金权果然不一样！那我等萧总您的消息啊！"

"好，那如果您跟设计师合作上了……"

"15%没问题！"对方爽快道。

"行！"

萧杰挂了电话后，就连任天行也万分兴奋。萧杰不仅投资经验老到，就连人脉资源也是他望尘莫及的："萧总，没想到您还认识那么大牌的店面设计师啊！"

怎知萧杰无奈地瞟了他一眼："我不认识，以前没接触过国外咖啡厅的项目。"说着又拿起了电话，"现在想办法。"

任天行惊得差点一个急刹车。

回到金权大厦后，萧杰示意任天行跟自己去会客室，任天行推断萧杰下午还有会，而自己这个临时会议记录员肯定不能缺席。

原本这也没啥，但萧杰若是一直不休息，任天行也不好意思吃饭。那水煮玉米和茶叶蛋在此时的他看来就是绝美佳肴，他逼迫自己利用时间空当完善图书批发市场行业研究报告，否则真想趁萧杰不注意时将食物偷偷拿走去厕所吞了，顺带把萧杰那份也吞了。

在任天行内心的反复挣扎下，时钟嘀嗒嘀嗒地来到了下午三点整。萧杰匆匆挂上了电话，通知任天行："准备开会。"

"好。"任天行虽然这么回答，但他很是疑惑，因为并没有任何人进入会议室。

只见萧杰打开电脑进入了视频会议系统："还是一样，你记一下。"

任天行反应过来，赶忙又应了一声："好"。

然而此时只有声音接通了，屏幕还是黑的，对面传来一男一女两个声音，都在说着"萧总好"。

"不好意思，萧总，我们电脑出了点问题，可能需要重启一下，您这边可以稍等几分钟吗？"女人紧接着道。

"没问题。"萧杰说，然后顺手拿起了装玉米和鸡蛋的袋子，迅速分给了任天行一半，"赶紧吃。"

任天行愣了一下，而后便大口啃起了玉米。其实这时的他早已饿过了头，但当他看到萧杰三秒钟剥开鸡蛋壳而后整个塞进嘴里的吃相，就知道自己的身体肯定也是需要补充能量的，这一天还不知啥时是个头，于是便无所顾忌地能吃多快就吃多快。

在青阳，有非常多的工作跟任天行和萧杰的类似。做这些工作的人有稳定的收入、不错的平台、充满奔头的未来，但就是中午连个像样的吃饭时间都没有。

大型风险投资机构一般招的人都来自"清北复交"，任天行曾经以为进入风投行业几乎就等于和一帮最聪明的人一起工作，他脑中勾勒出的所有场景都是光鲜的、亮丽的和高大上的。但仅仅是这些日子，任天行的幻想开始一点一点幻灭。他不知道除了办公环境之外，还有什么是高大上的。

他真实体验到的是临近午夜下楼跟一帮年轻或也不算太年轻的人排队买奶茶续命；他记得的是马钰带着憔悴的脸和熊猫一样的黑眼圈来上班，疲于奔命地出差看项目；他看到的是萧杰这样总裁级的人物每天忙得还要趁客户电脑重启的时间吃午饭……如果对方电脑没出问题，压根不用重启呢，是不是这顿午饭也就不吃了？

"叶总，您看这个方案是否可行。您要的1.5亿元，我们给1.1亿元现金，还有4000万元做个期权。如果您的团队达到了业绩目标，这4000万元就发给您，这样对您公司上下的员工都是个激励，一起致富的话，他们会非常有干劲。"

任天行噼里啪啦地将萧杰的话记下来。通过双方对话，他判断对方是做老年人娱乐中心的，类似高端养老院，创始人预备在全国山好水好的旅游城市开设几十家分支机构，对加入会员的老年人实行一卡通制，即今年在桂林阳朔养老，明年就在大理丽江养老，一边养老一边旅游，美哉妙哉。

这个业务确实顺应了中国人口老龄化的趋势，抓住行业龙头好好培养，的确是个很不错的长期生意，特别对萧杰胃口。

"1.1这个数字……不吉利。"对方创始人居然这样说。

萧杰听后笑了："那叶总您说一个数，但我们这边还是得加期权。"

"加期权没问题，嗯……"

看对方好似在思索什么，萧杰直接道："要不这样，1.28亿元吧，一二八，够吉利吧？"

对方创始人依旧没说话，似乎还在纠结，于是萧杰坐直了身子："一二九，叶总，长长久久，成不？"

屏幕上理着板寸头的男人与旁边的秘书对视了一眼，而后装作很勉强的样子："萧总您都这么有诚意了，成吧。"

任天行一边记一边在内心感叹，风投行业定投资价格居然跟菜市场买菜也没啥区别，你一讨价我一还价，最后定下来的数依据的居然不是科学的现金流贴现模型，而是谐音引申义……

会议结束后，萧杰左右转着脖子放松，而后继续拿起手机开始找国外店面设计师。外扩音传来的声音对萧杰大多都很客气与热情，熟一些的朋友往往情不自禁地跟萧杰多寒暄几句。萧杰也没显得过于功利，别人聊多久，他也就陪别人聊多久，有些话题无聊到以前哪个女同学现在生两个孩子了，哪个篮球队队员是个同性恋还带男朋友来同学聚会了，等等。

任天行对萧杰的耐心佩服不已，他看着此时一个电话又一个电话的萧杰，好似看到了未来梦想中的自己。

时间已到晚上十一点，任天行在会客室一边等萧杰，一边完善他的行业研究报告，毕竟今日原本就是他向萧杰汇报研究成果的日子。萧杰一直没发话让他回去，他自然也就不敢下班。

一个小时前，任天行实在饿得头晕眼花，就自己下楼买了四份火腿三明治和酸奶，他两份，萧杰两份。当时便利店老板正要打烊，瞧见任天行饿得可怜，就又重新开门取货。

"不好意思啊，老板。"任天行赶忙道歉。

"没事，都习惯了。"老板说，"像小伙子你这样踩点下来的每晚都有，我这门总得开开关关好几次。"

老板开的是一辆黑色的保时捷卡宴，这车的档次足以看出在金融区楼下开便利店还是能赚不少钱的。

任天行还没出电梯就吞掉了属于他的三明治和酸奶，回到会客室时，萧杰依旧对着窗户打电话，内容不出意外还是为了找国外大牌的店面设计师。

任天行将晚餐放到萧杰的电脑旁边，而后继续完善他的行业研究报告。经过这几天的研究，任天行得出的结论如下：

第一，过去几年我国图书零售市场总规模在逐年增加，增加的主推力量当然不是实体书店，而是网上图书零售渠道。其中，少儿图书增长势头强劲，无论是"80后""90后"父母展现出的惊人购买力，还是如今少儿教育以及各类辅导培训发展的态势，都确保了少儿类图书市场将有更大的发展潜力。

任天行的结论：一套早教绘本卖好几百元，买回家孩子估计就随便翻两页，或者压根不看。这么砸钱，那一定得等赚够钱了才能生孩子。

第二，从图书销售的细分市场来看，被各大短视频平台带动的成长励志类图书，比如《狼道》《墨菲定律》或者《羊皮卷》等销量还算有所保障，但其他心理自助（俗称"心灵鸡汤"）类书籍销量则降幅明显。

任天行的结论：自媒体宣传大部分是羊群效应，很多博主看人家做啥自己也学啥，学到后面大家推荐的都是同一批书。就算喝"鸡汤"也要确保是同一只老母鸡炖出来的，网上自媒体类的短视频看得越是多，人们的自主选择意识就越是薄弱，甚至还有完全丧失独立思考能力的风险。

任天行想到这里，不自觉掏出手机，思索再三，卸载了抖音。但还没过五分钟，就开始陷入挣扎：有些短视频还是很有意思的，内容浓缩了，还节省精力，至少能消磨上厕所的时间……不过这玩意儿看多了人容易变得又懒又傻！不行，绝不能再看！但是……一个正常人的娱乐时间还是需要的吧？

　　就这样，正方与反方的声音来回拉扯着任天行的脑神经，到最后，他无奈地叹了口气，默默地又把抖音给重新下载了。他的理由是：我加回来我不看，就是不看，能锻炼个人抗诱惑的能力！

　　第三，网上图书折扣依旧是逼死实体书店的主要推手。网上书店的折扣常年在五折上下，在一些直播带货或者短视频的售书渠道甚至低到三至四折，已经逼近一本实体书的刚性成本，这让渠道售价九折甚至不打折的实体书店不堪一击。

　　任天行研究后发现，低价售书其实长期来看并不会真正利好消费者。为了保证自身利润，出版社只能不断调高图书定价，一本在2000年卖18元的书如今涨到了58元，其中很大可能就是因为网上书店打折过猛。且如果出版行业利润被压到一个只剩喘息的空间，出版社很难有动力精打细磨出好的产品，最终的结果就是"劣币驱逐良币"。

　　任天行的结论：图书电商销售渠道的崛起改变了整个图书宣传推广的逻辑。

　　电商是依据大数据和算法在网上给读者推书，"爆款驱动"和"算法引流"模式会导致大火的书继续火，其他书很可能长时间无人问津，这违背了图书作为内容产品"丰富度"的要求。

　　强者恒强的定理并非适用于所有行业。现代人都忙，本身一年就没工夫读几本书，如果这几本书还碰巧都是电商推出来的爆款，那整个华夏民族一年下来读的书来来去去也就那一百多本，思想同质化程度有多严重显而易见，这是十分危险的。

　　第四，由于电商售书猛推爆款，导致新书内容供应有效性下降。

　　近些年新书对整体市场的贡献率在不断下降，无论是新书种类还是册数都在不断减小，市场整体缺乏亮眼的畅销新书。一向以内容驱动的出版业正在逐步失去新鲜血液的注入，新书若无法打进畅销书榜成为头部爆款，出版业还能否长期健康发展着实令人担忧。

　　任天行的结论：吃老本也有吃完的那天。

　　任天行将自己的这些结论以一个比较官方的表述写进了报告，全部完成后，他抬头看了看站在窗户前的萧杰。萧杰依旧在打着电话，只不过交谈的语言由中文变成了流利的英文。

萧杰在国外留学多年，毕业后又在跨国公司工作过，英文水平甩任天行这个土鳖好几条街。虽然会讲英文在任天行看来也不是多牛的事，但萧杰的英文口语发音几乎跟母语发音者没有区别，所有的轻读、重读和连读他掌握得恰到好处，时不时还爆出各种谚语和中国人根本不熟悉的惯用语。如果不看萧杰本人，光听他说话，任天行妥妥地就会以为与自己处在同一间会客室里的是个土生土长的美国人。

任天行认真听了一会儿，虽然不是100%能听懂，但60%理解起来还是没问题的。形势对萧杰非常不利，因为他直到现在都没找到任何有效人脉，但承诺已经给出，如果他在限定时间里找不到山猫咖啡创始人想要的店面设计师，又该如何收场呢？

凌晨2点58分，任天行揉了揉惺忪的睡眼。此时他的脑子已经不转了。一天下来，他跟萧杰一起开会，陪着萧杰跑项目现场，专心完善图书市场研究报告。此外，他也向周围所有可能认识的人发信息询问是否认识国外有名的店面设计师，但一无所获。

超负荷的工作让任天行深感疲惫与困倦，他觉得自己只要往会客室的沙发上一躺，立刻就可以睡着，甚至不用沙发，脚下的蓝黑色地毯也不错，实在不行，外面的瓷砖地也能将就，只要身子不再立起来，腰都是舒服的。

而萧杰呢？他时而打国际长途，时而在电脑键盘前敲敲打打。

任天行刚开始出于礼貌没敢盯着领导电脑看，但后面实在没忍住，趁着起身上厕所的空隙偷瞄了两眼，结果发现萧杰居然在Facebook上直接给那些他能搜出来的店面设计师留言。

除了Facebook，萧杰主菜单上打开的还有Instagram、Twitter、Snapchat、Linkedln、WhatsApp以及Youtube，这些都是国外著名的社交媒体软件和视频网站。萧杰靠关键词搜索各大设计师的主页，争取直接与其取得联系。

任天行之前去厕所主要是为了往自己脸上泼凉水提神，然而萧杰这一举动比任何凉水甚至冰水都管用，他屏幕前的那十几个窗口、依旧直挺的脊梁与噼里啪啦的打字声让任天行眼眶都有些发红。

一般人打了一天电话没得到任何结果基本都放弃了，通过互联网留言的方式远没有熟人介绍来的合作概率大，但萧杰丝毫没有懈怠的意思，靠熟人搞不定的事情，就得完全靠自己。

此时会客室的门被什么人敲了两下，萧杰转过身时，门已经被打开了。站在门外的是两个30来岁的男人：一个圆脸，穿着白衬衣，戴眼镜，皮肤白得跟包子一样，正是蒋一帆；另一个人高马大，皮肤偏黑。

　　"萧总，联系上了，这是我以前在明和证券的同事，柴胡。"蒋一帆说。蒋一帆在投资银行工作多年，认识不少企业客户，萧杰找他求助也是情理之中。

　　"萧总您好！"柴胡伸出了手。

　　"快请进！"萧杰走上前与柴胡握手，语气有些急切，"您认识国外的店面设计师？"

　　"我不直接认识，但可以帮忙搭个线。"柴胡说。

　　"去倒茶。"萧杰一边请蒋一帆和柴胡就座，一边吩咐任天行。

　　任天行刚要出门就被柴胡叫住了："不用客气了萧总，我们马上就回去，真的，明天还有项目要报。"

　　萧杰闻言笑了："怪不得这个点了你们还没睡觉。"

　　"呵呵，最近科创板搞得火热，项目挺多。"柴胡边说边坐下，而后给了萧杰几个人的联系方式，并详细说明其中的人物关系。

　　任天行在旁听着，一口老血差点没喷出来。

　　事情的经过是这样的：萧杰下午给蒋一帆去了电话，询问其是否认识国际上比较知名的店面设计师，最好是饮品店的，名号越响越好。

　　对蒋一帆而言，领导的要求他一向尽全力达成，超领导预期完成任务是他的工作法则。这次萧杰本没对蒋一帆抱多大希望，但他还真就在大半夜给萧杰带了一个"希望"过来，这个叫柴胡的前同事，便是蒋一帆的人际资源之一。

　　柴胡听到蒋一帆的询问后，仔细盘了一遍自己的交际圈。他的本职是投资银行经理，主要为境内企业上市服务，以前的客户中并没有谁属于餐饮行业，所以并不直接认识任何店面设计师。同时，柴胡还是某公众号的顶级大V，属于投行界的KOL，所以他又想了想自己的粉丝群体，还是一无所获。

　　"一帆哥，我的朋友圈跟你的也差不多，不是搞金融的就是跟我们一样在科技公司打工加班的，要说我那些公众号读者，也是这块的，店面设计师……还真不认识。"这是柴胡一开始给蒋一帆的答复。

　　时间到了午夜十二点，大概是晚上吃的外卖不太干净，柴胡加班时觉得肚子有些不舒服，趁着上厕所的空当刷朋友圈放松一下，结果就看到一位作家朋友发的九张打工图，图里好巧不巧是一家奶茶店，店面十分宽敞，卡通主题，设计得非常可爱，门口的队伍长达百米。

这位作家朋友目前暂居美国硅谷，柴胡便给她发了一条信息："大佬，怎么去奶茶店打工了？"

当初自己加这位作家的微信加了一百多次才成功，为的就是讨教写作技巧。正是有了她的指点，才让他的公众号从无人问津到红遍整个投资圈。关于这件事，柴胡没有告诉任何人，正如那些聘请麦肯锡这类咨询公司的老板也不会让别人知道他们的公司战略并不是他们自己想的，而是那些咨询公司的精英替他们规划出来的。不过总体而言，柴胡还算有些良知，并没在成名后写本成功学的书或者个人传记，把所有的光环都归于自己身上。

作家在凌晨1点12分给柴胡回了微信："因为下一本书的主角在奶茶店工作。"

柴胡瞧见后立即回复："好拼啊大佬！我看你这家店的店面设计很棒，你认识设计师吗？我现在有个项目，很缺这类店面设计师，想说能不能合作。"

"我不认识，但这儿的老板娘认识，我问问名字。"

柴胡顺着名字去搜了搜设计师资料，看到作品栏，眼睛都直了，于是打起十二分精神拨了微信电话过去："能否跟老板娘说说，咱们可以合作！"

柴胡坦言这次是金权投资集团有需要，如果这家奶茶店后续需要融资将店面扩展至全美国，多认识些投资公司的人总是好的，毕竟金权在美国也有分公司，分公司所管理的基金规模同样非常庞大。

于是后来，作家说动了老板娘，交换条件自然是柴胡得在自己的公众号里给她的书免费打十次广告。而目前在加州只靠自有资金开了七八家店的老板娘也非常希望可以认识风险投资机构的人，用设计师换资金资源，任何做生意的人都不会拒绝，何况她又不是卖了设计师，而只是提供设计师的联系方式，往好处讲，老板娘这是在为设计师介绍客户，多方共赢。

萧杰一秒也不耽搁，迅速联系上设计师，而后买了一张上午十点飞往美国的机票。萧杰始终认为，只有亲自见面建立起来的关系才相对靠谱。

一切安排妥当后，柴胡和蒋一帆离开了，萧杰让任天行赶紧回家，也就是在这时，萧杰才反应过来，这个叫任天行的小伙子虽然什么忙都没帮上，但一直陪了自己整个通宵，他原本大可不必这么做。

萧杰自然是持有可多次往返的商务签证的，任天行却连护照都还没办理，不可能跟着萧杰去美国，只好收拾东西准备回家睡觉，即便这个时候的他已经一点都不困了。

任天行临走前忍不住问了萧杰一个问题："萧总，如果蒋一帆他们不来，您是不是还会一直找？"

"嗯。"萧杰也收拾着东西。

"那如果……我是说如果……最后就是找不到呢？"

"不会找不到的。"萧杰回答得很干脆，"Six Degrees of Separation 听说过吗？"

"啊？"任天行没反应过来。

"就是六度分割理论，这属于数学的范畴，意思是你和任何一个陌生人之间所间隔的人不会超过六个。也就是说，最多通过六个中间人，你就能够认识任何一个陌生人。当然，并不是你要认识任何一个陌生人必须得通过六个人，这个理论只是表达任何两个素不相识的人，通过一定的方式，总能够产生必然联系。所以只要我想，我就一定能认识我想认识的人，这在以前可能得花很长时间，但现在有互联网，速度会快很多。"萧杰说完拎起包，"图书市场行研报告发我邮箱，我还要回家拿点东西，再洗个澡。你发完好好休息，今天不用上班了。"

关门之前，萧杰好似想到了什么，转回身看着任天行，认真道："下次再遇到这样的事情，交给你了。"

第⑯章
格局很重要

萧杰的赴美谈判非常成功，该著名设计师答应与山猫咖啡的老板接洽业务。

萧杰发现这些设计师虽然声名在外，但骨子里依旧希望从事"造神运动"，即让一家小品牌因他们的设计而享誉世界。

其实一家餐饮店能否做到全球知名，重要的是供应链、企业管理和食品品控本身，店面设计好看与否倒是其次的，但设计师们却认为有特色的店面设计比广告更能让客户记住这个品牌，并愿意主动进门消费。比如苹果公司负责零售业务的高级副总裁安吉拉·阿伦德茨（Angela Ahrendts），她加盟苹果公司后对门店进行了大刀阔斧的重新设计：大部分店面都被加长加宽，店内摆放木质陈列柜，让客人感到温馨如家，一块巨幕显示屏陈列在展厅墙上，最新产品宣传图清晰可见。店内还提供不少桌椅，有的甚至还有儿童活动区，装修现代，适合当代人的生活方式，让人进了店就自然而然想在里面待很长时间。

安吉拉的设计让苹果门店年度访问人数破亿，刷新了苹果公司的历史纪录。正是受安吉拉的影响，山猫咖啡的老板才会如此看重店面设计师，他的咖啡厅本身营销的就是店内体验，如何让客户愿意自主进店，以及在店内逗留较长时间，是他最在意的。惊喜的是，萧杰不仅给他联系上了全球知名的餐饮界店面设计师，还提供了其他几个在该领域有过成功案例，且收费相对较低的设计师的联系方式，这让他的选择一下子多了起来。

"慢慢谈，不着急，不一定最贵的就是最好的，合适的才是最好的。"

这是萧杰的话。这些设计师他原先也不认识，也没料到自己在社交平台上海量撒网留言最终还真换来了一些设计师的合作意愿。

在萧杰确定能入股山猫咖啡后，他总算松了一口气。其实他本人非常喜欢喝那款咖啡奶茶，咖啡因被控制得刚刚好，不至于晚上喝了睡不着觉，除了甜度和冰量可以自由选择之外，味道还很对外国人口味。

之所以能下此结论，是因为萧杰早已拜托美国的同事在山猫咖啡的两家芝加哥分店蹲点，他们发现这家咖啡厅非常受各色人种的欢迎，作为饮品，能够不受种族偏好的约束是十分罕见的。

山猫的咖啡奶茶没有纯奶茶甜腻，也不像咖啡那样单调，而外国人又非常愿意进店喝咖啡、看书，故其口味和营销模式都贴合了当地消费者的习惯。萧杰判断这家店在海外市场前景广阔，目前体量还很小，现在入场，以后资本增值的倍数超过50倍问题不大，非常具有投资价值。

拿到了山猫咖啡的投资入场券，萧杰目前最棘手的问题就是面临倒闭风险的胡氏科技了。

萧杰投资胡氏科技时，创始人有的仅仅就是一个社区团购的概念，随着金权资本的注入，这家公司有了自己的APP、供应链以及数据分析和售后服务团队，订单总量一度跻身全国前三。如今不过两年光景，资金链吃紧、负债累累、寻求转型以及面临破产等各类问题就接踵而至。目前这家公司欠供应商的款项总额约为1.5亿元，大部分供应商已经开始停供了，整条供应链处于半僵化状态。若无新资本注入，最晚半年，必将倒闭。

萧杰思忖良久，认为"社区团购"这个业务模式本身没有任何问题。对城市居民来说，买菜本就是刚需，社区团购无疑是利民便民的存在，故各大类似的拼单与优选平台纷纷上线，与胡氏科技一样，普遍以"预售+自提"为主要模式，招募社区各类门店业主或宝妈等做团长，通过微信等渠道做商品推广。

但只要同场竞技的参赛者变得足够多，蛋糕不够分，就会出现一轮混战。各平台为了短时间引入最多的用户，迅速扩大市场份额，开始大量发放无底线的折扣补贴，牺牲金钱，收割用户。

依据并不乐观的形势，唯有用钱疯狂地砸死竞争对手，才能慢慢提价回血，最后享受至少是寡头垄断的红利。但社区团购这个概念短时间内被炒热之后，该进的资本都已进圈，该砸的钱也都砸得差不多了，风风火火搞了一两年发现所有人都在抢客户，没人关心赚钱的事。一个行业迟迟赚不来钱还怎么让后续投资人注资？于是资本开始谨慎，开始收紧后续投资。

随着新进资金越来越少，胡氏科技只能把现有的钱节约着花。所谓节约着花，不是不砸钱，而是少亏点。从今年年初开始，在胡氏科技的生鲜平台上下单必须凑齐99元，凑不齐就无法下单，且自提距离必须在0.9公里以内。

创始人胡屹认为，当单量密度不够大时，会拉高每单平均配送成本，送一单亏一单，于是选择延迟送货或提高送货门槛。但这两个门槛无疑降低了用户体验，用户体验一旦下降，订单便会减少，订单一减少，单位距离的订单密度不可避免地就会进一步降低，是个彻头彻尾的恶性循环。

这个势头非常像当年的外卖平台团购大战，最终活下来的也就一两家，但这一两家内部运营效率都不低，至少不会让萧杰看到一个恶性循环的雷点。

救还是不救？救的话，再砸两个亿，还了供应商欠款也就还剩5000万元，估计最多也就够撑半年。但半年之后呢？竞争对手就会死吗？消费者就会满意吗？

不知不觉间，萧杰来到了白鹤书屋。进门的那一刻，他突然意识到自己此时的行为正是当年托福考试中提到的displacement activities（替代性活动），意思是当动物面临多个相互冲突的任务时，往往会选择第三件不相关的事情去做。

比如我们离睡觉还有一个小时，发现数学和物理作业的压轴题都没做，偏偏这两道题还都很难，这时候有的人可能干脆就不做了，转而登录账号来一把轰轰烈烈的游戏。

白鹤书屋里的书依旧满当，坐在窗边拿着一本书享受文字盛宴的人不少，但萧杰的目光一进门就锁定在了饮品站的那个长发女人身上。那女人今日穿着一条杏色长裙，袖口还有镂空花边，斯文典雅，此时正在很认真地磨着咖啡豆。

萧杰朝女人的方向走到一半便犹豫了，随意拿起一本书，在不远处找了个位置坐了下来。但他并未翻阅，而是掏出电脑浏览着任天行的图书行业研究报告。

其实关于这个行业，萧杰之前研究过一些，任天行给出的结论跟他的差不多。这家白鹤书屋的人流量不算大，饮品站偶有一两个人过去续杯，但这个片区的地价和租金都很贵，萧杰十分好奇这儿的老板究竟是怎么赚钱的。

时间往回倒二十年，书店永远是人们购物消遣必去的地方，萧杰的父亲还经常在接萧杰放学后带他去书店逛逛，挑一两本好书买回家。从《小王子》到《资本论》，从《哈利·波特》到《复活》，萧杰涉猎的书籍范围很广。大概就是这一本又一本的积累，才铸就了他如今处变不惊的性格。

书是什么？书其实就是别人的知识和感悟，知识和感悟又都来源于个人经历，所以其实一本书就是另一个人的经历。书读多了，自身积累的来自他人的经历就会多，仿佛跟着他人活过一次一样，所以博览群书的萧杰虽然只有30多岁，但其实已经通过书让自己的思想活了上百年。

体验不同的人生是很精彩的，在书的海洋里，我们今天能去魔法学校上学，明天可以从乞丐变成千古一帝。萧杰很爱读书，也很爱逛实体书店，因为只有逛书店才有那种不期而遇的惊喜。走进书店，随意翻开一本书，中意了就买下来，最后与这本书一同生活很多年，是最好的缘分。只不过如今网上动辄买200元减100元、全场最低3.9折、满89元送书的价格战让实体书店成了最直接的牺牲品。

虽说电商一通"神仙"打架让实体书店这个"凡人"遭了殃，但萧杰也明白，即便神仙不互掐，实体书店也不会有多么光明远大的未来，大概率会以一种比较体面的方式逐渐凋零。

要知道，每个读者的喜好不同，为了尽可能满足各类消费者，书店只能扩大藏书种类。比如这家白鹤书屋，超过5000个SKU给老板带来的直接问题不仅仅是库存难以管理，还有无法批量进货摊薄成本。每个品种的书老板大概只进五至十本，进多了怕卖不出去，进少了拿货单价自然比较贵。

一本书从被出版商印刷出来到在市场上零售，留给书店的利润空间也就20%左右，这还不算书店的运营成本。如果我们看到哪家书店平常能打个9折或8.5折，应该感动得热泪盈眶，夸赞老板乃业界良心。

萧杰认真观察了一段时间，发现来白鹤书屋看书的人几乎都点了饮料，但掏钱买书的没几个，即便买了，也不会像咖啡或果汁一样重复购买。

正因为卖书不赚钱，老板才不得不在书店里卖起饮料，自谋生路，萧杰推断书店超过50%的收入都来自那个饮品站。

对萧杰而言，白鹤书屋与山猫咖啡最大的区别就是这里有那个穿着杏色长裙的长发女人。此时他决定过去点一杯咖啡，这件在平常看来再简单不过的事，萧杰却犹豫了很久才站起身。只不过，就在他正要走向长发女人时，手机铃声响了。

一看来电提醒，萧杰皱了皱眉。对方是萧杰没看上的一个项目创始人，不过他还是走到窗边，很礼貌地接起了电话。

"萧总，怎么我们项目被毙了？我听说您准备投山猫啊？山猫已经很成熟了，把它做大能翻个几十倍就不错了，但我这目前就一个想法，还给您38%的股权，未来可是能翻几百倍的！对您这样的投资人来说，不是投资性价比比较重要吗？"

萧杰一边安慰创始人，一边解释为何他的项目现阶段风投还没办法介入。创始人听了一阵，听出了萧杰的意思，有些生气："哦，合着萧总您是觉得我这项目没团队没骨架没法干对吧？您知不知道，一个企业从创意到招募团队，再到具体实施，是最痛苦的。就像生孩子，你们风投不愿意跟人一起生孩子，你们就希望我们把孩子先生出来，然后再看要不要一起养！你们这样不对，这样多少项目都死掉了！"

这个创始人说的话确实不假，至少对了98%，但没有核心团队只是金权拒绝投资的理由之一。创始人想把自家猎头公司弄成一个全民招聘的APP，让想挖人的公司与想跳槽的人可以自己上去找信息寻求理想职位。

这个想法不是不好，但目前在做的企业实在太多，竞争过于激烈，故萧杰从一开始就没有对其过多关注。

"国内风投根本做不到雪中送炭！"电话里创始人的语气十分不善，"做不到就算了，还对我们这些创业者百般挑剔！不能立刻看到成果就不支持，那我们还需要你们干什么？我们开一家公司还得变卖家产，借遍亲戚朋友……"

"主要是您这行现在进入稍微晚了些。"萧杰终于因无法忍受而将实话说了出来，虽然他知道这样做只会迎来回怼。

果不其然，电话那头一听这话立刻反驳："晚了有啥关系？赛跑最后赢的人也不一定是一开始就跑在前面的！"

"对，但那大概率是长跑，现在的竞争基本都是百米冲刺。"萧杰提醒一句。

"你怎么知道一定是百米冲刺?!"

"因为您希望从事的是互联网服务平台。"

此时又有另外一个电话拨了进来，萧杰赶紧趁势跟那位创始人解释几句，而后切到另一通电话上。

"萧总，上次您跟我说完善财务部的事情我记在心上呢，找了几个财务总监，回头您给我面试一下？"对方是萧杰之前投资的一个项目的CEO。

"好，简历您有空发我一下，下周我可以帮着参谋。视频面试可以吗？"

"最好还是过来现场一趟，谈得深入点。"

萧杰顿了顿："那周五行吗？之前都已经安排了。"

"行。"

萧杰挂断电话，本想再次走向饮品站，但老天爷好似存心跟他作对，电话又响了。这次来电的是山猫咖啡的老板董总，他在得到设计师的联系方式后，居然开始询问萧杰能否帮他介绍国外靠谱的广告公司。

"就是那种能给出最打动人心的话，拍出最令人难忘的画面的广告公司……时长大概15秒吧……"

这不是一件简单的事，萧杰明白在一家书屋老是打电话非常不礼貌，于是只能收拾东西朝店外走。正当他跨出大门时，还是忍不住回头往饮品站望了望，怎知此时那个杏色长裙的长发女人正在看着他，嘴角还挂着恬静的微笑。

作为投资人，萧杰白天大半时间都在与人沟通，不是当面沟通就是电话或视频沟通，他的脑子里永远装着各家企业没完没了的事情。这些烦心事就跟海边的浪花一样，一波未平，一波又起，无休无止。

作为一个刚入职的菜鸟，任天行要面对的是永远做不完的行业研究。他的所有剩余劳动力被压榨得一滴不剩，连上厕所的时间都在查数据。但任天行居然无法抱怨萧杰这样的"资产阶级"是如何剥削他的，因为萧杰剥削自己剥削得更狠、更不要命。于是任天行服了，这种"服"体现在后来他每一夜的加班都是那么心甘情愿上，经常晚上九点像干白酒一样自动干一大杯奶茶。

而住在任天行对门的关莎，日子就更是一言难尽了。这段时间她一直在找人组团队，这个团队里必须要有房产投资专家、法律专家、政策专家、税务专家以及资深房产中介。这些人并不在一个实体办公室里共同工作，而是在线上通过互联网服务一个房产投资群，为广大群友答疑解惑。进群得交几百元会费，而这笔钱便是关莎新公司的收入来源。

关莎为这第二次创业可谓使出了洪荒之力，她把小时候能记起来的叔叔阿姨都拜访了一遍，这些叔叔阿姨当然都是关鸿地产的核心骨干，他们本身在地产行业从业多年，人脉甚广。

关莎并非与老爸关鸿伟抢人，而是拜托这些叔叔阿姨给她推荐靠谱的专家。一轮联系下来，还真被关莎相中了两个合适的行业大V，这两个大V平常啥事不做，专门研究哪里的房子可以买，哪里的房子不能买，哪里的房子不仅要买还要马上买。过去十几年，这两人通过投资房产身价倍增，因此时薪很高。而他们之所以愿意花时间在群里给人指点江山，一是碍于关莎的身份，二是因为指导一帮菜鸟如何买房可以让他们有成就感，这种成就感不是纯金钱可以满足的。

除了这两个大 V，关莎还在头部房产中介里高薪挖来了一个骨干。这个人带客户看房看了 15 年，对房子的朝向、风水、各类硬伤与潜在瑕疵了如指掌，所以投资群必须有一个这样的人才显得务实与接地气。

此外，蒋一帆给关莎介绍了靠谱的律师和会计师，沈俪在自己的公众号里帮关莎打了数十次广告，而杜晶的贡献也很大，至少她自认为她的贡献很大——她陪着关莎走南闯北，关莎每成功联系上一个有用的人，她都会去买甜品庆祝。

就这样，关莎的房产投资群陆陆续续进来了几十号人。

乍一看，关莎的第二次创业比第一次顺，大概是这种咨询类的业务不需要碰实体产品，可以直接跳过工厂、经销商以及终端门店这类供应链，且业务本身就是关莎熟悉的，至少比生产和销售口红熟悉多了，所以她一上手就给人一种如鱼得水的感觉。只不过，如鱼得水也就是建群前几天的事情，越往后，糟心事就越多。

比如群里有一个哥们儿看上了一个地理位置非常有优势的楼盘，准备入手一套。对他来说，这既是投资，也是刚需，结婚用的。群里的人都很支持他，况且那个楼盘确实优点众多，他的女朋友也因为他的关系加上了关莎的微信，两人还挺聊得来。谁知就在这对小情侣签购房协议的当天，女方的父母就跑去男方家大闹："你这个骗子！我女儿还这么年轻，你就让她跟你一起背 30 年债？"

这对父母闹完男方家还不罢休，因之前偷看过女儿的微信聊天记录，得知有关莎这样的人存在，认为关莎也是骗子，强行约她见面，扬言她不来就举报她。关莎百口莫辩，只能硬着头皮见面，并解释公司业务的合法合规性，但女方父母压根不听："你这个丫头片子才多大啊就创立公司？你长这样一看就是煽动别人买房好从中拿回扣的！我告诉你，你这样的人我们见多了，离我们女儿远一点！"

关莎好言好语地解释："叔叔阿姨，你们女婿入手的这套房子未来会涨的。而且他们是要结婚的，这是刚需，就算贷款，人家男生也不会真要你们女儿掏腰包。"

"小伙子跟我女儿结婚了，小伙子掏腰包还不等于我女儿掏腰包啊？"女方母亲气急败坏，"结婚跟谈恋爱有什么区别？不就是两个人的钱算一个人的吗？你别以为叔叔阿姨没文化，这叫作夫妻共同财产！那小伙子还钱不就等于我女儿还钱？小伙子要是不还，我女儿拿还房贷的钱吃什么喝什么不好？"

关莎听后彻底无语了，对方不仅在房产投资这件事上存在认知缺陷，还非常嫌贫爱富，估计就希望女儿嫁给那种本身就有房子还全款付清的男人。

关莎虽然这么想，但又不能说"你们把女儿嫁给本身就有房子的男人确实不用还房贷了，但房子也不是你们女儿的，男人的房子属于婚前财产，婚后想分，门儿都没有"吧？除非她喝了酒。

"这业务才刚开始你就被人骂骗子，还打算做吗？"回去的路上，杜晶悻悻道。

"做！干吗不做？"关莎斜了杜晶一眼，"越是遇到这种人你就越是应该知道咱广大人民群众的知识水平真是有限。这套房子四年后绝对翻个两三倍，现在不买真是脑子被驴踢了。有些父母或者亲戚就是这样，嘴上说着为你好，其实做的事情又丢人又丢钱！"

"我记得我留学时买的那个房子，交易都是房产中介帮我去谈的，事后有纠纷也是律师出面。专业的事情还是得交给专业的人做，效率高，感觉国内这块确实有点混乱。"杜晶道。

关莎深表认同："没错，但是很多人不接受，总觉得买家卖家自己谈就好了，为啥还需要第三者，殊不知，要是因为自己的不专业而买错了房子，得后悔一辈子。"

关于买房，关莎始终认为是一个低频行为，很多人一生也就买这么一两次，但这些人往往在掏空钱包时缺乏经验。房产交易如果想做好，绝对不是只看钱，看的是一个人的综合能力。

"干！必须干！这个市场需求非常大！"关莎斩钉截铁。

"那些年催我们赶紧买房的人，虽然是中介，后来不联系了，但还是很感激。那些年劝我们房子太贵别买的人，就算是亲戚，还是少来往好了。"

"哈哈哈！"关莎看到这条留言捧腹大笑，留言来自沈俪公众号有关房产投资群的文章。

沈俪之所以愿意在自己的公众号里给关莎投放广告，一是出于室友情，助关莎一臂之力，毕竟人家关莎大清早也曾帮她搬过家；二是为了关莎这妮子事业可以顺一些，这样她就能少喝酒，别轻易发酒疯。

关莎发酒疯后说的那些话极其伤人，跟钉在墙上的钉子一样，即使被撬了下来，墙上还是会有印迹。沈俪让自己不去过度关注这些印迹的方法就是时刻盯着关莎，别让她再往墙上钉钉子。

沈俪的公众号写了很多年，曾经也小小地辉煌过，但如今随着公众号红利衰退，很多关注沈俪公众号的读者都渐渐成了"僵尸"，故沈俪对于这个公众号的日常打理也就不是特别上心，即使知道会掉粉，她也还是愿意每周给关莎打打广告。

关莎很关注沈俪广告文下面的读者评论，这些评论里不仅有她的潜在客户，还有普通大众对于目前房产投资的看法，而此类内容对于关莎的事业尤为重要。

不仅如此，她还把那些说买房买错吃亏的人，以及问问题的人的微信记了下来。这些人全是潜在客户，她得加把火，对他们进行针对性营销。

此时已经很晚了，大概是因为年轻，关莎冲了个热水澡后还有精力继续刷公众号，想看看还有没有遗漏的，好巧不巧就看到了沈俪描写她自己的那篇，文章里虽然没对关莎指名道姓，但内容却跟关莎的个人经历一模一样。也就在这时，关莎看到了沈俪眼中的她自己。

"我在她这个年纪时，活得远不如她。"

沈俪的这句总结让关莎对沈俪的过往充满了好奇，于是她开始往前翻，从沈俪开公众号以来发的第一篇文章看起。

大概看了二三十篇，关莎惊奇地发现沈俪的文章居然一开始写的都是棒打小三的题材，其中有一篇格外轰动，阅读量破了20万。

"坐在豪车里一身精致打扮的小三与张牙舞爪的原配比起来显得格外优雅，小三的外表众女人都想拥有，但其道德准则却被万人踩打，小三的存在得罪了很多女人，尤其是那种从来不舍得投资自己的女人。"

"男人、原配与小三的三角关系冒犯了很多人。歇斯底里追着老公和小三喊打的原配被冒犯了，她们的样子像垂死挣扎还不忘丢弃自己自尊的乞丐；男人的道德底线被冒犯了，他们想护着小三，但公开场合又不得不顾及原配，维持着表面上的正人君子形象；小三的名誉和爱情被冒犯了，自从她选择了一个已婚男人，她就注定成为过街老鼠，而过街老鼠是不配拥有爱情的。"

沈俪文章的最后，总爱引用一些可以给予女性力量的句子，比如："爱自己，从来都是一个人的事。"

看到这样的文章，关莎想不跟杜晶分享都难。

"沈俪姐以前是不是被抢过老公啊？"

"她结过婚吗？"

"所以她现在才这么励志，做各种兼职赚钱吗？"

杜晶的问题接二连三，最后连关莎都压不住杜晶那颗八卦的心："想要知道你自己问她！赶紧睡！明天还要继续打仗！"

"警察同志，这小姑娘一看就是做皮肉生意的。"

"你说谁呢?! 你再说一遍?!"

关莎气得脸都发红了。她昨天还有心情跟杜晶八卦沈俪，今天就直接被逼去了趟派出所。

举报关莎的是一个穿着黄色T恤的60来岁大爷，大爷头发剃成了板寸，几乎就没几根黑的，一脸褶子，镶着两颗金色门牙，咬定关莎是骗子，不仅是骗子，还很可能是做不正当生意的。

"你说话注意点，否则我告你诽谤!"一旁的杜晶警告道，"还有，我们什么时候骗过你的钱了?"

"我亲戚就在你那个房产投资群里! 你就是骗钱的!"

那大爷光是这么朝关莎喊，但具体详情他又说不出来。协调的民警让大爷给出亲戚的名字，大爷给了，一查还真是关莎房产投资群里的人，而且这个人前段时间刚入手了经城区一套新开发的小区楼盘。

"小吴啊，你这是被人骗啦!"大爷一把鼻涕一把泪地对电话里的购房者哭道。

"三叔，我没被骗，那楼盘是我自己选的，跟投资群没关系。"

"你看她们起的这个群名：投资群! 国家都说了，房子是用来住的，不是用来炒的!"

"我没炒房啊，三叔……我这是刚需，跟小美结婚用的。买房也是投资，我的钱就够买一套，当然要慎重，买之前学点知识总是好的。"

"但我看周围也就78000元一平方米，你这要82000元!"

"三叔，是这样的，我这是顶层，南北朝向，还有天台，而且周围的房子比较旧了，这个小区是新的。"

协调的民警听了半天，终于知道小吴的购房首付里有他父母向大爷借的八万元人民币。大爷一听到房子买的单价贵了就开始打听，结果得知有这个房产投资群存在，误以为是群主跟开发商串通，恶意哄抬房价。

"警察同志，我是正经注册的公司，我在群里确实也聘请了专业的人提供专业的咨询服务。我们收钱，提供服务，赚的钱都是合理合法的。"关莎义正词严，"况且最后买不买房是别人自己的决定，我们提供的仅仅就是目前市场的行情、相关的法律或者政策知识，这不违法吧?"

两个民警认真讨论了一会儿，又把情况反馈给了领导，查看了群里几乎所有的聊天记录，确实没哪条是教唆、威逼或者利诱他人买房的。

此外，民警还查看了关莎公司及她个人的银行流水，也没有任何款项来自该开发商或者在该开发商工作的职员。

一通调查看来，关莎没问题，但天已经黑了，关莎这一整天啥事也没干成，这对于一个分秒必争的创业者来说，比真的去坐牢还惨。

民警给关莎和大爷做完了笔录，尤其是安抚好大爷后，就让他们回去了，谁知一出门，那老大爷不但没继续找碴，反而主动跟关莎赔礼道歉，额头上的抬头纹弯得跟波浪一样："小姑娘，别介意啊，我也是缺钱花，别人叫我举报你，我就举报了。"

"啊?!"关莎和杜晶愣得几乎石化，"谁啊?"

"都收人家钱了，当然不能说。况且我是真不知道，人家也不会告诉我。"老大爷一脸难为情，"本来我也没必要告诉你们这些，但我这良心过意不去。那人跟我说你们是骗子，我那侄子的房子确实买的单价贵点，我就以为你们捞了好处，但后来才发现你们也都是正经生意，我想来想去，还是跟你们说了。阿弥陀佛……现在你们也没事，我们就好聚好散啦! 我侄儿买到房子了我也开心! 后会有期!"

大爷摆着手走远后，杜晶扯了扯关莎："这种人你也放他走? 你不觉得他说话前后矛盾吗? 他缺钱缺到连这种事都干，但居然还能借侄子八万块钱买房。"

"我倒觉得他后面这段没说谎，因为他完全可以不用跟我们扯这么多。"关莎神情严肃，"而且现在掏空几个老人的荷包给后辈在一线城市扎根根本不奇怪，人情嘛，有时候大于天的。"

"要不要跟踪他啊?"杜晶提议。

关莎摇了摇头："跟踪没用，那个塞给他钱的人肯定不会在这种时候出现，要出现也是刚才，确认我们是不是已经被大爷举报了，现在估计早就躲起来了。"

杜晶眨巴了几下眼睛："那……这事就这么算了?"

关莎思考了一阵："当然不能就这么算了……你还记不记得那个小吴之前本来要买的是另一个小区的房子?"

"我不记得了……"

学渣杜晶果然对于聊天记录毫无印象，于是关莎一个电话打给了小吴确认。

"对，我是跟原先那个小区售楼部的人有些矛盾，他们一直催着我买，我就跟他们说了我为什么不买。"小吴在电话里解释道。

"那你有跟他们说过我们房产投资群吗?"关莎问。

"没有啊……不对，等一下，呃，我好像给他们看过截图，就是群里大 V 分析小区优劣的……"

"好的，谢谢，不好意思，给您添麻烦了。"

关莎挂上电话后脸沉得可怕。干这行看来根本没想的那么容易，这个群存在的好处是把客户往具有升值空间的楼盘里带，但这样势必会动剩余楼盘的奶酪，以后要得罪多少人还不知道。

难处不止于此，群里很多人问的问题五花八门，涉及七八十个城市，现有的房产专家根本不够用。人家大 V 时薪本来就高，况且这种大 V 往往就对中国某片区的房产熟，其他地方如果需要给人提供专业性意见要做很多研究，这些基础研究都得额外招人。每个地方的政策时效性也不尽相同，因此政策性专家也得扩招。而只要涉及人员扩大，就得花钱，还是花很多钱，毕竟关莎看得上的人都很贵。

除了薪酬得增加，关莎也不能仅靠沈俪这一个公众号打广告，去那些房地产相关公众号上打广告的话，少则几千元，多则几十万元。方方面面全是钱，以至于关莎投入公司的初始资本已经快用完了。

如今钱才是关莎目前面临的最严峻的问题，对于可能得罪什么人、被投诉、被控告的事情她都只能先放一边，只要本分经营，这些所有的脏水最终都能洗干净。

钱……得想办法拿到更多的钱……

围绕创业者的问题最致命的似乎永远都是钱。

谁有钱呢？关莎的脑海里如今只蹦出一个名字：萧杰。

"请教专家，地段好、装修好、结构好的房子难道不是好房子吗？"

"是好房子，但价格一定贵。这种房子适合有钱人住，但不一定是投资回报率高的房子。"

"什么才是投资回报率高的房子？"

"就是那种往往没什么人关注，装修越破越好的房子，因为这样的房子可以用很便宜的价格收进来，然后增值。

"贵的房子往往就跟那些在高楼大厦里工作的白领一样，外表光鲜，但其实年薪到最后都有上限，增长潜力十分有限，这样的岗位因为外表看上去高大上，竞争上岗的人就特别多，为了不被替换掉，他们只能一直加班。"

当任天行看到最后这句话时，触动颇大：怎么好像说的就是"自己"？

他辛苦上班，忍受所有时间都被压榨的生活，现阶段却挣不到什么钱，更别说大钱，每个月的到手工资都要严格按计划花才不至于"月光"。

任天行看到的这些聊天记录来自关莎的房产投资群，原本进这个群必须缴纳会员费，但由于关莎求着萧杰给她融资，于是把入群权限对萧杰开放了，而萧杰也让任天行一起跟进这个项目，毕竟关莎也是任天行的朋友，故任天行得以进群旁观。

群里房产专家说的也不是完全不对，大部分打工人确实都在辛苦工作，付出了只有一次的青春甚至结婚生子的时间，本应该有所收获，但后来发现除了落下一身病，什么都没得到。

任天行甩了甩脑袋，他差点就被洗脑了。自己虽然忙，但若说没收获没潜力，他肯定是不服的，如果这种潜力一定要用金钱来衡量，那么以后若他投资的项目最终上市了，他年入百万是完全有可能的。

"看得差不多了吧？说说感想。"萧杰在电话里道。

萧杰这次没答应见关莎，原因是他确实太忙，一直在外地看项目。即便如此，他硬是挤出了一些时间浏览了一下房产投资群的内容。但他让任天行说感想，任天行一时间也不知道应该怎样评价。

"你觉得里面的人怎么样？"

大概是因为任天行没马上回答，萧杰突然换了个问题。

"我觉得这个群里的人都很迷茫，不停在问问题。而且这些人买房子，大部分都有遗憾，比如买错城市、区域、楼盘或户型。还有些人总觉得自己买晚了，早买会赚更多。总之就是我觉得这些人……都不太满足，好像跟买股票的心理状态有点像。"

"不奇怪。"萧杰说，"因为房产本身就具有资产和金融属性，这个东西贵，但没想到未来更贵，更买不起。而对于另一些人而言，房子这个东西本来就是刚需。"

"明白……萧总，我看群里的专家都推荐一线城市，但是这对于很多小镇青年来说压力会很大。"

"这得看那些人究竟选择牺牲什么。"萧杰说，"选择大城市，就得牺牲安稳和舒适感；选择小城市，就得牺牲眼界和格局。"

"眼界和格局很重要！"

第二天，关莎在群里以企业创始人的身份大胆开麦。这些日子她跟着群里的专家也学到了不少，业余时间她除了拓展客户，就是恶补房产投资相关知识，目前的水平已经可以在专家没时间的时候挑自己有把握的问题回复了。

"现在人买房一般都在自己居住的城市买，很少有人布局大城市，但目前国家首推的就是核心城市圈，大城市的房价会越来越贵，如果你有能力，肯定首选大城市。

"大家买房不要乱买，不是什么房子都能买，也不是任何时候都是买房的好时候，有些房产中介不管啥行情，全部可以吹成买房的理由。

"比如金融危机，股市大跌，大伙儿买房啊！房价不会跌，更不会滑铁卢！

"比如央行不停降低存款准备金率超发货币，大家知道通胀要来了，什么可以扛通胀？房子啊！所以房产就是最稳的投资！

"诸如此类的说辞在房产中介行业数不胜数，但我们房产投资群不会，我们是教大家建立属于自己对于房产投资的逻辑思维体系，让大家在面对外界纷繁复杂的信息与中介天花乱坠的说辞时，有自己独立的辨别能力。"

刚与客户通完电话的萧杰在VIP候机厅一边喝着茶，一边浏览关莎在群里的发言。也不知为什么，他突然觉得这个女孩子不仅漂亮，也挺可爱的。当一个人充满热忱地做一件事时就会格外专注，一旦专注了，全身上下就都会发出灿烂的光。

"你说那张椅子萧杰是不是坐过啊？"关莎指着不远处的一张红色座椅问。

"啊？"杜晶根本没有反应过来。

关莎的目光依旧盯着那张没什么特色的红色座椅："萧杰总跟我说什么马上上飞机，什么刚到机场要赶路没时间细聊，你说他这是在躲我还是真的老是在机场？如果老是在机场，估计也在VIP候机厅，这里的椅子说不定他都坐过。"

杜晶心里咯噔一下，坐起身子小心翼翼地问道："你……呃……不会是喜欢上萧大哥了吧？"

"怎么可能！"关莎的音量让附近的人都不禁回过头来。

她们二人之所以会出现在这里，还是因为缺人。

"你们别老说一、二线城市，给我们这种三、四线城市的人一些建议，我们户口在这里，将来也不太可能去大城市工作。"

这样的言论在关莎的房产投资群里有不少，但奈何关莎请的房产大V主要是靠投资一、二线城市起家的，对于三、四线城市目前各个区域的投资价值没做太过深入的研究，他们只知道人口净流出城市的房子不能买。

这些大 V 认为不能买的房子，并不代表不能增值和保值，而是短时间内不能赚快钱和大钱，但中小城市的居民同样有买房需求，且这部分居民的人数是最多的，关莎不能放弃这部分市场，所以她必须尽可能多地联系些聚焦三、四线城市的房产投资专家。这就又回到了最开始的问题：找人，还必须是行业内的牛人。

此类牛人当然不是网上聊聊天或者打打电话就能笼络过来的，关莎因此不得不跟萧杰一样，见面详谈。她把十五个省的三十多个比较有潜力的中小城市都跑了一遍，联系上的牛人不少，其中大多是现在的专家或者律师介绍的。不过很可惜，这些牛人中只有少部分愿意继续与关莎进一步合作，其他的要不是见了一次面后就联系不上，要不就找个理由把关莎给拒绝了。

这期间杜晶一直陪着关莎，刚好杜晶的信用卡等级是白金，候机可以多带一个人进 VIP 室。

"他那么老，肯定蹦不动迪也玩不了过山车，说白了就是个打工的，我怎么可能喜欢他！"关莎还在没好气地叫嚷着。

杜晶听后心里长舒一口气，嘟囔一句："可我也没见你去蹦过迪啊。而且我们之前去拉斯维加斯，主街上的过山车只有你一个没坐。"

关莎闻言嘴角僵了一下，脸颊上的肉尴尬得有些抽搐："我……我自己不行不代表我找个男朋友还不行啊！互补的才合适，懂不？我喜欢那种有活力有激情的，萧杰就是块木头！"

杜晶突然意味深长地笑起来："那就任天行吧！大清早给你一个新来的室友搬家，发个邮件都长篇大论，够有活力和激情了吧？"

"不用了，我不喜欢胖子。"

"胖子有什么不好？何况他其实也不是很胖啊……"

关莎根本没打算顺着往下说，猛地拍了一下杜晶的大腿："搞什么！跑偏了！我们现在的重点是找专家！"

"拍你自己的！"杜晶把关莎的手甩开，揉腿抱怨，但看到关莎一脸愁容的样子，索性直言不讳，"我倒觉得专家够不够是其次的，现在萧大哥不也没说要给咱钱吗？没钱你招那么多人过来也发不起工资。而且我觉得就做一、二线城市也没什么不好的，本来就是那些地方的房子才更值得投资。"

关莎现在所面临的问题除了专家不够之外，还有与各地建商的关系搞不拢。

原因很简单，关莎的父亲本身就是建商，还是大建商，只要关莎背景如此，她去跟其他建商洽谈任何业务人家都会防着她，怕她是商业间谍。

不过想想也可笑，如果关鸿地产真要在竞争对手里安插商业间谍，怎么可能派董事长的女儿亲自出马呢？但在"防人之心不可无"的心理作用下，关莎与其他建商拉关系的行为基本都以失败告终，直接体现在她房产投资群里的部分用户抢不到任何楼盘上。用户在群里抱怨，关莎只能出来安抚，表示公司已经着手在往这个方向努力了，毕竟客户的需求就是公司发展的方向。

只不过关莎在实施的过程中处处碰壁。本身好的一手楼盘就不愁卖，既然这个市场是个卖方市场，那么卖给谁就肯定是由开发商决定，故能不卖给与关鸿地产、关莎或者关莎的房产投资群有关系的人最好，指不定哪个就是商业间谍。

即便这些人根本不与售楼部的人说自己来自关莎的房产投资群，售楼部也肯定是根据先到先得的原则卖房，或者谁价高谁先得，若要打破惯例，就得与开发商之间有特殊的关系，但以关莎的身份，注定很难建立这种关系，她自己家的楼盘除外。也就在这时，关莎突然有些讨厌自己的出身。

这个世界就是如此矛盾，让关莎第二次创业顺利开局的是她的出身，但走到半路阻碍她的同样是她的出身。

思维的层次

"你这个报告里的结论是实体书店不会消失……"

"不会彻底消失。"任天行向萧杰补充道。

午夜12点20分，他们二人还在叶桃渡的会客厅里，为的是跟进叶桃渡目前的发展情况。由于之前叶桃渡招纳了直播KOL倪蝶，故这次会谈自然少不了她。

之所以选在零点之后开会，是因为无论是萧杰、倪蝶还是叶桃渡目前的高层，都只有在这个点才有时间。但今晚恰逢叶桃渡做活动，品类较多，观众又过于热情，致使倪蝶到现在都还没下播，会议时间只能往后延。

萧杰一边透过落地窗看着远处圆形补光灯前的倪蝶，一边听任天行当面汇报之前让他做的图书市场行业研究报告。

"我之所以认为实体书店不会彻底消失，是因为我觉得阅读至少是一部分人的习惯，现在是，将来也是。"任天行对萧杰说，语气有些急切，"有些人就是偏爱纸质书的，网络阅读盯着屏幕满足不了他们对于翻阅纸张的乐趣，而且网络上容易分神的信息太多，很难获得在窗边翻开一本书细细品读的那种沉浸式阅读体验。现在那些公众号文章和网文，受人追捧的最后也都出版了，不少人去买，其中还有很多被翻拍成电视剧或电影，扩大了受众范围，这无疑可以反哺出版业。"

任天行说到这里时，屁股都差点离开沙发了。他本来跟萧杰并排坐在沙发上，但他想尽可能面向萧杰汇报，屁股就一点一点往外挪，准确而言是向外旋转，致使最后他的姿势跟蹲着没区别。

"别急。"萧杰喝了口茶，"坐回去。"

任天行往下一看，空的，甚是尴尬，立刻坐回原位。

"你总是很急。"萧杰笑着说。

任天行摸了摸后脑，憨憨道："没……没有吧……"

"你第一次跟我汇报工作，还是共享充电宝行业，那时候你就很急，恨不得一万字的内容十秒钟说完，在电梯里，你还记得吗？"萧杰提醒。

"呃，我好像是正常语速啊……"

萧杰摇了摇头："你平常说话速度还算适中，可一旦提到行研报告里的内容，你就会说得很快，而且习惯越说越快。"

这是萧杰第一次指出任天行的个人习惯问题，这个问题似乎不是很严重，但任天行已经明显感觉到萧杰并不喜欢他这个习惯。如果萧杰不指出来，任天行大概一辈子也不会意识到这一点。

任天行的听众如果只是萧杰，问题倒也不大，毕竟萧杰之前已经看过他写的报告。但若是其他人，短时间内被灌输过多内容会犯困，注意力也难以集中。

"把话说慢一点，尤其在那些企业家和投资人面前，说慢一点会让人感觉你比较稳重，研究的东西也是花了时间的。"

"好的，萧总。"任天行立刻答道，虽然他脑子还没转过来。

他不觉得语速快就代表行业报告没花时间做，不过如果萧杰这样认为，其他人很可能也这样认为。说话太快，容易让人觉得说话者有些年轻和浮躁，他确实没见过哪个具有大智慧的老者说话跟连珠炮一样。

"你报告里已经把电商价格战，实体书店遭受重创的部分说得比较到位了。"萧杰的话把任天行拉回了现实，"但你有没有想过，三折四折的价格，实体书店亏不起，为什么那些电商就亏得起？为什么他们就愿意给图书这样的折扣？"

任天行闻言有些发蒙。这个问题他确实没有想过，不过没想过不代表他不会蒙，就跟中学考试选择题一样，哥不会，但是哥会瞎填一个C。

"因为要抢流量，要拓展市场，所以要出血给折扣！"任天行说。

萧杰点了点头："那为什么作为电商，不给其他产品三折四折的折扣，偏偏要给图书？"

"呃……"任天行一时语塞。他还真没研究过这个问题，别说研究了，他连想都没想过。

"其实你自己在报告里都提了，卖书是零售业里最难的一门生意，也就是说，卖书赚不了多少钱。"萧杰说，"既然利润低，那么折扣力度就算大一点，亏也亏不了多少钱，不是吗？"

任天行深吸一口气，开始深深地鄙视自己，怎么这么简单的逻辑反推他都没想到？那些卖百家货的电商平台之所以喜欢用图书来打价格战，无非是图书就算大砍价也出不了多少血，但会让消费者觉得折扣很给力，他们赚了。于是乎，很多人就因为几本便宜的书而注册了某平台账号，以后逐渐习惯在该平台消费，而后买平台上其他贵的且不怎么打折的东西。卖书出的血，用后续其他产品赚回来就行了。

这种操作有点像我卖你一个9.9元的杯子还包邮，你觉得很赚，于是你成了我的用户，然后逐渐在我这里消费，最后下单了一个29999元的按摩椅。

"如果我们单开一家咖啡馆或者单开一家书店，如何获取客源都是难题，但二者一结合，反而人流量还挺大。"萧杰说。

任天行点头："没错。"

"但玩这个游戏玩得厉害的人不是咖啡馆老板，不是书店老板，也不是你报告里写的那些网红书屋的创始人，你知道是谁吗？"

萧杰看着任天行的眼神格外深邃，见任天行一时间愣住了，轻轻叹了口气："你做行业研究，不要只做行业研究，多想点深层次的东西，多问几个为什么。"

大概是因为坐累了，萧杰说到这里站了起来，在房间里边走边说："你之前给我的所有研究报告，其实真让我打分，我只能给60分，为什么？因为我知道我如果接着问两三个问题，问深一点，扩展一些，你就答不出来了。"

萧杰这样的评价让任天行有些猝不及防。他一直自我感觉良好，认为萧杰不仅让他入职还亲自带他，让他做很多行业研究，肯定是对他的研究水平极为认可，没想到也就是个勉强及格的分数。

任天行觉得萧杰的思维层次跟自己不是一个等级的，致使每次萧杰问他的问题，他大概一辈子都不会去想。

不会去想问题，或者说不会去想有水准的问题，是很可怕的事情。这会让我们的大脑看似在写字楼里做高大上的工作，每天接触不同的企业和行业，但思维层次自始至终都停留在同一水平。

任天行目前的状态就是这样，他做不同的行业研究，一定程度上跟在工地上搬砖也没有区别。若一个人的大脑不去探究高水准的问题，那么这个大脑充其量只能用来学习新知识。长此以往，知识储备是上去了，但思维层次并没提高。

"真正把实体书店这种夕阳行业的引流作用发挥到极致的人，恰巧你还认识其中之一。"萧杰朝任天行微微一笑，"就是关莎的父亲，关鸿伟。"

"胡总，您的白鹤书屋要是进驻我们购物中心，租金嘛，免了，永久免费。"

同一时间内，三云市某别墅主卧室里，关鸿伟一边擦着头，一边朝电话说道，笑容满面。

关鸿伟不介意这个时间点还在谈生意，因为依照现在这个市场行情，能邀请一家书屋进驻自己的购物商城并不容易。

正在与关鸿伟通话的正是白鹤股份有限公司的真正掌舵者胡屹。白鹤股份有限公司是之前萧杰让任天行研究的公司，属于"宏丰景顺1号"基金的持仓公司，业务涉及服装零售、餐饮、KTV以及书店等生意。

萧杰之前所去的白鹤书屋隶属该公司，只不过白鹤书屋并非白鹤股份的主营业务，在整个青阳也就只有雁子谷附近那家店。

"不只是关鸿地产，其他地产公司如果搞购物中心，对于书店的租金不是打折就是全免。"萧杰对任天行说。

任天行本想问萧杰为何会这样，但他话到嘴边就停住了。相比于直接知道答案，现在的任天行开始有意识地让自己在问问题前先主动思索其中的门道。

地产商们对于书店让利较多，究竟是为什么？是因为书店太穷，赚不了什么钱，交不起店租，所以才对其特别宽待？

不，不是的。若因交不起店租就可以获得租金减免，地产商捞不着任何好处。

没人是天生的慈善家，关鸿伟辛辛苦苦建立一个购物中心，目的自然是赚钱，他不惜牺牲租金也要吸引书店进驻，肯定是希望能从中获利。但这要如何操作呢？

任天行思考再三，从消费者的立场出发，突然就明白了。

一个购物中心内若开设有书店，文化气息就会浓厚一点，客流也会增多。虽然大家平常不会专门去书店买书，但如果来逛购物中心，路过书店，进去看几眼的可能性还是很大的，尤其是带孩子的家长。

购物中心里的品牌方多数也都希望可以和一家书店比邻而居，如此一来，他们不仅可以蹭书店的客流，还能顺带沾染一点文化气息，提升品牌档次。

一家有书店的购物中心往往更容易招商，所以对购物中心而言，书店是在餐饮服务之外最适合引进的业态。关鸿伟这样的地产商实则是书店进驻商场后，享受复合人流红利的最大受益者，因为是他把书店单一的购买型消费变成体验型消费、审美型消费以及生活方式型消费。

想明白了这点，任天行立刻把自己的分析过程告诉萧杰。从萧杰嘴角勾起的弧度中，任天行知道这次自己判断对了。

"其实你很聪明，多沉下心来思考，很多问题的答案你都能想通，只不过你很少对自己提这样的问题。"萧杰一语点破任天行的症结所在。

任天行点头如捣蒜，朝窗外瞄了一眼。远处的倪蝶依旧跟打了鸡血一样在镜头前直播，好几个助理站在旁边随时递货，随时撤货，非常繁忙。

任天行判断倪蝶短时间内应该不会结束，于是继续请教萧杰："您之前说我的研究报告只能拿60分，可以告诉我怎么才能拿100分吗？"

萧杰看着任天行真挚的目光与黑得都有些发蓝的眼圈，即便此刻他没什么精力传道授业，也都不得不因感动而对眼前这个年轻人倾囊相授。

"我之所以给你打60分，是因为你做到了一般行业分析师都能做到的事。比如你能查到这个行业的发展历史，知道这个行业里前十名的企业，了解这个行业所需要的核心技术以及罗列出这个行业所涉及的国家政策，这些都是及格线以内应当完成的事情。"

萧杰告诉任天行，做行业研究需要实时跟进行业头部企业的动态，因为决定一个行业未来走向的往往是这些头部公司。行业内头部玩家的发展有时候会决定整个行业的转折或巨变。作为一个成熟的行业分析师，应该养成每天阅读新闻、公司财报和相关研报的习惯，要时刻提醒自己，行业研究不是一个静态的工作，写份报告就完事，而是一个动态的过程，需要持续跟进。

萧杰说："其次，任何一个行业都是整条产业链中的一个环节，如果多去了解产业链的情况，会更有利于我们分析行业本身。

"比如，该行业在产业链中的贡献度是什么？上下游企业分别是什么？产业链中哪个环节是最不可或缺的？哪些企业具有对最终产品的定价权？

"多问自己延伸性的问题。做研究的时候，问题越多越好，最好在什么都还没开始研究的时候就先在白纸上罗列出至少100个相关问题，而后一一想办法解答。

"预测未来，我们需要研究历史。你可以把这个行业过去十年的研究报告都翻出来看一看，看看十年前分析师们对于该行业的预测与实际发生的有多少相符，多少不符。

"如果你经常这样训练，就可以厘清整个行业的发展脉络，同时变得越来越会推敲市场上现有的对行业预测观点的准确性，自身对于行业趋势的把控力也会得到加强。最后，如果可以，你应该与行业从业者聊天。比如你原来研究直播行业，就应该多和倪蝶聊聊……"

萧杰刚说到这里，会议室的门就被倪蝶一把推开了："说谁呢？说我呢？"

倪蝶本来看到萧杰笑容满面，一瞅见任天行，嘴角的弧度就跟凋零的昙花一样，迅速枯萎。

"把人给你带来了。"萧杰笑着对倪蝶说，"方总他们等下就过来。"

倪蝶见会议还没开始，大步走到任天行面前道："你之前写的直播行业研究报告萧总给我看了，让我提意见。"

"啊？"任天行没反应过来。

"让行内人指点一下你。"一旁的萧杰气定神闲。

倪蝶没好气地在他对面坐下："报告里说我们直播靠低价才能活，什么卖货都是靠说原价多少、现价多少、我们直播间价格多少就卖出去了。拜托，现在早不是那个时代了！你看我直播的时候说过这些吗？我直播间1800元的手机和8800元的手机同时卖，8800元的销量是1800元的十倍，他们都是来贪便宜的吗？！"

任天行闻言咽了口唾沫，倪蝶这样的指责让他不知所措。

"你说我们主播是什么？售货员？"倪蝶依旧咄咄逼人，"我们主播是把消费者和品牌商连接起来的桥梁好吗？那些商家产品好不好，来我倪蝶直播间遛一遍就全知道了！如果都像你说的，我们主播都靠9.9元拼单，靠全网最低价，靠团购，这个行业明年就被淘汰干净了！"

"倪小姐，对不起，我是新人，还不太会……"

"我知道你是新人，你要不是新人，按你们公司这样的研究水准，我就直接骂萧总了！"倪蝶说完瞪了一眼萧杰，"还好你们这是内部资料，没有公开，不然我们这个职业都被扭曲成啥样了！之前关总女儿来找我，小伙子你也在场不是吗？是不是我让她把口红颜色改掉，截面改掉？我知道消费者喜欢什么，我服务了上千个品牌，试用了十多万个产品，我的脑子就是个消费者偏好的大数据库！

"我也不是你单纯理解的那种线上导购，更不是啥主播，我的职业严格意义上来说是互联网营销师。营销是有学问和门道的，营销不是推销，我是个能给品牌升级，让一个品牌长久走下去的人！"

倪蝶随后还骂了很多很多，而且越骂越生气，任天行因为怕被口水喷，最后连眼睛都没敢睁。

待倪蝶数落完，再等叶桃渡高管们与萧杰开完定期洽谈会，任天行已经累得时间都懒得看了。他走在空无一人的雁子谷小区楼下，突然想起著名篮球运动员科比·布莱恩特的一句话："你见过凌晨四点的洛杉矶吗？"

洛杉矶任天行确实没见过，但他确信眼前看到的景象是凌晨三四点的雁子谷。路旁百无聊赖的大爷大妈与追逐打闹的孩子不见了，各类卖菜的小店也都关门歇业，原本非常脏乱的道路被夜间上班的清洁工扫得格外干净。

一幢幢四十多层的钢筋水泥大楼与周围环绕的农民房一样沉默着，任天行抬头一望，他所住的3栋顶层依旧发出微弱的光，光的位置似乎是关莎的3428室。

她也没睡吗？

"他是灾星！灾星你懂吗？碰到他我一天好日子都没过上！"

"车子被撞！业创不成！杜晶又走了！全都是因为他！"

关莎喝醉酒后说的这些话任天行仍旧清晰地记得，就像一块柔软的海绵被扎进了锋利的玫瑰刺。也就在那之后，任天行不知道自己是应该靠近关莎还是远离关莎，是与她继续做朋友还是当几个月都不一定可以见上一面的邻居……

任天行时不时会拿关莎和前女友莫茹比较。关莎和莫茹是两个截然不同的人，莫茹追求的那种非一线城市的安逸与舒适在关莎看来毫无意义，甚至是消耗生命的。认识关莎到现在，任天行能清晰感觉到关莎所追求的也正是他自己所追求的，他们都向往一种激进的、向上的、可以靠自己的双手创造无限可能的人生。

这个女孩子很美好，很单纯，但同时也不好惹，更让一般的男人不敢拥有。可即便如此，任天行还是会想在关莎需要帮助时去帮助她，比如上次给她写了很长的一封"鸡汤"邮件。

任天行也会时不时打开关莎的朋友圈，看看自己是不是已经被关莎从屏蔽名单里拉出来了，只不过很可惜，关莎的朋友圈在任天行眼前依旧一片空白。

任天行关上手机，情绪不禁有些低落，出电梯后在原地跳了跳，深呼吸了几次，让自己保持清醒。

想啥呢？关莎会看上你？姑且不说这个女孩子的外貌，就说她的家庭背景都跟自己不是一个世界的。想到这里，任天行突然又有一种仰天长啸的冲动，但夜深人静，他并没真的喊出来，只是颓丧地往家走，而就在这时，关莎的房门突然被打开了，任天行不禁心跳加速，屏息定睛一瞧，出来的人不是关莎，而是一头短发、身子瘦弱的沈俪。

沈俪拖着一个行李箱，看到任天行时也很诧异："你加班到现在？"

任天行点了点头："你这是？"他指着沈俪的箱子，心想这奇葩女人该不会又想大半夜搬家吧？

　　"哦，我回老家一趟，赶六点半的飞机，先走啦！"沈俪说完急匆匆奔向电梯，同时朝任天行做了一个"拜拜"的手势。

　　沈俪消失后，任天行依旧站在原地。这个女人似乎永远有激情，永远能保持充沛的精力，无论是数不过来的兼职、晚上十一二点做饭、深夜搬家还是接近清晨赶回家的飞机，走路都带风。

　　突然，3428室的房门又被打开了，这回开门的人是关莎。

　　那次发酒疯骂任天行是灾星的话关莎事后也想起来了，正琢磨着找个时间跟任天行把这个结解开，奈何创业太忙，一直没时间。

　　"呃……那个，沈俪姐是不是走了？"关莎问。

　　"对，刚走，说……说是回老家。"

　　"你说沈俪姐奇不奇怪，她这么忙，但几乎每个节假日都要回家。"关莎自顾自说起来，"她家又不近，赚的那些钱全贴机票了，你说她这是什么情况？"

　　"你可以自己问她……"任天行说。

　　关莎努了努嘴："我问了，她说回去看父母……但这频率会不会太高了一点？她这些路费省下来都可以少做一两份兼职了。"

　　关莎说到这里凑近任天行，压低声音道："而且你不觉得沈俪姐是个很神秘的人吗？她的公众号是靠写棒打小三的文章起家的，我跟杜晶都觉得沈俪姐结过婚，然后婚姻不幸，就离婚了自己出来打拼。"

　　"啊？这个……"任天行闻言十分吃惊，但他一时间也不知应该如何回应关莎。沈俪确实是任天行认识的女人中较为传奇的一个，但别人的过去他也不好过多揣测和评论。

　　关莎没告诉任天行的是，沈俪在屋里经常戴着耳机盯着手机屏幕很久，有时候咯咯地笑，有时候伤心地哭，一有人靠近，她就立即收起手机，十分警惕。

　　"你怎么那么晚还不睡？"任天行为了化解尴尬，从裤袋里掏出钥匙准备开门。

　　"等你啊！"关莎这句话直接让任天行插歪了钥匙孔。

　　关莎的确在等任天行没错，但却不是为了他本人。

　　"你们萧总太忙了，总说在开会，在出差，没时间，我找到你们金权大厦，他人还真的都不在，所以只能找你了。"关莎的笑容像一只看到了鱼肉的狸猫。

公司资金不足，任何创始人都不可能安然入睡。既然听到了屋外任天行与沈俪交谈的声音，关莎自然不会放过。她见任天行没马上接话，眸光中露出了微微的祈求："确实是我喝醉了乱说话，你不要跟我计较……我跟你赔不是，对不起！"她说着就给任天行来了个非常正式的鞠躬。

"没有没有，我不会……呃，不会计较……"任天行有些语无伦次。

"你也知道我的公司现在各方面都需要钱，想办法渗透二、三、四线城市找专家，律师、会计师也要多招几个，还有就是各地带人看房的中介也要招，另外广告需要大规模投放，所以……"关莎的语气很可怜。

"我……那个……我是很想帮你，但你也知道我入职也没多久……"任天行摸了摸后脑。萧杰对于关莎房产投资群的态度一直不明朗，自从上次跟自己简单地讨论了一下后就没了下文。

萧杰的行程任天行非常清楚，他确实太忙了，每天至少要看四五个新项目，或许萧杰是真的忘了。但任天行也不能按实情说，这样关莎会觉得她的项目被萧杰忽视甚至轻视了。

"要不这样，我回头帮你问问？"

关莎没好气地瞥了任天行一眼："等你回过头来，我公司都倒了。"

"明天，我明天就帮你问，一定帮你问！"任天行发誓。

"不用不用，你说不清楚我的业务，也不了解我们公司的情况，我得亲自见你们萧总……这样，你把他的行程告诉我行吗？如果他不在青阳，那么他在哪个城市哪个地点，无论他在哪里，我都飞过去。"

"不用飞，他这周都在青阳。"任天行说。

"那太好了！"关莎一把抓住任天行的衣袖，"你知道他家地址吗？"

"啊？呃……"任天行一时语塞。

"你知道对不对！"关莎的双眸闪着亮光，"我每次去你们公司，他人要么不在，要么就是在开会，很浪费我的时间。直接去他家，他总不可能还忙别的事情不见我吧？"

任天行眉目低垂，有些不敢去看关莎。

"好了，别装了，我知道你肯定知道他家在哪儿！放心吧，我不会大半夜杀过去的，我又不是沈俪姐。我会挑个他下班的时间，舒舒服服地跟他谈。"关莎说。

"但是萧总的下班时间跟大半夜也差不多了……"

任天行刚说到这里，关莎就做出了一个要抽他的动作，害得他赶忙退后一步。

咬了咬嘴唇，任天行好似终于下定了决心，抬头道："告诉你可以，但我也有一个小条件。"

"什么条件？"关莎忙问。

"对我……开放你的朋友圈。"

依据《中华人民共和国企业破产法》，债务人不能清偿到期债务，债权人可以向人民法院提出对债务人进行重整或者破产清算的申请。按规定，法院受理破产申请后，债务人财产不足以清偿所有破产费用和共益债务的，先行清偿破产费用；债务人财产不足以清偿所有破产费用或共益债务的，按照比例清偿。

根据法条，萧杰的脑中思索着胡氏科技的两种债务偿还方案。

一是胡氏科技以现金方式向供应商支付欠款金额的40%，剩余60%待债务人破产清算后，由法院分配；二是胡氏科技以现金方式向供应商支付欠款金额的60%，剩余40%供应商放弃追偿，不再向债务人主张任何权益。

这两个方案的前提是胡氏科技在支付员工工资、水电费、税费、破产费用后仍有剩余资产。无论选择哪一种，都意味着胡氏科技即将破产。

思考这类方案对萧杰而言是一种煎熬，就如同父母正在选择自己的孩子应该以哪种方式死去一样。

胡氏科技的创始人胡屹曾创办了生鲜家园这样的百家连锁超市，社区生鲜到家的市场需求可以支撑一个千亿市值的公司，只要将平台生态建立好，把内外部资源彻底打通，胡氏科技的社区团购完全能够做成遍及中国1000座城市的业务，前途无可限量。

但在如今这个创业公司卷创业公司、资本卷资本的时代，一个好创意、一个好团队与一家好公司都会因为竞争过于激烈而被扭曲甚至走向死亡。某项业务一旦被认为有利可图，什么人都想来尝试一下，不管这些人本身专业不专业，是否真正擅长该项业务，都跟打了鸡血一样地去成立公司加入竞争。

随着公司一起入场的还有鱼龙混杂的各类资本。有些资本很理性，知道钱应该投给最专业与最适合的人。有些资本往往非常野蛮，擅长的就是抢风口与蹭概念，为了分掉一小块蛋糕而不惜坏了一锅粥。

于是短时间内，大众视野中出现的社区团购公司让人眼花缭乱，其中暴露的问题不胜枚举，比如"团长"忠诚度低、生鲜同质化、蔬菜缺斤少两、生鲜货损严重、恶意压低进货价格以及平台极度依赖"烧钱补贴"等，"虚假销售""付款后货不到""货不对板"以及"找不到'团长'"更是成了社区团购的投诉高频词。

本是一个赚钱的商业模式，硬是被市场上某些像恶狼一样的资本玩得臭名昭著。此类资本在萧杰眼里与一些篮球俱乐部没区别，这些俱乐部经常给一些球打得不是特别好又经常喜欢恶意犯规的运动员发工资。

某咨询公司预计，到2022年，中国社区团购市场规模有望达到千亿级别。但目前的胡氏科技在萧杰眼里已经没有这样的潜力了，一个原本挣钱、低价进高价出的模式被胡屹玩砸了，或者说，是胡屹在不按规则出牌的畸形竞争体制下，被迫玩砸了。

"胡总，您在线下仓储冷链方面投入太多，导致收入平不了成本。"萧杰对胡屹说，此时他坐在萧杰的车上。

胡屹身经百战，即便被上百家供应商追着讨债，他的思维还是清晰的："这个阶段确实就是烧钱的，如果前期冷链做不好，在这行就没有突出优势。市场扩张必须快，不计成本地快，如果不快，我们就会被其他竞争对手打败。现在的关键就是……"

"关键是资金，对吗胡总？"萧杰的目光很深邃。

"对！"胡屹语气有些激动。

萧杰示意胡屹少安毋躁："您的共享仓、平台中心、服务站以及'团长'门店等层级都需要资金，这点我清楚，但咱们不能把付款方式改成预付。您应该知道预付的被动性，现在的问题就出在预付上，我们先买断供应商的货品，自己再负责剩下的物流，如果货物当天卖不出去，基本就只能折价出售甚至过期处理，毕竟咱们做的是生鲜。"

"所以我才需要加大冷链投入，降低产品损耗！"胡屹振振有词。

"我明白，但是预付模式对于咱们的业务来说是有弊端的。"

"可预付我们可以拿到价格更低的货，原来就因为这样我们才迅速扩大了供应商范围，口碑才能建立起来，公司才能做到行业前三。他们后期给我宽限，也是因为我前期预付做得好，公司口碑在那里。现在是别人家低价倾销，扰乱市场秩序。说白了，现在生鲜市场根本没谁有定价权，这就注定了咱们短期内肯定赚不了钱。"

"嗯，不正当竞争。"萧杰说。

"对！所以萧总您要帮我，帮我撑过这段时间！"

"胡总，问题的关键是不正当竞争很有可能不仅短期内不会消失，长期也不会消失，而咱们拿到货以后没办法及时卖掉导致货损严重，这才是影响公司造血能力的关键问题。"

胡屹听后叹了口气："萧总，您的意思我明白，您其实还是担心现金流，谈到现金流又会跟预付扯上边。预付确实让我们承担了风险，但如果我们不先给钱，在供应商那儿几乎拿不到低价货，没有低价的货，成本还是下不去，这样即便生鲜卖掉了也是亏的，卖越多亏越多。"

萧杰又何尝不知道社区团购这项业务现阶段已经被玩成了一个死循环，面对这类问题，靠市场自我调节是没用的，必须倚仗政府监管。政府监管迟早会来，但对于像胡氏科技这样已经无法扭转业务模式，缺乏造血能力的，资金链没有资本输血就会断裂的企业而言，不会是雪中送炭，只会是雪上加霜。

社区团购赛道如今已是一个天价烧钱的资本游戏，这个游戏按萧杰目前的判断，不是投几千万元甚至几亿元就可以继续玩下去的，搞不好得再投几十亿元，这样的价格对于胡氏科技仅剩的那点儿价值而言，太贵了。

买东西，宁可不买也不能买贵了，这是投资之道。

萧杰思忖良久，最终，胡屹还是下了萧杰的车，背影颓丧。

救不回来了……萧杰心情沉重异常，不得不在内心动用各种理由说服自己接受这个结果，接受他投资生涯里第一次出现的重大败笔。虽然他是金权投资集团青阳分公司的总裁，但整个公司毕竟不是他开的，依照胡氏科技目前的情况，他没有任何理由说服金权投委会的其他人对其继续投资。如果不计后果地砸钱，就如同给一个癌症病人加大化疗剂量，或许可以延长生命，但这个人的身体机能恢复到健康水平的希望非常渺茫。

萧杰脑中不自觉就想到了这个比喻，但他似乎又觉得这样的比喻不太贴切。一个人身患绝症，需要救，马上救，不管是用药还是手术，能救就行，能这么想的人不是医生就是病人家属，总之不是资本家。

萧杰不是医生，他也并不认为自己是资本家，他只是一个基金管理人，帮一堆有钱人管理数额巨大的财产，通过他的专业知识与洞察力，将这些财产投资于有潜力的公司，在帮助公司成长的同时获得丰厚的回报。如果一家公司失去了这种潜力，或者在某种大环境下根本无法发挥出应有的潜力，萧杰只能忍痛撤离，因为他所用来投资的钱也并不属于他自己。

在萧杰内心的持久挣扎与自我安慰下，他的车不知不觉又停在了白鹤书屋前。白鹤书屋隶属于白鹤股份有限公司，而这家公司的实际控制人好巧不巧又是胡屹。萧杰当初愿意投资胡氏科技，不仅是看上了社区团购，更是看中了胡屹这个人。此人旗下资产极其庞大，业务众多，白鹤股份与胡氏科技都只是胡屹直接持股的数十家公司中的两家。

胡屹当初最打动萧杰的地方，大概就是作为一名已经很成功的企业家，他还想抓住时代前进的风口，全力以赴地创业创业再创业，即便最后输了，虽然狼狈，但不负此生。

能要投资人的钱，就自然先不考虑从自己的腰包里出，这是胡屹两次来找萧杰的原因。而萧杰也猜到了胡屹内心的算盘，玩这么大的赌局，他一定不会牺牲旗下其他业务的收入去填社区团购这个无底洞的，故从萧杰拒绝胡屹的那一刻起，胡氏科技便只有宣告破产这一条路可走。但白鹤书屋，萧杰却希望它可以一直开下去。

走进店里，萧杰又看到了那个长发女人，她今天穿的是斯文端庄的裸粉色裙子。萧杰没有走过去打招呼，而是找了个靠窗的位置坐了下来，并给自己点了一份外卖。等拿到时，便看到长发女人已经在饮品站前的卡座里坐着了，且刚打开一个饭盒。自不必说，这是女人自己做的便当。便当里有卤蛋、香煎鳕鱼和炒黄瓜，非常简单，当女人拿起筷子正准备吃时，突然听到一个男人的声音从头顶传来："你好，请问我可以用这份外卖换你的盒饭吗？"

萧杰说出这句话的时候，连他自己都觉得惊讶，惊讶来自他语气和神情上的自然与松弛。

萧杰曾设想过无数开场方式，而那些方式最终连让他走近这个女人的决心都没有。但今日从外卖小哥手上接过外卖，无意间看到女人饭盒里的家常菜，萧杰是真的忍不住了，因为他的确非常想吃。

女人饭盒里的卤蛋从中间切开两半，露出金灿灿的鸡蛋黄；香煎鳕鱼的鱼皮看上去酥脆爽口，还散发出淡淡的柠檬与黑胡椒的香味；至于那份炒黄瓜，虽品相寡淡，却是三样菜中萧杰最想吃的。

实际上，女人的黄瓜切得稍显笨拙，如果被萧烈看到了，一定会评论说滚刀滚得太粗了，黄瓜不容易入味。萧烈的手艺是从厨师学校学的，和外面饭馆做出来的如出一辙。可这样的菜却可以让萧杰回忆起一种久违的，他目前十分缺失的家的味道。那便是在十几年前父亲没去世时，母亲下班后还愿意匆匆围上围裙，在厨房里随便翻翻炒炒弄出一两个能填饱肚子的菜，一家人随意扒上几口饭，彼此间没有过多交谈，简单的饭菜不一会儿便被一扫而光，而后水池里便传来了哗哗的水声。

是的，就是这样的味道。

"对不起，我知道这样很唐突，但我真的想吃一些家里做的菜……我这个是卤味三拼。"萧杰把自己的外卖袋轻放在桌上，"里面有叉烧、烧鸭和烧鹅，如果我没记错，应该也会有卤蛋和蔬菜……就一次，饭盒我下次还给你，行吗？"

眼前的男人眸光真挚，女人本想一口回绝，但当她捕捉到萧杰眉宇间那种成熟可靠的气息时，却又犹豫了。

"没关系，不强求。"萧杰礼貌地微微一笑，拿起外卖正要走，没承想他刚转过身就被女人叫住了。

"等一下……"女人说，"看你上次一直在打电话，平常工作肯定很忙。没事，你想吃家常菜的话，我跟你换。"

"谢谢。"萧杰说。

最终，他就着书屋里暖黄的灯光，一口一口吃着没什么油水的便当，好似吃出了一种只有年轻时才尝过的初恋的味道。但此前给他带来这种感觉的并不是任何一个女人，而是充满着忙碌与金钱气味的上海国际金融中心。

那时的萧杰刚从国外回来，踌躇满志，意气风发。他看着高楼林立的金融中心，看着这个有超过200家世界500强公司的地方，觉得旁边一晚两三千元的酒店价格都是值得的，因为唯有这样的城市与这样的工作环境才能让他心跳加速。

但多年之后，当萧杰有一次因公入住金融中心附近的酒店，他被酒店大堂暗淡的灯光、陈旧的装修与低矮的天花板怔住了。躺在依旧是几千元一晚的高端酒店床上，萧杰感到这个地方虽然是整个魔都地价最高的区域，但已经老了，老到让他突然不再憧憬与向往，甚至丧失了一些继续奋斗的动力。

树木会凋零，就连石头最终都会风化。变老，似乎是一切事物都无法避免的，但在这个风起云涌的时代，变老，似乎是一种不可原谅的过错。

萧杰怕变老吗？当然。他曾经亲眼看到不少过了35岁的男同事因升职无望而遇到了中年危机，那些曾经是他领导、现在是他下属的投资经理、投资总监以及行业分析师都在一个必须用时间和体力不断高频输出的岗位上奔波。正是看到了这些，所以他才拼了命地往上爬。

能在这个年纪坐上金权投资集团分公司总裁的位置，萧杰没有极强的功利心是不可能的，他的功利心决定了他对自己死磕的工作态度。这种态度不仅体现在他的工作时间上，还体现在他对于自我前途的选择上。

最初整个金权投资集团总部没人愿意接青阳分公司这个烂摊子，只有萧杰站了出来。或许别人不太相信，让萧杰毅然决然来青阳扛大旗的直接原因居然是他前天晚上睡在了一个他认为已经"老去"的酒店里。

青阳不一样，青阳是一座年轻的城市，拥有无数蓬勃的机会。萧杰每次来青阳出差，都会感觉到这个城市特有的强力脉动、激情与速度。青阳无论是整体还是局部，都充满朝气与干劲。

萧杰想着，或许换个环境，更有利于激发大脑潜在的活力。他自己明白，人的身体可以老，但思想不可以，如果连思想都老了，这个人的价值就会跟买来的车一样，每一天都在贬值。

其实萧杰现在大可不必这么拼，或者说，有很多基础工作他可以交给下属去做。但萧杰只要能挤出时间，他还是会将一些重点公司亲自研究一遍，这就是他几乎每天都要起早贪黑的原因。

对于一家企业而言，如果要长期存活，需要的不仅是竞争力，还有护城河。而对于一个人而言，最宽最广的护城河，便是"不断自我提升"。

作为投资人，研究能力是最不能丢失的行业竞争力，但这种能力如果长时间不亲自上手干，就会退化甚至完全丧失，萧杰不希望这样的事情发生在自己身上。而他奋斗至今，突然发现多少山珍海味都不如女人面前的便当来得香甜可口。

萧杰将投资人这个职业做到现在，除了收入和社会地位的提高，他内心幸福的阈值也越来越高，似乎越来越难有事物让他感到快乐和幸福。看着自己投资的一家企业敲钟上市无疑是幸福的，但这要以每天都得处理其他九十九家企业的日常经营问题为代价。

与此同时，越是成功，萧杰也就越是害怕跌下神坛。决定放弃胡氏科技的那一刻，他在同行人眼里就已经不是不败之神了。

临走时，萧杰递给女人一本《万历十五年》，示意对方结账。

扫完微信后，萧杰说："我叫萧杰，常来这家书屋，方便知道你的名字吗？"

女人确认收款后将《万历十五年》递回给萧杰，微笑着说："欢迎以后常来，我叫舒倩。"

第⑱章

信贷的价值

回去的路上，萧杰一边开车一边思索着白鹤书屋的未来。

如果不是那晚不经意的邂逅，萧杰大概这辈子都不会走进这家书屋。

作为消费者，只要价格便宜，书的来源合法，购买步骤简单，他也会很自然地选择在网上买书，更何况在网上往往还能买到一些并不是那么畅销的冷门书，搜索效率是实体书店无法比拟的。

既然网上购书这么方便，实体书店存在的意义又是什么？

萧杰之所以会思考这个问题，第一是他的职业习惯使然，第二也是因为他怕有一天白鹤书屋跟其他的连锁书店一样，突然永远消失在这个世界上。

虽然人在开着车，但萧杰的思绪已然飘回了那个好似能让时光放慢的空间里。在那个空间，萧杰眼前的书籍选择是海量的，阅读体验也是沉浸式的。如果他偶然从书架上取下一本书，翻开封面开始阅读，陷入文字中，最终因为心仪而将书买回家，则是一种不可预期的惊喜与收获。

整个过程像极了萧杰与舒倩的相遇，没有强烈的目的性，更没有那种计划之中的理性，把一本临时看中的书买回家，正如同萧杰没有任何预期地想要吃舒倩自己做的便当一样。这种感觉是心动，是满足，是过后依旧回味无穷。

人需要这样的感觉，因为这样的感觉可以丰富生命的色彩。

从这个意义上说，萧杰认为实体书店不会消失。一家好书店擅长给读者一个又一个心动的瞬间，最大限度地激发读者在购买图书时的不理性。恰恰是这些不理性，才能拓宽人们的认知边界，就好似本身没有任何恋爱想法的萧杰在遇到舒倩之后，对母亲萧干星的催婚也不是那么排斥了。

萧杰的幸福阈值原本很高，但舒倩的出现让这个阈值迅速降低。低到什么程度呢？低到不需要舒倩在圣诞的烛光下给他送自己亲手编织的围巾，也无须每天为他做热气腾腾的饭菜，她只是在一个安静的书屋里安静地做自己的事情，穿一件鹅黄色长裙，看到萧杰来了，对他微微一笑，这对萧杰而言便是最好的时光。

正当萧杰想到这里时，他转动钥匙打开了家里的门。

"哎哟！大孬啊，怎么才回来，人家关小姐都等你好久了！"萧干星的责怪声从客厅传来，萧杰不仅看到了她，还看到了一身鹅黄色长裙的关莎。那鹅黄带有春天复苏时的暖意，裙子虽然长过膝盖，但裙摆飘逸灵动，收腰的设计勾勒出关莎曼妙的身姿，加上关莎本就美艳秀丽的长鬈发，充满仙气又不失优雅——这条裙子完完全全就是刚才萧杰脑中勾勒出的那条，世界上竟有如此巧的事情？

"终于等到你啦！"关莎冲萧杰鬼灵精怪地一笑，眼里的狡黠霎时间让由这条裙子烘托出的仙气荡然无存。

"哥！姐姐好美啊！"萧烈探出了脑袋，朝萧杰吐了吐舌头。

"你弟弟做菜太好吃了，我都吃撑了！"关莎一脸笑嘻嘻，迎上前就要像萧干星给她拿拖鞋那样给萧杰拿拖鞋，一副女主人的模样。

今天是周日，萧干星每周末都会来跟萧杰住两天，顺带叫上小儿子一起。当然，萧烈的主要功能就是给大家做饭。

萧杰怔怔地看着关莎："你怎么知道我家……"只不过还没等关莎回答，他便已经反应过来：一定是任天行那小子卖了自己……

关莎笑而不语，弯下腰将拖鞋递到萧杰面前。今晚她告诫自己态度必须好，毕竟自己是来求别人给钱的。

"哎哟，你看你，这么客气，我儿子穿不穿鞋没关系！"萧干星一边拉着关莎往回走一边数落萧杰，"我这儿子整天就知道加班，平常加班，周末还加班，一心都扑在工作上，公司的事他比谁都上心！"

桌子上放着三杯奶茶，萧干星让关莎坐下后指着萧杰："他特别简单，起床就是工作，工作完就是睡觉，睡完起来又继续工作。"

关莎一边听萧干星变相夸着自己儿子，一边扭头冲萧杰笑，顺带又喝了一口奶茶。萧干星见状立刻欣喜地朝萧杰道："大孬啊，你说巧不巧，你朋友跟妈爱好一样，也喜欢芝芝莓莓，我说点奶茶，她就说要点这个。还有还有，她也住在雁子谷，也住在3栋，有缘吧？"

"嗯。"萧杰笑容有些僵，出于礼貌，他放下包后只能硬着头皮在餐桌前坐下。

"哎哟，姑娘，你说要不是雁子谷人太多楼太高，咱俩都不知道见过多少次面了！萧杰的小姨就住那里，还有他的小表妹，我的小外甥女！"

萧干星怎么看关莎怎么喜欢，不过她敏感的神经突然意识到了什么，于是赶紧朝萧杰道："那个……时间不早了，你三姨那里三缺一，我还得赶过去。"

又朝萧烈挤了挤眼睛："小烎，你明天还要上课，得赶紧回宿舍！"

萧烈正要点头，就见萧杰皱眉道："你课表我看过，周一没课。"

"呃，有……"萧烈不敢得罪母亲，也不好打扰哥哥"约会"，于是开始瞎掰，"周二政治经济学的老师要去杭州开会，所以临时改到周一了，早上八点半。我确实得回去了，不然等一下没地铁……"

"没事，等一下我送你。"萧杰说。

"不用不用！"萧烈赶忙摆手，"我……那个，我们学校门禁，超过晚上十一点，车也进不去。"

他话说到这里，胳膊就被萧干星给拽住了。萧干星一边把萧烈往门口拖一边挥手道："时间不早了，我们就先走了！关小姐，很高兴认识你，回头雁子谷见！"

只听砰的一声，整间屋子就只剩下萧杰与关莎两个人了。

"你弟弟可以考虑去参加选秀哟，皮肤好得连妆都不用化。"关莎用手托着下巴，朝门口叹了口气，"他真的是你亲弟弟吗？"

关莎问出这个问题后，发现萧杰的眼神有些异样，于是赶忙清了清嗓子："我不是那个意思啊……你也不错。我的意思是你弟弟太帅了，但这不代表你不帅……而且我也不喜欢太帅的。"

关莎越是这么解释，场面就越是尴尬。

"你这么晚来找我不会是特意来评价我弟弟的吧？"萧杰笑着给关莎解了围，他当然知道关莎大周末找到这里为的是什么。

关莎见萧杰直奔主题，索性也不兜圈子了，坐直了身子开始汇报："我这段时间跑了不下十个城市，重庆、成都、武汉、杭州都去了，见了很多专家，还有就是考察当地房产，我……"

"我知道，你每到一个地方都会在群里打卡，杜晶都跟着你。"萧杰打断了她。

关莎没想到萧杰还真的在关注房产投资群的动态，如果肯花时间关注，那就证明萧杰对这个项目一定是有兴趣的。

"杜晶今天怎么没跟你来？你俩不是形影不离的吗？"萧杰问。

"她回三云了。"关莎说，"跟我出来浪太久了，被爸妈抓回去了。"

萧杰嘴角微微勾起："回去经营火锅店了？"

"要不然呢？"关莎耷拉着脸，"哎，我们这种人生你很难体会的，可能大多数人觉得好，但其实不是，你过一遍就懂了。杜晶说她从小就不喜欢调料味，还说如果以后的工作环境都要跟油烟打交道，她就去跳楼。"

"那现在不也没跳吗？"萧杰打趣，"放心，她以后的层级几乎也不用跟油烟打交道，杜大娘火锅店的相关店面管理制度已经很完善了。"

"那总归也不是自己喜欢的事情。"关莎说，"哎呀扯远了，说回我的公司。我们现在已经有超过800个会员了，建了分群，但你也知道，这只是开始，以后会员数肯定会超过8万、80万、800万甚至8000万！"

"你挺乐观。"萧杰起身从柜子里拿出一包速溶咖啡，准备给自己冲一杯。

"这个点你喝咖啡？"关莎有些难以置信。

萧杰停住动作："你如果确定能在15分钟内把要说的说完，我也可以不喝。"

"哦，那你还是喝吧。"关莎靠着椅背跷起了二郎腿，眼睛笑成了一条缝。

于是接下来，关莎开启了她的长篇大论，论点围绕中国房地产市场未来发展趋势与她所创立的房产投资群的经营规划。

关莎认为，现在国家政策主张"房住不炒"，老百姓手头上的钱对于买房而言非常紧张。哪些地区的房子可以买，哪些地区的房子不能买，买了会不会涨，如果会涨能涨多少，这些问题永远是大家最关心的。

"萧总你看啊，不管房价如何调控，最终目标肯定不是压房价，而是稳房价。"

关莎正要接着往下说，萧杰却开了口："你又忘记了。"

"啊？忘记什么？"

"不要叫我萧总。"萧杰说。

关莎听后一愣。这句话很熟悉，似乎萧杰在早茶店时就提醒过她，现在又提醒一遍，是不是说萧杰很介意关莎对他使用尊称？

"好好，不叫萧总，但我也不想跟杜晶一样叫你萧大哥……"关莎故作为难。

"叫什么都可以，就是别叫萧总。我们不是上下级关系，目前也没有生意上的合作，所以……"

"所以我叫你大孬可以吗？"关莎突然眸光一闪，毕竟萧杰这个小名她第一次从萧干星口中听到时差点笑岔了气。

萧杰闻言，面容严肃起来："不可以。"

关莎白了萧杰一眼："是你自己刚才说只要不叫萧总，叫什么都可以！你堂堂金权投资集团总裁，出尔反尔，这样好吗？"

瞅见关莎一副理直气壮的神态，萧杰有些词穷。这回他确实理亏，想辩驳但又找不到理由。

"我国目前的城市化率只有60%，而发达国家都做到了80%以上，这说明什么？说明我们还有一二十年的城市化空间。所以啊，大孬你看……"

当关莎说到这里时，萧杰浑身不适："要不然你还是叫我名字吧。"

关莎没理萧杰，继续道："未来核心地段的房子还是会继续上涨的，更可能的是那种适度上涨。我原来也不太清楚，后来研究了一下才发现房价适度上涨其实是有利于国家经济发展的，钱也有个去处。通胀一来，房价涨总比猪价或者大米的价格涨来得好。"

其实关莎大可不必说这么多，因为她的那套逻辑早就在房产投资群重复过无数遍了。接下来萧杰已经猜到关莎肯定会说一、二线城市的房子整体上涨幅度会快很多，三、四线城市因为人口净流出，所以房价没有多大的增值空间。青阳房价之所以一直向好，无非就是每年人口净流入几十万，所以上涨动力一直存在。

投资房产，短期看政策、地段、产业群、土地供给，但长期看的一定是人口，这是萧杰研究生在读的时候就与宏观经济学教授讨论过的问题。

"你群里的那些房产投资专家总说，公寓、商铺和写字楼不能买，要买一定要买住宅，你能告诉我原因吗？"

在关莎侃侃而谈了将近一小时后，萧杰突然问出了这个问题。关莎有些诧异，她觉得当今市场买住宅不买公寓几乎是一个常识，难道萧杰连这点常识都没有吗？

"买公寓转手困难。"关莎耐着性子解释，"有些公寓或者商铺规定几年之内不能转手，流动性比较差。"

萧杰听后笑了笑："但是按照你之前的人口流动学，三、四线城市的房子未来几乎没什么流动性，转手更难，一、二线城市的房子也要看片区，片区不好同样难转手。大概就学区房容易转，可学区房其实你买了也不甘心马上就转，不是留着给孩子读书也要放个三五年，所以公寓或者商铺存在的问题，住宅也同样存在。"

"对，但除了学区房，刚才我们讨论的那些流动性不好的房子最好都不要买。"关莎斩钉截铁。

萧杰起身进厨房开始洗咖啡杯："你其实并没有回答我为什么一定要买住宅而不买公寓。"

"公寓没有社区，不通燃气，就适合吃外卖的单身打工族，安家的话是不方便的，而且公寓每层户数通常比住宅多，住起来上下电梯都不舒服。"

关莎补充到这里，忽然又想到了一个更专业的点："哦，对了。买公寓会比买住宅交更多税费，不划算，而且有些公寓要付五成首付才能买，贷款期限也只有十年，不像住宅可以三成首付、贷款三十年，所以买公寓对资金的要求也比较高，总之就是各种不值。"

"你说得都对，但没说到点上。"萧杰把洗好的咖啡杯擦干净，倒着放在白色的碗架上。

"什么没在点上？"关莎放大了音量，"你去找别人买房子，所有中介都会跟你这么说。"

"嗯，所以你的这个公司，包括你的房产投资群，在我眼里跟其他房产中介也没什么区别，唯一的不同大概就是别人最后买不买房跟你们的收入不直接挂钩。但中介讲不清楚的内容，你们大概率也讲不清楚，比如为什么一定要买住宅而不买公寓，你刚才的那些理由没有说服我。"

"我……"

萧杰看着关莎想辩驳但词穷，要生气又不敢生气的样子，内心一阵好笑："首先，就算是你说的一、二线城市流动性好的房子，不持有个三五年也很难获得大幅增值。不是什么年份都像2015年一样，房价集体飙涨。如果我记的没错，2015年之后，几个大城市，包括青阳都横盘了几年。"

萧杰认真地看着关莎："所以既然买住宅都要等这么久才能获利，为何还在乎商铺五年不能转手的规定呢？再加上你说的首付比例高，贷款期限短，这也不能成为不买公寓的理由，因为这个时代有钱人不少，对于这部分人而言，只要一样东西有足够多的未来增长潜力，付多点首付、少贷点款，甚至多交些税费，又有什么关系？反正房子未来增值的部分都会将这块补回来。"

"呃……"关莎刚才还自信得一塌糊涂，被萧杰这么一问，她已经开始凌乱了。

"还有你说的公寓人多，一层很多户，没通燃气，不适合自住这些问题，但比如像我这样的人买公寓可能就是为了投资，根本不自住。我相信你现在的那些会员，包括未来的会员，应该也有不少跟我一样的经济条件的人，难道你还能用刚才的那些理由让他们都别买公寓吗？"

关莎咽了咽口水，眼神开始不自觉地往其他地方瞟，脑子里拼命在想能够反驳萧杰的观点，但居然一条都没想出来。

"你成立这个房产投资群，其实是基于房子这样的资产具有金融属性和投资价值的，没错吧？"萧杰开始启发关莎。

"对。"关莎回答。

"好，你知道房子具有金融属性和投资价值，那如果你可以再往深层想一些，想一想究竟是什么决定了一个具有金融属性资产的价值，你就会找到答案。"

"啊？"关莎越听越蒙了。

萧杰好似早就知道关莎理解起来会有困难，于是耐心道："评价一个具有金融属性的资产到底有没有价值，看的往往是它的信贷价值，也就是你可以利用这项资产短期内变现多少钱。信贷价值大的资产，短期内给你换来的现金就多。"

"哦……这点我能理解。"

"所以回到公寓和住宅的问题，公寓真正不被市场看好的底层原因，其实是公寓没有住宅那么有信贷价值。比如你将同区域、同面积的公寓和住宅拿去银行抵押，永远是住宅能够抵押出更多的钱，因为在银行的信贷评估系统里，住宅往往能获得更高的估价。

"大部分人买房子都需要去银行贷款，但这个房子市面上的价格并不是银行最终给你贷款的依据，银行有一套独立的评估系统。比如市面上标价1000万元的房子，在银行的估价系统里或许只值800万元，于是银行就按800万元的总价来决定给你贷多少款。

"按照现在的通货膨胀率，你能多在银行贷款就多贷，只要房子不断增值，且增值幅度超过你的贷款利率加通货膨胀率，借得越多你就越赚钱。只不过相同条件下，住宅能让银行借你更多的钱。"

听到这里，关莎恍然大悟："所以就是因为这样，住宅才比公寓更值钱吗？因为它比公寓具有更大的信贷价值。"

"嗯。"萧杰点头，"你既然打算专门做这行，就要学会从顶层金融资产的角度去看房产的投资价值。其实不只是房产，可以说，任何信贷属性低的金融资产都不属于好资产。"

"原来是这样啊……"关莎开始举一反三，"所以不仅是公寓，商铺、写字楼本质上比不上住宅也是这个原因……"

"是的，商铺和写字楼甚至还比不上公寓，公寓至少可以出租，有固定的租金回报率，一、二线城市往后的租金只会越来越高，所以买公寓虽然信贷价值差，转手难，把它当成个固定收益的理财产品还是可以的，但是目前商铺和写字楼的空置率不用我说你也应该懂，租都很难租。以前的商铺只要地理位置好就有人流，现在大家无论是看广告还是购物基本都在线上，商铺的客流被分走了大部分，没有了流量，商铺也就没有了商业价值。"

"怪不得房产专家说，以前一铺养三代，现在三代养一铺……"关莎若有所思，突然，她想起来今晚究竟是来做什么的，于是相当不好意思地跟萧杰说明了自己的诉求：她需要钱，随后自然也把原因解释了一遍。

末了，她祈求道："公司现在已经有了个样子，也有了客户，正是扩大规模的时候，这次我一定可以做好。"

关莎本以为萧杰愿意跟她详聊到深夜，融资的事十有八九会答应，没承想萧杰居然说："很抱歉，你这个项目我现阶段不会投资。"

"为什么?!"关莎错愕。

"作为创始人，你的专业知识水平连我都没超过，投你还不如投我自己。"

萧杰不给关莎的房产投资咨询公司融资是他早就决定的事情，否则他之前不可能刻意回避关莎。如果他不刻意回避关莎，关莎也不至于亲自找到他家里来。只不过今晚萧杰在说出他的决定时没有一丝愧疚，除了资金上不出力，他也并没像之前一样给关莎额外的帮助和指导。

在关莎离开之后，萧杰独自在床上躺了很久，始终无法入睡，因为他想不明白自己对于这个初入社会的年轻女孩为何会有如此苛刻的要求。

关莎对于房产投资行业里的一些细分问题思考得没有萧杰深入，完全在萧杰的意料之中。萧杰在社会上遇见的这些人，很少有人的知识体系在他的领域可以超过他，这个领域，便是投资。

无论是公司、股市还是房产，本质上都是具有金融属性的资产，这类资产只要玩得好，都能用来钱生钱。

既然都具有金融属性，那么投资逻辑对萧杰而言是完全相通的。

深耕行业十多年，萧杰才成了如今的萧杰，所以他今晚"嘲弄"关莎的样子就像他在"嘲弄"十年前的自己，而萧杰居然还以此作为拒绝关莎的理由，他甚至不愿再与关莎分析她公司更深层次的问题。

这么处理一件事，萧杰自己都觉得自己变了，或者说，他这么做是有一点点赌气的成分在的。但为何要赌气呢？

萧杰思来想去也没琢磨出个所以然，于是干脆起身来到窗前。天边已经有黎明的迹象，但半空中的月亮依旧如此圆亮。那月光的颜色仿佛雷电一样一瞬间击中了萧杰，萧杰脑海中又浮现出关莎那身鹅黄色的连衣裙。

难道是因为那条裙子？萧杰这么问自己。

是的，似乎就是因为那条裙子。那是萧杰脑海中勾勒出来的舒情应该穿的裙子，但就这么好巧不巧地穿在了关莎身上。

萧杰内心的纯净圣地有一种被冒犯的感觉，这使他有些生气，只不过他的情绪是外人很难察觉的。而且他羞于表露这种异样，因为那条裙子穿在关莎身上明明很美，甚至比舒情穿着的时候更美。

关莎的美太过明艳，太过张扬。那日在茶楼，当萧杰第一次看见关莎时，就觉得这个女孩身上所散发出的光芒倘若认真欣赏，夺目得可以刺伤人的眼睛。

至于关莎，当她走出盛世豪庭的小区大门时，竟不争气地转身回望。

小区气派的大门，欧式的回廊，物业大厅圆形的拱窗都是那么华贵庄严，就跟萧杰一样。这个总是穿着深蓝色上衣和牛仔裤的男人，思想深不可测。

"作为创始人，你的专业知识水平连我都没超过，投你还不如投我自己。"

萧杰的话让关莎无法反驳，只不过他今晚似乎有些太不留情面了。

关莎敏感的神经察觉到了萧杰情绪的异样。以往的萧杰不是这样的，以往的萧杰在关莎面前虽然也没施以金钱上的帮助，但总归是温和的、耐心的，甚至像长辈似的对关莎谆谆教诲。

"这个行业的马太效应已经形成了，强者越强，弱者越弱，无论是倪蝶的专业度，还是她那成熟的团队，粉丝对她的信任，商家对她的追逐，或者是平台给她的资源，都足以让她的护城河足够厚、足够高。"

关莎还记得第一次见萧杰时他说的话。茶楼中，他坐在蒋一帆旁边，气质沉稳。

"同一条路，不是什么人走都能成功，甚至那些成功的人，你让他们换个时间再走，他们也无法成功。"

"你知道创业者最核心的能力是什么吗？不是你多努力，多有激情，也不是你智商情商有多高，更不是你能不能抗压，这些都是最基本的。创业者最核心的能力是做对决策的能力，只要人生中几个关键的决策做对了，胜过努力无数个日日夜夜。"

关莎想起那夜自己醉酒后萧杰对她说的话，那时萧杰的眼波亦如幽绿的水潭，深邃、静谧，还透着一种让人捉摸不透的神秘色彩。

萧杰就像盛世豪庭小区门外的竹林，这片竹林将整个小区包裹在其中，竹叶满道，曲径通幽，让关莎始终看不清十米以外的景观。

每次与萧杰相遇，这个男人给关莎的反应总是出乎关莎预料，当关莎以为自己跟萧杰算是朋友，想向他求助创业方向时，萧杰居然说："我给你提建议可以，但我的建议挺贵的，你拿什么来换？"

"即便你是蒋一帆的朋友，我也没什么义务帮你，对吧？社会上没有这样的规矩。"

"那取决于你有什么，而且只是你有还不行，还得我需要。"

有那么一瞬间，关莎心里不是滋味，甚至有些生气，但她惊讶于自己气的并不是萧杰要她拿出等价交换物，而是气萧杰每次看着她的眼神总是那么纯净与庄重，不带一丝杂色。

萧杰对关莎说："你的机会很多，但这些机会里充满了凶险，有的会让你走向失败，最终使你成功的机会少之又少，如果出现了，你必须牢牢抓住。"

其实创业到现在，关莎记得萧杰对她说过的每一句话，她觉得自己的记忆力其实没那么好，但是萧杰说过的话她就是记得，非常清晰，非常深刻。

虽然两人见面的次数不多，但关莎时常想起萧杰。她会猜测萧杰平常是如何工作的，每天对下属说话的时候是不是跟对自己一样，压榨任天行和检查任天行工作时是不是会比对自己还严格，为什么他总是穿着深蓝色的上衣和牛仔裤，他有没有谈过恋爱或者是不是对女人不感兴趣……总之，什么乱七八糟的关于萧杰的问题，关莎其实都在脑海里过了一遍。直到后来，她连出差坐飞机的时候都会想着机场VIP候机厅里的红色座椅萧杰是不是也坐过。

当杜晶对她对萧杰的感情产生怀疑时，她极力否认，情绪也比较激动，还顺带把萧杰贬低了一通。如果说那时关莎对萧杰的感觉还只停留在好感层面，那么当今晚萧杰义正词严地拒绝她后，关莎内心的那种不服输与征服欲便被彻底点燃了。

业老娘要创，至于萧杰这个男人，老娘也要定了！

"没错，会员是不到1000人，但这种情况只是暂时的，我的咨询微信号发出去后，每天跟我们团队咨询的留言都超过了3000条。这是一个很大的市场，说明大家其实都很关心究竟应该怎么选房。"

某清吧内，关莎正跟她的马友们绘声绘色地讲着。每个人面前都放着一杯千元橄榄汁，这回请客的人是关莎。

"你这点钱找你爸要不就好了？就算要一个亿，对你爸来说也是小钱。"其中一个马友朝关莎道。

"那怎么行，人在江湖混，怎么还能靠父母'奶'？我爸是我爸，又不是天籁弦音蔡文姬。"

"靠一下也没什么，你要干大事，就得站在巨人的肩膀上。"1号班长开了口。

关莎瞥了班长一眼，心里清楚他的军心已经有些动摇了，现阶段很可能不愿继续投钱。关莎顺势瞟了瞟其他人，他们的眼神大多飘忽不定，有些干脆直接低头假装看手机。

关莎把这些马友再次聚起来也是逼不得已，萧杰拒绝了她，她自己也去找了几个规模小一些的风投机构，可这些机构一开始声称看完材料后就会给她答复，但最终关莎没等来任何消息，就如同她在人才市场里找工作，投出去的每一份简历都石沉大海一样。既然从外部靠股权融不到资，关莎这个公司也没任何实物资产可以拿去银行抵押，故只能选择回头继续薅旧股东的羊毛。

本来缺钱了应该先找现有股东商议，实在解决不了才寻求外部融资，但奈何眼前这些马友在关莎眼里的的确确就是没什么上进心的富二代，第一轮他们钱是投了进来，但人就跟甩手掌柜一样，对公司的大小事务不闻不问。

如果继续求着这些人给钱，那么关莎的股权肯定会被稀释，毕竟她本人现在确实也没钱增资。但若关莎的持股比例降至50%以下，那她对公司不仅丧失了绝对控制权，而且像是她一个人出力给这帮吃喝玩乐的马友打工一样。

目前关莎持有公司60%的股权，若不想失去对公司的控制权，则这次最多只能再分众马友9.9%。不过问题难就难在如果这次只稀释9.9%，好像也换不来多少钱，毕竟公司现在还没做成规模。每股的价格本来就是个玄学问题，再加上在座的都是老熟人，关莎也不好在公司没做几个月的情况下就把一块钱一股改成两块钱一股。业绩出不来，股价翻一倍，这与敲诈勒索没区别。

正当关莎纠结着这个问题时，4号马友突然提出了另一个问题："很多人学房产投资也不一定想进你那个群的，群其实挺吵的，客户群扩展是个难点，感觉不是多打打广告就能搞定的。"

"对啊！"1号班长立马附和，看着关莎语重心长，"就像问你问题的那些网友，你之前也给我看过些截图，我觉得他们往往就只想问几个问题，比如哪个小区的房子怎么样，哪个城市的房子现在还能不能买……为了这几个问题花几百元入群，很多人是不愿意的。而且你那会员费也不是几百元，而是986元，都将近1000元了。"

"不定这么高，我连专家的时薪都付不了……"关莎满脸委屈。

"但这些会员费都是一次性的。"1号班长说，"如果我记的没错，群里现在很多会员都是初期进来的，也就是你在你室友的公众号里打了广告，后面新增加的人越来越少，最近几天更是一个新人都没有。"

1号班长是股东，本身就有资格入群观察公司运转，他对会员增长的速度明显有所顾虑。

"越来越少是因为我没钱做更多的广告！"关莎哭丧着脸，"这就是我为什么找你们商量再增资一次的事儿。而且我们的专家目前只能服务于几个核心城市，更大范围的客户群我们需要更多的专家……"

"不是，关莎，是这样……"4号马友开了口，"我觉得打广告，找专家、律师、会计师，包括找有经验的看房人，是没错的，但我的顾虑是，我觉得你的这个交费入群的模式没有办法适用于那些不想入群聊天的人，而这些人才是大多数。"

4号马友的声音很低，态度还算中肯，关莎便没打断他。只听他接着道："现在大家都挺忙的，买个房子其实也是挤时间去买，真要入个群才能学专业知识，估计很多人不愿意花这个时间以及沟通成本。你的群每天有上千条留言，有的是专家的，有的是七七八八各路网友的。其实我真的懒得'爬楼'，消息太多了，那些免费的群我都退了不少，现在还要我额外花钱进一个更吵的群，我估计会直接就把让我进群的人拉黑。"

"是，其实我也不愿意，还都是一帮不认识的人。"1号班长说，"我上周跟一个朋友推荐你的群，他女朋友第一反应就是觉得群里的人都是骗子，都是托，忽悠别人买房的。这个问题不解决，其实你很难让更多的人成为你的客户。"

无论是4号马友还是1号班长，他们说的确实是对的，但在关莎听来极不舒服。

他们的用词都是"你的这个交费入群的模式""你的群"或者"你的客户"，好似这家公司跟他们没关系，都是关莎一个人的事，而关莎在他们眼里似乎的确就是一个替人打工的角色。

也就在这时，关莎才切身体会到一个真相：即便是企业创始人，未来别人眼里的企业家，只要不是本身持有100%的股权，在公司的日常经营管理上所扮演的角色也不过就是打工人，至少是半个打工人。

关莎不喜欢这样的感觉，但纵观全球知名企业，又有哪个企业家不是半个打工人呢？甚至公司创始人最后被投资人集体踢出公司的都不在少数。

创业这条路很凶险，很无奈，关莎越往前走就越会想到萧杰，如果这个时候萧杰在，如果萧杰坐在自己这把创始人的椅子上，他肯定知道怎么做。萧杰虽然没自己创过业，但他在关莎眼里老练得似乎可以轻松解决一切问题。

马友们说的没错，公司缺钱只是表面问题，最令人担忧的是这个商业模式缺乏造血能力。换言之，即便这次大家再次增资凑足了钱，关莎找到了更多的专家，对外铺天盖地做广告，也很可能收效甚微。

4号马友预计，即便广告投入和专家人数翻十倍，入群会员数顶多只能再增加个几百人。其实就算是几千人的盘子也并不够大，因为这个世界上大多数人都不会为了买个房子天天忍受成百上千条留言，所以愿意充值进群的会员只能是一小部分消费者。这样的商业模式勉强糊口可以，但注定做不成规模，而且一旦经济或者政策有比较大的变动，关莎就连糊口的状态都不一定能维持住。若想破局，关莎必须转变商业模式，或者说除了收取入群会员费，得再想一些让更多买房人愿意掏钱享受服务的盈利模式，这样才能让公司最大限度地打开客户群，赚取更多的利润。

关莎今日的融资目的没有达成，无果而归。在关莎眼里不学无术的富二代马友们并不是没有思想的，大概由于他们将自己置身事外，所以正好能从旁观者的角度看清症结所在。

走在青阳车水马龙的街道上，关莎开始感到青阳这座年轻城市对自己并不友好，就连无数大型写字楼幕墙玻璃反射出的阳光都是滚烫的。

青阳每年两次的灯光秀、水雾电影、花海展览、国际芭蕾舞表演，关莎目前都没工夫欣赏，而且请朋友们喝1000元一杯的橄榄汁对现在的她而言是一种大出血。

关莎怅然若失，因为自从离开家，她发现自己不再能随意"拥有"一座城市。青阳代表了青春与机遇，未来与远方，可无限的美好只存在于关莎原本的幻想里。

关莎在地铁候车厅傻傻地站了很久，列车来了又走，走了又来，关莎始终没有上车。她不知道应该进左边的门还是进右边的门，左边去往金权大厦，右边则通向雁子谷。她想去找萧杰，甚至只是打个电话或者发条微信给萧杰，但自从上次萧杰因为她的专业知识水平不够而拒绝投资后，她似乎就再也找不到任何联系萧杰的理由。

越是不能靠近一个人，这个人在关莎眼里就越是有魅力。萧杰穿的衣服，他的眼神，他说的那些话，他家里的摆设，甚至是他母亲的奶茶和弟弟做的菜……所有的所有都如电影一般在关莎的脑海中反复放映。

这个秘密只有关莎自己知道，她没告诉任何人，甚至连隔壁房间的沈俪都没察觉出关莎的内心已经不仅是一只全心创业的狮子，还是一只胆大却又羞涩的猫咪。

关莎反复琢磨萧杰的时间越是长，她就越是能把一些事情想通透，想明白。

虽然萧杰思想极其成熟，能力也很强，但他似乎不喜欢那种凡事都依靠他帮助的"傻白甜"女人。关莎想着自己之前连创业的点子都指望萧杰可以直接告诉她，这很可能招来了萧杰的反感，所以萧杰才会提出"等价交换"这样非常"不朋友"的方式，为的就是给关莎上一堂"社会学"的课。

旁敲侧击地向蒋一帆打听了一下，关莎得知萧杰从大学到现在都没谈过恋爱，至少蒋一帆没听说萧杰有过女朋友，这给关莎带来了极大的困扰。没有前女友就没有参照物，以至于关莎完全不知道萧杰究竟喜欢怎样的女人。

关莎通过萧杰与自己的接触做了一个猜测，她认为萧杰应该喜欢那种具有独立判断能力，能吃苦，肯动脑筋解决问题，或者至少是向他人求助之前先想办法自己解决问题的女人。是的，萧杰应该喜欢这样的女人，不然他不会每次总让自己先想一想，多思考思考，关莎这么对自己说。

因此，她做了一个决定。她决定这一次无论如何都必须自己想办法把公司做出成绩，只要有了成绩，她就有底气再次去见萧杰，光明正大地找他融资。

除此之外，专业知识上也必须不能再掉链子，关莎告诫自己绝对不能再有之前的错觉。这种错觉便是：公司是我创立的，我是创始人，所以没人比我更懂这行，没人比我更懂这项业务。

人外有人，天外有天。除了群里的房产投资专家，经城区还有一些像萧杰这样学识渊博的人存在，所以我们对待任何人任何事都必须谦卑，就好像无论是创业者还是投资人，对市场都应该永远心存敬畏一样。

想到这里，关莎突然笑了。她非常享受喜欢萧杰的这种感觉，这种感觉好像可以让原本浮躁冲动的她变得平心静气一些，变得会三思而后行一些。

第⑲章

还不了解她

"什么？你要追萧杰？"电话那头的杜晶吓得手机都掉在了地上。

"是的，但是他这种等级的男人我认为应该很难追。怎么样，有挑战吗？我现在动力满满！"

"可是你不是说你不喜欢萧大哥的吗？当时在机场你说他就是个打工的！"电话里的杜晶语气比关莎还要激动。

关莎吐了吐舌头："哎呀，总之我现在就是喜欢了，我觉我男朋友就应该是萧杰这样的！"

"你们不合适，你爸不会同意的，你们也不可能结婚，你要结婚也肯定是找1号班长那种背景的，萧大哥家里就是普通的工薪阶层，他老家……"

"工薪阶层怎么了啊？工薪阶层都是靠自己的双手挣钱，凭本事吃饭，跟你爸妈我爸妈没有区别，你不能看不起工薪阶层！"关莎义正词严。

"可……可是……"杜晶想说什么却又像被什么东西堵住了说不出来。

"我已经制订了搞定萧杰的计划表！第一步……"

关莎滔滔不绝，声音洪亮，以至于地铁车厢里看报纸的老爷爷摘下了老花镜，听着歌的初中生拿下了耳机，舔着棒棒糖的小女孩抬起了头，买菜回家的大婶抹了下额角上的汗开始看起了热闹。大家的目光都落在一个身穿鹅黄色飘逸长裙的美女身上，这个美女说的话在外人听来匪夷所思，她喜欢一个男人，要主动追求他，方式是自己创立公司，然后把这家公司的利润先做大十倍……

挂断电话后，杜晶独自在房间里呆坐了很久，连家里的阿姨两次来敲她的房门叫她吃饭她都毫无察觉。

杜晶不喜欢家里这些阿姨，在三云市，她们被统称为保姆。杜晶从小就与各种保姆打交道，或者说她是被保姆带大的。这些保姆有十七八岁的，也有四十七八岁的，总之每三四年就换一次。

家里有保姆的生活是很多人求之不得的，因为这可以解决大部分家庭矛盾。比如杜晶从来没有被父母逼着做过任何家务，父母也不会在吃完饭谁洗碗、放学了谁去接孩子、早上起来究竟谁给孩子做早饭等问题上吵架。

只不过不管这些保姆年纪如何，性格如何，杜晶都不喜欢。并不是她们不淳朴，不善良，更不是做饭不好吃或者干活不利索，恰恰只是因为有这些保姆的存在，杜晶从小到大都只能看到她们，而不是自己的父母。杜晶觉得保姆这个角色的存在是一种隔挡，挡住了所有孩子都想要的来自父母的陪伴。

同样的原因，杜晶在高中时也很讨厌那个总是代替爸爸来接她的中年司机。

而此时的关莎在杜晶眼里，彻底变成了与保姆和司机一样可恨的角色。

正是因为关莎，杜晶从小到大都不能做真实的自己。杜晶也想留长头发，她想让自己长发及腰后也可以拍出那种秀发随风飘扬的毕业照；杜晶想穿又仙又美的长裙，涂艳色口红，渴望无论走到哪里都可以成为焦点，成为男生心中的白月光。

她记得自己幼儿园时经常穿裙子，母亲梳妆台最底层留下的照片就是最好的证明。但自从认识了关莎，她就慢慢地不再如此了，尤其是在与关莎可能产生竞争的方面，她会把自己小心地包裹起来。这种包裹是很常见的一种自我保护，一些自认为还可以的东西，只要与别人一对比，竟然全是不足。

这种自卑感其实杜晶心里一直都有，不仅源自关莎的气质与美貌，更是因为在两人认识的时候，杜晶就感觉自己家远没有关莎家富裕。关莎的书包、手表以及接送她的车子都不是一般的高档，而那时的杜大娘火锅店生意虽然红火，但在整个三云市也不过只有两家门店罢了。

无论是白马俱乐部还是其他那些富家子弟才有的聚会，杜晶感觉都是父母为了面子和人脉硬把自己塞进去的，俱乐部的年费和各类捐款项目对当时的杜晶家而言根本算不上便宜。

从小到大不知道有多少次，杜晶很后悔认识关莎，更后悔因为两人性格太合而成了形影不离的朋友，以至于无论她想尝试什么，关莎的存在都告诉她：别做了，也别试了，你就算改变了也不可能比关莎更美，与其当别人的陪衬，不如另辟蹊径，说不定还能活出不一样的人生。

于是杜晶买衣服挑的永远是运动服、休闲裤与鸭舌帽，就连买内衣都不买可以塑形有钢圈的。她的头发从未长过脖颈，兴趣班也没有选择舞蹈，而是报了武术和篮球。有段时间，杜晶在球场上挥汗如雨，把自己白皙的皮肤晒成了古铜色。说实话，每天早上起来在镜子前看到那样的肤色，杜晶还是有些难以接受。

但恰恰就在那个时候，她收到了学校里其他班级女生的情书。就是那封杜晶一辈子都不可能接受的情书，满足了她渴望已久的虚荣心。杜晶发觉，如果她这么活下去，在某些方面还是能受到追捧的，因为几乎所有女性都希望自己的魅力能被其他女性所赏识，同性的认同感所带来的满足对杜晶而言其实是超过异性的。

最关键的是，同性的认可恰恰是关莎很难得到的，因为认识关莎的女生大多数都讨厌她、嫉妒她、疏远她，但对于杜晶，女生们格外友好与亲切，这种亲切感在白马俱乐部的班级里体现得尤为明显。班里的女生几乎不会让自己的马与关莎的并排走，因为上课的过程中还有一个负责宣传的摄影师全程跟拍，没有女生愿意与关莎同框。而杜晶身边则经常围绕着挺多人，尤其是女同学，大概是这份满足让杜晶愿意在关莎旁边与她一起成长，只不过只有杜晶自己知道，她内心的真实想法一直都处于一种压抑状态。这么多年，杜晶以为自己习惯了，习惯了这种压抑，习惯了只要萧杰看到关莎，目光肯定就会离不开她而完全忘记了自己的存在，但现实情况并非如此。

那次茶楼聚会，杜晶吃饭之余时不时会偷瞄萧杰，但她的那颗少女心并未捕捉到萧杰对关莎有特殊的情愫，好似在萧杰眼里，关莎就是个普通女孩，并不特别漂亮，也不耀眼，就跟坐在她旁边的自己一样。基于此，杜晶找回了一些信心——她确实对萧杰存在着别样的好感，这种好感在她高中第一次见到萧杰时就产生了。那时全公司的人都下班了，只有萧杰还在办公大楼里一本一本地翻着杜大娘火锅店的尽调底稿。杜晶当时大半夜跟同学偷着用公司电脑打游戏，无意中看到了这一幕，双脚就像被胶水粘住了一样。萧杰看文件看得很认真，杜晶看萧杰看得也很认真。

此时的杜晶打开了手机备忘录，备忘录里有一封她写给萧杰的信。信中从她高中第一次见萧杰开始，到大学她在饭桌上与萧杰碰杯，再到毕业后两人茶楼里的偶遇，杜晶将这样的缘分一字一句地记录了下来。信不长，只有几段文字，但却被杜晶反复修改得非常唯美，结尾处来自一个女人的爱恋也表达得恰到好处，不过分明显，但看信人一眼便知。

杜晶曾经无数次将这几段文字复制到与萧杰的微信对话框中以及邮件里，甚至她还手动抄了好几份在设计精美的信纸上，但最终都由于觉得写得还不够完美而没有发送或者寄出。

现在，就算这封信再美，杜晶也只能一个字一个字地删掉。她了解关莎，她也隐约觉得她了解萧杰，大概从关莎喜欢上萧杰并决定主动追求他的那一刻起，她杜晶就注定出局了。

杜晶走出卧室问保姆："阿姨，上次过生日点蜡烛用的喷火器呢？"

"你找喷火器做什么？要不要先吃饭啊？"保姆关切地问。

"我等一下就吃。喷火器呢？"杜晶又问。

"在橱柜里，左边第三个。"

手动喷火器的火苗很弱，但足以把几封饱蘸墨水的信纸烧掉了。

在最后一个标点符号消失在杜晶眼前的时候，她默默地想：关莎，这么多年了，一切都被你拿走了，这一次，你应该还我点什么。

"是的，现在就算是房价还在上涨的城市，也有很多片区是不涨的；涨的片区里，有的涨得快，有的涨得慢。这里面有很多门道。"

山猫咖啡厅里，关莎浑然不知远方杜晶内心的转变，她正拉着沈俪说着自己对房产投资的理解。

"你还真忍得住啊。"沈俪喝了一口自己的咖啡波霸奶茶，笑着看向关莎面前的冰美式。

"这不是创业压力大吗，前天我发现小肚腩都被压出来了，一定要收回去。"关莎逼迫自己尽量不去看沈俪杯中的波霸，当然，她也避开了隔壁桌的荔枝椰果和椰子布丁。既然要开始追求爱情，身材必须不能垮。

关莎打开手机里的打卡APP在沈俪眼前晃了晃："我现在每天睡前都要做100个上卷腹和100个下卷腹。"

沈俪看到打卡次数仅有两次，有些想笑，但忍住了，郑重其事地表扬关莎："不错，持之以恒下去，整个雁子谷就数你的马甲线最美。"

关莎听后喜滋滋，觉得喝下去的冰美式都是甜的。

山猫咖啡虽地处经城区，但离雁子谷并不近，关莎也不是因为办事而顺路经过，她是特意带沈俪来这里的，因为任天行说这家咖啡厅他跟萧杰来过，萧杰拼了命都要抢到投资份额。

来到萧杰曾经来过的地方，居然就跟再次见到他一样令人兴奋。

"你是不是谈男朋友了？"沈俪的话把关莎的思绪拉回了现实。

"啊？哪有？"关莎一脸无辜。

"因为你比以前爱笑。"沈俪说。

"那是因为跟沈俪姐你在一起开心啊，哈哈！"关莎打着哈哈转移话题，"我们刚才说到哪里了？"

"说到有的片区涨得快，有的片区涨得慢。"沈俪提醒，笑容意味深长。

"对对！沈俪姐，干了这行我才知道搞投资并不容易。不管什么投资吧，房产也好，股票也好，如果没有一个完整的逻辑链和思维体系，就老是会踩坑。"

"房产和股票我都不熟。"沈俪说，"我知道的对女人来说最好的投资就是投资自己，把自己的脑子武装得很能挣钱，这样投资回报率最高。而且挣钱这事会让人动力满满，就没工夫多想，更没工夫堕落。"

关莎一脸埋怨："就是因为沈俪姐你把自己搞得这么忙，咱俩住一起这么久，也就今天才能把你约出来。要我说，你赚那么多钱，也要有时间花才是。"

"我们住在青阳，你还怕钱花不出去？"

沈俪刚说到这里，目光无意中扫到了一个女人。那是一个让她只要看一眼就浑身汗毛都能竖起来的女人，一身灰色职业装，从咖啡厅的后厨走出，面目严肃，身边跟着一个颇有艺术家气质的男人。那男人不仅扎着小辫，还留着山羊胡，高瘦的身板上挂着绿色的围裙。男人身后还跟着一个看上去30来岁的女人，周围的店员看见三人一同出来，都赶快加紧忙手里的活——自不必说，这几个人中肯定有老板或者店长。

沈俪赶忙用手遮着脸，同时将身子转向窗边。关莎见状，疑惑地朝斜后方看了一眼，这一看，也愣住了。

咖啡厅通向后厨的走道里出现了一个女人，30来岁，一头短发，身穿灰色西装。这个女人虽然关莎只见过一次，但印象却非常深刻。

"马、马总，对不起……"

"在停车场你都能撞？！"

任天行憨憨的声音连同女人那阴沉的脸同时出现在关莎脑海里。

任天行的领导？关莎记得她的名字叫马钰，正是她的保险赔了蒋一帆那辆保时捷的修理费。

大概是由于关莎扭脖子盯着人看的时间过长，马钰的注意力成功被她吸引了。

金权投资集团已经入股了山猫咖啡，马钰今日是来跟进项目进展的，除了查看咖啡厅的生意状况、跟董总过一遍新品菜单以及沟通管理问题外，马钰也询问了董总是否需要金权投资集团进一步的帮助。

马钰的这项工作自然是萧杰布置给她的，她例行公事，按时到店开会，没想到开完会出来的时候会碰到关莎。

马钰记得关莎，不是因为关莎出众的外貌或那辆豪华的保时捷，而是因为那场车祸让她每个月的保费涨了近30%，苦不堪言。

只不过，让马钰眼神聚焦的人虽然是关莎，但使得她脚步不禁停下来的却是关莎对面坐着的沈俪。即便沈俪用手遮住了半张脸，还侧着身子，但马钰仍旧一眼就认出了沈俪，马钰惊讶于这个女人居然在青阳出现了。

"马总，那您看后续多长时间可以有结果？"山猫咖啡的创始人董总问道，见马钰一时间没回答，又重复问了一遍。

"啊？哦，大概一周，我们内部也要开个会。"马钰答完后不禁又瞟了一眼沈俪的方向，那目光让关莎看得都有些打哆嗦。

沈俪一直把自己当成鸵鸟，以为只要她看着窗外，马钰就看不见她，而且直到马钰已经蹬着高跟鞋走出店门上了自己的车，她也没有马上转过脸来。

"人走了。"关莎提醒。

沈俪突然指着窗外："你看路边那个小孩，真可爱。"

"你跟那个叫马钰的有仇啊？"关莎满眼好奇，完全不吃沈俪装傻这套。

"没有没有。"沈俪的目光有些闪烁，"估计是我认错了。"

"但她盯着你看了好久，肯定认识你。"

"那估计是她也认错了。"沈俪笑得有些尴尬，赶忙转移了话题，"对了，你不是还要教我怎么投资买房吗？还说什么公司遇到了问题，希望咱们一起想办法。"

"对，问题确实很棘手。"关莎表面上不再纠缠，算是给了沈俪一个台阶下，但心里想着这也太有趣了，沈俪这个兼职无数的大龄女青年会跟任天行的领导马钰有什么瓜葛呢？

沈俪确实非常渴望在青阳能买到属于自己的一套房子，但奈何她父母的退休金加起来一个月也就6000元左右，老家的三室两厅虽然住得宽敞，但就算卖掉也不够青阳房价首付的三分之一，故买房这件事，完完全全成了只有靠沈俪自己才有可能实现的事。

沈俪并不贪心，她觉得只要能够买下一个60平方米、小两室的房子就可以了，地段偏一些也没关系，走路15分钟左右到地铁口都能接受，每天上下班来回这半个小时当作散步健身也未尝不可。

"选区域很重要，青阳也不是什么区都涨。"关莎在沈俪面前特别强调这一点，"而且姐姐，涨幅很关键，不是说只要你买了房子，房子涨价了你就一定赚，完全不是这么回事。现在我国的实际通胀率超过了5%，房贷利率每年还要给银行付5%左右，加起来就是10%。也就是说，如果你买一套房子，每年的涨幅小于10%，你持有这套房子其实就是亏钱的。"

"啊？这样啊……"关莎这一套一套的理论让沈俪非常吃惊，连奶茶中的波霸都忘了吸，那波霸已经膨胀得不可能穿过吸管了，"也就是说，如果我买一套100万元的房子，第二年这套房子涨到了110万元，也只是保本。"

"对。而且通货膨胀率5%已经是相当保守的估计了，实际上的物价涨幅其实超过7%。贷款利率有时候因为首付金额、城市的不同，高于6%甚至7%的都有。所以如果一般年涨幅没超过15%的房子，我们专家看都不看一眼。"

沈俪倒吸一口气，抓着关莎："那哪里的房子可以买？你要好好跟我普及普及啊！我只有钱买一套，刚需，我不想买了还保不了本……"

关莎眉心微蹙："姐姐你不都在群里吗？"

沈俪用自己的公众号给关莎免费做广告，关莎自然也让沈俪无条件进了群。

沈俪一脸不好意思："我这不没时间看……"

在回雁子谷的一路上，关莎依旧滔滔不绝："群里那些人问的问题太笼统了，比如问我桂市的房子能不能买，我怎么回答？如果我说不能，好像就得罪了整个桂市……而且这样回答不负责任，不够精准。"

"嗯，所以你也说了，你需要更多的专家。"

"专家只是一方面，广告也是，我现在头疼的是怎么找更多的客源，比如像你这么忙的人，应该怎么成为我的客户。"

"呃……"

"沈俪姐，如果我俩不认识，你本身也有买房需求，但是你看了我的广告，会花将近1000块钱进群吗？"

"我……大概不会。"沈俪似是有些难以启齿，但最终还是告诉了关莎真相，"你那个群留言太多了，我都刷不完。其实大家主要就是想看专家怎么说，所以你如果能够把那些专家和律师说的总结一下，对我而言会更节省时间。"

沈俪的话点醒了关莎："确实可以把专家说的汇总起来……"她若有所思，"但就算我汇总，也得在群里分享，算是一种附加的升级服务，总归那些人还是要进群才能看到，现在的问题是怎么让更多的人愿意进群……"

沈俪刚想说什么，关莎却突然停住了，死死抓着沈俪的胳膊："等一下……姐姐，我懂了！我想到了！该死的，我原来怎么这么笨呢，我为什么想的都是让更多的人进群呢，为什么一定要进群呢？我知道了，我知道了！太爱你了，沈俪姐！沈俪姐你最美！你是我的女神！"

此时她们已经回到了雁子谷小区门口，沈俪被关莎搞得哭笑不得，一转头就看到了迎面走来的一个女人，这女人不是别人，正是一身灰色西装的马钰。

马钰从山猫咖啡离开后就回了家，为的是拿点资料，刚下楼准备回公司，就撞见了沈俪和关莎。

看到马钰，沈俪嘴角的笑容消失了，而马钰脸上也不再是刚才咖啡厅里的阴沉和严肃，而是怒气横生。她走到沈俪面前大声质问："你找来这里做什么？"

沈俪还没来得及回答，马钰就眯起眼睛："为了你，我们迁来了青阳，没想到你还能追过来。全天下男人这么多，你为什么非得抓着我家老刘不放?!"

马钰这些话信息量有些大，关莎都听愣了。

"我并不知道你住这里。"沈俪压低声音。

马钰冷哼一声："不知道？全中国600多个城市，青阳这么多小区，怎么偏偏你就出现在这里？你到底想怎么样?!"

"我没想怎么样。"沈俪面色如霜，"我这几年都没联系过他，我也根本不知道你们住这里。"

沈俪并没说谎，雁子谷城中村一期和二期加起来有12栋楼，每栋楼都有42层，且每层有12户，故一个小区总户数超过6000户。这也是为什么沈俪搬进来这么久都没遇到过马钰。不过这也只能算是原因之一，原因之二是此二人的出行时间基本对不上。沈俪兼职送外卖，大清早就出门了，而马钰的上班时间通常在上午九点到十点之间，且马钰作为投资经理经常出差，一年有大半时间都不在青阳。

马钰提及的老刘是她的丈夫，也算是半个发小，两人毕业后都从事一级资本市场的相关行业。此刻她逼近沈俪，眯起眼睛："你最好别装。什么也别想，你想也没有用，他不可能跟我离婚！"

马钰的话颠覆了关莎的认知。关莎原先猜测沈俪十有八九结过婚，且婚姻不幸，老公出轨，而后不得不离婚自己谋生，所以才会有她的"美俪人生"公众号最开始的那些棒打小三的文章。但依照目前的情况，好像沈俪才是她文章里人人喊打的小三……一向只给身边人传递正能量的沈俪居然破坏过别人家庭？关莎对于这个真相是难以接受的。

　　"你最好现在就离开。"马钰的口吻是命令式的。

　　"我住在这里，为什么要搬？"面对马钰，沈俪刚开始是有些胆怯的，但不知为何，围观的人越是多，她便越是表现得正大光明。

　　马钰眼睛微眯："怎么，难不成你还是这里的业主？"

　　"我不是业主，但我有权利住在这里，这是我的自由，而且雁子谷是大家的。"沈俪说到这里还特意环顾了一下围观群众，"如果整个小区都是你马钰一个人的，你已经买下来了，是你的私有财产，那我立刻就搬。不仅是我，这些人全都得搬。"

　　"你……"马钰气得咬牙切齿。

　　沈俪瞅见马钰拳头都握了起来，冷冷道："你要是动手，我不会还手，但我一定会报警。"

　　不知道为何，此时的沈俪好似变了一个人，至少在关莎眼中她陌生了起来。沈俪的形象一直特别风风火火，特别热情，特别正面，就是个为自己人生努力的大姐姐，如果说她有什么小缺点，估计也就是些生活习惯问题以及太爱赚钱了。

　　但赚钱谁不爱呢？关莎自己也爱，所以沈俪严格意义上来说没有缺点，特别是在她每次做完饭都很认真擦拭厨房以及牙刷、牙膏再也不乱放之后。

　　只不过人是很复杂的生物，对外，尤其是在社交平台上展现给别人的是一种样子，而私底下却很可能是另一种样子。

　　与沈俪同一屋檐下住这么久，关莎除了吃过沈俪做的馄饨，知道她的起居作息和大部分兼职内容外，还有多了解沈俪呢？关莎现在才意识到自己对沈俪知之甚少，不知道她的过去，不了解她的内心，更看不透她究竟是一个怎样的人。

　　见马钰没有进一步的举动，沈俪拉着关莎就想走，怎料就在这时，马钰爆出了一句更让人震惊的话："上梁不正下梁歪，你女儿要是知道她妈妈是这种死皮赖脸的女人，以后肯定也会变成你这样去……"

　　"住口！"沈俪没等马钰说完便突然转身用力推了她一下。

　　马钰往后踉跄几步差点摔倒，不过最终稳住了："可以啊，敢动手！有本事再来啊，看最后是谁进派出所！"

"你怎么说我随便，但若敢再提我女儿……"沈俪朝马钰逼近一步，目光如刀，一字一句地说，"我发誓我什么都干得出来！"

"不是吧？沈俪姐是小三，还有孩子?！那孩子是谁的啊？"电话那头的杜晶错愕地道。

"是马钰丈夫的。"关莎说。

"那后来呢？后来怎么样了？"

"后来马钰没说话了，应该是被沈俪姐的神态吓住了。"关莎说，"我问沈俪姐她最坏会对马钰做什么事，沈俪姐居然说……"

"说什么？"

"说如果马钰再对她女儿出言不逊，她真会抢她男人，然后捅死她。"

电话那头的杜晶沉默了。

关莎叹了口气："当然了，沈俪姐说的肯定是气话。不过我怎么看都不觉得沈俪姐会故意勾引别人老公。"

"我也觉得不像，沈俪姐不是那样的人。"杜晶附和。

关莎忽然想起了什么，立刻转移话题："哎呀，扯远了！我这次给你打电话是要告诉你我知道怎么拓展客户了，如果这个策略奏效，我们的市场会很大很大！你什么时候回来啊？我公司缺人。"

"呃……我最近火锅店挺忙的，父母把我拴着，说家里生意要多熟悉，下周还要去见我们的牛肉供应商。"

"哦，好吧……"关莎有些失望。

"不过你的点子可以说来我听听，我帮你参谋参谋！"杜晶说。

之前4号马友和1号班长说出的担忧确实是对的，那几杯天价橄榄汁没有白请。有买房咨询需求的人不一定愿意进群忍受海量留言，即便他们开启了群消息免打扰模式，每天如果想持续从群里获得有用的知识点，还是得刷几百上千条留言，这对工作很忙、不爱聊天也不想接收无效信息的人来说是一个巨大的负担。最致命的是，但凡是社群，便无法有效控制进群者本身的背景。

如果关莎的群里混进来某楼盘销售经理或者某房产中介，这些人有意无意在群里拉客户购买性价比不高的房产，关莎也无法及时有效地进行控制，如果要控制，她监管的时间成本一定非常高。

关莎突然想起之前那个举报她的老大爷，那个老大爷虽是拿钱办事，本身也没啥文化，但却给关莎好好上了一课。目前几百人的群都会出现这样的幺蛾子，那么未来几千人几万人甚至几十万人又应该如何管理？稍有不慎就会被大家举报为炒房团或者吃回扣的黑心房产中介。

关莎告诫自己，房产投资群的构建必须非常谨慎，尽量排除闲杂人等，做好入群资格管理，甚至提高入群门槛，比如将入群费用上调至5000元左右，只做高端小规模社群，但这样恰恰是与大幅提高公司收入的诉求相违背的。

于是关莎陷入了两难，她抬眼一看，杜晶走了，在她身边的人只有沈俪，而沈俪所属群体的需求正是关莎想要深入了解的，所以她把沈俪约到了山猫咖啡。皇天不负有心人，沈俪不经意的一些话激发了关莎的灵感。

想要增加公司收入，让公司的生存不再依靠外部资本投入，就要努力提升赚钱能力，使公司本身的业务可以为公司持续造血，而这又必须依靠扩大客户群。若不走社群会员扩容这个方向，那么只有一条路，就是在社群之外增加一项独立的房产投资咨询服务，让这种服务可以被大部分人所接受，且这种接受不仅是价格上的接受，更是服务内容、性质与体验上的接受。

于是，关莎决定把目前群里各类专家的建议编成一套成体系的课程教材，内容包括如何重新认知房产投资，国家政策应该如何解读，如何透析中国城市发展趋势，如何提升买房实际操作能力，甚至包括海外房产投资应该如何着手等等。总之，关莎要把社群里大V和专家甚至是群友的思维汇聚在一起，在大家签合约允许授权的情况下，编写成一套非常系统的、提升房产投资思维的线上教材，最好是几十块钱就可以买到。如此一来，所有想系统提升房产投资能力的人只要花几十块钱就可以自主学习相关知识，这种服务体验绝对适用于大部分人。

关莎把这个想法跟杜晶说后，杜晶连连称好，并让关莎好好努力，自己会一边研究如何改进火锅锅底配方，一边支持她。

杜晶最后的这句话把关莎逗笑了。认识杜晶这么久，直到现在关莎都无法想象杜晶围着一口锅打转的画面是怎么样的，一定非常滑稽。

研究如何改善锅底配方得弯腰不停尝味道吧？就跟做化学实验一样。

杜晶的个子很高，只要一弯腰就会显得有些佝偻，她以后都得过这种对外风光对内佝偻的生活吗？

这画面激励了关莎，她想，她不努力做她正在做的事，就会跟杜晶一样，无法遵从内心的想法走出属于自己的人生轨迹。这样的轨迹不用长，只要一小段就好，甚至哪怕最后被证明是完全错误的，她也不后悔。

关莎骨子里还是有一种倔强，她不屑于住父亲在青阳给她买的那栋豪宅。住雁子谷天花板再低，等电梯的时间再久，沈俪每晚回来的关门声再大，都是关莎自己选择的天空，即便这片天空之下的天气不是酷暑难耐就是狂风骤雨，但关莎飞着的时候都是快乐的。

开发出一套教材并不容易，至少关莎以前完全没做过类似的事情，但好在房产投资群里几万条聊天记录给了她不错的方向。她熬了好几个通宵，把群友最关心的问题汇总起来，从易到难编排知识结构。同时，关莎参考了很多房产投资类书籍，虽然其中大部分内容都过时了，但投资的思维逻辑变化不大，关莎看到有用的内容就摘录下来作为借鉴，尤其是借鉴图书的排版和难度。既然是教材，太难的知识点就要简化，这样才能让翻开书的大部分人都看得懂。

关莎除了自己独立研究，还找了群里的专家帮忙审核，光小组会就开了不下十次。经过两周的努力，课程体系终于有了雏形，而后就需要在这个基础上听取多方意见，尽快完善。

关莎把教材初稿发给了杜晶、蒋一帆和众马友以及房产投资群里的部分成员，美其名曰干货汇总。之后任何人有反馈意见她都及时记录，每凑够50条就与相关专家一起开会，共同探讨如何修改与完善。

做这项工作，人在电脑旁就行，无须像之前那样看书做笔记闭门谢客，于是关莎果断将"战场"转移到小区前门的凉亭里。

她这么做当然有她的目的。创业是无法停歇的，但爱情也不能耽搁，关莎很怕如果她慢一步，萧杰就会被其他女人捷足先登。

萧杰这种男人就如一座高耸的山峰，攀登者光有勇气和决心是不够的，还必须有智慧和谋略。一般成功的男人都很自律，而自律的男人是乖孩子的可能性往往比较大，故关莎推断对于恋爱和结婚，萧杰应该愿意听他妈妈的话，既然现阶段不方便见萧杰，见他妈妈总是可以的吧？上次自己给萧妈妈留下的印象应该还不错，而且萧妈妈就住在雁子谷，只要跟萧妈妈混熟，获得萧妈妈的认可，往后与萧杰搞对象这事也就成功了一半。

可惜萧妈妈上次闪得太快，关莎根本没来得及问她住哪楼哪户，于是只能采取这种看上去非常笨且效率极差的守株待兔模式。该模式有一个好处，就是显得不刻意，如果二人遇到了，萧妈妈会认为是碰巧，更是缘分。

整个雁子谷小区十几栋楼，六千多户人，东南西北四个门，每个门都可以通往外面的商业街和地铁站，所以想要在小区里等一个不知道什么时候会出门的人并不容易，关莎等了一周也只等了个寂寞。

关莎有些想不通，毕竟像萧妈妈这样开朗活泼的阿姨应该每天都按捺不住往外跑才对，就算不天天出门，两三天下来买个菜、晒个太阳、吃个快餐总正常吧，没理由一周都遇不到……不过关莎又一想，自己本身工作非常忙，有时太过投入忘了注意过往行人，说不定萧妈妈就在那个时候匆匆而过了。

总之不管什么原因，这个结果还是比较让关莎沮丧的。关莎想着自己究竟都在干些什么，目前这个策略真的是对的吗？真的不蠢吗？她掏出手机，打开微信，翻到萧杰的对话框，毫不犹豫地打下了四个字：我喜欢你。可这四个字打完后，她的手指却好似被什么冻住了，停在半空，始终没按发送键。

回想起萧杰那晚拒绝为她融资时的眼神，关莎认为如果这四个字发出去，得到的肯定是一张好人卡。于是她赶紧删了那四个字并关上手机，闭目深吸了几口气，试着让翻腾的内心平复下去。

"你在练气功吗？"

任天行这一句话差点没让关莎从座椅上跌下去，这男人不知从哪儿冒出来的，就站在离关莎一步的距离外。

"你怎么在这里？"关莎语气中带着质问。

"我……路过……"任天行有些无辜，"你家是因为什么不能回去？我看你这一周都在楼下工作……"

任天行并非不主动跟关莎打招呼，只不过每次他看到关莎的时候关莎都在打电话，他也就没打扰。他原先还因为出卖了萧杰的住址，从而获得关莎朋友圈的开放权而心怀愧疚，但当关莎给任天行看她手机里自己的朋友圈时，任天行对萧杰的愧疚感便荡然无存了，因为关莎的朋友圈确实空空如也。

"你最近都在忙什么啊？跟萧总一起看项目？"关莎立刻旁敲侧击。

"对啊，每天都看。"任天行说。

关莎咧嘴笑着，一脸好奇："都在看什么项目？他最近是在外地出差还是在青阳？你们是吃饭都在一起吗？"

任天行立刻警惕起来："你怎么这么关心萧总，该不会是喜欢上他了吧?"

任天行本以为关莎一定会否认，怎知关莎愣了一下，而后目光坚定并放大音量道："对，我就是喜欢你们萧总，我喜欢萧杰，想当他女朋友，你能帮我吗?"

关莎觉得自己非常勇敢，但也就在这时，不远处传来一个惊讶的声音："呀!"

关莎闻声望去，突然想把刚才的进度条往回拉，死命拉，因为那人正是萧杰的母亲萧干星。

第⑳章
到底谁复杂

"呵呵，阿姨您这屋子很宽敞啊……"关莎被萧干星邀请到她家坐坐后，举手投足非常不自然，连鞋子都放错了位置。萧干星让她放鞋架上，她不知怎的把鞋子直接放在了木地板上，想想不对，赶忙又往门外放。关门时，萧干星强调说放鞋架上就好，放门外一会儿不好开门，且邻居家的孩子有可能恶作剧拿一只走，于是关莎才红着脸又从门外把鞋子拿了进来。

本来关莎的构想非常美好，一个看似不经意的小区邂逅，两个女人自然攀谈，慢慢相处后成为好邻居甚至好朋友，从而达到让家长认可的目的。但现在自己的心思暴露得如此明显，往后无论她怎么做，萧妈妈都会认为自己并不只是想与她成为朋友，而是为了追她的儿子。

"阿姨，我们点奶茶吧，还是芝芝莓莓吗？"关莎问。

"哦，我最近喜欢上桃之夭夭了。"萧干星有些不好意思。

"那就桃之夭夭，我现在下单。"

因为紧张，关莎的手指都有些僵硬了。

真是该死！怎么就暴露了呢？如果萧妈妈不知道自己喜欢萧杰，那么自己帮她点奶茶这种举动她会看成是心有灵犀，喜好相同，两个人的相处模式仍旧是平等的，但现在一切都变味了，萧妈妈盯着自己的笑容意味深长。

完成付款后，关莎的手无处安放，有些结巴："那个……阿……阿姨，已经下好单了，傍晚人多，可能要等四十来分钟。"

"没事没事，不急不急。"萧干星依旧笑着，从头到脚打量着关莎。

这个女孩子气质高贵典雅，一看便是大家闺秀，刚才在别人面前承认喜欢自己儿子的样子更是英勇率性。

瞥见关莎突然抬头看她，萧干星赶紧将目光避开，嘴角依旧保持着原来的弧度。等了片刻，她猜测关莎应该没再看自己了，于是又将目光偷偷移了回去，再次以打量未来儿媳妇的眼光打量眼前这个大美女。怎知关莎的目光突然又撞了上来，萧干星只好硬着头皮对关莎笑，关莎自然也对她笑，两个人的笑容都十分僵硬。

"坐啊，坐！不要客气！"萧干星这才想起来招呼关莎，为了缓解尴尬的气氛，赶忙打开了电视机。电视上在放一档搞笑综艺，传来的观众笑声让屋子里的氛围松弛了一些。

"你还没吃饭吧？"萧干星问关莎。

"没事，阿姨，不用麻烦了，我等下回去吃。我饭点很晚的，阿姨您千万不要麻烦。"关莎赶忙推辞。

"我不麻烦，我都点外卖。"萧干星说着掏出手机，"你要吃什么？"

"真的不用了，阿姨，谢谢您了！"关莎一再推托。

"你如果不留在这儿吃，你点的奶茶我就不喝了哈，送来了我也不喝。"萧干星故意将脸板了起来。

"这个……"关莎还是很为难。

萧干星突然笑了："说！要吃什么？有来有往嘛，你请我喝奶茶，我请你吃饭。下次换过来不就好了？"

"好……"关莎只好这么答应着，这跟她之前的设想又不一样了。

如果她想追萧杰，就应该多让萧妈妈帮自己说好话，而让萧妈妈说好话的方法就是尽量让她欠自己人情，欠得越多越好。

人情从哪儿来？就从今日一杯奶茶，明日一个礼物中来。如今好了，萧妈妈似乎不愿意欠自己这个人情，所以才会强调"有来有往"。

在萧干星点好外卖后，关莎本以为她会扯点别的，怎料她直接来了这么一句："你喜欢我儿子哪里啊？是想要结婚的那种喜欢吗？"

气氛好不容易才缓和下来，这下空气又瞬间凝固了。

关莎喜欢萧杰吗？喜欢。

关莎喜欢萧杰喜欢到要跟他结婚吗？好像也没有。

或者这个问题换种问法：关莎有考虑过跟一个她喜欢的男人结婚吗？

没有，绝对没有。因为她害怕被抛弃，害怕婚姻这种存在会让一切的美好都消失，甚至要让一个幼小的生命去承受爱情枯萎的代价。

"阿姨，那个……我俩还没在一起呢，就算我愿意，他也不一定愿意。"关莎故作羞涩，她只能这么打圆场。

"哎哟，你愿意就行，管他愿不愿意！"萧干星此话一出，突然意识到自己说这话不像亲生母亲，于是赶忙改口，"哎呀，我的意思是，我这个儿子对女人不挑的，何况你这么优秀。他很专一，你看他工作就知道了。他肯定也喜欢你，只是他不说。小时候他喜欢什么玩具也从来都不跟我说，就这性子，所以这么多年了半个女朋友都没有。你主动点，结婚成家这事不能耽误！"

"呃……阿姨，我会努力的！我刚毕业不久，最近在创业。"关莎尝试转移话题，"上次我去找萧杰，也是为了公司后续融资的事。"

"哦？"萧干星的注意力被成功带跑，"我记得你是做房产投资咨询的，对吧？"

"是的，目前公司正在扩张！"关莎把目前的政策跟萧干星简单说了一遍，于是，屋子里原本婚配嫁娶的对话就变成了如下模式：

"对呀，我也搞不懂政府限购的逻辑是什么，比如我们老家，有些地区限购，有些地区就不限购。"

"是的，阿姨，我老家三云也不是严格限购，别看城市大，其实某些区很缺人去上班，旧村改造了20多个，土地多了1000多公顷，办公大楼都建好了，结果没人去，区政府为了引进人才都想破脑袋了。"

"你赶紧跟我儿子说说，他就是死脑筋，不买房，现在错过多少机会！就像你说的，国家要稳房价，不是说要打压房价，房价怎么可能打压，十年前一碗牛腩面只卖4块钱，现在16块钱，涨了三倍，何况房子！"

"对，所以买房要好好看，看房子不仅要看城市规划，还要看背后的逻辑。"

说到后面，萧干星连奶茶也顾不得喝了，激动地握住关莎的手："看不出来你年纪轻轻懂这么多，太出色了！实不相瞒，我也是准备在青阳买房子的。你说我的儿子们还可能回去吗？不可能了。大孬……呃，不，萧杰不可能，他弟弟萧烈估计也不可能，我一个人怎么也要有骨气在青阳买房子，偏点小点都没事，我得留在他们身边。奋斗了一辈子，还是存了点钱的。"

"好呀，阿姨，那您要咨询随时找我，免费。"关莎很开心。

"不行不行，我必须交钱。小姑娘，这是你的知识结晶。二维码给我扫一下！"

关莎赶忙说不用给钱，萧杰没追到，结果先赚了他妈妈的钱算怎么回事？这会把她和萧妈妈的关系变得更加不单纯，更加难以处理。

"如果你硬要免费，那以后咱俩楼下见了就当不认识！"萧干星板起脸来。

关莎最后拗不过萧干星，只好赚了老人家将近1000块钱，收钱的时候手都有些抖，觉得赚了绝对不应该赚的钱。

"我那些课程都免费发您一套，不过现在还在完善中，回头终稿出来了我再给您发一次。"

"好嘞！"萧干星开心道。

就在这时，她的手机铃声响了起来，是闹铃提醒。萧干星一看手机，立刻慌乱起来："哎哟，跟你聊到现在都忘了我的剧本杀了！"

"啊？"关莎一下子没反应过来。

"剧本杀！我跟一帮朋友约着玩来着！"萧干星点开APP，急匆匆地登录。

关莎眼珠子都要掉了：一个"60后"会玩剧本杀？内心苍老得都可以当关莎爸爸的萧杰居然有一个心态如此年轻的母亲？

"这次人够了，下次你一起玩啊！"萧干星一边说一边尝试接入语音系统。

"好的！那阿姨您好好玩，我就先回去了，记得有需要随时找我。"

"没问题！"萧干星对关莎做了个OK的手势。

"哦，对了，阿姨，就是……就是我对萧杰……呃……就是他还不知道……"

见关莎一副难以启齿的样子，萧干星立刻明白了："放心放心，你们年轻人的事我不掺和，你按你的节奏来，我保证不多嘴。"

"那就谢谢阿姨了！"关莎雀跃起来。

"我就不送了，有空常来！"萧干星眼睛盯着手机，此时的她已经盘腿坐在沙发上开始沉浸在剧本给她的角色之中了。

关上门后，关莎有些不敢相信。虽说提前暴露了自己喜欢萧杰这个事实，但似乎也并没影响什么，萧妈妈看上去很喜欢自己，家长这关算是过了，至少不用为了获得家长的认可而额外努力。

关莎不知道的是，当萧干星跟一帮线上的网友杀完一个剧本后，绕了几圈脖子，起身去刷牙洗脸，刷完出来好似想起了什么，立刻跑到客厅拿起手机就给萧杰拨了过去。第一次，无人接听。第二次，无人接听。但她并没放弃，继续拨第三次，这一次，电话通了。

"妈？"

"怎么又是第三次才接电话？"萧干星质问。

"在看材料。"萧杰说。

"早点睡啊,大孬,怎么还在工作!"

"马上睡了。"

"信你我就不是你妈!"萧干星嘟囔,"哦,对了,上次去找你的那个关莎你还记得吧?"

"怎么了?"萧杰问。

"人家小姑娘今天跑来找我了,说喜欢你,很喜欢你,想要做你女朋友!"

听到这句话,萧杰原本移动鼠标的手瞬间停住了。

"她这人挺好的,也很有上进心,你对她什么态度?"

萧杰沉默了好一会儿才开口道:"妈,您这戏演得有点假。"

萧干星立刻严肃起来:"谁演戏了?你以为是我想撮合你们啊?不信你自己问她啊!你就告诉妈,你喜不喜欢她?"

萧干星等了一会儿,见电话那头没反应,于是道:"大孬,我可告诉你啊,这种女孩子当女朋友可以,当老婆不行,太漂亮了。她还自己创业,创业是什么?那就是一年干人家五年的活,哪有空照顾你、照顾家啊?关莎那种配小孬还可以,小孬自己做家务做饭,你除了工作什么都不会。我看你也没时间谈什么多余的恋爱,而且她好像也不太想结婚,我提结婚这事她就转移话题,所以关莎这个女孩子,你要没到非她不可的那种喜欢,趁早拒绝,跟人家把话说清楚。听到了吧?"

萧杰还没开口,萧干星就赶忙提醒:"对了对了,她不让我告诉你的,所以记住,我什么都没说,这通电话就当没打过哈!"

萧杰刚挂了萧干星的电话,神经还没反应过来,就接到了叶桃渡总经理方耀文的来电。方耀文这个人总体而言不太好相处,即便每一次见面萧杰都为其解决了至少一个企业重大问题,但这过程都并不令双方愉快。就比如萧杰第一次将胡海介绍给方耀文时,方耀文极其排斥,之后还不停打电话向萧杰抱怨胡海的营销战术不像内行,抱怨倪蝶太过自我,与二人深度合作起来都有些难受。

每个人都有自己的局限,方耀文的长处是会做产品,会定位市场,并且有深厚的从业经验。但恰恰就是因为他从业多年,思想在很大程度上被固化,拥抱时代创新的速度相对来说比较慢,故他每次来电让萧杰都形成了条件反射,头痛的条件反射。

"萧总，目前海外市场打开了，我们在东南亚的色彩实验室具体方案也出来了！"方耀文的声音很激动，"以前是我性子急了些，我要好好谢谢萧总您，谢谢您给我介绍了胡总这样优秀的营销专家。我现在才体会到年薪100万元的人相比于年薪20万元的人，给公司创造的收益不止五倍，胡总确实能干。"

方耀文话音里透着满满的诚意，萧杰听得出对方这感谢是发自内心的。

"方总客气了，叶桃渡本身就是一家很优秀的企业，您的客户群定位得很精准，走出国门几乎是必然的。"萧杰的回应一如既往地谦逊。

两人深聊了半小时才结束通话，萧杰坐着沉默了很久，耳畔不停回想起方耀文那些感谢的话，这些话竟让他的眼眶有些发红。

从事风险投资行业这么多年，萧杰最感动的时刻不是顺利抢到了优秀企业的入场券，不是培育长大的企业被其他投资机构疯抢，甚至不是手里的企业敲钟上市，而是这种安静的夜晚，一句发自肺腑的谢谢与一个优秀企业的诞生。

此类感谢萧杰之前也听过，而且是面对面的，他永远记得企业创始人拍着他的背时看着他的眼神。那眼神里包含的情绪很多，有企业顺利渡过危机后的如释重负，有对于萧杰以及他所属团队的赏识，也有对公司现在所做的事情以及将来要做的事情的信心和决心，在外人看来充满铜臭味的工作也就在那时变得伟大起来。

萧杰其实内心特别明白，他之所以能促成胡海加入叶桃渡，最大的原因不是他本人，而是他背后的金权投资集团，以及他依靠这家公司所管理的资金做出的一些历史成绩。从某个角度上说，萧杰这几年做的几乎所有事情都需要依赖资本。资本本身蕴含着无穷的力量，但推动资本力量的内生动力只有两个字：逐利。

很多企业家都觉得资本既可爱又可怕，可爱是因为它能将一家公司身上的优点快速放大，让所有人看到；可怕的是资本只要能逐利便没有立场，没有人性，不计后果，是一把彻头彻尾的达摩克利斯之剑。

萧杰自认为他的工作便是让资本在逐利的过程中有立场，有人性，甚至充满善意。当善意遇到对的人时，总能摩擦出耀眼的火花。

对于叶桃渡而言，胡海就是对的人，只不过这样的人在人才市场上非常稀缺。萧杰常常为了帮公司找到这样的人而不得不一对一面试，有时候面试时间竟长达四五个小时。好在，萧杰的努力到目前有了好的结果，虽然是为数不多的好的结果。

想到这里，萧杰呼了一口气，将身子靠在电脑椅背上，尝试着让整个人放松下来，不再去想因为胡氏科技的破产给他和金权带来的负面影响。

风投圈的流言蜚语一般很少会出现在自家办公室里，但却一定会出现在竞争对手的会客室中。

"你们应该听说胡氏科技了吧？清算了，金权也不是投什么都准的。"

"金权这样的大资本连社区团购这么好的赛道都不救，您的赛道万一出了问题，您觉得他们会救吗？"

"一般大型基金投资相对分散，对贵公司关注度就没这么高了，可以参考胡氏科技。我们公司不一样，我们有专业的团队，我们资金有限，所以投资相对谨慎，但是投了我们就一定会帮您帮到底……"

诸如此类的话萧杰都可以脑补出来。胡氏科技是近两年很热的潜力公司，名声原先也很大，因为他的创始人胡屹本身在商界就已经很出名，所以胡氏科技的破产意味着萧杰在往后抢项目的过程中必然会被其他竞争对手诟病。

萧杰揉了揉眼睛，试着重新看向电脑。大概是由于夜已深且房间没开灯，此时的屏幕光亮在萧杰看来有些刺眼，于是他试图调节屏幕亮度和对比度。谁知手指一滑，一瞬间，暖黄的光亮出现在屏幕上。不知怎的，这颜色让萧杰瞬间想起了那条鹅黄色的连衣裙，以及穿着那条连衣裙的关莎。

"人家小姑娘今天跑来找我了，说喜欢你，很喜欢你，想要做你女朋友！"

萧杰原本认为这一定是萧干星自己演的一出戏，因为他无论如何都想不通关莎为什么会跑去跟长辈祖露心声，而在自己面前反而毫无痕迹。可当萧干星最后表明了她的反对态度时，萧杰反而觉得整件事情的可信度增加了。

当然，萧杰猜测也可能关莎根本不喜欢自己，全是萧干星自导自演的一出好戏，而且这出好戏还反着演，目的是激发晚辈的逆反情绪：你越是反对，我就越是要跟你对着干。你不让我跟这个女人在一起，我就偏要在一起。

萧杰深吸一口气。如果妈妈真的是为了达到让自己早点结婚的目的而把戏反着演，心机就太深了。

萧杰赶忙喝完了桌上最后一口无糖可乐，拿起毛巾和换洗衣服进了浴室。水流是干脆利落的，是酣畅淋漓的，萧杰感叹于他如今看人的单纯度还不如拍打在他身上的水花。他不知道是他的职业习惯把妈妈想复杂了，还是妈妈本来就很复杂。

至于那个目前看上去确实非常简单的关莎，应该还会来找自己的。

"萧杰，你等着，我一定会来找你的！"电梯里的关莎这么对自己说，"今天你对我爱搭不理，明日我让你高攀不起！"

出了电梯，关莎准备掏钥匙开门，谁知门突然自己打开了。门里站着沈俪，旁边是收拾好的行李箱。

沈俪有些尴尬："那个……我要搬走了。"

关莎闻言眨巴了好几下眼睛："啊？"

"这个月还剩几天，房租我算到月底给你。很高兴认识你，你是个努力上进的好妹……"

"你在说什么啊！"关莎打断了沈俪，一手抢过沈俪的行李箱，一手把沈俪往屋里连推好几步，"是不是因为那个马钰？不是，姐，你怎么这就退缩了？！"

"现在小区里的人都知道了，至少大部分人都知道了。这个小区住的是什么样的人你也应该清楚，你才刚毕业，又是单身，我不想影响你……"

"怎么会影响我？"关莎瞳孔放大，"哎呀，沈俪姐，你管人家怎么想怎么说，我相信你就好了，我发誓我压根不信这些！"

"你真的不相信？"沈俪眉毛一挑，很认真地看着关莎，倒让关莎有些心虚。

"从那次之后……"沈俪指的"那次"自然是马钰当众骂她是婚姻破坏者，"那次之后你就把门关着，就算在家也宁愿去楼下工作，难道不是因为我吗？"

"不……不是啊！"关莎反应过来后急得都要跳了起来，"完全不是啊！我是在工作，在闭关！你不会以为我关着房门是为了躲你吧？我在编教材！就是房产投资群的课程教材，我之前跟你提过！"关莎说着掏出手机递到沈俪面前，"这是我目前的成果。我真的是在工作，太忙了，争分夺秒，必须尽快扩大客户群，否则公司就要关门了！这跟姐姐你完全没关系！"

沈俪眉心微蹙，虽然盯着关莎的手机，但好像并没认真在看，而是在思索着什么。

关莎摇了摇沈俪："你说我有什么必要躲着你？时间上都是碰巧，都是……"

"但你为什么不能在家里工作？"沈俪打断了关莎。

"呃……"关莎一时语塞。

"你每次都等小区里基本没人了才上来，出去也是，我……"沈俪欲言又止。

关莎挠了挠脑袋。这下尴尬了，如果说实话承认自己是为了与萧杰的妈妈偶遇肯定很丢人，但若不说实话，沈俪真的会以为她是不想让别人知道自己跟沈俪住在一起……

见关莎沉默着，沈俪反而笑了："没事的，我们还是朋友，如果你还愿意跟我成为朋友的话。我人还在青阳，你有什么需要帮忙的尽管找我。"

　　"不行！"关莎一口回绝，"你不能走！"

　　"为什么？"沈俪问。

　　"因为……因为……"关莎咬着嘴唇。

　　很奇怪，沈俪在的时候关莎也只是偶尔跟她聊聊天，好像沈俪对于关莎的创业和生活参与感并不强，充其量就是个普通室友。但如果沈俪不在了，这间屋子就空了，彻底空了。其他时候空可以，但现在不能空，绝对不能，一想到以后家里就剩自己一个人，关莎就感到一种前所未有的孤独。或者说，沈俪的离开会将关莎原本个人创业的孤独感加倍放大，大到关莎一时间没法接受。

　　"沈俪姐，我已经很可怜了……"这是关莎踌躇再三后跟沈俪说的第一句话，"我就想回家的时候有人味儿，有声响。你煮饭的味道，你早上刷牙的声音，你晚上回来转动钥匙，你手机不停地响……我就是……我就是很希望这些继续存在。青阳这么大，杜晶走了，如今就剩我一个人在青阳……"

　　"她不回来了吗？"沈俪问。

　　关莎点点头："说是不回了，她也要帮家里打点生意的。"

　　"其实我也帮不上你什么……"沈俪说。

　　"谁说的？教材这事就是你给我的灵感啊！"关莎立刻道，"而且我其实……我其实特别需要看到你，每天看到你为生活努力的样子，可能这种样子就是你起得比我早，我晚上准备刷牙你还要做明天的饭，你换了衣服我就知道你又接了新的兼职……我也不知道怎么说了……你知不知道我要表达什么？你不要走好不好？"

　　沈俪叹了口气："我这么做是生活所迫，并不是我有多上进。我时薪不高，所以要赚钱就要延长工作时间。"

　　"不是的！"关莎一口否定，"你身上有一种劲儿，这跟你刚才说的都没关系。比如你大半夜还有力气搬家，你好像都不会累，你身上就是有一种劲儿！我特别特别需要这种劲儿！总之你不要走行不行，求求你了，沈俪姐！"

　　见关莎紧紧握着自己的手已经要哭出来了，沈俪沉默半响，而后道："我跟你说实话，马钰说的那些都是真的，全都是，我就是她丈夫的外遇对象，我就是我文章里写的那种人人喊打的第三者。我大学都没毕业，我未婚先孕，我之前也不靠自己赚钱，我就是别人眼里那种坏女人。如果是这样，你还会坚持让我留下来吗？"

那年，沈俪18岁。

在那个年代，网络习惯用语"拜拜"还是"886"或者"3166"，在网上跟人聊天只能坐在电脑前打开QQ对话框，且可选择的表情包非常有限，想与陌生人有不可思议的邂逅依靠的居然是QQ漂流瓶。

18岁的沈俪刚刚上大一，她对大学里的一切事物都很好奇。她参加学生会，参加青年志愿者协会，去老年人活动中心做义工。当然，她也不会放过每年最热闹的应届毕业生招聘会。她拿着一张自己瞎填的简历去各家公司摊位前试水——自然是没成功的，但她记住了面试她的那个男人，而那个男人也记住了她，并且很自然地拥有了她的电话号码。

男人姓刘，尽管当时的他很年轻，但他让沈俪叫他老刘。

"这样听上去成熟，干这行不成熟不行，所有人都叫我老刘。"男人的笑容很温暖，像明媚的阳光照进了沈俪18岁的雨季里。

那个时候的沈俪并没听说过风险投资做的是什么，其实也不怪沈俪，风险投资十几年前在中国小到都不能算一个行业，如今大家耳熟能详的金权投资集团当时也还没有成立。

随着两人电话、短信和QQ联系越来越紧密，沈俪和老刘也走到了一起。

沈俪问老刘："你喜欢我哪里？"

老刘说："我也不知道，大概是喜欢你的好奇吧。跟你走在街上，你看到一只猫就查查到底是什么品种，开了家新餐馆你也会很想尝尝味道，跟你在一起我都没吃过重复的，如果没有遇到你，我早上应该可以吃一辈子的干炒牛河。"

老刘的工作沈俪后来也了解得差不多了，大体就是给那些缺钱的企业送钱的，如果把这个职业说得高尚点，便是"让伟大的、有能力给人们带来更优质生活服务的企业家不再需要为钱烦恼"。

沈俪认为老刘这样给别人送钱的人应该很有钱，但他说那些钱都是别人的，没有一分属于他，而如果他投资的企业最终没有增值，投进去的资本不能成功退出，他的奖金就下不来，那么很可能三四年都只能拿一份微薄的基本工资。

沈俪并不嫌弃这一点，她不贪钱，更不嫌贫爱富，她只是单纯地喜欢跟老刘在一起。大热天牵着老刘的手在街上被太阳晒她都是愿意的，她觉得当两人走得大汗淋漓时，老刘在路边给她买一杯加了冰的西瓜汁，就是人生中最幸福的事。

老刘还爱给沈俪买衣服，虽不是名牌，但每个月都有新的。

沈俪一开始其实是拒绝的，但老刘说："我平常出差多，咱俩见一次面也不容易，你就让我弥补弥补，不然我会难受。"

"行，那现在这些衣服算我的，以后我嫁给你了，又都是你的了！"沈俪开玩笑道。

沈俪每次跟老刘分开都异常不舍，恨不得每一天都能见到他，回到宿舍后脑海里回想起的全是老刘的好。这个男人学识渊博，无论沈俪问他什么他好似都能轻松回答，这是老刘最让沈俪着迷的地方。但正如老刘说的，他们见一次面不容易。

两人并不在同一个城市生活，沈俪也不便要求老刘来她的城市工作，毕竟对于投资人来说，大城市才有更大的发展空间。

老刘不在的日子，沈俪上课之余，就会做一些自己感兴趣的事情。老刘说的没错，沈俪确实喜欢尝试新鲜的事物，她的那股好奇劲与生俱来。

对于老刘这个人，他的父母，他的过去，沈俪当然也是好奇的，只不过老刘把一切说得特别简单："没遇到你之前，我的生活都比较无聊，好像就是同一天重复了二十多年。"

一年之后的某一夜，外面狂风暴雨，沈俪的心脏也怦怦直跳，因为那夜是沈俪第一次跟老刘赤身躺在同一张床上。老刘的声音很温柔，一边说着情话一边抚摸着沈俪的发丝，让沈俪根本没法拒绝。

这是第一次，老刘不愿意采取任何措施。他对沈俪说："我发誓，就这一次不用。"

在老刘就要开始的时候，沈俪不禁抓紧了他的胳膊："那个……如果万一……万一有了孩子呢？"

老刘闻言沉默片刻，而后说："如果有了，看你，你要是决定生下来，我负责养活你跟孩子。"

那天的结尾，是雪白床单上的一片红。

"这个东西比什么都珍贵。"老刘拿着他自己小心叠好的床单对沈俪说，"我要收藏一辈子。"

老刘的这句话让沈俪感动了很久。后来，沈俪就像是中彩票一样真的怀孕了，上天给她送来了她人生中的第一个孩子，女儿刘琴琴。

"沈俪姐，你刚才说你大学没毕业，该不会是因为怀孕就退学了吧？"关莎突然插了一句。

"嗯。"沈俪淡淡答道。

"糊涂啊！辛辛苦苦考上的大学，怎么能说退就退？想把孩子生下来，你休学也行啊！"关莎痛心疾首。

"一开始也没想退学的，只是这件事被同学们知道了，大家对我指指点点的，那时的我根本承受不来。"沈俪似是在说别人的事情，"加上老刘承诺会养活我和孩子，我也就信了，我那时并不知道他已婚。"

"好吧……"关莎无奈地道，"退学以后，你们还异地吗？"

"对，因为他说我身子重不方便搬家，就租了个房子，请了个保姆来照顾我。"

"是怕你去了他那儿被他老婆撞见吧！"关莎恨恨地道，"沈俪姐，你这是'被小三'了，你也是受害者啊，道德败坏的人是老刘才对！"

见沈俪沉默不语，关莎又小心翼翼地问："等你生完孩子，应该能领证了吧，怎么没提？"

"当然提了。"

沈俪20岁生日那天就跟老刘提出要定结婚的日子，老刘却说不想结得太草率："我这一生就结这一次婚，我希望我的婚礼是最盛大的，我的新娘也应该是最美的。你为了我牺牲了那么多，你的学业……本来你可以顺利大学毕业，以后说不定还能读研读博，都是因为我才不得不退学……所以我想给你一个配得上你的婚礼。"

老刘的话让沈俪很感动。一生一次的婚礼，确实得好好筹划。

于是沈俪就开始等，几个月后她没等到婚礼，等到的是老刘给她买的一套房子，房子不大，两室一厅，但写的是沈俪的名字，让沈俪惊喜万分。

老刘说："我们现在算是有家了，我要努力挣钱，争取等琴琴上小学的时候换套大的。"

或许是因为这套房子，抑或是因为老刘那年抽了很多时间来陪沈俪和孩子，于是结婚这事就搁置了。

刘琴琴周岁时，沈俪又把这事提了出来，但老刘说他失业了。

大众对风投行业认知不深，尤其是本土的投资机构知名度不高，以至于好的企业老板往往更倾向于拿外国风险资本的钱，而那些从外资手上拿不到钱的老板，大多本身企业也不行，即便行，老板也更倾向于去银行抵押借贷，而不是出售股权。

老刘所在的风投机构倒闭是事实，沈俪在网上查到了，对老刘的境遇很是同情，也就没继续催他。

转眼到了刘琴琴两岁，老刘也在一家证券公司找到了新工作，沈俪便把结婚这事第三次提了出来，还要求一定要见老刘的父母："没理由这么久了琴琴还没见过爷爷奶奶。你去过我家，虽然我爸妈因为我私自退学生子的事情不愿见我们，但至少你对我家的情况是了解的。但是我对你父母呢？一无所知。"

"他们就是农民。我跟你说过很多次了，我们村很穷，信息不发达。要不这样，回头我给他们买个手机，你跟他们先通一个电话。"

"'回头'是什么时候？"沈俪不依不饶，"你没时间，我可以买了寄过去。"

"你寄过去了他们也不会用，还得我回去教他们啊……"老刘笑了起来，他的笑容依旧如此温暖，但沈俪再也不觉得这样的笑容是她雨季中的那一束阳光了。两人开始冷战，老刘不再回沈俪的城市，沈俪虽然憋屈，但也不打算主动妥协。

就在沈俪对两人的感情产生动摇之时，老刘回来了，只可惜，刘琴琴已经不认识他了。刘琴琴问沈俪："妈妈，这个叔叔为什么要住我们家，不住他自己家？"

老刘这次回来告诉沈俪，他其实跟父母早就没来往了，关系非常僵，甚至接近决裂，这是他不愿带沈俪回家的最大原因。沈俪问老刘为什么，老刘说是因为他的父母把他最爱的妹妹弄丢了，让他再也见不到妹妹了。

"你知道我为什么这么喜欢琴琴吗？因为她长得很像我妹妹……"

老刘说这句话时，眼里满含泪水，这泪水似乎可以洗净沈俪心里的尘埃。

"我也想好好陪陪你们，我不想琴琴看到我就叫我叔叔，不叫我爸爸，还问我爸爸是谁……"

老刘跟父母决裂的说辞沈俪其实并不信，但这句话沈俪绝对是相信的，因为老刘居然换了一份本地的工作，还主动上交了工资卡。且非本地项目不接，临时出差天数一年最多两周，一有空就带沈俪和刘琴琴出去玩。不仅如此，周末都是他接送刘琴琴上兴趣班，有时下班早了还跟沈俪一起做饭，后来也终于兑现了要给沈俪一个配得上她的婚礼的承诺。

那场婚礼租下了当地最豪华的酒店，沈俪的婚纱是法国高级定制婚纱，婚戒闪得每个女人跟沈俪握手的时候都赞不绝口。虽然双方父母依旧没有出席，但沈俪这么多年来的心酸和委屈还是得到了极大的补偿，她到现在还记得刘琴琴拖着自己的婚纱裙摆对着镜头笑，还抢过主持人的话筒说："我的爸爸妈妈结婚了，我长大了也要跟爸爸妈妈结婚！"

刘琴琴这句话惹得众人笑中带泪，就是这句话，沈俪看到老刘哭了。

婚礼结束后，老刘就把旧房子卖掉给沈俪买了新房子，这一次是150平方米的大四居，房主的名字依旧只写着沈俪。

一切都是那么有安全感，只是这一切的一切，都是建立在一个条件的基础上的，这个条件便是：永远不领证。

沈俪搞不懂老刘的逻辑。他爱一个女人，他也愿意并且真正做到了成为这个女人的丈夫和孩子的爸爸，但他就是不愿意在法律上与这个女人成为夫妻。

"我爸妈，结婚结了一辈子，但是我看不到他们爱对方。出了妹妹的事情后，两人的关系就更冷了。"这是老刘的解释。

老刘告诉沈俪，他认为婚姻的的确确就是爱情的坟墓，有了那张纸，好像我爱你就不再单纯是我爱你，而是一种责任，一种义务，任何美好的事物只要变成了义务和责任，都会慢慢变味。

"我现在一切都是你的，房子是你的，工资卡在你手上，人也在你身边，你周围的所有人都知道我是你丈夫，你是我妻子，你还担心什么呢？你知道结婚证这种东西什么时候才会用到吗？就是离婚的时候。"老刘说。

沈俪想反驳，但她的理由却显得那么苍白无力。

"沈俪姐，我有个问题。"关莎打断了沈俪的叙述，"老刘说的那什么妹妹走失、父母决裂的事，是真的吗？"

"不知道，我至今没见过他的家人。"

"八成又是编的，这个骗子！两头骗！"关莎义愤填膺，"他突然换工作，跑来跟你住，马钰那边不至于一点没察觉，都没打上门来，搞不好是也出了什么事……

"他可真能瞒，那么多年，你就没发现他跟别的女人有联系的迹象？"

"姐姐，我还是不明白你当时是怎么想的，没领证都能忍……你心里那个坎究竟是怎么过去的？"

面对关莎如连珠炮一样的问题，沈俪想回答，但又不知从何答起，或者说，关莎有些问题的答案是让沈俪难以启齿的。

一个女人，没有工作，带着个孩子，只有高中学历，与社会脱轨多年，如果失去家里的顶梁柱和唯一经济来源，对她而言没有任何好处。

沈俪的确想要那张在老刘看来没有一点用处的结婚证，但最终还是妥协了，因为的确这张纸能给她的东西她都已经拥有了，甚至还拥有得比别的女人多得多。

"呃……"关莎也突然意识到自己问得有点多，而且有些问题可能有些敏感了，于是改了口，"那姐姐你能不能告诉我，老刘究竟是怎么做到在你身边这么长时间而不让马钰发现的？"

这个问题也是沈俪在得知事情的真相后第一个问自己的。

老刘，自己的丈夫，多年来一直陪在自己身边，为什么会突然冒出一个女人自称是老刘的妻子，还骂自己是小三？

被骂后，沈俪想还口，但当她看到那个叫马钰的女人亮出的结婚证时，便彻底傻眼了。马钰还给沈俪展示了她同老刘举办婚礼时的照片，照片里的老刘很瘦，与如今顶着个啤酒肚的模样大相径庭，年轻的脸配上青涩的笑容，正是一个少年情窦初开时最干净的样子。

不仅是老刘，沈俪面前的马钰也与照片里差异很大。照片里的她笑容灿烂，穿着一件大红色旗袍，长头发盘成发髻，两耳还戴着玉石耳环，总之与沈俪面前这个西装革履、短发齐耳的严肃女性判若两人。

沈俪所在的城市并不大，原来是三线城市，现在最多算新二线城市，但马钰走路都带风，气场一看就是在超一线城市打拼的职业白领。

沈俪觉得自己像是做了一场梦，现实生活完全不是她看过的电视剧。电视剧里总有很多进城务工的男人在城市有了新欢，而把村里的老婆晾在一边的情节。但沈俪遇到的却是一个置大城市老婆于不顾，跑到小城市包二奶的男人。

"对，我是欺骗了你，但那是因为我想跟你在一起，如果你知道了一切，你是不会原谅我的。"老刘说。

"骗子！你从头到尾都在骗我！你不仅骗了我还骗了她！"沈俪的情绪近乎崩溃，"你把我当成什么了？你还跟我说你不相信婚姻，说那是义务，那是责任，说那会让爱情变质！结果你早早就娶了别的女人！"

"我是被逼的！"老刘也激动起来。

"呵……"沈俪冷笑一声，"又没人拿着刀架在你脖子上，请问谁能逼你？"

"她，她父母，我父母，还有我们那个村里的所有人！如果我不娶她，她在那个村里就活不下去了！"

"为什么？"

咚咚咚！正在此时，雁子谷3栋3428室的房门被人用力地敲了三下。

关莎与沈俪面面相觑，刚想问是谁，门外之人那极具穿透力的声音便传了进来："沈俪，我知道你住这里，我也知道你在家。"

关莎心里一惊：马钰！她用眼神询问沈俪是否要开门，沈俪神情凝重，没说可以，也没说不可以。

"总要面对的。"关莎说。

见沈俪依旧一副犹豫不决的样子，关莎索性大步走到门口，将门一把拉开。门外的马钰绷着脸，但眼神里不再有之前的那种杀气，取而代之的是沉静与冷漠。

马钰猜测沈俪应该跟关莎住在一起，而关莎住在哪里她只需问任天行就可以。

"如果你这次来是让沈俪姐走的，那你可以回去了。来硬的话，不是不可以，但我只能报警处理。"关莎双手插在胸前道。

关莎的背景马钰最近也调查过，关鸿地产的千金她自然得罪不起，但她、老刘与沈俪这件事情必须解决。

"沈小姐。"马钰没接关莎的话，而是看向了沈俪，"我想你不是言而无信的人，老刘给你的所有东西都有我的一半，包括你女儿的学费和你们母女这么多年的生活费，我都没跟你计较，就连那套房子也给你了，你也答应我再不见老刘，孩子抚养权归你，你答应的事情是不是应该做到？"

"我做到了，我没见他。"沈俪的眼神对上了马钰，没有丝毫退缩。

"行，我姑且相信你之前没见过，但现在我们也住这里，你迟早有机会见他。"

"我觉得是这样……"关莎打断了马钰，"你解决问题搞错对象了。你老公如果只要见到沈俪姐就会威胁到你们的婚姻，那这样的婚姻我觉得也没什么维系的必要，对吧？很明显了，你老公，渣男一个。"

马钰听后绷紧了嘴唇，刚想说什么，就见关莎转头跟沈俪说："沈俪姐，我不管老刘以前对你是不是真的，但他就是两头骗，这样的渣男我劝你以后就算见到了也不要回头。还有你……"

关莎又转向马钰："你也趁早甩了你老公，赶紧离婚，最好明天就去。你老公跟你结婚了还去撩别的女人，跟人家生孩子，连房本都写别的女人的名字，工资卡也不给你，这样的男人还有什么可留恋的？居然还为了他吵架，你嫌命太长吗？"

马钰本想直接骂回去，但碍于关莎的身份，她必须尽全力克制自己的情绪："关小姐，这件事你是局外人，局外人就应该……"

"我不是局外人！"关莎打断了马钰，"沈俪姐是我的朋友，你现在要赶走我的朋友，这事我就管定了！马总，听我一句劝，赶紧离婚，找个真正爱你的男人好好过后半辈子！你们三个之中最应该孤独终老的人是老刘，你们两个他都不爱，麻烦不要在不爱你们的男人身上浪费时间！"

马钰听罢，居然没再发飙，她的嘴角突然勾起了轻蔑的弧度："老刘如果不爱我，那为什么会跟我结婚，跟我领证，就算沈小姐有了孩子也依然不跟我离婚？

"那个孩子就是个意外！老刘因为善良，人好，不忍心打掉孩子，才尽了一个父亲的义务照顾孩子。如果他爱沈小姐不爱我，为什么不愿意带沈小姐见父母以及身边的朋友？为什么让她放弃学业，不带她来大城市生活？要不是我出国读书，你看老刘是会在我身边还是在她身边！"

出国读书？关莎终于反应过来，原来老刘陪在沈俪身边的那几年，是马钰出国读书的时候。

马钰看向沈俪："男人，年轻收不住心乃常有之事。但性不是爱，喜欢也不是爱，尝新鲜更不是爱。他让你打掉孩子你不打，硬要把孩子生下来，你为了得到老刘利用了你的孩子，利用了老刘的善良，你这种女人本身就很龌龊！"

关莎越听越蒙：怎么回事？孩子的事老刘说的不是尊重沈俪姐的意愿吗？怎么现在又变成希望沈俪姐打掉孩子了？她看看马钰，又看看沈俪，脑子里一团糨糊：这两个女人到底谁说的是真的？

沈俪嘴角不停抽动，一瞬间，她仿佛又变成了另一个人。

只见她一步一步走向马钰，在距离马钰只有一个拳头的位置停了下来："你知道吗？你很可怜。我早就不爱老刘了，他现在还爱不爱我我不知道，但我感激他曾经爱过我，甚至感激他骗过我，如果没有他，我不会变成现在的我。如今我走出来了，所以我自由了，我希望你也能自由，跟我一样。"

沈俪说着指了指身后的箱子："我本来是要走的，但我觉得关莎说得对，我不需要为一个不是我犯的错而买单。我就住这里，因为这里有我的朋友。"她看向关莎，"我在这个城市唯一的朋友。"

思绪很混乱的关莎突然被沈俪这句话打动了，而马钰脑子里的关键词并不是"唯一的朋友"，而是"我希望你也能自由"。

老刘比马钰大四岁，是她从小崇拜的大哥哥，是她长大后的初恋。他们真心相爱，爱得轰轰烈烈，爱到马钰高考结束后的那个暑假，两人在村边的玉米地亲热时，被同村人当场发现。不堪忍受村里人的指指点点，暑假结束前，两人简单地摆了几桌酒席，就算是结婚了。

大三时，马钰怀了他们的第一个孩子，两人正式领了证。但为了不影响学业，马钰还是选择打掉孩子。

孩子和自己，马钰选择了自己，而沈俪放弃了自己。

不幸的是，当马钰真正想要孩子时，却发现怎么也留不住。毕业之后的三年间，她又接连失去了四个孩子，这些孩子没有一个能够在她的肚子里活过第七周。后来马钰被告知，她再也不能有自己的孩子了。

马钰悲痛。她恨自己，更恨老刘。她想离婚，但老刘不肯。老刘说："没孩子也没关系，就我们俩也挺好，我们是彼此的孩子，相互照顾对方一辈子。"

马钰不相信老刘的话，因为老刘是他们刘家的独苗，就算老刘答应，他爸妈也不会答应，于是马钰选择出国读书，缓解悲痛。

从准备材料开始，马钰就搬离了家，没再跟老刘说话，出国的那几年也鲜少跟老刘联系，因为只要再与这个男人多说一句话，她就会立刻联想到她失去的那些孩子。任何一个女人应该都无法承受反复失去做母亲的资格的那种悲痛，再深的爱情都会被这种痛冲刷得支离破碎。

马钰爱老刘吗？曾经是爱过的，但自从第五个孩子从她的身体里掉下来的那刻起，她就发现自己不再爱老刘了。

她在国外也获得了一些工作机会，更是起了永久远离伤心地的念头，所以有些事情必须解决。她找了个假期，回国处理离婚事宜。但她万万没想到会有沈俪和刘琴琴的存在，并且存在了那么多年！她发了疯一样地跟沈俪闹，尤其是看到刘琴琴，马钰恨不得当场掐死这个可爱又有灵气的小女孩。

马钰没有告诉任何人，甚至连她自己都不知道一件事：她恨的不是老刘，也不是沈俪，而是沈俪作为老刘的新欢，可以很顺利地成为一个母亲，而她不能，并且永远不能。

马钰是一个高级知识分子，是受过良好高等教育的金融精英，但她只要看到沈俪，就会联想到沈俪怀孕的样子，联想到沈俪抱着刘琴琴哼摇篮曲的样子，联想到老刘扶着刘琴琴一步一步向前学迈步的样子……这所有的温馨画面都使得马钰做了一个近乎丧失理智的决定：她要留下来跟老刘死磕到底，她不能让他们好过！

真没想到，多年后再次相见，沈俪竟会对自己说那样的话。

"如今我走出来了，所以我自由了，我希望你也能自由，跟我一样。"

这句话一直回荡在马钰的脑海里，关莎看到马钰眼眶红了，而后泪水如决堤的洪水一样夺眶而出。当她的眼泪流过脸颊时，关莎看到沈俪也早已泪流满面。不知怎的，看着看着，关莎自己的视线也模糊起来。

事后，关莎在屋顶平台独自坐了很久，久到楼下早餐店铁门被拉起的声音响起，久到整座城市被朝阳染成了金红色，久到小区中心广场上慢慢出现了晨练老人的身影。

沈俪、老刘、马钰这三个人，关莎都只能看到其中一面，有些事情各执一词，真真假假，假假真真，似乎没那么重要。

沈俪的孩子究竟是她自己执意要生下来的，还是老刘让她生的？老刘爱沈俪吗？抑或老刘根本不爱沈俪，只是想要个孩子？马钰在老刘心里究竟是一个怎样的存在？这些似乎也没那么重要。

那么到底什么最重要，是什么促使关莎整整思考了一个晚上？

好像是两个字：婚姻。

马钰拥有婚姻，而沈俪没有婚姻。但如果只想美好的一面，两个女人又都觉得自己是被爱的一方。所以是不是可以认为，爱情和婚姻可以完全拆开？抑或是说，爱情和婚姻是两个互不干扰的存在，婚姻不会影响爱情的甜美，而爱情也不会因为是否拥有婚姻而褪色。

如果真理是这样，那她将来拥有了爱情，是不是也不应该因此而抗拒婚姻？

"你喜欢我儿子哪里啊？是想要结婚的那种喜欢吗？"关莎的耳畔突然响起萧干星问她的这个问题。

若青山白水

"弄成这个样子还可以啊！"众马友听了关莎目前的战略调整都纷纷点头。

这次聚会，杜晶也在场，有好些日子没见了，她说来青阳看看关莎。

"我们公司设立的目的就是要站在买房者的角度，切实帮他们解决如何选房才能让家庭财产保值和增值的问题。"

杜晶手里拿着一份关莎更新后的公司服务内容，在场的所有人手里都有一份，打印精美，内容详尽。

"我们除了有一线核心城市和一些强二线城市的房产投资专家、律师、会计师等专业人士给客户提供咨询服务外，还设计了一套系统的房产投资课程，这套课程不仅有文字版本，还搭配有房产投资专家录制的视频版本。另外，我还准备针对不断变动的政策做直播课，让我们的专家在直播课里进行专业解读。"关莎说到这里看了一眼杜晶，"咱之前跑直播基地了解的那些经验不能浪费，直播授课如今也是个趋势，这个时代的红利我们必须好好利用，至少不能错过。"

杜晶猛地点了点头，继而问道："这课程你准备卖多少钱？"

关莎听罢不紧不慢地啜了一口茶，一手比画了一个3，一手比画了一个9。

"930元？"杜晶猜。

关莎皱起眉头，摇了摇头。

"93元？"杜晶又猜。

"39元。"关莎干脆给了答案。

"一整套课程才卖39元？"杜晶以为自己听错了。

"对，你忘了咱们口红是怎么死的了吗？自己根本没个几斤几两就开始漫天要价，我当初死就死在定价上。"

关莎说着看向1号班长："之前班长说的没错，房产投资群这种方式确实没法网罗那些不想付高昂学费进群的人，所以我们的课程价格必须亲民！"

关莎拍了拍杜晶的肩膀："你关老爷我绝不会在同一个坑里摔两次。"

4号马友很认真地过了一遍课程教材，赞叹："不错，全是干货，这样让那些想学习的人的效率提高不少，如果买的人愿意认真看，房产投资知识体系很快就可以建立起来。至于你说的那些视频课，对于这套教材只是一种辅助，如果整体定价在39元，肯定很多人愿意买。"

"但定价这么低你赚得到钱吗？"另一个马友问。

"只要客户群基数够大就可以。"1号班长帮关莎回答了这个问题，"毕竟这套教材都是电子的，也没什么印刷成本，而且视频课程也是大V录好的，无非就是直播课需要额外花点钱，那些专家按小时收费。"

"这是一个1对N的模式，只要客户群能打开，除去人力成本，其他全部都是净收益。"关莎补充道。

"怎么才能打开客户群呢？"4号马友问。

"广告……互联网精准投放的广告。"关莎说。

关莎所谓的互联网精准投放，自然就是跟广告公司合作，在互联网上将自己公司的产品或服务只投放给那些有买房意愿或者需求的人。至于广告公司是如何做到这点的，就得问那些与广告公司有长期合作的互联网平台了。这些平台手里握有海量的用户数据，但凡是那些在网页上搜索过房源、注册过看房APP的账号，或者是跟亲戚、同事、朋友的聊天记录里有买房或者租房信息的人，全都可以成为关莎广告的精准投放对象。

"现在的广告都这么高效了吗？"杜晶有些吃惊。

"当然！我也是最近才了解到的。"关莎说，"之前我们去的广告公司比较传统，没跟咱们说还有这种选项。沈俪姐接触的新媒体多，还是她告诉我可以这么做，说很多公众号博主的粉丝也成了一些商家精准投放的对象。当然了，这种广告因为足够精准，所以收费自然也高。"

关莎说到这里扫了众马友一眼。她这次约大家出来除了陈述目前公司的进展之外，最主要的目的就是要钱。如今公司账上的钱只够再支撑两周，之后投资群里专家的薪酬就要开始被拖欠了。关莎不想成为老赖，所以今天这钱她必须拿到。

"你们觉得呢？"4号马友问众人。

"如果可以精准投放的话，我觉得这个方案还行。"1号班长说。

见其他人你看看我，我看看你，没人继续吱声，关莎一拍桌子："这课程我熬了多少个通宵开了多少次会你们知道吗？我出让股份，股价不变，你们要愿意加钱注资，公司未来还有盈利的希望，要是不愿意，那现在就散伙，之前在座所有人投的那些钱就当打水漂吧，反正我已经做了所有我关莎能做的了！"

"别激动别激动……"1号班长赔笑。

"看你们这样子我能不激动吗？"关莎索性站了起来，"同志们，这是我关莎第二次创业，我已经有过一次教训了，而且大家提的意见我也都认真参考并立刻落实了。我就想跟大家证明一点，我关莎是真想把这件事做好，希望大家相信我。你们中的一些人都是第一次往外掏钱创业，难道大家不想有个好结果吗？"

关莎是真的坐不住了，如果这次再失败，她就真的无言面对父亲关鸿伟、面对帮助过她的朋友、面对群里现有的用户，更无法面对她自己那颗想要创业的决心。决心动摇了，人就会陷入自我怀疑，这对往后的发展极为不利。还有一点，如果这次失败了，萧杰她应该是一辈子都追不到了。

倘若用正常逻辑去看，关莎的创业跟追求萧杰肯定是完全不相关的两件事，以时间作为资源分配的角度去分析，这两件事甚至是负相关。关莎如果花时间创业就没时间追萧杰，如果一门心思追萧杰自然就没时间创业。可在关莎的女性直觉中，创业成功是追求萧杰的必要条件。

"到底行不行，给句话！"关莎催促。

现场一阵沉默后，1号班长率先开了口："我没问题。"

关莎精神一振，随即把目光投向其他人。

4号马友放下了材料，抬头看向关莎："我跟。"

"1号都OK，那我也跟。"

"跟吧。"

"相信18号！"

关莎精神大振："好！那就这么定了！"

"如果您想三五年之内就转手，那您就考虑买那种接盘侠愿意接的！"

杜晶和关莎走在青阳大学的林荫大道上，关莎一边注意着过往行人，一边发微信语音。

"什么样的房子接盘侠愿意接？就是那种楼盘品相好的房子！萧妈妈，您看啊，比如两个小区都靠近地铁，大家肯定希望买新一点的房子。而且您买的小区规模不能太大也不能太小，太大的小区人均资源会被分散，太小的一些公共配套设施往往直接没了。一般一两千人的小区生活舒适感是比较强的，再加上如果物业好，把房子保养好的话，就会显得这个小区很有质感，将来出手就容易！"

随着关莎这条长语音的发送，杜晶终于憋不住了："萧妈妈是谁？该不会是萧大哥的妈妈吧？"

关莎朝杜晶贼贼一笑，做了一个"嘘"的手势，随即又按下了语音键："有些房子10岁看上去只有4岁，有些房子4岁看上去都超过10岁了，这就是保养。所以您选好物业很重要，买大开发商的楼盘，物业相对来说会更有保障。哦，对了，还有一个很重要的点，一定要注意房子所在区的经济发展，未来有没有人口导入的能力，就是这个地方会不会吸引越来越多的年轻人来，如果不具备这个条件，找接盘侠也是比较难的。"

待又一次语音成功发送的声音响起，杜晶才注意到发送对象居然不是任何人，而是文件传输助手！

"你这是在干吗？"她瞪大了眼睛问关莎。

关莎用胳膊撞了下杜晶，提醒她注意看路人："我打一下字，你认真看，别错过了！"

杜晶一脸不情愿："我又没见过萧杰的弟弟，他就算路过了我也认不出来啊！"

"你一定会认出来的！"关莎斩钉截铁，"他很高，比萧杰还高一点。不仅高，还美，又高又美，美得不可方物。"

"不可方物……至于吗……有你美吗？"杜晶双手插进口袋反问道。

"呃……男女不做比较，总之美到你从人群中一眼就可以找出来的那种！"

"那可不一定，我跟你在一起久了，对于美的标准已经被你拉得特别高了！"

杜晶看似轻描淡写的夸奖让关莎心里像灌了蜜一样，但她还是故作严肃："你如果实在判断不出来就看皮肤，萧杰那弟弟就是小奶牛的皮肤！"

"还小奶牛的皮肤……青大这么多人，你也没人家的联系方式，怎么找啊？"杜晶头一低，发现关莎居然把刚才的语音转成了文字，默念一遍后，确认没有错别字，才复制到与萧干星的对话框里去，整套严谨的操作让杜晶对关莎追萧杰的态度刮目相看。

"你真那么喜欢萧大哥啊?"杜晶问。

"啊?"关莎此时好似才听到杜晶在说话。

"你发个信息都那么小心翼翼,至于吗……"

关莎瞧见杜晶根本没在看行人而是在看自己,赶忙把杜晶的脸扭到前面:"别光顾着说话,注意看人!"

"我就是被你忽悠的。"杜晶板起脸,"之前你说大家好久不聚了出来走走,又说市区空气不好要来大学逛,结果来了就一直在找萧大哥的弟弟……我看你本来就是要来找他的吧?"

"哎呀!"关莎赶紧挽起杜晶的胳膊,眼睛笑成一条缝,"也是为了跟你散步嘛。你还记不记得我们高三的时候,每天晚自习下课都要到学校的操场上走半个小时?我就记得那个时候你喜欢的明星,一年换两三批……"

关莎一边说,眼睛一边扫视路过的男生。

她手里当然有萧烈的联系方式,以萧干星那种自来熟的性格,早就把萧烈的微信给了她,说是萧烈能在青阳多认识一个朋友算一个。其实即便萧干星不给,关莎也能从任天行那里要到。

"关莎,上次在你哥哥家见过面的小姐姐。"这是关莎添加萧烈时的自我介绍,而萧烈通过得也很快。关莎随即知道了萧烈就读于经济学院金融学系,甚至连人家的课表都要了过来,所以她很清楚萧烈这个点下课。

"我就是逮住他课间过来找他帮忙的。这些学生毕业了都是要买房的,全是咱们的潜在客户,我觉得通过萧烈打开这边的年轻客户群也不是完全没可能。"此时关莎拉着杜晶停在了一个三岔路口,"青大地图我都研究好了,那边是经济学院,这边是男生宿舍楼,这里肯定是他下课的必经之路,现在估计差不多了。"

"啊?原来我们刚才绕了40分钟就是为了绕来这个路口?他还没下课,你刚才让我看什么看?!"杜晶有一种被耍的感觉。

关莎嘻嘻一笑:"那不是怕他翘课啊……"

杜晶刚想骂回去,不巧就看到远处一个宛若青山白水的男子朝她走来,她深吸一口气:"《三青门外》……宵烈……"

萧烈的美在于完美流畅的线条,在于细柔乌黑的发丝,更在于他樱花般的唇色。这个大男孩脸上的每一道弧线都像大艺术家精雕细琢后的作品,虽然他穿着干净宽松的白衬衣,走路带风,但外人依旧可以看出他纤细的腰身。

萧烈很美，但这种美并不邪魅，也不至于雌雄莫辨。萧烈的美是温柔的，是雅致的，是艺术的，是不沾染一丝凡尘之气的，好似只要他穿上水墨色的衣服，就可身在云端之上。

杜晶看傻了，心里惊呼：这……这真是萧大哥的弟弟吗？

真实世界中，杜晶想不到任何可以与霄烈对标的人物，于是她只能抓着关莎疯狂"安利"小说《三青门外》里那个与萧烈名字读音相同的地鬼第十八殿主帅。

《三青门外》中不仅有瑰丽奇幻的世界、血气方刚的角色，更有对于社会的思考和对阶层制度的深远见解。杜晶尤其记得小说中对于地鬼这个国度的描写。

地鬼版图如一个巨型龙卷风，呈螺旋状自上而下，一共十八层。最应该高高在上的帝王反而居住在最底层，将其膝下的所有百姓置于上方，就连日常的饮食也只能喝臣子、百姓们喝剩了的忘川河水。

地鬼生灵是依靠吸食忘川河水的阳气为生，而阳气最多的地方自然是最靠近刚死之人的七生门，即地鬼最上层。这忘川河水中的所有阳气要先喂饱第一殿的底层民众，才能接着往下至第二殿，往往流到最底层皇族地府之时，多半所剩无几，很多时候只剩至阴之气。单从地形构架看，最初的地鬼之王构想的应该是将自身的地位放低，甚至放到最低，以此来供养百姓，善待臣子。

此外，地鬼还有可以与皇权抗衡的鬼术阁，以此达到君臣相依、政法相制的目的。当然，让杜晶最难忘的还是那个看似存在了上万年，但从未真正活过18岁的第一统帅霄烈。

"你为什么会叫萧烈啊？"这是杜晶问萧烈的第一个问题。

萧烈回答："因为有个算命先生说我哥和我这一代五行缺火，所以名字下面都要有一团火，刚好'四点水'就代表火。但是带火的字没几个好听，我们总不能叫萧热、萧蒸、萧煮、萧熏或者萧烤吧……"

"哈哈哈哈哈！"

"你买房无论是投资还是自住，肯定都想买到涨幅最高的房子，没错吧？"三人在一家火锅店坐定，关莎没忘此行的目的，"如果你的追求是涨幅最高，那么成熟的小区往往就不合适了。你要在一个楼盘周围配套还没完全建立起来的时候就出手，这样你买的点位才是低的，等地铁、学校和商铺都建起来了，后面来看二手房的人自然会很满意，你转手就容易，但房价涨幅最大的这一段已经被你吃了。"

"那怎么判断哪个区域未来涨幅可以最大啊？"

"这个你就要仔细研究小区周围的路网规划了，网上都可以查到，只不过要花很多时间仔细对比。如果你懒得查，我们的课程里都有，全部帮你罗列好了！"

"这么棒！"萧烈眼睛发亮。

"嗯，比如你哥住的青阳湾，之前配套没起来的时候价格是最低的，当时那边还没什么人，现在你看看周边的发展，房价翻了多少倍……"

"那青阳湾以后会降价吗？"

"不会，因为那里是人口净流入的区域，进驻的公司越来越多。"关莎说，"那边的新楼盘别说七折了，九五折都没打过。"

"唉，我妈就老劝我哥赶紧买房，可他就是不买。"萧烈无奈道。

"为什么啊？"关莎一脸好奇。

"不知道，我猜应该是他觉得自己还没成家，就算买了房子，那也不是家吧。"萧烈说到这里，看着关莎的眼神意味深长。

关莎愣了两秒，为了化解尴尬，赶忙把话题往正题上带："我们这个房产投资课程其实你们大学生也很需要，往后的房产不会再是只要买就能涨的行情了，可以说，我国房产投资的黄金时代已经过了，所以门槛会越来越高，也会有越来越多的人因为没买对房子而被套或者亏钱。所以尽早建立房产投资思维体系，知道房子怎么看、怎么买、怎么避坑，对于你们大学生今后走上社会成家立业都是有百利而无一害的。我可以给你一个免费账号进去学习，如果你觉得有用，麻烦推荐给你的同学们，一套才39块钱。"

萧烈爽快道："没问题啊，不过姐姐你现在做这个……呃，需要低调吗？现在国家不是不让炒房吗？"

关莎听后一脸汗颜："我们这套课程的目的不是让大家炒房，而是让大家在花人生中最大的一笔刚性支出时做对决策，让手里的钱增值保值。如果要买首付30%的房子，相当于撬动了三倍多的杠杆，风险是很大的，你不想因此买错房子吧？如果是结婚之类的刚需，买对了会最大限度地保住你的家庭财产。"

关莎的这套理论不知道在投资群里重复了多少次，但她还是依旧很有耐心地跟萧烈解释。有时候创业就是这样，创始人需要用教两岁孩子的耐心来应对社会对自己的误解。

"哦，原来是这样……"萧烈若有所思，"那我先学学看，好的话我肯定会帮忙推荐的。"

关莎双手立即合在胸前："那太谢谢了!"

关莎此次前来一是为了在大学里宣传自己的公司,二也是为了跟萧烈套近乎。她想着萧杰不理她没关系,一旦萧杰周围都是她的人,最后萧杰肯定也逃不出她的手掌心。

其实关莎这次打了鸡血一样地跑来找萧烈,也是因为任天行发给她的一张照片。

自从上次关莎在任天行面前大胆说自己喜欢萧杰后,任天行就被迫沦为了关莎的情报官,如果萧杰跟任何可疑女性聊天吃饭,任天行都要第一时间向关莎汇报。

向任天行打听萧杰的动向对关莎来说已经成了跟睡觉之前必须刷牙一样的事情,往常打卡都没异样,直到今天上午,任天行发来了一张不同寻常的照片。照片里除了萧杰之外没有别的女人,但他的手里居然拿着一个粉红色的饭盒!

关莎将照片发大,盯着那个饭盒看,发现盖子上居然还有一个草莓图案!萧杰绝对不会给自己买一个这样的饭盒,女人的第六感告诉关莎:有情敌出现!

"萧总上班带的。"

任天行的这一句解释让关莎更加认为情况不妙,上班带一个粉色的饭盒,那下班岂不是就要去见饭盒的主人了!于是她下午就跑来青大找萧烈了。

事业和爱情一定可以找到一种方式实现双赢,关莎这么对自己说。

公司现在已经有了明确的盈利方向,关莎也顺利地与萧干星成了好邻居,时不时还会一起玩线上剧本杀,那么第二步自然就是萧杰的弟弟了。

"哦,对了,姐姐……"萧烈的话打断了关莎的思绪,"我加入了校学生会外联部,这个部门主要就是为学校举办的活动拉赞助的,因为我周围的朋友毕竟有限,如果姐姐你愿意成为我们的赞助商,可能会有更多的人知道你们的课程。"

关莎听后深吸一口气,讨好人又可以赚钱的机会来了!

"好啊好啊!我冠名!你们全年的活动我都冠名了!"

在旁边一直默不作声的杜晶听到这里彻底无语了,关莎这妮子才融了第二轮资就开始飘了……大学生确实是潜在购房者没错,但这些人年纪太小,距离真正买房起码还有五到十年,往这里投广告会不会有点浪费钱?

不过她又一想,关莎也不笨,她根本不在意最后这些大学生会不会真的去买房,她只要能把那套39元的房产投资课程卖出去就行,只要卖得出去并使购买者人数不断增长，公司就可以持续挣钱。

就在萧烈与关莎就学生活动冠名赞助问题聊得不亦乐乎时，杜晶默默地在自己的手机里记录着什么。

"既然这个品牌跟您签了独家，又在其他网站上卖，就是违约，按照正常的流程起诉就行，并且永远下架他们的产品。"站在白鹤书屋门前广场上的萧杰对着电话说。

"但是他们家货卖得很好，下架的话，我们一年会损失大几百万元利润。"

听对方这么说，萧杰先是沉默了一会儿，才道："吴总，您相信我，一个不守信用的品牌是做不长久的，能带来的利润也是短期的。如果这次您放了水，那以后其他跟您签独家的品牌都会效仿，到时候您追不追责？商业秩序该如何维持？"

"但是一定要起诉吗？诉讼期那么长，而且我怕真扯上官司，对方直接撕破脸，彻底到另一个平台去了。几百万元虽然不多但也是钱，我们平台还没盈利，现金流本来就吃紧……"

见对方一副十分为难的样子，萧杰道："不扯上官司也行，您现在就通知品牌方，48小时之内下架所有在其他平台上的产品，如果他们做到了，这次算是警告；如果做不到，您的平台就下架他们的所有产品。让他们二选一。"

电话那头沉默了，萧杰叹了口气："吴总，我当初投您，就是希望您的平台可以成为全国第一。当第一，有时候牺牲一些利润守住底线十分必要。"

萧杰说到这里无意间转身，惊讶地发现舒倩正站在不远处看着自己，嘴角挂着淡淡的笑容。不知怎的，萧杰下意识将身子转了回去，与电话那头多嘱咐了几句后就放下了手机。而当他再次转过身时，舒倩依旧站在原地，晚间的微风将她的长发吹得有些凌乱，但飘逸动人。

"我看你工作很忙，电话一个接一个，每次你来我们这里都没在看书。"舒倩笑着说。

萧杰听后稍显尴尬，他走回车里拿出了一个精致的礼品袋，里面装着舒倩之前给他的粉色饭盒。他原本想直接把饭盒还回来，但又觉得如果单单只还一个饭盒似乎欠点意思，于是在来的路上特意买了一个礼品袋装起来。

买礼品袋的时候萧杰也曾想过要给舒倩买礼物，但他在商店逛了一圈，居然想不出究竟应该送舒倩什么。礼物这东西若买便宜了会显得没有诚意，但如果买贵了，萧杰不知道舒倩会如何看待这份礼物的含义。

买还是不买？萧杰带着这样的矛盾在商场里徘徊了好一阵，最终什么也没买。

"今天店里没人，你可以进来打电话的。"舒倩此时已经走到书店门口并示意萧杰进来，"进来吧，我估计等一下你的电话又要响了。"

"好。"萧杰迈步跟了进去，同时趁舒倩不注意把手机直接关机了。

"这个礼品袋是在哪里买的？现在的礼品袋卖得可贵了，你这个估计比我的饭盒都贵。"舒倩打量着礼品袋说。

"家里多余的。"萧杰随意答了一句。他实在不知道怎么跟女人搭话，尤其是与工作无关的话。

"不好意思，我工作太忙了，又常出差，这会儿才有机会将饭盒送回来，希望你不要介意。"

"没事，随便坐！"舒倩提着礼品袋向饮品站走去。

萧杰挑了一个靠窗的桌子，拉开椅子坐了下来。

日子对于现在的萧杰而言非常困难，每天要处理诸如刚才电话中的杂事，还要担心基金兑付问题。

"宏丰景顺1号"基金里的不少公司因为王潮等人的余波声誉骤降，相继关门倒闭，这类公司萧杰总结出一个特点，就是其本身的业务扛不住如今激烈到近乎扭曲的市场竞争。

萧杰推断王潮当初买这些公司股权的主要目的是分散基金的投资标的，各行各业都涉足一下，比如互联网类型的公司买几家，消费类买几家，医药类买几家。这么买属于砸了钱后就听天由命，此类公司本身业务没有足够的亮点，即便金权砸再多的钱也于事无补。

萧杰看着"宏丰景顺1号"基金里的公司就像看着池子里的鱼，各种乱七八糟的小鱼死了就死了，即便抢救一下，很多到最后也还是会死，但池子里头的大鱼比如叶桃渡或者未来的大鱼苗子山猫咖啡这样的公司，萧杰又不舍得卖。

这类型的鱼养肥了以后可不只是一条大鱼，是可以游到大海里去的那种庞然大物，如果金权现在退出，待这两家企业上市并成为全球知名品牌后，所有同行都会嘲笑金权目光短浅，出货出早了。

明星公司本身不仅能给风险投资机构带来丰厚的回报，更能带来名誉和声望，只要投中一个并持有到后期，就会成为非常经典的投资案例。叶桃渡和山猫咖啡都有潜力成为这样的明星公司，只要萧杰愿意转手，市场上多的是接盘侠。只可惜，萧杰不愿意，因为他非常清楚经典投资案例对一个职业投资人的履历有多重要。

"宏丰景顺1号"基金的账面盈利目前非常难看，如同水面上出现了越来越多的死鱼肚子，再不想办法拯救，恶臭就会在池子里蔓延。

萧杰得想办法投一些赚快钱的项目，最好一年之内就可以退出。比如1月投进去，9月就可以找到下家接手的那种成长型公司。这种公司本身业务前景看似很美好，但具有非常大的不确定性，就像之前的共享单车。这类业务很适合讲故事，只要把故事讲好听，就不愁一年之内迅速转手。

目前来看，想要改善"宏丰景顺1号"基金的财务状况，萧杰只能采取这样的投资策略，但这从根本上违背了他过往长线的价值投资风格，也违背了一个专业和良心的投资人陪着企业一起成长的理念。真要这么干吗？

正当萧杰低头陷入沉思之时，他的面前出现了两个简约的白色瓷杯。

"茉莉绿茶，很淡的，咖啡因含量不会让你晚上睡不着。有空聊聊吗？"

"哦，可以。"萧杰的手有些僵硬地把茶杯拿起啜了一口，没抬头去看舒倩。

"方便问下你是做什么工作的吗？"舒倩问道。

"风险投资。"萧杰回答。

"怪不得这么忙……"舒倩说。

萧杰有些意外："你知道这个行业？"

舒倩点点头："算是知道一些。你们这个工作是不是每天都在看项目，十有八九还不靠谱，剩下的需要你给很多支持才有希望靠谱，就是价格贵到离谱，即使想买也很难买进去。"

见萧杰眼神有些犯愣，舒倩接着道："很多投资人都在追风口，风口上的企业就可以获得很多钱，这导致更多的创业者都去追风口。但风口是不确定的，所以你们每天思考的就是如何在风口来的时候牢牢抓住它，但又得同时让自己的投资风格保持一种长期稳定性。"

不得不说，舒倩的一番言论远超萧杰的意料。他一直以为舒倩就是书屋饮品站的服务员，甚至更好一些，是这家书屋的老板，但即便是老板，也鲜有人对风险投资行业如此了解。

萧杰试着隐藏自己对于舒倩的好奇心，接过舒倩的话题聊着风投行业的一些现状，舒倩也在适当的时候给出她个人的想法，越是聊下去，萧杰就越是被这个女人的知识储备和思考能力所折服。

"我觉得我们是幸运的，幸运的不仅是我们赶上了互联网时代，还有移动互联网时代。"舒倩对萧杰说。

"嗯，将来的互联网还可以给我们一个完整立体的虚拟世界，打游戏不用再对着屏幕，而是直接变成游戏中的玩家，就像电影《头号玩家》里拍的那样。"

舒倩莞尔一笑："那应该是很多很多年之后了吧……还有真正意义上的人工智能，你们投资人可能现在就要开始寻找做虚拟现实的潜力公司了。"

"嗯。"萧杰点点头。

"不过我倒觉得不太用找。"舒倩说着啜了一口茶，而后轻轻放下茶杯，"说虚拟现实，说AI，不管是互联网技术还是硬件其实都需要强大的资金实力。而且做AI最核心的是需要有场景，需要有数据，海量的数据。现在哪些公司有数据、有场景？我能想到的就是腾讯、阿里、百度、抖音这样的超级平台，所以中国未来做AI和虚拟现实的伟大公司根本不需要找，就从上述这几家公司里挑就行。"

不得不说，舒倩的这个观点也是出乎萧杰意料的，因为这与他自己的观点出奇一致。过去造一个机器人是为了让它做简单重复的工作，但未来的人工智能需要机器人通过学习人类的行为而做出自己的判断，越能让机器人具有创造力思考的技术就越有巨大的市场需求。

只不过让机器人深度学习，并最终形成自己的思维体系需要的是海量的数据，而大部分数据如今都掌握在舒倩所提及的那些超级平台手里。可以说，数据就是这些平台又宽又广的护城河，是它们最核心的竞争力，所以不会有任何一家企业愿意把数据让渡给其他小公司。

"你以前也是做我们这行的吗？"萧杰终于问出了这个问题。

舒倩愣了一下，笑着摇了摇头："不是。说来惭愧，我没有任何工作经验。大学一毕业就开了这家书屋，客人多的时候就去做做茶和咖啡，如果没有客人，我就自己看看书。"

舒倩这句话传递给萧杰一个明确的信息：她是这家书屋的老板。

"所以你刚才的那些观点都是从书上看来的？"萧杰将信将疑。

"也不全是，是……"舒倩说到这里抿了抿嘴，欲言又止。

萧杰见舒倩好似有些为难，便转移话题道："有个问题不知方不方便问。"

"你问。"舒倩恢复了笑容。

"你这家书屋一年能赚多少钱？"

听到萧杰这个问题，舒倩沉默了。

"没事，我就随口问问。你当初怎么会想开一家书屋的？"萧杰不想给舒倩过多的压力，于是又转移了话题。

"不要紧，其实也没什么好隐瞒的。"舒倩抬眸看着萧杰，"店里的客流量你也看得到，晚上就三五个人。周末还好些，周一到周五白天几乎没人，所以这家店不赚钱，不仅不赚钱，每年还亏钱，以前不卖饮料的时候亏得更多，现在偶尔几个月勉强平本，其他月份还是亏的。"

见萧杰不自觉地拿起茶杯啜了一口，舒倩笑了："你是不是很好奇，卖书这么不赚钱，我为什么还要开？"

"洗耳恭听。"萧杰也笑了。

"因为我不喜欢朝九晚五地为别人工作，外面太累，也太吵，就像吴晓波老师说的，世界如此喧嚣，真相何其稀少。我希望在这个世界上能有一个地方安静得只属于我，我可以在这个地方寻找那些我所好奇的真相，顺带还能认识一些跟我志同道合的有缘人，除了书店，我想不出还有任何其他地方可以做到这点。"

"可是……"

"可是我是如何养活自己的，你一定想这么问，对吧？"舒倩依旧笑着，只不过此时她的笑容里夹杂着些许苦涩，"因为我有一个有钱的丈夫。"

砰！听到从舒倩嘴里说出"丈夫"二字，萧杰的茶杯不小心掉在了桌面上。青绿色的茶水四溢开来，萧杰慌忙起身想擦拭桌子，但手边并没有纸巾。

"没事没事，我来。"舒倩快步走回饮品站拿来了干净的抹布。

"抱歉！"萧杰脸色十分难看，刚想再说点什么，一个熟悉的中年男人声音便从不远处传来："萧总？您怎么在这里？"

萧杰转头一看，来者竟然是胡氏科技的创始人胡屹。

"萧总怎么有空来我的书屋了？"胡屹笑得很客气，好似并没有因为萧杰未救胡氏科技而气恼，至少他表面上看不出任何负面情绪。

萧杰习惯了如胡屹这样的企业创始人对他的客气，或者说，他早已习惯了此类伪装者的面孔。

"想买书，就来坐坐。"萧杰本能地回答。

胡屹看了看萧杰，又看了看舒倩："您跟我爱人认识？"

胡屹的这句话让萧杰一怔：爱人？舒倩是胡屹的妻子？

对……他早该想到的。白鹤书屋隶属于白鹤股份有限公司，而白鹤股份有限公司的第一大股东和公司法人都是胡屹，当舒倩告诉萧杰她从来没有找过工作，并且是这家书屋的老板时，萧杰就应该想到舒倩与胡屹的这层关系。

"这就是我丈夫，胡屹，刚跟你提过的。"舒倩看着萧杰的眼神意味深长，这句话好似并不是说给萧杰听的，而是说给胡屹听的。

她转头看着胡屹："他是不是你常提起的金权的萧总？"

"对。"胡屹说。

舒倩笑了："那真是巧了。我们刚刚认识，你不说我还不知道他的名字呢，他在这儿买过书。那你们聊，我去倒茶。"舒倩说完一手拿着擦完桌子的抹布，一手拿着那个属于萧杰的空茶杯，快步走回了饮品站。

开车回家的路上，萧杰的思绪很乱。他跟胡屹在白鹤书屋其实还坐了很久，也聊了很久，好像胡屹拜托他帮忙找可以做市场营销的人，最好这个人还有足够的品牌洞察力；似乎胡屹还提到了规模效应、商业模式以及公司战略的判断……但细节都模糊了，此时萧杰的脑海里全部都是那摊洒在桌面上的茉莉绿茶。

舒倩的思想与白鹤书屋的藏书一样有广度与深度，萧杰本对其欣赏有加，但今晚之后，舒倩给萧杰带来的感觉似乎变味了。

当舒倩告诉萧杰她有一个有钱的丈夫时，笑容里夹杂的那一丝苦涩被萧杰精准地捕捉了去。萧杰在想，如果舒倩爱她的丈夫，为什么说这句话的时候脸上没有任何幸福或者满足之感呢？如果舒倩不爱胡屹，又为何要嫁给他呢？难道就是因为胡屹手里有钱？照现在看来也只有这个解释了。白鹤书屋是四年前开张的，按照舒倩所说，她一毕业就开了这家书屋。假设她具有大学本科学历，22岁本科毕业，她现在不过也就26岁左右，而胡屹已经47岁了。

胡屹作为企业家虽达不到卓越，但确实是优秀的，手里的产业众多，胡氏科技这样的社区团购公司不过是胡屹非常想尝试但最终却因各种原因不得不放弃的半成品。

一个女人在自己最青春的时候选择嫁给一个比自己大21岁的有钱男人似乎并没有任何错误，没有面包就得牺牲梦想，尤其她的梦想还不能为她带来足够的面包。

再纯真的艺术也需要金钱支撑，只不过萧杰不明白，女人实现自己梦想的途径有很多，为什么一定要用依附和交换这样的方式呢？如果单纯把丈夫作为自己梦想的提款机，是不是稍微有些自私呢？

不过既然舒倩是胡屹的妻子，那么她对于风投行业的了解深于别人也就完全可以解释了，毕竟胡屹作为企业家，经常与投资人打交道。

大概是一天下来身心有些疲乏，路上的霓虹让萧杰觉得晃眼，于是萧杰打转方向盘，右拐进一条人烟稀少的小路。萧杰不知道这条路会通向何方，他就这么漫无目的地一直往前开。

萧杰算了算自己的收入，年景好的时候上千万元人民币是有的，即便再不好，也有一两百万元保底。这个收入虽然可以应付青阳高昂的生活成本，但萧杰认为并不足以支撑舒倩心里的那片桃花源。

当今这个社会弱肉强食，不管是成功人士还是暂时处于贫困状态的人，谁活着都不容易，萧杰不可能主动选择供奉一个只想做自己喜欢的事，而不去考虑家庭收益和成本的"白月光"。

萧杰心里五味杂陈，此刻的他明明连恋爱都没谈，但好似已经失恋了。

那个人，原来不是自己喜欢的样子。

想到这里，萧杰突然有些后悔，后悔为何今日要来白鹤书屋，如果换个时间来，舒倩说不定就不会有时间与他单独交流；又如果他只是还个饭盒立刻就走，连门都不进，今晚的一切便也不会发生。如果这一切不发生，那么白鹤书屋依旧会是一个非常美好的存在，为每天忙得焦头烂额的他提供一个身体和心灵的栖息之所，可如今这个栖息之所已经变得不再那样美好了。

此时，萧杰发现前方不远处出现了一堵墙，原来自己开进了一条死路。他索性扭转钥匙熄了火，任由车停在原地，皱眉闭着眼睛靠在驾驶座上，试图重新整理如一团乱麻的思绪。

都说优秀的投资人一定很会识人，但萧杰觉得自己这次彻底看走眼了。很明显，他的优势仅限于观察创业者，而非一个书屋饮品站里的陌生女人。

想这么多干吗呢？说不定舒倩就是喜欢胡屹呢？说不定他们之间只是单纯地因为喜欢对方而结婚，根本没有任何各取所需的利益交换。

若是这么想，白鹤书屋会变得美好许多。

萧杰揉了揉太阳穴。他觉得自己把舒倩想复杂了，就像之前他把母亲想得很复杂一样。这些人或许原本都不复杂,复杂的是他自己。

叮咚。微信提示音响起。

"哥,猜我今天跟谁在一起?"

发来信息的是萧烈,同时给萧杰传来了一张照片,背景是一家火锅店,左边是举着自拍杆的萧烈,右边则是拿着一杯椰子汁的关莎,中间还有一个连汤汁都快被烧干的火锅以及串肉用的无数竹签。

萧杰的眼神定格了,因为照片里关莎穿着的又是那条鹅黄色的连衣裙。同时,她的耳垂上闪着两颗炫目的钻石耳钉,带笑的眼角像夜空里皎洁的上弦月,非常柔美,但又不失光色,看上去特别开心。

大概因为跟关莎同框的人是弟弟萧烈,故这是萧杰第一次不觉得关莎这个女孩的美会让他有刺眼的感觉。

关莎的外貌跟萧烈搭配起来非常和谐,她的美让萧杰想到了一句诗:面若中秋之月,色如春晓之花。萧杰突然觉得,相比于舒情,关莎简单许多,单纯许多,她就像一个透明的玻璃杯,里头装着什么,萧杰一看便知。最有趣的是,关莎往往还担心萧杰看不透,总是把自己肚子里装的全都说出来。

"哥,我不能接受我将来的嫂子没我好看,关莎姐姐算是达标了,她喜欢你喜欢到都追来我学校了,用情至深,所以你赶紧娶回家吧!

"对了,哥,我之前不是进了学校学生会外联部嘛,要拉赞助,关莎姐姐帮了我,我成了我们组这学期第一个拉到赞助的新干事,这种成绩估计明年就直接可以升副部长了。所以哥,我可是欠了关莎姐姐很大一个人情的,你要是不介意就以身相许,帮我把这个人情还了吧!"

萧烈的语音一条接着一条,萧杰刚想打字回复,新的语音又来了。

"哥,妈跟我说关莎这样的事业女性不会做饭,肯定不适合你,但我觉得这根本不是个事。妈才不是担心你,她是顾虑一个不会做饭的儿媳妇不适合她。妈心里想什么我最清楚不过了,你不要理她,是你过日子,不是她。

"关莎姐姐这样的女人如果整天在家做饭就太浪费了,我觉得她的创业点子很好,现在买房确实是所有人的难题,我感觉她以后会是那种特别成功的企业家,会很有钱。你们如果都没时间做饭,完全可以雇个做饭好吃的阿姨,实在不行我给你们做,不过要包吃包住哈!

"说到包吃包住……哥,你还记不记得爸爸去世那年,你说如果我找不到工作，你养我一辈子……"

萧烈的音调低了下来，不过很快，下一条语音他又调整好了。

"对了，哥，关莎姐姐对你的感情，妈都告诉我了，但让我装不知道，还说如果你主动提了要跟关莎姐姐在一起我就负责反对，但我是支持你的，哥！"

"你把我们的聊天记录都删了哈，不然周末妈如果看到，我就玩完了。记得啊！全删了！我什么都不知道，以上对话没有发生！"

第⑳章
路径的依赖

青阳的冬天虽没有那种扎进骨头中的疼痛，但无处不在的静电让任天行苦不堪言，从早上起来到晚上回家，他都得被电N次。刷完牙开门出去的瞬间，到了有恒温中央空调的办公室脱下外套的瞬间，甚至谁都会被电……

静电的危害虽然看起来很小，但有时一场森林大火的诱因也会是一片小小的树叶。工作太累的时候，任天行脑子里经常莫名地萌生出一幅图画，这幅图画里是因无处不在的静电而被彻底点燃的整个青阳，那火焰艳丽奔放，汹涌滚烫，好似可以燃尽这座城市的所有无情与孤独。

任天行电脑中的研究资料涉及各行各业，其中自然包括萧杰让他深度分析的"宏丰景顺1号"基金里的主要持仓公司。商业贸易、食品饮料、建筑装饰、机械设备、房地产、电子、计算机、轻工制造、电气设备、休闲服务、通信、医药生物……一台小小的电脑，好似能装下整个中国。

金权员工的工作速度就跟青阳一样，每天都在创造奇迹，就是这样的速度，让任天行爱上了这个地方，爱上了这座城市。只不过，他在疯狂燃烧自己青春的同时，也感到了前所未有的孤独，最直接的体现就是他到现在还没有办法融入集体。萧杰带着他的时候他的整条神经都绷紧到无暇顾及周围的环境，但只要萧杰出差或者没工夫检查他的工作，金权大厦宽敞的办公室便仿佛可以把他单独隔开。

一些同事在咖啡区聊天，见任天行来了，便匆匆离开。午饭后的天台零散聚集着很多人，但无论任天行在上面待多久，都不会有人来找他聊天，即便任天行主动参与其中，那些人也只是简单地再聊个两三句便陆续散开了。当任天行路过一些行研小组的会议室，里面传来的讨论声都会让他无比羡慕。

有一次，任天行正巧在电梯里遇到马钰，鼓足勇气跟马钰打了声招呼，可谁承想迎接他的是电梯里快一分钟的沉静，这种沉静直到电梯提示音响起才被打破。

如此环境让任天行只能埋头努力工作，萧杰让他更新之前行研报告的数据，他便不只是更新数据，还尝试扩充数据，同时把报告里的每个结论都重新验证一遍。

工作对于任天行而言是逃避现实的最好去处，他惊奇地发现，当他把所有精力全部投入到工作中去时，一线城市所带来的压力也就不过如此了。

"老板，要罐啤酒。"晚上十点，任天行又截住了准备关店的便利店老板。

"今天不要面包牛奶了？"老板的表情有些诧异。

"嗯，要啤酒。"任天行说。

"行，自己拿。"

结账时，任天行顺带问了老板一句："您在这座城市多久了？"

"七年了。"老板说。

"习惯吗？"任天行问。

老板呵呵一笑："都这把年纪了，还有什么习不习惯的？小伙子你这么年轻是赶上好时候了，读书了。我都五十多了，就一个小学文凭，45岁时才来当青漂，什么都干过，所以对什么都习惯得特别快。"

任天行拉开易拉罐，咕噜咕噜往肚子里灌了近半罐啤酒。

"怎么，今天压力大了？"老板笑问。

任天行摇了摇头："不大，我也习惯了。"

老板一边收拾柜台一边说："对，习惯就好，习惯了这里其实挺好玩的。比如我吧，之前在老家做的就是啤酒销售，来青阳开了这家便利店，早上我让别人帮我看店，自己去做代驾。我还做过一段时间的骑手，一到点就蹲在路边刷派单信息。到了晚上，店里的小伙下班了，我就回来替他，每天都像变魔法一样。"

"你怎么不一直看店呢？当代驾和骑手赚来的钱差不多就是你付给别人的工资吧？"任天行问。

老板摆了摆手："小伙子你不懂，总站在这里，几周、几个月行，站几年会发神经的，所以得折腾点不一样的。"

见老板将店里收拾得差不多了，任天行很识趣地主动跟老板告别，拿着啤酒走到了大街上。

马路对面是一个外墙正在翻修的办公楼，装修团队还在工作着，一个看似工头的男人扯着嗓子正在负责现场调度。任天行对这个声音似乎已经有些熟悉了，好像每晚他下班走出金权大厦的时候都会听到这个声音。加班是装修队的常态，赶上工期，他们也经常熬通宵。

"小任，我先走啦！你早点回去！"一个声音从任天行身后传来。

说话的不是别人，是一身赘肉且脸上的皱纹如刀刻一样的保洁阿姨，她是公司里唯一一个笑着跟任天行说话的人。青阳这么大，这个保洁阿姨除了火车站和经城区，哪里都没去过，但她还是喜欢青阳，她提到留在青阳打工，目光里的温暖和热忱让任天行久久不能忘怀。

保洁阿姨早上七点上班，晚上十点下班，在她面前，"996"算什么？

其实"996"只是一、二线城市的部分现象，至少任天行从没听说老家有谁"996"的，哪怕是一线城市，也就是高薪的公司白领有可能"996"，这些人整天叫苦叫累，其实工作时长还不如人家保洁阿姨、装修队工人以及工厂员工。任天行之前跟着萧杰去叶桃渡的化妆品工厂，看到那些女工的排班表时，就已经震惊了。但为什么网上总是这些公司白领在喊累？不过就是因为他们更长时间接触电脑，在互联网上喊出来的可能性就比生产线上的工人和扫楼道的保洁阿姨概率高。

是的，这些日子以来，任天行就通过这样的对比给自己找平衡感。在人生的上坡路上，这样的平衡感非常重要，至少可以时刻让任天行保持一种原动力，在这个城市扎根的原动力。

保洁阿姨给自己裹上了一件深红色的外套，跨上了老乡的一辆破电动车，跟任天行招了招手说再见。

相比于他们，任天行觉得自己目前工作稳定，算是在这个城市扎根了吧？

他将喝完的啤酒罐扔进垃圾桶，打开手机随意刷着朋友圈，结果关莎的一条状态让他霎时间满脸黑线。关莎发了九张自己与团队开会、加班以及房产投资课程的宣传图，配文：想跟一座城市发生故事，不是你在这座城市挥洒了多少汗水，奉献了多少青春，甚至不是谈过多少段恋爱，而是当你在这座城市买了房子时，你和这座城市的故事才真正开始。

关莎的朋友圈之前还是一片空白，但最近隔三岔五就有更新：

"刚需买房的您更需要具备投资眼光。"

"当您拥有第一套房子时，您才对这座城市有归属感。"

"买对了房子，您拥有了可以增值30年的资产；买错了房子，您背上了30年无人替您还清的贷款。"

"我们有城市专家提供市场调研的内容，帮您优化选筹，我们的专业团队为您提供从选房、政策、法律到财务等一条龙贴心服务。"

"青阳办公室房产专家招聘：第一，具备十年以上房产投资经验；第二，拥有十年以上国内外房产顾问和销售经验。"

"希望在大城市中挣扎打拼的您，可以通过我们的专业服务投资到好的房产，叶落归根。"

关莎这些文字的配图大多是她自己跑市场调研的工作照、团队开会照或者专家和律师的履历等等，任天行怎么看怎么觉得滑稽：明明不是房产中介，却带着甩也甩不掉的中介气息，不认识关莎的人如果看到她的朋友圈，估计会想直接屏蔽。

任天行回到雁子谷小区楼下时，没有马上上楼，而是走进了路边的自助式KTV，扫码支付后，五月天《倔强》的前奏便回荡在包间里。

当任天行还是祖国的花朵时，他最喜欢的歌词是"最美的愿望，一定最疯狂，我就是我自己的神，在我活的地方"，但如今独自在外闯荡的他最喜欢的歌词变成了"我的固执很善良，我的手越肮脏，眼神越是发光"。

任天行不知道作者当初为什么会写下这样的歌词，似乎可以营造出两种意境。

第一种：一个不断向上攀爬的励志青年，他爬得越高，爬的时间越久，他的手自然也就越肮脏，但随着他逐渐接近顶峰，他的眼神就越发光。

第二种：进入一个行业的资本完全不管市场固有体系如何，一心想着用钱把这个市场里的所有竞争对手打趴下，从而得到一种快速的、垄断性的畸形成功。

任天行突然觉得这首歌很适合生鲜团购的那些玩家唱，胡氏科技的倒台对于金权投资集团的负面影响连任天行这种职位的人都可以感受得出来。

公司最近接连有三个拟投资项目都黄了，本来价格已经谈好，投委会也通过了，但标的公司突然改口，说暂时不融资了，有的甚至直接说已经跟别的投资公司合作了。

"我的手越肮脏，眼神越是发光！"任天行走回3栋42楼的一路上都在重复唱着这句歌词，直至出了电梯朝走廊走去时，才突然止住不唱了。因为他看到了一个男人，一个陌生男人，一个根本不应该在这个时间点出现在这层楼的陌生男人。

雁子谷所有楼层的走廊都没有灯，唯一的亮光就是对楼住户的灯光或者月光。但这个时间点，对楼的住户也没几家还开着灯，单单仅是月光，不足以让任天行看清那个男人的脸，只知道他穿着一件风衣外套，戴着鸭舌帽。但任天行很确定自己没见过此人，同时也确定男人此时也在看着他，身子僵在了原地。

那个男人面对着关莎的门，背对着任天行的门，就那么杵在那儿。

"你找谁？"任天行问，此时他与男人之间大概有十步的距离。

男人没说话，而是快步朝任天行走了过来。任天行咽了一口唾沫，本能地有些害怕，虽然他不知道自己为什么要害怕。

走廊没多宽，那个男人的速度很快，任天行觉得如果自己不躲，很大概率会被男人撞上。挣扎了大约一秒钟，任天行还是出于本能地侧身站到了一边，就见陌生男人压低了帽檐，径直从任天行面前走过，没去按电梯，而是打开了安全出口的门，走楼梯下去了。

任天行愣在原地，无数个问题从脑海里冒出来。

正在此时，关莎房门里传来了关莎的绝望求饶声："萧妈妈！好妈妈！真的不是我！我发誓不是我！好吧，我承认公司资金是我挪用的，我也承认我是想杀李总，而且确实也进他房间杀他了，但我没成功啊！尸检报告说他是被勒死的，但我是下毒啊！我只是下毒而已啊！人真的不是我杀的！"

任天行半天才反应过来：难道是……剧本杀？！萧妈妈？关莎该不会大半夜还在跟萧杰的妈妈玩剧本杀吧？！

关莎确实在与萧干星玩剧本杀，不过不是当面，而是在线上。

萧干星的熬夜能力让关莎十分震惊，不过她又一想，人家已经退休，白天想什么时候起来都可以。而且萧妈妈的身体应该已经进入了衰退阶段，每天全身的蛋白质分解大于合成，自然不需要那么多睡眠。但关莎不一样，她虽然过了生长发育期，但依然觉得自己需要睡眠，而剧本杀这种游戏很花时间。

闲暇时间对于一个创业者来说是十分奢侈的，奈何萧干星喜欢，只要萧干星喜欢，只要能做些事情跟萧干星保持长久的、深厚的友谊，哪怕这件事情是在浪费自己的休息时间，关莎都愿意做。

从她上次去找萧杰融资被拒绝到现在，她都忍着没去见萧杰。她无数次打开与萧杰的对话框，虽然里面什么新消息都没有。

那日关莎求任天行帮自己追萧杰之后，任天行就跟关莎说："你要我们萧总喜欢你，首先得让他了解你，不是你在他面前的样子，而是你生活中的样子。你朋友圈里什么都没有，他怎么了解你呢？"

任天行这句话点醒了关莎，于是关莎开始有目的地"布置"起她的朋友圈，她觉得自己必须在萧杰面前展现出努力工作、拼搏向上的样子，而不是凡事依靠别人的花瓶。

每次在图文发出去后，关莎都会获得很多点赞，只可惜这里面没有萧杰的。这个时候她便习惯性地打开与萧干星或与萧烈的对话框，很自然地约萧干星玩游戏喝奶茶，跟萧烈探讨青大学生活动赞助冠名的事情。与萧干星和萧烈互动得越是紧密，关莎就越是开心与放松，好像被压抑在心底的某种情绪找到了一个非常合适的释放出口。

关莎39元的房产投资课程早已定稿，通过互联网的针对性广告投放，关莎的课程销量挺不错，购买者多来自一线城市，购买人数也一直稳步提升，这让关莎公司的资金压力得到了极大的缓解。

"下一站是不是天堂，就算失望，不能绝望……"

关莎洗漱完毕后竟也开始轻哼起《倔强》，而后逐渐睡着了。

她做了一个很长的梦，梦里居然是她重新打开圆形补光灯和手机，在凳子前端坐着，向广大有购房需求的人直播分享选房的系统化知识。

"我觉得选房和做企业是一样的，我自己是创业者，我深有体会。企业要解决产品、钱和人的问题，而买房要解决的是房票、资金和选区的问题。

"我们应该把你所买的房子当成你所经营的生意，这个生意得是好的，得是赚钱的，我们的买房理念需要不断迭代和进化。

"想要通过买房获得资产增值，普通人只有两个选择，一个是让专业的人帮你，一个是想办法把自己变成一个专业的人。让专业的人帮你，我们有房产投资群；让自己变成一个专业的人，我们有房产投资课程。

"买房一定要吃到城市发展的红利，城市发展的红利就在土地上面，持有就行了，别买小产权、农民房就是了，金融属性太差了。

"我们要学会适度负债，但不要过度负债。"

此外，关莎的直播内容还涉及政策解读、货币分析、城市规划布局以及小区挑选标准。

这时的关莎对她所做的事情有非常清晰的认知，她觉得自己越来越专业，越来越自信，对于公司的前景也越来越充满希望。

她白天直播了多久，晚上的梦就持续了多久，且没有漏掉她自己说的任何一句话以及屏幕上的观众反馈。

足够的喜欢，似乎可以做到绝对的记忆，就好似萧杰的电话号码，关莎只是简单扫了一眼，便永远记住了。

公司已经有起色了，而且未来会越来越好，这个时候可以去找他了吧？

深蓝色的玻璃外墙，灰白的大理石阶梯，不停旋转的玻璃门⋯⋯

又来到这里了，关莎抬头仰望着高耸入云的金权大厦。

手机提示音响起，她低头一看，是任天行的微信："萧总已经开完会了，后面确定没有安排，目前在办公室。"

关莎嘴角微微上翘，露出了得意而狡诈的笑容。

"等关老爷我事成了一定请你吃一次米其林三星！"

关莎本以为她这条信息发出去后任天行会欢呼雀跃，未承想任天行回复："不用，我在减肥，不过可以微信转账等额餐费。"

关莎在心里骂了他一句，将手机调成了静音，深吸一口气，然后一步一步朝正门走去。

乘电梯的过程很顺利，中途居然没有经停任何楼层，这让关莎心跳加速，因为她还没做好这么快就可以见到萧杰的准备。

离电梯门不远处是本层楼的前台，坐着萧杰的直属秘书，只不过这次秘书换了人，至少关莎从没见过。她想着之前每次跟秘书打过招呼后几乎都要在会客室等好几个小时才能见到萧杰，所以这回她打算破一次例，绕过秘书，直接去敲萧杰办公室的门。

关莎想得很美好，但现实就是前台秘书还是叫住了她：

"您好，您不能进去。"

"为什么？我都约好了！"

"今天下午萧总没有约会。"

"我刚跟他本人约的，电话里。"

"但是刚才萧总还特别嘱咐我今天后半段时间都不会客。"

"啊？"

关莎满脸发窘，她没料到自己随意撒的一个谎这么容易就被拆穿⋯⋯

正在她不知要怎么解释的时候，一个声音从她身后传来："没事，她约了。"

关莎闻声猛一回头，发现身后站着的人正是萧杰。

萧杰明显是从外面回来的，手里拿着一个咖啡杯，穿着雪白的男士衬衣，搭配黑色西裤和黑皮鞋，让关莎眼前一亮。

这好像是关莎第一次见萧杰穿正装的样子，那是一种有棱有角的俊朗，自带一种不怒而威的气势。

"你回去吧。"萧杰朝关莎身后的秘书说。

"好的，萧总。"秘书微微躬身，很识趣地走了。

"请进。"萧杰为关莎开了办公室的门，待两人都进屋后，关莎才感到自己的心脏都快因剧烈的跳动而撞出胸口了。

爱情会把那个你爱的人美化得没有章法，好比此刻的萧杰在关莎看来不再是一个普通男人，而是天神降临。

之前见他都没有这种感觉的，怎么这次这么强烈？关莎无处安放的眼神扫过萧杰桌上的那些摆设：一台银色13寸苹果电脑，一支纯黑的万宝龙钢笔，一沓字迹看不清楚的打印资料，一个空的白色瓷杯以及一盆浅绿色的仙人球。

"怎么，喜欢那个仙人球？"

"啊？"面对萧杰突然的问题，关莎有些不知所措，她没意识到她的目光已经在仙人球上停了好一会儿。

萧杰的唇角挂着浅浅的笑意，眼神透彻明亮，坐下的同时示意关莎也坐。

关莎手有些僵地拉开了椅子，拼命告诉自己要镇定："我今天来……"

"是来找我融资的，对吗？"萧杰顺着关莎的话说道。

关莎一脸吃惊："你怎么知道？"

"你公司现在现金流应该还可以吧？想着有起色了，可以进一步做大了，所以来找我了。"萧杰继续说。

"不是……你怎么什么都知道啊？"关莎眼神中带着掩饰不住的惊喜。

"你的朋友圈里都有。"萧杰提醒。

"你都看了啊……"关莎笑得有些羞涩。

萧杰坐直身子认真道："我知道时间对于一个创业者，尤其是初创者而言有多宝贵，为了不浪费你的时间，我直接告诉你我的态度吧。"

"啊？这么快？我得先跟你说说具体情况。"关莎说着拉开包，拿出了早已准备好的商业计划书，包括目前公司的盈利水平以及未来的发展规划。

关莎把资料递到萧杰面前，但萧杰并没有打开："这个我应该不用看了。"

"为什么？"关莎有些疑惑，"难道你答应直接给我融资？"

萧杰笑了，把材料顺着桌子又推回到关莎面前："作为朋友，你做这个我不会反对，但作为投资方，我不会考虑入股，现在不会，以后也不会。"

"为什么啊？！"关莎沉默良久后终于爆出了这句话，她不明白自己究竟哪里做得不对，导致萧杰对她的公司似乎总存在着一种偏见。

"一个山猫咖啡你都抢成那样，我的公司是在帮广大中国老百姓解决实质性问题，是干实事的！市场有这样的需求，而且需求还很大，一点都不比卖咖啡卖奶茶的差！为什么就不被看好？"

早就料到关莎会急，萧杰不慌不忙："因为投资人看的不是现在而是未来。作为企业家，你赚的是现在的钱，而我们投资人赚的是未来的钱。"

关莎愣了两秒："所以你是认为我的公司没有未来？"

"不能说没有未来，而是它不会做得很大。对于房产投资咨询这种业务，如果你是冲着为客户增值保值去的，可投资标的其实会越来越少。但是山猫咖啡不一样，如果欧洲、北美和东南亚的市场都被打开了，是可以做得很大的，融合咖啡因素，推广我国的奶茶文化。"

"但你怎么知道我一定不会做得很大？"关莎说着翻开自己写的商业计划书，把这几个月的收入和利润表指给萧杰看，"我们现在营收每个月都比上个月多20%以上，按照这个速度，要不了两年，我的公司……"

"你怎么知道未来一定还会按照这个速度增长呢？"萧杰打断了关莎，"现在增速还可以，是因为你的客户基数很小，初期增长一般都会好看，但再往后，你就会发现这门生意越做越难。"

关莎挑了挑眉："为什么？就因为你觉得现在市场上能增值的房子越来越少？"

"你自己没有这个感觉吗？"萧杰反问关莎。

关莎抿了抿嘴唇。要说萧杰说得不对肯定是假的，毕竟国家调控的力度越来越大是每一个人都能感知到的事情。

萧杰把身体放松下来，靠在椅背上："能增值的房子越来越少只是一方面，你做这件事我也说我作为朋友并不反对，但确实会越来越费力不讨好。你做教材，按照目前政策维稳房地产的力度和速度，恐怕三五天就得更新一次知识点。而且最关键的是，无论是你教材上说的，还是那些房产专家说的，可能就只在当月是正确的，下个月就不是这么回事了，甚至下周就不是这么回事了。"

萧杰给关莎举了一个学区房的例子。萧杰说，所有的人都希望尽自己最大的努力让孩子上好学校，早几年学位跟房子直接挂钩才造成了天价学区房还一房难求的情况。但这阵子学区房的政策发生了重大变化，尤其在超一线城市，教改更是一年一个政策。比如北京市海淀区就出台了意见，在海淀区新登记并取得房屋不动产证书的房屋用于申请入学的，将不再对应一所学校，而是实施多校划片。

"这是一个每一天都在剧烈变化的市场。"萧杰说，"如果我听了你的推荐买了海淀区的Ａ房，对应Ａ学校，但之后政策变化，我的房子不一定能让我的孩子上Ａ学校了，分到Ｂ、Ｃ、Ｄ学校都是有可能的，你认为后面的家长还会以这么高的价格接我的盘吗？"

"这……"关莎一时语塞。

"你这个生意一开始推荐给客户的是好的产品，但可能在很短的时间里这个产品就坏了。如果你把这门生意做大，到时因为后悔来找你投诉的客户就会越来越多。"

萧杰告诉关莎，做企业一定要看清大形势。什么是大形势？就是国家希望教育资源逐渐与房地产脱钩，这才能做到教育公平；就是国家希望央行放出去的资金流向的是实体企业，而不是已经是一堆泡沫的房地产。

"北京学区房现在是六年一学位，六年以后北京的政策又会变得怎么样没有人说得准，不确定性非常大，很可能学位与房子彻底脱钩，或者实行发达国家的教师轮岗制，到时候你就会看到你现在认为有价值的事情，最后不仅害客户亏了钱，还让客户加了杠杆，按照现在30%的首付，你的客户至少加了三倍的杠杆。"

"但目前学区房没有跌的啊！"关莎辩驳。

"那是现在，你怎么知道两三年四五年后不会跌？"

"你说的什么教师轮岗制和彻底脱钩，实施起来都要很久。"

"那不一定。"萧杰笑了，"泡沫迟早是要破的，所有的审判也许会迟到，但绝不会缺席。如果我说的这些被国家提速了，那学区房拥有的所有溢价都会彻底消失。所以你的这门生意充满了不确定性，我看到的是一条越来越坎坷的路，而且这条路你越往前走，在后面追杀你的人就越多。"

"那我不碰学区房呢？我以后就避开学区房行不行？现在很多一、二线城市都有不少地方升值空间确实还很有诱惑力，我就做这些地区不行吗？"

"当然可以，但我还是那句话，你会越做越难。国家现在的核心是维稳，所以不会一刀切，那样会动了很多既得利益者的奶酪，会激起广大民众的不满情绪，所以房地产目前就是被温水煮的青蛙。国家实施房产调控政策这十多年来一直都在把火力加大，从没说要关过，所以房价迟早有一天是要往下跌的，而且是全面地、普遍地、大面积地下跌，不管是一线城市还是学区房，都不会例外。"

关莎闻言深深吸了一口气："你下结论要不要这么绝对啊？"

萧杰看着关莎的眼神开始泛起了一丝同情："没有一个人口老龄化的国家可以在没有外来移民的情况下保持房价的增长，日本就是如此，这15年来房价逐年下跌，已经跌了50%。也就是说，你现在让你群里那些人买100万元的刚需房，你以为会涨到150万元甚至200万元，有些的确可能短期还在涨，但更大概率是这个房子到他们退休的时候，只能卖50万元。"

关莎每天都在关注房产政策，她以为自己对此非常了解。她越是了解，眼里能看到的就越是那些能让房子保值和增值的机会。

比如西安，自2017年后人口流入增速非常快。2017年至2018年，西安新增户籍人口约101万，常住人口从961.67万升至1000.4万，增加38.73万，全国排名第三。

大量人口流入促成了房价上涨，当地政府因此不得不发布通知，宣布调控进一步收紧：

第一，外地来西安落户的家庭，在限购区域买房，应该落户满一年，或者连续交十二个月社保或所得税。

第二，未落户在西安买房，要提供五年以上所得税和社保证明，而且只能买一套。

第三，将临潼区纳入限购范围。

这些限购政策在关莎看来根本不足为惧。在人口拥入的情况下，政府越是限购，在市场上就越是会造成饥饿营销，导致越多人急着买房。因为将来如果政策持续收紧，没有人知道自己还有没有资格买，所以每次限购令一出来，哄抢就开始了，房价也在哄抢中上涨，这种现象对于想买房增值的人而言是大大的福音，关莎怎么看都觉得自己之前推荐客户买西安的房子没错。

"错了。"萧杰直接下了结论，"你没发现吗，你给的数据恰好说明一个问题，户籍人口增加101万的时候，常住人口只增加38.73万，不到四成。"

关莎眨了眨眼："所以呢？这不是都在增长吗？常住人口少点就少点，反正也越来越多啊……"

萧杰摇摇头："你要学会结合起来看指标。如果常住人口增加人数不到户籍人口增加人数的40%，说明去西安买房的人超过60%都跑了。换句话说，有超过60%落户西安的人，落户就是为了买房。"

关莎振振有词："不管他们为的是什么，总之他们愿意去西安，落户也好，干其他的也好，最终结果就是西安房子有持续上升的动力。"

"对，但这种动力是不可持续的。"

萧杰给出的理由是：一线城市越来越难留下来，导致一部分人口回流西安这样的二线城市，因此西安房价上涨。西安房价上涨，就引诱了很多人过去买，尤其是炒房客，越买就越涨。但这两年西安的产业经济发展根本跟不上房价上涨的速度，而人口能不能长期流入一个城市，最终看的还是这个城市的经济发展水平，而不是房价，所以西安的房价上涨必然是短暂且不可持续的。

"泡沫吹到一定程度就会破裂，现在这些房子以多快的速度涨上去，待泡沫破灭时，就会以多快的速度跌下来。"

关莎甩了甩头："不对不对！不是这样的，我捋一捋……"

她提高音量："或许你说的是对的，这条路越走越难，但不能因为难我就不做。黄金十年确实过去了，但我们还有白银十年。你说未来大家的房子都会跌，我觉得这种事情不太可能发生。如果房价普遍性下跌，意味着老百姓的资产都得缩水。而且按你说的100万元跌成50万元，都要动摇国本了，所以绝对不可能！"

此刻的关莎在萧杰面前就跟大多数人一样，自己坚信的东西不准任何人诋毁。他们以为他们是对的，但殊不知很多人正在做的事情，短期或许正确，但从长期来看却是错误的。

那些如今还希望通过房产投资做家庭理财的人，其实就是对买房增值形成了路径依赖。他们看到亲戚朋友因为买房赚了钱，看到过去十几年父母通过买房赚了钱，甚至看到自己之前买的房子正在赚钱。最关键的是他们确实看到了很多地方的房价依旧还在涨，于是他们就只会把钱投向房地产，以至于除了房子，他们不知道做什么才能让个人或者家庭财产持续增值。

这样的路径依赖会让很多人吃亏，因为这条路在未来很可能是一条死路。

"关莎，有三点我作为朋友必须跟你说明。"萧杰的神色变得前所未有的严肃。

"第一，你做这家公司，我不反对，你可以服务一部分客户，赚市场给你的那块蛋糕，哪怕这块蛋糕正在越变越小。

"第二，你刚才提到国本，你可以重新思考一下什么才是国本，国本究竟是大家买来的房子增值的那一部分，还是人民群众本身？得广厦千万间，才能大庇天下，让寒士俱欢颜。我认为让所有老百姓都能以比较低廉的价格住上房子，不管是买还是租，才是强国的象征。房子应该是国民赖以生存的居住场所，而不应该变成只有富人和少部分中产才能玩的游戏。"

"第三……"萧杰说到这里顿了顿，"我们金权从不投资第二名的公司，你如果不是一直扎在公司的日常琐事里，放眼看一看外面，近期已经有同类公司做得比你好、比你大，覆盖面比你广了，叫京亦。"

萧杰的这句话犹如一道闪电劈到关莎的脑门上，于是自然地，"京亦"这个词成了关莎回家路上的重点搜索对象。结果不搜不知道，一搜彻底傻了眼：

在京亦，我们有覆盖中国40多个核心城市以及30个海外国家的房产专家，房产线上咨询服务不仅覆盖全国，还包括美国、韩国、加拿大、菲律宾、英国和澳大利亚等国家。

在京亦，我们有一套每月更新的房产投资系统课程。

在京亦，我们成立了线上教育平台，教大家如何正确认知房产投资，我们定期推出有针对性的个体城市分析课、市场行情分析课以及会员问答直播课。

在京亦，我们为会员建立了房产投资交流社群，目前交流群中已有超过十万名房产投资会员。

在京亦，我们会定期组织聚焦国内国外核心城市的实地考察团，考察团会由专家带队，陪同大家实地看盘，现场学习和事后复盘。

在京亦，我们会不定期在各个城市轮流开展线下交流会，我们的会员可以与各大房产投资专家面对面咨询，交流会入场券全员免费。

"沈俪姐，这是抄袭啊！这是赤裸裸的抄袭啊！"关莎把沈俪的胳膊抓得生疼，"除了那个什么免费的线下交流会，其他都是我的点子！交流群、教材、专家、实地看房、直播分析，这些都是我首创的！是我关莎首创的！"

见关莎激动到近乎发狂的样子，沈俪只能极力安慰："这很正常。你看，很多年前，有一家公司搞团购，后面就有一大堆公司跟风。苹果手机一个圆形按键，多少公司效仿？包括整个手机的设计。都是这样的……"

"但不应该这样啊！这是我的商业模式！"

"我知道我知道……"沈俪一边点头一边顺着关莎的背。

"这个什么京亦凭什么抄我的？我开始做的时候市场上明明没有这样的公司！"

关莎刚说到这里，她的手机便响了起来。

"张老师……嗯，我知道……不管怎么样，还是非常感谢您，公司如果一开始没有您，都不知道会有多难……谢谢……不会不会，您千万别这么说……好的好的，我会的，我一定会继续加油的，谢谢张老师。"

见关莎放下电话后便沉默了，沈俪小心翼翼地问道："张老师怎么了？"

沈俪很早就在关莎的房产投资群里了，因此知道张老师就是那些专家中最权威的一个。

"张老师要走了，今天给他结算工资。"关莎耷拉着脑袋。

"做得好好的，为什么突然要走？"沈俪不解。

"不是突然，是之前就跟我提了，我一直没同意。"关莎一屁股坐在沙发上，抱起抱枕，一副生无可恋的样子。

沈俪也跟了过去，坐在茶几上对着关莎："他有跟你说为什么要走吗？"

"他就说有自己想做的事情，其他的我问他也不愿多说……算了，硬留人家也不好，强扭的瓜不……"

此时，一阵电话铃声又打断了关莎，来电提示是房产投资群里的李律师。关莎接起电话后，沈俪就看着她的表情由吃惊变为激动，随后就是很长时间的沉默。

这个李律师沈俪也知道，是关莎公司律师团的首席，以前在国内最大的律所工作了12年，主攻方向就是房地产纠纷，算是法律界非常权威的专家。沈俪虽然听不到李律师具体说了什么，但从关莎的回应来看，李律师来电也是提离职的。

"是不是平常我老拉着您开会占用了您的私人时间？创业公司一开始都是这样，真的希望李律师您理解，以后不会了，公司现在已经走上正轨了……"

"要不这样，您说一个薪酬可以吗？"

"李律师您走了，公司怎么办啊……"

关莎这回是真哭出来了，但她的哭声似乎并没有让对方回心转意，手机放下后，李律师的离职也尘埃落定。

"没事没事，员工离职是很正常的，你看我以前遇到过的那些主播，有很多一周都坚持不了。而且你这些专家本来就忙，可能他们确实有别的事情。"沈俪一边帮关莎擦眼泪一边安慰。

"但他们之前都没有一点迹象让我感觉他们要走！"关莎哭喊着。她也不管形象了，她觉得她今天受的打击实在太大了，先在萧杰办公室里被他一通教育，接着核心大V相继提出离职，就像一个原本要冲向天际的火箭，刚刚点燃就又熄火了，而且还是关键部件出了问题。

想到萧杰，关莎问了沈俪一个问题："沈俪姐，如果我告诉你，未来中国的房价会大面积下跌，人们投资房子根本赚不到钱，你同意吗？"

"不会吧？很多地方不是都在涨吗？三、四线城市确实有些卖不动，但也没怎么跌。而且一线城市学区房肯定不会跌啊，核心地段更是如此，人那么多，肯定是涨的。"沈俪说。

"是吧，你也觉得不可能吧！但是有人就是说可能，不仅可能，他还觉得一定会跌，说我们现在让客户买房子就是坑客户！"

沈俪听后笑了："别人说的你不用特别在意，坚信自己正在做的事就行了。"

关莎正要说什么，手机铃声第三次响起。她一拍脑袋，很怕又看到专家的名字。如果再有人来提离职，她说什么都不会答应了！

好险，来电提示：蒋一帆。

"喂，一帆哥？"

"三云京亦房产投资咨询有限公司你听过吗？也是做你这块业务的。"蒋一帆一上来就直奔主题。

"我刚知道。一帆哥，它抄我的！真的是它抄我的！"关莎像孩子告状一样愤愤不平。

"我刚才跟张老师吃饭，他私底下告诉我他准备去京亦，还让我不要跟你说，但我觉得圈子就这么大，就算我不说你也迟早会知道。接下来可能还会有别的人离职，这个京亦正在挖你的人，你要防着点。"

有了蒋一帆的提醒，关莎挂断电话后就开始查这家公司的法人信息，然后就看到了一个十分眼熟的名字："胡玉林……胡玉林……"

"你认识？"一旁的沈俪好奇道。

"人我不一定认识，但这个名字我真的好像在哪里见过……"关莎摸着下巴。

"看名字也不知道是男是女。"

关莎拼命在脑海里搜索着所有关于"胡玉林"这个名字的记忆。

遇到过，但似乎又没遇到过，就像见到一个陌生人，似曾相识，定是在哪里见过，或者见过与他相似的人……

沈俪见关莎完全沉浸在回忆中，于是伸了个懒腰："你要吃什么，我去做吧，别饿肚子了。"

"我知道了！"关莎一把抓住沈俪的手臂，她的眼神不是兴奋，而是惊恐。

"知道什么了？你知道是谁了？"沈俪好奇道。

关莎没有马上回答沈俪的问题，她觉得她浑身的汗毛都乍了起来。

胡玉林这个名字关莎确实没有直接见过，但她无数次见过另一个名字，那个名字是胡玉茗，而这还要追溯到她的学生时代。

"哎呀，你妈的名字你自己签就好了啊，干吗老要我帮忙？"关莎问杜晶。

"我签不像，你的字迹更像。而且你看我这个试卷，我的字迹跟我伪造的签名放一起，老师保准一眼就认出来。"杜晶嘟囔。

"哎……"关莎无奈，"行吧行吧，我签。"

"你要记得啊，茗是有个草字头的！"杜晶强调。

其实很多人以为杜晶家的火锅店叫杜大娘火锅店，那么她的妈妈肯定也姓杜，其实不然。杜晶的爷爷当初在家门口开火锅店的时候，本来想叫杜大爷火锅店，但街坊邻居都说这个名字不够亲切，于是杜晶的爷爷才改成了杜大娘。

杜晶的母亲其实姓胡，全名胡玉茗，她的签名确实跟关莎的字迹很像，尤其是笔锋。杜晶以前学习成绩不好，试卷能不让母亲看就不让母亲看，所以关莎就成了杜晶最好的"代理家长"。

胡玉林和胡玉茗虽然是不同的名字，但这种相似程度让回忆起一切的关莎毛骨悚然，她不想继续猜疑下去，她必须去求证，她希望得到一个答案，她希望是她想错了，这个胡玉林完全就是个八竿子打不着的陌生人。

关莎翻开手机，好险她还保留着杜晶母亲的电话，这是当年她跟杜晶一起出国，杜晶母亲前来送机的时候留给关莎的。

"这是阿姨的新电话，原来那个不用了，有事直接打电话给阿姨，你们俩在国外一定多注意安全。"

杜晶母亲担忧的面容还历历在目。

"喂，关莎吗？"电话那头传来了让关莎倍感亲切的声音。

"是的，阿姨，是我。"关莎手心因为紧张而冒出了冷汗。

听关莎语气不太对，杜晶母亲开始担忧起来："怎么了？是不是杜晶出什么事了？"

"没有没有。"关莎连忙否认，"我就是想跟阿姨咨询一些事。"

"哦……"对方松了一口气，"你说你说，跟阿姨还客气什么！"

"就是……阿姨，您认不认识一个叫胡玉林的人，名字跟您很像，前面两个字一样，后面的林是树林的林。"

"认识啊！胡玉林是我小妹，杜晶的小姨。"

关莎倒吸一口凉气，但还是不死心，勉强笑问道："哦，那胡阿姨是不是开了一个叫京亦的公司？做房产投资咨询的。我一个朋友听说这家公司做得很大，有买房需求，想咨询一下。"

杜晶母亲一听就笑了："嘻！我小妹哪里懂什么开公司，京亦是杜晶折腾出来的，她小姨就是帮她代持一下，你要咨询问杜晶就行啊，你们不是总在一起吗？哦，对了，你的口红生意做得怎么样啊？有起色没有？"